MARCELLA ROSSETTI

Filhos da Lua

O Legado

AVEC
EDITORA

Editor: Artur Vecchi
Ilustração de Capa: Talita Persi
Design de Capa: Vitor Coelho
Ilustração dos Legados: Fred Rubim
Ilustração do Refúgio: Tiago Silvério
Diagramação e projeto gráfico: Vitor Coelho
Revisão: Luiz Fernando Manassi Mendez, Camila Machado, Miriam Machado e Thais Lopes

2ª edição, 2021
Impresso no Brasil/ Printed in Brazil

Dados Internacionais de catalogação na Publicação (CIP)
(Câmara Brasileira do Livro, SP, Brasil)

S 829

Rossetti, Marcella

Filhos da lua : o legado / Marcella Rossetti.
2. ed. brochura - Porto Alegre : Avec, 2021.

ISBN 978-85-5447-063-0

1. Ficção brasileira
I. Título

CDD 869.93

Índice para catálogo sistemático: 1.Ficção : Literatura brasileira 869.93
Ficha catalográfica elaborada por Ana Lucia Merege – 4667/CRB7

AVEC EDITORA

Caixa Postal 7501
CEP 90430-970 – Porto Alegre – RS
contato@aveceditora.com.br
www.aveceditora.com.br
@aveceditora

Para minha mãe,
que acreditou que eu poderia conquistar tudo em minha vida.

Parte I

O LEGADO

1

Ela estremeceu quando foi engolida pela escuridão. Apenas uma luz amarela, muito fraca, escapava sob a porta. A menina piscou tentando afastar as sombras para conseguir ver as silhuetas dos objetos à sua volta. Sim, estava realmente sozinha no banheiro da suíte.

Mamãe! – pensou ela.

Tudo ficou tão quieto que dava para ouvir o som da própria respiração. Algo úmido e salgado roçou seu rosto, escorrendo até os lábios. Enxugou depressa, pois chorava quase sem se dar conta, e sua mãe tinha pedido para que não chorasse. Ela deveria ficar bem quietinha.

Um baque surdo cortou o ar e Bianca deu um pulo para trás, com o coração na mão. Em algum lugar da casa, talvez no andar de baixo, alguma coisa tinha sido arrancada e destruída.

Sentindo um aperto no estômago, deu um passo para trás e depois outro e mais outro, sem tirar os olhos da porta. A pele delicada de sua perna tocou a porcelana fria do vaso sanitário e ela estremeceu, arquejando alto. A menina imediatamente colocou as mãos sobre a boca, censurando-se, pois podia sentir na pele: não deveria fazer qualquer ruído.

Outro som, como o toque de algo afiado raspando o assoalho, uma vez e depois outra. Aproximando-se.

De repente, um rugido invadiu o aposento atrás da porta, fazendo-a perder o equilíbrio e cair sentada ao lado do gabinete da pia. Sons de tiros cortaram o ar, seguidos por flashes de luz sob o vão da porta, clareando os azulejos do banheiro. Bianca mordeu os lábios para não gritar. No instante seguinte, mais urros animalescos, flashes, estrondos e gritos. Tentou cobrir os ouvidos com as mãos. Seus olhinhos fixaram-se nas sombras dançantes que escapavam por entre as frestas. Outro grito doloroso. Infelizmente, suas pequenas mãos não eram suficientes e parecia impossível bloquear os sons de coisas sendo partidas e rasgadas. Ela se encolheu ainda mais, arrastando-se até ficar contra a parede de azulejos frios.

Mais rosnados e sons abafados de dor. E então o silêncio.

Mamãe! Carlos!

A menina afastou cuidadosamente as mãos dos ouvidos. Apertara tanto que agora as sentia doloridas. As sombras sob a porta tinham parado de se mexer, mas lentamente algo viscoso e escuro penetrou pelo vão, espalhando-se pelos azulejos. Bianca teve que reunir coragem para arrastar-se à frente, o suficiente para ver melhor o que formava uma poça circular em sua direção. Seus olhos arregalaram-se quando a pouca luz refletiu o vermelho líquido pegajoso, e um cheiro metálico entrou pelas suas narinas. Um cheiro que ela nunca mais esqueceria. Horrorizada, afastou-se do sangue ao mesmo tempo que a luz sob a fresta desaparecia completamente.

Estava assustada demais para gritar. Um rosnado, como um ronco de motor baixinho, sacudiu-a inteira.

Bianca abraçou suas pernas e apertou-as contra o corpo. Lembrou-se de uma oração que seu padrasto lhe ensinara não fazia muito tempo, em uma noite em que ficou com medo de dormir.

– Santo anjo do senhor – começou baixinho, quase num sussurro, enquanto as lágrimas escorriam sem parar –, meu zeloso guardador...

O rosnado estava mais alto e pareceu contrair-se algumas vezes, quase em uma risada.

– Se a ti me confiou a pied...

Bam! Algo bateu tão forte contra a porta, que as dobradiças quase arrebentaram.

– ... pi... piedade...

Bam! A menina cobriu seus ouvidos novamente.

– ...di...vina...

Algo muito grande batia e arranhava a porta até começar a rachar e esmigalhar-se.

– Sempre me rege e gua... guarda...

BAM! A porta se desfez e pedaços de madeira caíram por toda parte, sobre o piso molhado de sangue.

– Mãe! Mãaeee! – berrou com toda a força, mas era tudo o que podia fazer, pois o medo tornara-se como uma pedra sobre ela. Não conseguia se mexer nem para cobrir os olhos e tentar se proteger da horrível visão da sombra negra monstruosa, com grandes olhos amarelos, brilhando como dois faróis na noite escura.

Mais uma vez, gritou. Sua voz confundiu-se com o som estridente de uma buzina no ar.

Bianca piscou confusa. Alguma coisa estava errada.

Os olhos da criatura deformaram-se de repente, até se transformarem em dois faróis de luz amarela, acesos bem em cima dela. Desviou o olhar para cima, pois estavam cegando-a. O teto do banheiro havia desaparecido e, no céu escuro, uma lua muito branca e redonda a observava na madrugada.

– Você está bem? – perguntou uma voz, e ela olhou em volta, colocando o braço na frente dos olhos para proteger-se dos faróis.

As sombras e contornos do banheiro afastaram-se, dando lugar a calçadas, postes de luz fria, árvores, muros, portões, janelas e sacadas de casas. Bianca sentiu sua outra mão arranhar o solo áspero e granuloso do asfalto, diferente dos azulejos frios e lisos do banheiro.

– O quê? – disse confusa, sentindo a garganta seca. – Onde estou?

Tentou concentrar-se, pois se sentia desorientada. Não era mais uma menininha de nove anos amedrontada em um banheiro escuro, mas sim uma adolescente de dezesseis anos acordando de mais um pesadelo em algum lugar estranho.

As sombras ao seu lado tomaram a forma de uma mulher loira de vestido escuro, saltos exageradamente altos e olhos esbugalhados. Bianca estava caída no meio da rua, bem em frente a um carro parado a uns dois metros. Podia ouvir o som rouco, como um rosnado, do motor ligado. Tentou se levantar, mas sentiu-se um pouco tonta. A moça se aproximou.

– Meu Deus! Você está machucada? – perguntou a mulher, ajudando-a a se levantar. – João, você deve ter atropelado a garota!

Atrás da moça, outra sombra tomou forma, a de um homem magro e alto.

– Não, Kátia! Ela apareceu andando no meio da rua, mas não bati nesta maluca!

Bianca se levantou e abraçou o corpo. Estava frio e vestia apenas camisola. Seu cérebro ainda processava a mudança de cenário. Nas casas ao redor, luzes começaram a acender, janelas abriram-se e vultos curiosos surgiam nelas.

– Está tudo bem aí? – gritou uma voz vinda da janela do segundo andar de uma das casas ao lado.

Kátia olhou em direção à janela.

– Ela não foi atropelada, está tudo bem.

– Tem certeza, garota? Quer que eu ligue para a polícia? – perguntou a mulher na janela para Bianca.

– Não! – disse Bianca depressa. – Não precisa. Eu estou bem, a culpa não foi deles.

A resposta pareceu ser satisfatória, pois a mulher voltou para dentro da casa e fechou a janela. Algumas luzes das outras casas também voltaram a se apagar.

– Está machucada em algum lugar? – perguntou Kátia. – Quer que a gente leve você para um hospital?

– Não, eu estou bem. – E percebendo a sombra de dúvida na mulher, continuou: – É sério, me desculpem pelo susto. A culpa não foi de vocês.

– Você gritava tanto que achei que tivéssemos te acertado com o carro. Mas o que está fazendo na rua assim, de camisola?

A garota olhou para si mesma e depois ao redor, não estava reconhecendo a rua, mas também não reconheceria mesmo, pois tinha acabado de chegar à cidade. Por fim, respondeu, sentindo-se envergonhada.

– É que eu sou sonâmbula...

– Sonâmbula? – disse Kátia, incrédula, mas então ficou em silêncio por alguns instantes, como se avaliasse a informação. – Ah... bem... Então, você prefere que a gente ligue para seus pais virem te buscar?

– Não, não precisam fazer isso!

A última coisa que ela desejava era acordar Laura e assustá-la com a notícia de que, em sua primeira noite em Santos, sua irmãzinha maluca saíra andando por aí de camisola.

– Não precisa mesmo – insistiu. – Vocês não me atropelaram. Acho que só caí, porque me assustei, e daí gritei. Eu moro aqui perto – disse, olhando ao redor mais uma vez –, pelo menos eu acho...

– Onde você mora? – perguntou a mulher.

Bianca vasculhou sua memória e lembrou-se de algo. O nome da rua tinha o primeiro nome de seu padrasto.

– Acho que a rua se chama Carlos... alguma coisa.

– Carlos Gomes? – disse Kátia, e em seguida apontou para o fim da rua. – Se for essa rua, é aquela logo ali, não é mesmo, amor?

– É... – respondeu ele, sem vontade. – Escuta garota, por que não entra no carro e nós te levamos lá?

Bianca olhou para a moça e depois para o rapaz. Apesar de parecerem preocupados, eram completos estranhos para ela.

– Não precisa, vou andando.

A mulher balançou a cabeça de forma impaciente.

– Eu vou com você então, não vou deixar que ande por aí sozinha às três da manhã – e virando-se para João: – Me segue com o carro, amor?

– Tá... – disse, impaciente – vocês é que sabem.

Elas foram pela calçada. Bianca estava descalça e tinha que tomar cuidado por onde pisava. Logo na esquina, reconheceu os desenhos no muro de uma escola infantil. Sua casa era logo ali virando à direita, bem no meio da quadra.

Instantes depois, chegaram em frente ao portão de ferro com arabescos, que separava o conjunto de casas para onde mudou. Ela logo viu as chaves abandonadas, pelo lado de dentro, na fechadura.

Agradeceu à Kátia no portão, prometendo falar com seus pais sobre o ocorrido. Não teve problemas em mentir. Afinal de contas, a mulher era uma estranha e não interessava entrar em uma conversa triste sobre não ter pais e viver com sua irmã Laura, a filha de Carlos, seu padrasto também falecido.

Bianca acenou enquanto os via partindo de carro. Após fechar o portão, caminhou pelo quintal em direção à porta da casa, girou a maçaneta e passou silenciosamente para dentro da sala, trancando-a com cuidado para não fazer barulho. Atentamente, andou entre as pilhas de caixas de papelão e objetos espalhados pela sala sem tocar em nada. Qualquer esbarrão poderia derrubar algo e fazer muito barulho. Virou à esquerda para o corredor e entrou no quarto de Laura.

A mudança deve ter sido muito cansativa para Laura – pensou, pois geralmente ela teria acordado com o abrir e fechar de portas.

Cautelosamente, abriu a bolsa da irmã e deixou as chaves caírem dentro dela. Em seguida, foi para seu quarto tentar, sem sucesso, dormir um pouco mais.

Antes do alarme do celular tocar às seis da manhã, ela já estava no banho. Suas mãos raladas do asfalto arderam um pouco sob a água, como um lembrete da madrugada. Sua mente vagava, tentando entender como foi parar lá fora e até onde iria chegar se o casal não a tivesse acordado, quando quase a atropelaram.

Já de volta ao quarto, pegou sua velha mochila. Como ela e sua irmã se mudavam o tempo todo, sempre preparavam uma mochila contendo objetos de emergência, como roupas, produtos de higiene, carregadores de celular e outras coisinhas mais que poderiam precisar nos primeiros dias, até a casa estar habitável novamente. Chamavam-na de mochila-mudança e cada uma tinha a sua. Da mochila retirou um porta-retratos contendo a única foto que possuía de sua mãe. Ágata sorria enquanto segurava Bianca, ainda bebê, no colo.

De Ágata Bley, herdou um leve tom de pele mediterrânea, longos cabelos castanhos ondulados e sua altura de quase um metro e setenta. Não herdara seus magnéticos olhos verdes, ao invés disso, Bianca tinha opacos olhos castanhos, provavelmente como os de seu pai biológico que nunca conheceu. Tudo o que sabia era que ele tinha morrido na época daquela foto. Tirou-a da moldura e a virou para ler mais uma vez a frase escrita com caligrafia feminina "não amamos o que queremos, mas o que não escolhemos". Ela já tinha se perguntado muitas e muitas vezes sobre o motivo de sua mãe ter escrito aquilo atrás da foto. Provavelmente, ela não queria ter engravidado, mas teria amado Bianca mesmo assim. Morrera amando-a.

Guardou a foto na moldura novamente e deixou-a sobre a mesinha ao lado da cama. Em seguida, vestiu jeans, uma blusa de algodão sem mangas e foi em direção à cozinha.

Ao chegar, encontrou Laura em pé, ainda de pijamas, fritando pão com manteiga, ao mesmo tempo que prestava atenção em algum vídeo na tela do notebook ligado sobre o mármore da pia. Na mesa, havia algumas bolachas e geleias.

– Bom dia, Bia – disse, sem tirar os olhos da tela.

– Oi... – respondeu.

Laura tocou na tela e o vídeo parou, então virou-se para Bianca e ajeitou seus óculos de aro lilás. Seus cabelos castanhos estavam presos em um rabo de cavalo.

– Dormiu bem na nova casa?

– Sim, dormi – mentiu enquanto se sentava. – Quer ajuda com o café da manhã? – perguntou, mais para desviar do assunto.

– Não precisa – disse Laura sorrindo enquanto pegava o prato com os pães e o leite para levá-los até a mesa.

Bianca sabia que ela tinha certa obsessão por café da manhã e não gostava que ninguém se intrometesse.

– Aqui, pegue seu leite – disse, colocando o copo à sua frente. – Eu sabia que você iria gostar da nova casa.

– Sim, é um ótimo lugar – concordou Bianca, antes de tomar um gole do leite. Ela imediatamente baixou o copo fazendo uma careta no final.

– O que foi? – perguntou Laura.

– É o gosto do leite, ele está estranho.

Laura deu de ombros e voltou a encarar o notebook.

– Deve ser porque aumentei a quantidade da sua vitamina solúvel nele.

– Sério? Mas já é a segunda vez este ano que você aumenta a dosagem!

– Eu sei, mas você continua sempre pálida e quase anêmica, fazer o quê... – disse, dando de ombros sem encará-la.

Mesmo contrariada, Bianca tomou o resto do leite, enquanto Laura voltava a assistir ao vídeo.

– Tenho que terminar esta pesquisa hoje – comentou Laura. – Meu novo trabalho é num projeto de restauração em uma antiga igreja no centro histórico de Santos. Por isso, preciso me atualizar melhor sobre a história local e não tive muito tempo, com a nossa mudança...

Bianca apenas acenou enquanto comia alguns pães.

– E esse projeto é legal?

– Parece que sim. Santos foi uma das mais antigas vilas fundadas no Brasil. Tem outra cidade na ilha, chamada São Vicente, e ela foi a primeira vila do país. Esta ilha está cheia de história antiga e edifícios para serem restaurados. Alguns ainda da época da colonização. Tem muito trabalho interessante por aqui.

– Humm... – disse Bianca, chamando sua atenção. – Laura, a gente bem que podia aproveitar para passear por São Paulo. O que acha? Fica a menos de uma hora daqui.

Bianca notou um leve franzir de sobrancelhas de Laura. Sabia que ela não gostava da cidade de São Paulo, pois foi onde Carlos Fernandes, o pai dela, e a mãe de Bianca morreram. Nunca mais tinham ido para lá, desde então, e vir para Santos foi até agora o lugar mais próximo que chegaram. Bianca sabe que foi difícil para ela aceitar este trabalho. E achava que a decisão dela em aceitar teve mais a ver com a piora de seu quadro de sonambulismo nos últimos meses do que com o trabalho em si. Laura tinha uma ideia fixa de que mudar de cidade a ajudava a dormir melhor. Vai entender...

Por isso, Bianca não iria contar nada sobre a madrugada anterior. Laura poderia decidir que mais uma mudança seria boa para elas, e a verdade é que estava cansada e bem que gostaria de um dia poder se sentir parte de um lugar.

Porém, a única coisa que a alarmava sobre a noite anterior era que nunca tinha ido parar tão longe de casa. Já acordara antes em outros cômodos, em corredores de prédio, mas nunca assim, no meio da rua e cercada por estranhos. Mas hoje Laura contrataria alguém para instalar o sistema de segurança.

Elas tinham uma caixa com todo tipo de fechaduras e travas para a porta da casa. Contudo, mesmo com esses cuidados, Laura já havia acordado com a porta completamente aberta e Bianca saindo de casa, por isso pensaram em colocar um sininho sobre a porta, que tocava todas as vezes que ela abria ou fechava.

Manter o sonambulismo de Bianca sob controle era uma batalha constante.

– Não sei se é uma boa ideia irmos para a capital. Tenho muito trabalho por aqui – disfarçou Laura. – Bem, hoje vou dar uma boa arrumada nesta bagunça.

Bianca acenou, concordando.

– E eu vou enfrentar mais uma vez meu primeiro dia de aula.

Laura mordeu os lábios.

– Tudo bem... – disse logo Bianca. Ela sabia que sua irmã não as obrigava a mudar por maldade. – Não se preocupe. Eu farei novos amigos por aqui.

Ficaram apenas dez meses na última cidade, e a verdade é que nem deu tempo de fazer amigos. Ela geralmente chegava bem no meio do ano escolar, como agora, e por isso não era fácil se enturmar.

Olhou para o relógio e faltavam dez minutos para as sete da manhã, levantou-se da mesa e pegou a mochila no chão.

– Preciso ir.

Laura foi até a porta despedir-se dela e encostou-se ao batente, observando Bianca caminhar até o portão com a mochila nas costas e seus cabelos castanhos ondulados a balançar graciosamente enquanto se movimentava.

Sentiu um aperto no estômago, Laura estava com medo. Ela sabia que, apesar de Bianca já ter passado pela perigosa idade dos treze anos e estar agora com dezesseis, elas ainda não estavam a salvo. Os pesadelos e as crises de sonambulismo eram coisas com as quais não se sentia preparada para lidar sozinha. Os tratamentos terapêuticos eram necessários, mas pouco adiantavam, pois ela sabia que as causas desses transtornos estavam muito além da ciência comum.

2

Não foi difícil chegar à escola. Ela ficava localizada bem em frente a um canal de águas rasas, que seguia a perder de vista bem no meio da avenida.

Vários alunos sentavam-se na mureta do canal para conversar enquanto esperavam o sinal tocar. A construção tinha três andares e sua pintura azul e cinza estava suja e desgastada.

Já deveria estar quase na hora de fecharem os portões, por isso havia muita gente atravessando a avenida para entrar. Bianca fez o mesmo, espremendo-se entre alguns alunos. Assim que entrou, parou bem perto das grades que davam para uma quadra esportiva. À direita, havia um grande pátio interno e escadas para o piso superior. Ficou ali por algum tempo, tentando decidir para onde deveria ir.

Uma inspetora de alunos, morena e grandalhona, usando um crachá no pescoço, passou por ela e Bianca aproveitou para pedir informações sobre a localização de sua sala de aula.

– Certo... Terceiro ano B, não é? – disse a mulher, olhando em volta para os estudantes espalhados em rodinhas de conversas.

– Isso... – confirmou Bianca.

– Fernanda! – gritou a inspetora para uma menina alta e morena de cabelos escuros. A garota olhou-a um pouco surpresa.

– Você é do Terceiro B?

– Não, eu sou do A.

A inspetora grunhiu algo, mas em seguida Fernanda apontou para um menino alto e magro encostado na grade, usando seus fones de ouvido.

– Mas o Renan é do B.

A inspetora se virou para o menino e já foi logo gritando o nome dele. O garoto olhou confuso e depois que percebeu que era com ele mesmo, tirou os fones e olhou com mais atenção.

– Menino, você é surdo, é?

– Hãm?

– Você é do Terceiro B?

– Sou sim.

– Ótimo! Pode levar esta garota nova até a sua classe?

Ele olhou para Bianca com uma expressão de espanto e disfarçada satisfação.

– Hamm... claro... sem problemas.

Mal respondeu e a inspetora deu as costas, afastando-se.

O garoto era magro e usava uma blusa de gola alta preta sob a camiseta azul com o símbolo da escola. Também usava óculos com armação quadrada preta e seus cabelos castanhos eram curtos, mas faziam suaves ondas no topete jogado para o lado.

– Oi, eu sou Renan – disse ele, oferecendo a mão. Bianca achou engraçado o cumprimento tão formal na escola, mas ele parecia um pouco nervoso com a presença dela, então apenas retornou o cumprimento sorrindo.

– Oi, e eu sou Bianca.

Ainda bem que era ele e não aquela garota morena, na entrada, a ajudá-la em seu primeiro dia, pois se dava melhor com garotos, principalmente se eles fossem apenas comuns como Renan.

– De que escola você veio? – perguntou, enquanto a guiava pelo pátio apinhado de alunos em direção às escadas.

– De nenhuma de Santos, a última cidade em que morei foi Santo Ângelo, no Rio Grande do Sul.

– Última cidade?

– É... – disse ela, entortando os lábios enquanto subiam as escadas. – Já me mudei bastante por causa do trabalho de minha irmã – e antes que ele perguntasse sobre seus pais, o que sempre acontecia, ela já foi logo explicando. – Moro com minha irmã mais velha. Minha mãe e meu padrasto morreram algum tempo atrás.

– Nossa... eu sinto muito.

– Obrigada... E como é esta escola? – perguntou, tentando manter algum assunto.

Ele deu de ombros.

– Chata como a maioria, eu acho. Mas tem algumas pessoas legais por aqui. Vou te apresentar.

– Ok, valeu.

No primeiro andar do prédio do colégio, corredores com portas de salas de aula rodeavam uma grande abertura retangular que dava para ver o pátio no andar térreo. Centenas de estudantes espalhavam-se pelos corredores em meio a conversas e risos.

– Vem! – chamou Renan, tomando a dianteira para passar entre os alunos.

Bianca caminhava olhando para o chão. Era uma escola grande. Tinha tanta gente que provavelmente nem notariam que havia uma garota nova, muito menos se lembrariam de quando ela partisse para outra cidade. E esse era um bom pensamento.

Seguiram pelo corredor cheio até Renan parar perto de um grupo de três garotas conversando.

– Ei! Nicole! – chamou ele.

Uma garota apoiada na parede sorriu e acenou. Ela usava um piercing na sobrancelha. Seu cabelo curto e liso era castanho-claro repicado, com fios dourados caindo sobre um rosto fino, seus olhos eram de um cinza profundo. Sua sobrancelha com o piercing ergueu-se de maneira inquisitiva, o suficiente para Renan entender que devia algumas explicações. Rapidamente ele falou que Bianca era nova e que a estava ajudando em seu primeiro dia.

– Tá... – respondeu Nicole, com um dar de ombros.

Em seguida, ela começou a conversar com ele e Bianca suspirou levemente, pois estava sendo totalmente ignorada. Renan e Nicole discutiam sobre um trabalho de Geografia e ela já começava a ficar desconfortável ali parada, quando de repente começou a sentir algo diferente de tudo o que já havia sentido na vida.

Franziu os olhos sentindo-se estranha, como se o seu coração não batesse por um instante ou demorasse demais para fazer isso. A respiração falhou no momento em que seu olhar se voltou imediatamente para o corredor.

Logo notou que, a alguns metros, onde até então ela e outros estudantes tiveram de passar espremidos, começou certa movimentação. Alunos afastavam-se discretamente, encostando um pouco mais na amurada ou na parede, liberando a passagem. Talvez algum professor estivesse vindo, mas achou difícil aquela ser o tipo de escola em que alguém respeitasse sequer a diretora...

Bianca enrugou mais os olhos quando sentiu uma estranha pressão em sua cabeça. Tentou ignorá-la, mas sua respiração começou a se alterar, e isso era complicado de ignorar. Enquanto tentava puxar fundo o ar, a pressão sobre a cabeça ia e vinha conforme as batidas do coração, que, por sinal, batia agora tão forte que parecia que iria sair do peito.

Imaginou, em pânico, se aquilo poderia ser algum tipo de ataque cardíaco.

Passou a mão pelo rosto suado e pensou em avisar alguém que estava passando mal. Entretanto, seu olhar fixou-se no corredor. E então finalmente ela os viu.

Eram apenas três. Atrás, vinha um garoto alto de cabelos escuros arrepiados, uma figura que chamava a atenção, pois era muito forte. Imaginou que, se esse garoto não tivesse nascido dentro de uma academia, deveria abusar de tantas substâncias ilegais de musculação que logo perderia o fígado. Com certeza ninguém ficaria no caminho desse aí. Ao seu lado, caminhava uma garota chamativa, cheia de curvas, morena de olhos amendoados e cabelos pretos lisos. Ela sorria displicentemente enquanto conversava com o terceiro garoto, que andava um pouco à frente deles. Era ele quem realmente chamava toda a atenção.

Esse terceiro garoto tinha cabelos castanho-claros, levemente cacheados e caídos sobre um rosto sorridente. Ele era ainda mais bonito do que os outros dois. Por algum motivo, Bianca simplesmente não conseguia evitar olhá-lo fixamente.

Seus olhos encontraram os dela. Eram impressionantemente verdes. Bianca estava no meio do corredor, estática entre eles e a passagem livre. Notou que suas sobrancelhas franziram levemente.

Alguém ao seu lado chamou seu nome, mas a voz parecia distante demais, e Bianca ignorou. As sensações estranhas a envolveram como uma forte vibração. Os três pararam e a fitaram, achou ter visto algo neles, um reflexo amarelado e perturbador em seus olhares.

De repente, sentiu uma forte tontura e suas pernas simplesmente perderam força enquanto seus joelhos dobravam. As imagens ao redor tornaram-se borrões enquanto caía.

Alguém a pegou antes que chegasse ao chão.

– Bianca! – era a voz urgente de Renan. Os borrões coloridos desapareceram e ela viu Renan e Nicole. Eles a seguravam.

Como ímãs, seus olhos procuraram algo além dos dois. O garoto bonito estava mais perto dela e a observava com rugas entre os olhos.

– Tente se levantar – disse Nicole, puxando-a para cima por um dos braços, enquanto Renan a sustentava.

– O que houve? – perguntou Renan. – Você está bem?

Ela esforçou-se para ignorar a tontura e concentrar-se. Diversos alunos acotovelavam-se perto deles para ver o que havia acontecido.

– Ela está bem, Lucas – disse a amiga de Renan, virando-se para o garoto de olhos verdes. – A gente toma conta dela – disse, indicando o corredor para eles passarem. Renan puxou Bianca em direção à parede e o caminho ficou finalmente livre.

Lucas, esse era o nome dele.

Ele franziu levemente as sobrancelhas, mas agora sua expressão era diferente, era dura. Encarou a garota de piercing prendendo os olhos dela nos dele. Lucas deu um passo e aproximou-se alguns centímetros de Nicole, ainda sustentando o olhar. Um leve tremor passou pela face de Nicole e ela instintivamente se encolheu, encarando o chão com uma expressão de raiva contida.

– Ok, ok, Lucas – interrompeu a linda garota morena que estava com eles –, saiba que ontem eu realmente estava brincando com você quando disse que as garotas caíam aos seus pés! Bem, a partir de hoje não brinco mais com isso não, porque, pelo jeito, elas realmente caem!

O efeito foi imediato. Bianca ficou vermelha e ao redor soltaram muitas risadas, dissipando a onda de tensão no ar. Renan, Nicole e Lucas não riram. Ainda com sua cabeça latejando, Bianca desejou poder mudar imediatamente de cidade.

Num segundo, ela já caminhava a passos largos, esbarrando em alguns alunos pelo caminho, até chegar às escadas e descer, ignorando a voz de Renan chamando-a em meio a risadas pelo corredor.

Caminhou pelo pátio até entrar no banheiro feminino vazio. Na pia, apoiou suas mãos na pedra, olhou para o espelho e balançou a cabeça. Quase desmaiar na frente do garoto mais bonito da escola não foi uma atitude muito inteligente, principalmente para quem queria passar despercebida por mais uma escola em sua vida.

– Droga... – reclamou baixinho.

Lavou o rosto com água fria e saiu em direção à sua sala.

O pátio e os corredores já estavam vazios. As aulas já tinham começado, por isso a porta de sua sala estava fechada. Girou a maçaneta e entrou cuidadosamente. O professor interrompeu sua fala para ver quem entrava. Ela tentou ignorar os risos abafados no ar.

– E você o que quer? – perguntou ele.

– Meu nome é Bianca, sou nova na escola.

– Ah, sim... – disse, parecendo ainda pouco satisfeito com a interrupção enquanto olhava seu diário escolar procurando o nome dela.

A pressão em sua cabeça recomeçou levemente. Sentado no final da terceira fileira, estava Lucas encarando-a com expressão curiosa. Bianca desviou os olhos, sentindo um frio na barriga. Provavelmente, iria passar mal de novo. O que estava acontecendo com ela? Renan apontou para uma carteira vazia ao seu lado.

– Por favor... silêncio! – pediu o professor para aqueles que ainda riam e cochichavam. – Muito bem. Bianca Fernandes, escolha um lugar para você.

– Obrigada – respondeu. O olhar da classe estava sobre ela. Bianca baixou os olhos e foi na direção da carteira apontada por Renan.

Renan ainda sorria, enquanto o professor voltava à sua explicação. Ela sentou-se, colocou as mãos na têmpora e fechou os olhos por um instante. Nunca sentira algo assim antes, mas lembrou-se da época em que era mais nova e acompanhava Laura em aulas de ioga. Sua irmã achou que exercícios de respiração e relaxamento poderiam ajudá-la com o terror noturno.

Com os olhos fechados, tentou afastar a mente de onde estava, tentando forçar as batidas do coração a acalmarem-se, seguindo o ritmo da respiração. No início, achou que não fosse funcionar, mas um minuto depois sentiu a pressão baixando e a sensação de pulsação sobre seu corpo diminuir até quase desaparecer. O coração desacelerou e agora podia respirar melhor.

A partir daí, tentou se manter focada na aula e resistir em olhar para o fundo da terceira fileira, por mais difícil que fosse.

Renan algumas vezes virava e lhe dirigia um leve sorriso, outras vezes revirava os olhos quando o professor implicava com alguém, e isso a fazia sorrir, relaxando-a. Teve sorte em conhecê-lo, pois ele se esforçava em fazê-la sentir-se bem em seu primeiro dia na escola.

O sinal tocou e o professor saiu. Entre a troca de aulas, Renan virou-se para ela.

– Você parece melhor – disse ele.

– Acho que estou. Não sei o que aconteceu.

A professora de Geografia entrou e então não falaram mais, pois ela iniciou uma explicação sobre a flora e a fauna brasileira. Por fim, a professora avisou que ela também deveria entregar o trabalho trimestral na próxima sexta-feira. Bianca olhou para Renan e Nicole.

– Não se preocupe – disse ele imediatamente, enquanto o sinal tocava. – Nós não fizemos o trabalho ainda. Se quiser, pode fazer conosco esta tarde na casa da Nicole.

Nicole não disse nada, apenas se levantou e começou a sair da sala, concentrada em digitar algo no celular.

– Seria ótimo! – respondeu Bianca.

– Vamos combinar melhor e te aviso.

Em seguida, ele se levantou para se juntar a Nicole na porta e descerem para o intervalo no pátio. Bianca ia segui-los, mas alguém a tocou levemente no braço.

– Espere...

Um tremor percorreu seu braço, passou por sua espinha e ela se virou imediatamente. Era Lucas, encarando-a com seus olhos verdes e um sorriso franco.

– Posso falar com você por um instante?

Seu coração acelerou e a pressão na cabeça voltou. As palavras não saíam de sua boca, ele parecia esperar que ela dissesse alguma coisa. Bianca o encarou, tentando parecer mais confiante e menos doente. As sensações desta manhã vinham como ondas turbulentas, some isso às sensações normais de um primeiro dia de aula, e ela estava a ponto de explodir ou desmaiar de novo, o que viesse primeiro.

– Bianca Fernandes, certo?

Ela apenas conseguiu acenar afirmativamente.

– Meu nome é Lucas Mattos. Sente-se melhor? Parecia estar passando mal no corredor.

– Sim... eu... estou bem agora – respondeu hesitante e continuou. – Acho que foi só uma enxaqueca muito forte.

– Bem, então seja bem-vinda ao colégio – disse ele com um sorriso arrasador, antes de se voltar em direção à porta. Ela sentiu-se segurar o fôlego. – E ahh... esqueça o que a Rafa disse, ela é só muito brincalhona. – E deu-lhe outro daquele sorriso antes de sair.

Ela então soltou o ar finalmente e, sentindo-se levemente trêmula, conseguiu sair da sala também. Nicole e Renan estavam encostados na murada do corredor. Ele tinha o olhar desviado para o chão e parecia de mau humor, enquanto ela conversava com outras duas meninas.

– O que o babaca queria? – perguntou Nicole, irritada, virando de repente sua atenção para ela.

Bianca se perguntou como foi que ele tinha magoado Nicole, pois, apesar de toda essa atitude de garota/garoto que ela tinha, Lucas parecia incomodá-la bastante.

– Nada. Só me perguntou se eu estava bem.

Ela não pareceu convencida, lançando um olhar de pura raiva em direção a Lucas, que já se dirigia para as escadas.

No pátio, Bianca sentou-se sozinha em um dos bancos, enquanto Nicole, Renan e as outras garotas iam comprar algo para comer.

Ao seu redor, havia diversos grupos de alunos conversando e alguns olhares se dirigiam a ela. Obviamente, podia perceber que eram acompanhados por risinhos e cochichos.

Maravilha! A notícia da garota nova ter desmaiado ridiculamente, aos pés do garoto mais bonito da escola, deve estar se espalhando bem rápido.

Bianca virou-se para o outro lado do banco, dando as costas para o pátio, e suspirou resignada, seria uma longa estadia em Santos. Deste lado, podia ver a quadra gradeada e seus olhos encontraram os três novamente. Era impressionante, eles pareciam ímãs que atraíam sua atenção!

O trio brincava com uma bola de basquete sob um dos aros, nenhum deles parecia levar o jogo a sério, conversavam e riam distraídos. Mesmo assim, os movimentos deles eram algo de que não se conseguia tirar os olhos. Lucas era mais bonito e mais leve do que o outro garoto, que parecia um brutamonte ambulante. Já Rafaela, a menor deles, era graciosa de se ver, seus movimentos eram mais contidos e, quando sorria, sem mostrar os dentes, tinha aquela expressão de quem guardava um segredo.

Enquanto jogavam, riam e brincavam com familiaridade, pareciam ter aquela amizade cheia de intimidade, do tipo que Bianca nunca conseguira ter durante suas rápidas estadias nas cidades em que passava.

Pouco tempo depois, Renan voltou com Nicole.

– Está confirmado, o trabalho de Geografia será feito na casa de Nicole, hoje às três horas.

– Bia, me passa o número do seu celular que vou te enviar o endereço e um mapa, mas garanto que é fácil de chegar.

– Tudo bem, eu irei.

– Que bom. Vai ser legal ter você no grupo – disse ele, sorridente.

Nicole apenas revirou os olhos.

Ao voltarem para a sala, após o término do intervalo, Bianca já estava em seu lugar quando Lucas entrou um pouco antes da professora. Ele caminhou pelo espaço de carteiras entre as fileiras, até que seus olhares se encontraram.

As sensações continuavam como um terremoto em seu interior. Ela forçou-se a prestar atenção na aula até o final. Quando o sinal bateu, Bianca arrumou seu material e esperou seus dois novos colegas estarem prontos para saírem.

Seus olhos seguiram Lucas, enquanto ele desaparecia pela porta, e respirou fundo, sentindo-se mais aliviada. Nicole percebeu.

– Por favor, não vai dizer que está a fim daquele cara também?

Nicole a pegou de surpresa.

– Eu... não... – começou.

– Me poupe, vai! – disse Nicole, irritada, enquanto ia em direção à saída da classe.

Renan apenas baixou os olhos e foi atrás da amiga. No portão da escola, despediu-se rapidamente. Bianca passou na secretaria para finalizar alguns procedimentos da matrícula e depois foi para casa a pé.

Sentia-se perfeitamente bem novamente e não tinha a menor ideia do que tinha acontecido com ela esta manhã.

3

— Na sexta-feira, preciso entregar um trabalho de Geografia que deve ser feito em grupo – avisou Bianca enquanto ela e Laura almoçavam alguma coisa parecida com macarrão instantâneo.

Laura olhou para ela com expressão preocupada.

– Não se preocupe, eu já me enturmei e farei com Renan e Nicole. Preciso me reunir com eles esta tarde, mas se quiser ajuda por aqui... – disse, apontando para as caixas de mudança espalhadas – eu ligo e explico a situação.

Laura ajeitou os óculos e sorriu, tranquila.

– Vá encontrar com seus novos amigos e faça o trabalho. Aproveite!

Bianca sorriu em agradecimento.

Após almoçarem, ela ajudou na cozinha e em seguida foi até o quarto abrir algumas caixas e guardar suas roupas até a hora de tomar banho e sair.

Quando o ônibus indicado por Renan chegou ao ponto, sentou-se sozinha ao lado da janela ouvindo música com fones de ouvido. Santos era uma cidade com muitos prédios, mas agradável. O ônibus se aproximou do final do canal e virou à esquerda na avenida. O horizonte surgiu sobre um mar cinzento, areia e um belo jardim que contornava toda a extensão da praia. A grama do jardim era perfeitamente aparada e limpa, havia arbustos e flores mantidas de forma impecável. Por fim, uma pista para bicicletas entre a calçada e o jardim dava movimento à paisagem. O cheiro de mar e o horizonte azul eram relaxantes. Canais cercados por muretas brancas desembocavam no mar. Passou por mais um deles até virar à esquerda em uma avenida que contornava o canal quatro. Ela checou algumas vezes o mapa no celular, enviado por Renan, e desceu do ônibus no ponto indicado.

Três minutos depois, chegava a uma bonita casa de dois andares, rodeada por muros brancos. Logo viu o painel do interfone com câmera e tocou. Em segundos, o portão abriu. Na entrada, havia jardins de um lado e garagem do outro. Ela estranhou Nicole estudar em uma escola tão simples e morar em uma casa daquelas.

Miau!

Olhou para baixo. Um charmoso gato peludo, malhado de branco e castanho alaranjado surgiu aos seus pés. Gostava de animais. Quando se abaixou para coçar sua cabeça, o bichano saltou à frente e caminhou até a porta da entrada, onde parou e empinou a cabeça, como se a esperasse. Ela se aproximou no momento em que a porta se abriu e Nicole acenou para que entrasse. A garota vestia shorts jeans rasgado, conforme a moda, e uma blusa preta estampada com a imagem de um anime famoso.

– Oi! – cumprimentou Bianca.

Nicole respondeu com um aceno para ela entrar. A sala era ampla e decorada cuidadosamente, com cores alvas e detalhes em vermelho. Toda a lateral direita da casa era composta de vidro, deixando o ambiente iluminado e com vista para a piscina.

O gato entrou correndo e foi para o colo de uma menina, com não mais do que dez anos, sentada sobre uma grande almofada vermelha ao lado do sofá. Ela tinha cabelos lisos e castanho-claros como os de Nicole, mas eram mais compridos.

– Oi! – disse a menina.

– Esta é a minha irmãzinha Gabrielle e aquela coisa cheia de pelos é o Paxá.

Gabrielle sorriu e acenou, enquanto acariciava os pelos do gato. No chão, ao redor da menina, havia várias folhas espalhadas e lápis coloridos.

Um som de campainha soou.

– Deve ser Renan – disse Nicole, caminhando até a porta novamente. – Já volto, vou levá-lo para guardar a bicicleta.

Nicole saiu pela porta e logo dava para vê-los conversando lá fora, através da parede lateral de vidro, enquanto Renan empurrava a bicicleta para o fundo da casa.

Bianca aproveitou e caminhou ao redor. Quando se aproximou do lugar onde estava a menina, notou que as folhas estavam cheias de anotações e não de desenhos. Uma das folhas era a de um jornal local. Ficou curiosa e se abaixou para pegá-la. A reportagem comentava acerca de um assassinato na cidade. O corpo de uma menina de baixa renda havia sido encontrado em uma escola abandonada no centro histórico de Santos.

– Ela era mais nova do que eu e se chamava Camila – disse Gabrielle, erguendo seu olhar para ela.

– Pobrezinha. Você a conhecia? – perguntou Bianca.

Gabrielle balançou a cabeça em uma negativa, e ela tentou imaginar por que uma menina como ela teria interesse em algo assim.

– E encontraram quem fez isso?

Mais uma vez ela balançou a cabeça e olhou fixamente para Bianca.

– Seu cabelo é bonito – disse Gabrielle de repente, mudando de assunto.

– Obrigada – respondeu. – Mas cuidado para não ter pesadelos à noite lendo notícias como estas – disse, devolvendo a página para ela.

– Eu não terei – respondeu, pegando a folha enquanto acariciava os pelos de Paxá ao seu lado.

Bianca franziu o cenho, mas antes de poder dizer alguma coisa, Nicole e Renan entraram na sala.

– E aí? – disse Nicole. – Vamos fazer logo este trabalho chato? – Bianca acenou concordando e Renan sorriu para ela em cumprimento.

O trabalho era sobre a Antártida. Durante toda a tarde, no quarto de Nicole, ela e Renan pesquisaram na Internet e separaram o material para a apresentação no notebook dele. Já Nicole ficou agarrada em seu ipad navegando na Internet. Entretanto, quando já estavam quase acabando, Nicole pediu o notebook e se concentrou em trabalhar nas informações coletadas. De repente, toda a atividade transformou-se em uma apresentação de PowerPoint de tirar o fôlego, com direito a retoques no Photoshop e efeitos especiais.

– Uau! – foi tudo o que conseguiu dizer, quando Nicole perguntou o que tinham achado.

– Sou ou não sou um gênio do design? – disse Nicole, com um sorriso vitorioso.

– Nic, você é mais do que isso! – riu ele. – Eu disse que o trabalho ficaria incrível com suas mãos mágicas.

Bianca olhou para Renan, inconformada. Ele era oficialmente um puxa-saco.

– Ok! – disse Nicole, fechando o notebook. – Fim...

– Legal! – disse ele, olhando para o relógio do celular. – Acho que vai dar tempo de eu ir jogar RPG com a galera. Querem ir também? – perguntou, dirigindo-se principalmente para Bianca.

As duas agradeceram, mas negaram. Renan se afastou um pouco desapontado, pegando o celular, em direção à sacada. Um silêncio estranho caiu sobre elas, mas antes que Bianca pudesse dizer algo, foi Nicole quem falou.

– Você sabe que ele ficou encantado com você, não sabe?

– O quê? Quem? – perguntou Bianca, confusa.

– Renan, estou falando do Renan. Ele é um doce de garoto, muito melhor do que o Lucas.

– O Renan é legal, mas é só um amigo e acabei de conhecê-lo.

Nicole torceu os lábios insatisfeita com a resposta e desviou o olhar para a porta do quarto, franzindo a sobrancelha.

– Ei! Sai daqui sua enxerida!

Parado na porta, estava Paxá, o gato de Gabrielle, com as orelhas em pé, com seus olhos grandes e inteligentes encarando-as. Paxá miou alto e deu um salto para trás para desviar da revista que Nicole atirou nele.

– Gato idiota – completou, quando ele desapareceu no corredor.

– É só um gatinho – comentou Bianca abismada.

– Ahh... Você não diria isso se conhecesse este gato e a dona dele melhor. São dois enxeridos, que adoram ouvir conversas que não foram chamados.

Bianca se levantou e pegou a mochila.

– Bem, é melhor eu ir. Já está anoitecendo.

Renan voltou e anunciou que também estava saindo. Lá fora se despediram. Renan montou em sua bicicleta e se foi. Bianca colocou seu fone de ouvido e caminhou em direção ao ponto de ônibus. Esperou um pouco até ele aparecer, deu sinal e entrou no coletivo. Ela passou a viagem de volta observando as árvores ao redor do canal e a lua brilhante, que surgia no céu conforme anoitecia.

Mais uma mudança e minha vida mudou mais uma vez – pensou. – *Quantas vezes isso ainda aconteceria?*

Com a cabeça encostada no vidro da janela, sentiu-se exausta, aquele tinha sido um primeiro dia difícil.

Fechou os olhos por um instante, ouvindo as batidas da música. Sentiu-se leve, como se flutuasse no céu noturno estrelado. A imagem de uma lua grande e branca no céu escuro veio à mente. Instantes depois, outra lua surgiu, exatamente como aquela. As luas olhavam-na placidamente até que um forte som a sobressaltou, como um bater de porta. Então, as duas cálidas luas tingiram-se de rubro. Bianca se encolheu quando as estrelas começaram a se apagar, uma a uma, deixando-a numa escuridão vermelha. De repente, a noite sem estrelas se transformou em uma grossa penugem negra e brilhante. Tentou gritar, mas não havia voz, somente uma sensação de solidão e medo.

A fera de olhos de lua sangrenta a encarava faminta. Tentou se afastar, mas era impossível. Levou as mãos à cabeça tentando parar a dor. Seu coração disparou e a respiração se tornou difícil. A fera se divertia com sua agonia e, quando a criatura avançou, Bianca gritou.

Ao abrir os olhos, não tinha certeza se havia gritado ou não. Acordou sozinha e em pé no meio do corredor do ônibus, sua mochila estava no assento ao lado.

Onde estou?

Pegou a mochila e foi em direção à saída do ônibus. Pelo vidro, notou que ele estava parado numa praça escura e o motorista escrevia em uma prancheta na calçada. Nervosa, jogou os fones de ouvido na mochila enquanto descia os degraus para sair.

O motorista ergueu os olhos da prancheta e arqueou as sobrancelhas.

– Você estava dentro do ônibus? – perguntou o motorista, surpreso ao vê-la descer.

– Estava. Você não me viu?

Um vento frio passou e ela ajustou a jaqueta jeans.

– Não vi! – respondeu ele, coçando a orelha.

– Onde estou?

– Esta parada fica no Centro de Santos, a parte velha da cidade. Você não conhece a região?

– Não, sou nova na cidade. Acabei de me mudar. Como eu vim parar aqui?

– Deve ter pegado o ônibus errado – respondeu, e percebendo que a garota estava confusa, o motorista explicou: – Olha, vá até o terminal de ônibus próximo à rodoviária e lá pegue o ônibus de que precisa. Não vai demorar.

– Tá, mas eu nem sei como faço para chegar até o terminal.

O motorista era solícito e a instruiu duas vezes só por garantia.

Bianca atravessou a avenida deserta e começou a caminhar. Olhou para as horas no celular e viu que eram sete e meia da noite. Ao redor havia uma mistura de prédios modernos e antigos, alguns em excelente aparência devido às restaurações, outros caindo aos pedaços. Imaginou que o novo trabalho de Laura ficava por ali.

Virou uma esquina e depois outra. As calçadas eram pouco iluminadas e as ruas não eram de asfalto, mas sim de pedras antigas. Notou que por onde passava havia postes com folhas impressas coladas recentemente. Eram avisos de animais perdidos. Um deles era um cachorrinho com uma mancha preta engraçada no rosto. Bianca ficou com pena dele e do dono que deveria estar desesperado para encontrá-lo.

Uma das ruas em que virou estava interditada para carros. Pedras foram soltas do chão e formavam pilhas, havia um buraco fundo e escuro aberto no meio da rua, protegido por uma pequena cerca com placas de metal alaranjado e avisos de "Atenção" junto ao símbolo da Sabesp, empresa de serviços de saneamento de água e esgoto.

Por algum motivo, diminuiu os passos ao passar junto ao buraco, encarando a escuridão que havia nele. Ela sabia que era perigoso parar por ali, então continuou. Depois de caminhar alguns metros, chegou em frente a uma construção caindo aos pedaços, parecia uma igreja. Não havia muito do que foi o muro um dia, a lateral estava fechada por uma grade de metal e um portão de placas de madeira. Bianca parou. Ficou em frente à grade torta e enferrujada da igreja em ruínas, com o olhar perdido em um ponto qualquer da escuridão. Sua mente listava motivos para não ficar assim parada, mas sua vontade apenas queria ficar ali.

A luz da rua vacilou e sentiu algo passar atrás de si, a sensação a tirou do torpor. Era melhor continuar andando. Contudo, assim que se virou, deu um salto com o coração na boca.

Parado ao seu lado, estava um homem de aspecto horrível e decadente. Suas roupas eram imundas e rasgadas, seu cabelo e barba estavam grandes demais e desgrenhados. O cheiro que vinha dele era perturbador, assim como o seu olhar.

Bianca não ficou parada, desviou dele saindo da calçada para atravessar para o outro lado. O mendigo não se mexeu, apenas a acompanhou com o olhar enquanto resmungava algo. Apreensiva, ela caminhou até a esquina sem tirar os olhos dele. E este foi seu erro.

– Ei, calma aí, bonitinha. Tá fugindo do quê? – disse uma voz arrastada, assim que virou a esquina.

Havia três jovens parados na calçada. Os três tinham sorrisos tortos e maliciosos. Um deles, de cabelo loiro sujo e blusa cinza, desencostou do muro e foi até ela. Ela parou por um instante, indecisa sobre qual caminho tomar.

– Mó gatinha, hein, Gui... – disse ele, aproximando-se para tentar alcançar uma mexa do cabelo dela.

Bianca tentou não ficar com medo e afastou-se para tomar outro caminho, porém o segundo rapaz, vestindo moletom verde e chinelos, posicionou-se na frente dela, fechando a passagem.

– Também achei, viu! Muito linda... – disse o rapaz que o primeiro chamou de Gui.

Os dois riram. Eles eram rápidos e com intenções bem claras.

– Poxa, que falta de educação ir embora assim, sem mais nem menos – comentou o terceiro, aproximando-se. Seu nariz grande chamava mais atenção do que o boné vermelho que usava.

– Que metidinha – provocou o primeiro, aproximando-se ainda mais, sem deixar espaço para fuga. – Quando alguém quer te conhecer, você tem que se apresentar, gata!

O de moletom verde deslizou os dedos pelo braço de Bianca. Ela imediatamente se afastou e tentou abrir passagem empurrando-os de qualquer jeito.

– Eu quero passar – pediu Bianca.

– Ei, calminha aí, bonitinha... – disse o primeiro, fechando o espaço para ela não escapar.

– Me solt...! – Mas seu grito foi sufocado pelo rapaz de boné vermelho e nariz grande, que tapou sua boca com força, enquanto a empurrava contra o muro. Muito rápido, os outros dois tiraram sua mochila das costas e começaram a despejar o conteúdo no chão.

– Calma aí, calma aí... Sem gritar... – disse o de boné vermelho, segurando-a contra o muro, seu tom não era mais o de brincadeira.

– Cadê a carteira? – perguntou o rapaz de cabelo sujo. – Onde está o dinheiro?

O de boné soltou sua boca, mas a manteve presa contra o muro. Em seguida, levou a mão até a blusa e tirou uma faca.

– Sem gritar! Sem gritar, ou a gente corta!

Lágrimas rolaram quando ele encostou a faca em seu rosto. Não havia nada na mochila, a não ser material escolar. Em seu bolso, havia apenas o cartão de ônibus. O bairro era empresarial e naquela hora o lugar estava deserto. Gritar poderia custar a sua vida, pois ninguém por ali a ouviria... Tentou sair da pressão que o garoto fazia para prendê-la, mas não conseguiu.

– Não tenho dinheiro.

– Mentira! – disse o rapaz de boné, sufocando-a com o braço contra seu pescoço. Bianca tentou fazer alguma coisa para afastá-lo, mas era fraca demais. Sua respiração ficou pesada.

De algum lugar estalou o som de algo metálico caindo no chão. Instintivamente, os três olharam para o lado e o braço contra seu pescoço relaxou. Bianca tentou desvencilhar-se, mas ele estava atento e com força a empurrou novamente. Ela soltou um gemido quando sua cabeça bateu contra o muro.

– Fica quieta!

Sentiu seu coração desacelerar por um instante e então seu coração bateu tão forte que fez seu peito doer e a mente vibrar. Bianca arfou e olhou para o outro lado. Alguém estava parado próximo a eles. Arregalou os olhos quando notou quem era.

– Solta ela!

Lucas vestia jeans e camiseta azul sem mangas. Parecia relaxado, mas seus cabelos castanho-clatos estavam selvagens e seus olhos, antes verdes e tranquilos, estavam muito estreitos e perigosos sob as sombras da calçada. Bianca imaginou se havia algo de errado com a aparência dele, pois parecia bem mais forte do que nesta manhã.

– Ei, cara, você está surdo? Solta ela! – dava para sentir a raiva contida na voz, e Bianca podia jurar que seus olhos mais uma vez refletiam aquela estranha luz amarelada.

– Um bacaninha querendo dar de herói, que bonitinho! – falou o rapaz de moletom verde.

Bianca estremeceu e achou ter visto pelo canto dos olhos uma sombra passar muito rápido do outro lado da rua. O de moletom verde também percebeu algo porque olhou preocupado.

– É melhor cair fora, palhaço! – disse o rapaz de boné que a mantinha contra uma faca.

Bianca sentiu novamente o pavor crescendo dentro dela, pois eles eram três e estavam armados, mas Lucas sorriu e cruzou os braços.

– Eu acho que não – respondeu com espantosa calma.

– Você vai morrer, mané! – disse o rapaz de cabelo loiro sujo, e então avançou na direção de Lucas, enquanto tirava uma faca sob a camiseta.

O rapaz de moletom verde largou a mochila no chão e também fez menção de ir para cima de Lucas, porém ele notou Vitor virando a esquina. Ele usava jeans e uma blusa branca sem mangas, seus braços fortes se destacavam. Bianca achou que o rosto de Vitor parecia mais anguloso sob as sombras e seus olhos bem amedrontadores. O rapaz de moletom também percebeu, pois seus olhos piscaram inseguros sobre correr ou virar para enfrentar o garoto brutamontes que se aproximava a passos largos.

– Quem é você? – disse ele para Vitor. Sua voz parecia vacilante.

– Já vou me apresentar... – respondeu. A expressão dura de Vitor era intimidadora.

O grandalhão rapidamente o empurrou contra o muro, com tanta força que o rapaz de moletom verde arregalou os olhos e ficou sem reação por alguns instantes, mas o marginal não ia desistir tão fácil. Ele levantou o braço e tentou desferir um soco em sua direção. Vitor se defendeu sem esforço, erguendo o antebraço. Em seguida, girou o braço, agarrou o pulso que o rapaz tentou usar para socá-lo e o torceu. Um estalo de algo se partindo fez Bianca estremecer contra o muro de tijolos. O grito de dor do rapaz foi interrompido pelos socos furiosos de Vitor contra seu rosto. Os músculos do braço do garoto estavam saltados e sua mão parecia feita de puro ferro. Sangue começou a escorrer do rapaz.

Enquanto isso, o outro de cabelo loiro sujo, que investiu contra Lucas, também não teve melhor sorte. Bianca, por um momento, duvidou que fosse o mesmo garoto que ela conhecera na escola. O rapaz se aproximou, e Lucas enrugou a expressão avançando um passo, então ergueu a outra perna e chutou o peito do marginal tão forte que ele tropeçou e caiu estatelado metros à frente, junto às botas de Rafaela, que surgiu na cena vinda do outro lado da rua. Quando o rapaz se apoiou no chão para tentar se levantar, ela o chutou no rosto e ele caiu novamente, desta vez inconsciente.

– Já chega! – ordenou Lucas, e toda a musculatura de Vitor estremeceu antes de parar um soco no ar. Bianca achou que ele não fosse mais parar de bater no rapaz. Nunca tinha visto tanta ferocidade em um adolescente.

– Eu... – disse Vitor, soltando o marginal no chão, cujo rosto agora era uma massa de hematomas e muito sangue – sou Vitor, muito prazer em conhecê-lo!

Em seguida, ele limpou a mão suja de sangue na camiseta do rapaz inconsciente.

– Foi mal, Lucas – disse Vitor de repente, sem jeito.

O outro rapaz com a faca em Bianca estremeceu. Foi tudo tão rápido que ele não conseguiu reagir.

– Vocês são malucos? – disse exasperado, tentando manter convicção na voz. – Sabem com quem estão se metendo?

– Benzinho – começou Rafaela, levando as mãos à cintura –, eu acho que é você quem não sabe com quem está mexendo. Melhor soltar essa faquinha de pão e correr, garotão.

Para Bianca, a faca parecia bem grande e afiada, mas neste momento ele a segurava sem muita firmeza. Os três se aproximaram dele ao mesmo tempo, cercando-o.

– Sai fora ou eu mato a mina! – disse o marginal para Lucas.

Vitor abria e fechava as mãos, Rafaela tinha um sorriso frio e Lucas apenas parecia graciosamente ameaçador. O ar ao redor do marginal tinha cheiro e gosto de medo. E então, tudo aconteceu muito rápido.

Com habilidade e força, Lucas pegou o braço do rapaz com a faca e o empurrou para trás, afastando-o de Bianca. Rafaela chutou-o na perna. Outro estalo de algo se partindo no ar e o rapaz gritou de dor, enquanto seu corpo se agachava involuntariamente. Vitor terminou o serviço batendo em sua nuca, tão forte que ele caiu desmaiado como um saco de areia.

Bianca não se mexeu, ela sequer respirou encostada contra o muro. Os três de repente olharam para ela e um estremecimento de puro terror percorreu sua espinha.

– Você está bem? – perguntou Lucas, atenuando a voz.

Ela engoliu em seco. A fisionomia dele suavizara. Tentou falar, mas não conseguiu, apenas gaguejou algo incompreensível. Rafaela riu.

– E agora, Lucas, você deixa as garotas sem palavras... – disse em tom de divertimento.

Vitor riu e Lucas virou para ele um olhar que o calou imediatamente.

– Lucas, desculpe-me – disse Vitor, baixando o olhar e coçando a cabeça sem jeito.

Lucas olhou de volta para Bianca, que não conseguia ainda se mexer.

– Será que vocês dois... – Lucas hesitou antes de continuar – poderiam chamar a polícia?

– A polícia? – perguntou Vitor, arregalando os olhos visivelmente surpreso.

Rafaela revirou os olhos para cima e puxou o grandalhão para mais perto de si.

– Pode deixar que a gente faz isso – disse ela num tom estranho, enquanto puxava Vitor consigo.

Lucas em seguida abaixou-se para pegar a mochila no chão e guardar os objetos jogados na calçada. Sua expressão parecia mais tranquila e... normal. Bianca se aproximou para ajudá-lo.

– Deixa que eu pego – disse ela.

– Tudo bem, acho que já peguei tudo – disse, entregando-lhe a mochila. – Desculpe se a assustamos. Você está bem?

Era a segunda vez que ele perguntava isso.

– Acho que sim – respondeu ainda trêmula, enquanto fechava o zíper e a colocava nas costas. Ela deu uma olhada ao redor. Os marginais continuavam inconscientes no chão.

– Estão vivos?

– É claro! Não batemos tanto neles assim. Apenas precisam de um cochilo para se recuperarem.

– Tá... – respondeu Bianca, desviando o olhar do marginal com o rosto completamente inchado e ensanguentado.

– Vamos? – disse ele, pegando-a gentilmente pelo braço para afastá-la dali.

Bianca o seguiu em silêncio enquanto caminhavam pela calçada.

– O que você estava fazendo por aqui? – perguntou ele. – Este lugar pode ser perigoso ao anoitecer.

– Eu me perdi, sou nova na cidade. Estou procurando o terminal de ônibus para voltar para casa.

Ele acenou compreendendo.

– Eu te levo até o terminal. Não fica longe.

Eles ficaram em silêncio por um instante antes de ela falar primeiro.

– Como fizeram aquilo? Vocês também me deixaram um pouco apavorada.

Lucas sorriu e coçou a cabeça.

– A culpa é toda do Vitor. Você sabe, ele é muito grande e assustador.

Bianca sorriu nervosa.

– É, eu percebi. Acho que tive sorte de três lutadores de MMA, da minha escola, tropeçarem em mim enquanto eu estava sendo assaltada – brincou, ainda nervosa.

Lucas riu de um jeito despreocupado.

– Nós estávamos por perto quando ouvimos alguém gritar e também ficamos surpresos ao vermos que era você. Na verdade, a gente veio dar uma volta pelos bares da rua Quinze.

Bianca apertou levemente o lado da cabeça com os dedos.

– O que foi? – perguntou ele.

– Eu não sei. É essa pressão estranha na cabeça que senti hoje de manhã na escola. Ela começou de novo minutos atrás e não vai embora.

– Ainda está com enxaqueca?

– Acho que sim...

Quando viraram mais uma esquina, ela viu que por toda a rua e calçada havia mesas e cadeiras de plástico espalhadas, aquela deveria ser a rua Quinze. Quase toda a rua era feita de bares e estavam já todos abertos. Os dois caminharam entre mesas e cadeiras ocupadas por gente jovem adulta conversando animadamente, até chegarem a uma avenida bem em frente a uma praça com grandes árvores.

Alguns metros depois, viraram a esquina. Lucas ergueu o braço apontando uma construção de muros e grades, pintadas de azul-escuro, no meio da quadra.

– Ali é o terminal de ônibus.

Estavam em frente à estação rodoviária da cidade. À direita da entrada, ela podia ver a estação de ônibus municipal. Andaram mais um pouco em silêncio até pararem na entrada. Um guichê e duas catracas eletrônicas davam acesso ao terminal.

– Obrigada – disse, quando pararam para se despedir. Ela não queria entrar no terminal, desejava prolongar um pouco mais o tempo com ele.

– Bianca... – começou ele, fazendo uma pausa – foi estranho hoje, não foi? De manhã, você desmaiou bem na minha frente e agora foi atacada por marginais enquanto eu estava por perto...

Ela sorriu um pouco sem jeito.

– Acho que foi um pouco estranho mesmo...

– Você sabia que existem jeitos mais fáceis de chamar minha atenção? – brincou ele, com um sorriso.

Bianca tentou evitar que seu rosto esquentasse, mas era impossível. Sentia-se vermelha.

– Eu não desmaiei, apenas me senti mal.

– Sabe... – mas Lucas interrompeu a frase. Não a estava olhando mais, virou o rosto para o caminho que vieram e encarou algum lugar ao longe.

– Lucas?

Bianca podia jurar que viu a orelha dele se mexer um pouco.

– Eu tenho que ir – respondeu ele, com voz grave, enquanto partia apressado.

Sentindo-se um pouco desapontada, Bianca o observou virar a esquina e desaparecer apressado. E só então ela virou-se para entrar no terminal.

Voltar para casa foi simples. Do terminal, saíam ônibus para todas as partes da cidade. Chegou mais cedo que Laura e preparou algo para comerem quando ela chegasse. O complicado foi dormir. Ficou muito tempo pensando em tudo o que tinha acontecido naquele dia. A noite estava fria, muito fria, era junho e o outono estava acabando, logo o inverno chegaria com tudo.

Jogou de lado o edredom e o frio a congelou dos pés à cabeça, mas pelo menos assim sentia-se menos sufocada e mais viva.

Dormiu sem perceber. Pesadelos a atormentaram, sombras tentavam alcançá-la enquanto se encolhia sobre a cama.

Em seus sonhos, era a mesma menina que fora no passado, assustada contra a parede do banheiro, mas agora a parede se transformava em um muro como aquele em que o marginal a prendera. O medo que sentia a congelava e as fortes batidas na porta a faziam gritar de terror.

BAM-BAM-BAM!!!

– Bianca!

BAM-BAM...!

As batidas foram interrompidas. Bianca abriu os olhos. Seus pulsos e mãos doíam. Laura estava à sua frente com os olhos arregalados falando algo.

– Pare! Bianca, pare!

Ela piscou confusa, tentando encontrar sentido à sua volta. Laura vestia pijamas e a segurava pelos pulsos com força. A luz estava acesa e ambas estavam em pé na sala de estar da nova casa, bem em frente à porta.

– Laura!

Sua irmã pareceu relaxar a tensão do rosto, mais aliviada.

– Graças a Deus... – disse, soltando-lhe os pulsos. – Achei que não conseguiria acordá-la desta vez.

– O quê?... O que houve? – perguntou. As palmas de suas mãos ardiam e estavam vermelhas.

Laura virou de lado para que pudesse ver a porta atrás dela. Todas as quatro travas e correntes estavam abertas, mas não havia chave na porta. O que deveria significar que esta noite Bianca não tinha encontrado as chaves para sair.

– Achei que você iria arrombar a porta! Estava esmurrando-a sem parar e parecia que ia conseguir colocá-la abaixo! – disse, com os olhos esbugalhados atrás de seus óculos de aro lilás. – Eu nunca a vi fazendo uma coisa dessas antes. Mesmo quando tentei trancá-la em seu quarto uma vez, lembra?

Sim, Bianca lembrava bem, pois, de todas as experiências que tiveram, esta foi a pior. Laura teve a ideia de trancá-la em seu quarto para evitar que ficasse perambulando pela casa sonâmbula, mas Bianca simplesmente ficava a noite inteira batendo a cabeça contra a porta do quarto, e elas desistiram dessa ideia.

Contudo, nunca batia com violência, como acabara de fazer com as mãos.

– Desculpe, Laura. Eu não sei por que fiz isso – sua voz estremeceu, pois parecia que algo tinha entalado em sua garganta.

Laura pegou-a pelos ombros com suavidade.

– O que está acontecendo, Bia? O que houve para ficar assim?

– Eu não sei... – disse, já com lágrimas nos olhos enquanto voltava para seu quarto.

Laura veio atrás dela e parou na porta, a luz acesa da sala iluminava atrás dela, deixando uma sombra em seu rosto. Bianca deitou na cama e tentava não chorar.

– O que tem de errado comigo, Laura? É por minha culpa que nos mudamos tanto? – interrompeu.

– Não tem nada a ver com você. As mudanças dependem do meu trabalho – mas as palavras de Laura não soavam sinceras.

Era sim, era culpa dela. Havia algo de errado. Sentia isso, assim como sentia que as palavras de Laura eram apenas para consolá-la, mas antes que Laura saísse do quarto, Bianca a chamou.

– Laura, onde estavam as chaves desta vez?

Sua irmã sorriu mais relaxada.

– Acho que encontrei uma fórmula mais segura – respondeu Laura. – Ontem à tarde comprei um cofre com combinação e as coloquei dentro. Quero só ver você conseguir abrir a porta!

4

Bianca, que estava sentada no banco de concreto do pátio do colégio, observou ao seu redor, sentindo uma pontada na cabeça e um estremecimento.

Aquele era o seu segundo dia no colégio e sentia-se exausta. Durante o intervalo, o pátio estava cheio, mesmo assim conseguiu ver a chegada de Lucas e seus dois amigos, Vitor e Rafaela. Vinham da porta da secretaria, por onde entravam os alunos atrasados.

Decidida, levantou-se e foi em direção a eles. Os três pararam em um canto mais afastado e conversavam entre si. Um pouco sem jeito, ela começou a se aproximar, eles pareciam sérios e concentrados.

– Foi só um alarme falso – disse Vitor de costas. O tamanho do rapaz a cobria da visão dos outros.

– Não tenho muita certeza – comentou Rafaela –, pois além de uma criança morta, há outra desaparecida. Animais também estão sumindo na área. Pode ter alguma coisa aí...

Bianca parou e esperou, não queria interrompê-los.

– Estamos observando aquela região há três dias e nada – comentou Lucas. – E eu já decidi. O que estiver acontecendo por lá não tem nada a ver conosco.

Vitor pareceu acenar com a cabeça em concordância.

– Tem certeza? – perguntou Rafaela.

– Olha, a cidade parece estar realmente limpa – respondeu Lucas. – E mesmo nosso trabalho na escola revelou não ter nada a ver com a influência dos Pérf...

– Vocês me chamaram? – interrompeu uma voz conhecida. Bianca viu Nicole se aproximar pelo outro lado, erguendo o celular em uma das mãos.

– Eu te mandei a mensagem para avisar que estamos partindo no final desta semana – disse Lucas, cruzando os braços sobre o peito. – Nosso tempo acabou e não temos mais nada a fazer na cidade.

– Tudo bem – respondeu Nicole, dando de ombros. – Eu entendi.

– Mesmo a gente não encontrando nada aqui, agradecemos por sua ajuda – disse Rafaela, sorrindo mais afável.

– Sem problemas – respondeu ela, sem demonstrar emoção.

– Você voltará conosco? – perguntou Lucas.

A conversa era estranha, mas o coração de Bianca apertou ao processar a informação de que estavam partindo. Para onde iriam? Estavam saindo da cidade?

– Não – respondeu Nicole –, voltarei com Julian. Ele ficará na cidade até o último dia permitido – disse secamente, antes de dar as costas e se afastar do trio.

Bianca se sentia levemente dormente. Nicole se afastou e eles, finalmente, a perceberam ali.

– Bianca – disse Lucas. Os outros dois olharam com rugas entre os olhos.

Lucas se aproximou dela. Vitor e Rafaela se afastaram, entreolhando-se.

– Oi... – disse, tentando não parecer culpada por tê-los ouvido. – Eu vi vocês chegando e queria agradecer por terem me ajudado ontem... Acho que tive sorte de me encontrarem enquanto iam passear nos barzinhos.

Lucas riu, relaxado.

– Não precisa agradecer, Bia. Só prometa que tomará mais cuidado ao andar pela cidade.

Ela não queria mostrar que tinha ouvido a estranha conversa deles há pouco. Não queria passar uma impressão ruim.

– Prometo – respondeu simplesmente. – Bem... então... obrigada e tchau – disse, virando as costas para se afastar.

– Bianca – chamou ele.

Ela parou e se virou de volta.

– Olha, vai ter uma festa sábado, numa balada nova. – Ele mexeu no bolso de trás de sua calça e tirou alguns flyers coloridos. – Tenho estes convites Vips para distribuir porque uma colega está ajudando a promover. Aqui tem três. Será divertido se você for.

Bianca pegou os convites.

– Obrigada, tentarei ir. Vou falar com Renan e Nicole.

– Ok, a gente se vê. Tchau! – disse ele com uma piscadela, antes de se afastar.

Bianca se virou e caminhou em direção ao banco em que estava sentada antes. Renan já estava voltando e a observava de longe. Nicole parecia emburrada.

– O que ele queria? – perguntou Renan, assim que ela sentou-se ao seu lado.

– Lucas apenas estava me entregando isto – disse, mostrando os convites para eles.

Curiosos, Nicole e Renan pegaram um cada.

– Convites para a balada Barba Azul! – falou ele, maravilhado. – E ainda um convite Vip! Nem precisamos pagar a entrada! Que legal!

Nicole avaliou o convite.

– Eles vão?

– Lucas e os amigos? Acho que sim – respondeu Bianca.

Nicole guardou o convite no bolso da calça jeans.

– Você vai? – perguntou Renan para Bianca.

– Vou falar com a Laura – disse, guardando o convite no bolso de sua jaqueta jeans. – Acho que ela vai deixar.

– Vai ser demais! – exclamou Renan. – Faz tempo que não saio à noite para me divertir. E falando em diversão... – comentou pensativo, virando-se para pegar algo no bolso interno de seu casaco jeans. – Tenho alguns presentes para vocês.

Renan entregou a cada uma delas um chaveiro de boneca japonesa. Bianca pegou a sua e apertou o botãozinho em suas costas, uma luz de lanterna se acendeu na cabeça da boneca.

– São brindes do restaurante japonês que meu tio inaugurou esta semana – explicou ele. – Temos que ir comer lá qualquer dia.

– Que fofo! – exclamou Bianca, admirando a bonequinha.

– Sim, muito fofo – disse Nicole, enrugando os olhos enquanto observava a boneca pendurada pelo cordão do chaveiro. – Vou dar para minha irmãzinha de dez anos. Isto tem bem mais a cara da Gabrielle.

Renan apenas sorriu com o comentário.

– E mudando de assunto, você já conheceu o bairro do Gonzaga? – perguntou para Bianca.

– Ainda não conheço.

– Que tal, depois da escola, comermos um lanche e darmos uma volta? Quero comprar um livro no sebo que fica por lá. Daí eu já te mostro onde ficam os shoppings, o que acha?

Bianca sorriu. Ela também adorava sebos.

– Fechado! Mas podemos pular o shopping e ir direto para os livros.

– Você vem? – perguntou ele para Nicole.

– Não vou. Tenho que me encontrar com meu primo essa tarde – comentou ela. – Aliás, acho que vou convidá-lo para ir à Barba Azul também.

Renan fez uma careta, como se tivesse comido algo estragado.

– Por que vai chamar aquele cara? – perguntou ele. E Bianca se lembrou de quando Nicole comentou sobre seu primo durante a conversa com Lucas.

Nicole deu de ombros.

– Quem sabe se Julian encontrar Lucas na balada não aproveita para quebrar o nariz dele – disse ela, erguendo a sobrancelha com piercing.

Renan revirou os olhos.

– Só que, se bem eu conheço seu primo, o que não é muito, pois apenas conversei com ele uma vez na sua casa, é mais fácil ele rir da sua cara e quebrar o *meu* nariz, só para se divertir, Nic!

– Não fale besteiras – disse Nicole, virando-se em direção às escadas.

Bianca ia perguntar a ela qual era o problema que tinha com Lucas, mas o sinal do fim do intervalo soou e Nicole se virou em direção às escadarias.

Em classe, a dor de cabeça e as estranhas sensações voltaram e ela precisava se concentrar. Assim que a última aula terminou, Bianca arrumou suas coisas e saiu logo atrás de Renan e Nicole, evitando olhar em direção à carteira de Lucas.

Lá fora, despediram-se de Nicole e em seguida ligaram para suas respectivas casas avisando que iriam comer algum lanche juntos e depois iriam a um sebo.

Laura ficou feliz por ela estar se enturmando rápido. No telefone, aproveitou e contou as novidades. Por coincidência, um colega de trabalho a indicou para um projeto extra. Durante as noites desta semana, iria terminar um projeto de decoração em uma balada a ser reinaugurada, e era justamente a Barba Azul. Bianca aproveitou e falou dos convites e Laura não viu problemas em deixá-la ir.

– Nicole é estranha – comentou Bianca enquanto caminhavam em direção ao Gonzaga.

Renan deu de ombros.

– Na verdade, eu não a conheço muito bem. Ela foi transferida junto com Lucas e com os amigos dele há menos de um mês.

Como Bianca lançou um olhar curioso, ele sentiu-se obrigado a explicar melhor.

– Acho que os pais de Nicole, Lucas, Rafaela e Vitor trabalham na mesma empresa. Pelo que entendi, são obrigados a viajar com os pais devido ao trabalho deles. Nicole e eu ficamos amigos desde que ela se transferiu.

Mudam-se o tempo todo? De alguma forma eles são mais ou menos nômades como eu.

– Entendi – respondeu ela, achando melhor mudar de assunto. Começaram a falar sobre livros enquanto caminhavam pelo calçadão da praia. A visão dos jardins e da praia era bonita.

Passaram por uma galeria comercial, saindo quase em frente à entrada de um shopping, e atravessaram a avenida. Havia muitas lojas e uma grande praça circular com um monumento à independência do Brasil.

O sebo ficava em um edifício, próximo a esta praça. Entraram pelo pequeno saguão do prédio e subiram pelas escadas até o primeiro andar, onde havia algumas portas de vidro com nomes comerciais e um corredor à direita. Caminharam até a porta onde estava gravado "Primeira Página".

O ambiente do sebo era muito claro devido aos janelões de vidro que davam para a avenida principal e à grande praça circular. Bianca gostou de passar o dia com ele. Achou que seriam bons amigos se ela tivesse a oportunidade de viver em Santos o tempo suficiente para isso.

Infelizmente, ele recebeu um telefonema de sua mãe e teve que ir embora. Ela não se preocupou, sabia como voltar, então ficou um pouco mais por lá. Comprou um livro que achou interessante, colocou na mochila e saiu.

No corredor do prédio, bem em frente à porta do sebo, Bianca parou para pegar alguns marcadores de livros expostos sobre uma mesinha retrô. Curiosamente, também apanhou um cartão de visitas com o desenho de um olho egípcio nele.

O mesmo olho estava desenhado em um cartaz na parede do corredor por onde ela se viu caminhando. O mesmo olho gravado na porta de vidro fosco, onde estava escrito "Dama dos Mistérios: consultas esotéricas". Bianca nunca acreditara em magia, simpatia, anjos ou algo do tipo.

DING DONG.

Bianca ficou perplexa ao ouvir o som delicado do sino de porta e piscou confusa. Acabara de entrar em um ambiente completamente decorado com velas aromáticas, mandalas, cristais, livros, pequenas fontes de pedra e outros objetos místicos por toda parte.

Num dos cantos, havia uma mesa redonda e cadeiras almofadadas. Cortinas amarelas esvoaçantes cobriam toda a grande janela de vidro. A luz ambiente era produzida por pequenas luminárias acesas nas paredes.

– Boa tarde, querida! – disse uma mulher de olhos grandes e atentos. Ela estava parada em frente a uma porta que era na verdade uma cortina de cristais coloridos. – Interessada na leitura da sorte? Ou em algum de nossos produtos?

O que estou fazendo aqui? Como vim parar neste lugar?

Aturdida, Bianca olhou ao redor.

– Eu... – começou sem saber bem o que dizer.

– Você está bem? – perguntou a mulher, aproximando-se com um legítimo ar de preocupação.

– Eu acho que virei o corredor errado. Desculpe-me... – disse, voltando-se para a saída.

– Espere, querida!

Bianca olhou para ela novamente.

– Meu nome é Kaline – disse com voz macia, enquanto se aproximava para pegar em suas mãos e juntá-las com as dela. – Você sabia que não existem acasos? Talvez eu possa ajudá-la de alguma forma.

– Eu...

– Ah! Não seja mal-educada – interrompeu Kaline. – Por que não conhece um pouco da loja, já que está aqui?

Bianca ficou sem jeito, mas assentiu.

– Tudo bem...

– Gostou do lugar? – disse, apontando ao redor da sala.

– É bonito e... diferente.

– Eu tenho cristais para equilibrar as energias corporais, essências tranquilizadoras, livros sobre anjos e bruxaria, velas para pedidos especiais e, é claro, um espaço para a leitura do futuro, seja através das palmas das mãos, cartas do tarô ou borra de café.

– Parece ser... interessante...

Kaline sorriu compreensiva.

– Vamos fazer assim, por que não dá uma olhada por aí? Enquanto isso, eu termino de fazer o café que estava preparando lá na cozinha. Depois nos sentamos ali – disse, indicando uma pequena mesa arredondada em estilo barroco – e tiro uma única carta de tarô para você?

– Eu acho que não tenho dinheiro para pagar por isso, senhora.

– Tudo bem, queridinha. Olha, se eu acertar algo importante a seu respeito, você promete fazer uma boa propaganda de minha loja para seus conhecidos?

Mais uma vez, ela ficou sem saber o que dizer para sair logo dali, então apenas concordou.

– Pode ser...

Bianca tentou sorrir, enquanto ela a empurrava gentilmente até a cadeira junto à mesa de madeira entalhada. Sobre a mesa, havia cristais coloridos, uma pequena estátua egípcia, bola de cristal e cartas de tarô empilhadas sobre um paninho bordado.

– Sente-se – pediu gentilmente.

Bianca obedeceu, deixando a mochila no chão, aos pés da cadeira.

– Fique à vontade. Volto já.

A mulher desapareceu pela porta, deixando o leve som de cristais tilintando no ar. Bianca apreciou a pequena estátua egípcia sobre a mesa e em seguida olhou ao redor. Era uma loja cheia de objetos místicos curiosos.

Lá dentro, o ar estava levemente abafado e quente em razão das velas, cortinas e incensos, por isso tirou a jaqueta jeans e a pendurou na cadeira.

Em seguida, olhou para a bola de cristal na mesa à sua frente. *Seria realmente possível alguém olhar para uma coisa dessas e conseguir ver o futuro?* – Bianca se inclinou sobre a mesa e apertou os olhos para ver o que havia dentro da bola de cristal. Havia pequenas veias brancas, quebrando a perfeição de sua transparência. – *Não há nada dentro dela* – pensou, mas então um arrepio percorreu sua espinha e Bianca olhou para o lado.

Por um momento, algo no canto dos olhos chamou sua atenção. Pensou ter visto alguma coisa se mexer atrás do balcão de vidro, no outro lado da sala. Parecia uma sombra, mas nada viu de especial além dos objetos à venda na loja. Num estranho impulso, levantou-se e caminhou até o balcão. Tinha alguma coisa ali.

E então seus olhos encontraram o que era.

Como uma aparição, a cortina cinza e gasta atrás do balcão se ergueu levemente, brincando com alguma corrente de ar vinda por trás dela. Seu movimento era estranhamente convidativo. E sem saber exatamente por que, contornou o balcão e foi até ela. O tecido suave parou de se mexer e Bianca afastou-o cuidadosamente, esperando encontrar uma janela ali. Mas o que havia era apenas uma pequena porta de madeira desbotada e entreaberta por onde a corrente de ar passava. Assim que tocou na porta com a ponta dos dedos, ela se abriu com um ruído quase imperceptível, e Bianca entrou.

Lá dentro, estava escuro. A única luminosidade vinha da loja e de pequenos feixes de luz que escapavam do lugar onde deveria haver uma grande janela, cuja vidraça estava toda pintada com tinta escura.

Seus olhos tentavam se acostumar. Era uma sala pequena e parecia vazia, a não ser por algumas caixas de papelão empilhadas e alguma coisa à frente, na parede.

Bianca ouviu o tilintar de alguém passando pela cortina de cristais. Ela sabia que deveria voltar, mas era difícil explicar a dificuldade que sentia em sequer desviar os olhos do que havia adiante. Sua mente parecia ter esvaziado e seu corpo era atraído para a negritude da sala. Deu o primeiro passo como se um ímã a puxasse. Ouvia a própria respiração, o ar estava frio e cheio de sombras. Um leve cheiro adocicado percorreu seu caminho até suas narinas, era bom, envolvente, sedutor, e a arrepiou levemente.

Quanto mais se aproximava, melhor podia ver o que havia à frente. Uma mesa alta e fina de vidro se encontrava encostada na parede e sobre ela havia diversos objetos místicos, como velas derretidas, um pote de barro com um tipo de líquido escuro, cristais e uma adaga prateada. Contudo, o que mais chamou sua atenção foi o que estava preso na parede manchada de umidade, bem acima da mesa.

O cheiro adocicado parecia vir dali e se tornava mais forte a cada passo. Mais forte e mais enjoativo. De repente, um arrepio estranho percorreu sua espinha.

O artefato tinha sido todo esculpido em pedra escura. Era um tipo de hominídeo baixo e atarracado, sem pescoço, com os ombros colados à sua cabeçorra monstruosa. Seus olhos eram grandes e a boca pequena, com algo vermelho escuro escorrendo por ela.

Nossa, mas que cheiro horrível!

Instintivamente, Bianca ergueu o braço para cobrir suas narinas. O ar tornara-se insuportável. A sala fedia como se algo estivesse apodrecendo ali. De repente, seu coração congelou. Ouviu claramente passos rápidos correrem no teto, bem acima de sua cabeça. Olhou para cima, mas nada viu. Os passos morreram no alto de um dos cantos mais escuros da sala, ao lado da porta.

Porém, ainda não sentia vontade de sair.

Olhou para a mesa fina de vidro, encostada na parede; um cheiro metálico, vindo de um pote de cerâmica, invadiu suas narinas, misturando-se com o cheiro adocicado no ar. Bianca apertou os olhos para ver melhor e arrepiou-se. O líquido escuro avermelhado era sangue. Apesar dessa consciência, deu mais um passo em direção ao objeto na parede. Havia algo estranho ao redor dele, não eram realmente manchas de umidade na parede, pareciam mais com veias escuras saindo de onde ele estava pregado. Essas veias seguiam em várias direções e desapareciam na escuridão. A tinta ao redor parecia velha, suja e cheia de escuras bolhas de ar.

E quando uma dessas bolhas aumentou e diminuiu, como se a parede tivesse respirado, Bianca deu um passo para trás com o coração na boca.

Tem algo errado com este lugar. Preciso sair daqui!

Mas era como estar presa em uma teia de aranha. O objeto a atraía irresistivelmente, apesar do cheiro lhe dar náuseas.

Meu Deus! O que é isto?

Bianca ergueu uma das mãos no ar e avançou um pouco mais para tocá-lo. Pela primeira vez, percebeu que tremia.

– *Mopak Kun Un...*

As palavras vieram a ela como um sussurro arranhando o ar e congelando seu sangue. Ela estremeceu e retraiu o braço imediatamente, se virando para o canto escuro ao lado da porta.

– *Mopak Kun Un...* – disse a voz mais uma vez.

Ela tinha certeza agora, havia algo naquele canto. Uma sombra se moveu. Era um vulto pequeno e magro, imóvel entre as caixas, enquanto algo frio, imundo e muito antigo se aproximava de Bianca na parede às suas costas.

Outro arrepio, como um presságio de perigo.

O cheiro se tornara impossível, era como se estivesse sobre ela. Toda a sua atenção estava voltada para o canto escuro. Uma das caixas se moveu levemente e ela apertou os olhos. O vulto se mexeu e Bianca estremeceu. Ele começou a se arrastar pelo negrume entre as caixas. Primeiro, surgiu uma cabeça e longos cabelos escuros, depois, um braço magro apoiado no chão. A mão era grande e tinha um estranho formato.

– *Mopak Kun Un...* – Na verdade, o sussurro não vinha da criatura, mas de algo além da porta.

Em meio ao fedor da escuridão, Bianca sentiu seu corpo inteiro tremer, a garganta secar e os olhos se arregalarem com o mais puro terror. A adrenalina deu-lhe a força de que precisava para correr dali finalmente, mas seu impulso foi interrompido.

Algo a agarrou violentamente pelos ombros, puxando-a para trás e impedindo sua saída. Bianca sentiu quando o vidro da mesinha atrás dela se quebrou ao meio com a pressão de seu corpo sendo puxado para trás com força. Seu grito foi sufocado pela dor em suas costas e pelo som do vidro fino estilhaçando-se.

Tentou soltar-se, mas horríveis mãos pálidas acinzentadas com grandes unhas negras seguravam-na como ferro gelado. Em pânico, tentou se libertar, mas era impossível. Um puxão forte rasgou sua blusa e fez um corte em seu ombro. Outro braço esquelético surgiu da parede atrás dela e alcançou seu rosto. Sentia a pressão puxando-a ainda mais contra a parede. O cheiro a fazia querer vomitar. Estava aterrorizada.

De repente, era como se tivesse voltado aos seus nove anos de idade, sozinha no escuro sem conseguir se defender. A parede ao seu redor tornou-se algo mole e nojento tentando puxá-la para dentro. Aquilo era um pesadelo, só podia ser!

Não tinha mais fôlego para gritar, a mão em seu rosto a sufocava. Com seu braço ainda livre, agarrou uma das mãos que a segurava pela cintura e tentou afastá-la. Entretanto, por mais que puxasse e arranhasse, ainda continuava presa. Pequenas bolhas pulsantes surgiam ao seu redor e a parede vencia o embate, absorvendo-a aos poucos. Desesperada, agarrou a lateral da parede tentando impedir de ser sugada, mas não havia um ponto firme de apoio. Ao seu lado, uma parte da mesa de vidro ainda estava em pé. Ela esticou o braço, o máximo que pôde, para alcançá-la, mas seus dedos apenas resvalaram no vidro.

Sua cabeça estava presa entre as garras, mas não desistiu. Impeliu todo o corpo para a esquerda e grunhiu quando duas das garras arranharam a lateral de seu corpo. Quando finalmente alcançou a mesa, agarrou o pedaço de vidro e o forçou para o lado. Sentiu dor na palma da mão quando o vidro se quebrou e entrou um pouco em sua carne, mas essa era sua única chance.

Com toda a força que restava, ela levou o vidro até o braço monstruoso que a segurava pelo rosto e o perfurou com a ponta afiada, puxando o vidro de volta em seguida. Sangue negro jorrou. O corte foi profundo e a mão soltou-a imediatamente, desaparecendo dentro da parede com um barulho de coisa sendo sugada por lama. O ar voltou aos seus pulmões e ela gritou. Mas não podia parar. Aterrorizada, golpeava de qualquer maneira com o vidro o outro braço que a segurava pela barriga. A coisa se retraiu e Bianca caiu para frente, sendo segurada apenas por um dos pés.

– O que está acontecendo? Tem alguém gritando! – disse uma voz masculina abafada, vinda além da porta e da cortina.

– Socorro! – gritou Bianca. – Alguém me aj...! – A mão ainda presa em seu pé a puxou violentamente e sua voz sumiu enquanto era arrastada de volta em direção à parede.

– Deve ter sido lá fora – disse a voz de Kaline.

– Não! – gritou Bianca, quase sem fôlego.

Havia cacos de vidro espalhados entre pedaços de vela e de cerâmica. Seus braços e mãos sujaram-se com o líquido escuro espalhado pelo chão. Outro forte puxão tentou trazê-la para mais perto, enquanto mais braços surgiam tentando alcançá-la. Bianca se esforçava para se arrastar para longe deles.

Sua mão esbarrou em algo frio no chão, era o cabo da pequena adaga prateada. Ela a agarrou com firmeza e, reunindo coragem, inclinou-se para frente, fincando a ponta da adaga com toda a força no braço que a segurava pelo pé. Desta vez, ouviu um tipo de guincho abafado vindo de algum lugar. Sangue negro escorreu e os outros braços estremeceram, recuando no mesmo instante para dentro da parede.

Tremendo, Bianca se arrastou de costas em direção à porta, no mesmo instante em que a cortina se abria e a luz bruxuleante da loja entrava. Um homem de meia-idade entrou na sala, com ar preocupado.

– O que está acontecendo aqui? – perguntou, alarmado, ao ver Bianca caída no chão. – Menina, você está bem?

Ainda tremendo, ela tentou ver o humanoide horrível que viu surgir no canto escuro, mas, quando as luzes foram acesas, não havia mais nada.

O homem aproximou-se e a ajudou a levantar.

– O que aconteceu? – insistiu ele.

– A parede... – havia tremor em sua voz.

O homem olhou para onde Bianca apontou, mas não havia nada de estranho. As bolhas desapareceram e, no lugar das veias pulsantes, havia apenas manchas de umidade. O artefato negro e bizarro ainda estava lá, mas, com as luzes acesas, ele não parecia ser tão amedrontador.

– O que está fazendo aqui dentro do meu estoque, mocinha? – ralhou a mulher.

– É melhor chamarmos uma ambulância – disse o senhor –, a menina está machucada.

Bianca olhou para si e notou que seus braços estavam com manchas rubras. Era sangue, mas não era dela. Olhou para o chão e para o pote virado, o sangue derramado por toda parte.

– Veja a bagunça que você fez! O que estava procurando, hein? Queria me roubar? – disse Kaline.

Bianca mal a ouvia. Sentiu a fisgada na mão e olhou para o ferimento que o vidro fizera quando ela o forçou para quebrá-lo.

– Não! Não, é isso... – disse ela. – Desculpe-me, eu não sei o que aconteceu.

Quem acreditaria nela? Bianca cambaleou para dentro da loja e pegou sua mochila no caminho, enquanto a mulher reclamava algo e o senhor a chamava, preocupado. Ela correu pelos corredores e escadaria até sair nas ruas cheias de gente e desaparecer entre pessoas distraídas em suas compras.

Somente parou de correr após atravessar a larga avenida em frente à praia, passar pelo jardim e sentar-se na areia sob um coqueiro. Por fim, Bianca olhou para sua mão ferida e tentou encontrar uma explicação lógica para o que tinha acontecido, mas não havia...

Bianca tinha certeza de que estava ficando completamente louca.

5

Em seus sonhos, encontrava-se presa em um banheiro escuro. As paredes tingidas com sangue tentavam sugá-la, enquanto uma fera dilacerava a porta fechada. Bianca acordou ainda de madrugada, gritando, e Laura surgiu, ficando ao seu lado até adormecer.

Ao se levantar, não tinha ânimo para conversa.

– O que está acontecendo com você, Bianca? E o que houve com sua mão? – perguntou Laura durante o café da manhã.

Quando havia chegado em casa na tarde anterior, foi imediatamente para o banho limpar o sangue seco que ainda restava no braço, depois cuidou do ferimento na lateral do corpo e de outros arranhões. Todos os ferimentos poderiam ser disfarçados com curativos e roupas, menos o da sua mão, por isso já tinha preparado uma história para contar.

– Me machuquei durante a Educação Física. Jogamos handebol, uma garota me atingiu em cheio e eu caí. Acabei colocando a mão no chão e a ralei toda, mas estou bem.

Laura fez uma careta.

– Ahhh... Eu entendo, quando jogava vôlei sempre me machucava também.

E então Laura começou a contar sobre seu novo trabalho no Centro Histórico de Santos e também sobre o projeto temporário de decoração na balada Barba Azul. Ela estava sendo reaberta na cidade e queria uma decoração estilo pré-colombiano, com detalhes das culturas Asteca e Maia.

Bianca tentava parecer animada com a conversa, mas sua mente ia e voltava nas lembranças horríveis da loja esotérica.

– Você vai querer ir mesmo? Eu ganhei alguns convites ontem, caso queira...

– Não precisa. Não conheço muita gente e os que conheço já têm convites.

Laura sorriu satisfeita.

– Fico contente que tenha feito amigos. Quer que eu te leve?

– Não precisa. O pai de Renan nos levará e acho que Nicole também vai, ou, pelo menos, nos encontraremos lá. – E percebendo o olhar significativo de Laura, explicou. – Não! Ele é apenas um amigo...

– Tudo bem... – disse ela enquanto erguia os braços em sinal de "eu me rendo".

Elas podiam não ser irmãs de sangue, mas se amavam como se fossem. Essa aproximação só aconteceu após a morte de seus pais, quando Laura decidiu cuidar dela.

Ela não se lembrava muito bem de sua infância, tudo era nebuloso, mas não devia ter sido fácil para Laura. Bianca teve diversos problemas com o trauma daquela noite e cresceu precisando de acompanhamento especial, remédios e muita paciência. Por isso, esforçava-se para não aborrecê-la com notas ruins ou reclamações. Sua alucinação seria mais um problema para Laura lidar, então não a perturbaria.

Mais tarde, quando chegou ao colégio, Bianca entrou sem prestar muita atenção ao redor, subindo direto para a sala. Renan logo entrou e começou a conversar. Perguntou se conseguira voltar para casa com facilidade e ela apenas respondeu que sim, sem avançar no assunto. Em seguida, ele quis saber o que tinha acontecido com sua mão e novamente ela encontrou uma desculpa para o corte, que deixava pequenas manchas de sangue no curativo. Ela sentia que precisava ir ao hospital levar alguns pontos, mas estava resistindo a isso. Nicole chegou logo depois e deixou um "oi" seco no ar.

Lucas não veio para nenhuma das três primeiras aulas. Quando tocou o sinal do intervalo, pegou suas coisas e desceu sem esperar por ninguém. No pátio, sentou-se em um canto afastado da arquibancada, junto à quadra de esportes, para ouvir música e escrever em seu caderno-terapia.

Era um pequeno caderno comum, de capa azul-marinho, com folhas sem linhas, em que às vezes escrevia e desenhava seus pesadelos e angústias. Foi seu último terapeuta que a aconselhou a fazer isso e Bianca escrevia nele há três meses, mas não estava funcionando muito bem até agora.

Ela começou a traçar rabiscos, desenhos e frases no caderno. Desenhos acompanhavam frases soltas na folha. Alguns eram sombrios e ilustravam mãos tentando agarrá-la e olhos cruéis de um animal, espreitando-a por trás de uma porta fechada. Outros eram bonitos, como o rosto do jovem de olhos verdes. Bianca imaginou o quão incrível era a sua imaginação, pois bastou desenhar Lucas no papel para sentir sua cabeça pulsar levemente.

Automaticamente, ela encarou à frente e o viu com seus amigos na quadra esportiva. Chegaram mais uma vez atrasados. Bianca ficou olhando-os de longe por algum tempo até o sinal bater para subirem. Já na sala, encontrou Renan e Nicole prontos para apresentarem o trabalho de Geografia.

Deixou a mochila sobre a mesa e guardou seu caderno debaixo da carteira, juntando-se a eles para a apresentação.

Renan ficou com a primeira parte e começou a explicar sobre as características geográficas principais da Antártida. Na sua vez, ao falar sobre a vida animal, gaguejou bastante e ficou confusa em várias partes, mas conseguiu ir até o fim. Por fim, Nicole finalizou explicando com toda a segurança sobre as estações de pesquisa lá localizadas, o que a fez invejar sua postura confiante e sua voz firme.

Além disso, a garota de piercing citou detalhadamente as dificuldades que um ser humano poderia enfrentar para sobreviver naquela região fria. Bianca não esperava nada disso dela. Afinal, nem foi algo que estudaram, e Nicole não parecia ser do tipo que se preparava tão bem para um trabalho escolar.

No final, a professora pareceu satisfeita e elogiou a beleza das imagens da apresentação e, como Nicole previra, ganharam a nota máxima.

Após a última aula da manhã, o sinal bateu e todos começaram a sair.

– Você vai conosco amanhã na balada? – perguntou Renan para Nicole enquanto arrumavam suas coisas.

– Se eu estiver a fim, irei – disse a garota, dando de ombros.

– É melhor eu ir para casa – disse Bianca, colocando a mochila nos ombros.

Renan seguiu Bianca até o corredor e quando começou a dizer algo para ela, o celular vibrou no bolso e Bianca atendeu.

– Bia! Graças aos céus! – Era Laura desesperada. No telefone, pediu que Bianca encontrasse algumas coisas do projeto de restauração que havia esquecido no quarto.

Bianca virou-se para Renan e fez sinal para ele indicando que precisava ir. Ele acenou enquanto ela corria para as escadas.

– Tem que ser neste minuto – disse Laura no telefone.

– Já entendi! Estou indo! Me explica direito o que precisa... – E saiu sem nem mesmo perceber que Nicole começou a chamar seu nome no corredor.

Meia hora depois, estava dentro do quarto de Laura tirando fotos de diversos desenhos e planos de restauração para enviar para ela.

Ao guardar os projetos dentro da bolsa carteiro que sua irmã havia esquecido, Bianca deixou cair algumas fotografias. Quando se abaixou para pegá-las, ela congelou.

Uma das fotografias mostrava a igreja em ruínas onde ela estranhamente parou e quase trombara com o mendigo. Porém, na foto, era dia e o portão de madeira estava aberto. Era uma foto recente de Laura com outros dois colegas de trabalho posando para a fotografia. Um deles era uma moça baixa e sorridente e o outro era um rapaz da idade de Laura. Ele tinha os cabelos castanhos compridos até os ombros e barba rala. Atrás da foto, estava escrito:

Primeiro dia de trabalho com Marta Cruz e André Pallin.

Havia outras fotografias e Bianca começou a analisá-las. Algumas mostravam as estruturas danificadas da igreja, devido ao incêndio recente que havia sofrido, e outras mostravam detalhes internos. Uma delas era a imagem de um altar bastante queimado, mas ainda dava para ver detalhes nos desenhos e vestígios das cores originais.

A outra fotografia era estranha, pareciam alguns degraus descobertos no chão de mármore visivelmente quebrados, mas que não levavam a lugar algum, já que mais abaixo o caminho estava bloqueado com cimento velho. Ela virou a foto e também havia anotações atrás dela.

Rachadura no piso devido à queda de um dos lustres. Degraus encontrados e registrados.

Não há verbas para escavação. Deverá ser novamente coberto pelo piso da igreja.

Bianca ficou curiosa, mas guardou as fotografias cuidadosamente de volta na bolsa. Ela precisava se distrair, pois aquilo só poderia ser coincidência, não havia nada de errado com aquele local. Depois de almoçar, sentou-se na escrivaninha para fazer os deveres da escola.

Após algum tempo absorta nos estudos, o céu escureceu e um vento fresco entrou pela janela deixando-a com frio. Olhou em volta procurando sua jaqueta jeans habitual e não a viu, foi até o quarto e também não a encontrou no armário, no cesto de roupas sujas ou em qualquer lugar. Tinha outras jaquetas, é claro, mas queria saber onde aquela estava. Procurou pela casa e nada. De repente, com um estremecimento, Bianca finalmente se lembrou. Ela a havia esquecido sobre o encosto da cadeira na loja esotérica. A mera lembrança daquele lugar a fez se sentir enjoada.

Suspirou. Nunca mais iria voltar àquela loja. Sua jaqueta estava perdida.

6

Marco desceu do carro, um Duster preto, estacionado na vaga para deficientes em frente a uma farmácia, bem no meio do bairro do Gonzaga. Olhou ao redor para as pessoas que iam e vinham com sacolas de compras, ou simplesmente entretidas em olhar as vitrines das lojas.

Uma moça jovem de longos cabelos loiros vinha andando pela calçada. Marco a achou uma belezinha. Fixou seu olhar faminto em suas pernas e rosto. Quando seu olhar finalmente capturou o dela, o rosto da jovem se contorceu em uma expressão de repulsa, afastando-se dele na calçada.

Marco sorriu maliciosamente, ainda a seguindo com o olhar. Estava acostumado com essas reações. Ele sempre foi alguém de aparência estranha. Tinha o corpo muito magro, ossos finos e pele branca como o leite. Seu rosto alongado era infestado por sardas cor de ferrugem, a mesma cor dos cabelos, combinando com o aspecto crespo e ressecado dos fios. Sua aparência não era de forma alguma ameaçadora, porém seus olhos eram pequenos e perturbadores.

Depois dele, saiu do carro uma mulher negra de cabelos curtos e crespos, em seguida um homem alto e loiro. Um rapaz baixo, mas forte e atarracado, desceu da moto que estacionou no espaço atrás do carro e abriu o porta-malas do Duster, de onde tirou uma cadeira de rodas dobrável e a colocou na calçada, enquanto o rapaz loiro puxava de dentro do automóvel um garoto pálido, de cabelos castanhos desgrenhados e profundas olheiras.

– Não é bom sempre termos uma vaga disponível para você? – disse Marco para o garoto, enquanto o homem loiro o ajeitava na cadeira. Com o comentário, o garoto enrijeceu o corpo e apertou os lábios.

O estranho homem magricelo riu da própria fala e fez um sinal com a cabeça, indicando a frente. O homem atarracado pegou a cadeira de rodas e tomou a dianteira, abrindo caminho entre as pessoas na calçada. Marco ia logo atrás e o casal fechava a retaguarda.

Antes de chegarem ao final da rua, o garoto levantou o braço e apontou para a entrada de um prédio comercial. Entraram no lobby e subiram pelo elevador. Quando a porta do elevador se abriu no primeiro andar, ninguém se mexeu até o garoto erguer levemente o braço e apontar à frente. Denis, o rapaz atarracado, empurrou a cadeira de rodas até o meio do corredor e parou. A alguns metros, havia uma porta de vidro, indicando ser um sebo de livros.

– Acho que está ficando quente – disse Marco, referindo-se à brincadeira do quente e frio.

O garoto mais uma vez ergueu o braço para apontar, agora, o corredor à direita. Viraram e caminharam até chegarem à frente de uma porta solitária naquele corredor. O nome gravado na entrada indicava ser uma loja esotérica. Tinham finalmente chegado.

– Viu só – disse Marco, abaixando-se, e, quando fez isso, apoiou as mãos nos joelhos das pernas atrofiadas do garoto. – Quando você coopera, fica bem mais fácil para mim e para você. Não acha?

O garoto não respondeu, apenas o fitou com olhos frios. Parecia ter uns quinze anos, mas tinha mais, sua aparência pálida e fraca confundia sua idade. Marco sorriu e ergueu-se.

– Regis, leve Artur de volta para o carro e nos espere lá. Não vamos demorar.

O rapaz loiro fez uma careta, não muito satisfeito com suas novas ordens, mas tomou a cadeira das mãos de Denis e saiu empurrando-a pelo caminho que vieram. Marco abriu a porta fosca de vidro e entrou na loja da "Dama dos Mistérios".

A campainha da porta alertou a dona, que se virou e sentiu um arrepio percorrê-la assim que os viu entrar. Ela bem que tentou parecer simpática ao dar as boas-vindas, mas quando a mulher negra entrou e fechou a porta, Kaline percebeu que tinha algo de errado naqueles três.

Com um sorriso forçado, ela observou o homem ruivo caminhar calmamente até uma das cadeiras da mesinha no canto e puxá-la para sentar-se no meio da loja. A cartomante sentiu-se despida sob seu olhar doentio e tentou evitar uma careta de nojo. O homem sorriu para ela.

– Uma mulher como você não deveria ficar sozinha em uma loja tão escondida. É perigoso, não acha? – disse, estreitando os olhos para ela.

Kaline engoliu em seco e tentou sorrir confiante.

– Como posso ajudá-los? – A apreensão em sua voz era evidente.

Ninguém respondeu. Marco, por alguns instantes, olhou distraído ao redor da loja.

– Olha, Denis! Um Buda! – disse o ruivo, apontando para uma estatueta sobre uma das prateleiras. – Eu gosto do Buda. Sempre achei a história dele fascinante.

– Vocês podem levá-lo se quiser... – Ela estava tentando se livrar deles. Algo a fazia ficar aterrorizada a cada instante que passava.

– Oh! – disse ele, com cara sincera de espanto. – Ela é adorável, não é? – comentou, virando-se para o rapaz forte. Denis apenas sorriu cruzando os braços sobre o peito.

– Meu nome é Marco e estes são meus companheiros Denis – disse ele apontando para o rapaz menor – e Carina. O marido de Carina também estava conosco, mas ele teve que voltar para o carro e tomar conta do jovem Artur – disse, sorrindo com sua pequena boca. Kaline achou que sua expressão fazia rugas demais quando ele sorria, como se tivesse muita pele no rosto, e ele era tão magro que dava para ver o formato dos ossos.

– Não se preocupe. Não pretendemos te fazer nenhum mal, mas no momento eu preciso saber onde está.

– Onde está o quê? – perguntou, confusa.

– Onde está o seu *mistério*? Minha cara *dama*! – e ele riu de sua própria piada sem graça. – Achei que o nome da loja fosse "A Dama dos Mistérios"! Então, onde está o mistério? Pois a dama está bem aqui na minha frente – disse, inclinando-se para frente com um estranho sorriso.

Com a pergunta, a dona da loja pareceu congelar no lugar e quase que imperceptivelmente o olhar dela seguiu até a cortina de tecido leve acinzentado, atrás do balcão de vidro.

– Humm... – disse Marco, como se tivesse compreendido algo. Em seguida, fez um leve sinal de cabeça para Carina, apontando a porta atrás do balcão de vidro.

Carina se virou e caminhou até lá. Olhou para a cortina e a puxou, revelando a pequena porta gasta de madeira.

– O que está fazendo? Não pode entrar aí!

Um riso de deboche foi a resposta de Carina antes de entrar.

– Venha comigo, Denis – pediu Carina enquanto desaparecia dentro do depósito.

Denis olhou para Marco e este acenou concordando, em seguida entrou.

A dona da loja virou-se para entrar atrás deles.

– É melhor não segui-los – avisou Marco.

Kaline parou, um leve arrepio percorreu seu corpo e ela se virou para ele com expressão de raiva no rosto.

– Eles vão se arrepender por terem entrado.

– Acho que não, minha cara *dama*... E você se importa de embrulhar agora?

A mulher o encarou exasperada, sem entender.

– Embrulhar o Buda. Lembra? Você foi gentil em me dar de presente.

Kaline ia protestar e exigir a saída deles da loja, porém algo a fez obedecer. Uma sensação primitiva instalara-se em seu estômago, apertando-o e fazendo-a eriçar seus pelos. Havia algo neles que a deixava apavorada. Tremendo, pegou a estatueta sobre uma das estantes no canto da sala e a levou até o balcão. Enquanto embrulhava, tentou ver o que acontecia dentro do depósito atrás dela, mas tinham fechado a cortina. A única coisa que pôde captar foi uma voz feminina falando palavras incompreensíveis.

O ruivo continuava encarando-a com aquela expressão débil e nojenta.

– Terminei. Está embrulhado – disse Kaline, deixando a contragosto o embrulho sobre o balcão. – Pode pegá-lo quando saírem.

– Obrigado, minha cara *dama*.

A cortina se abriu, Carina e Denis voltavam do depósito.

– Está ativo, mas parcialmente, é claro – disse Carina.

– Isso é ótimo! – respondeu Marco com um sorriso.

– Mais uma coisa – comentou Carina. – Ela fez uma troca!

Marco olhou expressivamente para a dona da loja.

– A Dama dos Mistérios é cheia de surpresas também.

– Do que estão falando? – perguntou Kaline, debilmente.

– E devido à troca – continuou Carina, como se Kaline nada tivesse dito –, o Tau chamará atenção mais rapidamente.

A dona da loja intuía sobre o que estavam falando, apesar de nunca ter ouvido as expressões que usavam para referirem-se ao artefato que comprara de um contrabandista de antiguidades dois meses atrás.

– Quem são vocês? – perguntou Kaline, cuidadosamente. – E o que é um Tau?

Marco se virou para ela.

– Tau é o que a senhora mantém ali naquela sala – disse, apontando para a pequena porta. – De alguma forma, o Tau a ensinou como ativá-lo, mesmo você sendo uma humana comum.

A mulher arregalou os olhos. O que ele queria dizer com humana comum?

– Mas agora fiquei curioso – continuou ele. – Quem foi o seu primeiro sacrifício?

Os lábios de Kaline tremeram.

– Não sei do que está falando...

– Ahh... entendi. Esse deve ser um assunto delicado – disse Marco. – Bem... quanto ao que eu quero, é só uma coisinha boba. Você vai nos ajudar com algo que estamos tentando encontrar há muito tempo.

– Por favor, não quero confusão e nem me intrometer em seus problemas – pediu ela. – Apenas deixem-me em paz e saiam da minha loja.

Ele a encarou com aquele pequeno sorriso débil.

– Eu sei que deve estar assustada, isso é natural, mas você vai me ajudar. – E, antes que ela respondesse novamente, Marco tirou um maço de dinheiro do bolso da calça e jogou aos pés dela. Num impulso, Kaline se abaixou e o pegou. Seus olhos brilhavam. Devia haver uma boa quantia ali.

– Não negue que dinheiro a atrai... Afinal, seu trabalho é explorar pessoas desesperadas. Seus melhores clientes são aqueles que entram por aquela porta ansiando por algum conforto, seja pagando para conhecerem um inexistente futuro, seja enganosamente falando, através de você, com alguém amado que já morreu. Tudo isso, é claro, por um precinho bem razoável...

Ela olhava atenta para o maço, tentando contar mentalmente a quantia em suas mãos.

– Minha *dama*... – continuou ele. – Eu posso ver claramente os maiores desejos de sua alma e posso te dar muito mais do que estou oferecendo agora.

Ela olhou para o dinheiro e engoliu em seco.

– E o que eu teria que fazer?

Ele sorriu satisfeito. Suas palavras a tinham convencido tão facilmente.

– Nada de mais... Veja, qualquer dia desses, pode ser amanhã ou daqui a um ano, uma jovem garota, de uns dezesseis anos, virá até sua loja atraída pelo seu brinquedinho de estimação lá dentro – disse, apontando para a portinha. – Daí, assim que perceber que ela é quem procuramos, a senhora vai me ligar e pronto! Eu lhe darei dez vezes mais do que está aí! Fácil, não? Você a entreterá até chegarmos e depois é por nossa conta.

– Você disse uma adolescente sendo atraída pelo artefato?

– Isso... – afirmou ele, fechando a expressão até sua boca quase desaparecer num risco fino e sua cara estranha parecer ainda mais alongada e esquelética.

A mulher fez uma pausa antes de falar.

– Uma garota apareceu por aqui ontem e, quando percebi, já estava lá dentro. Acho que *ele* a queria... mas a garota conseguiu fugir – explicou sem mais se importar em guardar seu segredo sobre o artefato. Eles pareciam entender o que ela tinha escondido no depósito muito melhor do que ela.

Os três se entreolharam.

– Não. Isso é impossível! – disse Carina. – Não tão rápido e sem treinamento. Esta mulher só pode estar mentindo.

Marco analisou Kaline.

– Não acredito que ela esteja mentindo, mas se a menina já veio, será difícil saber se voltará. Infelizmente, nosso acordo fica cancelado – disse ele, erguendo a mão para pegar o dinheiro de volta.

– Mas... – interrompeu Kaline, sem desviar os olhos do dinheiro. – Talvez eu tenha algo para ajudar vocês a encontrá-la.

– Humm... – disse Marco.

Ela se abaixou no balcão de vidro e, quando levantou, tinha uma jaqueta jeans nas mãos.

Marco se levantou da cadeira e esticou os braços esqueléticos ávidos para pegá-la. Agarrou a jaqueta com ambas as mãos, torcendo-as entre os dedos antes de enterrar seu rosto nela e inspirar profundamente.

– Oh sim! Oh sim! O cheiro está forte, muito melhor do que tudo o que já conseguimos. Excelente!

A vendedora fez uma careta.

– Há algo em um dos bolsos.

Marco tateou os bolsos da jaqueta, tirando de lá um pedaço de papel colorido brilhante. Era um convite de balada.

– Barba Azul – leu.

– Eu acho que é uma balada para jovens menores. Segundo o convite, vai reabrir amanhã – explicou ela.

Marco sorriu.

– Interessante...

Carina se aproximou e olhou melhor para o convite.

– Podemos encontrá-la nessa boate amanhã à noite. Será um pouco difícil pegar o rastro dela devido à quantidade de pessoas, mas não impossível – comentou Carina.

– Sim. E finalmente terminaremos esta busca. – Marco fez uma pausa e depois se virou para Carina novamente. – Carina, leve isto até o garoto – disse, entregando-lhe os objetos.

Carina pegou a jaqueta, o convite e saiu da loja.

– Tivemos sorte que ela tenha vindo morar perto de nosso quintal – disse Marco. – Mas e você, Denis, o que acha? Não me parece muito animado.

– Você me conhece, não sou tão otimista. Durante nossa caçada, as coisas nunca se mostraram fáceis. Além do mais, esta cidade é perigosa, pois há os caçadores... – disse Denis, lançando um olhar para a avenida do outro lado da grande janela. – Ainda mais porque a cria mais velha de Regis e Carina matou um deles ontem à noite.

Marco olhou pensativo para um canto da sala.

– Denis, os caçadores são o menor de nossos problemas, confie em mim. Esta cidade não é mais perigosa para nós como era antigamente.

– Caçadores? Cria? Do que estão falando? – interrompeu Kaline. – Quem são vocês, afinal?

– Shiii... – disse Marco, colocando o dedo entre os lábios em um pedido de silêncio. – Você não vai querer deixar Denis irritado, ele não gosta de mulheres curiosas.

Denis sequer dirigiu um olhar para Kaline.

– Marco, eu não sei... A fama da Ordem dos Caçadores de Santos é perigosa. Eles podem estar em nosso rastro agora mesmo.

– Não estão, confie em mim. Eu tenho um contato por aqui... Além do mais, você parece estar com medo demais, não acha? – disse, enviando-lhe um olhar desafiador.

– Não é medo, é precaução. Essa garota tem fugido por muito tempo e, toda vez que estamos perto, ela nos escapa de alguma forma. Já viramos uma piada e acham que estamos perseguindo um fantasma. Será pior se nos metermos sozinhos com os caçadores. E além do mais, o convite no bolso da jaqueta não significa que ela estará lá.

– Ela irá! – disse Carina, entrando na loja novamente. Carina demorou apenas alguns minutos para descer até o carro e voltar. – Karibakis... – disse com um olhar grave enquanto entregava a jaqueta e o convite para Marco

– O quê?! Impossível! – rosnou Denis.

– Essa foi minha reação, quando o garoto me disse que o convite tinha cheiro de Karibaki.

– Maldição! – gritou Marco, nervoso, deixando sua fisionomia ainda mais horrível.

– Então tudo acabou. Eles já devem tê-la levado daqui – disse Denis.

– Não – começou Marco –, ela está se escondendo por muito tempo, não acredito que os Karibakis saibam o que a garota é. Portanto, ainda temos uma chance, talvez a última. Se forem para essa boate, ela provavelmente não resistirá a ir também.

– Mas não sabemos quantos Karibakis são... – comentou Carina.

– Não importa, é nossa missão encontrá-la.

– Então quer dizer que isso ajudou? – perguntou a cartomante, interrompendo-os novamente. Ela não estava entendendo toda aquela conversa sobre Karibakis e cheiros, mas estava claro que eram pessoas estranhas e perigosas. E de coisas estranhas e perigosas ela entendia um pouco.

Marco a encarou estreitando os olhos.

– Sim, ajudou muito. Obrigado, cara *dama*.

– Posso ficar com o dinheiro, então?

– É claro que pode.

Satisfeita, Kaline puxou uma bolsa atrás do balcão e guardou o dinheiro dentro dela.

– Nós precisaremos de reforços. Qual é o plano? – perguntou Denis.

Ele sorriu novamente daquele jeito estranho.

– Reforços? Dificilmente teremos. Como você bem lembrou, nossa boa fama acabou. Poucos acreditam que a garota esteja viva. Portanto, não nos ajudarão de bom grado. Estão ocupados com seus próprios planos e intrigas. Sem falar que, depois da Noite da Aniquilação, muitos não acreditam que uma garota apenas faria diferença... Mas nós sabemos que não é bem assim.

– Marco, não se preocupe – tranquilizou Carina. – Nós estamos com você até o fim. Não desistimos antes e não desistiremos agora. Nossa missão deve agradar a Hoark e não aos infiéis.

Carina olhou para Denis e ele acenou muito sério, confirmando as palavras dela.

– Obrigada, minha cara – disse Marco –, mas eu estava pensando... Acho que, para o sucesso de nossa última tentativa, precisamos montar uma armadilha para a garota.

– E como faremos isso? – perguntou Denis, interessado.

– Primeiro começaremos mudando o protetor do Tau – respondeu, olhando significativamente para a dona da loja. – O que acha, Carina?

Kaline piscou confusa e a mulher negra sorriu significativamente para ela. A dona da loja sentiu a raiva crescer dentro de si. Ela não os deixaria levar o seu artefato.

– O que quer dizer com isso? – perguntou ela. – Ele é meu!

Marco riu.

– Significa que é hora de mais uma troca. E não, minha *dama*, ele não é seu. Se soubesse o que um Tau significa para vocês humanos, ficaria bem longe dele.

– O que quer dizer com vocês humanos? – perguntou ela, sentindo mais um arrepio de aviso. Todo o seu corpo pedia para correr dali, mas sua mente não conseguia pensar em abandonar o artefato nas mãos daquelas estranhas pessoas.

– Mais uma troca? – perguntou Carina, dando alguns passos em direção à outra mulher. De repente, ficou clara sua intenção. Apavorada, Kaline deu um passo para trás.

– Sim, Carina. Você poderia cuidar disso? – disse Marco.

– Com prazer... – disse ela, e seus olhos se estreitaram em direção à Kaline.

– Ótimo, seria muito bom podermos ver como ele funciona ativado completamente.

Kaline se virou e tentou correr em direção ao depósito, mas Denis num instante a alcançou, acertando um forte soco em sua nuca. A mulher desabou inconsciente no chão. Carina a agarrou pelo braço e arrastou a mulher para dentro da mortal escuridão onde estava o artefato.

Minutos depois, abandonaram a loja vazia. A dona jamais seria encontrada pela polícia local. Marco sabia que, para os humanos insignificantes, a cartomante seria mais uma estatística de desaparecimento entre tantos outros.

Carina caminhava pela calçada levando uma caixa de madeira nos braços contendo o Tau, enquanto Marco carregava uma sacola da loja com seu Buda embrulhado e, em seu rosto, um estranho sorriso de satisfação.

7

O dia seguinte era sábado e Bianca aproveitou para dormir o máximo que pôde. Sua única crise sonambúlica durante a noite foi acordar em pé em frente à porta da sala.

Pelo menos, dessa vez, ela não fizera um escândalo tentando arrombá-la.

Ao levantar pela manhã, Laura já havia saído para terminar os últimos detalhes da decoração da Barba Azul e deixou o café da manhã pronto sobre a mesa. Bianca aproveitou o dia para ler um pouco do livro que comprara no sebo, mas não conseguia parar de olhar para sua mão, machucada no vidro dois dias atrás. Ela se esforçava em manter essa lembrança no mesmo canto de sua mente em que deixava seus pesadelos irreais.

No final da tarde, pegou o celular sobre a escrivaninha e espantou-se quando viu quatro ligações não atendidas e uma mensagem escrita. Desde sexta-feira de manhã, o aparelho estava no modo silencioso.

Bianca verificou, havia quatro chamadas de Renan e uma mensagem de Nicole. Primeiramente, abriu a mensagem e quase deixou cair o aparelho quando leu: *Estou com o caderno que você esqueceu na classe.*

Bianca apertou o celular com força e correu até a mochila largada no quarto, despejando todo o conteúdo sobre a cama.

– Onde está? Onde está?

Estava tudo lá, menos uma coisa: seu caderno-terapia.

Olhou para o celular. Deveria ligar para Nicole e pedir para que não abrisse o caderno, mas desistiu da ideia. Afinal, a melhor forma de fazer alguém ficar curioso é pedir para não fazer algo.

No fundo, sempre soube que escrever nele seria uma má ideia! Bianca tentou esquecer esse pensamento indo tomar banho para se arrumar para a balada.

Ela notou que, após refazer seu curativo na mão e outros pelo corpo, seus arranhões já pareciam melhores, mas sua mão ainda sangrava bastante.

Quando terminou de se arrumar, olhou-se no espelho do quarto e se achou bonita. O clima estava frio, por isso vestia uma calça jeans justa e escura, botas pretas de salto pequeno, blusa verde água com detalhes brilhantes e uma jaqueta estilizada em tons de cinza, que tinha ganhado de Laura no último aniversário.

Por fim, olhou o relógio do celular e, como já estava quase na hora de Renan vir buscá-la, pegou um dos convites que Laura havia ganhado e saiu para esperá-lo lá fora. Ela mal abriu o portão e já viu um carro estacionando bem à frente.

– Oi! – disse Renan, saindo do carro. – Você está... Nossa!

Bianca sorriu enquanto ele abria a porta de trás para ela. O pai dele dirigia, era um homem calvo e rechonchudo. Renan a apresentou e partiram.

– Obrigada por virem me buscar.

– Não tem problema – disse o pai de Renan. – Eu sempre digo que ele precisa aproveitar um pouco mais e sair com os amigos.

– Eu sempre saio – defendeu-se Renan.

– Sair com seus amigos nerds e esquisitos para jogar videogame ou RPG não é sair de verdade, filho.

– Ai, pai... – reclamou Renan.

– Seu filho vai se divertir hoje, senhor – disse Bianca. – Não se preocupe.

A balada Barba Azul localizava-se em um dos morros que dividia a cidade de Santos com São Vicente. Estava começando a escurecer quando o carro subia a rua inclinada. Lá de cima, dava para ver quase toda a cidade e seus edifícios. Apesar das áreas urbanas, o morro da Nova Cintra ainda possuía muitas áreas verdes de mata natural.

No alto do morro, a parte frontal da balada era larga e vários carros paravam para deixar adolescentes em frente à entrada. A casa noturna já estava aberta para a reinauguração e havia uma crescente fila para entrar, mas eles desceram do carro e foram para a entrada VIP, onde havia um segurança e nenhuma fila.

– Vamos esperar Nicole? – perguntou ela.

– Melhor não – respondeu Renan –, acho que ela virá junto com o primo psicopata, então é melhor a encontrarmos lá dentro.

– Você não parece gostar muito dele... – disse, fitando-o com suave divertimento.

– Não! – defendeu-se, ao perceber o que ela estava insinuando. – Não é nada disso que você está pensando, Bia. É só que o cara deve comer gatinhos fofos no café da manhã. Estou falando sério!

Bianca riu enquanto passavam pelo segurança mostrando seus convites VIPs.

– Tudo bem, se você não acreditar... Mas estou avisando, cuidado com esse cara – disse Renan.

Um grande salão surgiu com bares em luzes neon espalhados pelo canto, havia um grande palco na lateral esquerda. À frente, Bianca notou uma escadaria que levava para outra área, provavelmente um ambiente a céu aberto. Lá dentro, a iluminação destacava a decoração que misturava o tema de pirataria com o estilo americano pré-colonial. As paredes estavam decoradas com desenhos da escrita maia, cujas linhas brilhavam com a luz interna. Ela achou tudo muito lindo.

No centro da pista de dança com capacidade para umas quinhentas pessoas, havia pilastras decoradas com imagens de deuses maias antigos e cercadas por balcões de vidro iluminados, onde os frequentadores apoiavam copos ou petiscos.

Não estava cheio ainda, mas, de acordo com a fila lá fora, logo aquele lugar estaria lotado.

– E então? – perguntou ele, postando-se à sua frente. – Lugar legal, né?

– Sim! Ficou muito bonito. Não sei se contei, mas foi minha irmã quem terminou o projeto de decoração.

– Sério? – admirou-se ele.

– Foi! Ela pega bicos como este às vezes.

– Sua irmã é demais!

Ela o puxou pelo braço e foram em direção a um bar próximo ao palco.

– Veja! Ali está ela – disse Bianca, acenando para Laura sentada junto a um dos balcões maiores na lateral da pista de dança. Laura parecia estar conversando com um dos atendentes, enquanto ele usava uma grande faca afiada de cabo branco para cortar sashimis sobre o balcão. Laura a viu e acenou de volta.

– Achei que a balada fosse somente para menores – disse ele.

– E é. Mas ela combinou com o dono para tirar algumas fotos, quando o lugar estivesse cheio, para o seu portfólio. Laura não vai ficar por muito tempo.

– Espero que Laura não fique brava de nos ver conversando sozinhos – disse ele.

– Ela não ficará.

Bianca então sorriu gentilmente e ele sentiu-se encorajado.

– Bia, eu já te disse que você está muito bonita?

Mas Bianca não o ouviu. Uma leve pulsação e a sensação de falta de ar a alertou.

Instintivamente, olhou à direita, já sorrindo. Havia bastante gente ao redor. Garotas mexiam em seus cabelos longos lançando olhares para os garotos dançando ou conversando. Tentou encontrar a silhueta conhecida de Lucas, mas nada... Ao invés disso, seu olhar capturou uma solitária mulher negra, de cabelos crespos, parada entre os adolescentes, carregando uma bolsa grande em seu braço. Ela parecia ser mais velha do que Laura, portanto deveria estar ali a trabalho também. Só achou estranho a moça apenas ficar lá parada, olhando ao redor como se procurasse algo.

Por um segundo, seus olhares se cruzaram. Ela capturou um estranho reflexo avermelhado, antes de desviar o olhar. Todos os pelos de seu corpo arrepiaram-se.

– Bianca, você está me ouvindo? Bianca? Ah, que maravilha...

O tom de decepção era perceptível e Bianca de repente ficou consciente de que Renan falava com ela.

– Renan, o que foi? Desculpa...

– Nada não, deixa para lá. Você já tem companhia melhor mesmo – disse ele, embrenhando-se na multidão de adolescentes.

– O quê? Renan, espere! – Mas ele já tinha desaparecido.

– Acho que eu o espantei – disse uma voz atrás dela.

Bianca virou-se. Era Lucas.

– Lucas! – Ela não conseguiu disfarçar a agradável surpresa.

– Que bom que veio, Bia. – Ele se aproximou ainda mais para que ela pudesse ouvi-lo melhor. A música estava alta e muita gente conversava perto deles.

– Eu disse que viria – falou, tentando elevar a voz. – E obrigada pelos convites – completou, omitindo o fato de ter perdido o dela.

– Aqui dentro tem muito barulho – comentou ele. – Venha, vamos lá fora pegar algo para beber. A noite está ótima!

Lucas pegou sua mão e a puxou por entre a multidão dançante. Bianca ficou vermelha enquanto se deixava ser guiada por ele. Lucas de repente parou e ela inclinou-se para ver quem estava atrapalhando a passagem. Na verdade, eram Vitor e Rafaela. Conversavam algo que ela não conseguia ouvir. Rafaela a olhava com o canto dos olhos. A amiga de Lucas estava linda em um vestido preto justo, botas de couro de cano alto e os cabelos escuros perfeitamente lisos, e Vitor... bem... Vitor chamava bastante atenção com seu tamanho e músculos, mesmo vestido simplesmente com uma camisa branca e calça jeans.

Lucas voltou a puxá-la enquanto subiam os degraus em direção ao ambiente a céu aberto da balada. Lá fora, havia um quiosque com mesinhas espalhadas por toda parte. Estava menos cheio por ali, mesmo assim, Bianca não conseguia ver qualquer lugar livre para sentarem.

Lucas a guiou até uma mesinha próxima, com dois lugares ocupados por rapazes conversando. Ele apenas parou na frente deles e os encarou interrogativamente. De repente, com olhos arregalados, os dois rapazes simplesmente levantaram de seus lugares e saíram, sem nem olhar para trás.

– Podemos sentar agora – disse ele, sorrindo para ela.

– O que aconteceu?

– Sei lá – respondeu, dando de ombros. – Eu ia perguntar se já estavam de saída, mas não precisei, eles saíram antes.

Ela ergueu uma das sobrancelhas; porém, se não fosse isso, o que seria? A imagem do marginal tremendo de medo, diante de Lucas e seus amigos desarmados, veio de repente à sua mente.

Bianca sentou em uma das cadeiras ao redor da mesinha e imediatamente se sentiu completamente sem jeito.

– O que houve com a sua mão? – perguntou Lucas, notando seu curativo.

Ela olhou para a mão ferida.

– Eu... – Bianca baixou os olhos, por algum motivo era difícil mentir para ele – me cortei em um copo quebrado em casa.

Ele franziu o cenho.

– É mesmo? Parece ter sido um corte feio.

Ela fez uma careta.

– Foi sim, mas já está sarando. E você está gostando daqui?

– Estou – respondeu ele, e então Bianca notou que seu olhar ficou fixo em algo atrás dela. – Acho que tem alguém procurando por você.

Ela se virou e viu Nicole olhando ao redor até avistá-la sentada.

– Eu estava te procurando – disse Nicole, secamente, ao se aproximar dela.

– Oi, Nicole... – disse Bianca, arregalando os olhos ao notar o caderno nas mãos dela. – Você trouxe meu caderno para cá?

Nicole dirigiu seu olhar enviesado para Lucas e depois se voltou para Bianca novamente.

– Sabe, eu vi o Renan sozinho num canto por aí com a cara toda inchada. Eu sabia que você iria acabar magoando-o por causa deste cara aqui.

Lucas não respondeu, ele apenas observava.

– Eu não tinha a intenção de magoá-lo – tentou explicar Bianca.

– Não tinha! Puxa vida, que coisa! – disse Nicole em tom quase debochado. – Antes de chegar aqui e ver o que fez com meu amigo, eu até tinha vontade de te ajudar. Agora estou pouco me lixando...

Ajudar? – pensou Bianca, sem conseguir tirar os olhos do caderno na mão dela.

– Lucas – disse Nicole, e ele ergueu o olhar para a garota de piercing –, você deveria saber que tem algo de errado com sua namoradinha aqui. – Ela então jogou o pequeno caderno sobre a mesa.

Bianca congelou e ficou sem palavras, enquanto Nicole deu as costas e saiu. Ela deve ter visto o que desenhara ali dentro...

– O que é isso? – perguntou Lucas, olhando para o caderno.

Ela rapidamente o pegou sobre a mesa e o guardou no bolso interno da jaqueta.

– Você está bem? Parece ter ficado pálida de repente – disse ele, alcançando sua mão. – Você está fria e suando, sente-se.

Ela sentou-se, tinha lágrimas nos olhos.

– Eu não sabia que Renan ia...

– Não ligue para esses dois. Ele sabia que você só queria ser amiga dele, e Nicole é só uma garota confusa e mal-humorada.

– Foi só minha primeira semana aqui e acho que acabei de perder as únicas amizades que fiz na escola.

– Logo fará novos amigos, vai ver – comentou ele. – Mas, o que foi isso? O que tem no caderno?

– O caderno? – disse Bianca, pensando em uma desculpa para dizer, mas como não veio nenhuma e ele iria embora nos próximos dias, não viu motivo para não falar a verdade. Então suspirou. – Eu escrevo e desenho nele quando não estou bem. Foi um conselho de um dos meus psiquiatras.

Lucas apenas ficou observando-a sem dizer nada.

– Agora você está me achando maluca.

– Na verdade, não. Só estou pensando... Por que faz terapia?

– Pesadelos... – ela respirou fundo. – Eu mais ou menos vi meus pais serem mortos num assalto dentro de casa quando era pequena e, por causa disso, tenho terrores noturnos.

– Que droga... Eu sinto muito.

– É eu sei... E desculpe, a conversa deve estar muito pesada para esta noite, né?

– Eu não me importo. Gosto de conversar e acho legal saber mais sobre você. E desenhar nesse caderno funciona?

– Na verdade não, mas tenho que tentar de tudo.

Lucas sorriu.

– Quando chegar o verão, vou te levar para andar de jet-ski comigo e com meus amigos. Nós os alugamos na praia do Guarujá. Talvez você só precise se divertir.

– Está falando sério? Mas você vai embora logo...

– Eu vou, mas posso voltar um final de semana ou outro e daí nos encontramos lá, é só atravessar a balsa. Podemos manter contato online, o que acha?

Bianca sorriu mais animada, sentindo-se um pouco mais feliz pela primeira vez desde que chegou à cidade. Ela tinha esperanças de que ficariam em Santos tempo suficiente para isso. Os dois conversaram por mais meia hora sobre o que tinham para fazer no verão por ali. Até que Bianca vislumbrou Laura passando próxima a eles. Ela apontou Laura para ele e avisou que iria falar com a irmã e depois iria ao toalete. Lucas a esperaria no quiosque.

Não seria fácil entrarem pela porta da frente, afinal já não eram tão jovens quanto o público do local e havia um limite de dezoito anos para entrar. Era uma festa para adolescentes. Por isso, foram pela porta do estoque. Havia apenas um segurança, que agora jazia caído ao chão com um ferimento profundo na garganta.

Finalmente, tinha chegado a hora. A missão deles estava para acabar. A intuição de Marco dizia que a garota estava ali e que enfim iriam pegá-la. Carina já estava lá dentro há uma hora pelo menos. Só precisavam montar a armadilha e esperar.

Lá dentro, Regis, o marido de Carina, abriu a porta e passaram por um escritório. Denis vinha logo atrás. Marco esperaria por eles lá fora enquanto os coordenava pelo celular. Ali dentro, ele chamaria muita atenção e não desejava cometer erros, pois, após esta noite, os Pérfidos voltariam a respeitar tanto ele quanto sua alcateia. A filha de Ágata Bley estava viva ainda. Esta era a ponta solta que ele iria amarrar e ninguém mais poderia negar o valor de sua missão. Marco galgaria o poder e pediria o comando desta ilha, tirando-a da influência de Alexia. Aquela maldita criatura solitária conseguira algo que nenhum deles já tinha conseguido: influência sobre um caçador. Agora a ilha parecia frágil e desamparada. Desde a chegada de Marco, ele tinha cobrado alguns favores de Alexia para que o ajudasse a cobrir seus rastros dos superestimados caçadores locais, também conhecidos como Corvos. Até agora, tudo estava indo bem.

Marco ouvia os três se comunicarem lá dentro. Carina, Regis e Denis estavam espalhados pelo lugar, de forma a manterem-se sob a vista um do outro.

– Carina, você tem sinal verde.

A mulher negra estava no meio da pista de dança, olhou ao redor e escolheu uma das pilastras com decoração totêmica. Em seguida, se aproximou e tirou discretamente o Tau da larga bolsa que carregava consigo. Ergueu o braço e o fixou no alto, entre as decorações em relevo. Sentiu perfeitamente quando o objeto se ajustou à pilastra que, como uma reação ao Tau, tornou-se ainda mais escura. Algumas luzes neon que destacavam a decoração da pilastra imediatamente piscaram e queimaram. Ela se afastou enquanto imperceptíveis veios escuros começaram a nascer lentamente abraçando a coluna. Não demoraria muito agora...

Bianca entrou em um dos toaletes perto da pista, mas ele estava muito cheio. Olhou para a escada que levava ao segundo andar, a área VIP da balada, e teve uma ideia. Ela ganhara a pulseira VIP quando entrou e ainda não tinha subido para o andar reservado. Imaginando que lá poderia ter um banheiro mais disponível, mostrou a pulseira para o segurança na escadaria e subiu.

Era menor lá em cima. Havia apenas algumas mesas ao redor da grade de proteção que dava para a pista de dança. Alguns jovens casais estavam por ali, aproveitando o ambiente bem mais discreto.

Viu no canto o aviso luminoso, indicando o toalete das garotas, e foi até lá. Abriu a porta cuidadosamente para não esbarrar em ninguém e entrou. Estava vazio. Havia apenas uma bonita pia de mármore rosa com duas torneiras, um grande espelho e duas cabines.

Olhou para seu reflexo e apertou as têmporas. A leve pressão tinha voltado desde que se encontrou com Lucas. Era inacreditável! Ela sempre voltava leve, mas constante... Sem prestar muita atenção, virou em direção a uma das cabines e empurrou a porta para entrar.

A porta se abriu e Bianca piscou confusa. Alguém já estava lá dentro em pé, o que a fez se afastar imediatamente, porém não sem antes identificar os cabelos escuros e lisos de Rafaela. De relance, viu que Rafaela beijava apaixonadamente um garoto de aparência esguia bem familiar, com certo brilho dourado no cabelo. O amasso parou quando ela abriu a porta e o casal afastou-se de súbito encarando-a estupefato.

– Desculpa... – foi o que conseguiu dizer Bianca antes de perceber que, na verdade, o garoto com Rafaela era uma garota, de cabelos curtos e um piercing na sobrancelha.

– Mas que porcaria! – começou Nicole, irritada. – O que você está fazendo aqui?

– Bianca? – disse Rafaela, espantada.

– Eu... – Bianca tentou começar alguma explicação, mas a verdade é que estava perplexa com a situação inesperada, então apenas deu as costas em direção à saída.

– Bianca, espere. Droga! – chamou Nicole.

Ela parou e virou-se devagar. Rafaela ajeitava seu cabelo, desconcertada pela situação. Era a primeira vez que via a amiga de Lucas sem sua pose e segurança.

– Espere um pouco, você não pode sair assim... – disse Nicole, atravessando à frente dela e parando entre ela e a porta, só por garantia. – Precisamos conversar. Eu preciso te explicar uma coisa.

– Não precisa me explicar nada, Nicole. Isso realmente não é da minha conta. Foi um acidente. A porta estava destrancada e não sabia que estavam ali dentro, me desculpem.

– Você não entende... – começou Rafaela, mas Nicole fez-lhe um sinal e ela parou de falar.

– Você não pode contar nada disso para o Lucas. Na realidade, você não pode contar sobre nós duas para ninguém!

Ela ia dizer novamente para não se preocuparem, mas o jeito de Nicole estava diferente. O olhar que ela estava lançando não era de raiva ou despeito, ela parecia estar implorando.

– Eu não vou contar, juro. Melhor assim para vocês?

Podia jurar que estavam com medo – *Pelo amor de Deus, estamos em pleno século 21! O que Lucas tinha a ver com o que elas faziam ou deixavam de fazer?*

As garotas se entreolharam apreensivas, mas Nicole abriu passagem para ela sair do banheiro. Bianca saiu em direção às escadas – *Nossa! O que foi toda aquela tensão no ar?*

Enquanto descia, viu Lucas procurando-a. Ele olhou ao redor até vê-la descendo as escadas e acenou. Ela o achava legal e, além do mais, era amigo de Rafaela, ele entenderia a situação. E se Nicole fosse um pouquinho mais simpática, poderiam até ser grandes amigos também.

– Aí está você... quero te mostrar uma coisa. Vem comigo? – Ela acenou afirmativamente, enquanto ele olhava atrás dela. – Oi, Rafa! Onde estava? Não vi você por aí com Vitor.

Rafaela estava logo atrás, descendo as escadas. A garota pareceu ficar muito tensa ao vê-lo, mas suavizou as feições com um sorriso para responder, contudo Bianca foi mais rápida.

– Nos encontramos lá em cima e ficamos conversando um pouco. Desculpe o atraso.

Lucas olhou-as com curiosidade e depois deu de ombros.

– Ok, então vamos.

Ele pegou sua mão e a puxou em direção ao ambiente externo da balada. Ela se virou e olhou por um instante para Rafaela, que a fitava muito séria, parada na base da escada. Bianca deu-lhe um sorriso e um aceno para tranquilizá-la, mas ela não mudou sua expressão.

Ao passarem perto da pista de dança, olhou ao redor. Sentiu, de repente, um cheiro adocicado enjoativo no ar, mas Lucas a puxava e num instante estavam no ar fresco lá de fora.

Ele soltou sua mão quando encostaram no peitoril de madeira que separava a Barba Azul da mata no morro e de uma vista noturna maravilhosa da cidade. Lucas apoiou-se no peitoral com ela ao seu lado.

– Bonita a vista, não é?

– Sim, é linda – respondeu ela, sem tirar os olhos do brilho das luzes de Santos abaixo deles. Ao fundo, o céu noturno se fundia com o mar escuro. – Parece ser uma cidade muito bonita e interessante.

Bianca sorriu descontraída, mas, então, ele se virou e prendeu o seu olhar no dela.

– E quanto a você, Bianca, o que a torna tão interessante para mim?

Bianca surpreendeu-se com a pergunta e demorou um instante antes de voltar à compostura e conseguir responder.

– Acho que nada – respondeu –, sou uma garota comum como qualquer outra. Na verdade, eu acho que apenas sou um pouco mais estranha do que as garotas normais.

– Desde que desmaiou bem na minha frente, no corredor da escola, ficou difícil não olhar para você o tempo todo – disse ele, sorrindo divertido.

– Eu morri de vergonha naquele dia.

Ela sorriu timidamente e isso o encorajou.

– Eu não sei por que, mas, desde que chegou, você me chamou a atenção. Eu sei que não tenho muito tempo mais na cidade, mas... – disse ele, aproximando-se mais dela. Seus dedos tocaram a lateral de seu rosto afastando seus cabelos gentilmente.

Aquela leve pressão em sua cabeça começou a ficar mais e mais forte. *Agora não!* – Pensou Bianca. – *Agora não, por favor! A noite está tão perfeita...*

8

Para Julian Ross, aquela noite estava longe de ser perfeita. Uma hora antes, Julian e mais três chegaram a uma área de mata aberta ao lado de uma favela, na estrada próxima à entrada de Santos. Deixaram as motos a dois quilômetros dali e foram andando o resto do caminho na escuridão da mata. Não precisavam de luz. Quando é preciso, são capazes de fazer seus olhos enxergarem tão bem de noite quanto de dia.

Julian estava na frente, Duda, Patrick e Con vinham logo atrás, em silêncio. Ele ergueu um pouco a cabeça para inspirar fundo e bem rápido, por duas vezes. Os odores vieram em camadas reconhecíveis. Primeiro o cheiro úmido e fresco da mata ao redor, em seguida o rastro do dia anterior, a passagem rápida de uma anta fêmea transpirando pavor em seus poros. Algo a assustara para valer, mas não só a ela. Uma cutia passara tão apressada com um de seus filhotes que tinha deixado outro para trás, suas pegadas ainda eram visíveis. O ar também continha o temor dos pássaros, que debandaram o mais rápido que puderam. Os cheiros não deixavam dúvidas, um rastro de medo tinha passado por ali e, quanto mais entravam na mata, mais forte ficava.

– Estamos no caminho certo – disse Julian.

– Sem dúvida – concordou Con –, um monte de animaizinhos se cagando de medo para todo lado! Ontem, devem ter tido uma noite e tanto.

Duda riu alto do comentário.

O nome real de Con era Maurício Neves. Entre os quatro, era o mais velho, com dezenove anos, e o que possuía a aparência mais ameaçadora. Era alto, tinha a pele morena, ombros largos musculosos e gostava de usar seus cabelos compridos e soltos. Foi Maria Eduarda Mendes, Duda, que o apelidara de Con, fazendo referência ao famoso bárbaro dos quadrinhos. Já ela era pelo menos trinta centímetros mais baixa do que ele, e também a mais nova do grupo. Duda era uma garotinha risonha, de quatorze anos e cabelos castanho-claros quase sempre presos em um rabo de cavalo. O último do grupo era Patrick Silva, um garoto negro, de rosto redondo e olhos inteligentes, que no momento caminhava observando ao redor cuidadosamente.

O semblante de Julian ficou tenso, pois encontrou o rastro que procurava. Um cheiro metálico e de decomposição, sangue e carne humana morta há pelo menos vinte e quatro horas, misturados com um cheiro forte e agressivo de algo perturbadoramente mortífero. Instantes depois, os outros também sentiram e Con soltou um grunhido de insatisfação.

– Ahá! Não adianta choramingar, Con... – começou Duda, parecendo se divertir. – Eu ganhei!

– Não tem como termos certeza – disse Con exasperado –, nunca vimos uma coisa dessas antes.

– Ah tá! Até parece! Mês passado, estudamos exatamente este cheiro. Temos certeza sim! – E então ergueu a mão com a palma levantada para ele.

Con olhou para sua mão e fez uma careta em negativa.

– Sai fora! Ainda não temos certeza, Duda!

– Ahh temos, sim! – insistiu ela. – E aposta é aposta.

– Ela está certa, Con – falou Julian, tirando uma folha presa entre seus rebeldes cabelos negros.

Con grunhiu irritado. A palavra de Julian valia como decisão final.

Duda sorriu e arregalou os olhos como uma criança esperando seu doce. Desgostosamente, ele levou a mão ao bolso e tirou de lá uma nota de vinte reais para colocar mão dela.

– Obrigada – disse a menina, guardando a nota em seu bolso.

– Se continuar assim, você vai falir a família dele – disse Patrick, divertindo-se com a situação. – Con, é melhor você não entrar mais em nenhuma aposta com ela.

– Cala a boca – foi a resposta de Con.

Julian já conseguia ver ao longe. Entre galhos e folhas, já era possível perceber os fachos de luz mexendo-se na escuridão.

– Só não deixem os caçadores perceberem que estão fazendo apostas sobre a morte de um deles – pediu Julian. – Lembrem-se de que a ilha *ainda* pertence a eles...

Julian sentiu seu celular vibrar novamente no bolso da calça, já era a quinta vez seguida.

– Será que é sua prima de novo? – perguntou Patrick. Com os sentidos aguçados, a vibração de um celular para eles era como o som de um motor.

– Deve ser. Ela quer que eu dê uma olhada em algo que achou no colégio.

– Aquele idiota arrogante do Lucas e seus cãezinhos ainda não terminaram com o problema por lá? – perguntou Con. – Deveriam ter nos dado essa missão...

Julian sorriu com o comentário maldoso.

– Terminaram. Ficaram mais uma semana para ver se não estavam deixando passar algo, pois não encontraram evidências de atividades não humanas nos suicídios da escola. Nicole invadiu alguns computadores e os ajudou a descobrir pistas. A polícia já deve ter recebido o material recolhido por ela, como uma ajuda anônima.

– Mas eu também acho que teríamos sido a melhor escolha – comentou Duda.

– Não, não seríamos – disse Julian, soando entediado. – Lucas e os outros precisavam de algum tipo de missão inútil para servir de estágio e resolverem sozinhos. Nós já passamos dessa fase.

– Mas eu nunca participei de uma missão completa – reclamou Duda em tom choroso.

– Isso porque você é uma pirralha e a única entre nós que falta se formar – disse Con com um sorriso provocador, ao seu lado.

– Veja só... – brincou Patrick – você ainda é nosso filhotinho...

Duda enrugou os lábios.

– Voltando ao assunto... – disse ela, contrariada com os comentários. – E se Nicole encontrou alguma pista sobre a missão de Lucas? E se ela quiser te dar uma vantagem com essa informação? Ela é sua prima.

Julian sorriu sem que ela visse. Era interessante como Duda tratava o assunto como se Lucas também não fosse primo dela. Ele cada vez mais sentia orgulho de tê-la aceitado entre eles.

– Você tem razão, Duda. Ligo de volta para Nicole quando sairmos daqui.

Daquela distância, já podiam captar os cheiros e sons dos homens no local. Eram três, emanando ansiedade e apreensão.

– Fiquem nas sombras – disse Julian. – Falo com eles sozinho.

– Eu não sei se é uma boa ideia, cara – disse Con.

– Con, não perguntei o que você acha – disse, olhando-o nos olhos. – Patrick cuidará para que vocês fiquem fora da visão dos caçadores e não façam nada a não ser que eu dê o sinal, entenderam?

– Certo – respondeu Patrick contrariado, e os outros dois também confirmaram baixando suas cabeças.

Julian caminhou mais alguns metros e saiu na clareira escura. Quase no meio dela, estava o que sobrou de um corpo humano completamente dilacerado. Havia sangue espirrado e pedaços de roupa por toda parte. Também viu uma arma caída e dezenas de projéteis espalhados pela grama, detalhes que somente seus sentidos treinados e sensíveis podiam perceber facilmente. Aquilo tinha sido uma carnificina e aquele homem não teve nenhuma chance, mesmo bem armado.

Na clareira, havia três homens vestindo roupas escuras. Um deles estava agachado ao lado do corpo, tinha cabelos muito curtos e escuros. Com uma mão, segurava um pano contra o rosto e, com a outra, uma lanterna, além de carregar uma arma pendurada nas costas. O cheiro estava forte e o aspecto do corpo era horrível. O segundo homem também carregava uma arma, ele era mais magro, tinha os cabelos presos em um pequeno rabo de cavalo e estava de costas verificando com sua lanterna e mãos enluvadas a arma jogada no chão. E o terceiro estava de costas para Julian, ele carregava sua metralhadora semiautomática, guardando o local. Todos vestiam uma combinação de roupas comuns, mas completamente negras. Essa era uma de suas marcas registradas. Também carregavam pistolas nos coldres, usavam colete com bolsos para munição, rádio e granada especial, além de levarem em suas costas um bastão negro retrátil, a segunda marca dos caçadores, também conhecidos como Corvos.

Sem qualquer surpresa, Julian percebeu que não o tinham visto chegar ainda. Ao seu lado, uma grande árvore estava quebrada ao meio. O cheiro agressivo, que identificara momentos antes, era forte ali e concentrava-se na árvore.

– Boa noite, cavalheiros – disse Julian, erguendo os braços em sinal de rendição.

Os três voltaram-se imediatamente para ele. À sua frente, o homem enrijeceu o corpo e ergueu a metralhadora mirando-a em sua direção. O rapaz que olhava a arma caída se levantou de súbito e levou as mãos às costas, encarando-o de forma sombria. O último apenas levantou-se e tirou o pano do rosto, resmungando algo.

– Opa, opa! Calma, garotos, calminha... – pediu Julian, sem parecer realmente muito preocupado. Ele sabia que era melhor não fazer movimentos bruscos.

– Não atirem, por enquanto – disse o homem perto do corpo. –Este moleque é Julian, o filho de Walter Ross.

– E você só pode ser Otávio Tunis.

– Cala a boca e me explica o que seu focinho está fazendo aqui – disse Otávio, entredentes. – Vocês têm alguma coisa a ver com isso?

Julian riu.

– Bem que meu pai me avisou que, de todos os Corvos, você é o mais esquentadinho...

– Eu perguntei se vocês têm algo a ver com isso! – repetiu Otávio com raiva na voz, enquanto apontava para o corpo dilacerado.

– É claro que não temos nada a ver com isto. – Julian encrespou os lábios em uma expressão de desdém. – Esta bagunça toda foi coisa de um Voraz e não temos Vorazes entre nós, caçador. Você já deveria saber disso – seu tom jocoso não passou despercebido.

– Se isso não é coisa de vocês, o que está fazendo aqui, moleque?

– Vim dar uma olhada também.

– Isso não é problema seu – disse, levantando a voz. – Quem morreu foi um dos nossos e, além do mais, a ilha é nossa. Eu só não atiro no meio dos seus olhos porque sei que ainda estamos no maldito Ciclo da Trégua.

– Caramba – disse Julian, forçando um ar de desapontamento. – Onde está o respeito à regra "Amar aos inimigos", de sua Ordem? – brincou, fazendo um sinal em direção à medalha de prata escura pendurada no pescoço de Otávio.

A medalha possuía o desenho de um monge barbudo segurando um bastão em uma das mãos e na outra um corvo, além de uma inscrição em latim.

– Então nós somos inimigos, Julian? – perguntou Otávio, estreitando os olhos.

– Não seja tão rude, senhor Otávio. Achei que pudéssemos superar nossas diferenças e sermos amigos... Além do mais, nem estamos na ilha, aqui é a parte continental.

Otávio tirou a pistola do coldre e a apontou para a cara de Julian, encostando-a provocativamente em sua mandíbula.

– Não brinque conosco – ameaçou o caçador em um sussurro. – Eu não gosto de gente do seu tipo e também não gosto do Ciclo da Trégua. Então, não me irrite porque você sabe que tipo de munição tem aqui.

Julian não se mexeu, mas seus olhos ficaram frios e apertados enquanto encarava o caçador bem na sua frente. Todos sabiam que os caçadores revestiam suas balas com um material que escondia o cheiro da prata até o disparo ser efetuado. Na mata, atrás de Julian, iniciou-se o som de rosnados baixinho. Otávio disfarçou o arrepio que sentiu, enquanto os outros dois se mexeram tensos atrás dele.

– Quietos! – rosnou Julian, virando o rosto para o lado. Sua voz estava grossa. A floresta voltou a ficar silenciosa. E, com um sorriso relaxado, virou-se para o caçador novamente. – *Mea culpa*. Eu fui rude, mas *nós* não precisamos ficar nervosos.

Otávio acenou ainda com a cara fechada e guardou a arma no coldre da cintura. Ele empertigou-se e ambas as mãos foram às costas, provavelmente para o bastão negro que sempre carregavam.

– Ross, diga logo o que quer e saia antes que acabemos reiniciando uma guerra esta noite.

Julian acenou com a cabeça, concordando.

– Eu achei que, com a morte de um dos seus, haveria aqui um exército de caçadores e tecnologia de investigação suficiente para dar inveja aos CSIs americanos. Mas eu só vejo três caçadores assustados e confusos.

Otávio lançou um olhar com tanto ódio que parecia que ia pular em seu pescoço, mas, em vez disso, ele apenas fechou ainda mais cara.

– Soube que, com a morte do último antigo integrante do Comando Superior, a Ordem se enfraqueceria – disse Julian. – Seu companheiro de caçada morreu aqui, enquanto estava sozinho, e parece que só vocês três estão dispostos a investigar... Então, acho que a informação estava certa.

– Você não sabe de nada, moleque imbecil.

– Realmente, não sei de nada sobre o que se passa com a nova liderança da Ordem. Porém, nós sabemos de uma coisa: Santos é importante demais para cair nas mãos dos Pérfidos. Se vocês não puderem mais protegê-la, é hora de saírem de cena e deixarem o trabalho para quem pode.

Otávio franziu o cenho.

– Para quem pode? Olha, garoto, já permitimos que fiquem um ciclo lunar por ano e é só, nada mais. Eu mesmo não entendo como a liderança dos Corvos e o Comando Superior aceitaram esta trégua com vocês...

– Otávio... – interrompeu respeitosamente um dos caçadores, segurando uma metralhadora. – Mário confiava na trégua. Talvez pudéssemos tentar...

– Não! – respondeu Otávio imediatamente. O outro caçador baixou os olhos. Por um instante o silêncio se fez, e quando Otávio falou novamente, seu tom era mais calmo – *Nunquam suade mihivana,* André.

– O que disse? – perguntou Julian.

Otávio voltou-se para ele com um sorriso.

– Eu disse para André “Não me aconselhes coisas vãs”. Essa também é uma de nossas regras.

Julian deu uma olhada no outro caçador, ele deveria ter por volta de uns trinta anos, tinha cabelos castanhos levemente compridos, presos para trás. Quando Otávio falou, André novamente baixou a cabeça em submissão.

– Mas talvez eu possa ajudá-los – insistiu Julian, erguendo os ombros, mas Otávio o interrompeu.

– “*Sunt mala quae libas*”. Eu disse: “*É* o mau que me ofereces”...

Julian suspirou e não respondeu.

– Garoto – falou Otávio novamente –, é melhor colocar seu rabinho entre as pernas e sair deste lugar.

Julian inspirou e olhou para um trecho de grama salpicada com sangue, bem ao seu lado, entre ele e a árvore destruída.

– Tá legal! Eu vou embora...

Julian virou-se para a direita, pisando fortemente sobre a grama com sangue, ao ir em direção à mata. Porém, antes de entrar na floresta, virou-se com um sorriso nos lábios para o caçador.

– Otávio, o senhor sabe que na verdade nós não temos rabo, certo? E eu também tenho uma frase para você "*Ian bakatonitpysy ki moli*", em nossa língua, significa: "Você é um tolo por não aceitar nossa ajuda".

Os olhos de Otávio brilharam enquanto Julian desaparecia nas sombras da mata deixando um riso no ar. Julian sabia que a provocação era um jogo perigoso com os caçadores, mas ele precisava saber o quanto estavam desesperados.

– Vamos voltar – disse para seus companheiros ocultos na floresta aos olhos humanos comuns, mas não para os dele. E antes de dar mais um passo, Julian abaixou-se e tirou o tênis que pisara no sangue.

– O que foi? – perguntou Duda.

– Acho que farejei um pouco de sangue do Voraz e, antes de sair da clareira, pisei nele – disse ele, farejando a sola do tênis. – Aqui está... Alguém tem um lenço ou algo do tipo?

Patrick imediatamente rasgou um pedaço da blusa que usava sob o moletom e entregou para Julian, que o esfregou no lugar da sola, onde o cheiro estava mais forte. Depois dobrou o tecido e entregou para Duda guardar. A jovem garota arregalou os olhos, mas sem nada dizer, colocou cuidadosamente o tecido no bolso interno da jaqueta.

– Não perca isso – disse Julian, enquanto colocava o tênis novamente.

– É claro que não!

– E então? O que achou? – perguntou Patrick para Julian.

– Tem algo acontecendo com a Ordem. Esses aí estão se sentindo vulneráveis.

– Vai ver seu pai está certo, o mundo deles está desmoronando – comentou Patrick.

– Talvez...

– E agora? O que faremos com o rastro do Voraz? Vamos caçá-lo? – perguntou Con, com uma ponta de ansiedade na voz.

– Está louco? – disse Julian. – Precisaríamos de muito tempo e o Ciclo acaba depois de amanhã. Tenho a impressão de que o Voraz estará dentro dos limites dos caçadores e, portanto, fora do nosso. Não faremos nada hoje.

O celular vibrou mais uma vez e Julian tirou-o do bolso. Era uma mensagem de Nicole. Dessa vez, achou melhor lê-la.

Já que não está a fim de falar comigo, estou mandando imagens do caderno de minha nova colega de sala. Acho que está encrencada, mas você é quem me diz.

A mensagem aguçou a curiosidade e ele abriu as imagens anexadas. Na primeira gravura enviada, Julian parou de caminhar e ignorou todas as perguntas de seus companheiros. Passou com os dedos, desenho por desenho, na tela do celular. E contendo a respiração, arregalou os olhos.

– O que foi, Julian? – perguntou Con, enquanto os outros dois encaravam-no preocupados. Seus sentidos ainda estavam aguçados, por isso notaram claramente quando o líder começou a exalar sensações de preocupação.

Julian ergueu os olhos, tinha a expressão séria e distante, mas não disse nada. Em vez disso, teclou a discagem rápida. Dois toques depois, ela atendeu.

– Julian! Finalmen...

– Onde ela está? – interrompeu ele, retomando seu caminho apressado, enquanto os outros o seguiam.

– Eu... eu acho que ela está aqui em algum lugar na Barba Azul com Renan. Eu acabei de chegar e os estou procurando, mas eu queria ter vindo com você porque...

– Nicole – interrompeu-a mais uma vez –, fique de olho na garota e espere minha ligação, entendeu?

– Tá, mas o que houve?

Nicole ficou sem resposta, pois Julian desligou e acelerou o passo até a moto.

– Julian? – disse Patrick, enquanto o seguiam.

– Temos que ir até a Barba Azul, minha prima está lá.

– Mas o que houve? – perguntou Duda.

Ele sabia que eles ouviram a conversa. Mas isso não era problema deles. Aquela mensagem o perturbou seriamente e precisava manter-se o mais calmo possível para não levantar suspeitas.

– Não foi nada. Nicole precisa de ajuda com algo. Vamos!

Num instante, chegaram às três motos escondidas na mata e foram pela rodovia em direção à Barba Azul. Julian ia à frente ditando o caminho e a velocidade, Con ia logo atrás com Duda em sua garupa e Patrick ao seu lado na outra moto. Ignorando muitos sinais e limites de velocidade, não demoraram a chegar à boate.

Sem responder qualquer outra pergunta, Julian desceu da moto e ordenou que esperassem do lado de fora. Mesmo confusos com a urgência, tiveram que obedecer. Con cruzou os braços, deixando claro seu mau humor com a situação de serem deixados para trás. Ele o ignorou e apressou-se em direção à entrada. Como tinha dezoito anos, a idade limite para entrar, comprou seu ingresso e entrou. Ignorando alguns olhares femininos, concentrou-se em digitar no celular enquanto caminhava entre muitos adolescentes animados com o show de luzes neon e música alta.

Estou aqui. Onde ela está? – foi a mensagem para Nicole.

Não sei – foi a resposta.

– Droga, Nic! – grunhiu, antes de receber a mensagem seguinte.

Está com Lucas. Encontre-me na escadaria da área VIP.

– Lucas? O que ele está fazendo aqui? – Sua pergunta foi para ninguém em particular, perdendo-se entre a música do lugar.

Um minuto depois, apesar da multidão de adolescentes embalados no ritmo da música, ele alcançou Nicole na base da escadaria para o andar VIP.

– Você não precisava ter vindo tão rápido se estava ocupado... – gritou ela para se fazer ouvir.

Julian agarrou forte seu braço e a fez encará-lo.

– Onde ela está, Nicole? – perguntou, com seu rosto bem perto do dela. – Não me faça perder tempo.

Nicole estremeceu. Devia ser algo sério para ele agir assim. Olhou em volta procurando Bianca, mas não a viu. Julian estava mais tenso do que o normal, portanto, como Nicole imaginou, após ter aberto o estranho caderno de Bianca, a garota nova devia estar com sérios problemas. Bom, ela fez o que qualquer parente treinado deveria fazer. Deu o alerta e chamou um responsável, que, neste caso, poderia ser Julian.

– Nicole, eu preciso vê-la agora! Não enrole!

– Tá... Estou procurando, seu nervosinho... A última vez que a vi foi lá fora, no bar da parte externa – disse, apontando para a escadaria do outro lado.

– Vamos para lá, então.

Nicole saiu andando na frente, enquanto Julian a seguia. Ele não sabia como a garota se parecia, por isso precisava depender de sua prima, o que era uma droga, pois não queria envolvê-la nisso.

Em sua visão periférica, flashes no meio da pista de dança chamaram a atenção. Julian olhou e viu uma mulher de vestido azul tirando fotos, achou reconhecer sua fisionomia, mas havia muita gente entre eles atrapalhando sua visão. Instantes depois, chegaram ao ambiente externo e então Julian os viu.

Primeiro percebeu Lucas. Ele estava encostado na mureta de madeira beijando uma garota ao seu lado.

– Ali estão eles. – Apontou Nicole. – Ahh ótimo! Eu sabia que a garota estranha estava caidinha por aquele babaca.

A garota com Lucas se afastou um pouco dele para falar algo. Julian pôde vê-la melhor, tinha a tez corada e cabelos castanhos ondulados brilhantes. Um misto de choque e outros sentimentos confundiram-se dentro dele. Era ela. O Destemido provavelmente a atraíra, sem imaginar o que estava fazendo.

– Julian?

Ele sentiu seus olhos queimarem, sua visão periférica nublou-se com manchas vermelhas.

– Julian! – insistiu Nicole, chacoalhando-o pelo braço. – Julian, pare! Pare! O que está fazendo?

Ele desviou os olhos de Bianca e encarou Nicole.

– Você está rosnando – disse Nicole, e ele parou imediatamente, como se só agora tivesse percebido o que estava fazendo. Ela olhou ao redor, mas todos pareciam bem distraídos por ali.

Julian fechou os olhos e se acalmou.

– Me espere lá dentro – pediu ele.

– Por quê?

– Porque eu disse para esperar lá dentro!

– Ah, tá, até parece! Eu te chamei aqui devido aos desenhos estranhos e você quer me deixar no escuro agora? O que está acontecendo?

Ele de repente a pegou pelo braço e a arrastou até a entrada para a pista de dança.

– Eu disse para me esperar lá dentro, agora!

Desta vez, Nicole soltou-se e obedeceu contrariada.

Ele voltou-se para o casal e, a partir daí, não ouviu mais nada ao seu redor, nem a música vinda lá de dentro, nem as conversas. Tudo se transformara em um zumbido incômodo enquanto olhava mais uma vez para os dois juntos.

Estremeceu ao ver Lucas tocando no rosto da garota e aproximando-se para beijá-la novamente. Não estava longe deles, apenas uns vinte metros. Viu a expressão dela suavizar e fechar os olhos esperando outro beijo. Percebeu a fração de segundo, quando ela inspirou levemente e, em seguida, franziu as sobrancelhas antes de Lucas beijá-la.

Sentindo a raiva crescer dentro de si, Julian apertou ambas as mãos fortemente, cravando suas unhas na pele até sentir dor.

Precisava confirmar. Precisava esperar. Ainda havia uma chance de a garota não ser quem ele pensava que era, e então ela poderia continuar tendo uma vida feliz e... longa.

Não olhe. Pensou. *Não me sinta.* Desejou.

9

Bianca sentiu os lábios suaves de Lucas. Estar assim com ele era o que tinha sonhado desde que o conheceu na escola.

Parte dela sentia-se como se estivesse suspensa no ar, enquanto a outra parte tentava ignorar a estranha pressão em sua cabeça, que ficava cada vez mais forte agora. Seu coração saltava do peito e sentia-se tremer. Não sabia se tudo isso era o efeito do beijo ou o efeito da insanidade pela qual estava sendo tomada nestes últimos dias. Acontece que ela não conseguia respirar. Então, com medo de prestar mais um papelão, desmaiando depois de ser beijada por Lucas, afastou-o o mais delicadamente possível. Parecendo não sentir isso como uma recusa, o garoto virou o rosto para beijar-lhe a face.

Bianca aproveitou para virar o rosto e respirar profundamente, enquanto seu olhar seguia direto em direção à entrada para a pista de dança.

Por um rápido instante, ela sentiu-se arrepiar e teve certeza de ter olhado diretamente para o fundo de um par de olhos negros e perigosos, emoldurados por cabelos escuros e rebeldes. Porém, foi por apenas uma fração de segundo, pois, quando piscou, não havia ninguém ali, somente um grupo de meninas rindo e conversando, aglomeradas próximas à entrada escura para a pista de dança. Entretanto, algo nela podia sentir que havia alguém a encarando diretamente ali.

– Está tudo bem? – perguntou Lucas, notando sua distração.

– Estou, é que eu...

E então, algo estranho aconteceu. Um odor adocicado invadiu suas narinas quase a sufocando. Bianca começou a tossir convulsivamente. O ar da noite não estava mais tão puro.

– Bianca? O que houve, está tudo bem?

Ela olhou confusa para ele.

– Eu não sei... me sinto estranha.

– Você está pálida de novo.

Bianca colocou as mãos nas têmporas, tentando se concentrar.

– Venha, sente-se no quiosque. Vou buscar algo para você beber e talvez seja melhor comer também.

Lucas a puxou cuidadosamente em direção ao quiosque. Pediu água para o garçom e estava olhando o cardápio quando ela se levantou da cadeira e começou a andar em direção à pista de dança. Aquele cheiro adocicado e corrompido trouxe uma lembrança terrível, uma experiência que ela se esforçara para esquecer nos últimos dias.

– Laura... – sussurrou Bianca, embrenhando-se por entre adolescentes até descer as escadas em direção à pista de dança. Olhou em volta e viu um flash de máquina fotográfica na multidão. – Laura! – gritou.

No salão, o cheiro tornara-se pior. Caminhou por entre os jovens, empurrando-os, pisando sobre pés desavisados, enquanto recebia os mais diversos xingamentos. Parou no centro do salão e puxou o braço de Laura.

– Bia, oi! O que houve?

Ela não conseguiu responder. Uma onda de náuseas a invadiu enquanto tentava conter-se para não vomitar ali mesmo. O cheiro estava pior, muito pior. Olhou à sua volta e tudo o que viu foram adolescentes como ela, dançando e conversando alegremente em diversos grupos espalhados por toda parte. Porém, os pelos do seu corpo e cada fio do cabelo pediam-lhe para correr dali.

– Bia? – insistiu Laura, aturdida.

– Sinto-me enjoada – gritou para se fazer entendida na pista com a música alta. – Tem algo errado, Laura. Precisamos sair daqui.

– Você andou bebendo? – disse ela, em tom de reprovação.

– É claro que não! – respondeu inconformada, pois parecia impossível que ela não estivesse sentindo o odor horrível no ar, mas inexplicavelmente nem ela nem ninguém ao redor parecia notar. – Você não consegue sentir?

– Sentir o quê?

– Este cheiro horrível!

Laura pareceu confusa por um momento e depois seus olhos expressaram alguma compreensão, seguida por choque.

– É insuportável, Laura. – Lágrimas escorriam de seus olhos, enquanto sentiu alguém se aproximar e puxá-la pelo ombro.

– Bia, você está bem? – era Lucas. Ele a alcançara. – Você saiu correndo do bar. O que houve?

As perguntas dele se perderam, enquanto seus pés davam passos, sem que ela ordenasse, em direção a uma grande pilastra decorada atrás dele.

Não era possível!

Era como se algo podre emanasse daquela coluna em formato de totem andino. Ela rodeou a pilastra.

– Vamos sair daqui, Bia! – disse Laura, tentando puxá-la pelo braço.

– Espera um pouco – queria sair, mas antes precisava ter certeza.

Cobriu o nariz, esperando que isso pudesse ajudá-la a suportar, e aproximou-se. A penumbra e as luzes coloridas dificultavam a procura, mas ao erguer um pouco os olhos, lá estava ela.

A estranha decoração pré-colombiana estava cercada por veios escuros nascendo de um artefato negro, com uma grande cabeça e pequena boca vermelha cheia de dentes. Podia vê-lo claramente, seu pesadelo estava inexplicavelmente de volta. Sentiu como se uma pedra tivesse sido jogada contra seu peito e ela caísse para trás aterrorizada. Suas pernas vacilaram e, se Lucas não a segurasse, teria caído.

– Bia, o que está acontecendo? – perguntou ele, preocupado.

Minutos antes, quando Bianca estava no ambiente externo, Julian conseguiu desaparecer de sua vista no momento em que ela virou para olhar exatamente em sua direção. Ela parecia pálida quando Lucas a levou para o bar e em seguida a viu correr para a pista de dança.

Julian precisava chegar até ela em um momento em que Lucas não estivesse próximo, de outra forma poderia ser desastroso. Seguiu-a tentando encontrar uma brecha e foi quando viu Laura com ela. Ia se aproximar, mas Lucas alcançou-as e ele desistiu.

Ele manteve seus olhos nela, esperando o momento certo, mas sentiu suas entranhas apertarem quando Bianca parou na pista de dança com uma expressão nauseante e caminhou em direção a uma pilastra cobrindo as narinas.

Droga! – pensou ele, desejando estar errado sobre o que veria se a acompanhasse. Ele não queria que a situação ficasse ainda mais difícil do que já estava naquela noite. Precisava começar a agir rápido.

Viu quando ela olhou para a pilastra e quase caiu parecendo que ia vomitar. Lucas estava distraído segurando-a, mas Julian não. Ele aguçou sua visão e ela atravessou a camada de gelo seco e luzes brilhantes e ofuscantes da boate até a penumbra da pilastra sem iluminação, conseguindo ver algo que estava levemente fora de contexto com a decoração. Ele sabia o que era, viu em um dos desenhos enviados por Nicole.

O que o maldito Tau estava fazendo bem ali, agora? Maldição!

Julian puxou Nicole, que o seguia desde que ele voltara à pista de dança.

– Nicole, preste atenção! – gritou ele para ser ouvido por ela. – Use seu *asema* e depois ligue para chamar reforços! É urgente, entendeu? Há um Tau ligado àquela pilastra – disse, apontando.

Nicole arregalou os olhos e não discutiu, pegou seu *asema*, um pequeno objeto retangular pendurado no pescoço, e o levou aos lábios. Um som surdo para ouvidos pouco sensíveis espalhou-se por pelo menos cem metros ao redor deles.

Julian ouviu o chamado do *asema* e teve certeza de que seus companheiros esperando lá fora também o ouviriam. Logo estariam ali. Julian avançou em direção a Bianca, abrindo caminho por entre as pessoas dançando. Precisava ser rápido e chegar até ela antes que fosse tarde.

Denis estava encostado na grade da área VIP, observando a pista de dança no andar de baixo. Ele era o mais atento entre eles, por isso foi o primeiro a ver a garota se aproximar suspeitamente da pilastra com o Tau. Ela cobria o rosto com o braço, como se estivesse se protegendo de um cheiro que somente ela poderia sentir. É claro que ninguém mais podia, pois não eram como ela. Ela era praticamente a única da espécie agora. Sentiu-se aliviado e uma onda de euforia o alcançou, pois eles finalmente a encontraram, e bastava esticar um pouquinho as garras para pegá-la.

Chegava a ser engraçado vê-la assim tão frágil e perdida. Denis pressionou o ponto eletrônico em seu ouvido e avisou-os.

– Eu tenho algo.

– Onde? – perguntou Carina.

– Bem em frente ao Tau. Uma garota de cabelos castanhos e blusa verde. Ela está acompanhada por um garoto – disse Denis. Em seguida, olhou em volta, tentando ver melhor com seus sentidos aguçados – e uma mulher adulta, pode ser a irmã.

– Sim, estou vendo – comentou Regis, o homem loiro, pelo ponto eletrônico. – Eu não sei... Acho que também pode ser apenas uma garota bêbada. O que acha, Carina?

– Esperem... – segundos se foram, quando de repente lá estava ela, passando bem ao lado da garota que parecia prestes a vomitar. Carina virou-se muito rápido e cheirou o ar ao redor de Bianca. Dali, Denis pode ver seu sorriso de satisfação enquanto ela se afastava.

– É ela! – avisou Carina.

– Bom trabalho – disse uma quarta voz rouca, era Marco falando de algum lugar fora da balada –, e quanto aos amigos?

– Talvez algum deles seja o Karibaki, mas confirmaremos logo.

– Se há um, há outros – comentou Denis –, mas, neste caso, devem ser apenas garotos.

– Sim, e foi por isso que reforçamos a horda dentro do Tau com aqueles sem tetos. O artefato não é só uma isca, é nossa maior arma de distração, e agora é hora de a usarmos – disse Marco.

– Estamos prontos – confirmou Denis.

– Carina, você... – Mas um som agudo e imperceptível a ouvidos humanos fez Marco se interromper. Todos ficaram em silêncio por um instante. – Ouviram isso?

– Sim! Os Karibakis já perceberam que há algo errado! – gritou Carina.

– Quero ativação total! – ordenou Marco. – Agora!

Regis sorriu, pois as coisas finalmente ficariam bem divertidas. No meio da multidão de adolescentes, Carina voltou-se para a pilastra e empertigou-se.

– *Mopak Kun Un* – invocou ela, não mais alto do que um sussurro. Os quatro puderam ouvi-la devido ao ponto eletrônico, mas mais ninguém ali deveria poder.

Contudo, alguém mais ouviu.

Não foi Bianca, ela não tinha essa capacidade. Foi Rafaela. A amiga de Lucas estremeceu assim que as palavras foram ditas.

Instantes atrás, Rafaela ouviu o som do *asema* e temeu por Nicole.

Vitor estava trabalhando seu charme em formato de músculos e seu sorriso bobo numa garota loira dentro de uma minissaia, enquanto Rafaela dançava próxima a eles, ignorando todos os olhares dos garotos ao redor sobre ela, quando ouviram o som que somente os Karibakis podiam perceber. Imediatamente, ela parou de dançar e se entreolharam preocupados. No instante seguinte, já estavam embrenhados na pista de dança procurando por Nicole.

– Nicole? – perguntou Vitor, deixando para trás uma garota desapontada para se juntar a Rafaela.

– Só pode ser ela – respondeu preocupada.

– Tem certeza? – disse Vitor.

– Quem mais seria? É a única parente por aqui e ela só veio para esta cidade porque pedi sua ajuda com nossa missão na escola. Se algo acontecer de errado com ela, é minha culpa...

– Calma Rafa, ela está bem. Deve ser outra coisa.

Ela aguçou seus sentidos e correu os olhos por todo lado até que, aliviada, a viu. Estava no centro da pista de dança.

– Nic! – gritou o mais alto que pôde.

De alguma forma, com todo o barulho do lugar, Nicole virou e olhou em direção a Rafaela. Ela parecia bem, mas tensa. Nicole falava ao celular, apesar de toda aquela música alta. Quando viu Rafaela, ergueu uma das mãos, apontando para uma escura pilastra decorada no centro da pista.

Rafaela olhou, mas não conseguiu ver nada de especial. Nicole gritava algo, mas era impossível escutar com tanto barulho. Rafaela esmagou o pé de uma garota com o salto de sua bota e empurrou um garoto para o lado, tentando alcançá-la. O garoto fez menção de gritar com ela, mas Vitor apareceu logo atrás e bastou um olhar do grandalhão para ele desistir da ideia, desculpando-se como se o culpado fosse ele em estar na frente enquanto ela passava.

E naquele momento foi que Rafaela ouviu. Somente ela.

Mopak Kun Un.

Não se tratava apenas de ouvir, mas de sentir. As palavras antigas eram como vozes vibrando em sua cabeça e em seu peito, vindas de todos os lugares e de lugar nenhum.

Rafaela rangeu os dentes e se deteve virando-se para a pilastra. Agora sabia, TAU era o que Nicole estava tentando dizer. A familiar sensação de fogo queimando e rasgando as pontas dos dedos a fez contrair suas mãos para esconder as garras afiadas que nasciam com a raiva crescente. *Tinha um maldito Tau naquela coluna e algum desgraçado acabou de ativá-lo no meio dessa gente toda!* – pensou, enquanto uma névoa vermelha tingia os limites de sua visão, o seu corpo estremecia e seu coração ameaçava explodir. – *Que desgraçado estava FAZENDO AQUILO?!*

Vitor viu as feições de Rafaela se transformar em uma sombra angulosa e ameaçadora.

– O que foi, Rafaela? O que houve?

– Um Tau foi ativado – rosnou, abrindo caminho para a coluna. – Preciso encontrá-lo e tentar desativá-lo agora!

– Um Tau? – disse ele, arregalando os olhos, incrédulo.

– Sim! As Crianças Sombrias!

Vitor enrugou o olhar. O pensamento de estarem próximos a um Tau ativado fez seu corpo inteiro começar a arder e a contrair-se. Sentiu sua mandíbula deslocar-se para dar espaço a presas que cresciam. Concentrou-se, não podia deixar a troca de pele acontecer completamente ali. Um gemido grave saiu do fundo de sua garganta. Ao redor, jovens continuavam a dançar freneticamente, divertindo-se como se nada estivesse acontecendo.

– Se não fizermos algo, isso vai virar um banho de sangue! – disse ele.

Ao seu lado, ela empertigou-se esticando suas orelhas, já um pouco mais pontudas que o normal.

– *Mopak Kun Un* – ouviu novamente.

Ela respirou fundo para controlar-se. Uma onda de energia, como um deslocamento de ar provocado por uma explosão no centro da coluna, passou por ela.

– Não... – balbuciou. – Vitor, onde está Lucas? Eu posso sentir, é uma ativação total!

Todo o corpo de Vitor tremeu de fúria, ele sabia que não havia tempo para discussão, muita gente ali iria se ferir se não fizessem algo. Precisavam se reagrupar, e rápido.

– Lá! – rosnou ele, apontando para um grupo junto à coluna, onde estava Lucas e Bianca.

Rafaela os viu e então seguiu o olhar de Bianca, que foi em direção a um horrível artefato de cabeça grande e boca vermelha. Rosnou profundamente quando uma cabeça redonda e cinzenta com olhos grandes se destacou, surgindo de dentro da coluna e abrindo caminho como se subisse à superfície para finalmente poder respirar.

A primeira Criança Sombria surgiu e ela devia estar muito faminta.

Lucas já procurava por seus companheiros quando viu Vitor e Rafaela tentando se aproximar em meio à multidão. Os corpos de seus amigos mostravam as marcas da tensão e da raiva.

Ao seu lado, Bianca gritou em horror e ele olhou a tempo de ver algo saltar da pilastra e cair a apenas três metros deles. Ouviu-se uma pequena comoção de espanto e então risos nervosos da multidão, enquanto adolescentes abriam espaço ao redor da criatura. Ela era do tamanho de uma criança e seus cabelos negros caíam por todo o rosto inclinado para o chão.

Lucas gritou algo que Bianca não ouviu, ela olhava hipnotizada para a criatura. Algumas pessoas bateram palmas. Provavelmente, achavam que aquela coisa bizarra fazia parte de algum show da casa noturna.

– Meu Deus! O que é isto? – disse Laura, ao seu lado.

E então tudo aconteceu muito rápido.

A criatura virou o rosto em sua direção e saltou. Bianca não se mexeu. Alguém a puxou para tirá-la do caminho, mas o monstro caiu diretamente sobre uma garota que estava ao lado.

O grito da garota, que não parecia ser mais velha do que Bianca, cessou quando ela foi jogada brutalmente ao chão. Um baque surdo e úmido cortou o ar quando sua cabeça bateu no piso, como se alguma coisa dura se quebrasse, espalhando algo gosmento no chão. Uma poça de sangue começou a se formar ao redor de sua cabeça. Bianca respirou fundo. Havia sangue no chão da balada.

Era como o sangue passando sob a porta do banheiro.

Jovens começaram a gritar e a correr em direção à saída.

Lucas de repente pulou sobre a criatura tão rápido que eles rolaram para longe de sua visão.

Lucas! – pensou, sem ter forças para gritar.

– Bianca! – gritou uma distante voz feminina familiar, bem ao seu lado.

Outra criatura saltou da coluna e depois outra e mais outra, enquanto observava com um misto de horror e fascínio. Saltavam diretamente sobre diversos jovens, derrubando-os no chão enquanto enterravam as garras em seus corpos.

Uma das criaturas virou a cabeça em sua direção. Ela pôde ver uma cabeça desproporcionalmente grande e inchada, manchada com o sangue da vítima. O rosto cinza e pálido tinha grandes olhos, do tamanho de bolas de tênis, eles eram vermelho sangue e a boca era imensa, com centenas de dentes afiados como os de um tubarão.

– Bianca! – insistiu a voz.

Seu corpo foi puxado e ela se viu encarando Laura com expressão desesperada.

– Laura, o que...

– Temos que sair daq...

Laura gritou enquanto caía ao chão e era arrastada em direção à pilastra decorada. Um comprido braço cinza esquelético com garras negras a puxava pela perna.

– Não! – gritou Bianca, saindo de sua letargia. Ela se jogou ao chão e esticou seu braço para agarrar a mão de Laura, que tentava se segurar desesperadamente ao chão liso.

Não! – pensou Bianca, alcançando-a. – *Isso não pode estar acontecendo de novo.*

Aquelas coisas começaram a sair da coluna e atacavam quem passasse por seu caminho. Enquanto isso, Rafaela alcançou a coluna e num impulso saltou, agarrando-se aos enfeites para manter o equilíbrio e alcançar o artefato. Mas não ia ser fácil. Braços com mãos e garras negras tentavam atacá-la e feri-la desesperadamente. Uma delas surgiu de dentro da coluna, cravando suas garras em cheio no seu ombro.

– Ahhhh! – Rafaela gritou e quase caiu, mas conseguiu se segurar. Não tinha o que fazer, precisava esperar o lugar esvaziar mais antes de terminar sua troca de pele.

Bianca ouviu seu grito e olhou enquanto segurava Laura. Rafaela estava logo acima dela. Não se lembrava do artefato estar tão alto como agora. Ele parecia se mover a cada instante, indo mais para cima. Diversos braços tentavam atingir Rafaela enquanto ela lutava para não ser ferida.

Meu Deus, o que ela estava tentando fazer? – pensou Bianca, horrorizada.

– Rafaela! – gritou Bianca.

Rafaela agarrou o braço cinzento com a mão livre e arrancou-o de seu ombro, ao mesmo tempo que desviava de outro ataque em sua direção. Ela sabia que precisava encontrar uma forma de concentrar-se para desativar o Tau, mas desse jeito seria impossível. Enquanto desviava do ataque de outro braço monstruoso, vislumbrou Lucas na pista. Ele também estava em sua troca de pele incompleta, lutando contra a Criança Sombria que tentou atacar Bianca. Enquanto não trocassem de pele completamente, as criaturas levariam vantagem.

Rafaela gritou mais uma vez. Não conseguiu desviar a tempo e um dos braços fez um grande corte na lateral de seu corpo, rasgando seu vestido, e ao mesmo tempo suas pernas foram agarradas e imobilizadas contra a coluna. Não conseguia avançar para aproximar-se do Tau. Desse jeito, não iria nem sobreviver por muito mais tempo.

De repente, sentiu um baque contra a pilastra e a pressão nas pernas afrouxou.

– Vitor! – disse aliviada, ao ver seu amigo agarrado na coluna junto a ela, lutando contra os braços que a atacavam.

– Continue – rosnou ele. – Pegue o Tau!

Ambos avançaram em direção ao artefato e a mais braços, garras e criaturas que saíam para protegê-lo e evitar que fosse desativado.

Lá embaixo, Bianca puxava Laura com toda a força que possuía, mas aqueles braços eram muito mais fortes. Suor pingava do rosto e seus músculos começavam a doer.

Ao seu lado, um rapaz começou a gritar. Uma daquelas criaturas pequenas, de cabeça grande e dentes afiados, agarrou sua perna enquanto ele tentava ajudar uma menina presa por um braço contra a pilastra. Ele caiu no chão gritando e tentou desvencilhar-se do pequeno monstro, mas Bianca viu horrorizada a criatura de repente saltar e enterrar suas fileiras de finas presas na jugular do garoto. Logo depois, ela guinchou deliciada, enquanto ele jazia inerte banhado em sangue.

Lágrimas nublaram sua visão, porém ela precisava se manter atenta, um dos braços tentava agarrá-la mais uma vez. Segurando Laura, era difícil desviar-se, mas conseguiu. Porém, o braço alcançou a outra perna de Laura e a pressão aumentou.

Enquanto isso, a menina que o rapaz tentou ajudar parou de gritar quando muitas mãos cobriram seu corpo e rosto, puxando-a até fundir-se totalmente contra a pilastra e desaparecer.

– Bianca, me deixe... – As garras estavam machucando Laura. Filetes de sangue surgiam de suas pernas nuas. – Você precisa fugir...

– Não! – Lágrimas rolavam de seu rosto. Ela sentia que, de alguma forma, tudo aquilo era culpa dela e não poderia perder mais alguém que amava. Laura era a única pessoa que lhe restara.

Continuou a segurá-la com toda a força que possuía enquanto gritava por ajuda. Porém, os jovens à sua volta ou eram atacados por criaturas, ou arrastados até a pilastra por mãos saídas dos piores pesadelos, ou ainda estavam desesperados tentando fugir.

E então achou ter ouvido alguém gritar seu nome. Ela desviou o olhar para outra pilastra próxima, onde pessoas também desapareciam aos poucos sob gritos. Horrorizada, ela pôde vislumbrar o último brilho do olhar de um garoto sendo totalmente engolido por aquela coluna. Não havia como ele escapar, braços o puxavam firmemente.

– RENAN! – berrou, mas já era tarde. O braço dele esticado em um pedido mudo por ajuda foi a última parte de seu corpo a desaparecer. – Não! Renan! Alguém ajude! – Mas ninguém prestava atenção nela. – Não!

Um grito agudo e sobrenatural ao seu lado a fez se virar para encarar com desespero mais uma criatura abrindo caminho para a superfície, saindo de dentro de um veio escuro que brotava agora do próprio chão, bem ao seu lado.

– Meu Deus! – balbuciou, tentando manter suas forças.

– Bianca, fuja! – gritou Laura, quase sem fôlego.

Soltar Laura e fugir estava fora de possibilidade, mas não sabia mais o que fazer, pois, desta vez, não era como na loja esotérica. Estava muito pior. Veios escuros saíam da coluna central e se espalhavam por toda parte da balada; deles, braços e criaturas surgiam. Luzes acima deles estouravam, até que a música finalmente parou.

Em poucos segundos, a criatura saiu completamente do chão e olhou para Bianca, uma baba escorria pelo canto de sua grande boca. Não havia o que fazer, segurou Laura firme e fechou os olhos.

– *Nit*! – gritou uma voz ao seu lado. – *I nit! Senrok.*

Bianca abriu os olhos. Ao seu lado, viu uma mulher negra e bela, a mesma mulher que tinha visto antes parada na pista de dança. A criatura olhou para a mulher, inclinou-se até seus braços alcançarem o chão e correu em direção à multidão enlouquecida, que se aglomerava perto da porta de saída.

– Ajude-me, por favor – implorou, esforçando-se em segurar Laura.

Mas a mulher não pareceu dar-lhe importância. Apenas se virou para falar com alguém atrás de Bianca.

– Rápido, Denis, enquanto estão distraídos – disse a mulher negra.

Bianca virou o rosto e viu atrás dela um homem baixo e atarracado, mas musculoso.

– Cheiro de medo – disse ele, inspirando o ar enquanto se aproximava de Bianca. – Isso é tão bom...

Em seguida, ele a agarrou por trás e, com extrema facilidade, puxou-a.

Bianca gritou quando seus braços foram abruptamente puxados, soltando-se de Laura de repente.

– Hora de sairmos daqui, garotinha.

– Não! – gritou Bianca, desesperada enquanto se debatia e assistia Laura ser arrastada com os braços no ar. – Laura!

Na confusão de luzes, sangue e criaturas, alguém se aproximou correndo e mergulhou no chão em direção aos braços de Laura. Era Nicole.

– Me solta! – gritou Bianca, ainda se debatendo. Ela precisava correr para ajudá-las.

A mulher negra sorriu, sem parecer se importar com o pesadelo acontecendo ao redor.

De repente, Bianca sentiu um tranco em suas costas e o homem que a segurava fraquejou. A mulher deve ter visto algo, pois parou de sorrir e ficou tensa, seu rosto modificou-se em uma careta deformada e feroz. Ele empurrou Bianca em direção à mulher, que a agarrou firme, e em seguida ele se virou para encarar o que o havia atacado por trás.

Bianca olhou também e seu coração pareceu pular uma batida quando viu um impressionante rapaz de cabelos negros despenteados, vestindo jeans e jaqueta preta. Seus olhos profundos e escuros emitiam um reflexo amarelado ameaçador. Havia uma pequena falha em sua sobrancelha direita, o que o deixava com um ar ainda mais rebelde e perigoso. As mãos dele pareciam estranhas e, das pontas dos dedos, pingavam sangue.

– Corram agora e eu finjo que nunca os vi – disse Julian, com voz rouca.

– Acho que não – respondeu um homem loiro, surgindo atrás dele. Julian deu um passo para o lado para ter ambos em sua visão. – Somos três e você um.

Bianca ouviu Carina rir, porém o rapaz de cabelos negros não pareceu se abalar com a confiança dela, ao invés disso, ele curvou os lábios em um sorriso superior.

– Na verdade, são pelo menos quatro nossos contra três de vocês – disse Julian, desdenhoso.

E então, dois garotos se aproximaram correndo das escadas do ambiente exterior. Eles empurravam alguns jovens aterrorizados em seu caminho. Um deles era alto como Vitor e de cabelos compridos. A outra era uma garota jovem e pequena, com os cabelos castanho-claros presos em um rabo de cavalo. Ambos tinham o mesmo brilho estranho no olhar.

– São apenas filhotes – riu Denis, ferido nas costas enquanto via Con e Duda se aproximarem.

Saiu um som da garganta do garoto de cabelos compridos que Bianca imaginou ser um rosnado.

– Você fala demais, cão! – gritou Con, vermelho de raiva, enquanto saltava de forma impossível sobre o homem menor.

Denis se virou para se defender do ataque do cabeludo e Bianca pôde ver que as costas dele estavam com um grande rasgo. Ao mesmo tempo, o homem loiro avançou sobre o rapaz de jaqueta preta.

– Não seguimos suas regras – disse Regis em voz gutural, enquanto todo o seu corpo inchava e os músculos pareciam saltar. Seu rosto deformava-se para algo que Bianca não conseguiu ver, pois foi puxada pela mulher em direção à escadaria, para o pátio externo. Mas a garotinha de cabelos claros parou na frente delas.

Duda tinha os ombros curvados e a cabeça para frente. De seu rosto anguloso, sobressaía a boca aberta e dentes estranhamente maiores do que deveriam, mas o que mais marcava era o olhar vibrante e feroz da garota. Quando falou, sua voz despontou rouca, como saída de um filme de terror.

– Vadia, vou te fazer sangrar até morrer!

Bianca estremeceu e a mulher atrás dela rosnou alto, antes de gritar e cair ajoelhada. A garota não tinha se mexido, apenas sorria sadicamente, deliciando-se, pois uma mão ensanguentada saía de dentro das entranhas da mulher negra. Bianca sentiu ânsia de vômito. Atrás de Carina, surgiu seu atacante, um garoto negro, quase tão jovem quanto ela, e olhos com reflexo amarelado, como os outros.

Ele puxou o braço de volta e a mulher caiu no chão.

– Corra – disse Patrick para Bianca.

Porém, antes de Bianca obedecer, viu quando a garota de cabelos castanho-claros saltou ávida sobre o corpo da mulher ao chão. O garoto negro virou-se com uma estranha expressão.

– Não! – gritou ele, tentando impedi-la sem sucesso.

Quando a menina caiu sobre o corpo agonizando, a mulher ergueu uma mão cheia de garras e rasgou seu rosto, fazendo-a se afastar.

– Vou te mostrar quem é a vadia, pirralha! – rosnou a mulher enquanto se levantava contorcendo-se no meio de algum tipo de transformação. O garoto negro rosnou e seu corpo também começou a crescer.

Instintivamente, Bianca virou o rosto e evitou olhar. Uma tontura passou por sua mente e sombras se aproximaram através dos cantos de seus olhos, mas tentou agarrar sua consciência na coisa mais importante para ela naquele momento: precisava ajudar Laura.

Como se estivesse em câmera lenta, Bianca cambaleou até Nicole, que segurava Laura com uma das mãos e com a outra uma faca de cabo branco, a mesma faca que vira com o barman. Nicole tentava usar a faca para afastar os braços monstruosos. Bianca se aproximou e agarrou o outro braço de Laura, mas, mesmo com as duas puxando-a, ela estava firmemente presa.

– Bianca, você está bem? – gritou Nicole.

– O que está acontecendo? – foi o que conseguiu responder.

– Bia, você tem que ser forte, entendeu? Fique concentrada e não entre em pânico.

– Precisamos soltar minha irmã.

– Não se preocupe, vamos tirá-la daqui.

– Está tudo bem – falou Laura com esforço. – Vocês têm que me deixar aqui e fugir.

– Não farei isso – disse Bianca.

– Sem chances, moça – disse Nicole. – Nós vamos salvá-la. Puxe agora, Bianca!

Tentaram novamente puxar Laura com toda a força, mas aqueles braços eram muito mais fortes.

– Me deixem... – implorou novamente. Suas pernas estavam ensanguentadas e muito feridas. – Fujam, por favor...

– Não vou te deixar! – gritou Bianca. O desespero era evidente na voz.

– Bianca! Nicole! – era Lucas. Ele ressurgira todo machucado e suas roupas rasgadas. O olhar dele caiu para o que estava acontecendo além delas. Bianca não olhou, a mera lembrança dava-lhe náuseas. De repente, ela ouviu um uivo e seu corpo todo estremeceu.

– Não olhe para trás – pediu Nicole. Ela não olharia, mesmo que não tivesse pedido, mas Lucas estava em seu campo de visão e seu rosto era fúria pura. Seus braços e pernas começaram a inchar e a explodir em músculos cobertos por pelos brancos. Sua mandíbula cresceu e presas surgiram no lugar de dentes. Era como estar em seu pesadelo de novo.

– Não... – disse Bianca fracamente, enquanto todo o seu corpo estremecia.

Ao redor, guinchos horripilantes se fizeram ouvir, e a coisa cheia de pelos que fora Lucas um dia ergueu as mãos em formato de garras para defender-se do impacto de várias outras daquelas criaturas pequenas e monstruosas que surgiam por toda parte. Pelo menos umas cinco delas caíram sobre ele. Duas foram imediatamente dilaceradas por suas garras, porém três conseguiram fincar as garras em suas costas, forçando-o a rolar no chão enquanto tentava livrar-se delas.

Ela de repente sentiu-se paralisar e perder as forças. Os braços de Laura escorregavam.

– Bianca! BIANCA! – gritava Nicole. – Você não pode entrar em pânico agora. Preciso que a segure, para eu soltá-la, entendeu? Tive uma ideia.

Com esforço, desviou o olhar de Lucas. Não tinha percebido o quanto estava berrando desesperadamente. Olhou para Laura no instante em que sua mão escorregou, e Nicole esforçava-se sozinha para impedir que ela fosse totalmente puxada para o pesadelo de braços, garras e veias pulsantes.

– Segura bem ela, Bia! – gritou Nicole.

Ela agarrou os dois braços de sua irmã novamente.

– Vocês não vão conseguir, saiam daqui – disse Laura com expressão de dor.

– Vamos conseguir, sim! – disse Nicole. – Segura!

Nicole jogou-se sobre o corpo de Laura em direção às pernas, onde três longos braços a prendiam. O peso dela estabilizou Laura para que pudesse fazer o trabalho.

Bianca tentava se concentrar, suor frio escorria por ela. As sombras da inconsciência se aproximavam ao mesmo tempo que sons de rosnados e coisas sendo rasgadas aumentavam ao seu redor. Com alguma esperança, viu Nicole erguer a faca e começar a cortar os braços esqueléticos com força. A garota era incrivelmente rápida, esquivando-se e cortando com precisão. Em pouco tempo, as roupas e os cabelos claros e curtos de Nicole estavam sujos com o sangue escuro que saía daquelas coisas. Um dos braços soltou Laura e voltou ferido para dentro da coluna. A pressão diminuíra um pouco, mas Nicole estava tendo problemas.

Um novo chiado surgiu de um veio escuro da pilastra. Um par de braços cinzentos e uma cabeça cheia de cabelos escuros começou a nascer dali. Dois grandes olhos vermelhos e uma bocarra abriram-se num guincho animalesco enquanto saltava sobre Nicole com os braços abertos.

– Nicole, cuidado!

A garota de piercing olhou para cima e ergueu os braços para segurar a criatura e tentar desviar de suas garras negras. Ambas caíram para o lado e a faca rolou pelo chão. Num instante, a ágil criatura estava sobre ela, tentando feri-la vorazmente. Estava claro que Nicole não aguentaria por muito tempo.

– Nicole! – gritou mais uma vez. Somente um braço monstruoso segurava Laura ainda, mas se a soltasse para ajudar Nicole, ela seria puxada do mesmo jeito.

– Ajude-a! – gritou Laura. – Ajude-a ou ela vai morrer!

Nicole berrou. Tentava segurar os braços da criatura e manter suas garras longe, mas o monstro tentava alcançar o corpo da garota com sua mandíbula cheia de centenas de dentes afiados.

Bianca tomou sua decisão, não iria deixar Laura morrer, mas precisava salvar Nicole que se arriscara para ajudá-las.

– Me desculpe. Eu voltarei... – disse Bianca, soltando suas mãos. Sua irmã foi imediatamente puxada pelo braço contra a coluna.

Esticou a mão para pegar a faca no chão e correu até Nicole. Sem pensar muito, ergueu a faca afiada e a enterrou nas costas da criatura cinzenta, com toda a força que possuía. A criatura começou a guinchar de dor e caiu para o lado tentando alcançar a faca com os braços.

Sem perder tempo, Bianca se virou e correu para a coluna, desviando de um braço que tentou agarrá-la no caminho. Havia outras pessoas presas, eram garotos e garotas que gritavam e se debatiam, enquanto tentavam evitar serem tragados. Laura era agora mais um deles.

Sua irmã estava presa por três braços. Um envolvia as pernas e dois seguravam seu tronco como num abraço. Bianca agarrou a mão livre de Laura e recomeçou a puxá-la, enquanto Nicole, mesmo exausta, se aproximou para tentar soltar um dos braços que segurava Laura pelo tronco.

Outro braço saiu da coluna e tentou alcançar Bianca. Ela desviou na hora, mas suas garras fizeram um corte nas costas. Ela gritou de dor.

– Não vão conseguir assim, saiam da frente!

As duas olharam para trás. Parecia ser o rapaz de cabelos pretos rebeldes, mas ele estava mais forte agora. Sua camisa rasgara em várias partes e havia sangue por todo o seu corpo. Seu rosto possuía ângulos marcados e mandíbula protuberante, seus olhos estavam ainda mais profundos e escuros.

– Julian! – disse Nicole.

– Se afasta, Nicole.

Nicole soltou Laura e empurrou Bianca para sair do caminho dele. Bianca resistiu.

– Tudo bem, ele vai tirá-la dali. Confie em mim.

Com um rosnado vindo do fundo da garganta, ele afundou uma das mãos num dos braços monstruosos que a prendia, rasgando-o em duas partes. Em seguida, envolveu Laura e a puxou. Outro braço surgiu acima dele.

– Cuidado! – gritou Bianca.

Mas com um golpe rápido no ar, o rapaz rasgou o braço com as pontas dos dedos, parecia que também tinha garras nas mãos. Ele então terminou de puxá-la, deixando-a finalmente livre.

Julian arrastou Laura ferida até elas.

– Laura... – disse Bianca, abraçando-a no chão. – Você está machucada, precisamos de um hospital.

Laura não respondeu, estava trêmula e seu olhar perdido. Seu rosto estava todo arranhado e possuía profundos cortes pelos braços e pernas, além de parecer a ponto de desfalecer.

– Nicole, tire as duas daqui – ordenou Julian.

Mas antes de qualquer resposta, uma das grandes janelas que dava para o lado externo se quebrou, espalhando vidro por toda parte. Uma sombra enorme caiu na pista de dança, erguendo-se próxima a eles. Bianca não queria, mas olhou. O ar preencheu-se com um rosnado grotesco e o monstro, de pelo marrom avermelhado e focinho de lobo, avançou em direção a ela.

Tentou pensar racionalmente, mas era impossível. Era como estar em seus pesadelos, onde uma imensa criatura lobo surgia enquanto ela se escondia no banheiro. Não conseguia gritar, não conseguia pensar. Apenas ficou no chão assustada demais para fazer qualquer coisa.

Ao seu lado, Julian rugiu como um animal selvagem. Seu corpo aumentou de tamanho e surgiram pelos negros lustrosos e presas afiadas.

Tudo foi muito rápido. Laura gritou e se levantou, postando-se na frente de Bianca para protegê-la. Nicole berrou algo, mas já era tarde. Antes que Julian afundasse suas mandíbulas nele, o monstro de pelos vermelhos ergueu a pata e tirou Laura de seu caminho. Bianca a viu ser arremessada a cinco metros, diretamente contra uma parede, com tanta força que ela caiu ao chão inconsciente como uma boneca de pano.

– Laura...

Sua mente ainda estava congelada quando as duas criaturas lupinas começaram a se atracar. O monstro negro o mordeu e depois afundou suas garras uma, duas, três vezes naquele que atacara Laura. Jorros de sangue espalharam-se no ar.

– Laura... – balbuciou novamente, enquanto lutava com a letargia que a paralisava, arrastando-se até o corpo da irmã – Não... Por favor...

Nicole correu até Laura e abaixou-se para verificar sua condição.

– Não está morta, está respirando.

Lágrimas escorriam, enquanto rosnados e ganidos aumentavam. Era impossível para ela não reconhecer o que estava vendo ali.

– Bia, por favor, fique firme. Eu ficarei aqui com vocês e prometo que não deixarei nenhuma Criança Sombria se aproximar. Não se desespere, a cavalaria chegou – disse, apontando para algum lugar além delas.

Bianca achou esta uma fraca promessa. Abraçada a Laura no chão, olhou ao redor. O cenário recém-reinaugurado da balada transformara-se em uma visão caótica horripilante.

Era possível enxergar veios escuros espalhando-se por toda parte, como raízes de erva daninha. Braços surgiam de pilastras, paredes e até mesmo de algumas partes do chão. Vários adolescentes ainda corriam para as saídas, mas muitos jaziam mortos, ou gritavam enquanto eram puxados por braços sobrenaturais, ou ainda eram atacados por criaturas.

Guinchos alertaram-na de que algumas daquelas criaturas se aproximavam, cercando-as. Bianca mal conseguia encarar suas cabeças arredondadas, olhos esbugalhados e bocas desproporcionais, mas percebeu que Nicole não apenas olhava diretamente para as criaturas, como corajosamente se posicionou entre elas e Bianca, erguendo firmemente a faca em posição de combate.

As criaturas tinham seu olhar fixo nelas e se aproximavam perigosamente, cercando-as, quando uma nova movimentação começou no local.

Inicialmente, Bianca achou que fosse a polícia entrando, mas logo percebeu que estas pessoas armadas vestiam estranhos trajes escuros.

Outra janela se quebrou. Um homem havia saltado para dentro, correndo em direção a elas, sem demonstrar qualquer estranheza ou medo do cenário ao redor. Bianca ficou hipnotizada, observando-o enquanto se aproximava.

Primeiro o homem fez um rolamento acrobático, conseguindo se esquivar de duas criaturas que saltavam sobre ele. Ao finalizar o movimento, sacou sua arma do coldre e a disparou três vezes, acertando em cheio uma das criaturas.

As lágrimas de Bianca e as criaturas entre eles a impediam de ver direito, mas não pareceu ter saído uma bala comum da arma, pois a criatura imediatamente caiu ao chão se contorcendo em dor. Sua pele enegreceu antes de ela parar de guinchar e ficar completamente imóvel. Era possível sentir um cheiro de carne queimada no ar, e então a criatura dissolveu-se em um tipo de gosma negra, que foi absorvida pelo chão. Outra criatura saltou sobre ele.

– Pai! – gritou Nicole, alertando-o.

Este é o pai dela? – pensou Bianca, em choque.

Com a outra mão, ele rapidamente desembainhou uma grande faca presa na lateral de sua perna e fez um movimento circular no ar, cortando profundamente o peito da criatura que caiu longe antes que o alcançasse com seus dentes e garras afiados.

Finalmente, o homem as alcançou e parou na frente delas em posição de defesa contra qualquer criatura que se aproximasse. Bianca notou que a roupa que ele usava era cinza escuro e havia um tipo de capuz que protegia toda a sua cabeça e lateral do rosto, além de óculos escuros curvos.

– Aguenta aí, Nic! – disse ele, lançando-lhe um rápido olhar.

– Com certeza – respondeu Nicole, com uma expressão de alívio.

Ele começou a atirar nas criaturas que se aproximavam. Ao redor, os outros homens e mulheres armados faziam o mesmo, tentando salvar os jovens ainda presos naquele lugar. Porém, todos se mantinham afastados da área para a qual Bianca não conseguia sequer pensar em olhar, o lugar em que ganidos e rosnados se misturavam em uma cacofonia de horror.

De repente, todas as criaturas no local pararam de lutar e guincharam de raiva ou de dor.

– Rafaela conseguiu desativar o Tau – disse Nicole, mais para si mesma. – O ataque vai acabar.

E acabou.

Em segundos, os veios escuros enraizados por toda parte começaram a diminuir e a secar até desaparecerem por completo, enquanto as últimas criaturas eram destruídas.

Bianca baixou sua cabeça junto à de Laura e não viu mais nada. Apenas tremia. Nicole agachou-se ao seu lado e pegou em sua mão. Sons de coisas rasgando, esmagando, quebrando junto a rosnados e ruídos animalescos a transportavam para outro lugar e outro tempo. Era o mesmo pesadelo de sempre, mas agora real.

Sua mente desligou-se e finalmente seus olhos se fecharam.

10

– Bianca, acorde... – Bianca ainda não conseguia abrir os olhos, mas reconheceu a voz de Lucas chamando-a. – Bianca?

– Calma, Lucas – agora era Nicole falando –, eu já tentei acordá-la antes. O que estava esperando? A garota está em Pânico... Talvez, seja melhor deixá-la dormir até a levarmos para casa em segurança.

Bianca conseguiu abrir os olhos e viu o céu escuro acima dela. Suas narinas foram inundadas com o cheiro úmido de terra e mato. Sua cabeça rodou e ela gemeu levemente.

– Ela acordou – disse Nicole.

Virou a cabeça e lá estavam eles, agachados ao seu lado. Atrás dela e em pé, estava o homem que Nicole tinha chamado de pai. Ele estava com a arma no coldre e sem o capuz e os óculos, revelando seus cabelos castanho-claros.

Ela tentou se erguer, mas o movimento fez suas costas arderem dolorosamente. Nicole rapidamente a ajudou a se sentar.

– Onde estou? – e então ela se lembrou. – Minha irmã...

– Calma, ela está bem aqui ao lado – apontou Nicole. – Malu já tratou os ferimentos e avisou que ela está apenas dormindo agora. Não precisa se preocupar.

Ela olhou para Laura deitada na grama. Uma moça de traços orientais estava agachada examinando-a com um tipo de tela fina e holográfica em sua mão.

Preocupada, ela analisou o estado de Laura. Seu peito subia e descia numa respiração ritmada. Sua tez parecia corada e as pernas, apesar do sangue, não pareciam ter qualquer arranhão mais, havia somente marcas vermelhas, como se alguém as tivesse coçado violentamente. Bianca não conseguiu entender, será que os monstros na boate teriam sido apenas um sonho?

– Você está bem? – perguntou Lucas.

Ela não respondeu imediatamente. Não sabia dizer. Olhou ao redor e viu que estavam em uma pequena clareira, rodeados por árvores. Próximo a eles, viu Vitor e Rafaela, além de outras pessoas vestidas como o pai de Nicole, carregando armas.

Vitor e Lucas usavam uma bermuda preta e reforçada, enquanto Rafaela usava shorts e top. Suas roupas destruídas estavam abandonadas no chão, aos seus pés.

Muitos olharam para Bianca quando acordou e se sentou, mas ninguém parecia preocupado. Reconheceu, num dos cantos da clareira, os garotos que a livraram da mulher que a agarrou. Eles pareciam vestir o mesmo tipo de roupa escura que Vitor e Rafaela, só que as usavam debaixo das roupas comuns em farrapos. A mais machucada entre eles era a garota ferida na face. Ela era mais nova que Bianca e segurava bravamente um pedaço de tecido ensanguentado contra o lado esquerdo do rosto.

Ao lado de Duda, reconheceu aquele que salvara Laura de ser engolida pela pilastra. Suas roupas também estavam em frangalhos, além de haver sangue nelas. Muito sangue. Ele a observava também. Sua bonita fisionomia tornou-se séria e seus olhos se apertaram, cabelos negros caíam levemente sobre eles. Bianca sentiu seu coração apertar enquanto ele a encarava longamente.

– Bia... – disse Lucas, fazendo-a desviar o olhar de Julian.

Ele aproximou sua mão da dela, mas ela instintivamente se afastou do toque.

– Eu... – começou, surpresa com a própria reação.

– Tudo bem, eu entendo – disse ele, baixando os olhos. – Você me viu e está com medo, mas agora está tudo bem.

– Ninguém aqui vai te machucar – disse Nicole, tocando levemente em seu ombro. – Você está segura.

– Na balada... – disse Bianca, hesitante, para Lucas. – Havia criaturas horríveis... E eu vi no que você e os outros se transformaram. Eu não estou ficando louca, estou?

Lucas hesitou. Ele parecia não saber como responder àquela pergunta. Atrás de Nicole, seu pai se mexeu e se aproximou, agachando-se ao seu lado.

– Olá, querida – disse o homem. – Meu nome é Enzo Ross. Sou o pai de Nicole. Minha filha estava agora mesmo me dizendo que você é uma colega de escola, estou certo?

Ela percebeu que ele falava de forma estranha, como se ponderasse cada palavra.

– Sim... – respondeu com voz trêmula.

– Que bom – disse ele com um sorriso. – E respondendo à sua pergunta: não, você não está louca.

Bianca sentiu uma sensação de medo e alívio percorrê-la – *Eu não estou?* – pensou.

– Onde estamos? – perguntou ela.

– Estamos fora da boate – respondeu Enzo, voltando a se levantar. – Em um lugar seguro, na mata. Fique calma, Malu já vem cuidar de você.

Ele então se virou e fez um sinal para Malu o seguir. Os dois se afastaram para conversar. Bianca olhou para Laura novamente, ela parecia realmente bem.

– Aquele cara que salvou Laura – disse Bianca para Nicole –, ele vai ficar bem?

– Julian? Não se preocupe, ele já está bem.

Bianca percebeu Lucas se mexer ao seu lado e virou-se para ele. Havia muitas sombras na clareira, mas a luz da lua parecia suficiente para iluminar suas feições.

– Me desculpe se nós a assustamos – disse ele.

– O que aconteceu? – perguntou, mesmo sabendo que conhecia parte da resposta. Aquele artefato estranho que vira na loja esotérica estava na boate. Também viu os mesmos braços monstruosos e a criatura que a atacaram na loja, mas estavam em um número muito maior na boate.

– O importante é que vocês duas ficarão bem – disse Lucas, sua voz era de uma forma estranha, extremamente tranquilizadora. – Logo você esquecerá tudo e não passará de um estranho pesadelo.

Ela sentiu um frio no estômago – *Um estranho pesadelo?* – As palavras ecoaram em sua mente, repetindo-se como ondas batendo em uma parede. Sua garganta ficou seca e uma dor aguda preencheu sua mente. Ela colocou as mãos nas têmporas.

– Você está bem? – perguntou Nicole.

Bianca respirou fundo, sentindo-se um pouco melhor.

– Quem são vocês? – perguntou, esforçando-se em se levantar cuidadosamente, pois suas costas ardiam. Nicole a ajudou.

Mais uma vez, Nicole e Lucas se entreolharam apreensivos.

– É melhor não adiarmos o inevitável – disse ele, e então se virou para onde Malu e Enzo conversavam e fez um sinal para a moça com traços orientais.

– Ela vai cuidar de você – disse Nicole num suspiro, notando o olhar confuso de Bianca.

E então Malu se aproximou.

– Olá – disse a moça oriental –, deixe-me primeiro cuidar de seu ferimento.

– Eu... – Bianca estava apreensiva. Algo dizia que ela não iria fazer apenas isso.

– Tudo bem... – disse Lucas. – Apenas deixe Malu cuidar de você. Há muito sangue em suas costas.

Bianca acenou concordando e então a moça se aproximou.

Lucas ajudou Malu a tirar cuidadosamente sua jaqueta rasgada para olhar o ferimento.

– Quem são vocês? E como curaram Laura? Ela estava bastante machucada, mas agora não vejo nada de errado com ela.

– Não se preocupe com isso. Logo tudo não passará de uma sensação ruim – disse Lucas, afastando alguns fios de cabelo grudados na face dela.

Ele, falando assim, quase a convencia de que iria ficar tudo bem mesmo. Havia algo de muito relaxante em sua voz, quase hipnotizante. Bianca gemeu de dor quando a moça oriental afastou a blusa para ver o ferimento na base das costas.

– Desculpe não termos cuidado de você antes – disse Nicole –, mas Laura era prioridade. Ela estava muito ferida.

Bianca olhou melhor para si mesma. Sangue cobria parte de seu braço esquerdo e provavelmente as costas também. Porém, sua irmã com certeza tinha que ser tratada com prioridade. Enquanto Malu a analisava, ela percebeu Enzo, o pai de Nicole, se aproximar de Julian.

– Em quantos estamos? – perguntou Julian.

– Duas equipes táticas e uma alcateia adulta. Vocês se saíram muito bem lá dentro, mas agora devem deixar o restante conosco. Felipe está lá cuidando da lembrança dos sobreviventes como equipe de acobertamento.

O que ele quer dizer com "cuidando da lembrança" e "equipe de acobertamento"?

– Eu matei um deles, antes de vocês chegarem e os outros fugirem.

Enzo pareceu muito surpreso.

– Seu pai ficará orgulhoso. Era o alfa?

Julian balançou a cabeça.

– Acho que não.

– Esse ataque, em uma cidade como Santos, foi sem precedentes – disse Enzo.

Julian não respondeu, seus olhos foram até Bianca e encontraram-se com os dela, mas então Malu surgiu na sua frente, encobrindo sua visão.

– Apesar de todo esse sangue, foi apenas um grande arranhão – disse Malu.

Assim mais de perto, Bianca pôde notar melhor a estranha roupa que esses homens e mulheres usavam. O traje era cinza escuro, a textura justa e flexível no peito marcava seus músculos e lembrava um pouco pele e couro fosco. Dava para notar o reforço de armadura sob a camada em várias partes do corpo, com exceção nas articulações. Malu usava nas costas um tipo de mochila pequena do mesmo material. De um jeito estranho, ela deslizou a mochila para frente, mantendo-a ainda presa de alguma forma ao traje, em seguida abriu um dos bolsos e tirou um pequeno estojo.

– O que é isso? – perguntou Bianca.

Malu a ignorou enquanto abria o estojo e tirava uma pequena ampola com uma agulha na ponta. Bianca olhou alarmada para Lucas.

– Não se preocupe – disse ele. – Isso irá curá-la mais rápido e nem vai doer. Ela também aplicou em sua irmã, é por isso que ela não apresenta mais ferimentos.

Sem muita delicadeza, Malu puxou o braço de Bianca e aplicou a estranha injeção. Ela sentiu uma fisgada na parte interna do antebraço, seguida por uma leve ardência e um cheiro metálico forte no ar. De repente, uma sensação de alívio a inundou, fazendo desaparecer o incômodo onde antes havia dor. Ela inclinou-se e passou a mão nas costas. Não sentia mais nada, só havia sangue. – *Estou curada, mas como?*

Ela olhou para sua mão enfaixada e fechou o punho. Como não sentiu nada, retirou o curativo. O corte em sua mão, produzido pelo caco de vidro que tinha usado para se defender na loja, havia desaparecido também. Dava para ver apenas uma quase imperceptível linha avermelhada no lugar. Somente sua marca de nascimento em formato de meia-lua, que ia do meio da palma da mão até mais abaixo no pulso, era realmente visível.

– Como foi que me curou?

– Não importa – respondeu Lucas, mais secamente do que ela esperava.

– Importa sim – defendeu Nicole. – Ela está confusa. O que custa explicar um pouco?

Ela notou que Lucas fechou a expressão para Nicole, e ela manteve o olhar.

Malu bufou impaciente.

– Vocês dois não precisam brigar – disse a moça, e então virou-se para Bianca. – Vou apenas dar uma boa olhada em você e depois, quando acordar, estará em sua cama.

Malu tirou um objeto fino de outro bolso. Com um movimento leve da mão, uma tela holográfica brilhou bem na sua frente. Bianca arregalou os olhos e emitiu um pequeno ruído de surpresa.

A tela holográfica mostrava um corpo feminino e parecia analisar as informações dele.

– Está tremendo um pouco – disse Malu mecanicamente, sem tirar os olhos da tela –, mas fora isso parece estar bem. Bem até demais para uma humana… – Em seguida a olhou atentamente. – Isso não é algo normal. Portanto, é melhor não perdermos mais tempo, vou tirar a memória dela.

– Humana? Tirar memória? – balbuciou Bianca. – Do que você está falando?

Malu não respondeu, enquanto guardava seu aparelho que emitia a tela holográfica.

– Bia – começou Nicole com um olhar penalizado –, a verdade é que Malu vai te fazer esquecer de todas as coisas horríveis que aconteceram esta noite.

Esquecer?

– Mas... – começou Bianca. Ela não sabia como dizer, mas pela primeira vez na vida conseguia pensar que talvez seus pesadelos não fossem apenas pesadelos e finalmente poderia encontrar respostas sobre o que aconteceu com sua mãe.

– *Eu vi um monstro* – lembrou-se Bianca de uma de suas antigas consultas com seu psiquiatra.

– *Não viu não* – negou o médico de pronto. – *Você apenas se sente culpada por não ter podido proteger sua mãe. Então, sua mente transformou seu assassino em um monstro, pois afinal nós somos todos impotentes contra monstros.*

Determinada, ela se afastou de Malu.

– Eu não sei do que estão falando, mas com certeza não me esquecerei do que aconteceu esta noite. Além de ser impossível, eu não quero.

– Você não tem escolha – disse Malu calmamente.

– Em segundos, esquecerá tudo o que houve esta noite – explicou Lucas, e então Bianca sentiu um grande vazio no peito. A fisionomia dele estava tão séria que ela quase não o reconhecia.

Nicole mordeu os lábios e Malu aproveitou a oportunidade para tomar seu rosto com as mãos e virá-lo, forçando Bianca a encará-la.

– Apenas relaxe... – disse Malu tranquilizadoramente. – Vai acabar logo.

Bianca ia protestar e afastar-se dela, mas um barulho na mata anunciou a aproximação de alguém, e isso tirou a atenção deles.

Um dos vigias armados próximos às árvores se mexeu para dar passagem a duas pessoas. Uma delas era um homem de meia-idade, usando terno escuro. Seus cabelos eram negros e possuía fisionomia tensa. Seu olhar duro caiu sobre Julian.

– Explique exatamente o que aconteceu esta noite – rugiu ele, de repente, para o rapaz que salvara Laura.

– Pai? – disse Julian surpreso. – Eu não sabia que estava na cidade.

Atrás dele, apareceu uma elegante mulher de cabelos compridos e completamente brancos, apesar de não aparentar mais do que quarenta anos de idade. Ela usava um bonito vestido esvoaçante vermelho e parecia não se incomodar em ter que andar de salto alto sobre a grama. Ela entrou na clareira tão segura de si que a tornava quase assustadora. Todos os que estavam sentados descansando levantaram-se imediatamente e baixaram levemente a cabeça.

– Acalme-se, Walter – disse ela, e Bianca podia sentir que seu pedido tinha a força de uma ordem.

Bianca notou que Lucas fez menção de aproximar-se dela, mas o rapaz de cabelos negros estava mais perto e deu um passo à frente, tomando toda a atenção para si.

– Voz da Lua, se me permitir, eu posso explicar o ocorrido – falou Julian, respeitosamente.

– Sim – disse Ester –, mas a equipe tática já nos atualizou sobre a presença de um Tau e de Pérfidos. Estávamos nos dirigindo a um encontro com o novo líder dos Corvos quando nos avisaram sobre o alerta de vocês. Entretanto, a notícia nos pareceu absurda. Não consigo acreditar que, bem debaixo do nariz dos Corvos, essa tragédia aconteceu.

– Eu sei, senhora, parece inacreditável, mas essa é a verdade – disse Julian. – A segurança dos caçadores falhou e a casa noturna foi massacrada.

Ela não disse nada por alguns segundos, apenas o encarou pensativa.

– Mas como?

– Ainda não sabemos ao certo como os Pérfidos descobriram a presença da alcateia de Lucas na cidade – explicou, falando em tom contido e respeitoso. – Como estamos no Ciclo da Trégua, minha alcateia e eu aproveitamos para investigar um assassinato na entrada da cidade. Lá vimos vestígios do ataque de um Voraz – e, quando disse isso, seus olhos foram rapidamente para seu pai e depois voltaram para ela.

– Voraz aqui? – disse Ester, erguendo uma das sobrancelhas.

– Sim, e como Vorazes quase nunca estão longe dos Pérfidos, achei melhor vir atrás de minha prima para mantê-la segura e avisar Lucas, já que a presença desses degenerados pode sugerir o ataque a alcateias inexperientes. Então viemos imediatamente para cá – mentiu Julian, pois o motivo de ter vindo para a balada nada tinha a ver com isso.

Ester acenou com a cabeça, demostrando aprovar as ações feitas pelo rapaz. Entretanto, Bianca notou que Lucas tinha as mãos fechadas em punho.

– Foi a escolha certa – disse o pai de Julian, secamente.

– Quando entrei na boate Barba Azul – continuou ele com muita confiança em sua postura e voz –, eu estava atento, por isso logo reconheci um Tau pronto para ser ativado. Imediatamente, pedi para Nicole dar o alerta para as alcateias presentes, ou seja, a minha e a de Lucas, além de pedir reforços para o Refúgio. Em seguida, organizei a defesa enquanto o Tau era desativado.

Julian olhou para Patrick e este avançou enquanto desembrulhava uns trapos que um dia foi sua camisa. Ali estava o que chamavam de Tau e ela reconheceu imediatamente como o artefato da loja esotérica que havia provocado todo o caos na balada.

Rafaela, ao ver o objeto nas mãos de Patrick, olhou para trás confusa, como se procurasse por algo, em seguida fechou a cara e deu um passo adiante, mas Lucas colocou uma mão à frente dela e fez um sinal em negativa. Bianca notou que tanto Rafaela quanto Vitor pareciam tensos, havia fúria contida em seus olhares.

Duda, a garota mais nova ao lado de Julian, pareceu perceber e olhou discretamente para os dois, sorrindo maliciosamente. Lucas a encarou em silêncio e mostrou os dentes em uma ameaça velada. A garota tirou o sorriso dos lábios e baixou os olhos imediatamente.

– Enquanto o Tau era desativado – continuou Julian –, enfrentamos uma alcateia de Pérfidos, eram três no início e depois um quarto chegou, achamos que era o alfa. Eu matei um deles sozinho, enquanto Patrick e Duda atacavam a mulher, e Con lidava com outro deles. Quando o alfa chegou, enfrentei ele também, mas achamos que a mulher controlou as criaturas para que nos atacassem e nos distraíssem. Quando as duas equipes táticas chegaram, os outros três, incluindo o alfa, fugiram bastante feridos.

Walter acenou aprovando as ações do filho, Julian pareceu relaxar um pouco.

– Encontrou pistas da presença de um Voraz, intuiu corretamente acerca de um ataque a uma jovem alcateia e mobilizou ajuda antes mesmo do ataque acontecer, minimizando as mortes humanas e evitando-as de nossa parte, além da desativação de um Tau e a morte de um Pérfido – disse Ester, parecendo bastante impressionada. Ela então se virou para Walter e completou. – Seu filho realmente possui grande potencial.

Walter sorriu levemente e concordou com a cabeça. Em seguida, pegou o Tau das mãos de Patrick e o entregou para o pai de Nicole.

– A equipe tática já retirou o corpo do Pérfido?

– Sim – respondeu Enzo –, o corpo já foi levado até um de nossos carros. A alcateia de Marina está no local coordenando as ações de sigilo e proteção.

– Perfeito. Minha irmã saberá como cuidar dessa situação – em seguida, Walter virou-se para Ester. – Acredito que seja imprescindível o Conselho tomar uma posição. Alertei que os caçadores estavam ficando descuidados, Ester.

– Sim, você fez isso. E pelo que vi hoje, tinha toda a razão. Algo aparentemente impossível aconteceu, um ataque de Pérfidos em uma cidade sob a proteção da Ordem dos Caçadores. Convocarei uma reunião do Conselho para discutirmos o problema.

Walter pareceu satisfeito com a resposta e Ester olhou ao redor. Bianca não sabia o que fazer ou dizer diante daquelas estranhas pessoas, então apenas observava.

– Logo estará em casa – sussurrou Lucas ao seu lado. – Não precisa ficar com medo.

Como se os tivesse ouvido, os olhos de Ester imediatamente pousaram sobre Bianca e em seguida sobre Laura inconsciente.

– Lucas, quem são elas?

Mas antes que Lucas dissesse algo, Julian balançou a cabeça e tomou a frente novamente, postando-se entre Bianca e Ester.

– São apenas duas humanas idiotas que quase foram mortas lá dentro – respondeu Julian, com arrogância.

Humanas idiotas? – pensou Bianca, inconformada. – *Por que ele disse uma coisa dessas?*

– Cale a boca, Julian – rosnou Lucas. – A Voz da Lua não falou com você.

Julian ergueu a sobrancelha e virou-se para ele com um sorriso torto.

– Não fique bravinho porque ofendi sua namoradinha passatempo de Santos.

Walter riu.

– Uma humana, Lucas? – disse Walter, intrometendo-se. Havia uma pitada de provocação em sua voz. – Interessante, seria algo novo em sua família, não seria?

Julian aproveitou o apoio do pai e riu maldosamente.

– Talvez queira deixar Giovanna livre para mim, então... – disse Julian, com um sorriso malicioso no final. Lucas rosnou e avançou furioso em sua direção.

Giovanna? – pensou Bianca.

– Basta! – ordenou Ester, e eles obedeceram imediatamente. – O que pensam que estão fazendo? Não temos tempo para isso agora.

Com um sorriso debochado, Julian piscou para ele e em seguida virou-se para Ester.

– Desculpe, Voz da Lua – disse, baixando os olhos. A face de Julian de repente se tornou a imagem da humildade.

– Senhora – chamou Enzo, aproximando-se dela e de Walter –, Marina acabou de me avisar que a casa noturna já está queimando. Todos os sobreviventes foram retirados e suas memórias manipuladas pela equipe tática. Felipe está com seu contato dentro da imprensa agora mesmo.

Bianca ouviu com um misto de estranheza e fascinação. – *Quem eram aquelas pessoas?*

Malu voltou-se para ela novamente.

– Lucas – disse Malu para o garoto –, preciso cuidar da memória dela agora. Não a deixe fazer um escândalo na frente dos anciãos.

– Estão falando sério? Vocês realmente podem fazer isso? – perguntou Bianca.

– Nem todos nós temos essa capacidade – explicou Nicole, pois Lucas parecia hesitante em lhe dizer qualquer coisa.

– Mas eu não quero – afirmou mais uma vez, dando um passo para longe de Malu.

– Se for necessário, a forçarei a olhar para Malu – falou ele.

Um sentimento de decepção a inundou ao ouvir estas palavras. De repente, a imagem dele se transformando naquele monstro a fez estremecer. Bianca baixou a cabeça e acenou concordando, mordendo os lábios por dentro. Não sabia mais o que fazer, não adiantaria correr.

– Desculpe – pediu ele. – Eu realmente gostaria que fosse diferente, mas poucos sem o nosso sangue suportam a verdade sem enlouquecer no final.

– Eu nem sei como ela está suportando até agora – comentou Malu, reaproximando-se. – Você e sua irmã acordarão amanhã em sua casa completamente curadas, pensando que escaparam do incêndio apenas porque resolveram ir embora minutos antes...

Enquanto Malu explicava, Bianca manteve seu olhar no dele o quanto pôde, em uma súplica muda, mas então Malu puxou seu rosto e capturou seu olhar. Lucas rapidamente se colocou atrás de Bianca, suas mãos sobre os ombros dela. Provavelmente para mantê-la ali à força se precisasse. Ela respirou fundo.

– Antes poderiam me responder uma pergunta? Por favor?

Malu revirou os olhos impaciente, ela queria terminar seu trabalho.

– Tudo bem... – disse Lucas.

– Então, lobisomens... – começou ela, hesitante. – Eles existem de verdade, não é? Não é fruto de minha imaginação ou de pesadelos.

Lucas fez uma pausa antes de responder.

– Podemos dizer que sim – foi sua resposta.

– Ótimo – disse Bianca com sorriso trêmulo –, é uma pena que em segundos voltarei a achar que sou completamente louca por imaginar que minha mãe morreu por causa de um.

Atrás dela, Lucas apertou os olhos, intrigado.

– Agora se me permitirem, vou finalmente fazer meu trabalho – disse Malu.

Bianca sentiu Lucas tirar as mãos de seu ombro e tocar em seus cabelos ajeitando-os sobre a blusa rasgada nas costas. Malu se aproximou e capturou seu olhar.

– Concentre-se na minha voz... – começou ela.

– O quê? – interrompeu Lucas, alarmado.

Bianca se desconcentrou e virou. Ele a encarava com olhos esbugalhados e a boca levemente aberta.

Malu soltou um palavrão.

– O que foi agora? – disse Malu, exasperada.

Lucas baixou os olhos e balançou a cabeça.

– Não é possível... – disse ele.

– Não é possível digo eu! Que tal pararem com as interrupções irritantes e me deixarem hipnotizá-la de uma vez por todas?

Ele agarrou o braço de Bianca e a puxou para trás dele, encarando Malu muito seriamente.

– Afaste-se. Você não deve hipnotizá-la.

– Está louco? É meu dever retirar suas lembranças.

– Eu disse afaste-se! – seu tom exigia obediência. Malu deu alguns passos para trás, baixando a cabeça, contrariada. Ela bufou irritada e em seguida virou-se em direção a Ester.

– Anciãos – chamou ela, interrompendo a conversa em que estavam concentrados –, Lucas não permite que eu a hipnotize. Preciso que sobrepujam a ordem dele para que eu possa continuar.

Walter olhou-os intrigado. Ester encarou-o com olhar frio e interrogador.

– Senhora, desculpe-me – disse ele, respeitosamente, para Ester. Bianca notou que Lucas parecia diferente. Havia um brilho ansioso em seus olhos –, mas ela não deve ser hipnotizada.

– Ah, mas que encantador... – interrompeu Julian, irônico. – O Luquinhas não quer que façamos a namoradinha idiota dele esquecer?

Por que ele está sendo tão estúpido? – zangou-se Bianca.

– Cala a boca, Julian! – rosnou Lucas, mas o outro apenas revirou os olhos e se virou para a moça oriental.

– Malu, faça seu trabalho e ignore este filhote mimado – disse Julian, transparecendo impaciência e arrogância. – Eu sobrepujo as ordens dele, pronto!

Malu se voltou para Bianca novamente, mas Lucas se manteve entre elas.

– Eu disse não! – a voz dele era um rosnado. Malu recuou novamente, baixando os olhos e visivelmente irritada.

– Lucas – chamou Ester, perigosamente paciente –, o que está acontecendo? Você sabe que temos que hipnotizá-la, essa é a lei.

– Não, não temos – insistiu ele, e Bianca percebeu um leve tremor em sua voz.

– E por que não? – Ela empertigou a cabeça enquanto trespassava Lucas com seu olhar.

Ele ia dizer algo, mas Julian falou antes.

– Qual é, garoto? Pegue seus filhotinhos e vá brincar em outro lugar. Temos que sair daqui antes que o Natal chegue!

Lucas o ignorou e manteve o olhar preso ao da mulher. Ele tinha que defender sua decisão.

– Não podemos porque ela tem o Sangue. Pela lei não podemos hipnotizar aqueles com nosso sangue.

Ao seu redor, houve alguns murmúrios, vindos inclusive dos guardas, que vigiavam a clareira e apenas observavam o desenrolar da cena. Entretanto, Lucas ainda não havia acabado, estava tomando coragem para a segunda parte de sua fala.

– O que está dizendo? – admirou-se Ester.

– Eu estou dizendo, senhora – continuou Lucas –, que Bianca tem nosso sangue e também carrega o legado.

Bianca piscou confusa. Não estava entendendo nada sobre o que falavam.

– Está louco? – protestou Julian, como se ele estivesse dizendo algo absurdo. – Não seja ridículo e deixe Malu apagar a memória da garota.

– Pare com isso, Julian – ordenou seu pai com sua voz rouca. Em seguida, cruzou os braços encarando Lucas. – Lucas, você sabe que todas as crianças dos legados estão meticulosamente mapeadas e protegidas. Os registros não falham, portanto deve ser uma marca de nascimento humana semelhante.

– Eu sei que não falham, ancião – disse Lucas, sentindo sua boca seca antes de continuar –, mas não foi nenhuma falha nos registros. A marca que ela possui é a do Quinto Legado...

Desta vez, ninguém disse nada. Nada mesmo. Parecia que todos haviam parado de respirar. Todos os olhares atônitos voltaram-se para Bianca. Mas Julian parecia o menos abalado e ainda não disposto a desistir.

– Ok, isso é completamente ridículo. O que você não faz por um pouco de atenção?

Bianca olhou de Lucas para Nicole. A colega agora a encarava com olhar esbugalhado, até o pai dela parecia atônito, com a boca levemente aberta e as sobrancelhas arqueadas. Os olhos de Walter se ampliaram e, decidido, avançou até Bianca. Ela deu um passo para trás.

– Isso é fácil de resolver – disse Walter, puxando-a para virá-la de costas sem qualquer gentileza.

– Perto de onde ela se feriu, senhor – disse Lucas.

– Eu sei onde uma marca de legado fica, Lucas! – rosnou Walter.

Bianca o sentiu afastar os trapos que era sua blusa nas costas e de repente estremecer.

– O legado... – disse o pai de Julian. Ele a soltou como se tivesse sido queimado. – O legado da linhagem perdida do Farejador...

Lucas ergueu a cabeça, orgulhoso pela confirmação de sua suspeita, e ela observou quando Julian apertou as mãos e abaixou a cabeça, derrotado.

11

Bianca não sabia o que pensar. Provavelmente, o que Walter tinha acabado de ver tinha sido uma marca de nascimento localizada em suas costas. A marca era um círculo cortado por algo que se assemelhava à letra S. Mas o que a sua marca tinha a ver com tudo isso? Ao seu redor, todos expressavam surpresa nos olhos. Todos menos Julian, que tinha um olhar semicerrado sobre ela.

– Qual é o seu nome? – perguntou Ester cuidadosamente. Bianca notou que apesar dos ombros puxados para trás e sua imagem de segurança, havia certo tremor na voz. – Diga o seu nome, menina.

– Meu nome é Bianca.

As feições da mulher mudaram.

– Bianca? – Ester respirou fundo antes de continuar. – Está me dizendo que você é Bianca Bley?!

Os olhos da mulher pareceram brilhar ao pronunciar o sobrenome de sua mãe, que ela não usava desde que começara a morar com Laura.

– Bley é o sobrenome de minha mãe. Eu uso...

– Usa o sobrenome Fernandes, o nome que sua irmã usa – completou Lucas, pois foi assim que o professor a tinha apresentado para a sala.

– Tá de brincadeira! – disse Patrick, o garoto negro que a ajudara na Barba Azul. – Você é realmente Bianca Bley? A Anastasia Romanov dos Karibakis?

– Quieto, Patrick – rosnou Julian.

– Mas eu aprendi que a filha de Ágata Bley era uma lenda... – protestou o garoto negro jogando seus braços no ar. Julian o encarou de forma sombria, e Patrick então se calou.

– Sim – disse Ester, aproximando-se de Bianca para tocar em suas costas. –

Esta é a marca dos Farejadores. Há muito tempo eu não a via e temi nunca mais ter a chance de vê-la nesta vida, ou em qualquer outra.

– Você sabia disso? – perguntou Enzo para Nicole.

– É claro que eu não tinha a mínima ideia, pai – respondeu, arregalando os olhos. – Como é que eu ia adivinhar que a garota nova na escola na verdade era uma Farejadora perdida?

Bianca olhou ao redor, atônita. Eles falavam dela como se isso significasse algo importante para eles. Sua cabeça ainda latejava.

– Sobre o que estão falando? Quem são vocês?

Depois de tudo o que aconteceu com ela esta noite, depois de tudo o que passou esta semana, sentia-se no limite. Além do mais, estas estranhas pessoas pareciam conhecer sobre sua mãe, mas Bianca não tinha a mínima ideia de quem ou o que eram.

– Nós? – disse Ester. – Bianca, nós somos sua família. Sua verdadeira família.

Bianca lançou um olhar confuso para ela e depois para Lucas. Sua mente de repente criava novos argumentos e novas possibilidades para o horror que tinha vivido no passado.

– O que isso quer dizer? – perguntou ela.

– Nós acreditávamos que a filha de Ágata Bley também estivesse morta – explicou Ester.

– Minha mãe... ela foi atacada... – ela hesitou enquanto se lembrava, era difícil colocar em palavras reais aquilo que sempre achou ser loucura. – Ela morreu por causa de uma coisa como vocês, não foi? – As lágrimas começaram a rolar, quase a cegando. Ninguém respondeu, estavam todos parados olhando--a surpresos ou curiosos.

Ester aproximou-se e pegou seus ombros, forçando-a a encará-la.

– Não por um de nós – disse a mulher que parecia ser a líder deles –, mas por um Pérfido! Não somos como eles. Bianca, não se desespere, apenas olhe nos meus olhos e se acalme.

Seu coração imediatamente diminuiu o ritmo.

– Bem – comentou Malu enquanto observava a cena –, isso explica porque, mesmo depois de tudo o que ela viu esta noite, ainda consegue falar conosco racionalmente por tanto tempo.

– Você tem nosso sangue em suas veias, Bianca – disse Ester. – O que significa que, de alguma forma, você sempre soube de nossa existência, não é *verdade*?

Bianca sentiu-se estranha. Além da calma que a voz dela proporcionava, sua pergunta acionou algo em sua mente, um estalo que era como uma engrenagem tornando seu cérebro focado e em pleno funcionamento, diluindo a negação e o desespero que ainda tentavam surgir como pedras de uma frágil muralha.

– É verdade – disse Bianca, sem pensar muito. A resposta veio fácil e certa, surpreendendo-a.

Ester sorriu. Ela ainda a segurava pelos ombros e tinha o olhar fixo no dela.

– Aceitar rapidamente nossa existência como parte de você a deixará mais conformada e nos poupará tempo. O perigo desta noite ainda não acabou. Portanto, eu quero que nos conte a *verdade* sobre o que sabe de nós – exigiu Ester, olhando em seus olhos.

Verdade. O efeito daquelas palavras foi como um raio na mente de Bianca. As lembranças, que a faziam ter pesadelos todos os dias de sua vida, vieram com força atropelando as palavras que ela *precisava* dizer, que ela *tinha* que dizer. Mais lágrimas começaram a rolar enquanto soluços cada vez mais altos a sufocavam.

– Tudo bem... Tudo bem... – disse Ester. – Não precisa se desesperar. Deixe vir devagar e, quando estiver pronta, basta dizer as palavras. Vai se sentir melhor.

Bianca ajoelhou-se na grama e chorou. A mulher ficou em pé ao seu lado e esperou.

– Eles podem chegar a qualquer momento, é melhor a tirarmos daqui... – alertou Walter, mas a mulher ergueu a mão pedindo paciência.

Ao se levantar novamente, Bianca respirou e deixou o ar da noite ajudá-la a se concentrar. A necessidade de contar tudo o que se lembrava sobre eles era quase dolorosa.

– Eu tinha nove anos e estava escondida no banheiro da suíte. Havia sons horríveis no quarto deles. Pareciam rosnados ou rugidos, por isso achei que fosse algum animal...

Suspirou profundamente e limpou suas lágrimas antes de continuar.

– Ouvi tiros – continuou ela. – Acredito que minha mãe e Carlos, meu padrasto, tinham alguma arma, mas não adiantou. Acho que nada adiantaria. Eu ouvi seus gritos e foi horrível...

Bianca estremeceu e não conseguia terminar a frase.

– Tudo bem... – disse Ester, e havia compaixão em seus olhos. – Nós podemos imaginar o que aconteceu.

Ela acenou com a cabeça e depois continuou.

– Depois a criatura destruiu a porta e me encontrou. Ela ia me matar também, mas... não sei o que aconteceu depois. Tudo o que lembro foi acordar no banco de trás do carro de Laura.

– Laura é esta moça se recuperando? – perguntou Ester, olhando para a grama. Malu havia colocado um tipo de cobertor fino sobre ela, provavelmente para protegê-la do frio da noite.

– Sim – respondeu Bianca –, é ela.

– A moça vai ficar bem – explicou Malu para Ester. – Ela está completamente curada, apenas dorme.

Ester anuiu satisfeita e voltou-se para Bianca.

– O que a filha do seu padrasto te contou?

– Laura contou sobre nossos pais terem sido mortos durante um assalto dentro de casa e que eu ficaria com ela a partir daquele dia. Mas não me recordo muito bem, acho que é porque estava em choque... – explicou enquanto enxugava suas lágrimas. – Acho que... acho que aos poucos, a lembrança daquela noite voltou através de pesadelos. Eu contei a ela sobre a criatura negra que tinha visto em sonhos, mas Laura me disse que era o efeito do trauma e que logo me lembraria dos assaltantes. Mas isso nunca aconteceu. Mesmo com anos de terapia, nunca sonhei com homens me atacando. Era sempre aquela criatura. Mas, aos poucos aprendi a aceitar a história dela, pois isso a deixava menos preocupada comigo. E é tudo o que sei sobre vocês.

– Sobre nós – corrigiu Ester. – Tudo o que você sabe sobre nós.

Bianca respirou fundo. As lágrimas pararam.

– Não é verdade. Não sou como vocês, não sou um monstro, um... lobisomem.

Ester sorriu complacente.

– Se está tentando saber se você também é uma trocadora de pele, a resposta é não. Já passou da idade e se não trocou até os treze anos, não trocará mais. Porém, você pertence ao nosso sangue, o sangue Karibaki – e baixando o tom como se estivesse contando-lhe um segredo, continuou: – E, só para saber, nós odiamos a palavra "lobisomem".

Ester então se aproximou e tocou em seu cabelo delicadamente.

– Por anos procuramos por você, mas Laura a escondeu muito bem. Chegamos a pensar que sua sobrevivência era apenas um boato que se tornou lenda. Acho que Laura imaginava te proteger assim, mas não era de nós que ela fugia, e sim dos Pérfidos.

– Laura sabia disso tudo? Sabia sobre vocês?

– Acreditamos que sim. Tudo leva a crer que Ágata contou para Carlos e Laura, mas, quando ela acordar, você deve perguntar. De qualquer forma, a partir de agora ambas estão sob nossa proteção.

Ester ofereceu-lhe a mão.

– Não somos seus inimigos, Bianca Bley. Por favor, confie em nós.

Lucas olhava-a ainda com aqueles límpidos olhos verdes. Por fim, ela anuiu e aceitou a mão oferecida por Ester. A mulher sorriu antes de soltá-la.

Algum tipo de tensão se dissolveu no ar, pois ela podia ouvi-los novamente conversando entre si, provavelmente sobre ela.

– Caramba, Julian... – disse Patrick, próximo a eles – nós temos novamente uma Farejadora entre nós. Isso é incrível!

Julian cruzou os braços e semicerrou os olhos.

– Sim, maravilhoso... – respondeu sem demonstrar qualquer expressão, enquanto observava Lucas puxar Bianca contra si em um abraço.

– Bem-vinda de volta – sussurrou Lucas em seu ouvido.

Lucas beijou sua face e se afastou. Seria isso real? Ela realmente faria parte do mundo destes seres? Não sabia ao certo se enlouquecia agora ou apenas aceitava o que estava acontecendo e o que estava por vir.

– Acho que devemos mudar nossa perspectiva sobre os acontecimentos desta noite – disse Ester, virando-se para todos ao redor. – Creio que o verdadeiro alvo era a Farejadora, e o Tau, apenas uma isca.

Ao redor, muitos acenaram concordando.

– Sendo assim, nossa prioridade é protegê-la e levá-la ao Refúgio, onde ficará segura.

Enzo acenou e deu um passo à frente:

– Voz da Lua, nossa equipe tática está pronta para proteger a Farejadora.

Ester acenou com a cabeça, e então todos começaram a se movimentar. Bianca aproveitou o momento para ver como estava Laura. Malu também teve a mesma ideia, abaixando-se e tirando algo da bolsa, que em seguida passou perto do nariz de Laura. Nada aconteceu.

– O que foi? – perguntou Bianca.

– Espere... – disse a moça oriental, enquanto observava a tela holográfica que analisava o estado de Laura. – Hum... Estranho...

– Laura está bem? – perguntou alarmada.

Malu desviou o olhar para Ester e Walter, que pareciam concentrados em dar ordens para a equipe tática. Julian estava ao lado deles.

– Anciãos – Ester e Walter olharam para Malu –, esta moça está bem fisicamente. Está completamente curada, porém sua mente não desperta. Como devo proceder?

Bianca sentiu seu coração pular. Os dois anciãos olharam.

– E o que isso quer dizer? – perguntou Bianca, alarmada.

Malu suspirou e ajeitou um fio de cabelo solto.

– Pessoas que não possuem o Sangue e passam pelo que ela passou esta noite costumam ficar com extremos traumas psicológicos, se sobreviverem. É por isso que precisamos apagar a memória deles e diminuir os danos – explicou. – Eu a curei fisicamente, mas não houve tempo de apagar sua memória ou suavizá-la antes que ficasse inconsciente. Então, às vezes acontece algo assim, a pessoa entra em um tipo de coma. E até que a mente se cure sozinha, ela dormirá.

– E quando acordará? – perguntou, já se sentindo apavorada com a possibilidade de nunca mais falar com Laura.

– É difícil dizer, nunca vi isso acontecer, só ouvi falar. Talvez ela só precise de alguns dias – respondeu Malu –, mas eles sempre acordam uma hora ou outra.

Bianca se abaixou e pegou a mão de Laura. Ela parecia bem fisicamente. Sua expressão estava serena.

– Vai ficar tudo bem, Bianca – disse Lucas. – Ela vai acordar. Como Malu disse, só precisa de tempo para se recuperar.

Teria que confiar no que eles estavam dizendo, pois a outra opção seria perdê-la.

– Não vou a lugar algum enquanto um médico de verdade não a examinar – disse Bianca, corajosamente.

Malu ergueu uma das sobrancelhas, mas nada disse, apenas olhou para os anciãos, e então Ester anuiu.

– Se isso a fizer confiar mais em nós, levaremos Laura a um hospital.

– Isso não é prudente – disse Walter. – Os Pérfidos podem estar próximos.

– Não ousarão atacar novamente – disse Ester. – Principalmente conosco organizando uma caçada sobre eles.

– Espero que esteja certa – disse ele.

– Levem Laura para o hospital Beneficência – ordenou Ester para Lucas e Julian. – Hélio a manterá anônima e em segurança. Enquanto isso, Walter e eu coordenaremos a caçada antes que os dias do Ciclo acabem.

– Obrigada – disse Bianca.

– Bley – disse Ester –, se quer que Laura fique segura, não poderá voltar para casa e terá que ficar no hospital com ela, enquanto cuidamos de sua proteção. Os Pérfidos sofreram baixas, mas podem atacar novamente. Entendeu?

Bianca acenou com a cabeça concordando.

– Lucas e Julian, venham aqui – chamou Ester, e os dois se aproximaram para ouvir os anciãos.

Nicole, Rafaela e Vitor aproveitaram o momento e se aproximaram de Bianca.

– Farejadora... Quem diria... – disse Vitor sorrindo.

– Nós vamos cuidar de vocês agora – disse Rafaela, lançando em seguida um sorriso para Nicole.

Nicole acenou concordando e voltou-se para Bianca.

– Desculpe pelo que Ester te fez – disse Nicole.

– O que ela me fez?

– Te obrigou a falar a verdade – explicou Nicole. – Os Karibakis Destemidos têm esse dom e podem forçar qualquer um a dizer a verdade...

– Mas não fique brava, ela só fez isso para que você nos aceitasse mais rápido – defendeu Rafaela.

Bianca tentava entender sobre o que estavam dizendo.

– Destemidos?

– Sim, é uma das linhagens Karibakis – explicou Nicole. – Você faz parte da linhagem extinta dos Farejadores. Ester e Lucas fazem parte da linhagem dos Destemidos. Malu, a moça que curou você, também é uma Destemida, mas ela nunca trocou de pele, então ela possui uma habilidade diferente, a de conseguir hipnotizar pessoas e tirar suas memórias.

Ela olhou confusa, sua cabeça doía.

– É melhor você parar de explicar ou vai confundir mais a cabecinha dela – disse Rafaela.

– Tudo pronto – disse Lucas, aproximando-se. – Os carros chegaram, é hora de irmos. Vitor carregará sua irmã.

Bianca acenou concordando, era melhor irem logo para o hospital. Estava preocupada. Ela viu Enzo parado na clareira com uma estranha expressão no olhar.

– Alguém está se aproximando – disse Enzo, de forma a todos escutarem.

Bianca sentiu o ar se tornar mais tenso.

– Não sinto cheiro algum – disse Con, do outro lado da clareira, erguendo o nariz no ar.

– Mas Lin pode vê-los – afirmou Enzo. Ele parecia encarar algum ponto à sua frente. Ficou parado assim, com o olhar perdido por alguns instantes. E quando o brilho retornou ao seu olhar, ele virou-se para Ester.

– Voz da Lua, a movimentação que está nos cercando parece ser humana. Acredito serem os Corvos.

Ester acenou para Enzo e ele imediatamente fez um sinal com a mão para os outros de uniformes cinzentos.

– Tomem suas posições – disse Ester em tom de comando. – Os caçadores estão aqui.

Rafaela procurou o olhar de Vitor e depois o de Lucas. Este devolveu com uma expressão firme antes de se afastar com os dois para tomarem posições.

A alcateia de Julian também começou a se movimentar. O ferimento de Duda tinha se tornado nada mais do que uma leve vermelhidão no rosto. Ela se curara completamente.

– Nicole – chamou Julian, aproximando-se delas –, venha comigo. – E então ele se abaixou e, sem esforço, pegou Laura com os braços.

– Espere – pediu Bianca –, o que está fazendo com minha irmã?

Julian a ignorou e carregou Laura até o centro da clareira.

– Calma – pediu Nicole a ela. – Ele não vai fazer nenhum mal a Laura.

Em seguida, ele se abaixou e a colocou cuidadosamente sobre a grama.

– Nic, fique com sua amiga aqui e, mesmo que as coisas se tornem feias, mantenham-se abaixadas a todo custo. Entenderam?

– Certo – respondeu Nicole, colocando um dos joelhos na grama como apoio. Bianca fez o mesmo.

Enzo, Malu e os outros dois táticos se espalharam tomando uma ponta cada, próximos ao limite da clareira. Eles tinham seus capuzes e óculos de volta. Um deles entrou na mata e desapareceu. Julian e seus amigos formaram uma meia-lua de um lado, e Lucas, Vitor e Rafaela formavam outra meia-lua no outro lado.

Alguns deles estavam tão tensos que seus corpos pareciam tremer. Bianca pediu mentalmente para que não começassem a se transformar novamente.

Enzo deu uma olhada para as duas e se aproximou.

– Tome isso – disse, jogando para Nic a arma que usara contra as criaturas. – Mantenha na posição de atordoamento. Nossa intenção não é matar um caçador esta noite.

– Obrigada, pai – disse ela, pegando a arma.

Bianca olhou para a arma. Era escura e parecia uma pistola comum.

– Não se preocupe – disse Nicole, percebendo que Bianca olhava para a arma em sua mão. – Eu sei como usá-la.

– Quando vi seu pai correndo em nossa direção na boate, achei que ele era algum tipo de herói de quadrinhos.

Nicole riu um pouco nervosa.

– Você precisa ainda conhecer a minha mãe...

– Não troquem de pele, a não ser que eu dê a ordem – disse Ester, posicionando-se junto com Walter no espaço entre Julian e Lucas. – Mantenham-se calmos, garotos, e recordem o treinamento.

Bianca então se lembrou de algo que não teve tempo para pensar com todos os acontecimentos. Seu coração imediatamente apertou de forma dolorosa.

– Nic, tem algo que eu preciso te dizer.

– O que foi?

– É sobre Renan...

Nicole olhou para ela, sua expressão se modificou.

– Eu o vi sendo... – era difícil para Bianca falar, pois, apesar de tê-lo conhecido por apenas alguns dias, também se afeiçoara a ele. – Eu sei que ele era seu amigo, sinto muito...

Nicole baixou os olhos.

– Nós nos conhecíamos há menos de um mês, mas logo ficamos amigos – disse Nicole com pesar na voz. – Ele foi morto por um Griat ou foi capturado pelos braços?

– Ele... Griat? Não sei o que é isso. Os braços o pegaram e o puxaram para dentro da coluna. Há alguma forma de salvá-lo? – perguntou, com uma pontada de esperança.

– Não – disse Nicole, balançando a cabeça. – Está morto de qualquer forma. Eu apenas preferia que ele tivesse morrido de outra maneira.

– Por quê? – disse, temendo a resposta.

Nicole engoliu em seco antes.

– Taus são como casulos – explicou ela. – Quando um braço dos Taus arrasta alguém para dentro, ele faz uma troca e permite que uma criatura saia para se alimentar. Nós chamamos essa criatura de Griat e ela é o resultado da transformação que alguém sofre lá dentro.

Bianca arregalou os olhos, horrorizada com a ideia. Mas a atenção de ambas foi imediatamente capturada por movimentos na mata, ao redor.

Deveriam ser uns quinze, entre homens e mulheres vestidos com roupas comuns, mas todas em cor preta. Cinco deles surgiram agachados e fortemente armados com fuzis e metralhadoras, porém os outros dez apenas os cercaram, posicionando-se parados e eretos com os braços para trás e os olhos encarando o chão.

Ninguém disse nada até um homem surgir da mata e entrar na clareira. Ele era magro e usava terno, gravata e camisa completamente pretos também. Fios prateados ao redor dos cabelos denunciavam sua idade perto dos cinquenta anos. Ele parecia estar desarmado.

– Ester? – disse, com voz macia. – Eu esperava encontrá-la em um ambiente mais festivo esta noite.

Bianca olhou para o bonito vestido vermelho de Ester e seus saltos altos. O homem que surgiu também estava muito bem arrumado com seu terno preto.

– Roberto Sales – disse Ester –, também não esperava vê-lo nesta situação. Mas diga-me, o que significa isso tudo? – falou, referindo-se aos homens armados e aos outros parados cercando-os na clareira.

Ele sorriu contidamente.

– Nosso sistema de defesa na ilha captou transformações de Karibakis e ataque a humanos dentro da boate que, neste exato momento, está queimando da base até o teto. Portanto – disse ele, apertando os olhos –, eu é que pergunto: o que significa isso?

Bianca ouviu um rosnado. Parecia vir de Lucas, mas Roberto não parecia se sentir ameaçado.

Ester ergueu a mão pedindo calma. Seus cabelos completamente brancos e seu vestido vermelho ondularam levemente com um leve vento passando por eles.

– Há Pérfidos em Santos – começou Walter –, uma alcateia deles, e atacaram a boate. Se nossas alcateias não estivessem lá, teria sido muito pior.

– Pérfidos? – perguntou Roberto, com uma expressão incrédula. – Isso é impossível.

– Essa também foi nossa reação quando nos contaram, porém é a verdade – disse Ester.

– O antigo Comando Superior dos Caçadores era muito mais competente em cuidar da cidade – comentou Walter em tom provocativo. – Talvez, finalmente, esteja na hora de repensarmos as condições de paz e proteção de Santos.

Roberto sorriu.

– É engraçado – começou Roberto, falando um pouco mais alto –, quando meu tio morreu, e fui escolhido para tomar seu lugar na liderança dos Corvos, a primeira coisa que eu disse ao Comando Superior foi que não demoraria para os Karibakis quebrarem o pacto do Ciclo da Trégua e desejarem o controle da ilha. Uma pena que eles não me escutaram naquele momento. Eu os avisei para se prepararem para uma guerra – disse, olhando para os outros homens de preto ao redor. Só não achei que vocês começariam matando crianças.

As palavras dele eram como veneno e deixaram o ar ainda mais tenso na clareira.

– Roberto – disse Ester, ao dar um passo à frente, com o queixo erguido –, nossa paz com os Corvos e o Comando Superior tem durado quase cem anos. Não seria agora que destruiríamos nossa aliança. Os responsáveis pelo massacre foram alguns Pérfidos e um Tau.

– Bem… – disse ele, torcendo o nariz. – Eu não acredito em vocês.

Ester enrugou os lábios e balançou a cabeça levemente. Ao seu redor, os rosnados recomeçaram.

– O que está tentando fazer, Sales?

– Não tentem reagir – disse ele, ignorando a pergunta.

Ester parecia incrédula.

– Mário era um líder muito melhor do que você.

A expressão de Sales endureceu.

– Vocês estão cercados – disse ele, parecendo exultante com aquela situação.

– Tem certeza disso? – falou Ester, com um sorriso superior.

Roberto ainda tentou manter a expressão inabalável, mesmo quando terríveis sons de rosnados se fizeram ouvir por toda a mata atrás deles. Um arrepio gelado percorreu Bianca.

– Você é um tolo, Roberto, em vir até aqui e nos ameaçar, e é um tolo maior ainda em acreditar que provocamos a tragédia desta noite – disse Ester, elevando sua voz. – Atrás de vocês, há pelo menos mais uma alcateia adulta e uma equipe tática. *Vocês* é que estão cercados.

O jogo sobre quem cercava quem havia mudado.

A postura de Ester emanava tanta presença e autoridade que Bianca não entendia como Roberto simplesmente não caía de joelhos e pedia desculpas pelas acusações infundadas. Mas, em vez disso, ele apenas parou de sorrir. Seus olhos deixavam transparecer a raiva que sentia naquele momento.

– Não ouse nos ameaçar – continuou Ester. – Você pode ter sido escolhido como o novo líder dos Corvos, mas veio de outra cidade e não nos conhece. Entretanto, estes leais caçadores com você – disse indicando ao redor – sabem que não temos motivo algum para traí-los. Temos mantido o pacto com sucesso, então não destrua essa conquista que apenas se ampliou há vinte anos com o Ciclo da Trégua.

– Ora, Ester, você quer que acreditemos que nossa segurança falhou, que meus Corvos falharam e que uma alcateia de Pérfidos não somente entrou na cidade sem que percebêssemos, como também atacou os humanos sob nossa proteção? E tudo isso coincidentemente durante o Ciclo da Trégua que você tanto se orgulha?

– Pérfidos estão na cidade e essa é a *verdade* – disse ela, simplesmente.

– Mas eles já sabem disso – interrompeu Julian. Ester o olhou interrogativamente. – Eles sabem porque um dos deles morreu sob as garras de um Voraz na noite passada.

Roberto ergueu as sobrancelhas e se virou lentamente para ele.

– Como sabe que um dos nossos está morto? Por acaso tiveram algo a ver com isso?

Julian balançou a cabeça, inconformado.

– Eu imaginei que fosse incompetente, mas não sabia que era estúpido também.

Roberto fechou a cara e não respondeu. Suas mãos foram parar atrás das costas, enquanto seu olhar guardava uma ameaça velada. Julian o encarava com um sorriso de canto.

– Você sabe que nesse jogo nós ganhamos, não é? – comentou Julian, sem qualquer preocupação na voz.

– A história dos caçadores na Europa nos prova outra coisa – disse Roberto, com ansiedade na voz.

E antes que Ester pudesse dizer alguma coisa, foi Lucas quem falou.

– Julian – chamou Lucas, dando um passo em sua direção. Julian olhou para ele –, diga a *verdade* sobre o Voraz e os Pérfidos com os quais lutamos na Barba Azul.

O primo de Nicole fez uma expressão que ela interpretou como pura raiva no olhar, mas ele começou a falar.

– A verdade é que eu encontrei pistas de um Voraz e nós lutamos contra uma alcateia de Pérfidos e um Tau ativo na boate. Não tivemos nada a ver com o ataque.

– Viu, ele diz a verdade – disse Lucas.

Atrás de Roberto, os Corvos viraram suas cabeças para o líder. Roberto semicerrou os olhos e afastou suas mãos das costas com uma expressão desgostosa.

Julian encarou Lucas por um instante. Havia ódio em sua expressão.

– Acredito que conheça o dom dos Destemidos – disse Ester para Roberto. – Porque seus companheiros Corvos conhecem e, apesar de não termos o costume de usar o dom sobre os nossos – disse ela, enviando um rápido olhar de advertência para Lucas, que imediatamente baixou a cabeça. –, ele não permite que alguém minta.

Um dos Corvos posicionados em pé, ao redor da clareira, avançou alguns passos até o líder e parou. Roberto virou levemente a cabeça e o Corvo começou a falar.

– Seu tio Mário confiava em Ester e no Conselho Karibaki. Pelo que percebemos, o rapaz acredita mesmo que os Pérfidos conseguiram passar pela nossa segurança e atacar o lugar, portanto nosso Comando Superior provavelmente...

– Já chega – cortou Roberto. O rapaz humildemente baixou a cabeça e se afastou.

Enquanto ele recuava, seus olhos foram discretamente até Laura. Isso chamou a atenção de Bianca que arregalou os olhos. Ela o conhecia.

Estava com seus cabelos presos em um rabo de cavalo e sem a barba rala, mas era ele mesmo: André Pallin, o colega de trabalho de Laura. Ela o reconheceu devido à fotografia nas coisas da irmã. Ele olhou para Laura deitada e então encarou o chão novamente sem demonstrar qualquer expressão.

– Não estamos aqui para recomeçarmos uma guerra, e sim para resolvermos essa situação – disse Ester. – Portanto, ofereço nossa cooperação.

Roberto ficou em silêncio, sua expressão era dura.

– Ainda não estou convencido da história que contaram – disse ele.

Bianca notou o olhar de desprezo que ela enviou a Roberto.

– Vamos investigar o que disseram sobre o ataque – disse Roberto –, mas já aviso que, se provarmos que os Karibakis foram os culpados, os caçaremos até o inferno – e dizendo isso, Roberto deu as costas e entrou na mata, seguido instantes depois pelos outros Corvos.

Bianca manteve seu olhar em André, mas ele apenas se virou e saiu, sem olhar para trás.

Ester rapidamente se virou para Lucas e Julian. Ela parecia aborrecida.

– Nunca mais faça isso – disse Ester. Lucas baixou a cabeça e deu alguns passos para trás. – Você não tinha o direito. E quanto a você Julian, deve deixar o que Lucas fez para resolvermos no Refúgio. É hora de saírem daqui. Nossa prioridade é Bianca Bley. Levem-na enquanto Walter e eu tratamos com a alcateia de Marina.

Julian acenou muito sério e, antes de se virar, lançou um olhar terrível para Lucas, em seguida se juntou à sua alcateia.

Lucas veio até ela e em silêncio a ajudou a se levantar. Vitor pegou Laura nos braços e a carregou em direção à saída da mata.

Ela deu um passo para segui-lo, mas de repente algo passou tão rente à sua cabeça que Bianca quase ergueu os braços para se proteger.

– Não se assuste – disse Nicole, ao seu lado. – Esta é Lin, o animal companheiro de meu pai.

Bianca se virou e observou quando a ave branca com penas negras na ponta das asas fez uma curva no ar e pousou graciosamente no braço erguido do pai de Nicole, onde o estranho tecido do traje parecia ainda mais reforçado.

– É um gavião-peneira – completou Nicole, ao perceber que ela ainda o observava.

– Seu pai tem um gavião? – disse ela fracamente, devido à dor que piorava em sua cabeça.

– Sim, os parentes de Furtivos geralmente possuem algum tipo de animal companheiro – disse, tocando no braço de Bianca para incentivá-la a continuar a andar. – Você está bem?

Bianca não respondeu, apenas se virou e recomeçou a andar com Nicole ao seu lado. Ela mal prestou atenção no novo grupo que chegara à clareira ou no caminho que fizeram na mata, quando percebeu, já saíam próximos a picapes pretas estacionadas.

Vitor colocou Laura rapidamente no banco de trás, deitando sua cabeça no colo de Bianca. Lucas foi à frente com Enzo, enquanto os outros foram em diferentes carros e motos.

Ela encostou sua cabeça no vidro e fechou os olhos, tentando afastar a pressão em sua cabeça e toda a carga de informação que tinha recebido esta noite.

Quando chegaram ao hospital, um médico já os esperava. Colocaram-na em uma ala isolada e iniciaram diversos exames, como radiografias, ultrassonografias e mapeamento cerebral.

Bianca podia acompanhar tudo, desde que escoltada por Lucas. Ela o ouvia dar ordens, em um tipo de ponto eletrônico, para seus amigos e para os membros da equipe tática, posicionados nas ruas ao redor e até mesmo em telhados, para melhor observação.

Enquanto isso, Ester e Walter direcionaram Julian e sua alcateia para outra missão: apagar os rastros de Bianca na cidade. Contudo, Julian tinha outros planos até o fim da noite.

12

Julian ordenou que sua alcateia fosse primeiramente para seus respectivos lares temporários em Santos, trocassem suas roupas sujas e rasgadas e se preparassem para sair da cidade. Eram atividades não perigosas que permitiriam que ele se afastasse por uma hora sem ser notado, e depois se dirigiriam para a missão dada por Ester. Afinal, os Pérfidos não teriam tempo para buscar pistas de Bianca, enquanto estivessem sendo fervorosamente perseguidos pela alcateia da mãe de Nicole. Marina Ross, sua tia, era implacável, e sua equipe tática, liderada por seu marido Enzo, era extremamente eficiente.

Após pegar jeans, tênis e uma camiseta na casa em que Con, Patrick e ele estavam instalados, durante o Ciclo da Trégua, Julian pegou sua moto e avisou que voltaria em uma hora.

Algum tempo depois, ele chegava à área comercial da cidade de São Vicente.

A essa altura da madrugada, as ruas estavam vazias e escuras. Julian estacionou em frente a um sobrado contendo uma placa de neon acesa, indicando "Estúdio *Punizione*". Ele acionou a campainha e socou a porta. O estúdio de tatuagens estava fechado a essa hora, mas ele sabia que sua dona estava acordada. Se ela não abrisse em segundos, ele arrombaria a porta.

Mas logo ouviu passos apressados e, quando a porta se abriu, surgiu uma garota jovem que parecia ter a mesma idade que ele. Possuía cabelos lisos, cortados e desfiados acima dos ombros, totalmente brancos, a não ser por suas raízes escuras; a garota usava calça jeans rasgada e blusa sem mangas deixando em evidência seus braços completamente tatuados.

Ao vê-lo com aparência transtornada, ela arregalou os olhos e recuou imediatamente.

– Julian?

Ele avançou como um raio em sua direção, batendo a porta atrás de si.

– Julian? O que houve? – perguntou assustada, afastando-se sem tirar os olhos dele. Desajeitadamente, ela trombou em cadeiras e carrinhos de ferramentas do estúdio de tatuagens. Não tinha para onde fugir. Em segundos, ele a encurralou contra a parede.

Julian não completara sua troca de peles, mas todo seu corpo inchara e seu rosto angulara-se em uma máscara monstruosa, mostrando os dentes afiados contra seu pescoço.

– Por favor, pare... – pediu ela.

– Milena, o que você fez? – a voz dele era gutural.

– Eu não sei do que está falando!

– Responda-me!

– Se acalme – pediu ela, com voz vacilante – e me explique o que aconteceu.

Julian inspirou fundo e se afastou relutante. A fúria transparecia em seu rosto. Respirava pesadamente num esforço para se acalmar e retroceder a troca de pele. Milena continuava encostada na parede, assustada.

– Você não cumpriu com sua parte – disse Julian, com voz grave – e agora eles a descobriram!

– A minha parte? – perguntou, sem entender bem, mas então mudou sua expressão como se tivesse compreendido algo. – Julian, você não viu que eu te enviei diversas mensagens pedindo para que nos encontrássemos?

– O que você fez, Milena? – vociferou, aproximando-se perigosamente.

– Eu não fiz nada. Acalme-se, pelo amor de Deus!

– Fala logo!

– Eu queria ter te encontrado antes para falarmos sobre elas. Laura conseguiu me rastrear e veio até mim.

– O quê?

O espanto dele imediatamente diminuiu sua raiva.

– Era por isso que estavam na ilha! Ela apareceu no meu estúdio – continuou Milena, respirando mais calma – e eu fiquei com essa mesma cara de espanto que você.

Julian ainda estava incrédulo.

– E por que Laura faria isso?

Ela balançou a cabeça.

– Laura queria mais. Ela disse que precisava, pois o que eu estava lhe enviando não era o suficiente.

Enquanto seu corpo voltava ao normal, Julian encostou suas costas na parede e levou as mãos ao rosto, ele parecia exausto.

– E o que você fez?

– O que eu poderia fazer? – disse, erguendo as mãos enquanto sentava-se em uma cadeira de tatuagens. – Eu obviamente falei que enviaria mais, mas então ela disse que queria imediatamente! Daí ficou aqui esperando no estúdio até que eu pudesse lhe entregar.

– Ela queria mais quanto? – disse ele, voltando a encará-la com as emoções já completamente controladas.

– O máximo que eu pudesse dar – respondeu, arregalando os olhos. – E eu perguntei se ela estava ficando maluca!

– Quando foi isso?

– Alguns dias atrás. Em seguida, mandei mensagens para te avisar. Você não as recebeu?

Ele passou impaciente as mãos pelo cabelo.

– Recebi. Mas achei que...

Milena encrespou os lábios e suspirou.

– Você achou que eu quisesse insistir de novo sobre me ajudar com relação a Roberto Sales, não é?

Julian inspirou fundo e fechou os olhos acalmando-se. Aquela estava sendo uma longa noite.

– É, eu achei.

– Pois não era isso. Eu não queria falar sobre os caçadores – disse, indignada. – Eu queria simplesmente te avisar que tinha algo de errado com Laura.

– Droga – resmungou, desencostando-se da parede. – Me desculpe por entrar daquele jeito. Eu estava nervoso.

Milena ergueu as sobrancelhas.

– Sério? Estava nervosinho? Olha que eu nem percebi, garoto!

Julian sorriu e ela riu, desanuviando a tensão de momentos atrás.

– Eu quase fiz xixi nas calças – disse ela, soltando uma risada no ar.

– Ah é? E vocês podem fazer isso? – rebateu ele em tom de brincadeira.

– Ei! – disse, fingindo ficar ofendida. – Você sabe que eu não estou morta, né?

Julian sorriu e começou a caminhar devagar pelo estúdio, sua expressão ficou séria novamente.

– E o que aconteceu? – perguntou Milena, voltando ao tom de gravidade.

– O Refúgio as encontrou.

Milena fez uma careta e soltou um palavrão.

– Eu disse para Laura ir embora logo, pois estavam perto demais. Mas ela disse que apenas terminaria o trabalho que foi contratada, pegaria o dinheiro e se mandaria da ilha.

Julian tinha o ar pensativo, olhava sem ver para algumas gravuras penduradas na parede, atrás dela. Ele se desencostou da parede e a encarou com certo pesar.

– Bem... Agora você não precisa enviar mais nada para Laura – disse, virando-se em direção à saída.

Milena se levantou da cadeira barrando a passagem dele.

– Pera aí, garoto! Acontece que as coisas não funcionam desse jeito, não – disse, encarando-o com seus olhos de um cinza tão claro, que quase pareciam brancos. – Eu preciso que continue com a sua parte do trato.

Julian desviou o olhar.

– É melhor que cortemos nosso contato. Esse é um jogo muito perigoso para nós dois.

– De jeito nenhum, Julian – disse, sem se mexer do lugar. – Você não pode fazer isso comigo, pois não tenho mais ninguém a quem recorrer. – E apelando à última arma que tinha, continuou: – Lembra-se dessas *suas* palavras? "Me ajude porque eu não tenho mais ninguém..."

Julian sabia bem o que ela estava fazendo, estava cobrando-o. Ele baixou os olhos para as tatuagens nos braços dela, eram dezenas de tatuagens de rostos de mulheres, homens, crianças e idosos. Demorou-se alguns instantes nelas, até que por fim sua expressão mudou. Ele deu um sorriso torto e anuiu.

– Me lembro muito bem dessas palavras, e isso é jogo sujo! Mas tudo bem, você venceu. Continuarei mantendo a minha parte, só teremos que adaptar a sua.

Milena fechou os olhos por um instante, aliviada.

– É melhor aproveitar que estou aqui – continuou ele. – Vão nos enviar para o Refúgio de volta e não sei quando sairei novamente. Tenho apenas mais meia hora...

Milena acenou e sorriu excitada. Imediatamente, se afastou dele e abriu uma porta que dava para um corredor escuro que levava ao fundo do estúdio.

– Vem comigo – chamou ela.

Ele a seguiu. À direita, havia uma escada para o andar superior e outra porta à esquerda. Ela tirou uma chave do bolso e a destrancou. O aposento parecia um pequeno depósito com estantes enferrujadas, caixas, tintas, aparelhos de tatuagens e cadeiras antigas, além de desenhos espalhados e muitas revistas velhas.

– Que lugar é esse?

– É só um depósito – disse, caminhando até o canto mais distante da porta. Havia um grande pôster de dragão estilizado. Ela ergueu o pôster e atrás havia uma porta. Com a outra mão, destrancou-a e entrou. Julian a seguiu, deixando o pôster cair de volta à sua posição.

– Feche a porta – pediu ela.

Ele a fechou com um empurrão. Entraram em um aposento bem maior do que o anterior. Milena acendeu as luzes, mostrando um ambiente bem iluminado, com paredes cobertas com recortes de jornais e fotografias. No centro da parede contrária à porta, havia um grande mapa da ilha de São Vicente, onde ficavam localizadas as cidades de Santos e São Vicente. O mapa continha diversos rabiscos e pontos marcados com alfinetes coloridos.

No centro da sala, havia uma mesa longa com computador, três telas de LED, diversas anotações e recortes espalhados. Na parede mais afastada da esquerda, havia um grande refrigerador com tranca eletrônica e uma pia com armário sob ela.

Ele não disse nada, apenas começou a caminhar pelo lugar, observando o mapa, os artigos e as fotografias.

– Eu não acredito que ainda esteja tentando me convencer – disse ele, cruzando os braços enquanto parava em frente às diversas fotos de membros da Ordem dos Caçadores, provavelmente tiradas secretamente.

– Não estou tentando te convencer – respondeu enquanto puxava uma cadeira de rodinhas em frente ao computador, até alcançar a pia –, mas se ficou curioso, pode olhar à vontade.

Julian caminhou até o mapa e o observou cuidadosamente. Ele conseguiu reconhecer todos os pontos marcados e os rabiscos, menos algumas linhas vermelhas que passavam entre ruas e edifícios do Centro de Santos.

– Eu não posso me intrometer nos negócios dos Corvos. Isso seria demais até para mim – comentou Julian.

– Eu sei o quanto é arriscado, mas os Corvos da cidade não são o problema. – Ela se aproximou e apontou para uma foto de Roberto Sales. Ele parecia estar em um estacionamento, usava óculos escuros e roupas comuns. – Ele é.

– Por que diz isso com tanta certeza?

– Porque agora eu sei. Passei anos investigando a verdade e descobri que foi o desgraçado quem plantou desconfianças contra a minha família, quando ele chegou à minha cidade. Tempo depois, nossa aliança com os Corvos se quebrou bruscamente e então você sabe o resultado.

Julian olhou para o braço que ela apoiava contra a parede. Fixou o olhar na tatuagem do rosto de uma criança de uns quatro anos, seguido por vários outros rostos ao redor.

– Eu sei o que aconteceu – disse ele, e depois de uma pausa, continuou –, mas mesmo que Roberto consiga jogar os Corvos contra a gente, é simplesmente impossível vencer o Refúgio.

– Isso é o que você diz. Mas se Roberto está aqui, para boa coisa não é. Só estou avisando. – E então apontou para a fotografia um pouco distante de uma mulher ruiva e elegante. – Está vendo essa daqui? Ele a tem encontrado escondido fora da cidade.

Julian observou as fotografias que ela apontava. Havia uma imagem ampliada do rosto da mulher ruiva.

– Ele já a tinha encontrado antes?

– Não sei, pode ser... – E depois apontou para outra foto. Esta mostrava uma janela ampliada e parcialmente descoberta pela cortina. Roberto e a mulher se beijavam ao lado de uma cama de casal, pareciam estar em um quarto de motel.

Julian analisou brevemente a imagem e em seguida virou-se para ela, finalizando a conversa.

– Nosso tempo está acabando.

Ela suspirou.

– Venha então – disse, apontando em direção à cadeira que ela tinha puxado até a pia.

Julian sentou-se confortavelmente, enquanto Milena se agachou para pegar algo no armário. Puxou de lá uma pequena bolsa preta e avidamente começou a espalhar sobre a pia os instrumentos de que precisaria.

Pensativo, Julian passou os olhos novamente pelas paredes forradas de artigos e fotos.

– Decidi qual será o novo acordo que manteremos em troca da minha parte.

– Qualquer coisa – respondeu Milena enquanto pegava a agulha.

– Quero que investigue essa mulher com o líder dos Corvos e me deixe a par das suas descobertas.

O rosto dela se iluminou.

– Então vai me ajudar?

– Não disse isso... – comentou, displicentemente – apenas estou curioso.

Ele virou o rosto para os objetos sobre a pia.

– Três desta vez? – disse, mudando de assunto, ao observar que ela separara três bolsas vazias de sangue para enchê-las.

Milena sorriu.

– Você me avisou que não sabe quando sairá do Refúgio novamente...

Ela pegou o braço dele e o apoiou sob o metal frio da pia. Um tubo fino ligava a bolsa plástica vazia e a seringa com agulha de prata, que agora inseria cuidadosamente na veia de Julian.

Os exames no hospital levaram a noite toda.

Fisicamente, estava tudo bem com sua irmã, mas ela simplesmente não acordava. Eles confirmaram o que Malu dissera. É claro que Bianca percebeu que um dos médicos, cujo nome era Hélio, um homem negro e jovem, conhecia os Karibakis e provavelmente a natureza deles. Ela temeu que estivessem mentindo ou manipulando os resultados, mas ao mesmo tempo parecia difícil não confiar em Ester ou em Lucas.

O médico pediu para que Laura ficasse mais 24 horas no hospital para observação, e isso a deixou mais aliviada.

Lucas ficou com ela o tempo todo, mas Bianca manteve-se bastante calada. Tinha muita coisa para pensar. Ele saiu silenciosamente quando Nicole chegou durante o café da manhã, deixando-as mais à vontade. Ela reconheceu o que a garota trazia nas mãos.

– Você está melhor? – perguntou Nicole.

Bianca apenas acenou com a cabeça.

– Olha, não dá mais para você e Laura voltarem para a casa, por isso pediram para que eu e a galera do Julian tirássemos suas coisas do apartamento. Eu achei esta mochila já com coisas de viagem em seu quarto. – Nicole entregou sua mochila-mudança.

Bianca pegou a mochila e a abriu. Suas coisas estavam tudo como deixara na última vez.

– Obrigada, mas isso foi necessário?

– Infelizmente, sim. Acompanhei tudo para garantir que nada fosse esquecido ou quebrado. Achei que gostaria disso...

Ela acenou concordando.

– Obrigada.

– Coloquei todas as suas roupas e coisas pessoais que achei em uma van já a caminho do Refúgio. As coisas de Laura e da casa enviamos para um de nossos depósitos. Não se preocupe, o lugar é seguro. Ninguém mexerá e, quando Laura acordar e as quiser de volta, poderá pegá-las. Trabalhamos a noite toda para apagar seu rastro na cidade.

Bianca a ouvia explicar tudo o que fizeram. Mais uma vez, ela ia partir de uma cidade que tinha acabado de chegar, mas agora sabia o motivo. Ela estava fugindo como sempre estivera, mas nunca havia percebido antes. Laura guardou a responsabilidade de protegê-la e dar-lhe uma vida normal e agora sofria as consequências. Bianca esperava que o lugar para onde estavam indo pudesse ajudar sua irmã a se restabelecer e acordar.

– Que lugar é este tal de Refúgio?

– É como chamamos nosso lar. Vai gostar. Além de ser seguro, tem um hospital melhor do que este para ela. Não tem nada com que se preocupar e... – Nicole fez uma pausa – eu vi as trancas na porta. Acontece que nem uma dúzia de trancas na porta parariam um Pérfido. Sinceramente, eu não sei como conseguiram sobreviver até agora.

Bianca não tinha vontade de conversar, por isso não explicou que o sistema de segurança de Laura era na verdade para mantê-la dentro de casa e não para impedir alguém de entrar.

– Tenho que ir – suspirou Nicole. – Prometi a minha irmãzinha que faria uma coisa com ela hoje à noite. Descanse, porque amanhã bem cedo estaremos indo para o Refúgio.

Nicole se aproximou e tocou em seu ombro para se despedir e saiu. Bianca colocou sua mochila sobre a outra cama e separou algumas roupas. Havia um banheiro particular no quarto, tomou um banho e depois se sentou em uma cadeira ao lado de Laura na cama, onde ficou o resto do dia.

Lucas aparecia de tempos em tempos para segurar sua mão e conversar. Ele tentava tranquilizá-la, mas Bianca o ouvia sem prestar muita atenção. Muitas vezes, a imagem dele se transformando naquela coisa dava-lhe arrepios.

O médico Hélio entrava e saía, mas tudo permanecia na mesma, enquanto, no corredor isolado, a equipe tática que os tinha ajudado ficava discretamente de guarda o tempo todo. Ao anoitecer, Bianca encostou sua cabeça na beirada da cama de Laura e adormeceu.

Seu sono foi pesado e sem sonhos.

13

— Já são quase três da madrugada. É hora de irmos, meninas... – disse Nicole, do alto da escada de concreto.

Lá embaixo, estava escuro e só dava para ouvir os sussurros de Gabrielle, Mariana e Laís.

– Eu não entendo como aquelas três não estão apavoradas – disse Nicole, caminhando pelo pátio aberto e escuro da escola abandonada.

A escola fechada pela prefeitura ia de esquina a esquina e estava localizada em uma rua no Centro Histórico de Santos. Era uma construção estranha de concreto sujo. No meio do pátio, podia-se ver uma escadaria que levava ao andar abaixo do nível do solo, e ela terminava em um portão de ferro agora trancado. Escadas laterais de concreto iam para o segundo e terceiro andares.

Julian estava sentado na mureta de um metro de altura, no pátio que dava para o lado de fora, porém para a rua era uma queda de mais de dois metros.

Ele encarava pensativo a rua escura e sem movimento em frente à escola, enquanto Paxá, o gato branco e laranja de Gabrielle, esfregava-se em suas pernas pedindo atenção. Pensava sobre tudo o que acontecera na noite anterior.

A caçada aos Pérfidos estava tendo sucesso. A alcateia de Marina os alcançara e travaram uma luta, matando mais um deles.

– Dá para acreditar naquelas três? – disse Nicole, sentando-se na mureta, de costas para a rua. Julian a encarou como se a tivesse ouvido pela primeira vez. – Aquelas gêmeas conseguiram convocar o espectro da menina morta aqui e nenhuma delas sequer deu um gritinho de medo. – Nicole levantou os braços, inconformada. – Se fosse Ricardo, ele estaria se borrando...

– Gabrielle não pode ver o espectro, somente as irmãs Uivadoras podem. Sua irmã não tem motivos para gritar – disse Julian, desviando o olhar para

Duda. Ela treinava alguns saltos acrobáticos com a ajuda da força de impulsão de Con, enquanto Patrick estava deitado sob um banco de concreto, provavelmente dormindo.

– Eu sei, mas elas ficam lá conversando e passando para a Gabi tudo o que o espectro responde! – disse, inconformada. – Minha irmã trouxe sua própria pesquisa e anotações sobre a menina morta. Acredita que ela até escreveu as perguntas que ia fazer para não esquecer?

Julian deu um meio sorriso, ainda com o olhar perdido.

– Isso é legal – disse, passando os dedos nas costas do gato que pulara sobre o espaço na mureta entre eles. – Os dons de parentes já estão fortes nelas, então é melhor que comecem logo a ganhar algum respeito e experiência. Mostrar que não tem medo de um espectrozinho e ajudar a polícia local a resolver um assassinato é um bom começo para quem ainda não fez nem doze anos.

– Eu sei, mas é que eu, na idade delas... Ai! – Nicole quase caiu para trás de susto quando Paxá saltou sobre suas pernas e continuou a andar normalmente na mureta ao seu lado. – Maldito bichano!

Julian riu alto antes de continuar a conversa.

– Eu não entendo por que você insiste em querer se juntar a Ricardo para formar uma equipe tática. Não vejo utilidade em um parente Uivador que tem medo de espectros ou espíritos.

Nicole fez um gesto displicente.

– Ricardo é ótimo, e o mais importante é que ele é um amigo leal.

– Tem certeza de que é por isso que o quer em sua equipe? Ou tem a ver com ele ser o meio-irmão de Rafaela?

Nicole o encarou nos olhos.

– É sério, eu gosto dele. Somos amigos.

– Você não me engana, priminha... Mas saiba que eu não me importo com suas escolhas.

Ela sorriu agradecida.

– É uma pena que Lucas se importe com as escolhas de Rafaela... – disse ela, mas então a atenção dos dois se voltou para a escada que levava ao subsolo da escola.

Gabrielle, vestida com uma saia vermelha, meias grossas, bota e moletom de ursinho, surgiu com suas duas amigas gêmeas atrás. Elas pareciam ter quase a mesma idade que a irmã de Nicole e eram idênticas. Possuíam cabelos castanhos, compridos e lisos até os ombros, e olhos bastante expressivos.

As gêmeas vestiam-se de forma diferente. Laís usava vestido amarelo, jaqueta jeans, meias grossas e botas. Mariana usava calça jeans com os joelhos desfiados, camiseta preta e larga com a imagem de uma caveira, tênis e jaqueta xadrez preta com cinza.

– Finalmente terminaram – disse Nicole, levantando-se do banco, aliviada por poderem ir embora. Estavam cansados devido ao ocorrido na boate durante a noite anterior. Porém, Nicole tinha prometido há mais de uma semana que traria Gabrielle e suas amigas para sua primeira Reunião Noturna com um espectro.

Gabrielle deu alguns passos em sua direção e sorriu.

– Nic, a gente ainda não terminou. Apenas subimos porque eu queria mostrar Bianca para elas. Eu não sabia que ela viria também.

Nicole estranhou o comentário.

– Bianca não está aqui. Ela está no hospital ainda. Lembra que eu te contei sobre a irmã dela estar fazendo alguns exames?

– Sim, lembro, mas... – então os olhos de Gabrielle tornaram-se distantes e opacos. – Paxá sentiu o cheiro dela e agora está bem ao seu lado. Os dois estão passeando juntos pela rua.

– O quê? – disse Julian, levantando-se de pronto. – Onde está ele?

Eles imediatamente olharam ao redor procurando o gato.

– Cadê aquela coisa cheia de pelos? – disse Nicole, subindo na mureta para procurá-lo.

Percebendo a movimentação, Duda e Con se aproximaram, enquanto Patrick ergueu a cabeça.

– Vocês falaram na Bley? – perguntou Patrick, sonolento.

Julian imediatamente rastreou o cheiro do gato, antes mesmo que Gabrielle pudesse dizer algo sobre sua localização.

– Fiquem aqui – disse, enquanto saltava a mureta para o outro lado da calçada.

Ao virar a esquina, viu o gato saltitando ao lado de uma garota de costas. Ela tinha cabelos ondulados, usava calça jeans, casaco cinza e caminhava calmamente pela calçada vazia. Julian sacou o celular e ligou para Nicole.

– Nic, eu a estou vendo – disse, observando-a atravessar a rua e desaparecer ao virar a esquina.

– Sério? É ela mesma? – perguntou Nicole, ainda descrente. – Mas o que essa maluca está fazendo por aqui a essa hora?

– Vou atrás dela. Fiquem aí porque este lugar é bem vigiado pelos Corvos e não queremos atrair mais atenção do que já atraímos nesses últimos dias. E ahh, mande Gabrielle chamar o Paxá, eu não a quero bisbilhotando, entendeu?

– Tudo bem, vou avisá-la e ficaremos aqui esperando. – No instante após ele ter desligado, viu o gato surgir da esquina e correr de volta em direção à escola.

Caminhando pelas sombras de forma que somente os Furtivos sabiam fazer, Julian percorreu a rua até virar a esquina e parar surpreso. A rua ali estava vazia. Ele sabia que ela não poderia ter sumido no ar, por isso se concentrou em seus sentidos. Era horrível fazer isso em uma cidade cujos cheiros de poluição, metal e urina prevaleciam, mas era necessário às vezes.

Encontrou o cheiro dela, uma mistura de fragrância de roupa limpa e xampu. Ela deveria estar por perto, mas não a via. Saiu das sombras e seguiu o rastro caminhando pelo meio da rua até parar em frente a uma armação de isolamento da Sabesp. A placa dizia que era uma obra de alargamento do sistema de esgoto. O rastro dela havia sumido da superfície e, incrédulo, Julian olhou para dentro do buraco escuro.

– Não posso acreditar nisso – rosnou, antes de empurrar o cercado para o lado e pular para dentro da abertura no chão.

A água que corria fina estalou quando Julian caiu em pé, dobrando levemente os joelhos. O corredor ali parecia novo, mas era escuro e apertado.

– Bianca? – sua voz ecoou. Ele conseguiu ainda ver a silhueta dela desaparecendo em uma encruzilhada a alguns metros. Soltando um grunhido de raiva, ele começou a correr atrás dela.

Virou à esquerda e a alcançou em poucos instantes, agarrando seu braço para chamar sua atenção.

– Você ficou maluca para pular aqui embaixo?

Ela virou-se para ele, mas seus olhos estavam fechados. Julian sentiu um arrepio percorrer seu corpo e a soltou. Bianca imediatamente voltou a caminhar à frente. Ela parecia estar dormindo.

Aquilo era algo inesperado. Pegou o celular do bolso e acendeu a lanterna. Seria melhor ter alguma luz para que pudesse ficar menos apavorada quando acordasse e visse onde estava. Aproximou-se dela novamente e pegou em seu braço.

– Bianca! – disse, chacoalhando-a levemente. – Acorde...

Ela abriu os olhos com uma voz distante chamando-a, mas sua mente ainda estava presa às imagens do pesadelo que viveu no banheiro da suíte de sua mãe. Ela gritou, mas algo a segurou com força.

– Eu não vou te machucar – disse Julian, segurando-a com força para que não se debatesse e acabasse se machucando nas paredes da galeria.

Estava atordoada e aterrorizada. Seus olhos estavam abertos, mas mal podia enxergar ao redor, o cheiro era horrível e alguém atrás dela a segurava ao mesmo tempo que mantinha uma lanterna nas mãos. A luz balançava enquanto ela se debatia.

– Pare de se debater! Sou eu, Julian. Salvei sua irmã, lembra?

Ela reconheceu o nome dele, mas ainda estava confusa. Parou de se mexer e gritar, mas sua respiração estava pesada e sua cabeça doía.

– Vou te soltar, ok? Não grite e nem corra, você está em uma galeria de esgoto.

Galeria de esgoto? Meu Deus, o que estou fazendo num lugar assim?

Ele a soltou e Bianca se virou. Primeiro viu uma silhueta escura atrás dela e estremeceu, mas ele virou a luz da lanterna do celular para o seu próprio rosto e ela o viu melhor. Era mesmo o primo de Nicole, o rapaz arrogante que Renan tinha dito que não gostava. As sombras deixavam seu olhar ainda mais fundo e sombrio.

Bianca abraçou seu próprio corpo e deu um passo para trás.

– O que estou fazendo aqui? Por que me trouxe para esse lugar?

Ele ergueu as sobrancelhas surpreso.

– Sério mesmo que você acha que eu a traria para cá? Sabe quanto custa este tênis ou esta jaqueta novinha? – disse, iluminando primeiro seus pés e depois seu peito. Ela notou rapidamente que ele vestia calça jeans escura, blusa cinza e jaqueta preta. – Além do mais, se eu quisesse levar uma garota para um lugar escuro, pode ter certeza de que seria mais aconchegante do que isso e muito mais cheiroso também.

Bianca não respondeu e Julian notou que os lábios dela tremiam levemente. Ela estava claramente com medo. Ele suspirou.

– Você estava andando enquanto dormia – disse com expressão séria. – Eu a vi na rua e vinha em sua direção quando você sumiu, mas graças ao seu xampu perfumado, encontrei seu rastro e vim parar aqui – explicou, erguendo os braços levemente para mostrar o lugar. A luz da lanterna iluminou as paredes. Elas pareciam recém-construídas, mas já havia limo e umidade crescendo nelas.

– Eu nunca vim parar nos esgotos antes.

– Você costuma ser sonâmbula?

– Sim, mas... – disse ela hesitante, sem saber bem o que dizer.

– Você está bem longe do hospital. Tem certeza de que não sabe como chegou aqui?

Ela balançou a cabeça em uma negativa e em seguida levou as mãos às têmporas.

– Eu sinto como se estivesse enlouquecendo. Minha cabeça dói... – disse, tentando respirar fundo apesar do mau cheiro ao redor. Uma leve vertigem a alcançou.

Ele segurou-a pelos ombros.

– Você está bem?

– Eu só gostaria de saber o que está acontecendo comigo – respondeu, sentindo a garganta seca.

Julian iluminou à frente. O corredor seguia por metros e depois se perdia na escuridão.

– Está sentindo algo estranho aqui? Algum cheiro como o que percebeu ao farejar o Tau na Barba Azul?

– Não sei, este lugar não cheira muito bem, é difícil dizer... Acho que não sinto nada de diferente. Por quê?

– Acabou de me dizer que queria saber o que está acontecendo. Você é uma Farejadora sem treinamento. Possivelmente, seu subconsciente está farejando enquanto dorme e a atraindo para alguma coisa, provavelmente um Tau.

A menção de que mais uma daquelas coisas poderia estar ali embaixo a encheu de horror e ela se aproximou mais dele.

– Você quer que eu te abrace? – disse ele, com seu meio sorriso insolente, notando a aproximação dela. – Sou ótimo em acabar com o medo de lindas garotinhas apavoradas.

Bianca afastou-se imediatamente. Julian era arrogante demais.

– Fique longe de mim.

– Tudo bem – disse alargando o sorriso, e então deu as costas e caminhou para o outro lado da galeria, deixando-a no escuro.

Ela sentiu-se congelar de medo.

– Espere! – disse, acelerando o passo até ele.

Julian parou e se virou com aquele sorriso irritante.

– O que foi? Não consegue sair daqui sozinha?

– Não. Nem imagino como vim parar aqui.

Ele a encarou como se analisasse a situação. Bianca viu nos olhos dele um brilho amarelado na semiescuridão em que estavam.

– Eu te tiro daqui... mas com uma condição.

Bianca mal podia acreditar no que ouvia.

– Condição?

– Não quero que conte para ninguém que descemos aqui e sobre estar farejando algo nesse lugar, entendeu? A situação é delicada demais com os caçadores para os provocarmos com um Tau agora. Não pode contar nem para o seu namoradinho Lucas.

– Ele não é meu namorado.

– Ahh, é verdade... – disse, colocando a mão na cabeça, como se tivesse acabado de se lembrar. – Bem, você não precisa contar mesmo, já que ele também não te contou nada sobre estar comprometido com outra garota. Aliás, você e Giovanna vão se conhecer logo e tenho certeza de que se darão muito bem.

Bianca sentiu seu coração apertar. *Lucas tinha uma namorada?* Mas apesar de querer saber mais, ela não queria discutir isso com Julian.

– Eu não entendo por que você age assim comigo.

Ele estreitou os olhos e ignorou seu comentário.

– Tenho sua palavra? – insistiu.

– Tem – respondeu. Tudo o que ela queria era sair dali rápido.

– Pegue – disse ele, oferecendo o celular –, eu não preciso de uma lanterna.

Ela apalpou sua jaqueta e encontrou seu próprio celular. Ainda tremendo, tirou-o do bolso e acendeu a lanterna.

– Ótimo! Você tem o seu também – disse ele, guardando o aparelho. – Então vamos sair daqui.

Mas Bianca não se mexeu. Ela apenas se virou para trás. A lanterna do celular iluminando o corredor escuro.

– O que foi? Ainda não se cansou de nosso passeio romântico?

– Eu me senti estranha de repente...

E então ela notou algo no chão alguns metros à frente. Aproximou-se apontando sua luz para ver melhor. Ela parou e desviou o rosto quando notou o que era.

Bianca somente o reconheceu devido à mancha preta no rosto, que ela antes tinha achado engraçada. Do cachorrinho desaparecido, agora só restava a carcaça. Seus donos ficariam entristecidos.

Julian suspirou alto.

– É apenas um cachorro morto – disse Julian.

Mas então Bianca iluminou algo alguns metros além. A penugem colorida e o sangue seco diziam ser a carcaça de outro animalzinho doméstico.

– Essa não... – disse ela, colocando a mão sobre a boca. – Será que eles caíram aqui e morreram?

– Não – disse ele, abaixando-se para ver melhor –, parece que algo os atacou e os arrastou para cá. Venha, é melhor subirmos. Vá na frente – disse, puxando-a pelo braço para que passasse no espaço estreito entre eles.

Ela concordou e passou por ele. Julian ainda observava atentamente o corredor escuro logo atrás. Ela notou sua orelha mexendo de forma estranha, como já tinha visto acontecer com Lucas.

– Vamos! – disse ele, com urgência na voz. – Depressa, tem algo vindo e rápido.

– O quê?

Ela também tentou ouvir. Apontou a luz para a escuridão, mas nada viu.

– Corra! – gritou ele.

De repente, ela pareceu ouvir algo no fundo do corredor. Era como pequenos guinchos. Bianca se virou e correu pela galeria, em direção a uma bifurcação, Julian ia seguindo-a logo atrás. O som de guinchos aumentou atrás deles.

– À direita! – gritou ele, com a voz já rouca.

Ela virou à direita e viu uma luz fraca saindo de um buraco no teto.

– Droga – disse ele, parando de correr enquanto despia sua jaqueta.

Ela também parou.

– O que está fazendo?

– Toma! – disse, jogando sua jaqueta preta nos braços dela. – Essa jaqueta me custou mais de quinhentos reais! É melhor salvá-la para mim. Vá! – gritou, indicando o buraco à frente. – Vou segurá-los para você.

– Segurar o quê?

Os guinchos se aproximavam, deviam ser dezenas.

– Não discute. Vai logo, garota!

Bianca obedeceu e correu. Ao chegar sob o buraco, parou, virando a lanterna na direção dele. Teve um rápido vislumbre da silhueta do corpo de Julian ficando um pouco maior e mais forte. E então, ela sentiu o horror percorrendo o seu corpo quando viu dezenas, talvez centenas de coisas do tamanho de gatos inchados correrem a lateral do corredor estreito e de repente saltarem sobre ele.

– Sobe! – rosnou ele.

As paredes eram baixas, por isso bastou um pequeno impulso e sua cabeça saiu. Conseguiu apoiar os braços na borda e, respirando fundo, ergueu seu corpo com algum esforço, arrastando-se para fora do buraco.

Lá fora, podia ouvir ainda os guinchos horríveis e os rosnados de Julian. A galeria era pequena demais para ele se transformar completamente. Um urro, que era uma mistura de grito com rosnados, a assustou, e Bianca colocou as mãos sobre os ouvidos. Momentos depois, tudo ficou em silêncio.

– Julian? – chamou ela, agachando-se para olhar dentro do buraco escuro.

Não houve resposta.

Um barulho vindo do subterrâneo fez seu coração saltar e então a cabeça dele surgiu. Com um impulso, seu corpo saiu e ele se deixou cair deitado no chão, seu peito subia e descia com a respiração pesada. Bianca percebeu que a camisa cinza estava toda suja e rasgada, manchas de sangue espalhavam-se pelo corpo, havia pequenos ferimentos por toda parte.

– Você está ferido... – disse ela, aproximando-se.

– Não foi nada – disse, erguendo o braço para afastá-la –, além do mais já estou me curando.

Ela observou seus ferimentos abertos, eles realmente pareciam estar cicatrizando a cada segundo que passava.

– O que foi aquilo? – perguntou ela.

– Ratos – respondeu.

Bianca piscou, surpresa.

– Não é possível... nunca vi ratos como aqueles.

– Eu também não – disse enquanto sentava e tirava a camisa rasgada para limpar um pouco o sangue do corpo e do rosto. Sua calça estava praticamente inteira, com apenas pequenos rasgos.

– Estão mortos?

– Talvez alguns tenham fugido quando viram que não seria tão fácil assim me devorarem vivo, mas acho que matei todas aquelas malditas criaturinhas de dentes afiados.

– Se eram ratos, por que atacaram?

– Não sei – disse ele, levantando-se, e Bianca fez o mesmo –, nunca vi isso antes e terei que pesquisar quando chegarmos ao Refúgio.

– Você precisa contar isso para alguém, pois podem atacar pessoas.

– Eu vou contar – disse ele, amassando a camiseta com as mãos enquanto se levantava.

Ele era bonito. Julian não era grande como Vitor e Con, e ao contrário deles, seu corpo era esguio e definido como o de um atleta.

– Na verdade, eu tenho certeza de que a culpa foi sua – disse ele de repente. Ela piscou confusa. – Foram seus gritos que chamaram a atenção. Deveriam estar escondidos em algum canto bem profundo. Mas eu avisarei aos anciãos, porque você não contará nada. Esse foi o nosso combinado.

– Eu sei – disse ela, desviando do olhar dele.

Bianca pegou a jaqueta.

– Pegue a sua jaqueta estúpida – disse ela, jogando-a em sua direção. Julian a agarrou com um movimento rápido das mãos.

– Já esteve por aqui antes? – perguntou enquanto a vestia, fechando o zíper até em cima.

– Não sei onde estou.

– Está no Centro de Santos – explicou, saindo do cercado da Sabesp.

Ela ficou pensativa.

– Sim, uma vez peguei o ônibus errado, adormeci e acordei em algum ponto por aqui.

Julian ergueu as sobrancelhas.

– Algo nesse lugar chamou sua atenção quando andou por aqui? – disse ele, parando no meio da rua para esperar a resposta.

– Eu não sei se algo me chamou a atenção... Eu nem sei sobre o que você poderia estar falando. É tudo muito novo e confuso para mim. Toda essa coisa de vocês serem lobisomens e de eu pertencer a uma família dessas criaturas é muito estranho.

– Karibakis – corrigiu ele.

– Que seja... Vocês me contaram que carrego a marca desses Farejadores e agora você me diz que as crises de sonambulismo são o efeito colateral disso. Eu não sei realmente se algo me chamou a atenção por aqui... Talvez sim... Eu não sei! – disse ela, exasperada. – O que eu sei é que acabei de acordar no esgoto e quase fui atacada por ratos assassinos.

Julian arqueou as sobrancelhas e ela olhou para baixo pensativa.

– Acabei de me lembrar de uma coisa... Quando me perdi por aqui, parei em frente a uma igreja em reforma e ela me chamou a atenção... Também tinha um mendigo assustador na frente e coincidentemente era o local onde Laura trabalhava. Quando vi algumas fotografias de Laura tiradas na ruína, vi algo diferente lá.

– O que havia de diferente?

– Um tipo de degrau levando para algum lugar debaixo da igreja... Sei que não iriam escavar, apenas o cobririam novamente. Isso me chamou a atenção. Além do mais... – continuou, e o olhar de Bianca se perdeu. Ela se lembrou de outra foto.

– O que foi?

– Um colega de trabalho de Laura... eu acho que se chama André e tenho quase certeza de que o vi ontem, entre os homens que nos cercaram na clareira, na noite do ataque.

– Está querendo me dizer que o colega de trabalho de sua irmã é um Corvo?

– Acho que sim, mas não tenho certeza.

Julian pensou por um momento. Ele sabia a qual igreja ela se referia, pois pegara fogo recentemente devido a um acidente elétrico. Tinha passado no noticiário.

O mapa de Milena veio à sua mente, pois a localização da igreja estava marcada com um alfinete. Ela poderia pertencer aos Corvos, ele sabia que cuidavam de muitas igrejas locais. O mosteiro de São Bento e o museu eram, inclusive, a sede da Ordem dos Caçadores em Santos.

Seu olhar caiu para o buraco aberto da Sabesp e então uma fagulha veio à sua mente. Lembrou-se das linhas vermelhas no mapa de Milena, aquelas que não tinha reconhecido na hora, mas agora possuía uma boa ideia do que se tratava.

– Julian?

– O que foi? – perguntou ele, voltando-se para ela.

– Você está me ouvindo?

– Estou – respondeu ele –, mas é melhor irmos embora daqui de uma vez. Meu carro não está longe. E não se esqueça de sua promessa. Saiba que Karibakis e parentes defendem suas promessas com suas vidas...

14

– Avisei a Ester que estamos com você – disse Julian ao volante, alguns minutos depois. Nicole estava no banco ao lado dele e atrás iam Bianca, Gabrielle e suas duas amigas gêmeas. Mariana jogava em seu celular, enquanto Gabrielle e Laís não tiravam os olhos dela.

– Eu ainda estou tentando imaginar como conseguiu chegar até o Centro andando sonâmbula – disse Nicole.

– Você poderia ter sido assaltada – comentou Mariana, sem tirar os olhos do jogo.

– Assalto seria o menor dos problemas dela – comentou Julian –, já que há alguns Pérfidos querendo matá-la.

– Credo, primo! – disse Gabi, levando sua mão até a de Bianca. – Não se preocupe Bia, nós iríamos te proteger. Mas não se esqueça de agradecer ao Paxá, foi ele quem te viu primeiro.

O gato deitado no colo da menina miou como se tivesse entendido o comentário.

– Obrigada, Paxá – disse Bianca, acariciando a cabeça do animal. Ele imediatamente se pôs a ronronar.

Gabrielle sorriu e encostou a cabeça no ombro de Bianca.

– Fico feliz por descobrirem que é uma Farejadora, eu gostei de você quando foi até a minha casa.

– Eu gostei de você também – disse Bianca, apertando sua mão. – E o que vocês três estavam fazendo às três da manhã em uma escola abandonada?

– Estávamos invocando um espectro – disse Gabrielle naturalmente.

– Estavam o quê? – disse, sem disfarçar seu espanto. As três meninas riram.

– Não se preocupe – disse Mariana, erguendo os olhos de seu jogo para virar-se para Bianca. – Espectros são inofensivos. São apenas um eco do espírito da pessoa que morreu em algum lugar.

Bianca ergueu as sobrancelhas. A menina falava como se estivesse se referindo a algo sem importância.

– A gente estava conversando com o espectro de uma menina chamada Camila – explicou Laís, enrolando seus cabelos entre os dedos.

– Sério? E vocês não têm medo? – perguntou Bianca.

– É claro que não! – falou Laís, erguendo o queixo de forma destemida. – Mariana e eu somos parentes de Uivadores e é isso o que fazemos.

– Entendi... – disse sem saber bem o que isso significava. – E como ela morreu?

– Camila não lembra ao certo, mas ela acha que foi morta por algum animal – explicou Mariana, ainda brincando com o jogo em seu celular.

– Talvez um cachorro – comentou Gabrielle –, pois um gato jamais faria isso.

– Ou talvez um rato – comentou Bianca de forma a Julian ouvi-la.

Julian se ajeitou no banco da frente e a olhou pelo retrovisor. Nicole também notou algo, pois aproveitou para perguntar.

– Sabe, vocês ainda não me explicaram direito como conseguiram ficar tão sujos e como Julian ganhou furos em sua calça.

– É o que dá andar por aí sonâmbula – disse ele. – Ela caiu no buraco da galeria de esgotos que estão ampliando e, quando desci para pegá-la, a calça enganchou em algumas coisas e rasgou.

– Certo... – disse ela, ainda desconfiada. – Bom, os dois precisarão de um bom banho antes de voltarmos para o Refúgio.

Minutos depois, a velocidade do carro diminuiu e Julian estacionou.

Lucas, Rafaela, Vitor e membros da equipe tática esperavam por eles na calçada escura. Não havia ninguém por ali e os prédios ao redor eram comerciais. Assim que Julian saiu do carro, sua expressão endureceu. Nicole e Bianca saíram logo atrás.

– Mas que droga, Lucas! – vociferou, quase enfiando um dedo na cara dele. – Como pôde ser tão incompetente?

– Abaixe a voz – rosnou Lucas, por sua vez. – Não sabemos como ela desapareceu do quarto.

– Você está brincando comigo? – replicou Julian. – Ela é uma Farejadora e não Holdini, o mágico! A garota simplesmente não desaparece, idiota.

A expressão de Lucas distorceu-se e ele avançou contra Julian rugindo. Rafaela e Nicole tiveram a mesma iniciativa e correram para se postarem entre eles. Patrick e Duda rosnavam logo atrás de Julian, enquanto Vitor rosnava atrás de Lucas.

– Parem! – pediu Nicole.

– Aqui não! – disse Rafaela. – Estão malucos?

Julian e Lucas pararam onde estavam, ainda rosnando um para o outro.

– A culpa, na verdade, foi toda minha, me desculpem – a voz de Bianca tremia.

– Vocês são imbecis? – gritou Nicole. – Não veem que a estão assustando?

Lucas parou de rosnar e desviou o olhar para ela. Bianca tinha os olhos esbugalhados e os braços cruzados protetoramente em frente ao peito.

– O que aconteceu afinal? – perguntou Rafaela, para ninguém especificamente.

– Ela é sonâmbula – respondeu Nicole – e deve ter saído quando alguém foi ao banheiro, sei lá.

– Impossível! – disse Vitor, virando-se para Lucas. – Eu fiquei ao lado da porta do quarto o tempo todo.

– Isso não importa agora – disse uma voz se aproximando pela calçada. Era um senhor negro, vestindo uma simples camisa azul e calça cinza. – Ela é uma Farejadora sem treinamento e devíamos ter previsto algo do tipo.

Assim que o viram, Bianca notou que eles baixaram levemente a cabeça em sinal de respeito. O senhor se aproximou e voltou-se para ela com um sorriso afável no rosto.

– Olá, querida! – Ele ofereceu a mão para um cumprimento e ela aceitou. – Meu nome é Jorge Porto, sou um dos anciãos dos Karibakis Uivadores. – E, como Bianca franziu as sobrancelhas, ele acrescentou. – Ah! Que bobagem a minha. Desculpe, você ainda não está acostumada conosco e com o significado das linhagens.

– Não, eu não estou.

Ele sorriu amável.

– O importante é saber que vim mantê-la protegida, enquanto os outros cuidam de uma saída segura da cidade e caçam os Pérfidos. Então, quer dizer que você é sonâmbula, hein? – Em seguida, riu divertido. – Quantas surpresas você ainda guarda, mocinha?

– Eu não sei – respondeu ela sinceramente olhando em seus olhos. Bianca sentiu certa simpatia por ele.

– Senhor, com todo o respeito, mas quando é que partiremos? – perguntou Julian. – O último dia do Ciclo está acabando e alguns Pérfidos sobreviveram.

– Humm... – foi a resposta de Jorge. – Julian, você demonstra preocupação, mas eu esperava mais maturidade sua, pois fica confrontando Lucas o tempo todo – disse, parecendo desapontado. – E Lucas, você encontrou a Farejadora e pediu para guardá-la. Se você e sua alcateia não puderem fazer isso, pedirei para outra fazer. Há muitas querendo esta honra.

– Não é necessário, senhor – disse respeitosamente.

– Então arrume esta bagunça, menino! Cumpra com sua missão.

Ele acenou com a cabeça, entendendo.

– Bia, pelo seu bem e o de Laura partiremos em uma hora – disse Lucas muito sério. – No Refúgio, ela receberá cuidados até melhores do que aqui no hospital. Confie em mim, estarão muito mais seguras lá.

Jorge sorriu, concordando com as palavras ditas.

– Tudo bem... – disse ela – uma hora é tudo o que preciso para me preparar.

Lucas acenou e em seguida virou-se para Rafaela.

– Vá com ela.

As duas entraram no hospital por uma entrada lateral para carros e foram para o quarto. Bianca separou as roupas limpas da mochila e foi direto para o banho. O pouco tempo que ficaram na galeria subterrânea foi o suficiente para deixá-la com um cheiro horrível. Esfregou todo o corpo com sabonete e lavou os cabelos.

Quando saiu do banheiro já limpa e vestida, ficou surpresa. Lucas a esperava em pé, ao lado da janela do quarto.

– Oi – disse ele.

– Oi... – respondeu, sentindo a leve pressão em sua cabeça ficar mais forte. Perto deles, sentia-se assim o tempo todo.

– Eu queria falar com você.

Ela acenou concordando.

– Eu sei, mas a verdade é que não tenho a mínima ideia de como saí do quarto. Me desculpe...

– Bem, eu acho que agora sei como fez isso. Você saiu pela janela – disse, apontando para o vidro. – Veja...

Bianca se aproximou e viu que ao lado da janela havia um pequeno jardim e depois uma árvore, cujos galhos grossos ficavam logo abaixo da janela. Como estavam no primeiro andar, bastava descer por este galho e depois passar para outro até alcançar o chão em segurança e sair pelo pátio do hospital até a saída do estacionamento.

Ela ergueu as sobrancelhas e abriu a boca sem saber o que dizer, parecia impossível se imaginar descendo por uma árvore, acordada, imagine dormindo. Mas se não fosse essa a explicação, qual seria?

– Mas não vim aqui só por causa disso. Acho que precisamos conversar...

Bianca o encarou por um instante antes de falar novamente.

– É, eu acho que sim – concordou ela. Os cabelos castanhos dourados dele estavam perfeitamente penteados e ela não conseguia ver uma imperfeição sequer em seu rosto.

– Te devo desculpas... Muitas desculpas – disse ele, inspirando fundo enquanto baixava o olhar. Parecia triste.

Ela virou o rosto para algum ponto do quarto entre a cama vazia e o chão.

– Ah... – disse ela, entendendo sobre o que ele queria conversar. – Você quer pedir desculpas por ter uma namorada neste lugar chamado Refúgio? Acho que sim, você me deve desculpas.

– Giovanna não é minha namorada. Não ainda. Nós temos um compromisso no futuro, mas ainda somos livres para ficarmos com outras pessoas se quisermos.

– Um compromisso no futuro? – disse, erguendo as sobrancelhas ao olhar para ele. – Isso parece uma coisa tão antiga e ultrapassada.

– Isso é algo antigo sim. Algumas famílias Karibakis possuem o costume de planejar uniões, mas ninguém nos obriga. Aceitamos se for de nossa vontade.

– E você aceitou?

– Sim, nós dois já aceitamos. Fizemos a promessa dois anos atrás.

Ela sentiu seus olhos começarem a arder.

– E Karibakis defendem sua promessa como fazem com suas vidas – disse ela, lembrando-se das palavras de Julian.

– Sim, defendemos nossas promessas – afirmou Lucas em voz baixa. – Eu não sabia que poderia encontrar alguém como você... Me desculpe.

Era impossível olhar para ele, mas Lucas estava bem ao seu lado, a poucos centímetros de tocá-la.

– Se eu soubesse que... – começou ele, mas então ela o interrompeu.

– Julian estava certo. Era para eu ser apenas sua namoradinha passatempo de Santos.

– Não, Bia... Não era assim que eu queria – disse ele, levando uma das mãos ao rosto dela para fazê-la encará-lo, mas Bianca não conseguiria olhar para ele e ao mesmo tempo controlar suas lágrimas para que não rolassem. Ela se virou de costas.

– É melhor sair agora. Tenho que secar meu cabelo antes de partirmos.

As lágrimas começaram a cair. Ela sentiu quando ele tocou levemente em seu ombro e acariciou seu braço. Seu coração era como algo vivo na garganta, todo o seu corpo pedia para virar-se para ele e deixá-lo consolá-la. Ela sentia que ele o faria, mas e daí? Ele deixou bem claro que respeitaria seu compromisso com Giovanna.

Depois de alguns instantes, ouviu a porta do quarto se fechando. Ele não estava mais ali. Ela correu para o banheiro, trancou-se e, encostada contra a parede, chorou finalmente. Ela abraçou seu corpo e sentiu algo em um dos bolsos do casaco. Tirou de lá o chaveirinho da pequena boneca japonesa. Presente de seu primeiro amigo em Santos.

Renan... – pensou, encarando a bonequinha. A tristeza pesando ainda mais em seu peito. Nicole tinha razão, ele realmente era melhor do que Lucas.

Vinte minutos depois, quando bateram na porta do quarto, Bianca já estava pronta. Enxugou suas lágrimas e pegou suas coisas.

Em pé, ao lado de Laura na cama, encheu-se de força de vontade e esperança de que logo pudesse acordar, e então fariam planos para partirem juntas novamente.

Fora do hospital, colocaram sua irmã em uma ambulância particular, enquanto ela iria em uma picape preta com Nicole, Patrick e Rafaela. Uma combinação estranha, mas Nicole comentou sobre Lucas e Julian terem discutido sobre quem a levaria e colocaram um membro de cada alcateia, além de Nicole.

A ambulância com Laura e Malu viria atrás de seu carro e, em seguida, a equipe tática. Na frente, iria o carro com Lucas, Vitor e o pai de Nicole.

Antes de Patrick ligar o motor, Bianca viu duas motos se aproximarem. Em uma delas, reconheceu Con e Duda na garupa e, na outra, ia Julian sozinho.

– Show! – exclamou Patrick. – Estou levando a coisa mais preciosa dos últimos tempos para o Refúgio! Que tal uma selfie? – disse, erguendo o celular de forma a capturar na tela as duas no banco de trás.

– Lindinho, é melhor concentrar-se em dirigir – ralhou Rafaela.

– Desculpe, Rafa, mas caramba! – protestou ele. – Por que vocês não conseguem ficar entusiasmados? Ela é última Farejadora! E eu estarei na foto – disse ele animado quando o flash da câmera iluminou o carro.

– Estamos entusiasmadas, mas ela está sofrendo pela irmã. Sem falar que acabou de descobrir que existem criaturas estranhas pelo mundo – explicou Nicole.

– Ah é... Bia, eu peço desculpas – falou ele, guardando o celular.

Ela não respondeu, encostou a cabeça no vidro, pois se sentia mais uma vez exausta física e mentalmente. Em pouco tempo, acabou cochilando sem perceber.

Quando acordou, já clareava o dia na rodovia e as duas motos os acompanhavam bem de perto, cercando o carro. Ao redor, podia ver o verde-escuro da mata nos morros.

Olhou para Nicole ao seu lado, ela estava mexendo em seu notebook.

– Dormi demais?

– Um pouco... Agora não falta muito para chegarmos.

Bianca notou que o carro da frente virou em uma estrada secundária e em seguida o carro deles também.

– Esse tal de Refúgio parece ser afastado. E se a gente precisar de um hospital?

– Não é porque os Karibakis parecem animais que nós moramos no meio do mato sem qualquer tecnologia – riu Nicole –, isso é coisa de hippies e nós estamos bem longe de sermos hippies... Você vai ver – disse, dando uma piscadela no final.

– E onde fica isso?

– Em uma área escondida dentro do Parque Estadual da Serra do Mar – respondeu Patrick.

– E você me diz que não vivem no meio do mato?

Rafaela no banco da frente começou a rir, sendo seguida por Nicole e Patrick um instante depois.

– Você vai entender quando ver... – disse Rafaela, quando pararam de rir. Ela se virou para trás e olhou Bianca nos olhos. – E vai adorar.

– Bianca – chamou Patrick, e ela olhou para frente –, saca só esta manobra!

E, antes que ela pudesse dizer alguma coisa, o carro fez uma curva fechada. Porém, em vez de Patrick completar o alinhamento do carro para seguir a estrada que virava à direita, ele simplesmente continuou reto indo em direção a um paredão curvo de pedras, terra e árvores.

Bianca gritou e agarrou o banco. O carro não parou e nem diminuiu a velocidade, mas inacreditavelmente não houve choque. Ao invés disso, a luz do dia desapareceu e o carro continuou a correr dentro de um grande túnel, iluminado por luzes artificiais.

– Mas como? – perguntou ela.

Patrick ria.

– Patrick, você é um idiota! – ralhou Rafaela.

Na frente, seguia o carro de Lucas, ela não tinha visto quando eles também entraram no paredão. Ela olhou para trás e viu as motos, a ambulância e em seguida a outra picape surgirem.

– Você não entendeu a parte em que Bianca está traumatizada? – gritou Nicole no banco de trás. – Que tal não assustá-la ainda mais?

– Foi mal... – disse ele, tentando parar de rir. – Foi mal mesmo, Bia.

Ela olhava pela janela do carro, assombrada.

– Que túnel é este? Eu não o tinha visto.

– Ninguém o vê, está oculto.

– Oculto como?

Nicole sorriu orgulhosa.

– Com a nossa tecnologia de segurança que cria aquela ilusão lá fora, em vez de mostrar o túnel.

Uma luz azulada passou por entre o carro e seus ocupantes. Bianca olhou espantada.

– Este é o scanner, não tenha medo – disse Nicole. – Altan, a inteligência artificial do Refúgio, está verificando nossas identidades e também tudo o que estamos carregando no carro.

– Ele é nossa defesa – disse Patrick, parando de rir finalmente. – Seu trabalho é não deixar entrar nenhum visitante indesejado.

– Uau! – exclamou, sem conseguir saber o que pensar sobre essas informações. – E o que acontece se não gostar dos ocupantes?

Nicole inclinou-se sobre ela e apontou pela janela de Bianca alguma coisa na parede de rocha do túnel.

– Vê isso? Tem em várias partes do túnel e do outro lado também.

Ela viu o que ela apontava. Era um tipo de faixa escura percorrendo a parede de um lado a outro do túnel.

– Caso haja ocupantes indesejados, estes pedaços de metal saem das paredes e fecham o túnel em várias camadas, além de serem muito resistentes.

– Nossa! – disse Bianca, sem conseguir tirar os olhos da estrutura do túnel.

Vários minutos depois, a luz exterior finalmente invadiu o carro. Estavam do lado de fora. Um caminho de terra batida abria-se entre árvores frondosas da densa Mata Atlântica.

Bianca abriu o vidro do carro e inalou o cheiro úmido de natureza. Os sons de pássaros e animais eram incríveis. Em diversas partes da estrada, os galhos de árvores, em ambos os lados, encontravam-se, formando um telhado verde trespassado por halos de luz do sol.

– É bonito, não é? – comentou Rafaela.

– É maravilhoso...

Rafaela virou-se para trás e sorriu para Nicole, que sorriu de volta. Bianca notou o quanto elas pareciam felizes próximas uma da outra.

– Você ainda não viu nada – comentou Patrick com tanta certeza na voz, que Bianca não conseguia deixar de pensar sobre o que poderia ser mais incrível do que toda aquela natureza perfeitamente emoldurada ao redor da estrada.

– Quero só ver a cara dela – disse Rafaela.

Nicole riu do comentário. Era estranho, depois de tudo o que acontecera nesses últimos dois dias, Bianca sentia-se mais próxima da colega de sala.

– Prepare-se... – disse Nicole, ao perceber que ela a observava. – Você é a última Farejadora viva, portanto se tornará um tipo de celebridade no Refúgio. Mas não se engane, apesar do que verá, esse lugar não é o paraíso e costuma exigir muito daqueles a quem abriga.

Bianca anuiu tentando imaginar sobre o que Nicole estava falando. Rafaela e Patrick se entreolharam por um instante, antes de se voltarem à frente e Rafaela apontar.

– Veja. Chegamos! – disse Rafaela, com seu sorriso misterioso. – E então, Bianca? O que acha de nosso lar?

Bianca olhou para o vidro da frente e arregalou os olhos. A visão era simplesmente espetacular. A estrada arborizada abriu-se para uma imensa área aberta, cercada ao fundo por morros verdejantes.

– Acho que não tenho palavras – murmurou, tentando absorver toda aquela beleza.

A luz do sol iluminava, espetacularmente, edifícios que eram uma mistura de verde e vidro tão bela que era difícil de tirar os olhos.

– A construção menor à esquerda é a estufa – disse Patrick, diminuindo a velocidade enquanto passavam ao lado.

A estufa era uma grande, mas delicada, construção sobre uma fina estrutura de metal, cercada por vidro e teto abobadado. O colorido e a diversidade das plantas lá dentro podiam ser percebidos de longe.

Por onde os carros passavam, era um tipo de rocha lisa cinzenta, rodeada por espaços com grama, árvores e caminhos para pedestres feitos com outras rochas de cor mais clara.

– À direita, é o prédio do hospital e o centro de pesquisas biológicas. Sua irmã ficará ali.

O hospital era uma construção de três andares, com fachada em formato escalonado, sob as quais havia jardins frondosos em frente às grandes janelas de vidro da construção. O carro avançou e Rafaela apontou à frente.

– O que você está vendo ali na frente é a Praça Oliva – explicou Rafaela. – Tem este nome devido à cor da rocha cristalina que fica em seu centro. E, à direita, estão os prédios dormitórios.

A praça era bela e simples. Ao centro, rodeado por jardins, bancos e uma grande fonte, ficava o que parecia ser um enorme bastão de quartzo verde, cuja luz do sol refletia um tom verde-oliva translúcido na água. A peça de quartzo era grossa e deveria ter mais de quatro metros de altura. De sua base no lago, brotavam em várias direções pedaços menores do cristal, alguns de um metro e outros de apenas alguns centímetros.

Ao lado direito, bem em frente à praça, Bianca vislumbrou o que ela chamou de dormitórios. Eram três edifícios compridos de vidro, com quatro andares cada um e sacadas despontando em diferentes formatos semicirculares, por todos os lados.

Porém, o que mais chamava sua atenção era a construção à esquerda da praça, que ficava em frente aos dormitórios. Não conseguia deixar de admirar.

O edifício, se é que poderia ser chamado assim, transparecia flexibilidade espacial. Sua estrutura arquitetônica de metal branco vazado e vidro transparente retorcia-se em um ângulo de 360°, como uma fita de Mobius, cujas pontas são coladas após efetuar meia-volta numa delas. Pelas aberturas da fachada, era possível ver o aspecto da floresta atrás desta imensa construção que, por si só, era uma obra de arte.

– É de tirar o fôlego, não é? – comentou Nicole, referindo-se ao original edifício. – Ele tem mais de cinquenta mil metros quadrados e recentemente um de nossos parentes no oriente "roubou" nosso plano arquitetônico para construir algo parecido por lá, no mundo humano, mas é claro que não ficará tão belo e nem terá a mesma função que utilizamos aqui. A tecnologia humana ainda é inferior e não possui a maleabilidade que a nossa tem.

– É incrível! Como conseguiram construir algo assim no meio do nada?

Nicole apenas sorriu antes de Rafaela falar.

– E ali na frente estão os edifícios administrativos do Círculo Crescente e os apartamentos dos administradores e funcionários adultos do Refúgio. No centro do Círculo Crescente, fica a Oca, onde ocorrem as assembleias do Refúgio.

Todos os carros, menos o de Laura, contornaram a Praça Oliva e seguiram mais adiante até pararem em frente à Oca.

Este era um complexo com uma estrutura central em formato de oca vazada com teto de vidro. A Oca era cercada por um comprido edifício com estrutura curva, formando uma meia-lua, cujas laterais, sem janelas, corriam cascatas de plantas trepadeiras.

– Este lugar... Eu nunca vi coisa igual.

– Eu sei – disse Patrick, parando o carro –, e é ótimo ver sua cara de admiração. Sinto orgulho de nossa genialidade.

– Acho que estão todos dentro da Oca – comentou Rafaela, enquanto abriam as portas e desciam do carro. – Ester preparou uma apresentação formal para todo o Refúgio.

Ela não conseguia parar de olhar ao redor.

– Vocês devem ser muitos.

– Não somos o suficiente – disse Nicole, aproximando-se para caminhar ao seu lado. – Mas este é o maior e mais poderoso Refúgio que existe.

– Como assim? O que quer dizer com "não somos o suficiente"? – comentou admirada, ainda olhando avidamente tudo ao redor.

– Vamos? – perguntou Rafaela, interrompendo-as.

Os outros carros também pararam e ela viu Lucas saindo com Vitor. Seus olhares se encontraram e ele sorriu levemente, parecia um pouco abatido, assim como ela.

– Por que chamam este lugar de Refúgio?

Nicole virou-se para Bianca, ela tinha um sorriso triste.

– Essa é a primeira coisa que aprendemos quando pisamos aqui, pela primeira vez, ainda bebês – disse ela. – Nossos pais sempre explicam a mesma coisa... que Refúgio também significa amparo, defesa e, principalmente, proteção...

– Proteção?

– Acho que proteção é o princípio mais puro de toda a nossa sociedade, Bia. Nós vivemos e morremos por essa ideia. O Refúgio, portanto, não é apenas uma escola e moradia para os jovens Karibakis e parentes. Ele é um centro de treinamento seguro, onde aprendemos sobre nossas habilidades e como podemos proteger a nós mesmos e aos seres humanos.

– Proteger do quê? Daquelas coisas que saem monstros?

Nicole parou e baixou a cabeça enquanto caminhava.

– Taus, Pérfidos, Desviados, Hoark... Bia, nós somos a única linha de defesa de uma porcaria de guerra que a maioria dos seres humanos nem desconfia da existência.

– O que você quer dizer com guerra? – As perguntas vinham na cabeça de Bianca como enxurradas, ela não conseguia evitar.

Nicole abriu a boca, mas por um instante não falou nada. Pareceu mudar de ideia, porém Bianca continuava a encará-la inquisidoramente.

– Melhor deixarmos os detalhes para depois, mas acho que tem uma coisa importante que precisa entender antes de entrar na Oca.

– E o que é? – falou ela, tentando interpretar a expressão de Nicole.

– Acontece que, desde a extinção dos Farejadores, há vinte e cinco anos, nós começamos a perder feio essa guerra.

Ela olhou para a construção metálica em formato de Oca atrás de Nicole e sentiu um aperto no estômago.

– Bianca Bley, saiba que para os Karibakis você não é só uma parente perdida que carrega o extinto legado dos Farejadores. Para nós, você é um soldado e a última esperança.

Parte II

O REFÚGIO VERDE

15

Bianca respirou fundo.

Conforme se aproximavam do edifício que chamaram de Oca, começou a sentir sua cabeça pulsar e o coração disparar. A estrutura de metal formava raios e triângulos de um azul muito claro, além de não ser tão vazada como imaginara. Vidro branco opaco dava alguma privacidade a quem estivesse dentro.

Lucas, Vitor e Rafaela tinham ido à frente e as esperavam já na entrada, os outros vinham devagar atrás deles.

– Está pronta? – perguntou Lucas, assim que os alcançaram.

– Acho que sim – falou, tentando se concentrar em respirar profundamente e controlar a sensação em sua cabeça que nunca a abandonava, agora que sempre se mantinha perto deles. E então entraram.

Bianca olhava ao redor enquanto caminhava. Havia centenas de pessoas sentadas nos degraus de madeira que formavam quase um círculo completo na Oca. Eram, em sua maioria, jovens e adolescentes.

Todos fizeram silêncio quando ela entrou ao lado de Nicole e Lucas. Os outros vinham logo atrás.

Ao centro da Oca, iluminada pela luz do Sol que passava pela abertura circular no telhado, viu Ester, Walter, Jorge e mais cinco outras pessoas, todas em pares. Mesmo lá dentro, havia plantas e trepadeiras pelos cantos. O ambiente era fresco e cheirava à madeira, grama e terra.

Ester usava um suave vestido esverdeado, que ia um pouco abaixo de seus joelhos. Seus cabelos brancos caíam soltos. Bianca a achava fascinante.

– Bianca Bley... – disse Ester, destacando-se no centro da Oca. O som de sua voz espalhava-se claro por todo o ambiente. – Filha de Ágata Bley e a última portadora do sangue e do legado dos Farejadores. Seja bem-vinda ao Refúgio da Serra do Mar.

Uma onda de murmúrios espalhou-se. Bianca olhou ao redor, todos aqueles jovens e alguns adultos olhavam diretamente para ela. Ester apontou para as sete pessoas no centro da arena. A cabeça de Bianca doía.

– Nós somos o Conselho ancião deste Refúgio e queremos dizer que seu tempo de fugir acabou. Agora é hora de aprender.

Fez-se uma breve pausa e em seguida o silêncio foi cortado por gritos de comemoração vindos da arquibancada.

– Os Farejadores voltaram! – um garoto gritou.

E então Bianca ouviu um uivo vindo de algum lugar, e isso a apavorou. Sentiu um impulso tão grande de correr dali e se esconder que sua cabeça girou.

Instintivamente, virou-se para a entrada por onde veio e outra onda de tontura a alcançou. Seus olhos vislumbraram o resto do grupo que estava com ela, inclusive Julian vestindo a jaqueta preta que ele a fizera salvar dos ratos.

– Bia! – A voz de Lucas estava distante, pois tudo o que conseguia ouvir eram os uivos aumentando cada vez mais e mais. Sua cabeça rodou uma última vez e tudo se apagou.

Ao acordar, estava deitada em uma cama macia. Seus olhos se acostumavam com a claridade do lugar, quando percebeu uma sombra ao seu lado.

– Que bom que acordou – disse a sombra.

Bianca piscou para enxergar melhor. Havia paredes brancas ao redor e o que pareciam ser avançados equipamentos médicos ao lado da cama. Uma parede inteira do quarto era feita de vidro, que se abria para uma sacada e jardins.

Um homem vestindo jaleco azul sobre roupas comuns estava parado ao seu lado. Quando ele sorriu, rugas se formaram ao redor dos olhos também azuis. Seus cabelos brancos acinzentados contrastavam com a aparência de um homem ao redor de seus trinta e cinco anos. Ele sorriu para ela.

– Sou o atual médico do Refúgio e pode me chamar de Allan.

Em seguida, Allan se voltou para alguém do outro lado do quarto.

– Eu disse que ela acordaria em segundos – falou o médico.

Ester sorria aliviada quando Bianca virou a cabeça.

– Sente-se melhor? – perguntou ela.

– Sim – respondeu, enquanto se sentava na cama. – Eu desmaiei de novo?

– Desmaiou – respondeu ela.

Allan se aproximou com o mesmo tipo de tela holográfica que Malu tinha usado nela e em sua irmã na clareira.

– Isso já tinha acontecido antes? – perguntou ele, enquanto observava a imagem com atenção.

– Sim... alguns dias atrás, na escola... – ela hesitou antes de continuar. Lembrou-se da vergonha que passou. – Eu desmaiei quando vi Lucas, Vitor e Rafaela em meu primeiro dia de aula, e também desmaiei na noite do ataque...

– Humm... – disse o médico, sentando-se na ponta da cama. – Vocês deveriam ter previsto isso, antes de colocá-la na presença de todo o Refúgio.

– Como poderíamos ter previsto? – disse Ester.

– Imaginando a possibilidade de que o sangue Farejador nas veias dela poderia estar exigindo muito de seu organismo não treinado – comentou ele, e então virou-se para Bianca. – Aposto como se sente quase louca às vezes, não é, menina?

Bianca acenou.

– Como sabe?

– Já li registros antigos sobre possuidores do Sangue da Lua que cresceram sem o treinamento adequado.

– Sangue do quê?

– Sangue da Lua – repetiu Ester, sorrindo complacente. – Não se preocupe, aprenderá sobre nós com o tempo. Não tenha pressa.

– Bianca – disse Allan, ainda analisando a tela cuidadosamente –, seu estado mental poderia ser bem pior do que vemos hoje, mas me parece que, de alguma forma, seu organismo bloqueou muito do seu dom. Ou o dom do Farejador em você é extremamente fraco.

Ester franziu o cenho.

– Acha que ela pode ser uma Siki? – perguntou Ester.

– Não acredito – disse Allan. – Jorge me contou sobre a crise sonambúlica que ela teve no hospital. O dom dela pode ser fraco, mas está lá. Um dom fraco explicaria seu ainda equilíbrio mental, apesar do não treinamento. E também os fracos efeitos colaterais como o sonambulismo e os desmaios.

Bianca imaginou que, se ele tivesse vivido com ela e visto as estratégias criadas para mantê-la trancada em casa durante seus sonambulismos, ou ainda tê-la encontrado na galeria de esgoto em plena madrugada, não os chamaria de "*fracos* efeitos colaterais".

– O treinamento dela começará amanhã logo cedo, junto com todos os outros – disse Ester. – Acredito que isso a ajudará a se adaptar e a controlar seu dom.

– Eu também acho – concordou Allan, enquanto se dirigia até o painel de um tipo de aparelho médico retangular para digitar algo. Em seguida, uma parte do aparelho se abriu num pequeno quadrado, onde não havia qualquer abertura, e o médico pegou um frasco transparente com pílulas verdes.

– Enquanto isso, você tomará uma cápsula desse frasco por noite, durante quarenta e cinco dias, e depois não tomará nada mais. Entendeu?

– Sim – respondeu Bianca, pegando o frasco. – O que é isto?

– Um de nossos remédios. Nós mesmos os fazemos com propriedades especiais. Este, no caso, possui uma mistura de plantas que produzirão o relaxamento que sua mente precisa para dormir. Ele diminuirá as ansiedades que seu inconsciente Farejador envia para o sistema nervoso.

– Entendi – disse ela, observando o frasco.

Ester pousou sua mão sobre o ombro dela.

– Estamos todos muito felizes em tê-la entre nós – disse Ester. – Eu conheci sua mãe e posso dizer que você é muito parecida com ela.

Os olhos de Bianca brilharam.

– Eu também me lembro dela – comentou Allan. – Era mais nova do que você é hoje, quando fugiu.

– Quantos anos ela tinha? – Bianca queria saber tudo o que pudessem dizer sobre a mãe. Ela não sabia nada disso sobre ela.

– Durante o ataque dos Pérfidos e traidores, ela tinha treze anos – respondeu Ester. – A partir de então, viveu fugindo pelo mundo.

– E vocês não a ajudaram?

– É claro que sim – disse Ester, caminhando pelo quarto. A luz vinda da janela tocando em seu rosto impressionante. – Nós sempre a ajudávamos quando nos pedia, porém era raro. Ágata, depois de tudo o que aconteceu, não conseguia confiar no Conselho e no Refúgio.

– Não entendo. Por que ela não confiaria em vocês?

Allan e Ester se entreolharam.

– Porque houve traidores entre as linhagens do Acordo. Aqueles que abandonam o juramento e se unem aos Pérfidos, nós os chamamos de Desviados. Foram poucos os traidores, mas o suficiente para conseguir matar os que estavam no Refúgio durante aquele dia de Natal.

Bianca não sabia muito sobre o acontecimento que levara à morte de praticamente todos os Farejadores e à fuga de sua mãe pelo mundo, mas saber que havia acontecido durante o Natal deixava tudo ainda mais horrível.

– Eles não pouparam ninguém – disse Ester –, nem mesmo as crianças mais novas. A maioria não estava mais aqui e sim em seus lares fora do Refúgio.

– Por que fariam essa monstruosidade?

– Não sabemos. Os Desviados foram rápidos e precisos, matando-se antes que pudéssemos capturá-los. Acreditamos que eram os únicos que poderiam nos dizer como e por que ajudaram a extinguir uma linhagem inteira naquela noite, sem se importarem com as outras. Capturamos alguns Pérfidos também, mas eles apenas seguiam ordens e nada sabiam nos dizer de útil.

– E vocês me trouxeram para cá? – perguntou, surpresa. – E se ainda houver Desviados por aqui?

– Não se preocupe – disse Allan, apressando-se em acalmá-la. – Após a Noite da Aniquilação, houve mudanças em nosso sistema de segurança. Agora todos passam periodicamente pelo juramento do Acordo. O juramento é ministrado por um Destemido do Conselho, ou seja, Ester ou Sérgio. O dom deles garante que a verdade seja dita e, assim, temos certeza de que não abrigamos mais nenhum traidor. Portanto, está segura aqui.

Bianca acenou tentando parecer menos alarmada.

– Aproveite o dia de hoje para descansar e instalar-se – disse Ester, mudando de assunto com um sorriso. – Amanhã iniciará sua rotina de aprendizado, pois deverá compreender nosso mundo e como sobreviver nele. Nicole está esperando por você lá embaixo para levá-la ao dormitório.

– Farei isso – disse Bianca. E então ela lembrou-se: – Minha irmã também está no hospital, certo? Posso visitá-la?

– Pode – disse o médico. – Ela já está instalada em um dos quartos, venha.

Bianca pegou o frasco de remédio e saíram do quarto. Ester se despediu e partiu. Lá fora, notou que estavam no segundo andar e que os corredores do hospital circulavam uma área vazada no térreo contendo uma fonte de água e jardim com bancos de madeira, sob árvores floridas.

Caminharam pelo corredor e por um elevador até o terceiro andar. Ali o prédio não tinha o centro vazado, em vez disso, havia uma mesa de controles e uma bonita jovem chamada Luiza. Ela usava um vestido verde-escuro simples, seus cabelos castanhos iam até o ombro, seu semblante era sério e, assim que viu Bianca se aproximar, ela se levantou da mesa e pediu para que a seguissem.

O quarto de sua irmã era um pouco menor do que aquele em que estava, porém a vista para a sacada frontal e jardim era a mesma. Um frescor vindo das plantas do lado de fora entrava pelos vidros abertos.

Sua irmã tinha uma expressão serena. Parecia dormir tranquilamente. Aparelhos muito diferentes do que ela já tinha visto em hospitais monitoravam-na o tempo todo. Sentou-se ao seu lado e de repente sentiu muitas saudades.

Julian Ross parou sua moto no acostamento da estrada a alguns quilômetros da entrada do Refúgio. Aquele era o local combinado, então esperou o carro de seu pai aparecer e estacionar, antes de abrir a porta para entrar no banco ao lado do motorista.

Walter, como sempre, estava bem vestido, com calça social e camisa, o que contrastava com o ambiente fresco e natural do Refúgio. Seu rosto era uma máscara de calma.

– Então, quer dizer que Lucas encontrou a última Farejadora... – comentou Walter, como se esse fosse um acontecimento sem importância. – Como isso aconteceu? – perguntou mais para si do que para Julian.

– Eu não tenho a mínima ideia – disse o rapaz, dando de ombros.

– Mas eu achei que ela tivesse sido morta anos atrás – disse, olhando à frente.

Julian o esperou falar novamente.

– Ela é apenas uma parente – avaliou Walter instantes depois, ainda pensativo. – Portanto, neste momento, ela pode nos ser útil – comentou como se tivesse decidido algo importante.

– O que quer dizer?

– Ela e Lucas não têm futuro. Ele está preso ao seu compromisso com a família de Giovanna. Além do mais, sua prima Nicole, por enquanto, é a única amiga dela aqui. Isso significa que essa é a sua chance de se aproximar dela.

– Me aproximar para quê?

– Para trazê-la para o lado de nossa família – respondeu como se fosse o óbvio. – Julian, sua alcateia ainda não se formou devido à Maria Eduarda ser muito nova e ainda não terem escolhido uma equipe tática. Sendo assim, consiga que ela faça parte da equipe que irá apoiá-lo, consiga que ela *goste* de você... – disse ele por fim.

Julian esfregou as mãos no rosto.

– Eu não sei. Ela me parece bastante apaixonada por Lucas.

– Use todo o charme que eu sei que possui.

– Pai, eu não acho que isso será possível...

De repente, o rosto de Walter endureceu, garras surgiram em seus dedos e, com um movimento rápido da mão direita, rasgou a lateral do rosto de Julian. O rapaz gemeu de dor e levou as mãos ao ferimento.

– Eu não me importo com o que parece ou com o que você acha! – gritou. – Seu irmão não contestaria minha autoridade e obedeceria imediatamente, cumprindo minha ordem com uma competência que você desconhece.

A expressão de Julian se tornou dura, seus olhos estavam fixos à frente, enquanto a raiva dentro de si o fazia estremecer.

– Eu farei o que me pede – disse Julian, secamente.

– Eu sei que fará. Se quiser merecer ser um Guardião um dia, irá conseguir o que peço.

– Você me disse que me apresentaria aos Guardiões ainda este ano!

– Eu sei, mas você ainda não tem o merecimento que seu irmão teve na sua idade.

– Eu matei um Pérfido sozinho na boate! Mereço ser um Guardião, não pode me tirar isso!

– Quem decide se merece ou não sou eu – rosnou Walter. – Enquanto isso, você apenas obedece. O que você e sua alcateia fizeram na boate ainda foi pouco perto do que Daniel já tinha feito na sua idade.

A expressão de Julian endureceu ainda mais, enquanto segurava com uma das mãos o ferimento. Sangue escorria por entre seus dedos.

– Enquanto isso, eu preciso mostrar mais força para conseguir o apoio necessário e me tornar o novo Voz da Lua do Refúgio. Trazer a Farejadora para nosso lado pode ser o que me falta para tirar Ester do poder, mesmo que a usemos por pouco tempo... Entendeu?

– Entendi – rosnou Julian, tentando controlar sua fúria.

– Ótimo! E agora saia do meu carro, antes que deixe manchas de sangue nele.

Julian não esperou outro pedido, abriu a porta e saiu. Parado no acostamento, observou o carro de seu pai partir de volta para o Refúgio. Os cortes em seu rosto estavam se curando, mas ainda doíam profundamente. Enquanto isso, ele tentava imaginar o que mais teria ainda que fazer para seu pai, antes de conseguir o que desejava.

Bianca ficou algum tempo no quarto de Laura e depois saiu do hospital. Nicole a esperava sentada em um banco do lado de fora.

– Pronta para conhecer seu dormitório? – perguntou Nicole. – Suas coisas já estão lá.

Bianca olhou ao redor. O jardim do hospital estava vazio naquele momento.

– Estou com medo de passar mal de novo no meio de todos. Allan me deu um tipo de remédio, mas não sei...

– Bem, por hoje, vamos evitar aglomerações – falou Nicole, sorrindo. – Se continuar desmaiando desse jeito, tenho certeza de que inventarão um apelido para você. As pessoas por aqui não perdoam... Olha, tem um elevador externo lateral em cada prédio dormitório e vamos entrar por ele. Ester também pediu para que todos te dessem espaço e não a perturbassem em sua adaptação. Eles vão obedecer.

Elas começaram a caminhar pela área do fundo do hospital. Os jardins percorriam uma grande extensão até se encontrar com o anel de mata atlântica ao redor.

– Pelo menos, perto de você, minha cabeça não dói – disse Bianca.

Nicole balançou a cabeça em uma afirmativa.

– Eu acho que é porque não troquei de pele. Possuo o DNA Karibaki, mas sou considerada uma parente, assim como você.

– É engraçado vocês falarem "Karibaki" e não simplesmente lobisomem.

Nicole apenas riu do comentário.

– Minha mãe também era uma parente, certo? – perguntou Bianca. – Ester e Allan falaram um pouco sobre ela, mas não me disseram muito.

– Sim, me contaram que ela era uma parente, mas provavelmente seu pai era um Karibaki ou um parente que também carregava o legado.

Bianca parou perto da lateral do edifício.

– Por que diz isso, ele era daqui?

– Não sei, acho que ninguém nunca ouviu falar dele. Ela fugiu sozinha, até onde sei, e manteve pouco contato com os membros do Refúgio.

Ela sentiu uma pontada de decepção. No fundo, gostaria que pudessem dar-lhe mais respostas sobre seus pais.

– E o legado seria essa marca em minhas costas?

– É isso aí. O legado indica sangue puro, portanto, ou seu pai era um parente com a marca, ou ele era um Karibaki.

Elas se aproximavam da área lateral externa do primeiro prédio dormitório. Enquanto se aproximavam, Bianca não conseguia ver nenhum elevador por ali.

– Então você quer dizer que não são todos que possuem essa marca?

– Não são todos – respondeu Nicole enquanto parava ao lado da parede do edifício, num espaço entre dois arbustos verdejantes. – Algumas famílias tentam valorizar o legado, pois isso significa mais chances de ter um filho Karibaki, enquanto os parentes sem a marca indicam menos chances. Há alguns parentes que possuem o sangue tão longe do de um Karibaki que são considerados humanos. Alguns chegam até mesmo a sofrer o Pânico e não podem viver entre nós.

– E o que acontece com eles?

Nicole deu de ombros.

– Vivem vidas humanas comuns. O Conselho dá a eles missões entre a sociedade humana ou são excluídos de nossos assuntos, não sei ao certo.

– Acho esse papo de sangue puro bastante estranho.

– Para falar a verdade, eu também acho – disse Nicole, fazendo uma careta –, porém muitas famílias Karibakis baseiam suas uniões nessa probabilidade.

– Como a de Lucas?

Nicole olhou para ela em compreensão.

– Como a de Lucas – respondeu.

– Você tem o legado também?

– Tenho, veja...

Nicole virou-se e ergueu a blusa para que ela pudesse ver sua marca sobre a omoplata direita. A marca dela possuía o mesmo círculo, no mesmo lugar nas costas, como Bianca, porém não era cortado por um símbolo curvo, em vez disso, o interior do círculo era preenchido pela cor escura da marca.

– E, por causa do legado, você sofre pressão de sua família para se casar e ter filhos com quem eles acham ser a pessoa ideal? – perguntou Bianca, enquanto Nicole ajeitava a blusa novamente.

Ela se virou e ergueu a sobrancelha com o piercing.

– Você está começando a entender, mas o problema é pior com Rafaela.

– Por quê? – perguntou Bianca, enquanto Nicole a puxava pelo braço até ela também ficar entre os dois arbustos.

– É pior porque Lucas vem de uma família extremamente leal ao tradicionalismo Karibaki, o pai dele é Sérgio Mattos, um dos membros do Conselho. Rafaela tem medo de desagradá-lo e ele acabar proibindo de termos contato.

– Ele poderia fazer isso?

– Sim, ele infelizmente é o alfa, então poderia. Primeiro andar! – disse de repente, e Bianca levou um susto quando o piso se destacou do chão e começou a subir no ar. Ela teria caído se Nicole não a tivesse segurando pelo braço. A garota riu. – Esse é o elevador lateral.

– Vocês têm que parar de me assustar desse jeito! – falou Bianca, assim que conseguiu retomar o fôlego.

Nicole ainda ria quando pararam ao lado de uma parede que se abriu ao colocar sua mão sobre ela. Bianca se viu em um largo corredor muito bem iluminado por uma claraboia no centro do prédio vazado, de onde se podia ver outros corredores e portas ao redor. Havia uma escadaria central que subia e descia para outros andares. Plantas de diferentes tipos pendiam pelas paredes até o térreo. Havia um cheiro fresco e agradável no ar.

Um casal de adolescentes caminhava abraçado pelo corredor. Quando as viram, ambos abriram um largo sorriso e acenaram antes de entrar em um dos quartos do corredor.

Ela notou que sua cabeça não latejou.

– Acho que estou me sentindo melhor – disse Bianca.

– Que bom. Talvez seja porque neste edifício somente parentes possuem quartos. O lugar é misto de garotos e garotas, mas os quartos não. Geralmente, há até três ocupantes por dormitório – explicou Nicole, parando em frente a uma porta fechada, mas sem qualquer fechadura. – Não temos horário para dormir e nem somos proibidos de namorar por aí. Entretanto, cada jovem Karibaki ou parente conhece suas responsabilidades. Sabemos que nossas vidas dependem do quão sério levamos nosso treinamento aqui. Entendeu?

– Acho que sim.

– Essas portas – começou ela – foram programadas a abrirem com o DNA dos seus ocupantes ou por um dos membros do Conselho. Basta você tocar e ela se abre. O Refúgio já registrou seu DNA. Tente...

Bianca aproximou sua mão da porta e a tocou. Num instante, ela se recolheu para a lateral e elas entraram. O quarto era espaçoso e tinha duas camas, além de uma mesa arredondada com cadeiras coloridas.

– Espero que não se importe – disse Nicole enquanto entrava –, mas pedi para que fosse minha companheira de quarto.

– Eu não me importo. Na verdade, fico até feliz.

– Legal – disse Nicole, sorrindo. – Então, agora vou te mostrar como funciona o quarto. O armário fica camuflado atrás dessa parede. É só tocar aqui – explicou, demonstrando – e a porta desliza. Esse é o seu lado e esse é o meu.

Como em todos os outros ambientes que entrou, havia uma parede de vidro que se abria para uma bela sacada com jardim. Suas malas estavam espalhadas pelo chão, ao lado de uma das camas.

– Deixei a cama perto da sacada para você. Se quiser um pouco de privacidade, basta fazer isso – disse Nicole, fazendo um movimento de meia-lua no ar. Um painel holográfico apareceu bem na frente dela.

Bianca piscou surpresa.

– É simples. Fazendo esse gesto, aparece o painel de controle do ambiente. Daí, podemos mudar a textura da parede do quarto ou do vidro da sacada para qualquer cor que desejarmos. – Nicole tocou em um ícone e ele se iluminou. – Lilás – falou, e a cor da parede mudou de cor.

– Uau!

– Todas as construções do Refúgio são feitas deste material modificável, o *metamold*. Podemos programá-lo para ter a aparência que desejamos, assim como fazemos com o plano de fundo de uma tela de computador – Nicole sorriu. – Você precisa ver o que Gabrielle e as gêmeas fazem com o quarto delas... Deixei assim simples para que não estranhasse tanto as acomodações, mas depois podemos modificar. Quer ver mais?

– Quero sim!

Nicole fez um gesto como se estivesse empurrando o painel holográfico no ar e ele parou em frente à Bianca. Em seguida, começou a mostrar como funcionava. Tocou em um ícone e uma imagem menor do quarto em 3D surgiu.

– *Quarto*, mostrar fotografia de Bianca e Ágata – disse Nicole. – Encontrei esta fotografia na sua casa e a digitalizei. Agora, está vendo este ícone? – disse, mostrando para uma pequena imagem na tela formada em sua parede. – Quando tocar duas vezes sobre a parede da cópia do quarto em 3D, esse ícone aparecerá. Basta clicar nele para várias opções surgirem – disse, demonstrando como se fazia. – Agora é só eu arrastar a fotografia e...

Nicole arrastou-a para o holograma do quarto. Automaticamente, a imagem diminuiu e, com as pontas de seus dedos, ela a ajeitou sobre a parede em cima da cama de Bianca.

– E pronto! – disse a garota, virando o rosto para olhar para a parede real. Lá estava a imagem, em tamanho maior do que o original e perfeitamente colocada na parede acima da cama, como se fosse um quadro emoldurado.

– Ficou incrível! – disse Bianca, admirada. – Esse lugar e essa tecnologia que nunca vi antes... Tudo aqui é inimaginável.

– Você logo vai se acostumar.

– Posso colocar também uma fotografia minha com Laura? Eu a tenho no celular.

– Claro.

Desta vez, Nicole pediu para que ela fizesse sozinha. Em pouco tempo, a imagem foi transferida para o holograma e de lá para um lugar ao lado da fotografia antiga com sua mãe.

– Obrigada por tentar me deixar à vontade – disse, enquanto Nicole fazia desaparecer o holograma com um gesto.

– Não precisa agradecer. Eu sei que deve estar sendo complicado para você, apesar de todo mundo estar fingindo que está tudo bem.

Bianca anuiu.

– E quanto a Lucas? – perguntou Nicole, torcendo o nariz. – Vocês conversaram?

– Conversamos – disse, encarando a sacada. As duas agora estavam sentadas na cama de Bianca. – E ele me contou sobre a Giovanna.

Nicole fez outra careta.

– Uma garota *muito* doce e amável – disse em tom irônico. – Você a conhecerá, mas se certifique antes de estar bem acompanhada, quando acontecer...

Bianca cruzou os braços protetoramente sobre o abdômen. A imagem de Lucas trouxe sentimentos confusos. A primeira impressão que ele deixou nela foi bombástica e ela ter praticamente desmaiado na hora deixou ainda mais marcante o momento. Porém, havia uma grande sensação de decepção invadindo-a a cada momento que passava.

– Bem que você tentou me avisar, mas não há nada que eu possa fazer se ele já se decidiu.

– Não ligue para ele – disse Nicole. – Você vai conhecer um monte de garotos bonitos por aqui e todos estarão babando por você. Ele é quem sai perdendo e pode ter certeza de que Lucas está bem consciente disso.

Bianca sentiu-se bem em ver que ela tentava animá-la.

– Pelo menos aqui – começou Bianca – Laura está sendo cuidada. Além disso, talvez eu consiga respostas para o que me faz sentir tão estranha.

– Tomara que sim. Avise se eu puder te ajudar com algo.

Bianca sorriu e seu olhar caiu sobre as malas espalhadas pelo chão.

– Já que você tocou no assunto, eu bem que estou precisando de uma ajudinha para arrumar minhas coisas.

– Por que eu fui perguntar? – brincou Nicole. – Ok... Então, vamos ao trabalho.

Enquanto guardavam suas roupas no armário, elas conversavam. Em certo momento, o celular de Nicole tocou e ela ficou fora por duas horas. Bianca aproveitou o momento para refletir sobre o que havia acontecido nos últimos dias e sobre este novo mundo para o qual estava sendo apresentada.

Da sacada, dava para ver algumas atividades pelo lugar. Havia adolescentes indo e vindo, conversando ou se divertindo na Praça Oliva. Mais à frente, podia ver vultos através das paredes vazadas da bela construção retorcida em frente ao dormitório.

Nicole trouxe o almoço e o jantar para esquentarem no micro-ondas do quarto. Havia uma mini geladeira também. Bianca ficou aliviada por não ter que sair para comer com os outros naquele dia.

Nicole comentou que o Refúgio incentivava que todos fizessem suas refeições no pátio que ficava no andar térreo da construção à frente, o edifício Lemniscata. Do quarto, elas podiam ouvir o burburinho de conversas vindo de lá.

Durante a tarde, Nicole a ensinou melhor sobre a tecnologia do quarto. Quando a noite chegou, Bianca estava exausta. Antes de deitar, lembrou-se de tomar o remédio que Allan entregara e torceu para não sair andando pela noite.

Antes de adormecer, chorou um pouco enquanto pensava no estado de Laura e por Renan, o amigo que perdera. Lá fora chovia, dava para ouvir o barulho do vento nas árvores. Quando conseguiu dormir, já era apenas um chuvisco silencioso.

Talvez tivesse sido o efeito do remédio, pois seu sonho foi estranho essa noite. Estava novamente dentro do banheiro do quarto de sua mãe, morrendo de medo, porém, quando a porta foi estraçalhada e o monstro surgiu, uma luz forte cegou Bianca e a criatura lutou e ganiu contra algo que ela não conseguiu ver. Bianca tentou forçar a vista e enxergar na claridade, mas não conseguiu. Na cama, ela se revirava em agonia, mas o sono leve trouxe uma sensação de conforto, como a impressão de um toque quente e suave na pele de seu rosto, seguida pelo alerta da presença de alguém ao seu lado.

De repente, abriu os olhos e, num pulo, ergueu-se da cama com o coração acelerado e olhou ao redor atenta. Estava escuro, mas a luz do luar entrava pela parede de vidro que dava para o jardim da sacada. Nicole dormia profundamente na outra cama ao seu lado e estava de costas para ela. Não viu mais ninguém, apesar de ainda sentir a estranha presença. Passou os dedos em seu rosto onde sentiu o toque e imaginou que sonhara com isso também. Deitou-se novamente e tornou a cair no sono lentamente.

Seus olhos estavam se fechando, quando num canto escuro do quarto, Bianca achou ter vislumbrado o reflexo amarelado de um par de olhos nas sombras.

16

Com a luz da manhã, mesmo que nublada, e o cheiro refrescante de mata e terra úmida, Bianca sentiu-se renovada. Por ali, não havia barulhos de trânsito ou poluição, mas sim sons de pássaros e da natureza, além dos burburinhos dos jovens ao redor.

Ela não tinha muita certeza quanto ao que a esperava em seu segundo dia naquele local, andando livremente entre os jovens moradores do Refúgio. Ela tentava manter-se confiante, enquanto caminhava, e não prestar muita atenção nos murmúrios que a seguiam desde que havia saído do dormitório com Nicole.

Havia crianças, jovens e adolescentes nos corredores do dormitório, no saguão do prédio, na praça central, até no Lemniscata. Nicole explicou que eles vinham de famílias Karibakis que moravam por todo o Brasil.

Analisando ao redor, ficou admirada com a aparência de todos. Tinham corpos firmes e belos. Ela era magra, mas perto deles se sentia mole e fora de forma.

Enquanto caminhava, tentou concentrar-se e não se importar com os pescoços esticados e olhares em sua direção, mas ninguém vinha falar com ela diretamente. Alguns apenas sorriam, como um sinal de boas-vindas, ou acenavam.

Notou que a pressão em sua cabeça ainda estava lá, mas já não a incomodava tanto, era mais suave. Talvez fosse o efeito do remédio de Allan.

Um garoto de aparência oriental sentado em um dos bancos da Praça Oliva as viu se aproximar e abriu um sorriso franco enquanto se levantava e ia até elas. Ele vestia camisa xadrez justa ao peito definido, bermuda jeans, e os cabelos espetados, perfeitamente arrumados em gel. Nicole o viu e sorriu relaxada.

– Bia, esse é Ricardo Dantes, meio-irmão de Rafaela. É um parente como nós duas.

Bianca não o achou muito parecido com Rafaela, até porque ela não tinha traços orientais e ele sim, mas como Nicole disse que eram meios-irmãos...

– Oi, Nic, minha garota! – cumprimentou ele, animadamente, e em seguida se voltou para Bianca e fez uma leve mesura – Olá, celebridade...

– Oi... – respondeu Bianca um pouco sem jeito.

– Pare com essa palhaçada – disse Nicole para o garoto.

Ele sorriu mais uma vez e foi então que ela percebeu que Ricardo carregava a mesma beleza sensual e o mesmo sorriso fechado e misterioso de Rafaela.

– Pois é – disse ele, abraçando-as enquanto continuavam seu caminho em direção ao belo edifício curvo –, Nic e eu somos grandes, grandes amigos.

Bianca notou agora que ele tinha um leve sotaque do interior.

– Não ligue para ele – avisou Nicole sorrindo.

– O pessoal está um pouquinho tenso, sabe? – comentou Ricardo, como se fosse um segredo. – Devido à ordem para não te cercar com muitas perguntas, está todo mundo cochichando sobre você pelos cantos. Mas eu acho que a senhorita não vai se incomodar se eu matar um pouco minha curiosidade...

– Ric... – advertiu Nicole.

– Calma, Nic... calma... – disse ele, sorrindo enquanto as soltava e parava na frente delas. – Eu só queria perguntar uma coisinha boba.

– Tudo bem – disse Bianca para Nicole. – Não tem problema, deixa ele perguntar o que quiser.

– Viu? – disse todo convencido para Nicole. – A garota já gosta de mim de cara.

Nicole revirou os olhos.

– Faça logo sua pergunta ou ela vai se atrasar para a aula – resmungou Nicole.

Ricardo se virou para Bianca e ajeitou a camisa.

– Bianca Bley... – Ele se aproximou e baixou levemente o queixo, assim como o tom de sua voz, semicerrando os olhos enquanto a encarava – como você é a última Farejadora deste mundão todo, eu preciso saber...

Ela sorriu nervosa; ele esbanjava charme enquanto falava.

– Você tem namorado? – perguntou com um olhar provocador.

Bianca ergueu as sobrancelhas.

– Ah, pelo amor de Deus! – disse Nicole, girando os olhos enquanto o empurrava para o lado e puxava Bianca para dentro do Lemniscata.

– Pera aí, Nic! Ela ainda não me respondeu... – tentou, antes delas desaparecerem de sua vista.

– Não ligue para aquele palhaço – comentou Nicole balançando a cabeça, incrédula.

– Até que ele pareceu ser bem simpático...

– É simpático até demais... Cuidado, o sotaque charmoso dele é famoso por aqui. Às vezes, eu acho que ele deveria ter herdado o dom dos Destemidos, como a mãe dele, e não o dos Uivadores, como o pai. Mas ele é um amigo leal.

– Claro que deve ser um amigo leal – disse Bianca, olhando-a significativamente –, afinal, é o irmão dela... Apesar de Rafaela não ser nada oriental.

Nicole sorriu sem jeito e pararam sob o Lemniscata. As paredes brancas vazadas do edifício o deixavam exótico e lindo.

– A mãe de Rafaela morreu em uma missão no Mato Grosso. Pouco tempo depois, seu pai se casou com a mãe de Ricardo. A mãe dele é descendente de japoneses, mas quanto à outra coisa... – começou a garota de piercing num sussurro, dando uma olhada ao redor – não fale nada sobre nós aqui. Os quartos possuem proteção contra a saída de som, mas aqui fora é livre e os Karibakis são conhecidos por poderem aguçar seus sentidos.

– Ah... tudo bem, eu entendi. Desculpe.

E então Nicole mudou de assunto.

– Dá uma olhada no seu cadigit, Lucas me mandou uma mensagem avisando que enviaria uma programação especial de aula para você.

De sua pequena bolsa pendurada no ombro, Bianca pegou o estranho caderno que recebera de Nicole na noite passada. O cadigit. Suas folhas eram maleáveis, resistentes e... transparentes. Quando o folheava, a página ligava como uma tela de computador e permitia comunicação com a rede interna do Refúgio, além do acesso à Internet. Suas páginas possuíam ícones de programas comuns em um computador e também capacidade de gravação de dados, digitação e arquivamento. A capa colocada por Nicole era um pano de fundo negro estrelado, com o símbolo do legado dos Farejadores no centro, iluminado como se tivesse uma luz forte atrás dele.

Quando abriu o cadigit, logo viu na primeira página a programação das aulas de sua primeira semana. Virou a página seguinte, sentindo a textura diferente do caderno digital, e viu um mapa interativo do local.

Ela voltou para a primeira página e virou o caderno para Nicole ver a programação.

– Não gosto muito de primeiros dias de aula. Nunca fui de fazer amizade fácil.

– Já teve muitos primeiros dias? – perguntou Nicole, enquanto analisava sua programação.

Ela acenou positivamente.

– Mas não acho que vá ter problemas em fazer amizades nesta turma ou em qualquer outra por aqui. Nós somos seres muito sociáveis e como Ricardo mesmo disse... – Nicole fez uma pausa e sorriu. – Você é uma celebridade...

Ela riu.

– Acho que está sendo muito otimista.

– Estou falando sério! Esses colegas em especial serão muito receptivos, você vai ver... – disse, com um estranho tom no final.

Em seguida, entraram na estrutura que tinha achado fantástica assim que chegou no dia anterior, o edifício vítreo chamado Lemniscata.

O principal hall de entrada era enorme e tinha uma grande escadaria branca à esquerda. Havia belos jardins e samambaias escorrendo dos outros andares. Bianca achou aquela simbiose entre tecnologia e natureza extremamente sofisticada.

Nicole começou a explicar que no térreo ficava o Pátio Eterno, que servia de centro de convivência e refeitório geral, além de uma biblioteca. No primeiro, segundo e terceiro andares ficavam os ambientes de aula e, no quarto e quinto andares, estavam os centros de treinamento físico.

Bianca notou um grupo de garotos no Pátio Eterno, sentados em cadeiras dispostas ao redor de uma mulher adulta. Era uma bela moça de pele escura e cabelos cacheados, lembrava-se dela como um dos membros do Conselho.

Nicole percebeu para onde Bianca olhava.

– Membros do Conselho também são instrutores, aquela é Carolina Porto. Ela será sua instrutora particular de Controle hoje – explicou Nicole enquanto a levava para a larga escadaria branca. – Vamos direto para o seu ambiente de estudo. Posso não gostar muito de Lucas, mas tenho que admitir que ele escolheu uma primeira aula perfeita para você hoje: História Karibaki. Gabrielle está nesta turma.

– Gabrielle? – perguntou, erguendo as sobrancelhas. – A sua irmãzinha de dez anos?

– É... – respondeu Nicole, tentando segurar um riso, enquanto subiam a grande escadaria.

– Você está brincando, né? – perguntou desconfiada da resposta que receberia, mas Nicole apenas sorriu divertida.

– Não, não estou...

Bianca ia dizer algo, mas, assim que pisou no primeiro andar, ficou pasma e um pouco desorientada.

Ela esperava corredores e salas de aula no comum sentido, porém tudo ali era diferente e o próprio espaço onde deveriam ficar as turmas era exótico. Não havia realmente "salas de aula", o andar era muito amplo e todo bem iluminado, as paredes muito altas e grandes espaços intricados com curvas graciosas.

– Veja e entenda – apontou Nicole.

Há alguns metros delas, uma turma de jovens alunos se acomodava em cadeiras azuis confortáveis. Um homem em pé junto a eles fez um gesto circular no ar e um painel holográfico surgiu. De repente, logo após um comando de sua mão, Bianca viu surgir do teto e do chão faixas de metal e vidro que os circularam conforme cresciam, juntando-se para criar um ambiente completamente fechado e opaco. Em segundos, pareciam paredes que sempre estiveram por ali.

– Mas como...?

– Esse lugar é todo moldável, Bia. Você vai se acostumar.

– Eu nunca ouvi falar de um material assim. Que tipo de tecnologia é esta?

– Isso é complicado de explicar. Esse Refúgio existe há centenas de anos e já estava aqui antes de chegarmos à América. Nem sempre ele teve essa aparência que você vê hoje, pois os edifícios se adaptam à cultura e aos desejos do Conselho que o controla – explicou Nicole. – Porém, nossa tecnologia, não importa a época, está sempre a alguns passos à frente da humana, mas não muito. Entretanto, o *metamold*, que é o material do qual é feito tudo aqui, existe desde sempre para nós e a informação de como ele surgiu se perdeu em nossa história.

Bianca ergueu as sobrancelhas.

– Quer dizer que vocês não sabem quem o criou?

Nicole assentiu enquanto seguiam por caminhos intricados de paredes que iam acabando de ser construídas e outras já existentes.

– Altan decide quando nossa tecnologia deve avançar e nos apresenta novidades em armas e equipamentos. Sempre foi assim. Centenas de anos atrás, o viam como um espírito enviado pela Lua, mas hoje sabemos que ele não é nada disso. Altan é apenas uma inteligência artificial.

– E o resto dos seres humanos não desconfia da existência desse lugar?

– Esse é o nosso maior segredo – disse Nicole, e então apontou para uma entrada curva e sem portas. – É aqui... Quando acabar a aula e você se sentir perdida, é só se guiar pelo mapa em seu cadigit. Ele também se altera em tempo real, conforme as salas de aula e os corredores são modificados. Não tem como se perder.

– Obrigada – disse Bianca, rezando mentalmente para não se perder naquele labirinto.

Entraram em um ambiente com paredes curvas, voltado para a lateral do edifício. O lugar era todo iluminado com uma luz tênue natural e a temperatura, refrescante. Pufes arredondados e macios, em diversos tons e cores, estavam espalhados. Havia doze crianças sentadas confortavelmente, com idade entre sete e doze anos, segurando cadigits. Uma mulher loira era a única adulta ali. Todas viraram seus olhinhos curiosos assim que entraram.

– Bianca! – festejou uma menina correndo em sua direção com os braços abertos. Era Gabrielle. Bianca sorriu e a abraçou, enquanto muitos "ois" animados surgiram no ar.

– Bem – disse Nicole com um sorriso matreiro –, estes são seus novos colegas de turma e como eu disse... são bem receptivos...

Bianca não disse nada. Sua surpresa falou por ela.

Lucas me colocou para estudar com as criancinhas!

Ela ainda podia ouvir o risinho abafado de Nicole enquanto saía da sala. Uma risada sonora soou no ar e a mulher loira ergueu-se de seu confortável pufe.

– Bianca Bley, você precisava ver sua cara quando entrou aqui – disse a mulher sorrindo. – Sim, menina, esta é a turma correta! Seja bem-vinda, Farejadora!

– Obrigada – começou Bianca, ainda sem saber bem o que dizer.

– Desculpe por rir... – disse, fazendo um gesto para que se aproximasse mais. – A propósito, meu nome é Andréa e sou a instrutora da turma de História Karibaki. Nós estávamos esperando por você.

– Sente-se perto de mim – disse Gabrielle, puxando-a pela mão até um grande pufe laranja, onde havia uma linda menina negra encostada. Ela tinha cabelos cacheados e, quando sorriu, Bianca foi imediatamente fisgada pelos seus olhos azuis.

– Oi, sou Polyana – disse a menina. – Tenho sete anos e sou uma futura Karibaki dos Furiosos. – E então a menina virou seus olhos incríveis para Andréa que acenou aprovando-a. A menina sorriu.

– Olá – cumprimentou Bianca enquanto se sentava. Ela notou que a professora deveria ter orientado como se apresentarem para ela nesta primeira aula. Porém, uma coisa na apresentação da menina a deixou intrigada. – E como você sabe que será uma futura Karibaki?

As crianças riram como se ela tivesse feito uma pergunta boba.

– Porque eu tenho sete anos e não desenvolvi a habilidade de não sentir dor dos parentes Furiosos. Então, eu vou trocar de pele até meus treze anos e daí meu corpo será mais forte e resistente do que qualquer outro Karibaki, porque serei uma Furiosa. Entendeu?

– Entendi, obrigada – respondeu, sem deixar de se espantar com a naturalidade que a menina encarava sua natureza.

Então, ela se lembrou da conversa que teve no dia anterior com Nicole, quando passaram o dia no quarto. Sua nova amiga havia explicado sobre as diferenças entre as habilidades especiais daqueles que eram trocadores de pele e daqueles que eram apenas parentes. A única exceção eram os Farejadores, pois o dom era o mesmo em ambos os casos.

A partir daí, várias crianças começaram a se apresentar empolgadas. Tentou decorar os nomes e as linhagens de todas, mas logo em seguida começou uma chuva de perguntas.

– Você é realmente uma Farejadora? – perguntou um menino oriental sentado em um pufe verde-claro. O nome dele era Eric, um parente Uivador de dez anos.

– Está farejando algo agora? – perguntou Andressa, uma parente Destemida também com dez anos. Ela era mulata e seus cabelos castanhos estavam presos em uma única trança.

Houve um murmurinho com a pergunta.

– Você é tão bonita... – falou um menininho de olhos doces e brilhantes, que não parecia ter mais do que oito ou nove anos. O nome dele era Gustavo, era irmão de Andressa e também um Destemido.

– Você quer conhecer o Piu? – disse Francis, um garotinho de nove anos, parente dos Furtivos. Ele ergueu a mão e houve um leve bater de asas. Um passarinho pequeno e comum, de penas marrons e olhar inquieto, pousou em seu dedo. – Esse é Piu. E, Piu, esta é Bianca, a Farejadora.

Ela olhou curiosa para o passarinho. Como Gabrielle e seu pai, o garotinho era um parente Furtivo que também tinha um animalzinho como companheiro.

Miau... – disse o gato de Gabrielle, subindo no pufe ao lado da dona para olhar o passarinho com curiosidade. Mariana e Laís, suas duas amigas gêmeas, também estavam na sala.

Bianca sorriu para todas as crianças, porém uma chamou mais a atenção do que as outras. Era um menino de olhar cabisbaixo e carrancudo, que deveria ter uns doze anos. Ele se destacava ali porque parecia estar bastante fora de forma. Até aquele momento, ela não tinha visto ninguém com proporções tão arredondadas como as dele no Refúgio.

Ele percebeu que ela o encarava e devolveu-lhe um olhar cortante, que a fez desviar imediatamente o rosto.

– Você não é um pouco velha demais para estar tendo ainda aula de História Karibaki? – provocou ele.

– Leo, não seja rude – interferiu a instrutora de forma delicada. – Como todo mundo sabe, ela não foi criada como nós e sim como uma humana, por isso vai começar do início.

O garoto não respondeu, apenas voltou a ficar cabisbaixo.

– Não se preocupe – sussurrou Gabrielle ao seu lado –, Leonardo é grosso mesmo e ninguém aqui gosta dele.

Bianca notou que, assim que Gabrielle falou, o garoto olhou de soslaio para elas, enrugando ainda mais o cenho.

– Tudo bem... – disse hesitante, e então todos aqueles olhinhos ansiosos se voltaram para ela. – Eu posso explicar... Não conheço nada sobre vocês ou a História Karibaki porque… Bem, meus pais morreram quando eu era muito pequena. Minha irmã mais velha, a filha de meu padrasto, devia saber sobre vocês, mas preferiu esconder isso de mim enquanto nos mantinha mudando de cidade o tempo todo, provavelmente fugindo daqueles que mataram nossos pais.

Mais expressões de espanto e curiosidade pela sala.

– Aqui ninguém vai te machucar – disse o menininho Gustavo, dos Destemidos.

Bianca sorriu para ele.

– Muito bem – disse Andréa –, agora que sabem um pouco mais sobre ela, o que acham de revermos nossa história mitológica de origem?

Muitas afirmações foram feitas pela sala, eles pareciam animados com a proposta. Gabrielle esticou a mão como um raio.

– Posso contar, professora?

Leonardo, o menino mais velho e fora de forma, bufou.

– Gabi, é claro que pode! – respondeu Andréa e, virando-se para Bianca, explicou: – Ela é uma de nossas melhores contadoras.

Gabrielle sorriu orgulhosa enquanto andava até o centro da sala e alisava sua blusa cor-de-rosa e shorts jeans.

– Mas, Gabi, sem exageros, hein! – pediu a professora enquanto se acomodava no pufe para observar.

Ela concordou muito séria e então olhou ao redor, para verificar se todos estavam atentos. Gabi mudou sua postura, respirou fundo e começou.

Na verdade, quando a professora explicou que a menina era uma boa contadora de histórias, Bianca imaginou obviamente que ela iria ficar ali parada no meio da sala, falando tediosamente até cansar todo mundo. Porém, não foi bem assim que tudo aconteceu. Não foi nada assim…

Gabrielle ficou em pé no meio de todos, mas conforme fazia movimentos rápidos e precisos com as mãos, hologramas de ícones e pequenas telas surgiam à frente, como se ela estivesse organizando algo.

Bianca ainda estava tentando entender o que ia acontecer quando, de repente, o lugar escureceu e a sala de aula desapareceu. Teve uma vertigem quando se viu no meio do espaço sideral. Estrelas brilhantes a rodeavam. Não havia mais chão ou pufes, pois estavam sentados no espaço, cercados por estrelas brilhantes e galáxias. Até a temperatura da sala ficou mais fria. E então Gabrielle começou a falar com seu melhor tom dramático:

– Tudo começou quando aqueles que foram chamados de deuses começaram a brigar. Os bons deuses se uniram para conseguir vencer o ambicioso deus Hoark, o Destruidor…

Os hologramas que estavam na frente da menina não podiam mais ser vistos por Bianca, mas a menina ainda se movimentava largamente no meio do espaço sideral, como a regente de uma orquestra. Bianca ficou fascinada.

Silhuetas luminosas surgiram em meio às estrelas e iniciaram uma guerra de luzes. As sombras luminosas iam ficando maiores à medida que o embate ficava mais violento. Uma das silhuetas era vermelha, o que indicava claramente ser o deus Hoark. Por fim, Hoark diminuiu e explodiu, deixando tudo escuro e quieto novamente. Somente as estrelas brilhavam no espaço.

– Mas Hoark ainda não estava morto! – exclamou Gabi. – Uma pequena chama de seu poder conseguiu se esconder em um canto isolado do universo...

Gabrielle, com um movimento das mãos, moveu as estrelas de lugar, e Bianca piscou maravilhada, pois reconhecia aquele sistema solar. Distante e mais à frente, podia ver o sol e ao redor oito planetas em sua órbita. Um agigantou-se perto deles, era a Terra. Uma pequena luz vermelha fez seu longo trajeto pelo espaço até alcançar a esfera.

– Escondido na Terra, Hoark prometeu vingança. Enquanto descansava e se recuperava, o deus refletiu sobre os motivos que o levaram à derrota na guerra dos deuses. Ele percebeu que era porque tinha lutado sozinho o tempo todo, enquanto seus irmãos uniram forças contra ele. Então, sabendo que nenhum outro deus se juntaria a ele por não concordarem com suas ambições, Hoark quis criar seus próprios aliados. Ele resolveu ter filhos. O Destruidor acreditava que estes filhos formariam um poderoso exército e seriam suas armas mais fiéis e mortais na guerra contra seus odiosos irmãos divinos.

A imagem da Terra se ampliou e Bianca viajou pela sua órbita e atmosfera até alcançar o oceano onde ficaram pairando.

– Hoark, mesmo achando que a Terra era um ser celeste abaixo de sua divindade, procriou com ela. Dessa união, várias criaturas monstruosas foram geradas e, entre elas, nós, os Karibakis.

Bianca desviou os olhos no momento em que a silhueta de um Karibaki em sua forma monstruosa surgia no horizonte. Imediatamente se sentiu zonza e trêmula.

– Enquanto seus filhos cresciam, Hoark contou histórias horríveis sobre seus tios celestiais. Inflamados pelo sentimento de vingança contra aqueles que um dia ousaram machucar seu criador, os Karibakis prometeram lutar ao seu lado. Hoark tinha orgulho de nós, pois éramos os mais fortes, belos e inteligentes.

Outras imagens surgiram. Em pé, sobre as areias de uma bela ilha no meio do oceano, estavam seis pessoas de porte altivo, quatro homens e duas mulheres. O semblante deles era feroz e possuíam aquele brilho amarelado nos olhos.

– Entretanto, para testar nossa força e lealdade, Hoark preparou uma guerra particular contra os primeiros filhos da Terra, nossos meios-irmãos, os humanos.

Ela notou que o oceano tinha sumido e que agora estavam sobre terra batida. Olhou em volta, era uma cidade de arquitetura grega antiga. Colunas jônicas se erguiam dando as boas-vindas aos visitantes de um templo grego ainda em perfeito estado.

Havia vida à sua volta.

Pessoas iam e vinham conversando em túnicas brancas, vendendo e comprando. Uma menininha passou correndo bem ao seu lado enquanto perseguia um filhotinho de cão. Bianca sorriu para a cena. O cão parou no meio da praça e começou a latir para todos os lados. A criança parou, olhando atônita para o animal. De repente, uivos surgiram ao longe e em seguida muitos gritos encheram o ar. O coração de Bianca saltou, enquanto os olhos da criança se arregalavam de terror. Ela reconhecia o medo dela. E então algo tocou em seu braço. Bianca deu um salto e virou-se assustada: era Polyana, com seus brilhantes olhos azuis.

– Não tenha medo, são apenas hologramas e não podem te machucar.

Era impossível evitar, ela estava apavorada. Talvez Gabrielle também tenha percebido isso porque rapidamente a cidade se afastou até ser apenas uma silhueta a distância. Gritos de puro terror e rosnados podiam ser ouvidos de longe. Ela estremeceu e sentiu lágrimas escorrerem, era o som de um massacre.

– Os Karibakis lutaram como nosso pai desejava. A Terra, nossa mãe, ficou horrorizada com o que ele nos obrigou a fazer e imediatamente se arrependeu de sua paixão por Hoark.

Luzes de relâmpagos cortavam o céu e trovões podiam ser ouvidos no ar enquanto grossa chuva começava a cair.

– De alguma forma, os Karibakis puderam sentir a lamentação da Terra e, no final da batalha, encararam o horror que tinham feito. A cidade estava destruída. Homens, mulheres e crianças mortos impiedosamente. Enquanto a chuva caía como um lamento, a Terra os lembrou de que os humanos eram seus meios-irmãos e não seus inimigos. E então, os Karibakis se arrependeram.

A imagem mudou, mostrando seis silhuetas em suas formas humanas saindo da cidade. Estavam maculados pelo sangue de inocentes e suas cabeças baixas da vergonha que carregavam.

– Quando voltaram para a bela ilha, foram até o palácio de Hoark.

A imagem mostrou os seis perante uma imensa sombra.

– Eles contaram ao Destruidor que estavam arrependidos por tirarem a vida dos humanos, os filhos preferidos da Terra. Hoark apenas riu e declarou que os humanos nada mais eram do que filhos de um ser celeste inferior e por isso não mereciam o pesar dos Karibakis. E mais, contou detalhadamente sobre seus planos de continuar o massacre contra os humanos e suas cidades, como um simples treinamento para a verdadeira guerra que teriam em pouco tempo, contra seus tios divinos em outro recanto distante do universo.

Gabrielle fez uma pausa e depois continuou.

– Os seis primeiros Karibakis se entristeceram com o que ouviram, e a primeira alcateia decidiu abandonar Hoark e seus planos de guerra. Unidos, eles fugiram.

Bianca se viu cercada por uma pequena aldeia próxima a uma cidade no alto de uma colina. Os Karibakis pareciam felizes interagindo com as pessoas locais.

– Hoark ficou muito bravo, mas ele tinha outros filhos para usar em seus planos de destruição. Os seis primeiros viviam próximos a uma pequena cidade grega e três anos se passaram. Os Karibakis se apaixonaram por humanos e estavam felizes, porém a maldade de Hoark não tinha fim. Ele descobriu onde viviam e, para se vingar, enviou à cidade uma de suas mais novas e terríveis criações, um Tau.

Um objeto em formato de uma ânfora grega enegrecida foi mostrado sendo doado a um templo na cidade.

– Os Karibakis esperavam algum tipo de vingança de seu criador, porém o que não esperavam era que um deles ajudasse Hoark. O Tau foi ativado por um traidor da alcateia, o mais novo dos filhos trocadores de pele, e assim, pela primeira vez, uma hoste de Griats foi liberada de um Tau e criaturas famintas atacaram os humanos indefesos.

Bianca se arrepiou quando viu surgir, do lugar de onde estava o vaso, veios escuros e pulsantes dos quais nasciam criaturas grotescas, diferentes das que vira na balada, mas igualmente apavorantes.

– Durante a noite, os outros Karibakis ouviram os gritos de socorro e acordaram. Perceberam imediatamente a falta do irmão mais novo, porém correram o mais rápido possível para dentro da cidade em perigo.

As imagens eram realistas demais. Uma hora ela estava na vila fora da cidade, enquanto os Karibakis acordavam ao som de gritos da cidade em chamas. Em outro segundo, estava no meio dos humanos tentando escapar da sina de serem devorados. As imagens mais violentas não eram muito claras, apenas silhuetas e sombras desfocadas. Provavelmente, porque na aula havia crianças pequenas demais ainda. Bianca agradeceu, pois havia coisas que não queria ver.

– A corajosa Nínive liderou o combate por toda a noite, mas os Griats não paravam de surgir, deixando-os esgotados. Galen, o beta da alcateia, tentou descobrir de onde surgiam, ele foi o primeiro a perceber que nasciam do Tau.

Enquanto Belisário, com sua grande força, e Alana, com sua destreza, mantinham as criaturas ocupadas, Fedro foi o primeiro a conseguir se aproximar do artefato e finalmente desativá-lo.

A cena mostrou as silhuetas dos Karibakis lutando contra as criaturas e então conseguindo desativar o Tau, mas Bianca fechou os olhos. Ela se sentia mal e não conseguia sequer observar suas silhuetas monstruosas.

– No final, os poucos humanos que puderam salvar contaram que a coisa que acharam ser uma simples ânfora tinha sido dada de presente pelo irmão mais novo dos trocadores de pele.

Os Karibakis foram mostrados ouvindo os humanos feridos que tinham salvado. Suas feições iam se modificando até exprimirem o ódio que sentiram ao descobrir a traição.

– Descobrindo a deslealdade imperdoável contra a vida das pessoas que aprenderam a amar, os outros cinco Karibakis nomearam o traidor de Pérfido, o maldito.

Uma imagem mostrou a silhueta do irmão traidor ajoelhado perante a grande sombra que era Hoark.

– Mais tarde, souberam que o maior desejo do Pérfido era ser amado pelo seu pai Hoark, mais do que ser amado por seus irmãos ou por qualquer humano na Terra. Ele ainda desejava que o Destruidor tivesse orgulho dele.

A imagem voltou para a cidade destruída.

– Naquela noite, Fedro, ao encontrar o corpo de sua humana amada, morta durante o ataque dos Griats, uivou de dor. Os outros quatro imediatamente o acompanharam em seu lamento, pois seus espíritos estavam feridos. Seus uivos foram tão tristes que alcançaram o céu e tocaram o coração da irmã da Terra, a Lua. E dizem que naquela noite a Lua falou com eles.

A imagem da Lua se tornou grandiosa no céu escuro da noite. As cinco silhuetas olhavam para cima.

– Lua disse que também amava a Terra e os seres humanos. Ela também contou que dali do céu tinha visto tudo o que aconteceu com sua irmã Terra desde que Hoark, o Destruidor, chegara. Contou também que foi testemunha de quando os Karibakis se negaram a continuar matando os humanos, mesmo contra o desejo do Destruidor.

O céu estrelado mostrava a Lua cheia, testemunhando a decisão.

– Lua decidiu ajudá-los e fez uma boa proposta para os primeiros Karibakis bonzinhos. Ela disse que, se os cinco restantes renegassem Hoark como pai deles e jurassem proteger seus meios-irmãos humanos para sempre, Lua os adotaria e os amaria como verdadeiros filhos... Além disso, os Karibakis não mais seriam conhecidos como os Filhos de Hoark, o Destruidor, mas sim como os Filhos da Lua.

A cena mudou para os cinco rodeando uma tabuleta de pedra com inscrições numa estranha língua. Lua pairava sobre eles.

– Naquela noite, os Karibakis fizeram um juramento para ela, que ficou conhecido como o Acordo. A cada um, Lua deu uma gota de seu sangue e também um presente: os dons que deram origem aos nomes das cinco linhagens. O dom do legado dos Destemidos, dos Furiosos, dos Furtivos, dos Uivadores e dos Farejadores.

Bianca viu surgir sobre cada um deles marcas iluminadas. Reconheceu que uma delas era a marca que possuía nas costas.

– Contudo, para manterem a promessa feita no Acordo de proteger os humanos, os Filhos da Lua sabiam que precisavam atacar o mal pela raiz e destruírem Hoark. Então, logo após enterrarem seus mortos, os Cinco do Acordo viajaram entre diversas cidades gregas em busca de aliados que temiam o poder da ilha em que se encontrava o Destruidor.

As imagens mostraram os cinco Karibakis entrando em diversas cidades e pedindo ajuda para seus governantes gregos.

– Atenas foi a primeira cidade a reconhecer o poder terrível da ilha em que havia se instalado o Destruidor, então aceitou se juntar aos Karibakis e se prepararam para um ataque avassalador contra Hoark, o Pérfido e as criaturas Griats.

A cena mostrava uma noite tempestuosa em que navios gregos alcançavam a costa de uma ilha onde pairava a sombra de Hoark.

– Finalmente, depois de muito tempo de guerra e sangue, Hoark se viu acuado e fugiu como um covarde, levando com ele suas criações mais cruéis para lutarem na guerra contra os outros deuses. Entretanto, na hora de partir, abandonou o Pérfido na Terra. Ele ainda não confiava completamente nele, já que, antes de se voltar contra os Karibakis, o Pérfido havia traído Hoark primeiro.

A imagem mostrou a sombra de Hoark partindo em direção ao céu e o Pérfido caindo no chão de joelhos, abandonado na Terra.

– Contudo, sua maldade não tinha fim – disse Gabrielle – e, antes de partir, amaldiçoou o futuro dos Karibakis que o renegaram. O Destruidor escolheu milhares de suas armas mais letais, os Taus, e escondeu-as na Terra, prometendo que um dia todos os Taus seriam ativados de uma só vez, e o planeta cairia em uma escuridão de sangue e dor, em que os humanos seriam destruídos e com eles todos os descendentes dos primeiros Karibakis. Chamamos essa maldição de a Sombra de Hoark.

As imagens agora mudavam rapidamente.

Figuras de artefatos eram mostradas, assim como as de criaturas temíveis saindo delas para atacar humanos que viviam na antiguidade. Ela conseguia reconhecer algumas daquelas criaturas, muitas povoavam o folclore dos povos pelo mundo.

De repente, um chiado horrível fez Bianca olhar para o lado. Uma criatura com diversas cabeças de cobra serpenteou no ar, enquanto pessoas gritavam para se salvarem. Instintivamente, ela deu um salto para longe da criatura e então o cenário mudou.

Estava em um navio pequeno a vela quando ouviu uma canção. Olhou para o mar e lá havia uma criatura como um peixe de cabeça grande, cheia de dentes. Os homens do navio olhavam fascinados para a criatura, alguns começaram a se jogar no mar e ir em sua direção. Foi então que um homem saiu gritando do porão do navio e, sacando um arco e flecha, acertou o monstro que não pareceu sentir muita dor. Em seguida, um rapaz de longos cabelos surgiu ao lado dele e rosnou em fúria enquanto começava a trocar de pele. Ela desviou o olhar enquanto se arrastava para longe da cena.

– Durante eras, caçamos Taus, Griats e Pérfidos para protegermos a humanidade e, consequentemente, a nós mesmos...

E então foi como se as luzes fossem acesas.

As imagens desapareceram e Bianca se viu num canto afastado da sala, praticamente encolhida contra a parede. As crianças viraram seus rostinhos, procurando por ela. Os risos foram gerais, é claro.

Gabrielle esbugalhou os olhos quando a viu.

– Desculpe – disse, olhando confusa para Bianca e depois para a professora –, eu usei a versão para crianças até seis anos.

Versão para seis anos? – pensou Bianca completamente incrédula, enquanto tentava se recompor.

– Eu esqueço o quanto essas imagens são vívidas e que você não foi acostumada com nossa tecnologia – disse Andréa.

Envergonhada, Bianca levantou-se e caminhou de volta até seu pufe, que tinha reaparecido na sala. Gabrielle sentou ao seu lado com um olhar desconsolado. A menina não imaginava o quanto sua pequena apresentação de história chocara Bianca.

– Gabi, não se preocupe – comentou, tentando animar a menina. – Eu me assusto por bobeira, sua apresentação foi ótima.

A menina deu um sorriso fraco.

– Quer fazer alguma pergunta? – perguntou Andréa para ela.

– Talvez algumas centenas, mas só depois que eu parar de tremer.

Andréa e as crianças riram novamente, até Gabrielle riu, mas não o menino rechonchudo.

– Se ela é uma Farejadora, não deveria ter medo de Griats, muito menos de um holograma ridículo – comentou o menino.

– Faremos assim... – interrompeu a instrutora imediatamente, ignorando o comentário maldoso – todos deverão fazer uma pesquisa em nossa biblioteca sobre as criaturas da mitologia humana que, na verdade, eram Griats, manifestações de Taus. Assim, aos poucos, Bianca aprenderá sobre nossa história e entenderá nossos inimigos. – E então Andréa se levantou indicando que a aula havia acabado.

Todos os alunos, menos Leonardo, pareceram ficar eletrizados pela ideia. Andréa se aproximou e ofereceu qualquer ajuda que precisasse. Ela era uma parente dos Uivadores.

Quando Bianca saiu da sala, viu que alguém a esperava no corredor. Não conseguiu deixar de sorrir ao ver Lucas, encostado na parede ao lado da saída da sala.

– Oi! – disse ele. – Vim dar uma olhada em como está sendo seu primeiro dia. Como fui eu quem te descobriu na clareira, o Conselho me deu esta tarefa e espero que você não se importe...

– Eu não me importo – foi logo dizendo.

– E então, como foi sua primeira aula?

– Bem... Acho que nesta aula acabei de descobrir o que realmente significa a ideia de aprender "entrando na história". Nunca imaginei que estudar o passado poderia ser tão assustador.

Lucas sorriu.

– Vai se acostumar. São só imagens, sons e cheiros projetados pelo *metamold*.

– Nunca a palavra "só" pareceu tão absurda para mim – comentou.

– Ei, Bia! – chamou alguém e ela se virou. Era Ricardo se aproximando com Nicole. Ele acenou e Nicole apenas cruzou os braços e fechou a cara. – Vem, queremos te mostrar o lugar.

Bianca olhou para Lucas. No fundo, ela realmente não queria ir, preferia ficar com Lucas um pouco mais, mas também se lembrava da conversa que tiveram no quarto de Laura no hospital. Ele estava comprometido com uma garota que também vivia no Refúgio. Achou melhor ir com seus amigos.

– Vou com eles – disse, antes de baixar os olhos e se afastar. Ele acenou compreendendo.

Bianca, Nicole e Ricardo fizeram um tour pelo Lemniscata. Em si, o lugar era praticamente a mesma coisa por toda parte, o que mudava era o que era moldado. Animais passeavam livremente. Em sua maioria, eram animais domésticos e pássaros, os companheiros dos parentes Furtivos.

Por todo o lugar, havia jovens. Alguns formavam grupos adolescentes vestidos com roupas escuras, em estilo mais sombrio, outros, mais vivazes, conversando alegremente ao redor de um violão, outros andando de skate na Praça Oliva ou praticando esportes com bola. Enquanto caminhavam, muitos a cumprimentavam ou paravam para se apresentar. Ricardo e Nicole sempre explicavam quem eram e se eram trocadores de pele ou parentes.

Quando chegou a hora do almoço, o refeitório no Pátio Eterno estava cheio. Sentaram-se juntos em uma mesa e começaram a conversar sobre as aulas que teria durante a semana. Enquanto comia e ouvia tudo, Bianca se distraiu olhando ao redor.

Jovens e crianças conversavam animadamente enquanto comiam. Havia uma energia diferente no ar, não era como estar em um refeitório dentro de uma escola comum.

Em certo momento, em uma mesa perto do espelho d'água junto ao refeitório, notou uma garota olhando-a fixamente. Ela era bonita, tinha longos cabelos castanho-claros, um rosto delicado, e deveria ter a mesma idade que ela. Bianca sorriu cordialmente, mas a garota endureceu ainda mais a expressão. Bianca ficou sem jeito e desviou o olhar.

– Aquela é Giovanna Guedes – disse Nicole ao seu lado. Ela tinha notado a cena. – Ela não é a pessoa mais doce deste lugar... Imagino que esteja morrendo de ciúmes de você. O boato de que aconteceu algo entre você e Lucas se espalhou e alguns já estão até apostando se ele vai ou não quebrar a promessa com a família dela.

– Quebrar a promessa? – perguntou Bianca. – Ele poderia fazer isso?

Nicole ergueu os ombros.

– Poderia, mas é rara a quebra de promessas e geralmente traz um grande constrangimento para a família daquele que a quebrou, portanto acho improvável Lucas fazer isso, mesmo você sendo a última parente Farejadora. Sinto muito, Bia.

Não adiantava se sentir desapontada. Tentou afastar seu pensamento de Lucas e Giovanna. Então, ela se lembrou de algo que desejava falar com Ricardo.

– Ricardo, eu posso te fazer uma pergunta sobre seu dom?

– Pode perguntar – respondeu ele enquanto já atacava a sobremesa, um pudim.

– Estou aprendendo algumas coisas sobre as habilidades dos Karibakis trocadores de pele e dos Karibakis parentes. E pelo que entendi, enquanto os Karibakis Uivadores podem sentir a ativação dos Taus, descobrir informações sobre eles e desativá-los, os parentes de Uivadores, como você, podem invocar espectros e espíritos, certo? Então, eu pensei que...

– Epa, epa, epa! – interrompeu Ricardo, que, exasperado, largou o pudim e ergueu as mãos. – Se vai me fazer esse tipo de proposta indecente, me convide pelo menos para um sorvete antes!

Nicole riu.

– Ele morre de medo de espíritos e espectros...

– Sério? – perguntou Bianca, incrédula, lembrando-se de que as gêmeas Uivadoras de dez anos, amigas de Gabrielle, não pareciam nem um pouco atemorizadas na noite em que Nicole contou que estavam invocando um espectro.

– Não é medo – disse Ricardo, tentando se explicar –, é só um receio natural de quem precisa lidar com esse tipo de... coisa. Além do mais, Bianca, eu sei o que vai me pedir – disse ele, amenizando as palavras –, mas acontece que todo mundo sabe que, desde a Noite da Aniquilação, os espectros e espíritos dos Farejadores estão em silêncio. Ninguém nunca conseguiu se comunicar com eles. Portanto, eu não conseguiria falar com sua mãe.

– Eu não sabia – disse Bianca, tentando não parecer muito desapontada.

– Isso é verdade – disse Nicole. – Rafaela me contou também. Ninguém sabe bem o motivo e, apesar de existir um grupo de parentes Uivadores que tenta constantemente entrar em contato com os espíritos dos Farejadores, nada nunca aconteceu.

– Pois é... – falou Ricardo. – Nem mesmo Andréa já conseguiu.

– Mas por quê? – perguntou Bianca.

– Não sei – respondeu Ricardo. – Uma vez perguntaram isso durante minha aula de História Karibaki anos atrás e Andréa explicou que ela achava que os espíritos estavam provavelmente esperando o momento certo para se comunicarem. Ela não acreditava na possibilidade da extinção espiritual.

– Extinção espiritual? – perguntou, confusa.

– Sim – começou ele –, alguns Uivadores defendem a ideia de que, com a extinção dos Farejadores, seus espíritos também desapareceram da face da Terra, mas eu não acredito nisso. Você está aqui, não está? Seu espírito veio de algum lugar, portanto acho que a ideia de Andréa está mais correta. Os espíritos estão em silêncio por algum motivo.

– Então não tem como eu falar com minha mãe?

– Infelizmente, não – respondeu Ricardo.

– E mesmo que os espíritos dos Farejadores estivessem se comunicando – começou ele –, não significaria que você conseguiria falar com ela, pois o mundo espiritual é complicado... Mesmo lá, eles seguem hierarquias e não podem nos contar tudo, ou interfeririam demais no nosso mundo. Alguns espíritos não chegam a conseguir autorização para falarem conosco.

– Isso é estranho... – comentou Bianca. – Se vocês falassem com eles, talvez descobrissem os motivos da linhagem ter sido perseguida e de minha mãe ter sido morta.

Ricardo balançou a cabeça concordando.

– Nosso mundo é muito estranho, Bia...

Ela encolheu os ombros um pouco desapontada.

17

O resto do dia foi bem interessante. As turmas variavam, assim como as idades. Ela teve aula de Geo-Sobrevivência, com Nicole como colega de turma, e ali conseguiu se acostumar melhor com a tecnologia de projeção de imagens vívidas. A instrutora Furiosa se chamava Ana Gomes e era um dos membros do Conselho.

Ana era uma mulher por volta de seus quarenta anos, corpo atlético e grandes olhos. Ela transbordava energia e vitalidade quando falava sobre as características geográficas da floresta tropical. Era como se estivesse revivendo uma grande aventura. Quando ela se apresentou, explicou que suas habilidades Karibakis, somadas à sua força e vitalidade extrema, a ajudavam a viajar pelos cantos mais perigosos do planeta e a retornar sã e salva.

Depois de contar algumas de suas aventuras, Ana programou a sala para ser uma floresta tropical e os ensinou a encontrar um tipo de planta capaz de ajudar a cicatrizar mais rapidamente ferimentos em humanos. Os Karibakis, na sala, aprenderam a encontrá-la pelo cheiro. Eles não precisavam se transformar para alterar seus sentidos, o que a deixou aliviada.

No final da aula, Ana pediu para que Nicole ajudasse a revisar os principais pontos sobre rastreamento na mata. Bianca achou que essa revisão era para ela, a novata da turma.

Em seguida, foi para a aula de Língua Ki, ou seja, a língua Karibaki. Jorge Porto era o instrutor. Bianca se lembrava de ter conversado com este senhor na noite anterior à chegada dela no Refúgio.

A turma dele também era composta pelas mesmas crianças da aula de História, porém não se importou. Gabrielle sentou ao seu lado e a ajudou a decodificar a escrita Ki no seu cadigit. A escrita era muito antiga e, por isso mesmo, baseada em signos geométricos e ideogramas.

Por fim, Bianca descobriu que teria uma aula particular, chamada Controle. Geralmente, a aula também era em grupo, mas o Conselho havia decidido que com ela seria diferente, pelo menos no começo.

Na aula de Controle, a sala era moldável como todas as outras no Lemniscata. As paredes criadas eram de vidro opaco azul-escuro. Na entrada, havia um pequeno armário para colocar seus sapatos antes de pisar no chão forrado por um tipo de tapete felpudo. Sentada em lótus, no meio da sala, estava uma mulher morena de cabelos cacheados caindo abaixo dos ombros. Não parecia ter mais do que uns trinta anos.

– Olá, meu nome é Carolina Porto – disse ela – e serei sua orientadora na disciplina de Controle. Sente-se aqui – disse, apontando para um lugar sobre o tapete, na frente dela.

Bianca baixou os olhos um pouco sem jeito e sentou-se na frente dela.

– Nicole me contou que você é a neta de Jorge, não é? – comentou Bianca. – Uma Karibaki Uivadora também.

– Sou sim. Sabe que sou uma Karibaki porque me viu no Conselho ontem ou por outro motivo?

– Não e sim. Eu a vi na Oca, mas também me sinto estranha quando estou perto de um lobis... – Bianca se interrompeu e então se corrigiu – quando estou perto de um trocador de pele.

– Entendi... – disse Carol, analisando-a com cuidado. – Essas sensações devem estar te incomodando muito por aqui.

– Um pouco, mas pelo menos não tenho desmaiado. Acho que estou me acostumando. O remédio de Allan deve estar surtindo algum efeito também.

Carolina sorriu, olhando-a com interesse.

– O que sente?

Bianca levou uma das mãos à cabeça.

– Um pouco de pressão nas têmporas, falta de ar e meu coração acelera bastante.

– Interessante... – disse ela, fazendo uma pausa enquanto a observava com uma expressão neutra. – Bley, eu estou aqui hoje para te ajudar com isso. Você sabe o que faremos na aula de Controle?

– Não, tudo para mim é muito novo.

– Iniciarei seu processo de controle dos dons Karibakis, mais especificamente seu dom de Farejadora, apesar de não orientarmos um Farejador faz uns vinte e cinco anos – explicou Carol. – Geralmente, uma criança Karibaki, parente ou trocadora de pele, cresce com alguma noção sobre os dons e como controlá-los, porém você cresceu sem essa orientação.

– Entendi.
– Mas antes, Bianca, eu gostaria de ver sua marca do Quinto legado. Posso?
– Ahh... tudo bem, claro.

Bianca afastou a blusa do ombro e virou para que Carol pudesse vê-la. Sentiu o toque leve dela em sua marca de nascimento e Carol soltou uma expressão de reconhecimento.

– A marca é linda. Nunca achei que veria uma – disse a moça, e então voltou a olhar para Bianca. – Bem, vamos começar... Conte-me um pouco sobre você e os problemas que a acompanham desde a infância.

Bianca começou a responder às perguntas de Carol e logo se viu falando de sua vida, parecia que estava em um consultório terapêutico novamente. Contou sobre seus pesadelos constantes, sobre suas crises sonambúlicas, o primeiro dia de aula e as estranhas sensações que teve ao ver Lucas, Rafaela e Vitor. Sensações que ainda a acompanhavam no Refúgio, só que em menor intensidade agora.

Carol a ouvia atentamente, interrompendo apenas para fazer algum comentário ou pergunta relevante.

– Infelizmente, precisamos encerrar por hoje – disse Carol por fim. Já tinha se passado mais de uma hora de conversa. – Antes, porém, vou te ensinar um exercício de meditação e gostaria que todos os dias, durante pelo menos meia hora, você o fizesse. Acha que consegue?

– Acho que sim.

– Bianca, ouvindo sua história, chego à conclusão de que nem tudo seja o efeito da falta de orientação do dom Farejador. Você sofreu um trauma muito grande na infância e isso deixou uma marca forte, como deixaria em qualquer pessoa normal. Esse impacto psíquico está dificultando o controle de seu dom.

Bianca baixou os olhos.

– E o que devo fazer?

– Exercícios de meditação poderão ajudá-la com esses problemas do sono, mas não resolverão tudo. Você terá que se empenhar em superar isso durante nossas conversas aqui.

Por fim, ficou decidido que esta semana teria aulas de Controle em dias alternados e, posteriormente, mudariam para apenas um dia ou dois por semana.

Bianca saiu da sala de Carol e foi até o Pátio Eterno, era hora do jantar. Lá, sentou-se na mesma mesa de Nicole e Ricardo. Eles já estavam saboreando o prato da noite.

– Sabe, um dia vai ser incrível ter você na minha equipe tática – disse Ricardo com seu sotaque charmoso, assim que ela chegou. – Realmente incrível! Seremos disputados por todas as alcateias do Brasil, ou melhor, por todas as alcateias do mundo!

– Na *sua* equipe tática, Ricardo? – disse Nicole, desafiando o garoto.

– Qual é, Nic! Todo mundo aqui sabe que eu sou o líder. O líder é sempre o cara mais legal.

– Ahh tá! Vai sonhando – rebateu Nicole. – Além do mais, ela vai ter muitos convites de equipes mais experientes do que a nossa para participar.

Enquanto eles discutiam, Bianca desviou o olhar para as mesas ao redor. Em uma delas, um grupo de jovens ria animadamente. Ao lado, garotos pareciam concentrados em discutir algo sério. Um deles, enquanto prestava atenção, afagava um lindo cão marrom.

– E eu sou obrigada? – disse ela de repente, voltando a prestar atenção na discussão.

– Obrigada? – perguntou Ricardo, sem entender por um instante. – Você quer dizer obrigada a aceitar ser de uma equipe experiente? Ou obrigada a ser de uma equipe?

– Os dois... e se eu não quiser participar de nenhuma dessas equipes? Nem sei para que servem – disse, erguendo os ombros.

– Não quer participar de uma equipe tática? – a voz de Ricardo falhou e ele tinha os olhos esbugalhados. – É que... bem... – tentou argumentar coçando a cabeça.

Nicole riu.

– Essa é a primeira vez que vejo uma garota deixar Ric sem fala!

Ele continuou olhando para elas daquele jeito abobalhado. Provavelmente, ainda pensando no que dizer. Bianca riu e seu olhar vagou sobre as mesas, sendo atraído por um grupo sentado próximo a eles. Ela viu Julian, encostado na cadeira displicentemente, com os braços cruzados e um meio sorriso, enquanto conversava com Patrick.

– Tá, eu vou ignorar essa porque você não sabe muito ainda sobre nós – disse Ricardo, mas ela ainda encarava Julian. Algo nele chamava sua atenção.

– Olha, Bia – disse Nicole, e ela finalmente desviou o olhar para a mesa –, fazer parte de uma equipe tática significa ajudar as alcateias em suas missões. Escolher uma equipe significa escolher também a alcateia que ficará ligada, entendeu? – disse Nicole, dando uma piscadela enquanto pegava seu suco sobre a mesa para tomar um gole.

Ricardo balançou a cabeça concordando com Nicole.

– Por exemplo – disse ele –, você não vai querer ter que obedecer às ordens da Manuela Monstro.

Nicole quase cuspiu o suco de laranja que estava tomando e desabou a rir.

– Quem? – perguntou Bianca.

– É – disse ele, ajeitando a camisa enquanto ficava em pé ao lado da mesa.

Bianca já tinha percebido essa mania dele. – A Manuela Monstro é a alfa Furiosa da alcateia mais briguenta que eu já vi – disse, ficando em pé. Em seguida, apontou discretamente para seu próprio corpo, indicando a direção em que a alcateia estava.

Bianca olhou para uma das mesas distantes, atrás dele. Manuela era uma jovem loira, alta, e com os músculos bem definidos sob uma blusa justa e sem mangas. Seu cabelo era quase todo trançado, e isso a fez compará-la com a imagem de uma jovem viking.

Todos os Karibakis ou parentes tinham corpos bem-feitos e, de alguma forma, chamavam a atenção e eram atraentes, mas ela começou a perceber que nem todos eram particularmente bonitos, como o caso de Manuela Monstro, ela tinha um nariz um pouco grande demais.

Nicole começou a rir e ele ajeitou a camisa para continuar a falar. Dava para perceber que ele adorava uma plateia, mesmo que pequena.

– E tem também o João Chorão. O cara é tão mimado que se um dia você fizer parte da alcateia dele e fizer algo que ele não queira, o garoto vai chorar para a líder do Conselho: "Mamãe – disse com voz de criança chorando –, a Bianca não quer farejar nada, mãe... Eu disse que eu queria que ela farejasse uma pizza de calabresa com bacon, mas ela não farejou – disse ele, imitando uma criança batendo o pé no chão. – Fala para ela farejar, fala para ela..."

Dessa vez, Bianca riu, a imitação dele poderia ser boba, mas era muito engraçada.

– A mãe dele é Ester? – perguntou, assim que conseguiu parar de rir.

– Sim – disse Nicole, buscando fôlego. – Ok... Agora imita o Lucas.

Ricardo olhou para Bianca e como ela deu de ombros, ele enrijeceu sua postura e ergueu a mão direita em um sinal conhecido na história da Segunda Guerra Mundial.

– *Heil* Lucas. Esse seria o cumprimento que você teria que fazer toda vez que encontrasse com a alcateia dele. Afinal, todos possuem o legado.

Nicole desabou a rir e Bianca olhou inconformada, mas ele continuou.

– Verifiquem se todos na equipe são sangues puros. Atenção! Eu não quero ninguém que não tenha a marca do legado perto de mim, hein!

– Lucas não é assim! – defendeu Bianca.

Ricardo fez um sinal com as mãos para ela deixar isso para lá, enquanto puxava a cadeira para sentar-se novamente.

– E quanto ao primo da Nicole? – disse Bianca com tom de provocação. – Por que você não o imita? Ele é um alfa também, não é?

Ricardo imediatamente arregalou os olhos e sorriu, apontando para Nicole como quem diz: "ela te pegou agora".

– Se ele tiver coragem... – disse Nicole, dando de ombros enquanto segurava um sorriso.

– Wow!... Ok, ok, essa é arriscada, mas tá valendo – disse ele, olhando levemente ao redor. Ricardo ajeitou sua postura, até ficar altivo.

– Eu sou Julian – imitou ele com voz dramática –, aquele cujo olhar ignora o aquecimento global e congela qualquer coisa viva por onde anda. Eu sou Julian, cuja sombra gera blackouts e cuja risada mata qualquer criancinha de medo.

Nicole tentava abafar seu riso e Bianca quase engasgou. Atrás de Ricardo, surgiu a figura sombria de Julian. Ele percebeu a expressão de Bianca se modificar e Nicole esbugalhar os olhos. A animação dele caiu para uma careta de pesar.

– Ahh droga... – disse Ricardo, já adivinhando.

Sem hesitar, Julian empurrou o corpo do irmão de Rafaela contra a mesa. Copos e talheres caíram pelo chão. Bianca levantou-se num pulo, junto com Nicole.

– Calma, Julian – tentou Nicole.

Ele nem se dignou a olhar para a prima.

– O que você está fazendo, Ricardinho? Tá tirando sarro dos alfas outra vez? O que está falando de mim? – disse, empurrando o rosto dele contra a mesa, enquanto entortava o braço em suas costas.

Ela olhou em volta mal acreditando no que via. Ninguém parecia se importar com o que estava acontecendo. Alguns olhavam divertidos para a cena.

– Foi mal, cara, foi mal... A gente só estava brincando.

Julian puxou o braço dele mais para trás e Ricardo fez uma careta de dor.

– Pare com isso, Julian! – disse Bianca, finalmente tomando alguma coragem. – Não estávamos fazendo nada. Só estávamos brincando.

O primo de Nicole levantou o olhar para ela e sorriu friamente. Ela imediatamente entendeu o que Ricardo quis dizer durante a imitação.

Julian largou Ricardo no chão e em seguida saltou com incrível agilidade sobre a mesa entre eles. Num segundo, Julian estava bem na frente dela.

– Quer dizer que a garotinha perdida tem algo a dizer para mim?

– Qual é, Julian? – tentou Nicole, aproximando-se – Dar uma de machão para ela não é nada necessário.

Ele ergueu o braço indicando que ela deveria ficar onde estava.

– Não se intrometa, priminha, só estamos conversando... – havia ironia em sua voz. Ele deu um passo à frente e Bianca deu um para trás. Era uns dez centímetros mais alto do que ela e seus olhos eram dois poços escuros, do tipo que dá vertigem só de encarar. – Já que ela ouviu o que Ricardo pensa de mim, eu quero que ela ouça o que penso dela.

– Julian... – tentou Nicole mais uma vez. E de repente Bianca ficou consciente de que a conversa diminuíra ao redor. O Pátio Eterno estava quase silencioso.

– Bianca, eu não me importo sobre quem você seja e o que o Conselho pensa sobre você aqui.

– Julian... – disse Nicole.

– E quer saber por quê? – continuou ele, aproximando-se mais, estavam a apenas alguns centímetros. Ela deu um passo para trás, trombando em uma cadeira. – Porque você nunca será como nós...

Seus olhos prendiam o dela e suas palavras a fizeram sentir um estranho arrepio.

– Não vai demorar muito para todos perceberem isso – continuou ele – e então a odiarão. – Um reflexo amarelo refletiu nos olhos dele, e foi como se ela tivesse tomado um tapa violento na cara. Ela arfou e, involuntariamente, baixou os olhos no mesmo instante, dando alguns passos para trás, quase como se tivesse sido empurrada. Nunca tinha sentido algo assim antes.

De repente, ouviu um rosnado que a fez estremecer e um borrão passou, quase a derrubando de susto. Um barulho de mesa sendo derrubada, pratos e talheres voando ecoou pelo Pátio Eterno, enquanto seus ocupantes se afastavam para dar espaço ao embate que se iniciou entre Julian e Lucas.

Julian era ágil, ele rapidamente conseguiu se afastar de Lucas. Ambos se encaravam ofegantes. Tinham as costas curvadas em uma posição de ataque. Seus rostos tornavam-se mais angulosos e rosnados saíam do fundo de suas gargantas. Seus corpos pareciam mais fortes e inchados. Os cabelos negros de Julian pareciam ainda mais rebeldes e os olhos de Lucas brilhavam em ferocidade sem igual. Bianca estremeceu dos pés à cabeça. Sombras escuras se esgueiravam em sua visão.

– Lucas, pare! – alguém gritou. Era a garota bonita de cabelos castanho-claros. Giovanna, a prometida de Lucas, estava em pé, com as duas mãos apoiadas sobre a mesa, seus braços retos e rígidos.

Ele a encarou surpreso e imediatamente parou de rosnar.

– Lucas, o que você está fazendo? – disse ela, seu tom era duro.

Ele não respondeu, ainda encarava Giovanna. Parecia confuso, em conflito.

Julian também suavizou a tensão de seu rosto e olhou para Bianca com um meio sorriso irritante, provocando-a. Ela desviou o olhar para Giovanna.

Lucas finalmente relaxou sua postura e se afastou em direção à saída sem olhar para ninguém.

Bianca ainda olhava para Giovanna quando os olhos dela a fitaram, eles pareciam queimar. Em seguida, Giovanna virou as costas e também foi em direção à saída.

Com a tensão ainda no ar, Ricardo deu um assobio do tipo *Uau!*

Julian virou-se para ele como se estivesse acabado de se lembrar de algo.

– Eu já ia me esquecendo – disse Julian –, peguem o engraçadinho e vamos dar um banho nele.

Duda, Con e Patrick sorriram.

– Qual é, cara, eu sou irmão da Rafaela... – resmungou Ricardo, enquanto Patrick e Con o pegavam pelos braços e pernas de qualquer jeito e iam em direção ao espelho d'água, rindo.

– Ahh, você é irmão da Rafaela? – disse Julian. – Então tudo bem! Sendo assim, não se esqueçam de tirar as roupas dele antes.

– Julian, ele é meu amigo – disse Nicole para o primo, mas estava claro que Nicole não tinha qualquer controle sobre ele.

– Priminha, priminha... – disse rindo enquanto virava as costas para elas.

Ao redor, a tensão já tinha sumido e muitos riram quando Ricardo foi jogado na água só de cueca, suas roupas ficaram espalhadas pelo caminho.

– Seu primo é um idiota – comentou Bianca, enquanto observava Ricardo tentando se levantar do espelho d'água todo encharcado.

– Ricardo não vai se machucar – disse Nicole. Ela olhou para Bianca e, percebendo a tensão em seu rosto, completou: – Não ligue para Julian, às vezes ele age como um idiota. Entretanto, Lucas tentou te defender e acho que piorou sua situação com Giovanna.

Bianca mordeu os lábios.

– Por quê?

– Ela com certeza se sentiu ofendida. Parecia que ele ia brigar por você e muitos poderiam interpretar isso como uma reivindicação, do tipo "sai fora porque ela é minha", entendeu? Ainda mais porque todos já sabem que vocês dois tiveram alguma coisa antes de vir para cá.

– Foi só um beijo e, pelo que soube, ele ficou com outras garotas antes, na escola.

– Não importa. Elas eram apenas humanas, não significariam nada, mas você é uma parente e não é qualquer uma. Além de ser a última Farejadora, ainda possui o legado. Bia, Giovanna deve te odiar.

Bianca enrugou as sobrancelhas. Enquanto isso, Julian e seus companheiros riam e empurravam Ricardo de volta toda vez que ele tentava sair da água. Ela percebeu quando Julian virou-se para ela e sorriu mais uma vez, provocando-a. Bianca fechou o semblante e desviou o olhar. Queria poder fazer alguma coisa, mas não sabia o quê.

– Essa não...– disse Nicole, encarando algo à frente.

Bianca olhou. O primo de Nicole de repente mudou sua expressão. Walter, seu pai, estava parado no Pátio, ele viera do caminho que dava na biblioteca. Um brilho perigoso parecia vir de seus olhos em direção ao filho. Julian imediatamente baixou a cabeça e se virou para sair do refeitório, seguido por Duda, Con e Patrick. Walter os olhou saírem e continuou seu caminho.

– É melhor eu ir buscar uma toalha seca para o Ric – disse Nicole, mas então ela se interrompeu. – Ah! Ele não precisa mais de ajuda...

Bianca logo viu o motivo. Algumas garotas se levantaram das mesas e, rindo, começaram a recolher as roupas dele espalhadas pelo chão, enquanto outras o ajudavam a sair da água e o consolavam. Em instantes, ele já sorria satisfeito, parecia estar gostando muito de tudo aquilo.

Parecia que Ricardo nunca perdia seu charme e bom humor.

Porém, Bianca sentia seu coração pesado. Lucas tinha tentado defendê-la, mas Giovanna o impediu. Não havia realmente qualquer possibilidade para os dois. Despediu-se de Nicole, avisando que iria para o dormitório, e saiu do Pátio Eterno.

Lá fora, parou por um instante e olhou para cima. Em Santos, não era possível ver as estrelas em tão grande quantidade, pois as luzes da cidade atrapalhavam. A noite ali era linda. Um casal adolescente estava abraçado em um dos bancos da Praça Oliva e, mais distante entre as árvores, havia uma pequena fogueira e crianças mais novas conversavam sentadas ao redor. Ela achou ter reconhecido Gabrielle e as gêmeas ali. Ficou feliz por ela não estar lá dentro quando o primo tinha feito aquela cena.

Resolveu caminhar um pouco pelo jardim, a iluminação esverdeada da fonte deixava o ambiente belo ao redor. Andou um pouco entre as árvores frondosas e arbustos floridos que ficavam entre trilhas de pedra e bancos de descanso. O caminho a levou até um grupo de estátuas em posição circular.

Havia cinco esculturas de mármore branco. Eram estátuas humanas em tamanho real, rodeando uma estela escura de pedra de um metro de altura, cheia de marcas estranhas, a escrita Karibaki.

– Esse é o lugar que eu queria te trazer desde que chegou ao Refúgio – disse uma voz. Bianca se virou e viu Lucas surgir ao lado de uma árvore ao seu lado.

– Lucas?

– Desculpe te assustar, mas eu estava aqui antes de você aparecer.

De repente, ela teve vontade de sair dali. Estava sem jeito.

– Eu só estava dando uma volta pela praça – disse ela.

– Desculpe pelo que aconteceu agora há pouco... – foi ele logo dizendo.

– Está pedindo desculpas pelo quê? Você apenas enfrentou Julian – disse, tentando amenizar a situação incômoda. Ambos sabiam que o compromisso dele com Giovanna era o que estava deixando aquela conversa esquisita. – A culpa foi de Julian. Ele é... sei lá, estranho.

– Sim, ele é. Não confio nele.

Ela se aproximou de uma das estátuas.

– São bonitas, parecem estátuas gregas.

– São estátuas que representam a primeira alcateia. A alcateia do Acordo, aqueles que renegaram o sangue do Destruidor, tornando-se os primeiros Filhos da Lua.

Lucas apontou para a estátua de uma mulher de túnica, seus cabelos ondulados caíam soltos pelo ombro. Ela tinha uma feição altiva e concentrada.

– Esta é Nínive, a primeira Destemida.

Bianca a achou tão bela quanto Ester.

– Aprendi um pouco sobre as linhagens do legado. Você é um Destemido, certo?

– Sou, e também um descendente direto dela – respondeu ele, seu tom de voz mudara. Ele parecia gostar de falar sobre aquele assunto. – Minha mãe possui o legado e meu pai, Sérgio, é um Karibaki com a marca.

– O que aconteceria se você tivesse filhos com alguém que não tivesse o legado? – perguntou Bianca, mesmo já sabendo da resposta.

– As chances de meu filho ser um Karibaki diminuiriam consideravelmente.

– E se fosse uma humana?

– A probabilidade seria ainda menor, quase nula.

– Então vocês são obrigados a seguir um tipo de programa de nascimento? – O desagrado com aquela ideia era óbvio em sua voz. – E é por isso que você se casará um dia com Giovanna?

– Não é bem assim... – disse ele, parecendo um pouco embaraçado com a pergunta. – Somos livres para escolher, mas temos consciência das necessidades de nosso povo. Não somos muitos, Bia, por isso precisamos que nossos parentes humanos também lutem essa guerra. É complicado, mas um dia irá entender.

– Duvido muito – disse ela, aproximando-se mais da estátua enquanto dava as costas para ele. Compreender a importância que davam para o cruzamento genético era pior do que tentar entender sobre esta guerra que lutavam.

– A lenda diz que Nínive, a alfa, foi a primeira a perceber que o Pérfido estava mentindo para a alcateia e o puniu severamente. Isso foi antes da traição e do ataque à cidade. Dizem que, por termos percebido primeiro os sinais da traição, ganhamos da Lua o primeiro legado, o dom de descobrir a verdade quando necessário.

Bianca virou a cabeça em sua direção.

– É estranha toda essa história de lua e deuses.

Lucas sorriu paciente.

– São as histórias de nossa raça... São mitos e é tudo o que sabemos sobre como surgimos... Nínive foi uma grande heroína naqueles tempos, guiando a alcateia no cumprimento do Acordo. Quer saber mais sobre os outros?

Bianca deu de ombros.

– Quero...

Lucas contou a ela sobre cada uma das estátuas.

Ela conheceu Belisário, o primeiro Furioso. Sua estátua inspirava força e vigor. Ele teria sido o segundo a receber o legado, o sangue da Lua. Conheceu também a Furtiva Alana, que ganhara o terceiro legado, o dom de atacar o inimigo pelas sombras com estrema rapidez. Ela era uma moça de corpo esguio e olhos expressivos. Havia também Fedro, o Uivador que teria despertado a atenção da Lua com o seu triste uivo. Ele era um rapaz de cabelos curtos e olhar sonhador, o primeiro a receber o dom de sentir a ativação de Taus e conseguir desativá-los de forma segura. E por último, Galen, o primeiro Farejador, que recebeu o quinto legado.

Bianca ficou em frente à estátua de Galen, analisando-o. Aquele seria seu antepassado, segundo as lendas Karibakis. Galen era um homem jovem de cabelos curtos cacheados e olhar abatido, ele encarava o chão com certo pesar pensativo.

– Ele parece...

– Triste... – completou Lucas.

Bianca acenou, confirmando.

– Sim, triste...

– A primeira alcateia sacrificou-se muito. Foram verdadeiros heróis para humanos e suas famílias. Porém, dizem que Galen foi quem mais sofreu entre todos os cinco. Ele era o beta da alcateia, o segundo em comando e extremamente leal a Nínive.

Ela notou que Galen era somente um pouco mais alto do que ela. Todas as estátuas os mostravam jovens, apenas alguns anos mais velhos do que eles.

– Você é descendente direta dele, portanto tenha orgulho do sangue que carrega. O dom do Farejador foi dado pela Lua porque Galen, durante o Massacre da Traição, sentiu o cheiro de morte e corrupção que emanava do Tau, e assim descobriu que as criaturas, na verdade, emanavam do estranho objeto.

– Se for o mesmo cheiro que senti, é horrível.

– Eu nunca senti – disse ele –, cada linhagem tem seu dom e às vezes eles variam, tornando-se levemente diferente entre membros da mesma linhagem.

– Como assim variam?

– Por exemplo, um Farejador é capaz de sentir a presença de um trocador de pele, de Taus ou Griats. Porém, algumas vezes um Farejador também é capaz de não apenas sentir um Karibaki, mas também saber a qual linhagem ele pertence, entendeu? Os dons podem ser mais fortes ou mais fracos e até mesmo inexistentes em um Karibaki ou parente, mas, neste último caso, seria uma grande desgraça para a família, ele seria um siki.

Bianca se lembrou de quando Ester temeu que Bianca pudesse não possuir os dons, ela usou a expressão "siki".

– Por outro lado – continuou ele –, em raros casos podem surgir em Karibakis o dom original. E esse é mais um dos motivos das famílias quererem manter a marca do legado forte.

– Dom original? Ainda não aprendi sobre isso.

Lucas colocou um dos braços sobre a estela. Sua mão acariciava a pedra enquanto falava.

– Dizem que os dons que possuímos hoje são apenas reflexos dos dons recebidos pela primeira alcateia. Em raros momentos de nossa história, alguns dons originais surgiram entre nós. Segundo nossos arquivistas, eles surgem geralmente uma vez a cada duzentos ou trezentos anos. E todas as vezes que surgiram foram em Karibakis com a marca do legado.

– Esses dons devem ser poderosos para as famílias os desejarem tanto.

– E são – afirmou ele. – A última Karibaki que carregou um dom original morreu poucos anos antes da Noite da Aniquilação, há mais de vinte e cinco anos. Ela tinha muito poder e influência e, por causa dela, sua família ascendeu na hierarquia Karibaki.

– Quem era ela? E como morreu? – A história aguçara sua curiosidade.

Lucas desviou o olhar para algum lugar além das árvores do jardim.

– Dizem que ela se suicidou, mas não falam sobre isso. Walter estava presente e avisou ao Refúgio imediatamente... – Lucas fez uma pausa antes de continuar. – O nome dela era Isabel Ross, mãe de Walter e avó de Julian, Nicole e Gabrielle...

Bianca ergueu as sobrancelhas.

– A avó de Nicole carregava um dom original? – disse, espantada. – Mas ela nunca me contou sobre isso.

– Ela morreu antes de nascerem e Walter amava muito sua mãe, foi difícil para eles. A família simplesmente parou de falar dela. Carregar um dom original muitas vezes traz poder para a família, mas eles pagam um alto preço também.

Bianca tentou imaginar qual era o preço a que ele estaria se referindo.

– Você faz parecer que o dom original também é uma maldição.

– Talvez seja... não sei... – disse ele, dando de ombros. – Eu soube pelo meu pai que Isabel descobriu seus dons originais assim que trocou de pele pela primeira vez aos treze anos. Esse acontecimento a fez ser disputada por diversas famílias Karibakis, mas no final ela escolheu os Ross. Com dezoito anos, se casou com o parente Altair Ross, pai de Walter e Marina, também já falecido. Entretanto, conforme os anos iam se passando, Isabel foi perdendo parte de sua sanidade e isso trouxe uma sombra de tristeza para as famílias.

– Pobrezinha...

Lucas acenou concordando.

– Meu pai contou que Walter nunca se recuperou completamente da morte da mãe, e isso refletiu sobre sua família mais tarde. Joana Ross, sua esposa e parente Furtiva, morreu anos depois. Suicidou-se também quando Julian ainda era um menino e, há poucos anos, o irmão mais velho de Julian foi morto em uma missão.

– Que horror – disse ela quase num sussurro, e por um instante a imagem de Julian com seu sorriso arrogante e os cabelos despenteados veio à sua mente. – Que tipo de dom original poderia ter um Furtivo a ponto de enlouquecer uma pessoa e deixar marcas tão trágicas na família?

Lucas se voltou para ela e sorriu tristemente.

– Eu nunca disse que Isabel era uma Furtiva, Bia...

– Mas se ela era avó de Julian e Nicole...

– Walter e Marina, os filhos de Isabel, nasceram Furtivos porque o marido dela, Altair, era um Furtivo, porém Isabel não era. Ela possuía a vidência, o dom original dos Farejadores.

Bianca ergueu as sobrancelhas.

– Você está me dizendo que a avó de Julian e Nicole era uma Farejadora? E que ela enlouqueceu?

Ele acenou com a cabeça afirmativamente.

– Quantas tragédias ainda cercam os Farejadores? – disse ela, olhando para a estátua de Galen. Os olhos dele tristes encaravam o chão.

– Nós esperamos que mais nenhuma, pois você é a última deles e precisamos de você.

Bianca suspirou ainda encarando a estátua.

18

Os saltos das botas de Alexia ecoaram pelo chão úmido da área escura das docas de Santos. Ela entrou no antigo armazém abandonado e esperou pacientemente em pé, na semiescuridão. Aquele era um assunto que precisava resolver imediatamente ou tudo pelo qual trabalhara nos últimos anos iria por água abaixo.

Ela cruzou os braços no silêncio cortado apenas pelas batidas impacientes de sua bota no chão. Algo chamou sua atenção e ela se virou atenta. Uma ruga surgiu entre seus olhos, que brilhavam suavemente enquanto analisava ao redor. Porém, não viu nada entre as caixas abandonadas e a sujeira. Também não ouviu qualquer som de respiração ou batida de coração humano. As únicas coisas vivas ali, além dela, eram alguns ratos e baratas. Ela voltou sua atenção à entrada. Achou que seria uma espera tediosa, mas minutos depois já conseguia ouvi-lo chegando.

Assim que viu a sombra raquítica de Marco adentrando o armazém, ergueu o queixo e aguardou que ele viesse até ela.

– Alexia... – disse ele, parando a alguns metros dela, as portas abertas do armazém atrás dele.

– Achei que não fosse aparecer.

– Como posso recusar o convite de Alexia Reis? – disse, percorrendo seu corpo com seus olhinhos doentios.

Alexia apertou levemente os lábios, enojada. A semiescuridão do lugar não os atrapalhava. Ela podia ver muito bem a cara detestável de Marco, o alfa decadente da alcateia que um dia já fora uma das mais respeitadas entre os Pérfidos e agora estava reduzida a apenas dois membros deploráveis. Marco destruíra não apenas sua reputação, mas sua própria alcateia na perseguição de sua louca obsessão pela suposta última Farejadora.

Após o grande êxito da Noite da Aniquilação, algumas alcateias de Pérfidos tiveram a missão de caçar os Farejadores sobreviventes, e a de Marco foi uma das escolhidas. A maioria teve sucesso na caçada, principalmente devido à ajuda dos traidores escondidos entre os Karibakis, mas Marco enlouqueceu durante a perseguição a uma jovem e sua filha.

Para Alexia, uma Farejadora viva ou meia dúzia não fazia qualquer diferença, agora que estavam praticamente exterminados e não apresentam mais uma ameaça real para os Pérfidos.

– Veio sozinho? – perguntou ela, sabendo a resposta, pois não detectara mais nenhuma presença. – Onde está a última integrante de sua decadente alcateia? Porque eu sei que Regis morreu nas mãos de um jovem Karibaki na Barba Azul e Denis foi morto por uma alcateia adulta, durante a caçada que o Refúgio promoveu.

Os olhos dele apertaram e um rosnado veio baixinho de Marco, seus pequenos lábios tremiam levemente com o som.

– Por favor, não se incomode com meus comentários maldosos – disse ela, fazendo um sinal com as mãos para ele deixar isso para lá. – Estou apenas provocando meu companheiro de linhagem.

Ele parou de rosnar, mas seus olhos ainda brilhavam de ódio.

– Eu vim sozinho. Carina está cuidando de suas crias. Por quê? Achou que eu não teria coragem de vir?

– Não é isso, apenas achei que seria mais esperto e, a uma hora dessas, estaria bem longe da ilha... Eu realmente não entendo o que ainda está fazendo aqui, em *meu território*.

Ele deu um sorriso de escárnio.

– Santos não é o *seu* território, é a cidade dos caçadores.

– A cidade é dos caçadores, mas adivinha quem os controla agora?

A expressão de Marco se contorceu.

– Você não os controla, Alexia, apenas dorme com o líder deles.

Ela não respondeu, apenas sorriu erguendo o queixo, enquanto dava um passo à frente. A luz da lua, que entrava pelas janelas quebradas no alto do armazém, tocou delicadamente em sua face.

– Porque, se você os controlasse mesmo, teria feito algo para nos ajudar e não teríamos perdido mais um dos nossos. Poderia ter nos auxiliado com a tecnologia que os caçadores possuem na cidade, já que diz ser tão influente entre eles agora.

– Se eu tivesse ajudado? Marco, Marco... – sua voz era aveludada e provocadora. – Eu sempre os ajudei desde que chegaram. Você me pediu um favor e eu fiz minha parte. Fiz um acordo com Roberto e ele manteve vocês quatro indetectáveis para as câmeras desde que pisaram na ilha. Como acham que sobreviveram por tanto tempo? Como você é ingênuo! Se fosse tão fácil entrar aqui, não acha que o Refúgio não faria isso?

Ele fez algo com os lábios que mais pareceu para ela uma careta.

– Não acredito em você.

– Não importa – disse ela de pronto. – E então, o que ainda deseja na ilha?

– Como eu sempre avisei aos nossos, a menina Farejadora existe e a encontramos finalmente. Naquela noite, quase a pegamos na boate, mas os Karibakis do Refúgio a descobriram antes – disse ele, apertando os dentes com raiva.

Ela ergueu uma das sobrancelhas.

– Ah, mas é claro... A bagunça absurda que fizeram na boate só poderia estar ligada à maldita caçada ao fantasma que estão atrás há anos.

– Ela é real! – seu grito ecoou entre as caixas e poeira do armazém. Alexia o achava patético. – Temos provas! Ela farejou o Tau que ativamos!

Alexia torceu os lábios, por mais que ela não quisesse admitir, ele falava a verdade.

– Acredito em você – disse, dando de ombros. – Tive acesso às câmeras dos caçadores e a vi pela cidade perambulando sozinha como se estivesse farejando algo.

– O quê? Sua maldita! – disse Marco, erguendo a mão em punho. – Se a viu, deveria ter aproveitado a oportunidade para matá-la! – Ela podia ver a fúria deformando seu rosto ainda mais.

– Marco, por favor, aprenda algo esta noite. Eu tenho cérebro e beleza, duas coisas que lhe faltam gravemente.

– Você perdeu a chance de pegá-la! – rosnou.

– Eu não! Você é que perdeu. Eu pouco me importo com malditas profecias – disse ela, fazendo uma careta de desdém.

O rosto de Marco contorceu-se em uma careta de raiva.

– Você é uma desgraça para os Pérfidos! – gritou ele, erguendo novamente o punho em fúria. Seus olhos brilhavam vermelhos de ódio. – Você é uma infiel!

Ela apenas ergueu as sobrancelhas.

– Como ousa? Tenho certeza de que minhas ações agradam a Hoark muito mais do que sua caçada doentia. O Conselho das Sombras nunca sequer nos contou de onde veio esta suposta profecia.

– Infiel! – repetiu ele com raiva, finalizando com um alto rosnado.

– Ahh, por favor... – disse Alexia, fazendo um gesto de impaciência com as mãos. – Quer saber, Marco? Se eu atacasse aquela garota, destruiria minha única chance com os caçadores. Os Farejadores estão acabados, a menina não importa mais! Será que não consegue perceber isso? Você e sua alcateia estão sendo literalmente consumidos pela loucura.

Marco começou a tremer de raiva, seu corpo desejava explodir e atacar a jugular daquela mulher maldita à sua frente. Mas ele a faria sofrer antes de matá-la. Ahhh, se faria...

– Os caçadores sabem sobre a garota? – disse ele, tentando controlar sua raiva.

– Não. A menina não estava ainda registrada como parente na cidade, portanto as câmeras não a identificaram. Acredito que os Karibakis não a registrarão tão cedo, pois, assim que a notícia se espalhar, o Ciclo da Trégua irá acabar.

– E o que ela tem a ver com o acordo entre Corvos e Karibakis?

– Eu também fiquei curiosa sobre isso quando descobri através de Roberto que o Ciclo da Trégua só passou a existir após a Noite da Aniquilação dos Farejadores – disse ela.

– Mas os Corvos não têm nada a ver com a Noite da Aniquilação, eles não caçaram os Farejadores. Fomos nós.

– Eu sei, por isso fiquei ainda mais curiosa. Por algum motivo, a extinção dos Farejadores foi um fator importante para a aliança entre Corvos e Karibakis na cidade, pois, por mais de cem anos, fizeram tentativas e negociações entre eles para entrarem nas áreas protegidas. Por causa disso, em vez de tentar matar a garota Farejadora, achei mais interessante observá-la.

– Mesmo assim – rosnou ele –, suas observações idiotas não podem ser mais importantes do que a morte daquela que poderia determinar a profecia.

Alexia revirou os olhos em uma clara expressão de impaciência. Ela não aguentava mais essa história de profecia. Nunca a levara a sério. Para ela, a profecia era apenas estratégia bem pensada do Conselho das Sombras para reunir os Pérfidos em uma ação coordenada contra os Karibakis.

– Você sabia que a menina é sonâmbula? – disse ela, para ganhar um pouco mais de tempo. – Não? Pois eu sim. Depois do ataque que vocês fizeram na boate, as câmeras registraram-na próxima aos Karibakis e então pedi para Roberto manter uma ordem de rastreio entre as câmeras da cidade para ela. A garota saiu de um hospital na cidade e foi até o bairro histórico, dormindo! Eu mal tinha percebido isso. Uma pena que alguns intrometidos do Refúgio a encontraram antes de eu chegar e poder segui-la de perto.

– O que nos importa o rastreamento de um Tau?

Alexia estalou a língua discordando de seu comentário.

– Pérfidos e Karibakis sempre se perguntaram por que a Ordem dos Caçadores protege suas cidades tão ferozmente desde a colonização deste país. Acredito que há um motivo importante para os Farejadores não serem bem-

-vindos nas cidades da Ordem, e Roberto também acredita. Ele, como eu, está curioso, mas a enigmática Ordem Superior não revela seus motivos.

Marco fez uma careta de desdém.

– Não me interessam os Caçadores e seus negócios.

– Mas deveria interessar – disse ela, e então sua voz tornou-se quase um sussurro. – Eles têm algum segredo...

– A verdade, Alexia, é que eu não me importo com isso, pois a profecia...

– A profecia não importa mais! – sua voz ecoou pelo armazém. – Acabou! Fizemos nosso trabalho perfeitamente e os Farejadores foram extintos. Fim! Pare de agir como um louco! Essa garota foi criada como humana e é apenas uma parente sem importância que, provavelmente, não demorará para morrer na primeira missão que a colocarem. E mesmo se a mantiverem no Refúgio, ainda demorará anos até que possa ter filhos e gerar mais Farejadores.

– Infiel – rosnou ele mais uma vez. – A morte dela é o desejo do Destruidor.

Alexia balançou a cabeça inconformada.

– Já me cansei desse discurso.

Alexia olhou para a entrada. Podia ouvir passos suaves do lado de fora, a alguns metros da entrada.

– Preste atenção, Marco. Eu preciso de sua palavra de que vai embora imediatamente, e eu preciso agora.

– Está louca? Não partirei. Não terminei meus assuntos aqui.

– Sua presença em Santos tem chamado a atenção dos Karibakis, e isso é um inconveniente para mim. Estou tendo grande sucesso com Roberto e não pretendo abandonar a ilha devido à bagunça que você causou desde que chegou. O Voraz adulto de vocês atacou e matou um caçador, sem falar no ataque aberto e absurdo que fizeram na casa noturna. Você tem noção dos problemas que causou para Roberto? Adolescentes morreram – disse ela, soando inconformada – e ele acha que tenho algo a ver com isso. Se eu não puder fazê-lo confiar em mim, os Pérfidos perderão a única chance que se abriu aqui.

– Eu não me importo que você falhe, Alexia. Você é apenas uma Pérfida sem alcateia. Se falhar, eu encontrarei uma forma de ter sucesso.

Alexia se conteve para dizer algo, mas então apenas sorriu levemente. O som do salto estalou no ar enquanto ela dava alguns passos em sua direção.

Ela apertou os lábios.

– Você está certo, estou momentaneamente sem alcateia, mas pretendo resolver este problema logo, logo.

Marco virou levemente a cabeça para a entrada do armazém e bufou. Seus sentidos aguçados já tinham notado uma única aproximação.

– Uma Pérfida que tem como proteção um reles humano é ridículo – disse ele, adivinhando quem se aproximava. – Por mais que seja um caçador.

Alexia riu.

– Está falando dele? – disse ela, apontando para a entrada atrás de Marco.

Uma silhueta masculina surgiu na entrada. Os sentidos aguçados de Marco o fizeram notar um homem de meia-idade, usando roupas completamente negras, as cores dos Corvos.

– Acha que tenho medo de um único Corvo?

– Este é Roberto Sales, o líder dos caçadores. Eu imaginei que você não fosse aceitar sair da cidade, então fiz um acordo vantajoso com ele.

Marco sorriu despreocupado.

– A morte nunca é um acordo vantajoso – disse ele, enquanto seu corpo estremecia pronto para finalmente liberar sua fúria.

Roberto deu um passo à frente.

– Tem razão, Marco. Não é – disse o caçador, levando rapidamente uma das mãos para as costas.

Marco viu o ataque vindo. Sua gargalhada horrível ecoou enquanto seu corpo inchava e grossos pelos ruivos surgiam.

– Traidora! – rugiu Marco enquanto a mudança se completava e ele ria. – Acha mesmo que você e um humano vão me impedir de matá-los?

– Cérebro e beleza, Marco... talvez você saísse daqui vivo se os tivesse.

Marco terminou sua troca de pele e avançou para ela rugindo entre suas presas. Alexia não se mexeu, apenas observou atentamente os movimentos de Roberto atrás dele. O líder dos Corvos já havia sacado de suas costas um bastão curto em cada mão. Alexia abaixou-se no momento exato em que o caçador fazia o mesmo, acertando cada uma das pontas dos bastões com força no chão.

Apenas por segurança, ela colocou um dos braços na frente do rosto e Marco achou, por um momento, que ela estava tentando se proteger dele, mas não era bem isso. Tudo aconteceu muito rápido.

Num segundo, os bastões de Roberto cresceram cinquenta centímetros para cima ao mesmo tempo que giravam. Centenas de pequenas linhas prateadas muito finas cortaram o ar em direção às costas de Marco, que rugiu em dor enquanto seu corpo inclinava-se com o impacto das agulhas afiadas. Seus joelhos tocaram o chão, ele tentou se erguer com um rugido, mas as agulhas haviam penetrado fundo. Centenas de perfurações profundas em seu corpo. Nunca havia sentido tanta dor em sua vida.

– Não se mexa – disse Roberto, levantando-se com os bastões em suas mãos. – São finas agulhas de pura prata banhadas em mata-lobos. Nesse exato momento, as agulhas e a toxina estão dentro de seu corpo e, antes de morrer, sentirá dores horríveis, que piorarão se você se movimentar.

Alexia se levantou ilesa. Como Roberto prometera, nenhuma agulha tinha acertado abaixo da linha de sessenta centímetros de distância do chão. Já Marco estava com uma aparência ainda mais horrível, como se isso fosse possível. De sua boca cheia de presas, escorria uma saliva amarelada e seu peito se mexia com dificuldade, tentando respirar. Mesmo assim, seus olhos estavam injetados de puro ódio. Ele tentou se levantar, mas um rugido de dor cortou o ar antes de cair novamente. As centenas de agulhas o perfuravam internamente. Alexia observava fascinada.

– Não se preocupe – disse Roberto, aproximando-se –, não o deixarei sofrer por muito tempo, pois preciso de sua cabeça.

Marco rugiu e, com grande esforço, ergueu-se um pouco, virando-se para Roberto. Porém, a dor que sentia nublava sua visão. Seu peito estava pesado e tentava buscar algum ar para respirar.

Com extrema habilidade e segurança, Roberto ergueu e girou os dois bastões com um movimento circular no ar. Ameaçadoras lâminas prateadas surgiram em cada ponta, e então Roberto golpeou. Marco rosnou e num último esforço ergueu suas garras, mas elas atingiram o ar, e Roberto completou seu movimento de ataque, acertando ambas as lâminas em seu pescoço ao mesmo tempo. A cabeça de Marco se desprendeu e rolou no chão enquanto seu corpo caía sem vida, voltando à sua horrível forma humana.

– O treinamento dos Corvos é realmente impressionante – disse Alexia. Seus olhos brilhando em direção a Roberto.

Com um movimento de braço, as lâminas dos bastões se retraíram, ao mesmo tempo que eles diminuíam, voltando ao seu tamanho original. Roberto os levou às costas e os prendeu.

– Ele era o alfa? – perguntou, analisando a cabeça solta com seu sapato.

– Sim, era.

Roberto fez um som de deboche.

– Achei que tivesse mais um trocador de pele.

– Sim, uma Desviada Uivadora, a mãe do Voraz.

– E onde ela está?

– Provavelmente, fora da cidade, junto com suas duas crias. Eu a encontrarei para você.

Sua expressão se fechou.

– Preciso do Voraz que atacou meu caçador. Eu te fiz um favor e estes Pérfidos criaram um circo em minha cidade. Agora os superiores da Ordem aceitaram uma ação conjunta com a alcateia de Marina. Pior não poderia ficar para meus planos.

– Acalme-se, meu amor – disse ela, aproximando-se enquanto prendia os olhos dele nos dela. – Você acabou de conseguir a cabeça do alfa. Tenho certeza de que isso garantirá ainda mais respeito entre os Corvos e a Ordem. Muito mais do que Otávio Túnis possui. – A expressão dele relaxou. Como um verdadeiro Pérfido, Alexia sabia como usar bem suas palavras.

– A cabeça do alfa me será útil, mas como criar um clima de desconfiança entre os Caçadores e o Refúgio se você trouxe até a minha porta um inimigo em comum entre eles?

– Eu sei que agi errado e isso não se repetirá – disse Alexia, olhando para o corpo decepado. Ela deu alguns passos para se afastar do sangue que se espalhava. – Eu devia um favor para Marco e achei que ele seria mais discreto do que foi.

– Por que esse desgraçado agiu de forma tão imprudente?

– Ele é um dos mais fanáticos seguidores do culto de Hoark – começou ela. – Não que eu tenha algo contra eles, muito pelo contrário. Eu também creio que um dia o Destruidor ressurgirá na Terra como prometido, mas não levo isso tão a sério. Acho que você consegue me entender, não é?

– Sim, entendo – disse Roberto, com olhar apertado.

– Anos atrás, o culto de Hoark teve acesso a uma profecia que nos uniu com o objetivo de extinguir a linhagem dos Farejadores. Porém, essa garota que Marco perseguia sobreviveu de alguma forma e ele estava atrás dela como um louco.

Roberto se virou em direção à saída. Ele não queria que ela lesse suas feições. Pérfidos eram bons demais em perceber aquilo que se tentava esconder. Bons demais.

– Você está me dizendo que uma Farejadora está em Santos? – disse ele, tentando segurar um sorriso.

– Estava... – corrigiu ela. – O Refúgio a levou.

Alexia observava-o com as costas para ela.

– Ela é uma Karibaki? – perguntou ele cuidadosamente, tentando não revelar a ansiedade em sua voz.

Ela levou um instante imperceptível para responder, ponderando se deveria dar-lhe essa informação ou não, já que ele parecia desejá-la muito, apesar de tentar não demonstrar.

– Não. Marco me contou que ela já passou da idade dos treze anos faz tempo. A garota é uma parente.

O começo de sorriso em seu rosto desapareceu, mas aquela notícia ainda era uma grande vitória, a melhor que teve desde que massacrara toda uma família de Vaerens anos atrás.

– O que está tentando me esconder? – perguntou ela finalmente. – Estamos ou não estamos unidos para destruirmos Corvos e Karibakis?

Roberto respirou fundo antes de se virar para ela. Alexia o encarava com curiosidade.

– Sim, estamos unidos, querida... – respondeu, sabendo que não adiantaria tentar esconder por muito tempo seus verdadeiros objetivos na cidade. E, de qualquer forma, ele iria precisar de Alexia. As conexões e os recursos que ela possuía eram essenciais para os planos dele. – Você acha que há mais? – perguntou ele.

– Mais o quê? – perguntou ela.

– Mais Farejadores? – disse ele, virando-se para ouvir a resposta.

Alexia não respondeu imediatamente. O brilho nos olhos dele, sua postura, tudo indicava que aquele era um assunto importante.

Há muito tempo, ela vinha tentando descobrir o que era, mas só conseguira perceber fragmentos. Ele era muito hábil em esconder seu segredo, provavelmente porque esse era seu maior ponto fraco. Mesmo ela já tendo dividido com ele seu maior trunfo na guerra contra os Karibakis e a manutenção da ordem humana, ele ainda não confiava nela o suficiente.

Alexia sorriu confiante. Ajudar Marco e descobrir como ele se manteve por tanto tempo no rastro da garota, provavelmente, dera-lhe a chave para abrir a última porta da alma de Roberto.

– E se ela não for a única? – Alexia inclinou levemente a cabeça e intensificou o olhar sobre Roberto.

Ele não sorriu, continuou encarando-a por um momento antes de falar.

– Então, talvez, haja algo que eu deva te contar.

– Não me deixe curiosa – rebateu ela. – Afinal, eu já te falei tudo sobre meus brinquedinhos experimentais...

– É sobre a profecia – disse ele.

Alexia encarou-o mais estreitamente, por essa resposta ela não esperava.

– O que tem ela?

Roberto não respondeu, mas sorriu virando-se em direção à porta, a cabeça de Marco sendo segurada pelos cabelos.

– Nos vemos em alguns dias – disse ele, deixando-a curiosa. – E, ahh... provavelmente eu precise de Aleph ou de Bete para uma demonstração do sucesso dos resultados de suas pesquisas. Encontrei alguns Corvos de confiança dispostos a aceitarem sua proposta... – e dizendo isso, ele saiu pela porta do armazém.

Alexia ficou pensativa, esperando no escuro do armazém algum tempo antes de sair. Esperaria ansiosamente pelo contato de Roberto, pois algo nele dizia que a informação que guardava lhe agradaria, mas antes ela precisava garantir seu trunfo com ele. Precisava encontrar Carina, o último membro da alcateia de Marco. Um bom acordo com ela provavelmente faria a Desviada dizer onde estavam escondendo Artur, o menino aleijado. Além da alcateia de Marco, somente ela sabia o que eles usavam para encontrar a Farejadora perdida.

Após desenhar em sua mente um esboço de plano para conseguir a ajuda de Carina e agradar a Roberto, Alexia abandonou o galpão.

O armazém ficou em completo silêncio por muitos minutos, antes que Milena tivesse coragem de se mexer novamente e sair detrás da coluna em que se escondera.

Ela vestia roupas justas e escuras, e sapatos macios de couro para não ser ouvida. Porém, o que mais chamaria atenção nela nesse momento, se alguém pudesse vê-la, seria a sua pele. Muito mais pálida do que o normal. As veias escuras, podendo ser vistas em partes do seu rosto e braços, era o efeito colateral depois do esforço em interromper o completo funcionamento de seu organismo. Ela tinha que fazer isso para ficar indetectável aos sentidos Karibakis. Essa era a habilidade mais básica de qualquer ser como ela. E ainda bem que fizera isso antes de se aproximar do armazém, pois descobrir que a misteriosa mulher com quem o maldito Roberto Sales se encontrava era uma Pérfida tinha tornado sua vigilância esta noite extremamente perigosa.

Apesar da vontade insana de tentar matar Roberto que sentiu ao vê-lo entrar sem seus guarda-costas, ela resistiu, pois as probabilidades estavam contra ela naquela noite.

Além do mais, aquela conversa entre eles acionara todos os alarmes internos de Milena. Algo nela dizia que eles eram muito mais perigosos do que imaginava.

Precisava avisar o garoto Furtivo o mais rápido possível, pois com toda a certeza tinham um inimigo em comum, e ela precisaria da ajuda dele para destruir o homem que matara a sua família.

Ela ergueu os braços e saltou para alcançar uma viga acima dela, com habilidade, ergueu seu corpo e caminhou equilibrada e silenciosamente até alcançar a janela quebrada pela qual entrou. Lá fora, enquanto caminhava, começou a digitar uma mensagem para Julian.

19

Bianca olhava para a porta fechada na escuridão fria do banheiro. Havia luz sob o vão da porta.

– Pegue a arma, Carlos – sussurrou Ágata do outro lado porta.

– O que aconteceu? Como nos descobriram?

– Não sei... Acho que alguém nos traiu.

– Mas você disse que confiava neles!

– Eu sempre achei que podia...

Um baque surdo cortou o ar e Bianca deu um pulo com o coração na mão. O som da arma sendo disparada uma, duas, três vezes quase a enlouqueceu. Em seguida, os gritos de sua mãe e de Carlos a fizeram se encolher no chão e gritar, enquanto tentava tapar os ouvidos.

– Mas que diabos está acontecendo aqui?!

De repente, a porta se abriu e a luz foi acesa, quase a cegando.

– Bianca? O que você está fazendo?

Ela piscou aturdida. Nicole estava parada na porta com os cabelos desgrenhados, olhos esbugalhados e vestindo pijamas.

– Por que está gritando feito uma louca aí toda encolhida? Meu Deus! Você quase me matou de susto!

Bianca olhou ao redor. Ela estava num canto do banheiro do quarto do dormitório. Provavelmente, tinha gritado.

– Eu... eu estava tendo um pesadelo.

Nicole coçou a orelha nervosa.

– Um pesadelo? No banheiro?! – Um palavrão foi a frase final que saiu de sua boca.

Levantou-se trêmula e passou a mão no rosto úmido. Suava frio. Nicole suspirou enquanto se aproximava dela.

– Era sobre a sua mãe? – disse Nicole, analisando-a melhor.

Bianca se afastou dela e saiu do banheiro, em direção à sua cama.

– Sim... Desculpe se te assustei.

– Mas que porcaria... Tem algo que eu possa fazer para te ajudar?

– Não. Carol me disse que os pesadelos deverão diminuir com os avanços nas aulas de Controle, mas até lá entenderei se quiser mudar de companheira de quarto.

– Até parece que eu ia querer... – disse ela, ajeitando seus cabelos curtos. Eles estavam arrepiados para cima e davam um ar ainda mais rebelde a Nicole. – Você nem me assustou tanto assim... Eu só tive que agarrar meu coração no ar enquanto acordava, mas foi facinho colocá-lo de volta... nada de mais...

Ela riu, mas então sua expressão mudou.

– Ah, essa não... – foi então que se lembrou. – Esqueci de tomar as cápsulas que Allan me deu...

– Então é melhor você tomar logo – disse Nicole enfaticamente.

Bianca abriu a gaveta da mesinha ao lado da cama e pegou um dos comprimidos.

– Não sei se foi sonho ou lembrança – disse ela, enquanto se levantava mais uma vez para pegar um pouco de água na mini geladeira –, mas, desta vez, ouvi minha mãe dizer algo para meu padrasto. Ela disse: "Acho que fomos traídos". – Bianca engoliu o comprimido e tomou um gole.

– Mas você acha que foi uma lembrança? – perguntou Nicole, sentada de pernas cruzadas em sua cama.

– Não sei – respondeu, enquanto ia se deitar novamente. Ajeitou as cobertas, estava um pouco frio e chovia novamente lá fora. Os quartos eram todos climatizados, mas algumas vezes elas preferiam manter a sacada aberta. – É melhor tentarmos dormir.

– Acho que é melhor mesmo – disse Nicole, voltando a se deitar.

– Boa noite – disse Bianca fechando os olhos, e imediatamente os sentiu pesados e, após alguns segundos, já dormia.

No dia seguinte, Bianca saiu mais cedo e visitou Laura no hospital antes das aulas.

O segundo dia de aula foi tão marcante quanto o primeiro. Ela notou que algumas aulas eram mais longas do que outras e quase todas tinham seu momento prático.

Até então, os instrutores adaptavam o conteúdo, revendo os conceitos básicos que todos já estavam cansados de saber, mas ela não.

Com certo alívio, Bianca percebeu que os Karibakis não costumavam trocar de pele por qualquer motivo, mesmo dentro da proteção do Refúgio. Quando mais tarde perguntou sobre isso para Nicole, ela explicou que a forma Karibaki era como uma arma de fogo que só deveria ser utilizada quando o trocador de pele estivesse disposto a matar. Fora dos motivos para treinamento, a troca de pele era desencorajada no Refúgio.

A aula de Primeiros Socorros ocorreu dentro do hospital e o instrutor era Allan. Luiza o auxiliava. Bianca aprendeu junto com as crianças como podiam auxiliar os feridos durante um combate.

Nessa aula, compreendeu melhor o que já tinha imaginado desde o combate na balada, os Karibakis possuíam como característica biológica a regeneração celular acelerada, por isso não precisavam se preocupar com lesões, desde que não fossem feridos por objetos de prata, e também que o dano comum não fosse maciço o suficiente para matá-los sem lhes dar a chance de se curarem sozinhos. A prata impedia a ação da cura acelerada dos Karibakis. Armas de fogo e facas geralmente não tinham a capacidade de produzir golpes fatais, porém mordidas e garras de outros Karibakis ou Griats tinham.

Os Karibakis também desenvolveram uma solução derivada de seu próprio DNA, com propriedades para acelerar a cura de um parente ou humano comum. Era a substância contida na injeção utilizada nela e em Laura depois do ataque na Barba Azul, que chamavam de I.C.A.

Bianca também aprendeu que para todas as alcateias era designada uma equipe tática com a função de auxiliar no salvamento de humanos e de proteger o segredo de sua existência. Os parentes não eram meros reprodutores ou pesos mortos em sua sociedade, mas sim soldados essenciais.

Durante o almoço daquele dia, aproveitou para ir ao dormitório e estudar um pouco. Precisava tentar compreender melhor os ideogramas Karibakis, assim como os princípios básicos de anatomia para a próxima aula de primeiros socorros. Usar o cadigit era muito prático e o sistema de hologramas a ajudava com um modelo interativo em três dimensões do corpo humano.

No terceiro dia, visitou a aula de Tecnologia e Espionagem, que ela apenas teria dali a meses como disciplina de estudo. Visitaram o centro de Inteligência e Estratégia, localizado em uma grande ala dentro de um dos edifícios administrativos do Círculo Crescente. Ele era todo coordenado por parentes e Karibakis adultos que moravam permanentemente no Refúgio. Achou tudo fascinante, pois teve um rápido vislumbre do poder tecnológico daquela raça.

Do Círculo Crescente, mantinham contato e coordenavam alcateias pelo Brasil e pelo mundo. Mas aquela aula era focada em descrever basicamente a capacidade de defesa do Refúgio.

A inteligência artificial independente, Altan, controlava o lugar. Eram cercados por uma teia eletromagnética que imitava os mesmos efeitos do material vítreo do qual tudo por ali era feito, o *metamold*. Esse material camuflava o lugar de visitantes na mata, aviões e até mesmo satélites governamentais.

Falando em satélites, eles possuíam algo do tipo no espaço, sem falar na capacidade infinita em invadir redes protegidas. Era impressionante o poder tecnológico que possuíam. Nicole explicou empolgada que ela dedicava parte de seu tempo a se especializar nesse tipo de função no Refúgio. E foi devido ao seu apoio na missão da alcateia de Lucas em Santos que ela conseguiu o direito a um estágio na equipe noturna.

Já a aula de Combate desarmado foi difícil.

Se eles esperavam que ela pudesse se transformar em um soldado rapidamente, ficaram redondamente enganados. Como Bianca já sabia, ela não possuía a mínima habilidade para luta.

Já nos primeiros cinco minutos de aquecimento, ficou exausta, e, durante os movimentos básicos de chute e soco, perdeu o equilíbrio diversas vezes, torcendo o tornozelo de forma tão espetacular que tiveram que chamar alguém com a injeção de I.C.A. para curá-la rapidamente e poder continuar o treino.

Ela viu em seus rostos que, apesar da total falta de habilidade dela, não pareciam se importar. Repetiam as técnicas várias e várias vezes. Ela se sentia como um filhote engraçadinho, em que nada que fizesse poderia deixar as pessoas de mau humor, porque tudo o que errasse se tornava motivo de descontração. Bem, pelo menos até o final do seu quarto dia de aula no Refúgio...

– Hoje vamos treinar Combate com Apoio – começou Yann, caminhando entre uma fileira de parentes e outra de jovens Karibakis frente a frente.

Yann era um homem de peito largo, cabelos castanho-escuros, barba rala e olhar determinado. Ele usava uma roupa de treinamento cinza escura com tonalidades esverdeadas. A textura de pele reforçada, ou couro fosco, marcava os músculos e possuía proteção leve em algumas partes do corpo. Os Karibakis na fileira à frente usavam uma versão muito simples da roupa, os garotos usavam bermuda e camiseta regata justa e preta. As meninas shorts e blusa justa.

– Nessa aula, parentes e Karibakis treinam estratégias de combate em conjunto para momentos de extrema necessidade, como o que surgiu durante o ataque em Santos, na boate.

A mera lembrança do que aconteceu na Barba Azul fez Bianca estremecer e seu coração apertar. Ainda era difícil para ela se lembrar do que aconteceu com Renan.

O treinamento ocorria na ala direita, no andar mais alto e amplo do Lemniscata, e praticamente todos os parentes e Karibakis adolescentes, a partir dos doze anos, estavam presentes, inclusive Leonardo, que não possuía alcateia ainda.

Lucas e sua alcateia entraram por último na arena de treinamento. Ele sorriu e a cumprimentou a distância com um aceno. Bianca sentiu o olhar duro de Giovanna sobre ela.

– Começaremos com um treino simples em duplas, onde o parente aprende a esquivar-se e contra-atacar o trocador de pele – começou Yann enquanto caminhava entre eles. – Uma habilidade importante caso estejam combatendo Pérfidos, pois um parente que não saiba se defender é um peso para a alcateia, e isso pode destruí-la.

Yann parou de caminhar quando alcançou o fim das fileiras e se virou para todos.

– Mas nesta aula será Julian quem vai treinar o traseiro de vocês, enquanto estarei em reunião com o Refúgio. – Todos olharam quando Julian surgiu silenciosamente ao lado de Yann. – Ele ganhou essa posição quando venceu e matou um dos Pérfidos no confronto de Santos.

Alguns olhares também se voltaram para ela, mas Bianca já estava ficando acostumada com isso.

– Julian só pôde sobrepujar o dom dos Pérfidos em combate devido ao seu árduo treinamento. Afinal, os Pérfidos não podem encontrar fraquezas onde não há. Não é verdade?

Terminando a frase, ele fez um movimento de braço, indicando a turma para Julian, e começou a se afastar.

Bianca deu uma rápida olhada para Lucas. Ele não parecia incomodado, mas não olhava para o Furtivo.

Julian sorriu de canto, satisfeito. Ele vestia um uniforme em tom cinza esverdeado como o de Yann, seus cabelos negros estavam despenteados como sempre e seus olhos escuros pousaram primeiro em Bianca. Ela sentiu seu coração acelerar. *Ele a escolheria primeiro para começar o treinamento? Isso seria um desastre.* Mas logo em seguida se virou para Nicole.

– Como Yann disse – começou Julian –, vamos começar com algo simples. Nicole...

Nicole deu alguns passos à frente enviando um leve sorriso para o primo.

– Como Furtiva, ela possui tendência biológica para pensar e agir mais rápido em combate. Entretanto, mesmo que não seja tão fácil para as outras linhagens, todos devem treinar seu corpo para respostas rápidas durante uma luta.

Julian olhou para a fileira de Karibakis.

– Hamm... Quem poderia fazer dupla com minha prima? – ele fingia dúvida. – Ah já sei... Rafaela! – chamou, abrindo um sorriso malicioso no final.

Ela notou que Nicole apertou os lábios com a provocação na frente de todos. Rafaela veio até o centro da arena de combate. Alguns sorriram discretamente. Ela notou que Lucas franziu o cenho, mas nada falou, observava as duas muito sério.

Mesmo com a tensão no ar, Bianca não conseguiu deixar de sentir inveja do corpo rijo e sem defeitos de Rafaela. Ela usava apenas shorts e top *metamold*. Agradeceu que os parentes pudessem vestir roupas menos curtas e justas.

– Perfeito – continuou Julian, erguendo as sobrancelhas. – Rafaela fará o papel de Pérfida e atacará Nicole. Minha prima, por sua vez, mostrará como se defender desarmada de um ataque em forma de Besta.

Muitos acenaram em compreensão.

– Ahh, e Rafaela? – chamou ele, com seu melhor sorriso torto. – Cuidado onde vai colocar suas garras em minha priminha, ok?

Risos maliciosos surgiram por toda parte.

– Julian! – rosnou Lucas em tom de aviso.

Ele ergueu os braços e arregalou os olhos, num sinal de inocência, antes de ordenar que começassem.

Rafaela enrugou os olhos concentrada, encarando Nicole com ferocidade. Um rosnado saiu de sua garganta e, em segundos, seu rosto começou a se contorcer, tornando-se mais e mais anguloso, as mandíbulas saltaram enquanto todo o seu corpo estremecia. Os músculos começaram a inchar, pelos acinzentados apareciam por toda parte.

– Todos vocês sabem que o momento da troca de peles é a hora mais vulnerável de um Karibaki... – começou Julian.

Porém, Bianca já não ouvia mais nada. O monstro à sua frente tomava a forma mais horripilante que já vira. Para os seus olhos, os pelos acinzentados de Rafaela se tornavam completamente negros, e ela se via novamente contra a parede fria do banheiro da suíte, enquanto a porta explodia entre os ataques de garras e fúria da criatura que espalhara o sangue de sua mãe por toda parte.

– A dor e a raiva – continuou Julian – obstruem o reflexo da maioria de nós, e essa é a hora certa de atacarem se querem ter alguma chance de...

Bianca gritou. Ela gritou tudo o que podia na tentativa de se salvar.

Todos se voltaram surpresos, mas ela não conseguia vê-los mais. A dor e o medo refletiam em seus olhos. Ela estava dentro de seu próprio pesadelo vivo.

– Bianca? – disse Nicole, confusa.

Lucas olhou aturdido e instintivamente se aproximou dela. Confusa, Rafaela começou a retornar para sua pele humana, mas Bianca ainda expressava terror em sua face. Assim que Lucas se aproximou dela, Bianca se jogou no chão de costas e começou a se arrastar, erguendo um dos braços em proteção.

– Não vou te machucar – disse Lucas, atônito. – O que está acontecendo?

Mas ela gritou ainda mais. Julian apenas observava.

– Bianca, pare! – tentou Nicole, aproximando-se, enquanto ela se arrastava.

Ao redor, muitos se entreolhavam, sem saber o que fazer. Giovanna tinha expressão de espanto, ao mesmo tempo que um sorriso de escárnio brotava de seus lábios.

– O que essa garota tem? – perguntou ela, mas ninguém respondeu.

Duda fez uma careta de descrença para Con.

– Ela está em Pânico? – perguntou a garotinha.

Con respondeu com um dar de ombros.

– É claro que não – interferiu Patrick ao seu lado, como se a pergunta tivesse sido para ele –, seria ridículo, parentes não entram em Pânico...

Lucas ainda tentava se aproximar cautelosamente, mas ela ficava cada vez mais agitada e gritava como uma louca.

Julian apertou as mãos em punhos.

– Pelo sangue da Lua – disse Julian exasperado, avançando até eles. Ele esbarrou em Lucas com força, tirando-o de seu caminho. Surpreso, o garoto de olhos verdes não reagiu imediatamente. Julian se abaixou e agarrou Bianca sem qualquer delicadeza, puxando-a para longe deles, enquanto ela se debatia e gritava.

– O que está fazendo? – gritou Lucas, mas ele o ignorou. Duda percebendo que seu alfa queria se afastar de todos, rapidamente se postou entre Lucas e Julian impedindo seu caminho.

– Nananinanão... – disse Duda sorrindo para o outro alfa, deixando claro que ela não o deixaria passar.

Lucas rosnou mais alto e tirou o sorriso do rosto dela, mas Duda não saiu do lugar.

Em segundos, Con já estava ao lado dela, enquanto Rafaela e Vitor tomavam posição ao redor de Lucas. Patrick ficou bem atrás deles. Os outros apenas se afastaram.

– Saia da frente! – rosnou Lucas, mostrando seus dentes. O rosto dele se contorceu e os olhos brilharam ameaçadoramente. Desta vez, Duda baixou os olhos e deu um passo para trás, mas Con rosnou alto e mostrou suas presas. Nenhum deles trocou de pele de forma completa, mantinham seus corpos humanos, porém era possível ver que estavam mais fortes, seus rostos mais angulosos, presas e garras surgindo.

– Lucas mandou vocês saírem da frente – rosnou Vitor para os companheiros de Julian.

– Cala a boca, capacho! – disse Duda.

Vitor rosnou e avançou para ela, mas Con logo se interpôs. Os dois grandalhões rosnavam um para o outro como se a qualquer momento pudessem se atacar.

Rafaela mantinha o corpo de lado, com um olho em Patrick, posicionado logo atrás deles, e outro em Duda e Con. Ela conhecia bem algumas táticas da alcateia de Julian. Os outros alfas, Manuela e João, apenas observavam ao redor, sem darem sinal de que se intrometeriam. Alguns rostos pareciam ansiosos em ver a luta se desenrolar, outros, como Leonardo, preferiram apenas se afastar.

Enquanto rosnados e rugidos ameaçadores eram ouvidos, Julian conseguiu arrastar Bianca e afastá-la da aglomeração. Ele a tinha puxado contra si, prendendo seus braços entre os seus para evitar ser atingido enquanto ela se debatia e arranhava. Naquele momento, ninguém parecia estar prestando muita atenção neles.

Ele parou e a segurou firme contra o corpo.

– Shhsss... Está tudo bem, Bianca... – sussurrou Julian em seu ouvido. – Ninguém vai te machucar. Acalme-se... Você está a salvo agora, entendeu? Está a salvo...

Ela estremeceu em seus braços, mas em seguida continuou a se debater ainda alheia ao que acontecia ao redor. Julian sussurrou mais uma vez e ela enfim parou de gritar, mas ainda estava tensa. Enquanto repetia pela terceira vez, ele finalmente sentiu sua resistência afrouxar até ela parar de se debater.

– Bianca? – chamou ele baixinho.

As palavras dele ecoaram em sua mente. Ela abriu os olhos e inalou um perfume bom, amadeirado com almíscar. Sentia-se exausta. A consciência de que alguém a segurava contra o corpo veio devagar, enquanto as sombras do pesadelo se afastavam. Primeiro reconheceu o tecido resistente do *metamold* contra seu rosto e a sensação de braços fortes ao redor de seu corpo, em seguida levantou a cabeça esperando encontrar os nobres olhos verdes de Lucas, mas tudo o que viu foi o brilho negro do olhar intenso de Julian sobre ela. Ela o empurrou e ele a soltou sem resistência, dando um passo para trás.

As imagens e os sons do que acontecia ao redor se focalizaram e Bianca viu atrás dele a arena de treinamento do Lemniscata. Karibakis e parentes tinham a atenção sobre um pequeno grupo que se encarava e rosnava um contra o outro.

Nicole foi a primeira a percebê-la consciente e a gritar seu nome antes de se aproximar correndo. Duda e Con olharam também e abandonaram a tensão em seus rostos.

– Você está bem? – disse Nicole ao seu lado, visivelmente preocupada.

– Bianca – disse Lucas, empurrando um Con mal-humorado ao passar –, o que aconteceu?

Com a pergunta, ela sentiu o peso do silêncio no ar, todos a encaravam esperando que dissesse algo.

– Eu não sei... – respondeu sem firmeza na voz.

– Por que gritou desse jeito? O que houve? – insistiu Lucas, ainda tenso.

Ela baixou os olhos sem saber exatamente o que dizer, seu coração batia intensamente.

– Será que ninguém aqui notou? – disse uma voz feminina. Bianca olhou e viu Giovanna destacando-se entre os observadores. – Ela estava em Pânico. – A garota cruzou os braços e inclinou um pouco a cabeça, encarando-a de cima abaixo com seus olhos cor de mel.

– Isso é possível? – perguntou Vitor coçando a cabeça, confuso. – Parentes entram em Pânico?

Lucas ampliou o olhar e pareceu hesitante em responder. Olhou de Bianca para Giovanna e depois se voltou para Bianca, claramente esperando que ela dissesse algo, mas ela não sabia o que falar. Bianca olhou para Julian, foi ele quem ela tinha visto quando voltou à consciência, ele a chamara. Isso foi estranho.

De repente, lembrou-se de que era a segunda vez que ele a acordava de seus pesadelos. Julian a encarou também, e então uma sensação estranhamente boa a tomou, porém desapareceu no segundo seguinte, pois no mesmo instante a expressão dele mudou. E, surpresa, ela viu surgir um olhar malicioso e sua boca virar um sorriso zombeteiro e cruel.

– Ninguém pensou que talvez haja algo de errado com ela? – disse ele, parecendo gostar das palavras.

Bianca viu os olhos de Giovanna brilharem.

– Ela viveu muito tempo entre os humanos – continuou ele. – Talvez sua mente esteja frágil demais para viver entre nós e por isso tenha essas crises de Pânico. Portanto – disse, virando-se para encará-la nos olhos –, eu vou dizer aqui agora o que tenho certeza de que muitos já estão pensando desde que a observamos treinar: Bianca, não importa o seu legado, pois você se tornou fraca demais, vulnerável demais e apenas um peso inútil para o Refúgio.

Ela desviou o olhar. As palavras dele doeram mais do que ela esperava e um vazio se formou dentro dela, como nunca sentira antes.

– Ele tem toda razão – apoiou Giovanna. – Talvez a gente não precise mais de pessoas como você.

– Chego até a pensar se você é realmente uma Farejadora perdida... – provocou Julian, ainda não satisfeito – de repente, a sua marca é só a marca comum de uma humana medíocre.

– Agora já chega – defendeu Nicole, pondo-se entre eles. – Você está passando do limite, Julian.

Bianca mal conseguia enxergar, lágrimas escorriam pelo seu rosto enquanto ela saía apressada pela arena, deixando-os para trás.

Ester estava em pé, observando pensativa.

– Era sobre isso que você estava tentando nos explicar? – perguntou, virando-se para Carolina, sentada.

Todos os membros do Conselho estavam reunidos ao redor da mesa em formato de um V ao contrário. A sala ficava no centro dos prédios administrativos do Círculo Crescente. Ela era ampla e possuía uma parede completamente transparente que dava de frente para a Oca. Dali, podiam ver todo o Refúgio ao cair da tarde.

A outra metade da sala tinha sido tomada pelas perfeitas imagens holográficas em três dimensões da arena e seus ocupantes. O Conselho reunido acabara de assistir Bianca sair correndo de lá em lágrimas.

Carolina encostou-se na cadeira e suspirou.

– Não exatamente... Sinceramente, é bem pior do que esperava. Eu sabia que as sensações de taquicardia e falta de ar não eram características do rastreamento de um Farejador, por isso tinha certeza de que eram sintomas do trauma de infância. Entretanto... – Carolina suspirou, fazendo uma pausa enquanto via Bianca afastar-se da arena em direção aos dormitórios – eu tinha esperanças que ela reagisse melhor ao ver a forma Karibaki, agora que sabe a verdade e está em segurança.

Yann bufou e cruzou os braços, enquanto Ester, com um gesto, fazia desaparecer as imagens holográficas.

– Posso treiná-la fisicamente – disse Yann –, mas se ela não aguentar ficar consciente ao lado de nossa forma bestial, será completamente inútil em campo. As alcateias ficarão desapontadas.

Ester olhou pensativa para Walter. A expressão dele era fechada e mal-humorada. Ela estranhou como o filho dele tratou a única Farejadora. Suas palavras foram duras e desnecessárias. Esperava outra atitude por parte de Julian, uma mais vantajosa para a família Ross. Provavelmente, Walter também esperava isso.

– Não importa, precisamos dela – disse Sérgio, o pai de Lucas, um homem sério de feições marcantes e cabelos castanhos dourados como os do filho. – Vocês viram nosso último relatório, as coisas estão piorando lá fora. As alcateias estão exaustas.

Ana Gomes se levantou.

– As coisas estão ruins porque até o momento nos faltava um elo de nossa corrente – disse Ana Gomes, a instrutora das aulas de Geo-Sobrevivência e membro dos Furiosos no Conselho. – A garota Bley vai superar tudo isso, ela apenas precisa de tempo e treinamento.

– Tempo é uma coisa que não parecemos possuir – disse Walter com seu olhar perdido. – A Farejadora precisa estar em campo imediatamente. É isso...

– disse ele, como se tivesse acabado de ver a solução. – A garota precisa aprender entre Karibakis experientes, aprender em campo! Temos que usá-la agora.

– Está louco? – retrucou Ana, erguendo as sobrancelhas. – A Farejadora ainda não está pronta. Isso a destruiria e a nós também.

– Não estou louco – rebateu ele –, apenas estou cansado de ver famílias sendo despedaçadas aos poucos! Os Taus despertam a todo momento agora. Nosso tempo está se esgotando.

Ana bateu na mesa e se levantou de súbito, encarando-o.

– Isso iria matá-la!

– Parem! – interferiu a Furtiva Helena também levantando-se da mesa. – Eu sou a responsável pelo contato entre o Refúgio e as alcateias lá fora. Comando a maior parte das operações aprovadas pelo Conselho. Eu sei o que significa o silêncio durante uma comunicação, porque perdemos mais um de nós. Nunca estivemos tão vulneráveis e é por isso que não podemos desperdiçar a menina. Ana está certa, temos que esperar.

Um silêncio pesado caiu na sala do Conselho. Walter encarava Ana e depois Helena.

– Eu já tomei minha decisão – disse Ester sem alterar sua voz. Seus braços estavam para trás, ela parecia calma apesar da discussão do Conselho.

– Bianca não sai do Refúgio – continuou ela. – Seu treinamento só está começando.

Helena, Ana e também Jorge Porto aprovaram a decisão com um aceno de cabeça.

– E o que devemos fazer com os pedidos das alcateias adultas que querem entrar no Refúgio para conhecê-la e reivindicá-la? – perguntou Walter.

– Nenhuma alcateia adulta entra – respondeu Ester. – O Refúgio está em isolamento pela segurança da Farejadora. Não podemos correr o risco...

– Mas não podemos fazer isso com as alcateias lá fora – protestou Walter. – E se precisarem de nossa ajuda?

– Analisarei cada pedido de entrada, desde que seja importante, e não apenas devido à Farejadora.

– Isso deixará muitas alcateias insatisfeitas – comentou Sérgio.

– Elas superarão, pois sabem que nossas decisões estão levando em conta a proteção daquela que carrega o quinto legado.

– Concordo – reforçou Carolina.

– Altan – chamou Ester –, pode nos dizer como Bianca Bley está psicologicamente neste momento?

Imediatamente, Altan surgiu com sua imagem usual. Um homem magro e rijo, de cabelos curtos, completamente brancos. Ele tinha grandes olhos azuis e analíticos, suas feições eram suaves e vestia uma versão cinza claro do uniforme em *metamold*.

– Boa tarde – disse, dirigindo-se a todos. Em seguida, virou-se para Ester. – Voz da Lua, os níveis de stress de Bianca Bley estão alterados. Ela está triste, mas não representa perigo para si ou para outros. É tudo o que posso dizer.

Todos sabiam das limitações do Conselho com relação aos pedidos para Altan. Só era possível observar o treinamento dos jovens no Lemniscata. A inteligência artificial possuía suas próprias normas, que estavam acima de qualquer decisão que o Conselho tomasse. Normas essas que até o momento se mostraram impossíveis de serem alteradas pela pura vontade do Conselho ou de seus hackers. Os antigos princípios de conduta de Altan eram inalteráveis.

– Obrigada – disse ela, e então se virou para o Conselho. – Iremos treiná-la e, assim que Bianca tiver aprendido o básico e puder se defender minimamente, discutiremos o assunto mais uma vez e decidiremos se ela deve ou não se ligar à equipe tática de uma alcateia adulta. Yann nos avisará quando ela conseguir os requisitos mínimos. Enquanto isso, Bianca não deve mais frequentar as aulas de Combate com Apoio ou qualquer outra que haja troca de peles. Esta é a minha decisão.

Dito isso, a reunião do Conselho terminou.

20

A noite já havia caído sobre o Refúgio e a Lua brilhava no céu estrelado. Uma luz suave e esverdeada emanava do Cristal Oliva, ladeado pelas águas transparentes da fonte no centro da praça. Jovens sentados em bancos conversavam animadamente, um grupo cantava em volta de um violão, casais caminhavam abraçados entre as árvores, enquanto crianças menores, incluindo Gabrielle, corriam alegres com seus gritinhos infantis. A verdade é que aqueles com o sangue Karibaki pareciam ser capazes de treinar e estudar o dia todo sem parecerem esgotados no final.

Bianca estava na sacada de seu dormitório, sentada em uma poltrona de vime com estofado bege macio e almofadas coloridas em suas costas. Instantes atrás, sua cabeça tinha voltado a latejar levemente.

Sentada ali, ela imaginava como teria sido sua vida se sua mãe ainda estivesse viva e sua linhagem não extinta.

Ágata Bley provavelmente a teria levado pela primeira vez ao Refúgio quando pequena, e então sua mãe, e não sua nova amiga Nicole, a ensinaria o significado daquele lugar. Bianca cresceria com todos estes jovens e crianças que hoje lhe parecem tão fascinantes e estranhos. Provavelmente, teria corrido e brincado centenas de vezes por ali. Seu corpo cresceria acostumado ao treinamento e sua mente não traria as marcas do trauma que a impediam de se adaptar àquele mundo. Mas as coisas não aconteceram assim e agora ela se sentia completamente perdida ali.

Suspirou. Talvez Julian estivesse certo. Ela não era como eles. A imagem de Lucas veio à mente. Ele pareceu confuso e decepcionado na arena. Seu coração apertou ao se lembrar, mas não havia nada o que fazer quanto a isso.

Ela se levantou da cadeira e entrou no quarto. Com um movimento da mão no ar, a porta de vidro opaco da sacada atrás dela se fechou, deixando-a por um momento em total escuridão.

– Luzes – disse ela, e o ambiente se iluminou.

Em pouco tempo, Nicole tinha transformado um lado do quarto, onde ficava a mesa de estudo, em seu espaço particular. Havia componentes para as telas holográficas, pedaços de tecnologia *metamold*, além de outros objetos espalhados que ela não conseguia identificar.

Entretanto, os olhos de Bianca imediatamente caíram sobre a sua cama logo à frente. Havia algo que não estava ali antes, um fino objeto retangular azul-marinho, que reconheceu no mesmo instante. Era seu caderno-terapia.

O que isso está fazendo aqui?

Olhou em volta, mas o quarto estava vazio. Aproximou-se do caderno e o pegou cuidadosamente. Havia um papel entre as folhas. Ela abriu a página e viu algo escrito.

Posso tentar ajudá-la com seus pesadelos. Posso treiná-la.

Se aceitar, me encontre daqui a uma hora na borda da área norte da floresta. Vá sozinha e não conte para ninguém, ou eu não poderei ajudá-la.

Ela notou que a folha estava presa sobre a página em que ela tinha desenhado o monstro lupino de seus pesadelos. Os olhos amarelos encarando-a junto à porta arrebentada. Bianca releu o bilhete.

Alguém parecia querer ajudá-la. Mas por que pedir para ela não contar nada a ninguém? Carol não seria, e muito menos Nicole, que não precisaria de um bilhete. Sem falar que essa pessoa teria que ter estado com ela na balada, o último lugar em que esteve com seu caderno-terapia e onde ela achava tê-lo perdido...

Ela sorriu esperançosa. Então, ele talvez não estivesse tão desapontado assim com ela e quisesse ajudá-la. Com um sorriso no rosto, imediatamente começou a se vestir para o treinamento.

Antes de sair, recebeu uma mensagem de Nicole, avisando que voltaria tarde essa noite devido ao seu novo estágio na sede da equipe de Inteligência e Estratégia do Refúgio.

Bianca pegou uma mochila, contendo tudo o que fosse precisar durante um treinamento, e saiu do quarto em direção ao elevador lateral, colocando o capuz do moletom sobre a cabeça. Seu coração estava acelerado. Ela não era como eles, mas se esforçaria em ser o melhor possível.

Em passos largos, foi em direção ao local combinado. Ralhou mentalmente consigo por não ter trazido uma lanterna, pois estava muito escuro e mal conseguia andar sem tropeçar em galhos ou raízes pelo chão.

– Olá! – disse, assim que entrou na borda da floresta e começou a caminhar entre as árvores. O lugar combinado deveria ser mais ou menos ali.

Ninguém respondeu e ela olhou em volta. A escuridão e os barulhos da floresta começaram a fazê-la desejar dar meia-volta até o dormitório.

– Olá... – respondeu de repente uma voz ao seu lado e Bianca pulou de surpresa ao vê-lo.

– Você? – disse, sem conseguir esconder sua decepção.

– Triste em me ver? – disse Julian. Ele acabara de sair da escuridão a apenas dois passos dela. Ele também carregava uma mochila nas costas. – Tem uma coisa que precisa aprender sobre nós, os Furtivos. As sombras e o silêncio são nossos melhores amigos.

– Eu acho que entendi a ideia, mas o que você está fazendo aqui?

– Toma – disse, entregando-lhe um pequeno cilindro preto emborrachado –, trouxe uma lanterna. Imaginei que precisaria caso tivesse coragem de vir mesmo.

Bianca olhou para o objeto que ele oferecia.

– Eu... – balbuciou sem saber o que dizer. Parte dela sentia-se desapontada e a outra, furiosa.

– O que foi? – perguntou ele com um meio sorriso. – Esperava outra pessoa? Talvez um garoto com cara de bobo e olhos verdes sem graça?

Bianca não conseguia entender por que era ele quem estava ali.

– Você estava com meu caderno? Foi você quem deixou o bilhete nele?

– Bem perceptiva – respondeu, dando uma piscadela. – Agora pegue a lanterna e vamos sair daqui – disse praticamente colocando a lanterna na mão dela. Bianca a pegou, mas não saiu do lugar.

– Eu não vou a lugar algum com você, Julian. Você foi horrível comigo hoje. Não quero sua ajuda e, na verdade, eu nem entendo por que a está oferecendo. Quer saber? Vou voltar para o quarto – disse ela, dando as costas para retornar pelo caminho que veio.

– Eu te provoquei hoje, mas e daí? – disse, dando de ombros enquanto a seguia. – Não tenho culpa se você é toda sensível. Mas veja, estou te oferecendo ajuda de verdade.

– Não acredito que queira me ajudar – disse apenas, sem nem parar.

– Ok, ok... Apenas ouça, tá legal? – tentou ele. Bianca parou, mas não se virou. – Você tem razão. Eu não quero simplesmente treiná-la. Tenho outros interesses, mas isso não significa que eu não saiba como te ajudar.

– E por que você acha que de todas as pessoas eu aceitaria a sua ajuda? Você é uma pessoa cruel – disse ela, virando-se para ele. Seus olhos já tinham se acostumado com a escuridão e as árvores espaçadas permitiam alguma luz da lua.

– Por que você precisa – respondeu ele, aproximando-se. – Quantas pessoas além de mim te ofereceram ajuda depois que você ridiculamente saiu correndo do treinamento na arena hoje? Quantos foram lá te consolar? Ninguém?

Ela não respondeu. Havia ficado sozinha no quarto até Carol vir e dar-lhe a notícia de que não treinaria mais com trocas de pele. Ela fora cordial e direta, nada mais.

– Eu vou dizer por que ninguém passou a mão em sua cabeça – continuou ele. – Nós somos uma raça exigente. Esperamos que, no mínimo, nossos parentes possam se defender e serem úteis em campo. O Refúgio pode parecer um paraíso, mas lá fora, sob fogo cruzado, ninguém tem paciência para soldados chorões que têm medo de pesadelos, como uma criancinha mimada.

– Eu não sou... – mas ele a interrompeu antes que pudesse terminar.

– Não me importo com os motivos de você ter essas crises. Não me importo mesmo – disse, dando de ombros. – Tudo o que me importo é que um dia você será capaz de farejar perfeitamente bem, e então te pedirei um favor.

Bianca desistiu de tentar explicar. Apenas balançou a cabeça entendendo aonde ele queria chegar.

– Mas achei que não acreditasse que eu fosse uma Farejadora.

– Não seja idiota, é claro que você é uma Farejadora – disse com uma careta de indignação. – O que mais seria?

Bianca balançou a cabeça. Ele a deixava confusa.

– E que tipo de favor seria esse?

– Do tipo que me ajudará um dia a encontrar um Tau poderoso e raro, que me fará ser bem visto pela minha família e pelos anciãos – respondeu, e ela notou que, enquanto Julian falava, não havia brilho em seus olhos escuros, ou qualquer energia em suas palavras.

– Então, seria isso? Você me treina e um dia farejo um Tau para você contar vantagem e se exibir por aí?

– Acho que o vaga-lume entendeu – disse sorrindo.

– Vaga-lume? Por que me chamou disso?

– Não sei – respondeu ele, dando de ombros. – Acho que você me lembra esses bichinhos estranhos.

Bianca preferiu não discutir essa ideia idiota.

– Então, o que acha? Acordo perfeito, não? – insistiu Julian.

– Eu não sei... – hesitou ela.

– Você realmente acha que durante os treinamentos irá aprender tão rápido como deveria? – ele riu. – Giovanna vai acabar com você e eu não vou interferir.

– Eu posso me esforçar mais.

Julian balançou a cabeça.

– Você pode, mas não vai adiantar se não sabe o que está fazendo. Sem falar que Yann não a forçará como deveria, pois não sabe como lidar com a situação de ter que treinar a garota que, para muitos, pode ser a última esperança contra os avanços dos Pérfidos, e ao mesmo tempo lidar com seu trauma, coisa que o pequeno cérebro dele não compreende. Na verdade, eu acho que ninguém aqui compreende e sabe o que fazer com seu problema.

Como ela baixou os olhos e não disse nada, ele continuou.

– Bianca – disse, e seu tom se tornou mais sério –, na primeira grande emergência, Ester se verá obrigada a colocá-la em campo para não perder a liderança do Refúgio e será nesse momento que você morrerá, pois não estará preparada.

Ela cerrou o cenho e ia falar algo, mas ele não deixou.

– Sua linhagem inteira foi assassinada, incluindo sua mãe, por mais que ela tenha se esforçado em fugir. Você acha que está segura? Quanto tempo acredita que levará para morrer em campo? E mais... – continuou ele – com a sua morte, Laura perderá o privilégio de ser tratada por nós e provavelmente a jogarão em um hospital público, onde sua irmãzinha postiça ficará sozinha até ter a sorte de acordar ou morrer em coma.

Bianca apertou os lábios. De alguma forma horrível, as palavras dele faziam sentido. Eles treinavam seus parentes porque no mundo deles todos tinham seu papel, ninguém era inútil. Laura não era parente e, portanto, não poderia viver ali. Se Bianca morresse, o mais provável era que agissem do jeito que Julian descreveu.

Ela o ouviu suspirar, impaciente.

– Essa é a única vez que te oferecerei ajuda, então pense bem.

Ela não tinha muita certeza se era uma boa ideia aceitar essa proposta, mas ele estava certo em muitas coisas. Ela precisava sobreviver entre eles e assim garantir os cuidados necessários para Laura.

– Você tem razão. Eu quero e preciso encontrar uma forma de sobreviver. Acho que temos um acordo.

– Ótimo – disse ele, parecendo satisfeito –, mas minhas exigências ainda não acabaram. Ninguém deverá saber que estou fazendo isso, nem mesmo Nicole. Essa é a minha maior condição.

Ela fez uma expressão de estranheza.

– Não posso contar nem para Nicole? Por quê? Ela é sua prima.

– Não pode e os motivos são meus – respondeu. – Tenho sua palavra de sangue?

Bianca não respondeu imediatamente. Encarou-o pensativamente por alguns instantes.

– Sim, tem... – disse num suspiro.

Julian deu-lhe seu sorriso de canto.

– Então acenda essa maldita lanterna e vamos começar nosso treinamento – disse ele, virando-se para caminhar entre as árvores.

Ela ainda ficou um instante parada, refletindo sobre a decisão de aceitar a ajuda dele, mas foi apenas por um instante.

21

— Para onde estamos indo? – perguntou Bianca enquanto o seguia.

– Tem uma trilha que leva ao lugar ideal para treinarmos. Fica a alguns minutos de distância. Só me siga e, por favor, nada de chiliques porque um besouro se aproximou voando ou uma cobrinha de nada passou por perto. Não tenho muita paciência com esse tipo de coisa.

– Você disse cobra? – disse ela, olhando em volta preocupada, mas ele a ignorou.

Ela o seguiu, esquivando-se de galhos em seu rosto e tentando tropeçar o mínimo possível. Alguns minutos depois, o caminho ficava livre. Chegaram a uma trilha no meio da mata.

– Este é o caminho. Se você não fosse tão histérica, eu te levaria em minha outra pele e chegaríamos mais rápido – disse ele, tomando à frente.

– Por que vocês usam "minha outra pele" ou "troca de pele"? E não dizem apenas "forma lobisomem"?

Ele ficou em silêncio e, por um momento, ela achou que a ignoraria novamente, mas de repente começou a falar.

– Temos DNA humano e de lobo, isso é óbvio, mas também temos *outra* coisa em nosso sangue. A palavra lobisomem é ridícula e vulgar, quase uma ofensa para nós. Não somos criaturas brutais, como nas lendas. Na verdade, foram os Vorazes que deram origem a essa ideia, e não a gente.

– Vorazes? – perguntou curiosa. – O que é isso?

Ele então parou, olhou para ela e em seguida balançou a cabeça incrédulo.

– Nicole poderia ter-lhe ensinado melhor. Nós temos muitos tabus e esse é o pior deles. Vorazes são fisicamente iguais a um trocador de pele em sua forma bestial, mas são maiores e mais fortes. Em contrapartida, não conseguem jamais trocar para a pele humana, além de serem naturalmente criaturas sem inteligência e famintas por carne humana... O Acordo prevê a destruição imediata dessas criaturas.

– Nossa! E pelo jeito com toda a razão – disse ela, ampliando o olhar.

– É... com razão sim – repetiu ele –, mas o único problema é que os Vorazes são frutos do relacionamento entre dois Karibakis trocadores de pele.

Bianca arregalou os olhos.

– Sério?

– Sim. O casamento ou mesmo um relacionamento rápido entre Karibakis é rigorosamente proibido pelo Acordo e as penas para quem desobedecer são graves. Nunca leu o Acordo?

– Não, nunca.

– Deveria ler, há uma estela entre as estátuas da primeira alcateia na Praça Oliva.

– Eu já vi esta estela – disse, lembrando-se de quando conversou com Lucas naquele lugar –, mas está na língua Karibaki.

– Então aprenda logo nossa maldita língua, não está tendo aulas?

– Estou, mas é que há tanto para aprender...

– Eu sei que tem muita coisa e é por isso que deveria começar a se apressar e aprender logo. Tudo pode colaborar para prolongar sua expectativa de vida, que no momento me parece ser bem curta.

Bianca não disse nada, era melhor não demonstrar reação às provocações dele. Depois de seguirem por mais uns dez minutos na mata, chegaram a uma clareira aos pés de um barranco. Dava para ver o céu aberto e o horizonte noturno dali. Era bonito.

– Que lugar é este?

– Nenhum lugar, é só uma clareira – disse ele enquanto tirava algo da mochila e depois a pendurava em um galho. Era uma lamparina elétrica. Julian a acendeu e em seguida jogou a mochila ao lado de um tronco caído.

Ela ainda ficou observando, enquanto ele retirava do bolso um objeto que parecia um pequeno spray e o colocava sobre o tronco.

– Estamos longe o suficiente para não nos ouvirem – disse ele. – Sempre que acabar o treinamento, jogue sobre você um pouco desse spray. Ele é feito com as folhas dessas plantas ao nosso redor, chamam-se corta-faro. Ele vai confundir o olfato dos Karibakis em sua roupa e não perceberão que estivemos juntos.

Bianca olhou as plantas ao redor, eram pequenas e tinham folhas escuras.

– Tudo bem – concordou ela.

– Pronta? – perguntou ele.

– Acho que sim – respondeu hesitante.

– Acha que sim? – repetiu ele. – Você realmente gosta de me irritar, não é?

– Não, eu não gosto – resmungou, enquanto colocava sua mochila e casaco junto ao tronco caído –, mas acho que não preciso me esforçar muito. Você parece aborrecido comigo desde o momento em que nos conhecemos.

– Acho que isso é verdade... – concordou ele. – Mas você tem que confessar que se esforçou muito em me irritar quando me obrigou a te salvar dentro de uma galeria de esgoto. O que posso dizer? Sou um cara que me importo com primeiras impressões...

– Antes disso, você me chamou de humana idiota na frente de todos.

Ele ergueu uma das sobrancelhas, espantado por ela ter se lembrado.

– E pelo jeito você também se importa com primeiras impressões... Mas, tecnicamente, antes disso, eu acho que salvei Laura de ser sugada para dentro de uma coluna viva e cheia de braços mortais. Então, minha primeira impressão foi melhor que a sua, e isso deve contar alguma coisa – disse ele com uma piscadela.

Ela não respondeu desta vez, apenas torceu os lábios.

– Muito bem – seu tom indicava mudança de assunto. Ele cruzou os braços. – Que tal começarmos com uma perguntinha simples: por que você gritou hoje na Arena?

– Eu... eu não sei – respondeu ela hesitante, lembrando-se do vexame. – Quando Rafaela começou a se transformar, foi como se tudo ficasse escuro e de repente eu...

– Você o quê?

Bianca baixou o olhar.

– Não me faça achar que estou perdendo meu tempo – disse ele. – Se não me contar o que se passou com você, vai ficar difícil te treinar.

– Tá, eu já entendi! Acalme-se, tá? – pediu Bianca, e então suspirou e começou a explicar. – Eu me vi novamente com nove anos. Trancada no banheiro, enquanto minha mãe e meu padrasto eram mortos por um... por um trocador de pele – disse Bianca, fazendo uma expressão de dor no final.

– Como nos desenhos em seu caderno?

– Sim, exatamente como nos desenhos – respondeu ela, observando a grama no chão ao redor dele.

– Você o viu? – perguntou Julian.

Ela não respondeu. Tentava agora prestar atenção nas raízes das árvores próximas. Ela odiava ter que se lembrar.

– Eu perguntei se você viu o trocador de pele – insistiu ele.

Ela ergueu os olhos úmidos para Julian.

– Eu vi. Ele arrebentou a porta e olhou para mim com olhos amarelos horríveis. Lembro-me de ver sangue no chão em que ele pisava. Sangue da minha mãe e de meu padrasto. Até hoje não sei por que não fui morta também.

– E depois disso? Lembra-se de algo? – o tom dele agora era mais ameno.

– Somente de acordar no carro com Laura dirigindo pela estrada. Desde então, tenho esses pesadelos enquanto durmo e, quando vi Rafaela se transformando, tudo voltou...

Julian observou-a com um olhar semicerrado antes de continuar.

– Eu não entendo muito de psicologia... – começou ele, cruzando os braços.

– Sério? Não brinca... – provocou ela, interrompendo-o.

Ele a ignorou.

– Mas entendo de sobrevivência. E se você quiser viver, terá que encontrar uma forma de superar isso. Acho que sua mente pensa que você ainda está em perigo. Então, terá que usar sua mente para resolver o problema.

– Carol disse algo parecido, mas eu não sei como fazer isso.

– Eu também não – disse ele –, mas acredito que quanto mais confrontamos nossos medos, mais a gente aprende a controlá-lo. Portanto, acho que é melhor começarmos o treinamento com algo em que você também é horrível: luta desarmada.

Ela concordou. Ele se aproximou e se posicionou na frente dela.

– Preste atenção em meus movimentos e tente copiá-los o melhor que puder – disse ele, e daí começou a mostrar-lhe alguns movimentos básicos de ataque e defesa.

Ela tentou fazer o melhor possível para imitá-lo, mas tinha consciência de que seus movimentos eram extremamente desgraciosos e desordenados.

– O combate desarmado também te ajudará a ter reflexos rápidos – explicou enquanto a observava repetir os movimentos que ele mostrara –, algo essencial em nosso mundo. Sua musculatura também está muito fraca. Seu corpo é frágil e desengonçado.

– Ahh tá, obrigada... – disse ela.

Bianca tentou se concentrar em realizar os movimentos de forma precisa e não se importar com o que ele dizia. Ela sabia que estava longe do preparo físico que a maioria exibia por ali.

– Eu te aconselho urgentemente a usar o tempo livre, ou até mesmo a madrugada, na academia do Lemniscata.

Julian andava em círculos ao seu redor, observando cuidadosamente, enquanto ela imitava seus movimentos. Ficou surpresa com a aparente concentração dele, pois até o momento ainda não acreditava que ele levaria a sério o treinamento, mas parecia estar enganada.

– Tudo bem – disse algum tempo depois. – Vamos experimentar estes movimentos de defesa e ataque na prática. Vou acertá-la com minha mão direita e você fará estes movimentos para se defender e depois irá contra-atacar com o golpe de perna, entendeu?

Ela lhe obedeceu e, cada vez que ele ensaiava o soco, ela batia com o antebraço, em seguida ela o chutava e ele defendia. Eles repetiram isso diversas vezes, aumentando o ritmo sempre que ela parecia compreender o movimento. Julian aos poucos forçava cada vez mais os golpes. Bianca já começava a fazer caretas de dor a cada golpe e contragolpe que dava. O cansaço também já a dominava.

– Chega... – disse ela, sentindo-se exausta.

– Eu digo quando paramos – rebateu ele, avançando para mais um golpe, seu olhar era duro. – Você tem que se acostumar com o cansaço e com a dor.

Bianca se defendeu antes que o golpe a acertasse. Mesmo no limite, ela se esforçava em manter o ritmo. Defendendo e atacando, cada vez com menos força e menos concentração.

E quando a exaustão e a dor tornaram-se insuportáveis, ela simplesmente desistiu, agachando-se com as mãos em defesa, antes que o golpe de Julian a acertasse em cheio. Ele parou a poucos centímetros do rosto dela.

– O que está fazendo? – perguntou ele.

Bianca respirava com dificuldade.

– Eu não consigo mais, preciso descansar... – respondeu quase sem fôlego.

Ele resmungou algo e foi até o tronco, onde estavam encostadas as mochilas. Pegou uma toalha e uma garrafa d'água na mochila dela e jogou no chão ao seu lado.

– Beba e se recomponha, vamos continuar em alguns minutos.

Sentada na grama, ela enxugou o rosto e bebeu grandes goles de água.

– Se ficar desistindo, nunca chegará a algum lugar.

– Sou tão ruim assim? – disse ela, fechando a garrafa e colocando-a de lado.

– Na verdade, é muito pior do que imagina.

Bianca fez uma careta enquanto passava as mãos em seus antebraços doloridos.

– Dói muito. Acho que não consigo treinar mais por hoje.

– Consegue sim. Seu corpo é como o de todos os outros parentes e se acostumará rápido ao treinamento.

– Posso até ter o mesmo material genético, mas não fui treinada desde pequena como vocês, meus músculos doem.

– Seu corpo está preparado para receber grandes doses de stress e treinamento, porém o que importa agora não é a genética, e sim sua capacidade em aceitar a dor e sacrifício exigidos pelo nosso mundo. Entenda isso e você terá tudo o que é preciso – disse Julian, e então se agachou ao lado dela para encará-la nos olhos. – Mas acho que a questão principal é se você realmente quer ou não ser uma de nós.

Bianca ficou calada, em seguida virou o rosto para olhar além do barranco e a floresta escura. Até o momento, não tivera muito tempo para pensar seriamente sobre isso.

Ela não respondeu e ele não perguntou novamente.

Momentos depois, Julian a fez repetir mais uma série de exercícios e, quando estava completamente exausta, ele a deixou beber água e sentar-se no tronco para descansar um pouco. Bianca sentia-se destruída e não sabia se aguentaria mais uma rodada de exercícios.

– Você sabe que precisaremos tentar a troca de pele, não sabe? – disse ele, enquanto ela terminava de beber os últimos goles de água.

– Eu sei... – respondeu enquanto se levantava e virava para encará-lo. Ela quase deixou a garrafa cair de sua mão. – O que está fazendo? – disse num espanto, quando o viu jogar sobre o tronco a camisa cinza que acabara de despir e começava a tirar sua calça preta esportiva.

– Você acha que tenho roupa para ficar rasgando em cada troca de pele que eu fizer para você? Além do mais, para a sua total decepção, eu não vou ficar nu. Sempre usamos vestes *metamold* sob nossas roupas.

Ela ficou corada.

– Você vai se transformar agora?

– É claro! Quanto tempo acha que eu tenho para gastar?

Julian terminou de tirar a calça esportiva. Ele usava shorts escuro do mesmo tecido resistente que usavam durante os treinamentos.

Estava se acostumando com os corpos perfeitos dos Karibakis nos treinamentos, mas isso não a impediu de ficar sem jeito. Ele não tinha os músculos inchados como Con, mas era esbelto e bem definido.

– Isso não é um show particular – disse ele, percebendo que ela o observava.

Bianca desviou os olhos sentindo-se ficar vermelha. Ele sempre tinha que ser tão insuportável com ela!

– É melhor tentarmos fazer isso com você sentada, assim, se desmaiar, não vai se machucar.

Ela torceu os lábios, mas fez o que ele pediu, sentando-se na grama em frente ao grande tronco em que tinham deixado suas coisas. Seu corpo ainda estava quente e sensível devido ao treino, mesmo assim, fechou os olhos e tentou se concentrar em sua respiração e relaxar.

– Ótimo – disse ele, quando ela obedeceu. – E tente se lembrar de que você está segura em uma clareira e não em um banheiro sozinha enquanto é caçada.

– Vou tentar – disse ela.

– Conte até dez e depois abra os olhos. Tente se controlar.

Bianca começou a contar lentamente de olhos fechados. Tentava manter-se calma e concentrada na ideia de que não estava em perigo. Porém, conforme a pressão em sua cabeça aumentava, o coração de Bianca ficava enlouquecido e a respiração difícil.

Sua mente trouxe de volta a lembrança dos gritos no quarto, e isso quase a sufocou. Bianca perdeu-se na contagem e muito mais tempo deve ter se passado até que ela abriu os olhos.

A alguns metros, uma grande besta estava em pé. Sua musculatura era esbelta, seus pelos negros pareciam brilhar sob a lua atrás dele. Era uma criatura bela e terrível. Os tremores em seu corpo aumentaram junto com a falta de ar. Sombras negras no canto dos olhos tentavam dominar sua visão. Flashes de seus pesadelos passaram diante de seus olhos. O medo a dominou e Bianca gritou até que tudo desapareceu na escuridão que caiu sobre ela.

Quando abriu os olhos novamente, estava deitada sobre a grama macia. Acima dela, um céu escuro e cheio de estrelas. Lembrou-se de que estava na clareira. Virou a cabeça para o lado e viu Julian sentado, encarando a floresta.

– Acho que não funcionou... – disse ela, sentando-se devagar. – Quanto tempo fiquei inconsciente?

– Por alguns minutos.

– Eu gritei?

Ele balançou a cabeça afirmativamente.

– Vamos – disse ele taciturnamente enquanto se levantava –, temos que voltar para nossos dormitórios.

Ela obedeceu e começou a recolher suas coisas para partirem. Voltaram pela mesma trilha em completo silêncio. Quando chegaram ao limite do Refúgio, ela tomou coragem e falou.

– Obrigada por tentar, pelo menos.

Ele torceu os lábios em uma careta.

– Faremos isso noite sim e noite não. E não se esqueça de começar algum treinamento na academia – disse, já se afastando em direção ao dormitório.

– Combinado.

Quando Bianca chegou em seu quarto, já era mais de uma hora da manhã e Nicole ainda não havia retornado do estágio. Ela tomou um banho rápido, engoliu seu remédio e, antes de pegar no sono, prometeu que não iria desistir.

Nessa mesma noite, Alexia observava a última integrante da alcateia de Marco entrar na clareira no horário combinado.

– Fico feliz que tenha recebido meu recado – disse Alexia para Carina, a Uivadora Desviada. O corpo esguio de Carina estava contido em uma semitransformação, seus olhos brilhavam e os punhos estavam duramente cerrados. – Não tenha medo, não vou machucá-la. Nenhum caçador aparecerá.

– Eu não estou com medo – respondeu Carina, abrindo seus lábios em um sorriso cruel. E então, galhos de árvores e arbustos se mexeram na floresta atrás da Uivadora. Algo grande se deslocava pela floresta atrás dela. Era o Voraz.

Alexia não se preocupou. Ela sabia que Carina traria sua cria Voraz para protegê-la, por isso marcou o encontro na clareira onde o caçador havia sido morto. Depois que Alexia permitiu que Roberto matasse Marco, o alfa de Carina, imaginou que somente se sentindo segura a Uivadora Desviada viria para o encontro. Porém, Alexia também não estava sozinha. Na mata, Aleph, Bete e Caio estavam de prontidão, escondidos e bem armados, mas esperava não ter que usá-los, pela primeira vez, essa noite.

– O que você quer? – disse Carina.

– Te oferecer um acordo.

– E o que te faz pensar que eu aceitaria um acordo com uma traidora como você?

– Não sou traidora – disse Alexia. – Foram vocês que criaram problemas ao permitir que uma de suas crias matasse um caçador.

– Eu não sabia que haveria Corvos nesta área. Por aqui, só deveria haver humanos pobres e abandonados.

– Eu sei, mas ele estava seguindo as pistas das outras mortes provocadas pelo seu Voraz. Pelo jeito, os moradores desta favela não são tão abandonados assim.

– Não importa, pois você deveria ter ficado ao nosso lado.

Alexia suspirou.

– A morte de Marco foi um sacrifício necessário, Carina. Como líder dos Corvos, Roberto Sales precisava de uma vitória para mostrar à Ordem Superior dos Caçadores que podem confiar nele como novo líder. E eu precisava que Roberto continuasse confiando em mim, se quisermos usar um dia os caçadores contra o Refúgio.

– Seus argumentos são ridículos e tudo o que preciso neste momento é vê-la morta, Alexia.

A mulher ruiva sorriu enquanto a observava atentamente.

– Você tenta se enganar afirmando que deseja a minha destruição pelo que eu fiz a Marco, mas posso ver que não é isso o que realmente quer.

– Dois minutos comigo nesta clareira e você acha que já consegue me analisar? Por que não cala a sua boca, Pérfida maldita?

Alexia estalou a língua.

– Você abandonou a sociedade Karibaki por amor a um trocador de pele como você – disse Alexia, ignorando-a – e Régis também. Porém, o amor de sua vida foi morto por um jovem Furtivo no ataque desastrado que vocês fizeram na balada Barba Azul.

– Eu vou te matar! – rosnou Carina, avançando alguns passos. Alexia havia tocado em um ponto delicado.

– Por quê? – perguntou inocentemente. – Eu não fui a responsável pela morte dele. Além do mais, se me matar, não terá sua vingança.

Carina parou de rosnar e ficou encarando-a.

– Vingança é o motivo de você ainda estar pelas redondezas de Santos – continuou Alexia – e o motivo de ter vindo até mim essa noite. Não é verdade? Mas você não deseja vingança contra Marco, você quer matar aquele que destruiu a sua família perfeita, aquele que matou Régis.

Carina olhou para cima e respirou fundo, fazendo um grande esforço para se controlar.

– Você pode me entregar o jovem Furtivo?

Alexia acenou em confirmação.

– Eu tenho um plano – disse a ruiva. – Tive acesso a algumas gravações das câmeras dos Corvos e descobri que os Filhos da Lua têm um ponto fraco na cidade. Trabalharemos juntos para os atrair a uma armadilha. Talvez você até consiga matar a Farejadora no processo, cumprindo assim o último desejo de seu alfa.

– E o que você ganha com isso?

– Quero o aleijado.

Carina ergueu as sobrancelhas. Ela não esperava por esse pedido.

– Sim, eu sei sobre ele e sei exatamente o que ele é – disse Alexia.

– Se você sabe o que ele é, por que eu o entregaria a você?

– Porque, se o entregar, eu posso lhe conceder a vingança que deseja e ainda garanto a morte do garoto depois que servir ao meu propósito.

– E qual seria o propósito do menino Artur?

Alexia apenas abriu um largo sorriso. Ela não responderia a isso.

– Se eu aceitar, quero que minhas crias fiquem protegidas – exigiu Carina.

– Seus Vorazes não serão incomodados por ninguém – afirmou Alexia. – Na verdade, eu consegui um lugar perfeito para vocês três ficarem escondidos enquanto preparamos tudo. Um caminhão nos espera perto daqui e posso levá-los em segurança.

– Eu não confio em você – disse Carina.

– E eu não tenho motivos para traí-la – respondeu Alexia.

As duas se encararam por alguns segundos. Alexia sabia que já tinha ganhado aquela discussão. Carina estava sozinha e sedenta por vingança. Alexia não precisou de muito tempo para entender os desejos e os pontos fracos da Desviada. Usar isso para conseguir Artur foi fácil, e agora, junto com Roberto Sales, ela poderia colocar em movimento o seu mais importante plano.

– Está bem... eu entregarei Artur para você em troca de ajuda para conseguir minha vingança – disse Carina, finalmente – E onde você nos esconderá?

Alexia sorriu satisfeita.

– Se eu contar, você não vai acreditar...

22

— O que ela está fazendo? – perguntou Bianca enquanto cortava o pedaço de melão em vários quadradinhos.

– Gabrielle está tentando ouvir... – respondeu Nicole ao seu lado, na mesa do refeitório.

– Ouvir o quê? – disse, dando uma boa olhada em Gabrielle, que estava sentada na cadeira bem à sua frente na mesa. A menina tinha o olhar perdido, parecia estática e concentrada.

Bianca olhou ao redor, mas não conseguiu entender o que a menina estava tentando ouvir. Nicole aproveitou a distração para espetar com seu garfo em um dos quadradinhos de melão, roubando-o do prato de Bianca.

– Ela não está tentando ouvir nada por aqui – disse a Furtiva, abocanhando a fruta.

– Como assim? – E então Bianca fez uma expressão de compreensão. – Ahh... O dom dos parentes Furtivos...

Nicole riu.

– Isso mesmo – confirmou ela. – Gabi brigou com Mariana, uma das gêmeas, e está preocupada que ela esteja falando mal dela para as amigas no jardim Oliva. Mas eu já disse que isso não dará certo, Mariana vai ver Paxá chegando, de longe.

– Não vai não! – falou Gabrielle, ainda dentro do estranho transe. – Paxá tem patas suaves, ele pode se aproximar sem ser ouvido.

Bianca já havia estudado sobre a conexão que os parentes Furtivos são capazes de possuir com seu animal companheiro. Gabrielle podia ver e ouvir através dos olhos de seu gato.

De repente, Gabrielle bateu na mesa e Bianca arregalou os olhos.

– Não, Paxá! Não é hora de correr atrás de uma borboleta! Por favor... elas estão tão pertinho... Já posso quase ouvi-las!

Nicole riu e balançou a cabeça.

– Gabi ainda não tem o domínio total. A conexão com o animal vai se aprofundando com tempo e treinamento.

– Isso é muito legal. Já aprendi um pouco sobre o dom de vocês, mas os parentes Furtivos podem fazer isso com qualquer animal?

– É complicado e requer laços afetivos com a criatura, por isso geralmente só conseguimos fazer a conexão com um.

Bianca comeu um dos pedacinhos de melão no prato, enquanto lembrava-se de quando Nicole espantara o gato com uma revista por ele estar parado na porta do quarto na casa em Santos. Provavelmente, Gabrielle estava espionando-as. Pensando bem, naquele momento, ela podia jurar que tinha visto olhos humanos nele.

– Os olhos dos animais mudam quando isso acontece?

– Mudam – respondeu Nicole –, eles ficam parecidos com os do parente que enxergam por ele e, se você notar bem, os olhos de Gabrielle ficam levemente opacos.

Bianca inclinou-se sobre a mesa e olhou fundo nos olhos de Gabrielle. Realmente seus olhos castanhos, fixos em algum lugar além dali, pareciam levemente desbotados.

– E você? Nunca te vi com um animal por perto.

Nicole franziu o cenho e começou a mexer no pão em seu prato.

– Eu não tenho um animal.

Ela ia perguntar o porquê, mas então uma jovem se aproximou da mesa.

– Bianca Bley – disse a jovem, sorrindo cordialmente –, o Conselho gostaria de falar com você agora, se for possível.

– O Conselho? – perguntou surpresa.

– Sim – respondeu a jovem –, pode me acompanhar?

Bianca olhou para Nicole e ela acenou com a cabeça incentivando-a. Em seguida, seguiu a garota em direção ao Círculo Crescente.

O último andar, do complexo administrativo Círculo Crescente, era uma sala de reuniões com paredes *metamold* frontais transparentes, tornando possível ver a Oca à frente, a praça verdejante e os outros edifícios ao redor.

Havia uma mesa em formato de um triângulo sem base, com dez lugares, dos quais sete estavam ocupados no momento. No chão havia um círculo prateado perfeito, rodeando-a.

Ester estava em pé, próxima à parede transparente.

– Com licença, vocês me chamaram? – disse Bianca, entrando hesitante na ampla sala de reuniões.

Ester sorriu. Lembrou-se de que Nicole dissera uma vez que ela tinha mais de setenta anos, mas surpreendentemente sua fisionomia ainda não aparentava sequer quarenta.

– Sente-se para conversarmos – disse, apontando para uma cadeira em frente à mesa.

Bianca sentou-se e Ester tomou seu lugar na ponta central. À sua direita, sentava Yann, instrutor de Combate, ao lado dele, Walter, pai de Julian, e por último reconheceu Carolina Porto, sua instrutora de Controle. Ao lado da Uivadora, na ponta da mesa, havia uma cadeira vazia. Na outra linha da mesa triangular, praticamente de frente para Ester, sentava-se Sérgio, o pai de Lucas, em seguida vinha Ana Gomes, uma Furiosa. De frente para Walter, sentava-se uma bela mulher negra, de cabelos curtos lisos, Helena, que chefiava a central de segurança e era uma Furtiva. Em seguida, vinha Jorge Porto, um Uivador, e mais uma vez, por último, a cadeira estava vazia.

– Não se assuste – disse Ester, sorrindo com a apreensão de Bianca –, a chamamos aqui apenas para saber como foram seus primeiros dias no Refúgio.

Bianca olhou além da parede de vidro e viu os edifícios do Refúgio. Havia jovens e crianças se divertindo na Praça Oliva. Bianca se perguntou se Gabrielle havia conseguido ouvir a conversa da amiga com os ouvidos de seu gato.

– É um mundo diferente para mim, mas acho que vou me adaptar – respondeu.

Alguns sorriram satisfeitos.

– Yann comentou sobre suas dificuldades no treinamento, mas não se preocupe, tenho certeza de que aprenderá com o tempo.

Bianca acenou concordando e percebeu que Yann se mexeu na cadeira. Ele era um homem corpulento, como os Furiosos geralmente eram. Sua barba rala e os cabelos apresentavam fios brancos, mas o rosto ainda se parecia com o de um jovem rapaz.

– Sua incapacidade de lutar é uma porcaria, mas não é culpa sua – disse Yann. – Você deveria ter sido treinada desde criança.

– Laura achava que estava me protegendo – defendeu. – Ela não tinha motivos para me treinar.

– Eu sei – disse ele –, mas nossas leis garantem a todo parente o direito de conhecer o perigo a que está exposto e saber como se defender.

Ela baixou os olhos enquanto o ouvia. Não era justo falarem de Laura sem sua presença. Sentia falta dela. Quando olhou novamente para o Conselho, Jorge sorria. Gostava dele, era o que aparentava ser o mais velho ali. Ficou imaginando quantos anos teria.

– Saiba que este é o seu lugar, Bianca – disse Ester, quando Yann parou de falar –, e tudo o que precisar pode nos pedir.

Ester apontou para uma das cadeiras vazias na mesa.

– Um dia, algum de seus filhos ou netos trocará de pele e reocupará estes espaços deixados pelos últimos Farejadores, como é de direito.

Bianca mordeu os lábios, não conseguia evitar as dúvidas pairando sobre sua mente. Ela se lembrou da pergunta que Julian tinha feito na clareira, sobre ela querer ou não ser um deles.

– Mas e se eu não for muito diferente de um humano comum? Não consigo nem olhar para a forma Karibaki sem desmaiar. Não sei se aqui é realmente meu lugar.

Yann e Sérgio ajeitaram-se em suas cadeiras, parecia que esse assunto também os incomodava.

– Conversei sobre seu problema com o Conselho – falou Carol, apoiando as mãos juntas sobre a mesa – e todos concordaram com minha avaliação. É questão de tempo até que possa superar isso e consiga desenvolver plenamente seu dom.

– E se eu nunca superar? O que acontecerá?

– Então – começou Sérgio –, esperaremos que seus filhos herdem seu dom e tomem seus lugares em nossa sociedade.

Bianca não conseguiu evitar um olhar de espanto com a sinceridade do pai de Lucas. Carol lançou a ele um olhar de desaprovação, mas ninguém disse nada.

Walter se inclinou sobre a mesa e Bianca virou-se para ele.

– Fico surpreso com a semelhança com sua mãe – disse ele, mudando de assunto.

Bianca piscou surpresa com a comparação. Às vezes, ela se esquecia de que eles a tinham conhecido, que ela tinha feito um dia parte daquele lugar.

– Mas só fisicamente, é claro... – continuou ele. – Em temperamento, Ágata era muito diferente. Ela era como um tsunami, uma força da natureza mudando o cenário por onde passava.

Bianca não conseguiu deixar de notar que seus olhos cinzas brilhavam enquanto falava, ele parecia ter admirado sua mãe. Ester e Jorge sorriram concordando com Walter. Para ela, aquelas eram novas informações.

– Ágata era completamente imprevisível – falou Walter. – Sua mãe foi uma parente talentosa e uma das poucas sobreviventes após a Noite da Aniquilação. E, apesar de passar a vida fugindo e se escondendo, ainda conseguiu ter uma filha e iniciar uma nova família.

– Você parece ter conhecido bem a minha mãe.

– É claro que sim, todos nós do Conselho a conhecemos e a você também, quando ainda era muito pequena – explicou Walter. – Você não se lembra de nenhum de nós?

– Não, eu não tenho lembranças de minha infância.

– Nenhuma? – perguntou Walter, intrigado.

– Nenhuma... – respondeu –, a não ser a da noite em que fomos atacados, quando eu tinha nove anos.

O ambiente ficou em silêncio, enquanto pareciam refletir. Ester levantou-se novamente e caminhou até a grande janela.

Ela gostava de ouvir sobre sua mãe. A única imagem que tinha dela era a da foto e não possuía praticamente nenhuma ideia de sua personalidade. Algo então lhe ocorreu.

– Vocês sabem quem foi meu pai?

Todos olharam para Ester. Walter voltou a afundar em sua cadeira, com um meio sorriso nos lábios. Bianca não conseguiu deixar de notar nesse momento certa semelhança com Julian.

– Não sabemos – disse Ester. – Sua mãe nunca nos contou. Nem ao menos sabemos se ele era um Farejador, parente ou Karibaki de outra linhagem. Sua mãe contou algo sobre ele?

– Não, tudo o que sei é que ela falou que ele estava morto.

– Então você sabe muito mais do que nós – disse Ester.

Bianca baixou os olhos decepcionada.

– Ágata era teimosa – explicou Walter. – Ela não gostava de nos dar satisfações. A Noite da Aniquilação aconteceu há vinte e cinco anos, quando tinha apenas treze anos. Ela escapou por pouco e passou a esconder-se no mundo humano. Das poucas vezes em que entrou em contato para pedir auxílio, fizemos tudo o que pudemos, mesmo assim, ela achava que sozinha poderia tomar conta de si mesma e de você. Uma escolha insensata, como pudemos ver.

– Eu gostaria de saber mais sobre o que aconteceu na Noite da Aniquilação.

Ester acenou concordando.

– Eu já te contei parte da história. O que não te disse em seu primeiro dia aqui foi que um traidor interno, um Desviado, teve acesso aos registros da localização das famílias de Farejadores e os entregou aos Pérfidos. Devem ter levado anos para planejar uma ação como esta – disse Ester. – Os ataques foram rápidos e letais. Poucos escaparam, e os que conseguiram passaram a ser perseguidos incansavelmente. Por fim, em algum momento, foram encontrados e mortos ao longo desses anos. Todos, menos você.

– Talvez haja outros sobreviventes.

– Improvável, mas quem sabe? – disse Sérgio.

– Os Pérfidos estavam determinados a eliminar toda a linhagem e não fazer prisioneiros – completou Walter.

– Por quê? Por que toda uma linhagem? Por que os Farejadores?

– Ainda não sabemos ao certo – disse Ester. – Mas a verdade é que o dom dos Farejadores sempre foi um grande incômodo para os planos dos Pérfidos – respondeu Ester.

Uma linhagem inteira tinha sido praticamente extinta. Laura perdera o pai porque ele havia se apaixonado por uma mulher condenada à morte há vinte e cinco anos. E agora, por causa de Bianca, Laura estava em coma. Sentiu um gosto amargo na boca e, apesar de tantas outras perguntas passarem em sua mente, não tinha vontade de fazer mais nenhuma.

Um som estranho se fez no ar e ela viu a parede atrás da mesa do Conselho destacar-se em uma abertura suficiente para passar uma pessoa. Um rapaz passou por ela. Sua postura e olhar superior fizeram Bianca ter certeza de que deveria ser um Destemido. Já estava se acostumando a algumas características das linhagens.

– Desculpem-me interrompê-los – começou ele educadamente –, mas temos uma situação que requer a resposta urgente do Conselho.

– Sobre o que seria, Pedro? – perguntou Helena.

– É sobre a Ordem dos Caçadores. – Ele parecia ponderar o que diria. – Eles invocaram a Aliança e querem nosso apoio para uma situação complicada que surgiu. Temos apenas alguns minutos para analisar o pedido e responder.

Os membros do Conselho imediatamente se entreolharam.

– Bem, isso é novo... – disse Helena, virando-se para Ester.

– Sim, é – disse Ester, e então olhou para Bianca. – Precisamos nos concentrar nesse assunto agora. Tire o resto da manhã para descansar e obrigada por vir nos ver.

Com a reunião finalizada, eles se levantaram e foram em direção à abertura na parede.

Quando Bianca se levantou da cadeira, conseguiu vislumbrar uma ampla área iluminada além da abertura. Abaixo, havia várias estações com equipamentos tecnológicos, além de hologramas por toda parte. Ela reconheceu a Central de Inteligência e Estratégia, o local onde o Refúgio coordenava todas as alcateias e equipes táticas sob sua responsabilidade.

Bianca abandonou a sala de reuniões e, enquanto saía do edifício do Círculo Crescente, deixou sua mente vagar sobre os comentários feitos pelo Conselho a respeito de sua mãe. Quando deu por si, já estava no último andar do Lemniscata, onde ocorria a aula de Combate. Ela foi dispensada da participação devido à reunião, mas já estava de uniforme de treinamento desde o início da manhã, sendo assim, resolveu entrar na grande arena.

E foi aí que se surpreendeu. Era assim o treino normalmente? Julian estava substituindo Yann mais uma vez e, sem Bianca presente, ele organizara um treinamento que mais parecia uma guerra.

– Não sabia que viria – disse de repente Julian ao seu lado.

Ela mal percebeu a aproximação dele, seu olhar estava vidrado na arena de treinamento. A brisa da floresta ao redor entrava livremente pelas paredes vazadas em formato de galhos e folhas brancas, enquanto uma confusão de socos, chutes e espancamentos aconteciam no centro da arena. Todos os parentes a partir dos doze anos estavam lá. Demorou um pouco para notar que eles não estavam brigando aleatoriamente. Havia certa organização ou tentativa disso. Os membros da alcateia de Julian, Lucas e Manuela estavam vestidos em trajes em tons de vermelho acinzentado e observavam tudo nas bordas ao redor da arena de treino.

Seu olhar caiu sobre a luta de um pequeno grupo mais próximo a eles. Uma menina, com não mais do que doze anos, e outra de uns quatorze lutavam. Não era uma luta de puxar cabelo e arranhões aleatórios e desesperados, eram golpes precisos e rápidos com a lateral dos pés, punhos e cotovelos. E, mesmo sangrando e mancando, a garota menor resistia bravamente, até que um veloz chute alto a acertou em cheio no rosto, fazendo-a sangrar e cair atordoada.

– Que horror – foi o que conseguiu dizer diante de toda aquela violência.

– Horror? – Julian riu alto. – Horror é ver parentes serem massacrados por não saberem como se defender.

– Tudo bem, mas aqui eles não são inimigos! E há crianças de doze anos lutando!

– É mesmo? Então por que você não se junta a elas para ajudá-las? Ou melhor, por que tenta não apanhar muito delas?

– O quê? Eu não...

Mas ela não conseguiu reagir suficientemente rápido. Julian agarrou seu braço com uma mão e, com a outra, a empurrou pelas costas além de uma linha prateada circular formada no chão.

– Julian, não! – gritou uma voz atrás deles.

Bianca olhou, era Lucas. Ele vinha apressado em sua direção, parando indeciso antes da linha prateada.

– Ops – disse Julian, fazendo uma falsa expressão de inocência para ele. – Ela passou da linha, acho que você não pode mais salvar a donzela em perigo...

Ela tentou retornar, mas de repente mãos a impediram. Eram Con e Duda. Cada um deles tinha agarrado um de seus braços e começaram a arrastá-la para o meio da arena.

– Parem! O que estão fazendo? – Mas os dois apenas riram de seu desespero.

– Não se preocupe – disse Duda com um riso angelical –, você vai sobreviver.

Sua entrada chamou a atenção dos parentes lutando, mas ninguém se aproximou enquanto ela era levada pelos dois Karibakis.

– Essa eu quero só ver – disse Con.

– Quer apostar que ela não dura nem cinco minutos? – disse Duda, com um sorriso matreiro.

– Cinco minutos?! Eu aposto que não dura nem três! – disse ele, aceitando o desafio.

– Fechado. – E então a deixaram no meio da arena, passando ilesos entre os jovens que lutavam entre si.

Ela olhou ao redor, perdida sobre o que fazer. Não sabia se deveria tentar correr em direção à borda da arena ou tentar sobreviver àquele treinamento insano. Não queria correr, pois, se fizesse isso, estaria fugindo e novamente mostraria sua total incapacidade, mas a alternativa parecia loucura. Algumas aulas de treinamento em luta ainda não a faziam capaz de saber como agir naquela situação.

Imediatamente, começou a olhar ao redor procurando pela única possibilidade que lhe veio à mente: Nicole e Ricardo. Se os encontrasse, talvez tivesse alguma chance. Por sorte, logo os viu lutando. Estavam de costas um para o outro, tentando se proteger mutuamente de outros três garotos que os cercavam.

– Bianca? – disse um garoto alto e definido, de olhos fundos e grossas sobrancelhas escuras. Ela o encarou com olhos esbugalhados. – Fique perto de mim e ficará segura.

Ela o reconheceu. Seu nome era Fábio, um parente dos Furiosos.

– Nada disso – disse outra menina surgindo ao seu lado –, a Farejadora fica em nosso grupo.

Bianca também a reconheceu das aulas, Sara era um ano mais nova que ela e era parente de Destemidos. Atrás dela, estava um garoto moreno e alto, seu nome era Igor, tinham ficado próximos durante sua primeira aula com armas de longo alcance, ele era um Uivador.

Mas Fábio foi rápido. Ele sorriu maliciosamente antes de erguer o braço e desferir um potente soco cruzado, acertando em cheio o maxilar de Sara, que caiu desacordada.

– Não – disse Bianca surpresa e sem saber o que fazer, mas o garoto não fez menção sequer de tê-la ouvido, pois já tinha mudado sua atenção para Igor.

Igor, tomado por fúria ao ver sua amiga no chão, investiu contra Fábio gritando com tanta raiva que o acertou com força suficiente para ambos caírem. Fábio bateu suas costas, deixando-o momentaneamente fora de ação. Igor tomou posição sobre ele e começou a socá-lo repetidamente no rosto. Bianca estremeceu.

– Parem! – gritou.

De repente, do meio da confusão na arena, duas garotas correram até Igor. Ela reconheceu uma delas, era Giovanna. As duas agiram rápido. Pularam sobre ele e o arrancaram de cima de Fábio, arrastando-o pelo chão. Um garoto loiro surgiu atrás delas e começou a chutar com vontade o peito de Igor, enquanto elas se esforçavam em mantê-lo imobilizado.

Enquanto isso, Fábio se levantou todo ensanguentado no rosto e, mesmo assim, riu, como se tudo aquilo fosse diversão para ele.

– Não brinquem sozinhos. Deixe um pouco para mim – disse Fábio.

Eles soltaram Igor, que praticamente cambaleou em direção a Fábio, tentando desferir um soco com o braço direito, mas o outro garoto desviou ao mesmo tempo que agarrava seu pulso e o torcia para baixo, fazendo Igor girar no ar e cair com as costas no chão. O Uivador soltou um forte gemido de dor e Fábio se preparou para acertá-lo com um chute, mesmo ele já caído no chão.

– Já chega – exigiu uma voz se aproximando. Era Con, com Duda ao seu lado, nos trajes que os destacavam devido à cor avermelhada. – Afastem-se dele. – Fábio e as garotas obedeceram. Con pegou o garoto, Duda agarrou Sara e os arrastaram em direção à borda da arena.

Foi tudo muito rápido e, quando percebeu, Bianca já estava no centro de um círculo feito por Fábio, Giovanna, a outra garota e o garoto loiro.

– Achei que a ajudaríamos – comentou Fábio displicentemente enquanto limpava o sangue de seu rosto com a palma da mão. Ela sabia que, como parente de Furiosos, ele não estava sentindo dor, mas com certeza seu nariz estava quebrado.

– Eu disse para trazê-la para o grupo, mas não disse que iríamos ajudá-la – respondeu Giovanna. – Apenas cuidem para que ninguém se intrometa.

Eles acenaram concordando e viraram as costas, afastando-se um pouco delas. Fábio foi o último, ele ainda olhou para Bianca e deu de ombros, fazendo uma expressão como se tentasse dizer que nada poderia fazer com relação ao que iria acontecer. Eles criaram um perímetro ao redor delas e então Giovanna se aproximou com olhar determinado. Bianca sabia que não tinha a mínima chance contra ela. Olhou ao redor, mas não viu ninguém que pudesse ajudá-la.

– Olá, Farejadora...

– Giovanna, eu não quero problemas.

A garota de olhos cor de mel riu.

– Eu não me importo – disse, rodeando-a calmamente.

Bianca não tirava os olhos dos movimentos dela. Tentou se lembrar dos exercícios de Julian da outra noite.

– Não se preocupe, só quero te ensinar uma lição.

– Você não precisa fazer isso, eu sei que é melhor do que eu em combate – tentou argumentar, mas Giovanna riu novamente. – Olha, se está com raiva por causa de Lucas... Saiba que eu não sabia nada sobre você.

Desta vez, a Destemida não riu, ela fechou o semblante e avançou sobre Bianca com um chute curto e veloz, acertando a lateral de sua coxa esquerda. Uma dor aguda subiu por todo o seu corpo. Ela gemeu e imediatamente levou sua mão à perna.

– É tão fácil – disse Giovanna com um sorriso de satisfação.

Bianca tentou colocar o peso de seu corpo na perna atingida, mas cambaleou com a dor. Lágrimas embaçaram sua visão, era impossível apoiar aquela perna no chão novamente.

– Foi assim que você chorou enquanto sua mãe era feita aos pedaços?

Sem acreditar no que ouviu, Bianca a olhou, tentando controlar sua dor.

– O que foi? – provocou Giovanna. – Toquei em um assunto delicado?

Ela então avançou novamente, erguendo o braço para acertá-la com o punho. Bianca, com seu pouco treinamento, levantou o antebraço e protegeu-se, mas Giovanna era mais forte e o golpe a desequilibrou, o que a fez apoiar os dois pés no chão. A dor levou seu corpo a dobrar-se em agonia. A oportunidade não foi perdida. Giovanna girou o corpo e acertou em cheio o rosto dela com a parte lateral de um dos pés, derrubando-a.

Os momentos seguintes foram uma mistura de imagens borradas e muita dor. Giovanna caiu sobre ela e começou a acertá-la com uma sequência impiedosa de socos.

– Eu... – disse Giovanna ofegante enquanto acertava mais um golpe em seu rosto – não me importo com quem você é.

Bianca agora mal conseguia se mexer.

– Afaste-se dela! – gritou uma voz feminina.

O peso sobre Bianca desaparecera e alguém a ergueu.

– Concentre-se, Bia – disse outra pessoa. Sua voz parecia distante –, fique consciente só mais um pouco.

Ela não queria se manter consciente, a dor era demais. Tentou afastar os borrões escuros de sua vista para ver quem a mantinha em pé.

– Eu disse para você se afastar, Giovanna! – gritou a voz feminina. – Bianca está com a gente.

Os borrões começaram a fazer algum sentido. À sua frente, conseguiu perceber o vulto de Nicole e Giovanna se enfrentando. Virou um pouco o rosto dolorido e viu que Ricardo a segurava.

– Você vai ficar bem – disse ele, penalizado. – Só não desmaie, ok? Só falta uma pessoa cair e o combate acaba.

Bianca tentou acenar, para mostrar que estava bem, mas sentiu o peso da cabeça. Seus olhos se fecharam por vontade própria e a última coisa que ouviu, antes de sentir mais nada, foi a voz de Julian dizendo:

– Acabou!

23

Bianca acordou assustada. Olhou ao redor e percebeu que estava deitada em uma maca na área lateral mais afastada da arena.

– Oi, bela adormecida...

Nicole estava em pé ao seu lado. Seus cabelos curtos com mechas douradas estavam mais arrepiados do que o normal, não estava usando piercing e tinha um sorriso enviesado no rosto.

– Nic? – disse, enquanto piscava para desanuviar a sensação de desorientação.

– Sente-se melhor?

Ela se ergueu devagar. Ao redor, jovens e crianças eram injetados com I.C.A. ou se recuperavam deitados. A maioria parecia já estar totalmente recobrada, e eles conversavam animadamente. Ela colocou cuidadosamente a mão em seu rosto, esperando sentir dor nos locais em que fora golpeada, mas não sentiu nada.

– Você está bem – confirmou Nicole –, acabamos de injetá-la com I.C.A. e, como tem sangue Karibaki, a substância age rápido. Suas contusões e ossos quebrados desapareceram, está como nova agora.

– Ossos quebrados? Nic, o que foi esse massacre?

A amiga suspirou.

– Você não deveria ter entrado na arena. Este treinamento estava além de seu preparo.

– E eu não sei? – disse Bianca. – Não posso acreditar que vocês treinam assim. É absurdo demais!

– Eu imagino o que deve parecer para você – o tom de Nicole mudou –, mas somos Karibakis, Bia. Nós precisamos nos testar. O combate em grupo na arena também nos ajuda a escolhermos nossas futuras equipes táticas.

Bianca balançou a cabeça inconformada.

– Isso é loucura... Alguém já morreu nesses combates?

Nicole fez uma careta e balançou a cabeça.

– Acho que não. Somos treinados desde pequenos e ninguém é louco de golpear um colega fatalmente. Isso é apenas um treino. As alcateias ficam ao redor observando e retiram rapidamente qualquer parente inconsciente ou gravemente ferido. Eles observam nossa vitalidade através do tecido *metamold* de nosso uniforme. Não estamos vendo, mas na frente deles há uma tela com informações sobre nossas condições físicas na arena. É totalmente seguro.

Bianca entortou os lábios.

– Não pareceu muito seguro para mim...

Nicole acenou em compreensão.

– Durante o treino, todos são deixados na arena e lá decidem com quem se unirão. Geralmente, algumas equipes já são fixas e vão de acordo com suas amizades ou parentesco. Os membros das equipes se protegem e atacam de acordo com o treinamento de combate. Isso acaba quando só houver na arena dez pessoas em pé.

– Por que dez?

– Porque geralmente uma equipe tática tem no máximo cinco integrantes, então seria a média de duas equipes ainda em pé. Hoje ficaram dez pessoas, mas de três equipes diferentes e, quando você desmaiou, a luta acab...

Nicole ficou distraída de repente. Ela focou o olhar em algum lugar atrás de Bianca. Bianca virou o rosto e viu que Giovanna olhava direto para elas. Desviou o olhar imediatamente, não queria mais problemas, mas Nicole continuou encarando Giovanna.

– Não faça isso! – disse Nicole. – Nunca desvie o olhar. Você mais do que ninguém não pode se deixar submeter. Se fizer isso, ela conseguirá fazer com que perca o respeito de todos por aqui.

– Eu não quero confusão. Será que ela não consegue entender que eu não sabia que ela e Lucas tinham um compromisso?

– Ela entende isso sim, mas não se importa. Nosso jeito de viver não é como o dos humanos. Sem querer, você ameaçou a posição dela como ninguém nunca tinha feito antes. Giovanna é uma chata orgulhosa e não descansará enquanto não te derrubar.

– O que ela pretende com todo esse rancor?

Nicole forçou um sorriso.

– Pretende provar alguma coisa para Lucas e para todos os outros aqui... Sinto muito, Bia, porque não poderei intervir o tempo todo, ou será pior. Uma hora precisará aprender a se defender sozinha. Não baixe os olhos nunca mais. Ahh e falando no babaca do Lucas... – disse, indicando atrás dela com a cabeça.

Bianca o viu se aproximando.

– Você está bem? – perguntou ele, assim que chegou ao seu lado. – Julian não deveria tê-la jogado na arena. Eu queria ter podido ajudar, mas, uma vez dentro do círculo, ninguém de fora pode interferir.

Bianca sentiu sua garganta secar. Ele poderia ter entrado e a tirado de lá se realmente quisesse.

– Mesmo assim, ele me colocou lá – disse ela. – Eu ainda não entendo as regras direito, mas acho que, se você quisesse, poderia ter impedido que Con e Duda me arrastassem – ela não conseguiu evitar a irritação em sua voz.

– Nicole entende do que estou falando – disse ele. – Eu destruiria seu respeito perante os outros.

– Não se preocupe, acho que Giovanna já está fazendo isso muito bem – ela evitava olhá-lo, não queria que a droga do encanto dos Destemidos atrapalhasse tudo o que queria lhe dizer. Em seguida, desceu da maca e saiu em direção à saída.

– Espere... – pediu ele.

– Desculpe... – disse Nicole com um sorriso provocador – ela não quer conversar com você.

Bianca saiu da arena sozinha e foi direto para o dormitório. Precisava tirar o uniforme e entrar no chuveiro. Fechou os olhos e deixou a água cair enquanto tentava afastar a humilhação que sentia.

Nicole chegou no momento em que ela acabara de se vestir e sentava na cama desanimada. Bianca não queria mais falar do assunto, então as duas aproveitaram algum tempo juntas assistindo a programas na televisão.

A matéria de hoje vai falar sobre as investigações em andamento para determinar como o fogo se espalhou pela boate Barba Azul matando dezenas de jovens adolescentes durante sua reinauguração...

Bianca estava passando os canais e parou quando viu o vídeo gravado atrás do jornalista, mostrando a boate em chamas enquanto ele falava do estúdio.

As duas ficaram em silêncio observando por um momento a notícia.

...Tragédia que provavelmente poderia ser impedida se no local houvesse...

Bianca mordeu os lábios.

– Eles não têm a mínima ideia do que aconteceu de verdade, não é?

– Não têm – respondeu Nicole. – Os parentes Destemidos da equipe tática de Felipe conseguiram apagar as lembranças dos sobreviventes atacados pelo Tau e sua horda, além de encobrirem as mortes, iniciando o incêndio após todos saírem. Não havia outra opção.

– Então, o pai de Renan nunca saberá o que realmente aconteceu?

Nicole balançou a cabeça em uma negativa.

– Nunca... – respondeu.

Bianca se inclinou sobre a cama e abriu a gaveta da mesinha ao lado, retirando algo de lá.

– Você ainda tem a sua? – perguntou Bianca, enquanto mostrava a bonequinha japonesa pendurada pela corrente do chaveiro.

Nicole observou a boneca um instante e então baixou o olhar.

– Não. Dei para Gabi, antes de tudo acontecer. Mas foi melhor assim... Isso me faria lembrar dele...

Bianca apertou a boneca entre seus dedos.

– Eu o ouvi chamar meu nome... – disse Bianca, sentindo as lágrimas começarem a se formar.

– Você não podia fazer nada...

– Mas, se eu soubesse antes o que aquele odor significava, teria avisado a todos para saírem de lá antes que tudo acontecesse.

– É por isso que a estamos treinando. Para que um dia possa ajudar a salvar outras pessoas com seu dom Farejador.

– Eu sei... mas não estou me saindo muito bem nisso.

– Não se preocupe. Logo estará pronta. Mas saiba que mesmo nós, que nascemos e treinamos desde pequenos, sabemos que não podemos salvar a todos...

Em seguida, não falaram mais sobre isso. Nicole se levantou para se arrumar, pois ela recebeu um chamado do estágio e precisava chegar mais cedo.

Já Bianca resolveu ir até a academia de musculação no Lemniscata. Precisava deixar seu corpo mais forte para o treinamento.

Ainda faltava uma hora para anoitecer, quando Nicole atravessou o pátio lateral da Oca a caminho de um dos prédios administrativos do Círculo Crescente. As janelas espelhadas, emolduradas por trepadeiras verdejantes, refletiam a luz alaranjada do final da tarde.

A porta automática de uma das entradas se abriu e ela atravessou um amplo salão com paredes de vidro, esculturas diversas e, no centro, um elevador.

Nicole entrou no elevador e respirou profundamente enquanto ele se movia até o andar do centro de Inteligência e Estratégia do Refúgio. Sentia-se ligeiramente nervosa com o chamado de Helena. Até o momento, pouco vira de ação durante seu estágio. Ela tinha apenas estudado procedimentos de segurança e protocolos, além de acompanhar parte de uma investigação infrutífera, ocorrida em uma casa abandonada no interior do estado do Pará. Não havia Tau lá. A casa era apenas cercada por histórias folclóricas de terror, portanto os humanos da região estavam a salvo.

Entretanto, Helena fora incisiva quando perguntou se Nicole conseguiria lidar com a situação de observar uma missão em que sua mãe estivesse participando.

Apesar de surpresa, ela não hesitou em responder que não haveria problema algum. Afinal, um parente era treinado a vida toda para assumir a posição de apoio tático aos trocadores de pele.

Ela ouviu, pelo menos umas mil vezes, discursos sobre como deveria aprender a separar seus sentimentos durante uma missão. Sua mãe sempre foi categórica ao explicar que sentimentos baseados no medo da perda levavam a ações impensadas, e estas levavam à morte. Hoje era um teste que ela não poderia falhar.

– Você está pronta?

Nicole levou um susto. Altan se projetou bem ao seu lado quando o elevador parou no andar do Centro de Estratégia. A porta ainda se mantinha fechada.

– Altan?

– Eu perguntei se você está pronta – disse ele em seu tom suave, mas autoritário.

– Si... sim, estou – respondeu ela, sem entender bem qual era o objetivo da inteligência artificial.

Ele ficou observando-a por alguns instantes, sem nenhum sinal de emoção em sua fisionomia. Ela gostava de sua projeção. Mostrava-se como um homem próximo dos trinta anos, mas muito bonito. Seus cabelos e olhos cinza prateados davam-lhe uma aparência exótica.

– Altan, o que você quer?

– Eu sei que você tem trabalhado no desenvolvimento de tecnologias bastante avançadas. Tenho percebido alterações estranhas em minhas leituras. O que está tentando fazer exatamente?

– Nada – disse, erguendo os ombros e sorrindo inocentemente. – Apenas testando algumas possibilidades. Isso é contra alguma de suas regras?

– Não – respondeu ele. – Não é.

Nicole esperou ele dizer mais alguma coisa. Altan a encarava e de repente sorriu. Ela franziu o cenho levemente. Era engraçado vê-lo transmitindo expressões, parecia tão... humano.

– Você me desafia – disse ele.

– Não é essa minha intenção.

– Gosto de você – disse Altan, antes de desaparecer.

Nicole piscou surpresa e, no instante seguinte, a porta do elevador se abriu para a ampla base de operações da Inteligência Karibaki, que tomava todo o andar.

Ao fundo, uma escadaria levava até a sala do Conselho. De lá os anciãos poderiam observar todo o trabalho da base de operações.

Nicole entrou e logo notou que havia uma sensação de pressa e agitação. Ao redor, operadores trabalhavam concentrados em diversas mesas planas. Eram estações de trabalho que projetavam hologramas para serem manipulados.

Havia uma enorme mesa circulando uma grande tela holográfica pairando no centro. Nicole podia ver a imagem em três dimensões de um navio cruzeiro sobre águas calmas. Ao redor, os operadores sentados trabalhavam em hologramas menores bem à frente deles.

– Aqui é Ross, nós estamos a caminho – disse uma voz feminina saindo do áudio da estação central. Era sua mãe. Marina era uma mulher de grandes olhos negros e expressivos, porém sua estatura era pequena e o corpo esguio. A pele branca de seu rosto era emoldurada por seus cabelos escuros.

– Afirmativo – disse um dos operadores. – Confirmamos que em minutos estarão sobre o navio.

À frente dele, Nicole notou a imagem holográfica de quatro helicópteros surgindo no ar. Helena se aproximou e a cumprimentou com um rápido aceno.

– Sua filha acabou de chegar, Ross – avisou Helena. – Ela acompanhará a missão.

– Ótimo – respondeu Marina. – Afinal, ela ganhou esse direito ao ajudar a Farejadora.

Helena discretamente dirigiu um olhar para Ester. Ela era o único membro do Conselho, além de Helena, no salão de Estratégia. Os outros observavam do andar superior.

Nicole logo percebeu que o motivo de ter sido convocada na última hora tinha a ver com a personalidade de sua mãe. Porém, ela merecia mesmo estar ali. Julian ganhara o direito de auxiliar Yann. Lucas estagiava junto às atividades do Conselho e era justo que ela tivesse seu pedido de estagiar na Inteligência do Refúgio autorizado.

– Rapina 1, 2, 3 e 4 se aproximando da presa – avisou um dos controladores da mesa de operação. Um droide batedor sobrevoava próximo aos helicópteros que iam em direção ao Cruzeiro e projetava a imagem em um dos hologramas sobre a mesa central.

– Helena, conto com você para concluir o aprendizado de minha filha – disse Marina no comunicador.

– Não se preocupe – respondeu Helena. Ela e Marina eram amigas de longa data.

– Não é com isso que estou preocupada – disse Marina no comunicador. – Eu preferia que o Conselho tivesse autorizado meu pedido para que a Farejadora pudesse estar conosco. Somos duas alcateias e duas equipes táticas em uma ação conjunta. Nós a teríamos protegido. Precisamos dela aqui, pois temos pouco tempo. Essa porcaria de missão vai ser como procurar agulha no palheiro.

Nicole observou uma ave acompanhar os helicópteros, era provavelmente o gavião-peneira de seu pai.

– Esta foi a decisão do Conselho – quem falou agora foi Ester – levá-la até o navio alemão seria um risco precipitado. Concentre-se na sua missão, Ross. – disse, finalizando o assunto.

– Entendido, Voz da Lua... – respondeu Marina.

Nicole observou os helicópteros se aproximando do navio.

– Lembrem-se – disse Helena, inclinando-se sobre a mesa central e apoiando ambas as mãos sobre ela –, temos menos de uma hora até o anoitecer e apenas algumas horas até as autoridades humanas serem avisadas sobre o Cruzeiro. Antes de nós, os Corvos enviaram uma equipe que não voltou... Mateus?

Mateus, o rapaz na mesa, manipulando o holograma central do navio, começou a falar.

– Alcateias e equipes Alfa e Beta aproximando-se do local de desembarque. Alcateia e equipe Alfa saltarão primeiro – avisou ele. – Batedores 1, 2, 3 e 4 tomando a vanguarda e em posição.

Por mais que sentisse vontade, Nicole não poderia fazer nada. A ordem dizia que ela estava ali apenas como observadora e aprendiz.

Ela notou que os operadores manipulavam um par de batedores cada. Os batedores eram pequenos objetos voadores de tecnologia *metamold*, com energia limitada e controlados a distância por um operador tático treinado. Os batedores tinham a função que o nome já dizia: reconhecer a área e encontrar a posição inimiga. Assim, a alcateia poderia definir a estratégia de ataque. Geralmente, este trabalho de controle ficava com a equipe de apoio tático de cada alcateia, mas hoje seriam controlados pela equipe do Refúgio.

– O que está acontecendo? – perguntou Nicole, para ninguém especificamente.

– O navio parece estar morto – disse um dos observadores dos batedores. – O motor está desligado há horas e não respondem ao rádio comunicador. Mil cento e cinquenta turistas e mais de trezentos e cinquenta tripulantes saíram de Buenos Aires em direção ao porto de Santos e não há qualquer sinal deles até o momento.

Nicole ergueu as sobrancelhas.

– Onde foram parar mil e quinhentas pessoas?

O rapaz não respondeu. Seu silêncio era significativo.

– Não pode ser... – disse ela.

– Esperamos estar errados – disse o rapaz enquanto procurava, com o batedor, uma janela aberta.

De repente, ela pensou em seus pais e sentiu seu estômago apertar e a garganta secar.

– Duas alcateias serão suficientes? – perguntou Nicole, virando-se para Helena.

– Pelo tempo que os Caçadores nos deram, foi o que conseguimos reunir. Duas alcateias e duas equipes táticas, mais nosso apoio. Não se preocupe, são muito experientes. Marina sabe que devem aproveitar a luz do dia e serem rápidos em encontrar o Tau, caso haja algum.

Nicole observou dois helicópteros pairarem sobre o deck superior. Ela mordeu os lábios enquanto viu sua mãe e os companheiros de alcateia pularem do helicóptero e caírem perfeitamente, com os joelhos apenas levemente dobrados, como se não tivessem acabado de saltar mais de vinte metros de altura e sem cordas.

Com gosto de sangue na boca, ela viu seu pai descer do outro helicóptero através de cordas, junto aos outros membros de sua equipe tática.

– Sangue... – disse um dos companheiros de Marina enquanto inalava profundamente o ar ao seu redor. Sua mãe acenou concordando, ela também deve ter sentido.

Estavam no deck superior. A piscina estava coberta e não havia cadeiras de sol. Elas estavam amarradas nas laterais do deck. Havia bares montados, mesas, cadeiras e garrafas espalhadas desorganizadamente, muitas delas caídas ou quebradas.

– Seja o que for – disse Marina, analisando ao redor –, aconteceu durante a noite e provavelmente estavam dando uma festa.

– Como estão as entranhas do peixe? – perguntou Enzo, o pai de Nicole e líder da equipe tática alfa no navio.

– Tudo limpo – respondeu um dos observadores do Refúgio. – Não vemos raízes.

Nicole observava avidamente as imagens que os batedores enviavam de seu reconhecimento pelo navio. A decoração interna era moderna e colorida, com pinturas que lembravam uma ilha tropical. Ela acompanhava o terceiro batedor desde o momento em que ele conseguiu entrar por uma janela quebrada na lateral do navio.

O batedor entrou em um quarto. A cama de casal estava desarrumada e o banheiro vazio. Ele flutuou pela porta entreaberta e seguiu à direita pelo corredor. As luzes estavam apagadas, então toda a iluminação vinha do dispositivo teleguiado. Enquanto passava pelas diversas portas fechadas, o drone escaneava as paredes em busca de vida ou corpos dentro dos aposentos.

Enquanto isso, o batedor dois focalizava Marina e seus companheiros no deck. Um tático negro, de cabelos crespos em tranças curtas de rastafári, parou próximo à entrada do navio e baixou a cabeça enquanto parecia murmurar algo, era Vinícius Duarte, um parente Uivador.

– Entrei pela janela de um dos quartos – disse o operador do batedor três. – Não há sinal de raízes por aqui também, e nem de corpos.

– Entendido – disse Marina Ross.

– Se isso foi um Tau, ele não está mais ativo – disse Miguel, o Karibaki alfa da alcateia beta da missão. Ele e seus companheiros tinham acabado de saltar de outro helicóptero, e sua equipe tática tinha acabado de escorregar pelas cordas até o deck.

– O Tau pode já estar fora do navio – disse Ester para Helena, que confirmou com a cabeça.

– Há muitos espectros aqui e espíritos também – disse o Uivador Vinícius, virando-se para Marina. – Se tivéssemos mais tempo, eu tentaria fazer contato com eles, mas estão muito confusos e em choque. Tudo o que posso dizer é que algo terrível aconteceu. Acredito que tenha sido um Tau sim e, pela sensação espiritual que o navio carrega, foram muitas mortes, centenas...

Nicole notou que as expressões de todos no navio ficaram ainda mais pesadas.

– Temos que verificar o que aconteceu – determinou Marina, virando-se para Miguel, o outro alfa. Ele acenou concordando. – Tomem cuidado ao entrar e formem duplas, ninguém deve ficar sozinho, caso o guardião ainda esteja no navio e o Tau seja reativado.

– Mas onde estão os corpos? – perguntou Enzo. – Nenhum Tau troca todas as suas vítimas, os Griats saem famintos...

– Batedores cinco e seis – disse Helena – submerjam e verifiquem se há vestígios dos corpos.

– Entendido – responderam os operadores no centro de controle.

Com um movimento rápido, dois batedores deixaram o navio e velozmente afundaram nas águas do mar. Aquilo era fascinante, mas Nicole preferiu voltar a acompanhar o batedor três. Ele tinha acabado de subir uma escada interna com grades prateadas e saiu em outro corredor. As paredes brancas estavam manchadas e sujas de sangue, partes do carpete azul foram rasgadas, uma lixeira de metal estava virada e seu conteúdo espalhado.

O batedor avançou até outro salão, que deveria ser o restaurante do navio contendo um bar central. O lugar estava uma bagunça, era uma mistura de vidro, sangue, pedaços de mesas e cadeiras espalhadas. Ele continuou através de uma porta no fundo do salão. Ali havia muito vidro e objetos quebrados, parecia ter sido algum tipo de loja, em seguida passou por um corredor todo pintado de azul e saiu num pequeno saguão iluminado pela luz que vinha das janelas, onde havia três elevadores e escadarias. Depois, virou à esquerda, saindo em um ambiente tão destruído como os outros, onde dava para se ver frutas e comidas espalhadas por toda parte e um coqueiro no meio do salão.

– Não estou encontrando nada no deck oito, disse o operador.

Enquanto isso, a imagem do grande navio projetado no centro da mesa ia se modificando, mostrando os detalhes do novo cenário encontrado, conforme os batedores iam fazendo sua leitura e reconhecimento interno.

– O mapa indica um teatro no fundo do deck, vá para lá – ordenou Helena ao lado de um dos operadores.

Ele obedeceu acelerando o avanço do batedor. Nicole achou ter visto algo passar rapidamente pela leitura de ambiente no visor, porém mordeu os lábios para nada dizer. Ela estava proibida de interferir e também não era uma leitura de vida ou corpos. Provavelmente, o operador ignorou por não ser importante.

– As portas do teatro no deck oito estão fechadas, mas as leituras biométricas não mostram sinal de qualquer coisa viva, Griats ou corpos.

As equipes táticas e as alcateias no deck superior do navio também observavam as imagens que os batedores ofereciam em hologramas projetados por seus trajes *metamold*.

– A mesma coisa no teatro do deck nove – disse outro operador.

– Os desgraçados devem ter escondido os corpos no fundo do navio – disse Marina em tom de raiva contida. – E aposto que é lá que o Tau está.

– Ainda não tenho leitura de corpos no mar – disse o operador que manejava os batedores submersos.

– Entendido – disse Helena. – Marina pode estar certa. Eles esconderam os corpos na parte mais funda e escura do navio.

– Muito bem, então – disse Miguel, da outra alcateia. – São onze malditos decks neste peixe de 38 toneladas e o sol logo irá se pôr. Não temos tempo para esperar a leitura completa dos batedores. Precisamos agir antes que anoiteça e o navio volte a ser um abatedouro.

– Minha alcateia seguirá o cheiro de sangue até o fundo do navio – avisou Marina. –, enquanto as equipes táticas devem continuar a investigar os decks onde há luz. Precisamos nos manter seguros. Sua alcateia pode investigar os teatros fechados.

– Não sei se é uma boa ideia nos separarmos – disse Miguel.

– Você tem um plano melhor? Precisamos resolver esse assunto antes do anoitecer, pois, por mais que tenhamos apenas a metade da tripulação e dos turistas trocados pelo Tau durante o ataque, serão mais de setecentos Griats que sairão das raízes.

– Mais de setecentos Griats... – balbuciou Nicole para ninguém ao seu lado. – Só podem estar brincando, não é?

No navio, o outro alfa balançou a cabeça concordando com Marina.

– O cheiro de sangue não engana – comentou Marina para os seus companheiros enquanto inspirava o ar à sua volta. – Os corpos estão por aqui em algum lugar e nós vamos encontrá-los antes do anoitecer.

– Não esqueçam que também procuramos os Corvos desaparecidos – disse Helena. – A lancha deles está abandonada próxima ao navio, então devem estar aí em algum lugar.

– Então vamos – disse Marina –, temos pouco tempo.

Dizendo isso, ela avançou pela porta do deck superior que dava para os ambientes internos do navio. Havia um batedor para cada alcateia. Marina foi à frente, correndo em uma semitransformação, pois os corredores e as escadas não eram muito largos. Eles iriam até o deck inferior.

A segunda alcateia foi separada em dois grupos, com dois membros cada, e eles correram em direção aos teatros nos decks oito e nove.

Nicole olhou com atenção para o batedor que passava velozmente e, mais uma vez, viu a leitura que não durou mais do que um segundo na tela. Era possível que o operador não tivesse percebido.

– Há sangue e parece ser fresco – disse Ingrid, a única mulher da equipe tática beta. Ela tinha cabelos claros e feições delicadas. Nicole analisou o gráfico holográfico de sua leitura biométrica enviada pelo uniforme *metamold*. Ela era uma Destemida.

– Espere, o batedor três está a caminho – disse um dos operadores.

Quando o batedor a alcançou, Nicole viu Ingrid no meio do saguão iluminado, entre as escadas e os elevadores. Ela acabara de virar o corredor, seguindo o rastro de sangue.

– Aguarde – disse o operador. – Essa leitura não estava aqui durante o primeiro reconhecimento.

– O que está acontecendo? – perguntou uma voz no comunicador. Era Miguel, o alfa da alcateia beta.

Helena se aproximou dos hologramas para analisar melhor a imagem.

Ingrid, sentindo-se segura pela luz externa que vinha das duas janelas de vidro no saguão, aproximou-se mais dos elevadores. Um deles tinha a porta de correr entreaberta e dava para ver um brilho metálico misturado ao sangue fresco no chão próximo à abertura.

A câmera do batedor focou o objeto antes de Ingrid o alcançar e ele o reconheceu.

– Ingrid, não! – avisou o observador, assim que o batedor começou a análise da leitura. Segundo ela, era a corrente e a medalhinha de São Bento, o símbolo dos caçadores.

Mas o aviso veio tarde. De repente, uma mão ressequida e cheia de garras a agarrou, surgindo por entre a abertura da porta do elevador e, antes que Ingrid conseguisse apontar sua arma, o braço a puxou com força, amassando a porta ao bater a lateral do corpo da Destemida.

Atordoada, ela derrubou a arma e um grito de dor saiu de seus lábios, ecoando pelos comunicadores.

– O que está acontecendo? – perguntou Miguel, parando próximo à entrada de um dos teatros.

– Situação? – perguntou Marina também alarmada enquanto corria pelas escadas em direção ao deck inferior.

E então, Ingrid foi mais uma vez puxada contra o elevador. Desta vez, a porta se abriu por completo e ela desapareceu na escuridão do poço. Seu grito podia ser ouvido enquanto ela caía por dezenas de metros até alcançar algum lugar no fundo do navio.

Nicole fechou os punhos das mãos com tanta força que as juntas ficaram brancas. Ela tinha acabado de se lembrar quem era Ingrid.

– Griats! – gritou o observador do batedor. – Griats no poço do elevador! Ingrid foi agarrada e puxada para baixo!

– Não! Pare! – era a voz do alfa Miguel. Ele falava com alguém, mas já era tarde.

Como um raio, César, um dos seus companheiros de alcateia, saiu correndo por entre os corredores do navio enquanto completava sua transformação. Nicole viu quando ele alcançou o saguão onde estava o elevador do deck oito, e este se abriu no exato momento em que o Karibaki saltava na direção da porta. O Karibaki ganiu ao alcançar a escuridão, e a leitura imediata do batedor atrás dele mostrou pelo menos três Griats atacando-o, enquanto ele se debatia e caía ao tentar golpeá-los no espaço apertado.

A cabeça de Nicole de repente girou. Quando deu por si, já estava na mesa de controle central, tomando para si um dos batedores.

– O que está fazendo? – perguntou o operador.

– O que você deveria ter feito – respondeu ela enquanto dava comandos frenéticos ao droide e começava a digitar códigos e algoritmos no ar.

Ela não prestou atenção em mais nada ao seu redor, precisava se concentrar antes que fosse tarde e sua chance desaparecesse. Helena e Ester gritavam ordens para os operadores, enquanto os batedores desciam pelo poço do elevador e eram destruídos no caminho.

– Não há raízes pelo elevador, não consigo pegar o rastro do Tau! – disse um operador, logo depois que seu batedor foi destruído por um Griat que se atirara sobre ele.

– É um Tau maior – avisou Ester. – Vejam a análise dos batedores. – A imagem em tamanho real de uma criatura em três dimensões surgiu no centro da mesa ao lado do navio.

Nicole apenas passou o olhar de relance sobre a imagem da criatura. Era bípede, maior do que um humano comum. Sua pele marrom-escuro era ressecada e inchada em diversas partes. Seu rosto era feroz, não possuía orelhas e nem nariz, mas a grande mandíbula era cheia de dentes afiados, e os olhos eram muito grandes. Em suas costas, havia um apêndice, como um rabo com garras na ponta.

Eram Griats muito mais mortais do que as Crianças Sombrias, e sua mãe estava correndo em direção ao covil delas. Deveria haver centenas.

Nicole afastou esse pensamento, pois precisava se concentrar. O medo a atrapalharia. Seu batedor conectou-se à leitura eletromagnética que ela tinha visto antes. Agora Nicole enfrentava sua própria batalha, enquanto derrubava barreiras e proteções digitais utilizando seus próprios códigos para desfazer leituras ilusórias e mostrar o rastro correto até sua presa.

– Eu preciso desse batedor – disse o operador, tentando reaver o controle dela.

Mas Nicole mudara seu código de controle. Somente ela podia controlá-lo.

– Altan! Retire o acesso de Nicole e devolva-o a mim – exigiu o operador e Nicole sentiu-se gelar.

Entretanto, um meio sorriso veio até seus lábios quando Altan sequer respondeu a ele. Ela podia sentir a inteligência artificial observando de perto cada movimento dela na rede e cada escolha. Ele sabia o que ela estava fazendo e não iria tirar seu comando.

– O que está acontecendo aqui? – perguntou Helena enquanto se aproximava.

– Este é o último batedor não destruído, preciso dele – explicou o observador.

– Nicole, o que pensa que está fazendo?

– Espere – pediu ela com o olhar perdido em meio aos seus movimentos frenéticos –, estou quase chegando.

– Nicole!

– Não entendem? Essa é a nossa única chance!

– Única chance do qu...?

– Consegui! Desgraçado, eu consegui! – gritou Nicole, e de repente todos pararam estupefatos, observando os hologramas.

– Pelo Sangue da Lua! O que você fez? – perguntou Helena.

– Eu encontrei o controlador do Tau – respondeu Nicole – e tirei dele o controle do navio. Vejam! Ele está cego agora e nós podemos ver tudo.

Ela não precisava pedir para que vissem. Os hologramas mostravam diversas imagens diferentes do navio. Havia dezenas de câmeras muito bem escondidas e ela tomara o controle de todas.

– Foi assim que, seja quem for, conseguiu comandar as criaturas e controlar o navio mesmo fora dele. Isso era uma armadilha.

Podiam ver que Marina tinha razão. Os corpos estavam realmente no porão do navio, entre algumas dezenas de Griats. Também havia alguns no teatro e algo atrapalhara a leitura dos batedores, pois não tinham percebido isso antes.

Agora o Refúgio tinha uma excelente visão dos perigos e as alcateias saberiam exatamente o que encontrar ao passarem por uma porta ou corredor.

– O que é isso? – perguntou Helena, apontando para alguns pontos piscando em vermelho no porão.

– Detonadores – respondeu Nicole.

Ao redor, ela ouviu sons de espanto. Helena e Ester arregalaram os olhos.

– Não se preocupem, a detonação está isolada.

– Ela está certa – disse um dos operadores –, são detonadores ligados a explosivos suficientes para fazerem em pedaços a alcateia de Marina no porão, ferir gravemente muitos nos decks superiores, e afundar o navio.

O semblante de Ester ficou sombrio. Aquela era uma armadilha e eles quase caíram nela.

– Onde estão o guardião e o Tau? – perguntou Ester para Nicole. – Você conseguiu rastreá-los?

Nicole imediatamente jogou para o centro da mesa a imagem do mapa de Santos. Um ponto verde piscava na ilha.

– Eu acho que de alguma forma ele saiu do navio e estava enviando ordens mentais às criaturas, de acordo com o que via pelas câmeras ocultas do navio.

– Ordens mentais? – disse Helena. – Mas só um trocador de pele poderia fazer isso.

– Ou um parente poderoso – comentou Ester, antes de acrescentar. – Mande o endereço para os Corvos – ordenou para um dos operadores. Havia fúria em seu tom de voz.

Nicole finalmente se afastou da mesa e observou, enquanto as alcateias lutavam para limpar o navio. Sua mãe e seu pai ficariam bem, mas lágrimas encheram seus olhos enquanto olhava com mais atenção os corpos no porão do navio, entre eles, o de Ingrid e César.

24

Bianca sentia-se com o humor melhor. O dia seguinte era final de semana e os ânimos do lugar mudaram sensivelmente. As crianças brincavam pelo jardim e os mais jovens usavam os espaços abertos para praticarem esporte por diversão. Todos tinham tempo livre e podiam sair para visitar seus pais ou ficarem no Refúgio, se desejassem.

Pela manhã, visitou Laura no hospital e contou a ela sobre os últimos acontecimentos. Não sabia se ela podia ouvi-la, mas gostava de falar mesmo assim.

No refeitório, durante o almoço, Bianca olhou por todos os lados procurando Nicole. Não a encontrou, mas viu Rafaela sentada sozinha em uma das mesas, concentrada em remexer seu café da manhã.

– Oi...

Rafaela levantou os olhos e sorriu debilmente.

– Oi, Farejadora. O que posso fazer por você? – disse ela, recostando-se na cadeira.

– Você viu Nicole? Ela não voltou ontem à noite para o dormitório.

A fisionomia de Rafaela se fechou e ela olhou discretamente ao redor, fazendo sinal para que Bianca se sentasse na cadeira à sua frente.

– Eu... – Rafaela hesitou – eu acho que ela passou a madrugada conversando com uma *amiga* – disse com uma piscadela –, pois estava bastante chateada com alguns acontecimentos durante seu estágio. Mas acredito que tenha voltado poucos instantes atrás para o dormitório. Logo, ela estará por aqui.

– O que aconteceu?

Rafaela entortou os lábios, fazendo uma expressão de que nada poderia dizer.

– Foi algo muito ruim? – tentou.

– Sim, foi. E logo as más notícias chegarão. Ela ficou chateada por não ter conseguido ajudar a evitar isso. – Rafaela lançou um olhar para a mesa onde estavam sentados Julian e sua alcateia –, mas a boa notícia é que ela conseguiu mostrar sua capacidade como parente.

– Bianca! Rafaela! – disse Ricardo esbaforido, aproximando-se da mesa delas.

As duas olharam para ele.

– Alcateias adultas entraram no Refúgio! Parece que tiveram baixas...

Ricardo não gritou, mas também não precisava. O tom urgente dele chamou atenção suficiente dos Karibakis no recinto para que aguçassem seus sentidos e ouvissem tudo. Imediatamente, dava para ouvir o arrastar de diversas cadeiras, antes de saírem apressados em direção à saída do Lemniscata.

Rafaela se levantou também, mas ela não parecia surpresa.

– Essas são as más notícias chegando? – perguntou Bianca, e Rafaela acenou, confirmando.

Ricardo foi à frente, ansioso. Uma aglomeração rapidamente se formou lá fora.

Dava para ver dois carros estacionados na frente do hospital. Algumas pessoas vinham andando na direção deles. Três homens e uma mulher, seus semblantes estavam sérios e pesados.

De repente, alguém se destacou da aglomeração de adolescentes e foi correndo desajeitadamente em direção aos recém-chegados. Era o garoto Karibaki de proporções arredondadas, Leonardo, que Bianca conheceu na aula de História Karibaki.

O garoto se aproximou e falou algo para o homem de cavanhaque, em voz tão baixa que ela não conseguia ouvi-lo.

– Aquele é Miguel, alfa de alcateia – explicou Rafaela baixinho.

O homem continuou muito sério, aproximou-se do garoto e colocou uma mão em seu ombro. A reação de Leonardo foi imediata, ele levou a mão ao rosto e caiu de joelhos. Todos podiam ouvir seu choro lamentoso.

Algumas crianças mais novinhas se afastaram correndo da cena, enquanto a maioria deles apenas abaixou a cabeça. Ela viu Nicole se aproximando, vindo dos dormitórios. Ricardo tinha as mãos nos bolsos e os olhos no chão.

– Sai da minha frente! – disse alguém, empurrando alguns garotos na aglomeração.

Bianca viu que era a garota baixinha, de cabelos castanho-claros presos em um rabo de cavalo, Duda, da alcateia de Julian. A Destemida que a arrastara pela arena ontem e que apostara com Con quanto tempo ela duraria em combate.

– Onde estão meus pais? – exigiu Duda para Miguel.

O homem de cavanhaque virou-se para ela.

– Menina, nós sentimos muito. Sua mãe estava cumprindo com seu dever... – disse ele com grande peso na voz – Ambos estavam...

As palavras dele ficaram no ar alguns segundos.

– Não! – disse ela, colocando a mão sobre a boca. Ela se aproximou de Leonardo ajoelhado no chão e foi então que Bianca percebeu que Duda e Leonardo eram irmãos.

– Não os dois, Miguel! – implorou Duda. – Por favor, não!

Patrick, Con e Julian abriram caminho logo atrás dela e olhavam a cena.

– Seu pai tentou salvá-la. Todos nós tentamos – explicou Miguel.

Lágrimas começaram a cair e a garota cambaleou. Con imediatamente fez menção de ir até ela, mas Julian colocou um braço no caminho, impedindo-o, e então se virou para ela.

– Maria Eduarda! – rosnou Julian.

O tom de sua voz enrijeceu todo o corpo de Duda. A garota, que acabara de descobrir a perda dos pais, virou-se para Julian de súbito. Bianca achou que ela fosse gritar com ele, mas em vez disso enxugou as lágrimas e engoliu em seco, controlando-se. Julian acenou afirmativamente para ela, então a garota virou-se para seu irmão e o puxou.

– Levante-se! – disse com a voz mais firme que conseguiu, mas o garoto parecia inconsolável. Ela abaixou-se e com força ergueu-o pelo braço, arrastando-o para longe dali. O garoto ainda soluçava.

A maioria dos jovens presentes continuou observando-os até que desaparecessem em direção aos dormitórios. Bianca desviou o olhar e notou que os recém-chegados a encaravam.

– Bianca Bley? – disse Miguel. E então, os outros com ele olharam-na também.

Ela acenou afirmativamente, mas ele não falou mais nada. Apenas a encarou por alguns instantes, antes de se afastar em direção ao Círculo Crescente.

No final da tarde, todos os moradores do Refúgio começaram a se dirigir para um lago que ficava além de um bosque atrás do complexo do Círculo Crescente. O Lago das Lágrimas.

Bianca os seguiu, acompanhada de Nicole e Ricardo. Eles explicaram que ninguém nadava no lago, pois era ali que jogavam as cinzas dos heróis Karibakis e parentes mortos em combate.

O ritual funerário a deixou comovida. Os corpos dos pais de Duda e Leonardo Mendes foram colocados sobre uma pira de madeira, organizada sobre uma estrutura metálica escura. Em seguida, atearam fogo e esperaram, em absoluto silêncio, os corpos virarem cinzas. Alguns se sentaram na grama, pensativos. Outros fechavam os olhos em meditação ou oração.

Todo o Conselho e os funcionários adultos estavam presentes. Duda tinha o rosto inchado, mas não chorou. Já Leonardo chorava e soluçava copiosamente, quebrando o silêncio da cerimônia.

Provavelmente, a estrutura estava preparada para acelerar a queima, pois em menos de uma hora os corpos já haviam desaparecido e, assim que o fogo se tornou uma fraca chama, parte da armação de metal sob a pira mudou de forma. Toda a cinza desapareceu dentro do grande jarro branco com abas, no qual a estrutura havia se transformado. Carol e Jorge Porto se aproximaram e agarraram as abas, um de cada lado.

Andréa, sua instrutora Uivadora de História Karibaki, aproximou-se dos irmãos e os encarou profundamente.

– Os espíritos de César e Ingrid Mendes estão aqui – disse Andréa. – Chegou a hora de vocês se despedirem.

Finalmente, lágrimas caíram dos olhos de Duda. Ela balançou a cabeça afirmativamente, inspirou fundo e falou.

– Eu só queria dizer que os amo e que sinto muito se algum dia os decepcionei com minhas escolhas.

Bianca sentiu-se penalizada pela garota.

– Duda Mendes é parente de Lucas – explicou Ricardo, baixinho para ela. – A família Mattos e a família Ross possuem problemas de relacionamento. Porém, mesmo assim, Duda escolheu fazer parte da alcateia de Julian. Isso foi no ano passado e eu soube que seus pais mal falavam com ela desde então.

– Só por causa de uma desavença entre famílias?

Ele balançou a cabeça afirmativamente. Bianca imaginou como deveria ser duro para ela perder os pais em meio a uma situação em que mal se falavam. A garota deveria pensar em todas as coisas que poderiam ter sido ditas e não tivera tempo. Ela sabia disso porque se sentia assim com Laura, apesar de ela não estar morta.

Mas o que a teria feito desafiar os pais e a vontade da família e escolher a alcateia de Julian? – pensando nisso, desviou os olhos para ele.

Julian estava em pé, logo atrás dos irmãos Mendes. Tinha os braços cruzados sobre a camisa e a expressão indecifrável. Ela notou uma leve contração na mandíbula, que revelou a tensão que ele deveria sentir, mas seu corpo escondia. Con estava ao lado, tinha a cabeça baixa e as mãos no bolso. Era o mais alto deles, mas nesse momento parecia muito menor. Já Patrick parecia sério, os olhos atentos à cerimônia.

– E por que Julian não convidou Leonardo também?

Ricardo balançou a cabeça em uma negativa e abriu os lábios para dizer uma resposta muda: "Ninguém o quer". Bianca olhou para Leonardo, perguntando-se o que seria dele agora. O garoto ainda chorava e todos esperavam as últimas palavras dele para os pais.

– Ele deveria tentar se controlar mais – comentou de repente uma garota próxima a ela. Bianca olhou e viu que era a garota alta e loira, Manuela Monstro, a alfa Furiosa. Ela achou seu comentário cruel.

– Ele é só um garotinho – sussurrou Bianca.

– Não é não – respondeu ela, de forma dura, virando-se para olhar Bianca –, ele já é um trocador de pele.

Ela não respondeu, só observou enquanto Leo limpava as lágrimas. Ele parecia ter conseguido se controlar um pouco.

– Eu também amo vocês – disse ele entre soluços. – E pai... um dia eu serei o herói que sempre desejou... – Leonardo, em seguida, baixou a cabeça.

Andréa olhou para um ponto vazio além deles. Era estranho ver sua instrutora de História tão séria, ela que sempre se mostrava alegre nas aulas. Depois de alguns instantes, ela falou.

– Seus pais responderam que também os amam e Duda... – disse, olhando primeiro para a garota. – Sua mãe está muito emocionada, quase não consegue falar. Ela me pediu para te dizer que eles sentem muito por terem sido tão rígidos e gostariam de ter podido aproveitar melhor o tempo com vocês. Ela também queria dizer mais, mas não pode. A única coisa que pôde falar agora é que você estava certa em escolher seu próprio caminho e tomar suas próprias decisões, e não as que eles queriam que tomasse.

Duda soluçou e acenou visivelmente emocionada.

– E Leonardo Mendes... – disse Andréa, virando-se para o garoto – seu pai pediu para dizer: "Não tenho dúvidas".

O menino conseguiu sorrir para ela e Andréa fez um sinal com a cabeça.

Jorge e Carol se aproximaram e ofereceram o jarro. Os irmãos pegaram cada um em uma das abas e caminharam até o deck do lago. No final, se ajoelharam e libertaram as cinzas cuidadosamente sobre as águas calmas. Jorge fechou os olhos e, compenetrado, começou a falar.

– Aqui nos reunimos novamente diante do Lago das Lágrimas, não apenas para chorarmos por nossos familiares e amigos mortos, mas também por nosso futuro – disse Jorge para todos os presentes. – Se pararmos de lembrar, se não nos importarmos mais, o Destruidor vencerá. As forças de Hoark estão crescendo, mas a esperança retornou – e dizendo isso, Bianca sentiu os olhos dele sobre ela. – César e Ingrid morreram em missão, são heróis e jamais serão esquecidos. Portanto, agora e para sempre, deixamos aqui nossas lágrimas. Em algum lugar e em algum momento, iremos encontrar nossos entes amados e os abraçaremos novamente.

O silêncio voltou a cair e, depois de uma pausa, Andréa se virou para os irmãos.

– Eles se foram... – disse ela. – Estão em paz agora.

Duda abraçou o irmão e ambos começaram a se afastar do Lago das Lágrimas.

– Está na hora de irmos – disse Nicole, que até o momento tinha se mantido calada.

– Você está bem? – perguntou Bianca.

– Não – respondeu ela. – Eu os vi morrer, Bia. Era uma armadilha e agora o Tau está em Santos, um lugar que não podemos entrar. Minha mãe queria que você tivesse sido autorizada a ir com eles para o navio, mas Ester não aceitou, ela é a Voz da Lua e tem a palavra final.

– Se eu tivesse ido ao navio, teria ajudado?

– Não sei – disse Nicole, virando-se para ela. – Talvez sim, mas correria grande perigo.

25

A noite estava fria e úmida. A luz da lua passava fraca pelos enormes galhos de árvores ao redor dela. Bianca fechou um pouco mais o zíper da jaqueta de moletom enquanto atravessava a borda da floresta até a trilha escondida, guiada pela luz de uma lanterna. Ouvia-se apenas o som de seus passos entre terra fofa e folhas espalhadas. O ruído dos insetos parecia mais alto de noite, mas ela já estava se acostumando àquele ambiente.

– Você está bem atrasada, achei que não viria – disse Julian, surgindo por entre as sombras das árvores junto à trilha.

– Sério que você pensou isso? – disse ela irritada. – Não consigo imaginar por quê.

A verdade é que ela tinha muitos motivos para não vir. Ele tê-la jogado ontem na arena completamente despreparada e ela ter acabado apanhando de Giovanna, com certeza, era o maior deles. E o outro teria sido a frieza com que ele fez Duda lidar com a morte de seus pais quando a notícia chegou.

– Aquele treinamento foi uma carnificina.

– Acredite em mim, você ainda não viu uma carnificina – disse ele, tomando a dianteira na trilha.

Caminharam alguns minutos em silêncio até que ela o quebrou.

– Como está Duda? – Sua voz não demonstrava mais irritação.

– Ficará bem. Ninguém costuma esperar uma vida longa por aqui, principalmente a dos pais.

– Esse é um pensamento horrível. Que tipo de vida é essa?

– Do tipo que nascemos para viver.

– Cheia de dor e sacrifícios – completou ela, lembrando-se de suas palavras na outra noite. – Mas vocês são grandes e poderosos, não deveria ser tão difícil assim.

Julian não respondeu e ficaram assim até chegarem à clareira. Bianca jogou sua mochila e a jaqueta perto do tronco de árvore caído, enquanto ele acendia as duas luminárias elétricas escondidas perto de uma árvore.

– Não acho que já tenha entendido o que é viver em nosso mundo, mas logo irá. Você nos vê estudando e treinando como se nos divertíssemos e pensa que somos invencíveis. Você confunde nosso modo de encarar a vida com a vida que estamos nos preparando para ter.

– Não penso assim.

– Pensa – insistiu, parando em sua frente. Seus olhos intensos sobre ela. Alguns fios de cabelos caíam sobre o rosto dele. – Mas um dia mudará esse pensamento.

Bianca desviou o olhar, assim era mais fácil continuar irritada com ele.

– Não se esqueça de que está presa conosco. Querendo ou não, você nasceu para fazer parte de nossa sociedade. Muitos já tentaram ter uma vida diferente no mundo humano, mas tudo o que conseguiram foram mortes solitárias.

– Você acha que um dia poderei ser tão boa quanto vocês?

– Vai ser difícil... Você não nasceu em nosso meio, não recebeu o treinamento necessário desde pequena. Porém, seu corpo foi feito para o combate. Se você se esforçar, seus músculos tomarão a forma necessária e sua mente se adaptará ao raciocínio que é preciso em um campo de batalha.

– Nicole me disse que Ester negou o pedido para me enviar junto no navio atacado próximo a Santos.

Ele balançou a cabeça.

– Eu sei. Meu pai votou para que a deixassem ir, mas a maioria concordava com Ester de que você não estava pronta.

– O que aconteceu com o navio?

– Toda a tripulação e os passageiros desapareceram ou foram mortos, devido ao ataque de um Tau ainda mais poderoso do que aquele que usaram na Barba Azul para atraí-la. Mas o artefato não estava lá, apenas alguns Griats para distração, pois era uma armadilha. Havia explosivos no fundo do navio.

– Encontraram o Tau e quem fez isso?

– Não. Acreditam que estejam em Santos. Mas apesar do perigo, os Corvos não querem ajuda. Eles têm um novo líder e ele é um verdadeiro idiota.

– A armadilha era para mim?

Ele deu de ombros.

– Talvez.

Bianca mordeu os lábios e ele a olhou com curiosidade.

– O que foi? Você acha que os pais de Duda morreram por sua causa?

Ela ergueu os olhos para ele e Julian suspirou entediado.

– Ester tomou a decisão certa em não te enviar para o navio. Minha tia estava errada em pedir sua presença. Mas a Voz da Lua está sendo pressionada e ela será ainda mais por causa destas duas mortes. Portanto, quando o Conselho achar que você está minimamente pronta, te enviará a campo e é aí que está o problema. Porque você não estará e então morrerá.

Ela ainda o encarava. Ele falava que ela iria morrer de forma tão calma que quase a horrorizava.

– Bianca Bley, não se engane. A marca do Farejador é uma marca de morte e você é muito fraca para resistir ao destino que todos os outros da sua linhagem não conseguiram fugir.

– Para um treinador, você é muito motivador.

Ele riu.

– Primeira lição da noite – disse ele. – Aqui os fracos são excluídos. Veja como tratam Leonardo Mendes. Geralmente, os Karibakis são disputados pelas alcateias em formação, mas já faz quase um ano que ele trocou de pele pela primeira vez e ainda nenhuma alcateia o quis. Sabe por quê?

Bianca balançou a cabeça em negativa, mesmo já imaginando o motivo. Ela já começou a perceber o que os Karibakis pensavam dele.

– Porque ele exala fraqueza.

Bianca mordeu os lábios sentindo-se triste pelo garotinho.

– Portanto, mesmo que Ester consiga te manter protegida e aquecida dentro do Refúgio por tempo suficiente, logo a verão como um membro fraco e incapaz de carregar o fardo de sua linhagem. Eles a desprezarão em segredo e rapidamente vão te empurrar um bom garanhão e vão esperar que seus filhos se tornem os verdadeiros heróis, pois eles serão treinados como você nunca foi.

Bianca arregalou os olhos.

– Motivador e delicado também... – comentou ela.

Julian mudou para um sorriso malicioso.

– Você quer se manter viva, não quer?

Bianca acenou concordando.

– Quero. Laura precisa de mim viva.

– Então ouça o que estou dizendo, porque para mim você é mais valiosa viva do que morta. A política do Refúgio provavelmente a matará muito rápido se eu não puder evitar, mas tenho um plano.

– É mesmo? E qual é?

– Vamos fazê-los te desprezar.

– O quê? – disse ela confusa.

– É claro que sozinha você já está fazendo um ótimo trabalho, mas acho que podemos manter as coisas assim por um bom tempo.

– Do que você está falando? Que droga de plano é esse?

– Estou tentando te dizer que sua fraqueza pode ser sua maior força no momento. E também a melhor forma de sobreviver.

Ela apertou as sobrancelhas ainda sem entender muito bem.

– Resumindo. Vou ensiná-la a lutar, porém não demonstre ao Conselho a sua evolução. Se começar a lutar bem durante os treinamentos, eles a colocarão em campo.

– Você está me dizendo para eu esconder minhas melhoras durante o treino no Refúgio?

Ele sorriu.

– Isso imaginando que você consiga ter alguma, é claro...

Ela o ignorou, baixando os olhos enquanto refletia sobre a proposta dele.

– Você acha que esse seria o melhor caminho?

– Tenho certeza – respondeu ele. – A maior parte do Conselho apoiaria o plano B, que inclui você ter logo muitos filhos antes de te jogarem em alguma missão. Porém, isso demoraria, e você poderá usar esse tempo para evoluir de verdade em seu treinamento comigo e aumentar sua expectativa de vida – disse ele sorrindo.

Não seria difícil para ela se mostrar incapaz de lutar, pois até o momento ela realmente era. Contudo, manter isso por tempo indeterminado seria o desafio. No fundo, ela queria mostrar-se capaz, e não incapaz. A imagem de como Lucas a encarou, quando ela teve sua crise durante o treinamento, veio com força. Ela queria provar que poderia ser a heroína que desejavam.

Mas a quem ela queria enganar? Uma criança de dez anos do Refúgio era muito mais capaz do que ela.

– Use a sua dor e a decepção nos olhos deles para se tornar mais forte – continuou ele baixando o tom de voz, falando como se tivesse lido a mente dela. – Comece observando como lutamos e aprenda a se defender.

Bianca sabia que ele estava certo, se ela estivesse naquele navio, provavelmente teria morrido também, e como Laura ficaria? Ela precisava se manter a salvo até Laura acordar.

– Acho que posso fazer isso – disse ela finalmente.

– Ótimo – disse ele, abaixando-se para pegar algo em sua mochila.

– Você disse para eu observá-los. O que devo observar?

– Segundo aprendizado da noite: nossos estilos de luta – respondeu enquanto apoiava seu cadigit no chão e abria em uma página específica. – Os Uivadores possuem um estilo meditativo e fluido de combate. Já os Furiosos geralmente atacam com força selvagem, misturando diversos golpes para imobilizar, quebrar, ou matar o oponente. Os Destemidos lutam um combate justo e limpo. Nós Furtivos valorizamos ataques rápidos e precisos. Já os Farejadores... – e então ele ativou o modo holográfico do cadigit no chão.

Um homem surgiu em tamanho real. Ele devia ter por volta de quarenta e cinco anos, longos cabelos escuros presos e pequena barbicha no queixo. Vestia uma calça de moletom cinza e uma camiseta preta com a estampa de um cachorro muito mal-encarado montando uma motocicleta modelo Harley-Davidson.

Olá! Meu nome é Douglas Bueno, sou um Farejador, e essa é a aula introdutória do estilo de combate de minha linhagem...

Bianca arregalou os olhos e sorriu.

– Uma videoaula?

Para me ajudar, convidei meu grande amigo Fred – continuou o holograma. Um rapaz apareceu no vídeo, ele era negro e usava calça de moletom, além de uma camisa preta com a mesma gravura que havia na que Douglas estava usando.

Julian fez um gesto e o vídeo holográfico pausou.

– Anos atrás, pouco antes da Noite da Aniquilação, Douglas fez esse vídeo. Mas ele tem apenas meia hora, e é único, não fizeram outros. Acho que não deu tempo...

– Onde encontrou isso?

– Na biblioteca do Refúgio. Você deveria ir lá um dia. Há registros históricos sobre sua linhagem. Vou enviar anonimamente para seu cadigit. Assista. Apesar de não explicar muito, poderá te ajudar a entender a forma natural de combate baseada em seu dom.

– Eu farei isso – disse mais animada e em seguida fez um gesto para o vídeo continuar.

– Os dois eram Farejadores?

– Não. Fred era um Furtivo. Vê as camisetas que estão usando? É o símbolo da alcateia Cães do Asfalto. Ela era totalmente composta por Farejadores e Furtivos. Durante a Noite da Aniquilação, todos os Karibakis Furtivos lutaram para proteger os membros Farejadores e suas famílias, por causa disso, toda a alcateia acabou sendo exterminada.

Bianca piscou horrorizada, enquanto Julian desligava o holograma.

– Eu já assisti ao vídeo – disse ele. – Você vê o resto depois, vamos treinar agora. Não temos tempo a perder.

Ela acenou concordando.

– A técnica dos Farejadores é baseada na capacidade de observação e previsão.

Bianca ergueu as sobrancelhas surpresa, antes de Julian continuar.

– Os Farejadores observam o oponente, tentam descobrir seu estilo de combate e em seguida agem de acordo. Resumindo, eles preveem o golpe vindo.

– Entendi. Mas e quanto aos Pérfidos?

– O que têm eles?

– Você me falou sobre o estilo de todas as linhagens, mas e quanto a eles? Também possuem alguma forma de lutar?

Ele sorriu satisfeito. Ela estava atenta.

– Os Pérfidos de sangue – começou ele, enquanto caminhava calmamente ao redor dela – costumam buscar as fraquezas de seu inimigo para vencê-los. Pode ser desde alguma parte fragilizada do corpo, ou um parente que ele esteja tentando proteger durante a luta, ou até mesmo seus medos e desejos. E aí usam isso contra você, para te derrotar.

De repente, ele fez um movimento rápido e brutal. Bianca sentiu uma dor aguda na perna quando Julian a chutou exatamente no local onde Giovanna a acertara na arena. Bianca ofegou dobrando o corpo na tentativa de diminuir sua aflição. Julian deu um passo para trás.

– Como técnica básica de todas as linhagens, você precisa estar atenta o tempo todo. Giovanna usou este golpe para enfraquecê-la e deixá-la ainda mais exposta aos seus golpes.

– Você ficou maluco – disse quase sem fôlego devido à dor. Ela tentava manter o equilíbrio mesmo sem conseguir colocar o pé totalmente no chão.

– Agora você está machucada e com dor. Portanto, o atacante espera que não consiga correr, chutar ou se defender apropriadamente, aumentando a chance de matá-la. Nesse momento, você tem que estar preparada para não se deixar abater e usar isso contra ele.

Julian aproximou-se, erguendo o braço para acertá-la com um soco. Bianca tentou se defender com os braços, exatamente como treinara na última vez. Ela conseguiu se defender, mas novamente sentiu o impacto no antebraço. Com uma careta no rosto, ela se desequilibrou como aconteceu na arena, deixando-a completamente indefesa para o próximo golpe. Mas, em vez de acertá-la mais uma vez, Julian a agarrou pelos braços e a empurrou com força contra uma grande árvore.

Ela gritou de dor.

– Minha perna!

Ele ainda a segurava firme. O rosto dele a apenas alguns centímetros do dela.

– Você precisa abraçar a dor, Bianca. Senti-la não é o problema. O problema é ficar incapacitada por ela. Está tudo aqui! – disse ele, soltando um de seus braços e apontando para a cabeça dela. – Use suas aulas de Controle para colocar sua mente em foco. Vamos! Equilibre-se, use a dor a seu favor e não dê ao atacante aquilo que ele espera. Entendeu? Não dê aquilo que seu inimigo espera – repetiu com força nas palavras. – Vença-o no jogo dele.

Enquanto falava, ele a prendia com o olhar, que parecia queimar sobre ela. E então, depois de alguns segundos, Julian se afastou. Ela foi obrigada a soltá-lo. Mal tinha notado que ela mesma segurava-se firmemente nele.

Bianca respirou fundo e então se desencostou da árvore, tentando fazer o que ele pediu, mas aquilo era loucura. Suor escorria pelo seu rosto enquanto se esforçava para se manter em pé ao caminhar até o centro da clareira.

– A perna machucada é seu ponto fraco. Pense. O que seu oponente espera que faça? E sabendo disso, o que você fará?

– Ele espera que eu fique paralisada de dor – esforçou-se para dizer.

– E o que mais? – disse ele, ainda a rodeando como um predador faz com sua presa.

– Ele... quer que eu me desconcentre.

– O que você fez na arena? O que a fez abrir a guarda?

Ela fez uma careta de compreensão.

– Eu me abaixei e levei minhas mãos à perna. – Ela sabia porque era exatamente o que ela queria fazer naquele momento.

Julian ergueu uma sobrancelha.

– Exatamente – disse ele. – Você fez aquilo que ela esperava. Abaixou-se para sentir sua dor, porque sua mente estava mais preocupada em sentir do que em vencer. É isso o que você tem que mudar. Pare de se concentrar em sua dor.

– Ok... – disse ela, secando o suor de sua testa com o braço enquanto tentava se equilibrar.

– Os Farejadores aprofundaram seu dom e desenvolveram uma técnica de observação e contra-ataque. Vocês estudam seus estilos, farejam as intenções do inimigo e, depois, reagem de acordo.

– Isso parece ser difícil.

– E é, mas é muito mais difícil para aqueles que não são da linhagem. Vocês têm facilidade em estudar o oponente e esperar o contra-ataque perfeito. O segredo é a paciência.

Para ela, o problema era como fazer isso, pois tudo o que seu corpo gritava era "dor" e tudo o que ele "desejava" era encolher-se em agonia. Talvez então fosse exatamente isso.

Ela o encarou e tentou se concentrar, afastando para um canto da mente as sensações angustiantes para focar nas partes ilesas do seu corpo, como o equilíbrio em seu outro pé e a força vacilante de seus braços.

Julian caminhou ao seu redor, antes de avançar contra ela mais uma vez. Bianca tentou afastar-se dando um pequeno salto para trás, mantendo todo o peso no outro pé, mas apoiando o pé machucado no chão. Como esperava, seu corpo desejava dobrar-se de dor. Mas quando ela começou a fazer menção de encolher-se, Julian atacou para aproveitar-se da vulnerabilidade. Entretanto, ela tinha uma ideia, era um plano fraco, mas um plano de defesa. Fingindo sentir mais dor do que realmente estava, protegeu o corpo do chute, empurrando de qualquer jeito a perna dele para o lado, quase o desequilibrando.

– Essa é a ideia, mas a execução foi um lixo.

Ela fez uma pausa, engolindo o gemido e se concentrando em manter-se em pé.

– Você disse para eu aproveitar a minha fraqueza.

– Eu disse, então hoje vamos treinar assim – disse ele, apontando para a perna dela. – Tente suportar ao máximo.

– Não sei se consigo.

– Vai ter que conseguir – disse, preparando-se para outro golpe.

O treinamento com Julian foi um pesadelo essa noite. Por fim, ela mancou até o tronco e desabou. Estava exausta física e mentalmente. Ergueu a calça de lycra na perna machucada e deu uma olhada, estava vermelha, com certeza aquilo ficaria feio. Julian se aproximou e agachou-se na sua frente, analisando a contusão.

– Acho que não conseguirei voltar andando.

Bianca esperava dele mais alguma piadinha cruel sobre como ela era mole e chorona, mas, em vez disso, ele apenas suspirou.

– Vou te aplicar um pouco da substância de cura acelerada.

Ele virou-se para sua mochila e pegou um pequeno estojo preto, tirando de lá uma pequena ampola de I.C.A.

Bianca sentiu uma picada leve quando ele injetou o líquido amarelado em sua perna. Em instantes, a cor começou a voltar ao normal e a perna desinchou. Ela nunca sentira tanto alívio em sua vida.

– Eu sei que dói – disse ele, de repente, enquanto observava a perna dela se curar –, mas este é o único jeito que conheço para te ensinar. – Enquanto dizia isso, não havia qualquer sorriso irônico ou olhar frio. Apenas a verdade. – Te joguei na arena porque você precisa entender o que é um combate de verdade e como estará ferrada se a enviarem sem treinamento para uma missão.

O que era isso? Ele estava tentando se desculpar?

– Mas não se anime – disse ele, levantando-se –, é hora do treino principal...

E sem sucesso, ela enfrentou seu medo da forma Karibaki. Bianca gritou mais uma vez e perdeu, por alguns minutos, a consciência.

26

As semanas seguintes não foram mais fáceis.

As aulas teóricas eram interessantes e não impunham grandes dificuldades de compreensão, contudo, as aulas de Combate eram difíceis.

Ela não participaria mais das aulas de Combate com apoio. Porém, participaria das aulas de Combate desarmado, com armas brancas e armas de fogo. Nesta última, usavam um tipo de arma de choque diferente de tudo o que já tinha ouvido falar.

Durante os treinos, não demorou a notar que os ânimos com relação a ela mudaram, exatamente como Julian avisou que aconteceria. Desde sua crise na arena e a morte dos pais de Duda que o clima estava pesado. Seus colegas e professores não faziam mais tanta questão de revisar as aulas, além de já não estarem mais tão pacientes com seus erros constantes. Talvez estivessem começando a duvidar da capacidade dela. E com razão.

Julian, por sua vez, não pegava leve nas aulas oficiais de Combate no Lemniscata quando substituía Yann. Ele aproveitava a oportunidade para colocá-la contra os oponentes mais difíceis e menos tolerantes. Assim, ela conseguia diversas contusões, alguns ossos quebrados e muitos ferimentos no parco orgulho que ainda restava. Mas todos os machucados, tirando o deste último item, eram reparados no final com I.C.A., a injeção milagrosa.

Ainda tinha aulas de Controle, mas agora apenas uma vez por semana, pois começava a sentir-se melhor. Os pesadelos e o sonambulismo diminuíram consideravelmente. Os remédios de Allan ajudaram e o médico não lhe deu mais cápsulas, pois disse que um vidro já bastava para equilibrar seu organismo. Já as dores de cabeça deram lugar a uma leve pressão, e a taquicardia, a uma única e intensa batida diferente do coração, enquanto que a falta de ar se tornara rara, ao se aproximar de um Karibaki em sua forma humana.

Já o treinamento com o primo de Nicole ficava cada vez mais intenso e os exercícios na academia ajudavam a aguentá-lo.

Julian a fazia praticar diversos movimentos diferentes e treinavam sem descanso por no mínimo duas horas e meia, noite sim e noite não, não importava o estado em que ela ficava no final. Mesmo quando chovia, eles treinavam. A sorte dela era que parentes raramente ficavam doentes.

Bianca também se esforçava em entender a técnica dos Farejadores. Não havia muito no vídeo, apenas algumas posições e golpes iniciais. Estava claro que Douglas pretendia produzir outros vídeos, mas aquele era o único.

Na gravação, o Farejador insistia que eles eram capazes de usar sua inteligência visual e espacial para desenvolver táticas de luta eficientes e adaptáveis a qualquer inimigo, farejando a intenção do oponente e prevendo suas ações em combate. O que na teoria parecia fácil, mas na prática...

Ela via Lucas em algumas aulas e no refeitório, mas se falavam cada vez menos.

– Olha, não adianta ficar com essa cara, Bia – disse Nicole enquanto mordia um pedaço de pão molhado na sopa fumegante.

Bianca abriu o casaco, apesar de lá fora estar bastante frio, dentro do Lemniscata o ambiente climatizado os aquecia. Ela acabara de voltar do dormitório onde tinha ido se arrumar para o jantar. O treinamento com armas de longo alcance tinha sido bastante exaustivo hoje, mas ela já se sentia cada vez mais capaz de aguentar sem se cansar como antes.

– Cara de quê? – perguntou Ricardo ao ouvi-las, enquanto se aproximava da mesa com seu prato.

– Cara de quem comeu e não gostou! – respondeu Nicole.

– Não sei do que está falando – disse Bianca, dando mais uma olhada furtiva na direção de Lucas e Giovanna conversando perto do espelho d'água.

Nicole acenou para onde ela estava olhando e Ricardo deu uma olhada.

– Ahh... – exclamou ele em compreensão. – Mas não se preocupe, os dois estão apenas conversando porque são da mesma linhagem, e não porque ela é supergata, megaeficiente em combate e ultradisputada pelos rapazes por aqui.

Bianca virou-se perplexa para ele e Nicole riu.

– Ric, obrigada pela ajuda! – disse Nicole ainda rindo.

Bianca continuava a encará-lo com as sobrancelhas levemente levantadas.

– O quê? – disse ele, erguendo as mãos e fingindo espanto. – Mas para a sua defesa, eu te acho muuuuito mais supergata do que ela, apesar de não tão eficiente em combate... – sussurrou ele, inclinando-se na direção dela. – São só detalhes... Você poderia namorar comigo, o que acha? Também tenho o legado, teríamos narigudinhos superfofos...

Nicole riu ainda mais alto, quando Bianca, indignada, jogou um pedaço de pão nele. Ele aproveitou o pedaço para comer com a sua sopa.

Bianca voltou seu olhar para Lucas. Ainda se lembrava de quando e *como* o conhecera na escola. Ela o achara o garoto mais bonito que já tinha visto e, quando a beijara na balada, havia sentido que era tudo o que desejava. Entretanto, não tinha mais tanta certeza. Saber sobre Giovanna foi como um balde de água fria na cabeça e ambos se sentiam compelidos a se evitar.

Enquanto isso, Bianca notou Julian se aproximando de uma mesa onde estavam Fábio e Cristina, a Uivadora amiga de Giovanna, que a ajudou a cercar Bianca na arena. Ela deveria ter uns dezoito anos e tinha cabelos escuros, cortados até os ombros.

O coração de Bianca bateu mais rápido quando viu Cristina sorrir calorosamente para Julian e ele se abaixar para falar algo em seu ouvido. A garota se virou para ele e tocou com uma das mãos em seu ombro enquanto o ouvia. Ele sorria enquanto falava e ela respondeu algo com outro sorriso. De repente, ele levou uma das mãos ao cabelo dela e o acariciou delicadamente.

Eles pareciam próximos, e Bianca piscou algumas vezes só para ter certeza de que estava vendo certo. Em todas essas semanas, Julian nunca disse nada sobre estar saindo com alguém. Mas então ela mordeu levemente os lábios. Por que ele lhe diria algo? Apesar de terem começado a conversar mais durante os treinos, ele ainda era sempre reservado e irônico com ela.

Porém, de repente, o sorriso de Cristina desapareceu. Ele se ergueu da mesa e a encarou de cima com um sorriso de canto. O semblante de Cristina mudou para descrença e depois horror.

Julian se afastou dela e começou a caminhar entre as mesas.

– Não faça isso, Julian! – falou Cristina alto demais. Alguns lançaram olhares curiosos. Ela tinha desespero no olhar e, por algum motivo, Bianca sentiu-se satisfeita.

– Ei! João SanMartin – gritou Julian, já quase no meio do refeitório. O tom dele fez com que alguns se virassem para ver o que estava acontecendo.

Cristina levou as mãos à boca.

Um arrastar de cadeira sendo empurrada para trás a fez entender com quem Julian estava falando. Um garoto loiro e bonito, mas de aparência frágil, empurrou para trás a cadeira em que estava sentado e levantou-se para encarar Julian. Era João Chorão, como Ricardo o apelidara antes.

– O que você quer, Ross?

– Nada de mais, apenas te perguntar o que sua mãe pensa sobre você ser um *Iuka* – Julian disse alto o suficiente. De repente, dava para sentir a diferença no ar. Aos poucos, todo o Pátio Eterno silenciou.

No meio do pátio, Julian sacara seu melhor sorriso debochado e, de outras mesas, surgiram Patrick, Duda e Con, seus companheiros de alcateia.

– Essa não... – disse Nicole ao seu lado.

Observando João, era interessante notar como os Karibakis da linhagem dos Destemidos conseguiam transformar a impressão que tinham deles. Em segundos, sua aparência frágil desaparecera. João parecia um leão pronto para saltar sobre a gazela. Num instante, seu corpo magro parecia muito mais forte e poderoso do que realmente era. Bianca estremeceu. Vendo-o assim não conseguia mais imaginar o apelido combinando com ele.

– O que pensa que está dizendo, Julian?

O Furtivo ainda sorria como se estivesse divertindo-se com a situação.

– Exatamente o que ouviu. Estou te expondo na frente de todos. Te acuso de ser um *Iuka.*

Ao redor, várias expressões de espanto. O corpo de João estremeceu, enquanto seu rosto se transformava em pura raiva.

Uma garota de cabelos cacheados presos num rabo de cavalo se levantou abruptamente. Era Melissa, a beta de João, segunda em comando na alcateia. Sua ação foi seguida por mais dois garotos na mesa, que imediatamente começaram a rosnar para Julian.

– Você enlouqueceu, Julian? – gritou Melissa, mas João fez um sinal para que eles se acalmassem.

– O que está fazendo? – tentou Cristina.

– Nada de mais, Cris – disse Julian em tom irônico. – Você mesma já desconfiava de algo assim, quando ele te pediu para o acobertar dizendo que estava com ele, quando na verdade não estava.

– Como você...

– Eu sei disso porque estávamos juntos nestes últimos três dias quando João mentiu para um membro de sua alcateia, falando que estava com você. Daí eu juntei mais algumas informações por aí... e entendi o que estava acontecendo de verdade.

Cristina o encarava como se estivesse em choque. Um brilho de ódio passou pelo seu olhar.

– Você é um imbecil se pensa que pode acusar qualquer um assim – falou João.

Julian olhou-o indignado.

– Por favor, não se desvalorize... pois você está longe de ser qualquer um.

Em seguida, mudou o tom e encarou-o muito sério.

– Você é João, filho da líder do Refúgio, a Voz da Lua Ester SanMartin.

João rosnou para Julian e seu corpo estremeceu.

– Todos sabem de quem ele é filho – interrompeu a voz imperativa de Ester.

Ela e alguns outros membros do Conselho se aproximavam.

Todos os jovens presentes baixaram levemente a cabeça em respeito.

– Altan nos avisou que alguém aqui foi acusado – disse Sérgio Mattos. – Walter, o que seu filho está fazendo?

– Eu não sei – respondeu. – Ele nada me disse sobre isso.

Ester encarava Julian intensamente.

– Do que você está acusando meu filho? – a voz dela era suave, mas fez Bianca estremecer.

– De ser um *Iuka*, Voz da Lua – disse ele, baixando o tom de voz e o olhar diante dela. – Eu o acuso de quebrar o Acordo.

O semblante de Ester permaneceu o mesmo.

– Você sabe que será duramente punido se não houver provas do que está dizendo.

– Eu sei – disse sem hesitação. – E insisto na acusação. João SanMartin é um *Iuka*. Seu crime foi quebrar o nono Acordo.

Expressões de espanto e sussurros se espalharam pelo lugar. Bianca já conhecia o nono Acordo da Lua. Todos os tópicos estavam esculpidos em uma estela na Praça Oliva. O nono e último tópico do Acordo proibia dois trocadores de pele de se relacionar amorosamente e também exigia a morte imediata do fruto dessa relação, os Vorazes.

Ester olhou para seu filho, esperando que ele dissesse algo.

– Ele está louco – disse João.

– Se eu estiver louco, é fácil descobrirmos – disse Julian. – Jure o Acordo.

– João, meu filho, faça o juramento e acabamos logo com essa situação.

João caminhou em sua direção devagar. Bianca sabia como isso funcionava, aprendera nas aulas de História Karibaki. Qualquer juramento do Acordo era conduzido por pelo menos um Destemido do Conselho e ele usava o dom da Verdade para forçar a sinceridade daquele que estava jurando.

– João – começou Ester –, exijo que você jure e fale a *verd*...

Mas João apertou os lábios e baixou o olhar.

– Eu não posso! – disse ele, e sua voz ecoou pelo Pátio Eterno. – Me desculpe, mas não posso jurar sobre o Acordo. Eu... irei falhar. Julian fala a verdade.

A expressão de Ester modificou-se. Ela fechou os olhos com pesar e, quando os abriu, seus olhos estavam úmidos.

– Eu entendo... O que você fez? – perguntou ela.

João levou alguns segundos antes de responder. Encarava o chão, sem coragem de erguer o olhar.

– Eu quebrei o nono Acordo. Sinto muito, realmente sinto, mãe.

Bianca notou que ela engoliu em seco, mas no instante seguinte seus olhos se tornaram duros.

– Mas pelas leis do Refúgio – começou ela – eu preciso que você confesse sob o poder do dom. Então, diga-me toda a *verdade!* Você quebrou o nono Acordo?

Diante do comando, João ergueu os olhos para ela e imediatamente repetiu.

– Sim, eu quebrei o nono Acordo e me arrependo.

– Como eu avisei, seu filho é um *Iuka* – disse Julian.

Os olhos de Ester se voltaram para ele. Eram como gelo puro, mas a expressão em seu rosto era neutra. O Pátio Eterno continuava silencioso e tenso.

– Talvez seja melhor o Conselho se reunir – disse Walter Ross, amavelmente ao seu lado.

Ester se virou para ele com a mesma frieza que olhara para Julian.

– Não é necessário o Conselho se reunir. As punições referentes à quebra do Acordo são muito claras.

– Como queira... – respondeu Walter, dando um passo para trás. Bianca achou ter visto um brilho de deleite antes dele se afastar.

Ester pareceu respirar fundo antes de voltar a olhar para o filho.

– Mas é preciso dois para quebrar o nono Acordo – disse ela.

Ele não abriu a boca, manteve seu olhar baixo novamente e os punhos serrados.

Ester voltou seu olhar duro para a alcateia de seu filho. Melissa, a jovem beta, baixou a cabeça enquanto a balançava em uma negativa veemente. Todos os membros da alcateia pareciam bastante surpresos com o que estava acontecendo.

Ao redor, os jovens se entreolhavam apreensivos. De repente, houve certa movimentação na mesa bem ao lado da de Bianca. Uma garota de cabelos lisos e loiros, emoldurando um rosto delicado e pálido, levantou-se. Ela era uma jovem Karibaki, da alcateia de Manuela.

– O que está fazendo, Maitê? – disse Manuela.

– Me desculpe – foi a resposta dela.

Bianca a viu caminhar em direção a João e Ester. Ela não tinha os olhos baixos, mas notou que suas mãos tremiam levemente, antes que ela as fechasse em punhos.

João sequer lançou um olhar para ela. Ele mantinha seus olhos no chão. Nem mesmo se mexeu quando a garota se postou ao seu lado e olhou diretamente para Ester.

– Fui eu – confessou o mais alto que conseguiu.

Ester não mudou de expressão. Da sua mesa, Manuela soltou um palavrão e bateu com o punho sobre a mesa.

– Diga a *verdade* – falou Ester. Seu tom era suave. – Você quebrou o nono Acordo junto com meu filho?

– Sim, quebrei – respondeu a garota.

– Eu mesma irei matá-la, Maitê! – rosnou Manuela indignada, batendo em sua mesa como um sinal de protesto.

Jorge, o mais velho do Conselho, aproximou-se.

– Menina, vocês deveriam ter vindo conversar conosco antes...

– Não há desculpas para o que fizeram – disse Ana Gomes, interrompendo-o, e Bianca se surpreendeu com a dureza nas palavras da instrutora de Geo-Sobrevivência.

Jorge acenou concordando, mas sua expressão mostrava pena com relação à situação do jovem casal. Ester se aproximou, apoiando uma das mãos sobre o ombro de João e a outra sobre o de Maitê.

– Vocês dois compreendem o que fizeram? – perguntou a Voz da Lua. Não havia dureza em sua voz.

– Sim – disse a garota, lançando um rápido olhar para João, mas ele não olhou de volta.

Ester acenou com a cabeça, pensativa, e então se afastou, retirando as mãos que os tocavam.

– Você está grávida?

– Não – respondeu Maitê rapidamente, horrorizada com a ideia.

– Tem certeza? Diga-me a *verdade*.

– Tenho – confirmou ela – e essa é a verdade.

– Muito bem – disse Ester, e, depois de uma breve pausa, continuou. – João, você é um Alfa, portanto deveria defender nossas leis, e não quebrá-las. Um líder não pode colocar seus desejos à frente de sua alcateia e de seu povo. Você entendeu?

João finalmente ergueu os olhos para ela.

– Sim.

Bianca desviou o olhar para Julian. Ele se mantinha com os braços cruzados, observando o desenrolar da situação que ele expusera na frente de todos. Atrás dele, Cristina ainda encarava tudo assombrada.

O que ele fizera? Usara-a para conseguir saber o que queria? Como ele poderia ser tão cruel?

– João, você fracassou como líder – continuou Ester –, portanto, sua primeira punição será a perda de status de alfa da alcateia. A posição de ômega será seu aprendizado.

– Isso é humilhante – sussurrou Ricardo ao seu lado. – Ele provavelmente nunca mais conseguirá ser um alfa novamente.

Walter acenou com a cabeça, concordando com a punição.

– Maitê, você é uma jovem Uivadora, com a atual posição de ômega, portanto, sua inexperiência e pouca responsabilidade impedem-me de rebaixá-la ainda mais. Sendo assim, deixo a cargo de sua alcateia a decisão de expulsá-la ou não de sua convivência.

Lágrimas rolaram de Maitê, apesar de tentar manter-se forte perante todos.

– Por fim – continuou Ester, sua voz tornara-se mais dura –, ambos quebraram o nono Acordo e devem passar pela Assembleia de Purificação antes de poderem caminhar livremente entre os Karibakis mais uma vez.

Os dois ergueram os olhos para Ester. Bianca pôde sentir o medo deles no ar.

– O Conselho decidirá qual dos dois partirá amanhã para o Refúgio Branco e nunca mais voltará aqui ou manterá contato com o outro, sob pena maior. Fui clara?

Maitê mordeu os lábios e pareceu ainda mais pálida.

– Sim... – respondeu ela com voz trêmula.

– Sim... – disse ele.

– Quando quer fazer isso? – Perguntou Yann, muito sério.

– Agora – respondeu, sem tirar os olhos de seu filho. Bianca podia notar que, apesar de não transparecer seus sentimentos, seus olhos estavam úmidos.

O burburinho recomeçou junto com a movimentação para fora do Lemniscata. Bianca viu quando Cristina se aproximou de Julian e tentou estapeá-lo na face. O Furtivo segurou seu braço no ar e empurrou-a para trás com tanta força que ela quase caiu sobre uma das mesas. A garota se recuperou e se afastou cheia de ódio. Por um momento, os olhos dele foram de Cristina até Bianca. Ele parou de sorrir, não havia mais qualquer arrogância em sua expressão.

– Vamos – disse Nicole.

Bianca parou de encará-lo e virou-se para Nicole e Ricardo.

– Para onde? O que vai acontecer agora?

– Vamos para a Oca. Vai começar a Assembleia de Punição e Purificação – explicou Ricardo, antes de Nicole ter a chance de responder.

– O que é isso?

Nicole torceu os lábios.

– É uma porcaria de Assembleia, isso é o que ela é! Nunca vi acontecer antes, mas eu sei que vai ficar feio, Bia. Acho que você deveria esperar no dormitório.

– Não, eu quero ver o que vai acontecer.

Nicole bufou.

– Talvez seja melhor mesmo, assim já conhece o funcionamento de nossas leis. Vai ver que nem tudo é bonitinho por aqui. As punições do Acordo não mudaram desde que foram criadas durante a antiguidade. Elas são bem bárbaras.

Caminharam em direção à Oca e ela pôde vislumbrar a estrutura se modificando lentamente. As paredes se abriam enquanto a estrutura lateral ficava toda transparente. Só era possível perceber as paredes quando se aproximavam bem, daí ela emitia um brilho azulado. A arquibancada mudou para uma textura de pedra cinzenta.

Lucas e sua alcateia ficaram em pé, em um lugar próximo à entrada. Bianca, Nicole e Ricardo foram para um degrau acima do deles. Rafaela virou a cabeça e enviou um olhar significativo para o irmão e depois para Nicole.

Depois de algum tempo, quando praticamente todos já haviam se reunido na Oca, o Conselho posicionou-se num semicírculo, enquanto João e Maitê foram guiados por Yann até o centro.

O Furioso retornou junto ao Conselho e abriu uma tela de holograma à sua frente. Ele fez um pequeno gesto no ar. Bianca ofegou quando viu surgir do chão diversos cabos de prata. João e Maitê arregalaram os olhos enquanto os cabos dançavam no ar antes de agarrarem com força seus braços e pernas.

– A troca de peles não foi autorizada – disse Yann. – Vocês devem permanecer na pele humana.

Ester deu um passo à frente e todos silenciaram.

– Desde o surgimento do Acordo, esta é a punição para aqueles que quebram a nona regra. Serão trinta golpes para cada um... – disse, fazendo uma pausa. – Esperamos que ambos sobrevivam.

De repente, ela viu outros cabos prateados surgirem atrás deles. O som de metal no ar foi ouvido por toda a arena e a arrepiou dos pés à cabeça. Ela percebeu quando Maitê fechou os olhos e ofegou, tensionando toda sua musculatura. E então, um dos cabos tomou impulso no ar e o som de chicote estalando invadiu a arena, ao acertar em cheio as costas de João.

Bianca estremeceu horrorizada.

– Tudo bem, Bia... – disse Ricardo ao seu lado. Ele colocou a mão em seu ombro e a puxou para mais perto dele. – Não precisa olhar se não quiser.

Mas ela continuou a olhar.

Maitê voltou a respirar ao perceber que o primeiro golpe não a tinha como alvo. Entretanto, outro cabo se ergueu e desta vez tomou impulso e acertou as costas da garota. Ela gritou de dor e cambaleou para frente. Os cabos que mantinham seus braços presos soltaram-se do chão e ligaram-se a alguma parte do teto da arena. Agora a garota era mantida em pé, pelos cabos, no ar.

João esforçava-se para não gritar a cada açoite que tomava. Seus olhos estavam arregalados e o suor escorria. O apelido idiota, João Chorão, não combinava realmente. Apesar de tudo, o garoto estava aguentando a dor sem qualquer lágrima.

Yann parecia controlar os cabos de prata através dos hologramas. Olhar para Maitê era ainda mais difícil. A garota deveria ter a mesma idade que ela. *– Como alguém tão jovem poderia ser punida tão cruelmente assim?*

Em pouco tempo, cada açoite erguia respingos de sangue no ar. Sangue escorria de suas costas, manchando o chão de terra batida da arena.

– São de prata – comentou Nicole num fio de voz. Bianca podia notar por sua palidez que a amiga também estava chocada. – Os cabos são de prata para que não consigam se regenerar. Terão que se curar no tempo normal de um humano, e isso poderá levá-los à morte.

– Alguém precisa parar isso... – disse Bianca, mas a amiga nada disse.

Açoites impiedosos rasgavam as costas dos dois garotos, enquanto todos apenas assistiam. Quando João cambaleou e caiu de joelhos, seus cabos também o ergueram, mantendo-o em pé até que o último açoite fosse desferido. Suas costas já estavam em carne viva e os dois pareciam apenas levemente conscientes agora.

A voz de Ester foi ouvida:

– Todos aqui não foram apenas chamados para uma Assembleia de Punição, mas também de Purificação. A partir de agora, o *Iukan* de João e o de Maitê foi retirado. Portanto, nunca mais se maculem. Mantenham-se puros, pois se forem condenados uma segunda vez, a lei do Acordo é severa. A pena é a morte e seus restos serão enterrados.

E então Ester deu as costas aos adolescentes semimortos. Imediatamente, houve movimentação ao redor e todos começaram a fazer o mesmo. Viravam de costas para eles.

– Isso também é parte da purificação – sussurrou Nicole, torcendo os lábios enquanto se virava. – Serve para lembrá-los de que precisam seguir as regras para viverem em sociedade. Eu sei que parecem muito machucados, mas, segundo as regras, eles serão levados para o hospital e tratados por voluntários.

– Voluntários? – sussurrou Bianca de volta. – E se não houver voluntários?

– Então terão que se salvar sozinhos ou morrerão.

Bianca não se virou. Ficou olhando para a garota na arena. Ela estava ainda mais pálida e frágil. Seu cabelo estava úmido e grudado no rosto. Ela viu Maitê erguer a cabeça com dificuldade e procurar algo com o olhar até que pareceu encontrar. Bianca olhou na mesma direção e encontrou Manuela no outro lado da arquibancada, olhando para a garota com uma expressão terrível de desgosto, antes de virar-lhe as costas também.

– Você também tem que se virar – sussurrou Ricardo ao seu lado. Ele a tinha soltado e também virou as costas.

Mas Bianca sentia seus pés pesados e os olhos ainda vidrados na cena daqueles dois adolescentes torturados como punição pelo crime de terem se apaixonado.

Maitê observou as costas de sua alfa e depois correu os olhos ao redor, encontrando-se com os de Bianca. Maitê parecia prestes a desfalecer a qualquer momento, mas de alguma forma seus olhos inchados de lágrimas prenderam-se aos de Bianca, e ela desejou que a garota conseguisse sobreviver.

No degrau abaixo da arquibancada, Lucas, Rafaela e Vitor já tinham virado suas costas para a arena, ficando praticamente de frente para ela. Lucas tinha a expressão fechada e as sobrancelhas franzidas. Sem hesitar, ele de repente a segurou pelos braços e a virou, forçando-a a ficar de costas também.

Bianca virou a cabeça para ele, espantada.

– Por que fez isso?

– Você precisa dar-lhe as costas ou eles não serão perdoados – respondeu. – Esse é o momento da Purificação. Você precisa seguir nossas regras também.

Bianca não respondeu, pois não sabia exatamente o que dizer naquele momento. Ela manteve-se de costas, mas virou um pouco o rosto para conseguir encontrar a face cansada de Maitê. A garota torturada fechou seus olhos e a cabeça loira pendeu para o lado.

Bianca virou para frente e com o canto dos olhos notou alguém a observando. Dois lances acima e à sua esquerda, Julian também tinha a cabeça levemente para o lado e observava Bianca de soslaio. Ela endureceu o semblante e ele desviou o olhar.

27

Bianca estava bastante atrasada. Há dias ela já fazia o caminho sozinha pela trilha na floresta e eles se encontravam diretamente na clareira. Essa noite ela estava furiosa com Julian e já tinha decidido não ir, quando mudou de ideia e se pôs a caminho.

Ela se arrependeu do atraso, pois ele provavelmente não estaria mais na clareira, entretanto resolveu ir de qualquer jeito. Treinaria sozinha se fosse preciso. Julian não tinha o direito de fazer o que fez. Que tipo de pessoa era ele?

Ela dobrou uma curva da trilha e saiu na clareira, já iluminada pelas lamparinas elétricas. Julian estava sentado sobre o tronco caído. Usava sua calça preta larga de treinamento, regata cinza e sua mochila estava jogada ao seu lado. Ele apoiava os braços nas pernas e ergueu o olhar assim que ela surgiu.

– Eu não ia vir – já foi logo dizendo, enquanto jogava sua mochila ao lado da dele. – Mas resolvi vir só para te perguntar por que motivo você fez aquela coisa horrível hoje com aqueles dois?

Julian balançou a cabeça, como se estivesse afastando algum pensamento.

– Era meu dever – disse por fim, dando de ombros.

– Dever? – repetiu inconformada. – Dever? Eram só dois garotos apaixonados. Aquela punição foi absurda! Eles poderiam ter morrido e seria sua culpa.

– Eles poderiam ter morrido sim, mas não seria minha culpa – rebateu, levantando-se. – A culpa foi deles em quebrar o nono Acordo e achar que ninguém descobriria.

– Dane-se o nono Acordo – disse exasperada, aumentando o tom de voz. – Aquilo foi brutal e bárbaro demais! Você não deveria ter contado!

– E quem é você para me dizer o que fazer? – disse, irritando-se. – O Conselho do Refúgio descobriria mais cedo ou mais tarde. Ninguém escapa de uma quebra do Acordo. No final do ano, teriam que fazer o juramento compulsório e descobririam de qualquer jeito. Só adiantei a droga do processo. Não cometi nenhum crime, não sei por que está tão nervosa.

– Poderia ter encontrado outra forma de fazer isso! Você não precisava humilhá-los na frente de todo mundo. Que tipo de pessoa faz isso?

Ele não respondeu, apenas ajeitou sua postura e ficou encarando-a.

– São leis bárbaras – repetiu ela, percebendo que ele não diria nada.

– Não. Foi uma punição bárbara – corrigiu ele.

– Alguém deveria ter feito algo. Como vocês podem ser tão frios e cruéis?

– Você tem razão – disse ele, concordando com a cabeça. – Alguém deveria ter feito algo para impedir. Então, por que *você* não fez?

Bianca olhou para ele surpresa.

– O que eu poderia fazer? – disse, erguendo os ombros.

– Eu não sei... alguma coisa? – disse ele, aproximando-se até ficar bem perto dela. – Veja, tudo o que eu fiz foi revelar um *Iuka*. Tudo o que Ester fez foi dar punição segundo nossas leis, e tudo o que todos fizeram foi seguir a tradição como fomos ensinados a fazer.

Ele então se inclinou sobre ela com um sorriso torto no rosto.

– Seguimos nossas tradições e essa é a nossa desculpa, mas qual é a sua?

Ele estava tão perto que podia sentir seu perfume amadeirado e almiscarado. Bianca lembrou-se de quando acordara em seus braços depois de sua crise durante o treinamento. Foi quando viu pela primeira vez seus olhos como águas negras tranquilas. O mesmo olhar que às vezes conseguia ver durante os treinos. Porém, suas atitudes cruéis deixavam-na confusa e triste.

Ela deu um passo para trás, afastando-se.

– Qual é a sua desculpa? – insistiu ele, sem largar o sorriso irritante.

Ela sentiu a resposta ecoando em sua mente. A única que conseguia pensar, mesmo tentando encontrar outras, era que ela não fez nada porque lhe faltava coragem. Ela poderia ter tentado pelo menos! Talvez a ouvissem, era a última Farejadora, não iriam puni-la por não aceitar regras sobre as quais não foi criada.

Ela baixou o olhar. De repente, percebeu que se sentia assim o tempo todo, desde a morte de sua mãe, sempre se arrependendo de algo que poderia ter feito, mas não fez.

Ele notou o silêncio dela.

– E agora que já esclarecemos os acontecimentos de hoje, será que podemos finalmente continuar nosso treinamento, ou você vai desistir de nossos encontros e ter mais uma coisa para se arrepender no futuro?

Os olhos dela se apertaram e faiscaram. Ele parecia se divertir com a raiva dela.

Muito bem. Se ele quer começar o treinamento, então vamos começar...

De repente, ela ergueu o braço e acertou-o com um gancho de direita no rosto. Ele ofegou e deu um passo para trás. Bianca sentiu-se muito bem quando ele se virou e viu o sorriso de satisfação que ela estampara na face. Ela se colocou em posição de combate.

Julian deu outro de seus sorrisos como resposta.

– Você me irritou muito chegando atrasada hoje – disse ele –, por isso não vou pegar leve com você.

– Você nunca pega... – disse ela ainda sorrindo.

Treinaram por duas horas antes de pararem para descansar e ele assumir a forma Karibaki para testá-la.

– Bianca! – chamou uma voz distante. – Bianca! Acorde!

Ela abriu os olhos sentindo-se esgotada. Sua garganta queimava e a respiração estava entrecortada. Aos poucos, sua visão focalizou o rosto de Julian, bem próximo ao dela. Teve consciência dos braços dele segurando-a firmemente contra si, ajoelhado no chão.

– Julian...

– Você demorou demais para voltar dessa vez – disse ele baixinho, encarando-a com olhos amplos. – Não parava de gritar e se debater.

Devagar, ela se mexeu e apoiou melhor seu corpo no chão, sentando-se. Ele não se afastou, apenas afrouxou um pouco o abraço.

– Estou bem... – disse ela com voz rouca, voltando seu olhar para o dele. Havia suavidade ali. Uma expressão tão diferente da que ela viu nele esta tarde. Não era a primeira vez que notava isso, mas eram raros os momentos que ele deixava de lado sua máscara de arrogância.

Mas então, seus olhos notaram o sangue. Havia um corte na bochecha esquerda de Julian. Parecia um arranhão e, apesar de já estar se curando, o sangue ainda estava lá. Bianca se afastou um pouco e percebeu os braços dele cheios de marcas de arranhões, alguns abertos em pequenos cortes. Bianca olhou para as próprias mãos, para suas unhas...

– Eu te machuquei? – perguntou ela, ainda sentindo a garganta queimar.

Julian enrugou as sobrancelhas e olhou para seus braços, como se tivesse acabado de notar.

– Está tudo bem – respondeu ele. – Você parecia um gato selvagem quando tentei me aproximar, mas já devo estar me curando.

– Me desculpe – pediu, tocando em uma das marcas vermelhas em seu braço. Mas então ele se levantou, puxando-a junto com ele.

– Está tudo bem – disse Julian, afastando-se dela. – Venha, precisamos voltar.

Bianca observou enquanto ele se afastava em direção ao lugar onde deixaram suas mochilas. Não sabia o que dizer. Ela foi até suas coisas, tomou um gole de água e o seguiu em silêncio.

Quando chegaram ao meio da trilha, eles se separaram como sempre faziam. Ela continuava o caminho, enquanto Julian se embrenhava pela mata. Ainda ficou parada alguns instantes, observando o lugar por onde ele desaparecera e desejou poder entendê-lo melhor.

Já no dormitório, Bianca foi direto para o banho.

Nicole estava na mesa trabalhando em seu computador e com toda uma aparelhagem nova e estranha que a lembrou um seriado de polícia forense.

– Nic – começou ela, aproximando-se da mesa de trabalho. – Caso você e Rafaela fossem descobertas, seriam punidas como João e Maitê?

Nicole tirou os olhos do notebook e virou-se para ela.

– Não. Entretanto, Karibakis como os membros da família de Lucas se preocupam demais em perpetuar as linhagens e provavelmente encontrariam uma forma de nos separar e, portanto, não nos veríamos mais.

– Mas deve haver algum jeito para que vocês duas possam ficar juntas e em paz.

Nicole sorriu.

– Talvez se partíssemos e abandonássemos o Refúgio, mas essa não é uma opção ainda.

– Eu sinto muito – disse, sentindo-se triste pela amiga.

– Não sinta – disse Nicole. – Não há nada que você possa fazer.

Bianca olhou pensativa para a mesa, havia uma certa organização naquela bagunça. Diversos potinhos transparentes pareciam conter estranhos materiais.

– O que está fazendo? – perguntou Bianca.

– Testando uma ideia. Se der certo, será um presente.

– O Conselho sabe que você faz essas coisas por aqui?

Nicole torceu o nariz.

– É claro que não. Eu gosto de ter meus próprios segredos... Mesmo onisciente por aqui, Altan não pode atrapalhar nosso livre-arbítrio. Nem pode dizer tudo o que acontece no Refúgio para o Conselho, há regras. Seria horrível se ele fizesse isso, pois Rafaela e eu nunca poderíamos nos encontrar às escondidas.

– É para ela que está fazendo isso?

– Não – respondeu Nicole.

Bianca notou, pelo jeito da amiga, que ela não falaria para quem era. E então se lembrou de algo. Bianca pegou algumas roupas e foi até o banheiro novamente. Trocou seu pijama por jeans, blusa e casaco antes de ir em direção à porta.

– Para onde está indo a essa hora? – perguntou Nicole.

– João e Maitê estão no hospital?

– Acredito que sim.

– Você disse que deveriam se voluntariar para ajudá-los?

– Sim, os membros da alcateia deles devem estar lá – respondeu Nicole.

– Legal – disse Bianca, acionando a abertura da porta e passando por ela.

Nicole franziu o cenho.

– Você vai se voluntariar também?

– Vou – respondeu antes da porta se fechar.

Lá fora, ela foi sob chuva fina até o hospital, abrigando-se entre as árvores enquanto caminhava. Assim que entrou, viu Luiza sentada sozinha em um dos bancos do jardim do térreo.

O hospital não precisava funcionar com muitos funcionários. A única paciente que necessitava de cuidados constantes no momento era Laura, por isso Bianca conhecia bem Luiza e Allan.

– Oi, Bianca – disse Luiza mais séria do que de costume. Ela parecia um pouco desanimada ou cansada essa noite.

– Boa noite, Luiza.

– Veio ver Laura?

– Não. Na verdade, eu vim perguntar como estão João e Maitê e se estão precisando de voluntários.

Bianca imediatamente pôde ver o brilho nos olhos dela.

– A alcateia de João se voluntariou – disse, levantando-se do banco – e estão no quarto dele agora. Acho que ficará tudo bem com SanMartin.

– Que bom. E quanto a Maitê?

Luiza mordeu os lábios, mas o brilho nos olhos ainda continuou.

– Maitê ainda não recebeu nenhuma ajuda.

– Não? – admirou-se. – Mas por quê?

– Ester deixou a cargo da alcateia o castigo e Manuela decidiu que esta seria a pena dela, passar a noite sem qualquer auxílio. Ela avisou um parente de Maitê e ele está a caminho do Refúgio, porém só deve chegar amanhã.

– E quanto a você e Allan? Por que não a ajudam?

– Não podemos... – disse Luiza baixando os olhos, envergonhada. – Não podemos interferir nesse caso.

– O quê? – disse Bianca chocada, imaginando a pobre garota sozinha até agora e sem qualquer tipo de assistência ou tratamento. – Eu me ofereço então.

Os olhos de Luiza brilharam novamente e ela sorriu.

– Venha, vou te levar até ela. Eu estava preocupada com a garota – explicou Luiza no caminho, enquanto subiam pelo elevador. – Talvez, se você não tivesse vindo, eu a teria ajudado de qualquer jeito, mas ainda tinha esperanças.

– O que aconteceria se você a ajudasse?

Luiza deu de ombros.

– Provavelmente, seria expulsa do trabalho no hospital e rebaixada. Talvez também ganhasse uma punição, mas não poderia deixar a garota morrer – disse, parando finalmente em frente à porta de um dos quartos. – Precisa saber de algumas coisas antes de entrar. *Iukas* não possuem direito a anestésicos enquanto estão se curando naturalmente e nem podem usar a tecnologia disponível. Cabe aos voluntários ajudarem a manter as feridas limpas e a febre baixa com remédios naturais. Bianca, você entendeu?

– Acho que entendi – respondeu insegura. Agora que estava na porta do quarto, ela não sabia exatamente o que poderia fazer para ajudar a garota.

– Não será fácil, pois Maitê está com dor e sofrerá por dias, até que seu corpo se recupere o suficiente. Entendeu?

Bianca acenou com a cabeça mais uma vez para indicar que estava entendendo.

– Tudo bem, eu ficarei até que alguém chegue amanhã.

Luiza colocou a mão sobre o ombro dela. Ela parecia querer dizer algo mais, porém apenas se virou e abriu a porta para entrarem.

Imediatamente, seus olhos se fixaram na garota abandonada de bruços sobre a cama. Sua blusa estava suja e em frangalhos. Sangue escorria de suas costas, abertas pelos rasgos que o cabo de metal fizera, e manchava os lençóis brancos.

Bianca levou uma das mãos à boca. A garota estava em um estado terrível.

– Você está bem? – perguntou Luiza preocupada. – Ainda quer continuar?

Bianca apenas acenou a cabeça.

– Use seus conhecimentos das aulas de primeiros socorros que ministrei e das aulas de botânica. Boa sorte... – desejou, antes de sair e deixá-la sozinha.

Ela olhou ao redor. Não sabia por onde começar.

Um gemido saiu dos lábios de Maitê, fazendo Bianca se aproximar e tocar levemente em sua testa. Como imaginou pelo rosado de suas bochechas e o suor em seu rosto, ela estava ardendo em febre. O estado de suas costas era terrível.

Fechou os olhos e tentou afastar toda a raiva que sentia pelas regras idiotas da sociedade Karibaki. Quando abriu novamente, ela sabia exatamente por onde começar.

Aproximou-se do balcão na parede do lado oposto da cama e encontrou uma bandeja de metal com diversos instrumentos limpos nela, ao lado, tinha uma caixa de luvas médicas. Vestiu um par de luvas e em seguida pegou a tesoura.

Primeiro começou a cortar o que sobrara das roupas. Em seguida, recolheu os trapos do chão, jogou no cesto de lixo do lado da porta e foi procurar algo para limpá-la. Encontrou água e antissépticos sobre o balcão. Usando um pouco de gaze, começou a tirar toda a sujeira e suor grudados em seu corpo.

Limpou seus ferimentos para que não infeccionassem. Em seguida, pegou um lençol limpo numa gaveta e a cobriu até a cintura. Não sabia muito bem o que fazer, então apenas começou a tocar levemente com a gaze banhada em antissépticos nas feridas abertas. Maitê gemia de dor, mas cuidaram para que não houvesse qualquer anestésico à disposição delas.

– Eu sei que isso dói, mas tenho que limpar seus cortes. Não sou muito boa nisso, me desculpe.

Maitê gemia alto e torcia os lençóis com força devido à dor, enquanto Bianca limpava suas feridas, rezando para que estivesse fazendo a coisa certa.

Duas horas depois, Bianca tinha acabado de solucionar a questão sobre o que passar nas feridas antes de fechá-las com gaze. Lembrou-se das aulas e reconheceu algumas plantas no jardim junto à varanda do quarto. Algumas delas eram o que precisava.

Conseguiu fazer uma pasta com as plantas, exatamente como aprendeu no treinamento e estava terminando de passar nas costas de Maitê, quando a porta se abriu e Nicole entrou no quarto.

– Nic! – disse, sentindo um imenso alívio.

– Oi... – disse Nicole, entrando e dando uma boa olhada na garota ferida. – Vim descobrir se você precisava de ajuda e pelo jeito precisa. Ela parece estar mal...

– Obrigada por vir.

– De nada. Eu não pretendia ter uma boa noite de sono mesmo.

Bianca sorriu, mas logo abandonou o sorriso quando Maitê gemeu alto.

– Ela está sofrendo – disse Bianca, colocando a mão sobre sua testa para sentir sua temperatura.

– Está sim. Mas você não está indo mal. Já limpou os ferimentos e passou aquela gosma natural para ajudar na cicatrização.

– Só que eu não sei o que fazer para diminuir a febre. Não me lembro de nada.

– Eu sei o que fazer– disse Nicole, afastando-se em direção ao jardim na varanda –, já aprendemos sobre isso anos antes. Deve ter a planta que precisamos por aqui.

Nicole remexeu o jardim e, depois de alguns instantes, encontrou o que precisava. Pegou um punhado de plantas e retornou ao quarto.

– Eu vi Allan e Luiza tirando-os da Oca – comentou Nicole enquanto procurava no armário os objetos que ia precisar. – Eles nem mesmo podiam usar as macas eletromagnéticas. Trouxeram os dois nos braços.

Bianca não disse nada. Aquilo a deixava com um nó no estômago.

– Rafaela queria ajudá-la, mas é complicado...

– Não deveria ser complicado – comentou Bianca, tentando não parecer irritada –, afinal Rafaela também é uma Uivadora. Talvez sejam até parentes.

– Eu sei, mas Lucas a proibiu. A palavra de um alfa é a final, Bia. Se ela o contrariasse, seria punida ou até expulsa da alcateia.

– Por que ele a proibiria? Qual é a lógica disso tudo? – disse Bianca inconformada.

– Maitê e João prejudicaram não somente a eles mesmos, mas também suas alcateias e famílias. Manuela não é apenas uma colega. Ela é responsável pela sobrevivência de sua alcateia, e também por eles e por seus atos. Se ela decretou que essa seria a punição dela, então todos a respeitarão.

– Bom, não estamos nos importando com as ordens de Manuela. Então seremos punidas?

– Não sei... – disse Nicole, amassando as folhas contra o fundo de uma pequena tigela de metal. – Estou contando que seu status de última Farejadora ainda seja útil.

Bianca torceu os lábios, não tinha muita certeza se o legado dela ainda valia alguma coisa ali, depois de seus vexames durante os treinamentos.

Enquanto Nicole preparava o remédio, Bianca tentava baixar a febre de Maitê, colocando um pano frio sobre sua testa.

– Ester também foi atingida pelo que João fez?

– Provavelmente sim – respondeu Nicole. – Soube que há algumas pessoas querendo o lugar dela como Voz da Lua. Há poucos Refúgios no mundo, e este é o mais importante. Muitos poderão ver o que aconteceu como um sinal de fraqueza. Afinal, como poderia o filho de nossa maior líder ser um quebrador do Acordo? Ela pode começar a perder a confiança e o apoio do resto do Conselho.

Bianca ficou pensativa, enquanto afastava um chumaço de cabelo loiro do rosto de Maitê. Os ferimentos dela estavam horrivelmente abertos, apesar de já limpos.

– Depois que você terminar o remédio, me ajuda a fechar os ferimentos dela com gaze? Precisarei de ajuda para erguê-la.

Nicole colocou um pouco de água em um copo, em seguida jogou as ervas dentro e mexeu. Deixou o copo sobre a pia e foi ajudar Bianca. Com cuidado, enfaixaram-na com gaze e também trocaram o lençol sob ela. Em seguida, viraram-na de lado. Com o movimento, Maitê ficou levemente consciente.

– Maitê? – chamou Bianca baixinho, enquanto Nicole foi pegar o copo com o remédio.

A garota gemeu e olhou para ela.

– Precisamos que você engula isso – disse Bianca quando Nicole surgiu com o caldo verde que fez com as plantas.

Com um pouco de dificuldade, Maitê abriu a boca. Bianca pegou o copo e cuidadosamente virou o líquido em sua boca. Ela engasgou um pouco e deixou escorrer antes de conseguir engolir quantidade suficiente.

– Você ficará bem, não desista – disse enquanto limpava sua boca com um pedaço de gaze.

– Obrigada – sussurrou Maitê, antes de fazer uma careta de dor e fechar os olhos novamente.

Nicole colocou a mão no ombro de Bianca.

– É isso aí, Bia, nós terminamos por essa noite. Agora é com ela.

– Ela será expulsa da alcateia? – perguntou baixinho, enquanto caminhavam até a sacada.

– Não sei – respondeu Nicole, também baixando o tom. – O que eu sei é que ela não sairá do Refúgio. Rafaela me contou que o Conselho decidiu que João é quem deverá partir amanhã para outro Refúgio.

– João? A alcateia dele vai junto?

– Não, eles ficam.

Bianca arqueou as sobrancelhas.

– E onde fica este Refúgio?

– Ele irá para o Refúgio Branco. No Polo Sul, na Antártida.

– Sério? – disse Bianca. – Você está brincando!

– Não estou não – respondeu Nicole. – Lembra-se de nosso trabalho de Geografia na escola de Santos? Como você acha que eu sabia tanto sobre o lugar?

– E o que será dele? – perguntou Bianca.

– Não sei, provavelmente Ester tem influência suficiente para ele conseguir entrar em outra alcateia, mas será um ômega comum. O último em importância entre eles.

Lá da varanda, Bianca observou Maitê deitada, as costas agora completamente enfaixadas. Ela estremecia de tempos em tempos. Sabia pelas aulas de biologia no Refúgio que, mesmo na forma humana, o corpo de um Karibaki era resistente. Porém, trinta açoites em prata era demais, mesmo para eles.

Bianca virou-se para Nicole e a abraçou.

– Obrigada por vir, Nic – disse, ainda sem soltá-la. – Eu não iria conseguir fazer tudo sozinha. Você tem sido uma boa amiga aqui para mim.

– Não precisa agradecer – disse ela um pouco sem jeito.

Bianca a soltou e as duas sorriram.

– Vá para o dormitório – disse Bianca. – Eu ficarei aqui até o parente dela chegar – e, antes que Nicole protestasse, ela continuou. – Eu quero ficar... Faço questão.

Nicole suspirou e balançou a cabeça.

– Está bem – disse a Furtiva. – Qualquer coisa, me chame.

Assim que Nicole saiu, ela baixou a luz do ambiente, aproximou a cadeira de visitantes da cama de Maitê e se sentou. Com um pedaço de gaze molhada em água, recomeçou a molhar a testa da Uivadora. Ela ainda estava quente, o efeito do remédio natural demoraria um pouco. Bianca a observou durante toda a noite enquanto gemia. Estava penalizada.

De tempos em tempos, Maitê chamava por João e, por uma ou duas vezes, por Manuela, a alfa que deveria estar cuidando dela nesse momento. Maitê era o único membro da alcateia que não era Furiosa. Perto dos outros de sua alcateia, ela parecia extremamente frágil.

Durante as últimas semanas no Refúgio, Bianca entendera que os membros das alcateias Karibakis eram ligados por laços muito mais fortes do que os da amizade humana. Provavelmente, o instinto lupino, contido no sangue, contribuía para aumentar esse sentimento de ligação e pertencimento da alcateia.

Entretanto, Manuela tinha abandonado sua frágil companheira à própria sorte naquela noite.

28

Quando amanheceu, Bianca sentia-se exausta por quase não ter dormido. Cochilara sentada algumas vezes, mas sempre acordava para ver como estava Maitê.

Foi com alívio que ela ouviu a porta do quarto se abrir e viu Allan entrar. Ele não estava sozinho. Um rapaz loiro como Maitê entrou com ele. Allan o apresentou, seu nome era Henrique e era o irmão dela. Ele mal olhou para Bianca e foi direto para a irmã, ainda dormindo.

Sabendo que Maitê agora teria alguém para cuidar dela, Bianca voltou para o dormitório a tempo de tomar banho e comer algo rápido antes de ir para a aula. Nicole insistiu para que ficasse e dormisse um pouco. Porém, ela preferia parecer cansada a não ir ao treinamento.

Aquele foi um dia de poucas palavras. Ficou quieta quase o tempo todo, apenas observando como reagiam. Houve alguns comentários sobre o dia anterior, mas ninguém disse nada sobre elas terem sido as únicas a cuidar de Maitê.

Enquanto os dias passavam, Bianca observava Manuela durante o almoço. Ela não a olhava com muita satisfação e agradecimento nos olhos. Bianca preferiu ignorá-la, mas logo percebeu uma coisa inusitada. Leonardo tentava se aproximar da alcateia da Furiosa.

A estratégia inicial do garoto foi sentar-se à mesa mais próxima onde Manuela estivesse. Em seguida, ele passou a lançar olhares esperançosos em direção à alcateia. Porém, tanto Manuela quanto seus companheiros o ignoravam completamente. Mas quem sabe agora, com Maitê no hospital, ele não conseguiria uma chance de ser aceito?

Ela torcia por ele, pois ser o herói que o pai sempre desejara era o seu maior e mais profundo desejo, e ninguém poderia culpá-lo por tentar fazer de tudo para conquistá-lo. Mesmo que isso significasse começar de baixo, oferecendo-se para jogar fora o lixo do almoço produzido por Manuela e seus amigos, como ele acabava fazendo sempre. Mas no final eles sempre saíam da mesa rindo, enquanto o menino ficava sozinho limpando a sujeira.

Nicole contou que Manuela ainda não tinha resolvido se iria ou não expulsar Maitê. Nada aconteceu com Bianca ou Nicole. Alguns boatos diziam que Yann havia interferido nisso, pois não queria eliminar as chances de Bianca aceitar um dia participar da equipe tática da Furiosa. Porém, era só boato.

Julian e ela continuavam seu treinamento em noites alternadas e ela ia à academia nas outras noites. Quando visitava Laura, sempre tinha vontade de visitar Maitê, mas a presença do irmão no hospital a intimidava.

Quanto aos treinos oficiais, Bianca decidiu tomar uma postura difícil.

Certa aula, ela viu a oportunidade de se defender e contra-atacar com sucesso quando Fábio, o amigo Furioso de Giovanna, atacou-a. Yann coordenava a aula e ficou muito satisfeito.

Em poucos minutos, Ester e Carolina apareceram para assistir ao treino. Com um discreto olhar de reprovação de Julian, ela entendeu que mostrara progresso demais. A atenção pessoal dada por Ester poderia significar seu desejo em colocá-la logo em campo. Porém, Laura ainda não tinha acordado, portanto ela não poderia se arriscar.

Bianca, conscientemente, baixou sua guarda e se deixou vencer magistralmente. Ela não precisava provar nada a ninguém.

Minutos depois, Ester e Carolina deixaram o treino e Yann voltou sua atenção para pupilos mais promissores. Julian acenou discretamente para ela.

– Você vai à academia essa noite? – perguntou Ricardo, sentado ao seu lado à mesa do refeitório. Ela quase sempre o encontrava na academia e eles treinavam juntos.

– Talvez sim... Não sei ainda – respondeu ela.

– Ela tem se esforçado bastante – elogiou Nicole –, mas não sei se tem habilidades natas para o combate. É incrível como ainda apanha durante os treinos.

Bianca jogou uma batata frita sobre a amiga. Nicole riu e a jogou de volta. Elas pararam de rir quando perceberam o estranho silêncio que foi se formando no Pátio Eterno.

Eles viraram para a direção em que todos olhavam e ela notou que, da entrada, vinha uma garota loira e pálida, caminhando timidamente para dentro do refeitório.

– É a Maitê... – sussurrou Ricardo ao seu lado.

Bianca a reconheceu, é claro. Já havia se passado bastante tempo e a garota parecia muito melhor, mas seu andar cuidadoso mostrava que ainda estava se recuperando. A Uivadora mantinha o olhar baixo e a postura caída. O lugar ficou quase silencioso, somente alguns cochichos poderiam ser ouvidos.

Maitê andou até as bandejas e colocou um pouco de comida em seu prato. Ninguém foi até ela ou falou com ela. Muitos olhavam em direção à mesa de Manuela, sentada com sua alcateia.

Leonardo estava mais uma vez sozinho em uma mesa. Ele olhava de Manuela para Maitê e dela para Manuela. A Furiosa parecia ignorá-la, comendo como se nada estivesse acontecendo de diferente ao redor.

Maitê pegou sua bandeja e foi em direção à mesa de sua antiga alcateia. Humildemente, ela parou ao lado deles e esperou, sem encará-los. Bianca quase podia sentir o desespero que ela se esforçava em não demonstrar.

Ninguém olhou ou falou com ela, até que Manuela disse algo que Bianca não ouviu. Ela baixou os olhos e afastou-se para sentar em uma mesa bem afastada e sozinha.

– Isso significa que a alcateia não a quer mais?

– Ainda não. Se fosse assim, Manuela teria dito claramente, para que todos soubessem que eles não mais a reconheciam. Então, teoricamente, Maitê ainda é parte da alcateia.

– Isso é triste – disse Ricardo. – Maitê é a única não Furiosa entre eles, e realmente gostava da alcateia. Deve estar arrasada, mas fazer o quê? O erro dela foi bastante grave.

– Não tente justificar as atitudes de Manuela – disse Bianca, soando bastante irritada.

– Nenhuma alcateia quer alguém que não respeite as regras do Acordo – justificou ele, dando de ombros. – Mesmo você, a última Farejadora, se quebrasse algum dos Acordos, teria problemas em conseguir uma alcateia que a defendesse.

– Bia – disse Nicole –, não fique irritada, ela ficará bem. Uivadores são essenciais para desativarem Taus. Eu duvido que Manuela vá descartá-la da alcateia.

Bianca balançou a cabeça ainda mais inconformada.

– Uma alcateia que só deseja manter alguém por puro interesse me preocupa ainda mais – disse ela.

Ela olhou de volta para a mesa de Manuela e seu humor repentinamente mudou. Um leve sorriso brotou instantaneamente de seu rosto.

– Olhem – disse Bianca, fazendo um sinal com a cabeça em direção à mesa de Manuela. – Leonardo finalmente está indo se sentar com eles. Será que o aceitaram?

Nicole fez expressão de incredulidade. Mesmo não gostando muito de Manuela, ela sentia-se muito contente em finalmente ver Leonardo encontrando uma alcateia para si.

Guilherme e Gustavo, os imensos gêmeos Furiosos, abriram espaço para ele se sentar entre os dois. Leonardo timidamente sorria enquanto ajeitava sua bandeja de comida sobre a mesa. Era perceptível a felicidade que iluminava seu rosto.

– Acho que a Monstro está ficando com o coração mole – comentou Ricardo, baixinho.

– Que bom que ele conseguiu – disse Bianca.

Ela desviou o olhar e procurou por Julian e sua alcateia no Pátio Eterno. Ela os encontrou sentados perto da mesa em que Gabrielle estava com algumas outras crianças. Duda também observava o irmão enquanto comentava algo com Con. Ela parecia satisfeita.

Mas de repente todos na mesa de Manuela desataram a rir. Leonardo levantou-se num pulo, deixando cair seu prato de comida no chão.

A voz de Manuela foi alta e clara.

– Não foi nada, Leo. Eu apenas pedi para o cozinheiro de hoje adicionar alguma comida digna da sua categoria...

Os gêmeos Guilherme e Gustavo não paravam de rir. Leonardo ainda em pé começou a cuspir a comida no chão, a cena fez outros romperem em risos ao redor.

– Acho que o cozinheiro entendeu bem – continuou Manuela com voz debochada –, pois colocou ração de cachorro em vez de molho com carne para você, Leo!

O riso foi quase geral no refeitório. Bianca, Ricardo e Nicole não riram. Na mesa de Julian, Duda olhava chocada para o irmão e, assim que fez menção de se levantar, Julian se levantou também, encarando-a. A expressão dela se endureceu e, mesmo contrariada, ela se sentou de volta. Os olhos de Duda brilhavam, furiosos.

– Eu sabia que isso não ia dar boa coisa – comentou Nicole.

Ricardo batia os dedos na mesa, nervoso.

– Desse jeito, ele jamais será respeitado e esta pode ser a última chance de conseguir uma alcateia esse ano.

– Acho que Manuela deixou bem claro agora. Ela não quer trocar um elo fraco por outro – disse Nicole.

Bianca a olhou indignada.

– Ele não é um elo fraco – disse ela. – Apenas ninguém dá uma chance para ele.

O rosto de Leonardo ficou todo vermelho, enquanto muitos riam sem piedade.

Bianca não entendia por que Julian não deixava Duda defender o irmão. Ele desviou o olhar para a mesa de Bianca, seus olhos se encontraram com os dela. Ele não tinha o sorriso irônico, apenas a encarava muito sério.

Qual é a sua desculpa?

As palavras dele voltaram à sua mente e ela se lembrou da discussão que tiveram na clareira na noite em que João e Maitê foram castigados. Ela mordeu os lábios e voltou seu olhar para o menino.

Leonardo tinha começado a se afastar da mesa. Ele estava completamente envergonhado, mas Guilherme, um dos gêmeos Furiosos, levantou-se e o empurrou cruelmente. O menino perdeu o equilíbrio e caiu espalhafatosamente sobre a outra mesa ao lado, onde sentavam Giovanna e seus amigos, fazendo-os se afastarem abruptamente para não serem atingidos por restos de comida.

– Seu gordo nojento, você destruiu nossa mesa! – gritou Giovanna.

– Desculpe – pediu Leo, com voz trêmula enquanto esforçava-se para levantar.

– Desculpa nada, imbecil! – disse Fábio. Mesmo os parentes não demonstravam qualquer medo ou respeito pelo jovem trocador de pele.

Fábio, de repente, pegou o copo de refrigerante que havia conseguido salvar do acidente e lançou todo o conteúdo líquido na cara de Leo.

O menino ficou totalmente sem reação. Ainda caído, tentou proteger o rosto. Fábio e todos os outros riram da nova tortura. O garotinho ofegou enquanto limpava com a mão o refrigerante escorrendo sobre ele.

E foi então que Bianca capturou algo em Leonardo Mendes.

Ele olhava para baixo com o olhar perdido, como se o chão se abrisse para um imenso e convidativo abismo. Ao redor, muitos ainda riam e alguém jogou um pedaço de comida nele.

Desesperança. Desespero. Humilhação. Tristeza. Era como se ela também pudesse sentir e compreender...

Um arrepio percorreu todo o corpo de Bianca. Era quase palpável. Ela sentia as sombras do abismo tomando conta do menino, puxando-o, pois seu maior desejo em ser um herói, também era o caminho para a destruição de seu espírito. E isso era uma coisa que ela não poderia permitir.

– Parem!

Seu grito continha toda a força de indignação que estava sentindo. Aqueles que ainda riam pararam imediatamente. Bianca tentou não olhar para ninguém enquanto caminhava entre eles.

Ricardo disse-lhe algo, mas ela não ouviu. E, quando percebeu, já estava quase do lado do garotinho humilhado.

– Parem de ser cruéis – disse ela, olhando ao redor.

Leonardo tinha os olhos arregalados focados nela.

Sentindo o sangue esquentar pelo seu corpo, Bianca se posicionou entre ele e Manuela. Ela estava determinada a não deixar mais aquela tortura psicológica acontecer com o irmão da Duda. Os dois já tinham sofrido demais com a morte dos pais.

Manuela fechou sua expressão e ergueu-se da cadeira. Ela era mais alta do que Bianca.

– Eu estava me divertindo – disse Manuela, aproximando-se perigosamente dela.

Os lábios de Bianca tremeram, mas ela falou quase que mecanicamente.

– Posso arranjar uma bolinha para você brincar de pegar, se for o caso.

A incredulidade espalhou-se no ar. Porém, Bianca ficou firme, mantendo sua frágil postura de durona para Manuela.

A fisionomia da Furiosa mudou devagar e agora entendia por que Ricardo a chamava de Manuela Monstro. Contudo, Bianca apenas ergueu ainda mais o queixo e preparou-se para qualquer coisa dolorosa que pudesse acontecer, pois fisicamente ela se curaria, mas o que estavam fazendo com Leo deixaria uma ferida tão profunda que as proporções seriam inimagináveis.

– Não se intrometa, Farejadora – disse Manuela, quase num rosnado.

Ela pôde sentir a força do olhar da Furiosa capturando o dela. Karibakis tinham a facilidade de impor sua autoridade e serem obedecidos instantaneamente. Os olhos de Manuela faiscaram um brilho amarelado enquanto ordenava:

– Saia da minha frente!

Julian já a tinha submetido uma vez e ela sentira como se toda a vontade de enfrentá-lo se esvaísse. Naquela vez, o medo a agredira como um tapa, forçando-a temer até mesmo o contato visual com ele.

Leonardo, já em pé atrás dela, de repente gemeu e se encolheu de medo. Algumas vezes, a submissão de um alfa poderia afetar a mais de uma pessoa ao redor. E imaginar que Leonardo pudesse ter sido submetido deixou Bianca ainda mais furiosa.

– Não – disse Bianca, sem alterar sua voz. Ela não precisava gritar, sua raiva estava contida na precisão exata da força dessa palavra.

A confusão no semblante de Manuela era visível. Sua reação foi tão inesperada que Manuela é quem deu um passo para trás, desviando o olhar dela por um segundo. O suficiente para dissipar toda a sua ameaça.

– O quê? – disse Manuela, sem convicção.

Bianca deu um passo à frente. A surpresa da alfa tornara-se momentaneamente sua vulnerabilidade.

– Você pode me bater. Pode quebrar meus ossos. Pode me deixar inconsciente se quiser. Mas eu sei que não vai me matar – a voz de Bianca era firme e dura. – Porém, se algum dia você tocar nele de novo, ou rir dele, eu vou conseguir de alguma forma uma maldita barra de prata e vou quebrar sua cara horrível – seu tom ficava cada vez mais alto, conforme vomitava as palavras. – Daí, talvez você sinta um pouco da dor de ser humilhada na frente de todos por uma garota como eu. E da dor de ter que se curar naturalmente como uma humana comum, assim como Maitê sentiu. Eu estou pouco me lixando sobre quem você seja, ou o que pode fazer comigo! Entendeu? EU NÃO QUERO MAIS VOCÊ PERTO DO LEO!

Sua voz pareceu retumbar ao redor. Se Bianca fosse uma Karibaki, com certeza estaria rosnando agora, mas ela não era, então o silêncio prevaleceu.

Inesperadamente, a alfa parecia paralisada pela surpresa de ser desafiada, e então a raiva de Bianca se foi com as palavras que acabara de dizer.

– Venha – disse ela, virando-se para um Leonardo completamente pasmo. – Vamos sair daqui.

Antes que ela caia em si e quebre a minha cara – pensou Bianca. Enquanto iam em direção à saída, seu olhar foi até Julian e ele, de repente, a presenteou com um belo sorriso de satisfação.

O Pátio Eterno voltou a falar enquanto passavam pela saída do Lemniscata.

Lá fora, ela conseguiu respirar mais aliviada. Seu coração batia forte e a consciência do que acabara de fazer caiu como uma pedra. Parou atrás de uma árvore no jardim e se virou para Leonardo.

– Você está bem?

– Eu? – perguntou ele, abismado. – Eu estou bem, obrigado.

– É melhor não me agradecer. Ela ainda pode cair na real, resolver caçar nós dois e nos partir ao meio.

– Olha... – disse Leonardo, tentando limpar melhor seu rosto com a barra de sua camiseta –, eu nunca vi alguém irritar Manuela assim e sair sem qualquer osso quebrado como você fez. Então eu acho que já estamos no lucro.

– Faz tempo que eu não me importo mais com ossos quebrados, Leo – disse ela, tentando soar confiante. – Mas antes de voltarmos para nossos dormitórios, onde acho que vamos estar mais seguros essa noite, eu só quero te pedir uma coisa: pare com isso!

– Parar com o quê? – perguntou ele inocentemente, encolhendo os ombros.

– Pare de tentar agradar, de puxar o saco e de implorar por uma alcateia.

Leonardo baixou os olhos. Ele parecia bastante envergonhado. Bianca ficou com pena dele.

– Você é um bom garoto – disse ela, pousando uma das mãos em seu ombro. Com a outra, ela puxou levemente seu queixo para cima, para olhá-lo nos olhos. – Apenas precisa deixar as coisas acontecerem naturalmente.

– Mas eu... – começou a protestar ele, mas ela o interrompeu e continuou a falar.

– Leo, um dia alguém o escolherá por aquilo que você é! Por hora, fique firme e aprenda bastante nos treinos para ser um bom guerreiro Karibaki. Se fizer isso, conseguirá alcançar seu sonho. Acredite em mim, ok?

– Ok... – disse ele num fio de voz. Os olhos dele brilharam úmidos. Bianca o abraçou e ele retribuiu.

– Me desculpe – disse ele.

– Pelo quê? – perguntou, afastando-se dele gentilmente.

– Por ser às vezes tão chato com você durante as aulas de História.

Ela riu.

– Você, chato comigo? – Ela fez cara de falsa surpresa. – Sério? Eu nunca percebi.

Lágrimas rolaram no canto dos olhos dele enquanto ria também.

E foi quando Bianca notou pela primeira vez o quanto ele era gracioso. As linhas de seu rosto suavizavam e seu sorriso iluminava, lembrando-a daquelas imagens de gentis querubins.

29

Bianca foi para o dormitório e sentou-se na cama para ver se conseguia se distrair com algo na televisão, apesar de se sentir agitada com todos os acontecimentos daquela noite.

Alguns minutos depois, alguém bateu. A porta ficou levemente iluminada e uma imagem da pessoa lá fora surgiu.

Era Lucas.

Bianca deu um salto da cama e correu até o espelho do banheiro para dar uma olhada em si mesma. Ajeitou a saia levemente curta que usava e a blusa justa e sem mangas. Em seguida, voltou rapidamente para o quarto.

– Entre – disse ela.

A porta se abriu e ele entrou.

– Está sozinha? – perguntou Lucas, enquanto a porta se fechava atrás dele.

– Sim, estou – respondeu, tentando não parecer nervosa. – Nicole deve estar no refeitório ainda.

Ele sorriu e colocou as mãos no bolso da bermuda, enquanto olhava ao redor.

– Nicole realmente faz uma bagunça por aqui, hein? – disse ele, referindo-se a todas as coisas tecnológicas espalhadas pela mesa e algumas empilhadas no chão.

– Verdade, mas eu não me incomodo.

Ele sorriu para ela.

– Você me surpreendeu hoje – disse ele. – Nunca vi alguém desafiar Manuela daquele jeito.

– Não sei como ela não acabou comigo.

Os olhos dele a fitaram docemente.

– Acho que ela ficou em choque – disse ele sorrindo.

Bianca riu com a ideia.

– Talvez não soubesse o que fazer comigo depois que a desafiei.

Ele se aproximou um pouco mais.

– Eu gostei do que fez. Tenho certeza de que logo suas dificuldades no treinamento vão acabar e todos vão ficar loucos para tê-la como tática.

– Pode ser – disse, dando de ombros. Já fazia algum tempo que não se preocupava mais com isso, mas ele parecia um pouco sem jeito ali falando com ela. Bianca notou que ele tentava manter a conversa.

– Soube que Laura apresentou melhoras. Rafaela me disse que Allan acredita que as atividades cerebrais mais recentes dela indicam que acordará logo.

– Sim... Essa foi a melhor notícia que recebi nos últimos dias. Allan disse que é questão de tempo agora. Talvez, em apenas alguns dias ou semanas, ela acorde.

– Fico feliz por você... – disse ele.

– Obrigada. Ela ficará bastante surpresa ao descobrir onde estamos. E eu poderei finalmente dizer a ela que não precisará mais se sacrificar tanto por mim. Agora estou aprendendo a me defender.

– Laura ficará contente em saber – disse ele.

– Vai sim...

Ele a encarou e não disse mais nada. O silêncio caiu sobre os dois. Bianca olhou ao redor sem saber mais o que dizer. Fazia já muito tempo que não conversavam assim.

– Eu... – ele finalmente ia dizer algo, mas se interrompeu antes de continuar.

– O que foi? – perguntou ela.

Ele respirou fundo.

– A verdade é que eu tenho pensado em você nesses últimos tempos. E vim aqui para te falar isso.

– Tem? – perguntou um pouco surpresa.

– Tenho – confirmou, olhando-a nos olhos. – Acho que nunca vou esquecer como nos conhecemos.

Bianca não conseguiu evitar sorrir com a lembrança. Lucas também sorriu e então, de repente, ele avançou alguns passos e a puxou para um beijo.

De início, ela estava surpresa pela reação dele, mas, no instante seguinte, ela resistiu e se afastou.

– O que está fazendo? – perguntou, sem acreditar realmente que o tinha afastado. – E quanto a Giovanna?

Ele a olhou surpreso, mas não parecia magoado.

– Não a amo – respondeu ele. – Eu sempre soube disso e acho que ela também.

– Mas você quebraria seu compromisso com ela?

Ele colocou a mão no rosto e fechou os olhos por um instante.

– Talvez – respondeu, voltando a encará-la –, se fosse por você.

– Eu...

– Às vezes – continuou ele – eu me pego te observando no Refúgio. Vejo você com Nicole e Ricardo, sorrindo para eles e se divertindo. Quando Ricardo te abraça, mesmo que seja de brincadeira, eu me pego com ciúmes. Eu só queria ter um pouco mais de tempo com você. E agora quando te vi enfrentando Manuela, tudo o que eu queria era te beijar...

Ela abriu a boca para falar, mas se interrompeu. A verdade era que ela não sabia o que dizer.

Lucas se aproximou mais uma vez. Uma das mãos dele alcançou a dela e a apertou levemente. Ela não se afastou, olhava para as mãos deles juntas. A outra mão ele acariciou seu cabelo e levou até a base de seu pescoço.

– Eu errei em me comprometer tão cedo pela minha família – sussurrou ele muito perto. – Não sabia que poderia encontrar você.

E então ele a beijou novamente e desta vez ela aceitou. Ela sentiu seus braços suavemente ao seu redor. Em sua mente, vieram imagens do momento em que o vira pela primeira vez no corredor do colégio.

Seu dom descontrolado tinha tornado as coisas ainda mais impactantes, mas ela o achara lindo desde o início. Lembrou-se do momento em que a convidou para a balada e ela ficou exultante. E de quando a tinha beijado pela primeira vez no terraço da Barba Azul.

Entretanto, também se lembrou de como tinha se sentido estranhamente observada naquele momento. Exatamente como às vezes ela se sentia em seu quarto no Refúgio, quando acordava no meio da noite devido a algum pesadelo. De repente, uma sensação fria no estômago começou a se espalhar por ela.

Ela se lembrou de como quase perdera as esperanças de conseguir impedir que Laura fosse sugada pelo poder do Tau na balada, mas fora salva por alguém no fim. Lembrou-se de quando tinha acordado na galeria de esgotos e quem estava lá por ela. A mesma pessoa que se oferecera para aumentar suas chances de vida em um duro treinamento noturno.

– O que foi? – perguntou ele.

Ela tinha parado de beijá-lo, seu corpo enrijecera em seus braços. Os olhos adoráveis dele pareciam questioná-la. Pareciam exigir que não fossem magoados. Mas ela sabia que eles não tinham mais efeito sobre ela.

– Eu não posso fazer isso, Lucas... – disse ela.

Lucas baixou os olhos e a soltou devagar.

– Me desculpe, eu... – tentou ela, mas não sabia exatamente o que dizer.

– Tudo bem... – disse ele, sem conseguir encará-la. – Deixa para lá. Eu também não poderia... Prometi para a família de Giovanna... – Ele hesitou por um momento e então acionou a abertura da porta e saiu, deixando-a sozinha.

Bianca ficou parada em pé, alguns instantes no quarto, enquanto pensava umas mil vezes sobre o que tinha acabado de acontecer. Ela se sentou na cama e abraçou os joelhos dobrados. Seu olhar ficou perdido em algum ponto do quarto.

Algum tempo depois, Nicole entrou. Ela ouvia a voz de sua amiga comentando sobre o que tinha acontecido entre ela e Manuela essa noite. Porém, Bianca não queria falar sobre isso. Respondia apenas com alguns sorrisos e grunhidos neutros.

– Barra de prata? – disse Nicole entre risos. – Sério mesmo que você encontraria uma barra de prata? Aqui? – ela ria sem quase conseguir parar. – De onde saiu toda essa coragem, garota?

– Eu não sei... – respondeu Bianca, forçando-se a entrar no assunto. – Eu só achei errado o que estava acontecendo com o Leonardo.

– Bom, pelo menos você saiu na hora certa. Porque eu acho que demorou para Manuela processar o que aconteceu e ter alguma reação. Sua sorte foi que Julian parece nunca perder a oportunidade. Ele ficou zoando a cara dela e as duas alcateias quase começaram a se pegar, mas Jorge e Carolina Porto chegaram e acalmaram as coisas. Com algumas exceções, alfas são proibidos de brigar no Refúgio.

Bianca virou-se para Nicole. Ela tinha sua atenção agora.

– Julian irritou Manuela?

– Foi... – confirmou Nicole, enquanto se sentava à mesa do quarto e olhava para o computador e os objetos espalhados.

– Seu primo... ele é... não sei... estranho.

Nicole sorriu.

– Ele é sim, também acho. Falando nele, eu bem que queria ter podido terminar isso até essa noite – disse Nicole, erguendo alguma coisa pequena entre seus objetos.

– Por quê?

– Acabaram de me convocar para o estágio, e isso deveria ser o presente dele de aniversário. Estou trabalhando nisso há meses.

Bianca se mexeu na cama e virou-se para Nicole.

– Ahh, então seu projeto era para ele?

– Era... – disse, fazendo uma careta ao acabar de perceber que contou o que deveria ser um segredo.

– E quando é o aniversário de Julian?

– Amanhã, mas meu primo nunca faz festas. Ele é um chato que não gosta de nada, nem de aniversários. Então, eu esperava pelo menos dar seu presente – explicou, levantando o pequeno objeto de novo.

Bianca olhou para o chão, pensativa. O dia seguinte era dia vinte e três de dezembro e ela odiava esse dia. Já fazia quase seis meses que sua vida mudara drasticamente e ela tinha ido para o Refúgio, mas nunca esqueceria o que o dia seguinte significava. Tinha sido o dia em que Ágata morrera, há oito anos. Para ela, não era um dia para comemorações.

– Tenho que ir – disse Nicole, levantando-se da mesa com um suspiro.

– Bom estágio – disse Bianca.

– Obrigada, super-Bianca – brincou Nicole antes de sair.

Bianca se encostou na parede junto à cama. Um turbilhão de pensamentos passando por sua mente. Sua mãe, Laura, Karibakis, Leonardo, Lucas, Julian...

Ela mordeu o lábio inferior e olhou para o relógio do celular. Eram onze e trinta e quatro da noite. Olhou para a pequena geladeira no quarto e foi até ela. Abriu e analisou o que havia dentro, depois pegou algo nela e em seguida algo na gaveta, vestiu suas sandálias e saiu.

Caminhou pelo corredor vazio do andar do dormitório, passando por algumas portas. A maioria dos jovens e crianças preferiam estar na Praça Oliva ou no Pátio Eterno quando não estavam dormindo.

Chegou ao outro lado do prédio e saiu para a varanda exterior, que percorria a lateral de todos os andares. O outro prédio-dormitório estava quieto, às vezes eles faziam bastante bagunça por lá. Karibakis podem ser impulsivos em suas brincadeiras.

Ela já sabia como funcionava.

– Passarela – disse em tom de comando.

Imediatamente, o *metamold* de que eram feitos os dois prédios se destacou e começou a se refazer na lateral bem à sua frente, formando uma passarela entre os dois edifícios. Tudo muito silencioso.

Quando Bianca chegou à varanda do outro lado, a passarela se desfez e tudo voltou a ser como antes.

– Quarto andar – disse, e então um quadrado do chão da varanda se destacou e começou a se erguer cuidadosamente pela parede. Ela sabia, por comentários de Nicole, que ele dormia sozinho em um dos quartos dos fundos, que ficava de frente para a floresta no último andar.

Ela passou discretamente por duas varandas de outros dois quartos laterais até alcançar o fundo do edifício e virar à esquerda.

Naquele prédio, as varandas laterais eram contíguas e faziam um grande jardim comunitário ao redor dos dormitórios. Não havia corredores internos.

No quarto andar, a visão da floresta que rodeava o Refúgio era linda. Agora ela teria que descobrir qual quarto era o que ela procurava, mas algo lhe dizia que já o encontrara.

O quarto após a curva da varanda tinha o material *metamold* completamente escuro. Não dava para ver nada dentro. Ela achou bem a cara dele. Olhou no relógio e já eram onze e quarenta e cinco. Aproximou-se da porta e ia bater, mas parou.

A porta estava levemente entreaberta e havia movimentação. Era apenas uma fresta, por onde passava um fino fio de luz. Apertando os olhos, Bianca percebeu que Julian não estava sozinho.

30

Bianca engoliu em seco, sabia que não era nada bonito espiar.

A segunda pessoa tinha acabado de entrar em seu campo de visão. Era Walter. Ela segurou o instinto de se afastar e dar meia-volta, afinal de contas, era o pai dele e tinha todo o direito de visitá-lo, e ela não tinha o direito de espiá-los. Porém, pareciam estar discutindo feio e isso a intrigou. As paredes *metamold* dos dormitórios eram à prova de som, portanto só conseguiria ouvir bem próxima da fresta.

Walter parecia mais carrancudo do que o normal, seu olhar apertava-se perigosamente, enquanto olhava para seu filho.

Julian estava a dois passos de distância do pai, o olhar voltado respeitosamente para o chão.

– Eu não me importo – rosnou Walter.

– Fiz algo muito melhor. Te dei de bandeja a desgraça da família SanMartin – rebateu Julian. – O que mais você poderia desejar?

– Que você me obedecesse, mas ao invés disso a afastou.

– Você não precisa dela!

Seu coração saltou. Ela ficou com medo de que Walter pudesse ouvi-lo, pois batia muito forte. Bianca tentou respirar e acalmar-se.

O pai de Julian balançou a cabeça e sorriu desacreditando.

– Tem razão – concordou Walter –, eu não preciso. Mas essa não é a questão. Eu te dei uma maldita ordem e ao invés disso você a colocou contra os piores oponentes e a humilhou o tempo todo, Julian!

Como Julian não disse nada, ele continuou.

– Como a garota iria gostar de você?

Walter esperou mais uma vez que Julian dissesse algo, mas ele nem se mexia. Seu rosto não demonstrava qualquer emoção e seu olhar continuava voltado para o chão.

– Pelo menos tentou consertar sua incompetência descobrindo algo útil para mim, expondo o filho retardado de Ester. Quem diria que aquele garotinho mimado teria coragem de quebrar o nono Acordo. Isso foi bom, mas não o suficiente.

– Eu já me provei muitas vezes para vocês – disse Julian, mantendo o tom baixo. – Matei um Pérfido sozinho na balada e expus João. Logo faço dezenove anos e você me prometeu há um ano... Ser um Guardião é meu direit...

Ele mal terminou a frase. Walter tencionou sua musculatura e avançou sobre ele. Um rosnado saiu da garganta, mas Julian não resistiu. Ele apenas grunhiu alto quando seu pai golpeou uma, duas, três vezes com suas mãos em forma de garras afiadas, rasgando-o na barriga e no peito, depois com a outra mão, no rosto e no peito, e depois no peito novamente com a outra de volta.

Bianca deixou cair o que carregava nas mãos e as levou à boca, tentando bloquear o impulso de gritar.

– Você precisa aprender a me respeitar e a obedecer se quiser fazer parte dos Guardiões um dia.

Julian cambaleou para trás com uma expressão de dor e apoiou-se na parede respirando pesadamente, enquanto sangue escorria pelo seu corpo.

Bianca tremia com as mãos na boca.

Este é o mundo que diziam ser o dela? – pensou ela. – *Porque se este for o mundo de que minha mãe me tirou, só tenho a agradecer por isso.* – Mas então pensou em Nicole e Gabrielle. Bianca afeiçoara-se a elas como se fossem irmãs.

Walter abandonou a tensão de seu corpo e suas mãos retornaram à forma humana, chacoalhando-as para se livrar do sangue nas pontas dos dedos. Ele tinha um olhar frio e impiedoso.

– Você sabe, não sabe? – perguntou Walter, seu tom de voz era como uma navalha. – Sabe que eu preferia que você tivesse morrido no lugar de seu irmão...

E então voltou sua atenção para a camisa que vestia, ajeitando-a cuidadosamente, provavelmente procurando alguma mancha de sangue, enquanto Julian se esforçava em não gritar de dor.

– Faça o que eu te pedi – disse, antes de se virar em direção à varanda.

Bianca olhou ao redor. Ela tinha esquecido de que esta era a única entrada e saída. Ela correu até a varanda do próximo quarto e se agachou atrás das plantas do jardim. Com alívio, notou que a maioria das plantas por ali eram corta-faro.

Ela o esperou sair, rezando para que não a notasse. Mas não pareceu o caso. Walter saiu do quarto rapidamente, sem prestar atenção em nada ao redor, e logo desapareceu de vista.

Ela não pensou muito. Correu em direção ao quarto de Julian e entrou antes que a porta se fechasse. Julian arregalou os olhos, em uma expressão de assombro, ao vê-la.

– O que está fazendo aqui? – Ele tinha as mãos no peito e na barriga, segurando o sangramento.

– Você está muito ferido? Por que ele fez isso? – disse, aproximando-se para ajudá-lo.

– Não... – rosnou ele, e Bianca deu um passo para trás, surpresa. – Vou me curar. Sai daqui!

– O quê? – perguntou confusa. – Não, eu não vou sair. Você está machucado.

Julian apoiou seu corpo ainda mais contra a parede e fez outra expressão de dor.

– Isso... – começou ele – você jamais dirá a ninguém. Entendeu?

Bianca acenou com a cabeça e tentou se aproximar mais uma vez, mas ele a repeliu com o braço ensanguentado.

– Eu já disse que vou me curar! – rosnou furioso. Seu corpo enrijecendo e tornando-se mais inchado e anguloso. Ela conhecia o processo inicial da troca de peles. – Saia!

Ela deu alguns passos trôpegos para trás e engoliu em seco. Na forma humana, eles podiam curar qualquer ferimento, contanto que não fosse prata ou presas de Voraz, porém, na forma Karibaki, era muito mais rápido.

Saiu apressada fazendo um gesto para a porta abrir e depois se fechar atrás dela, deixando-a do lado de fora escuro da varanda. Com o coração batendo forte, fez o caminho de volta, parando apenas quando retornou ao seu dormitório.

A mera lembrança de Walter Ross já fazia sua raiva crescer e quase sufocá-la, a ponto de querer gritar o tipo de monstro que ele era para o Refúgio. – *Mas de que adiantaria?* – pensou. Talvez ninguém se importasse com o que ele fazia ou deixava de fazer com o próprio filho. Afinal, Ester ordenara trinta açoites em João.

Andou nervosa pelo quarto, sem saber o que fazer. Lembrando-se do olhar de assombro e, depois, de fúria de Julian quando a viu entrar no quarto, ela pensou que talvez devesse voltar e explicar que não tinha tido a intenção de espiar. Talvez pedir desculpas.

Ela abriu a porta da sacada, precisava pensar. Deixou a brisa entrar e foi até o banheiro lavar o rosto com água fria. A melhor alternativa seria esperar que ele se curasse essa noite e amanhã conversar civilizadamente durante o treino na clareira. Só não tinha certeza se conseguiria dormir, depois de ter ouvido e visto o que aconteceu lá. O pai dele achava que ela odiava Julian. Contudo, nunca o odiara, mesmo quando ele era duro e ríspido com ela. Apenas desgostava do jeito dele, às vezes.

Bianca olhou no relógio do cadigit novamente.

Já passou da meia-noite – pensou ela. – *Eu só queria ter podido te desejar...*

– Feliz aniversário, Julian. – disse ela, terminando a frase em voz alta.

– Obrigado – respondeu ele.

Bianca deu um pulo e se levantou da cama virando-se para a entrada da sacada apagada. O quarto estava em meia-luz, então ela apenas conseguia ver a silhueta dele.

– Como você chegou aí?

– Escalar é muito fácil para um Karibaki como eu – respondeu, entrando no quarto. Julian não parecia estar machucado, seu cabelo estava úmido e trocara o jeans e a camiseta.

E então ela se lembrou de tudo o que queria falar.

– Julian... Me desculpe ter aparecido lá assim. Eu não queria ter visto nada, mas Nicole me falou que era seu aniversário. Quando cheguei, a porta estava um pouco aberta...

– Tudo bem – interrompeu, fazendo um sinal para que ela parasse de dar explicações –, deixa isso para lá.

E então ele ergueu as sobrancelhas, levantou as mãos e mostrou algo nelas.

– Mas tem algo que não posso te perdoar – disse ele, fazendo uma pausa.

Bianca arregalou os olhos se perguntando o que também teria feito aquela noite para irritá-lo ainda mais.

– Você estragou meu bolo – continuou ele como se aquilo fosse algo absurdo.

Então ela viu o cupcake de cobertura roxa e detalhes verdes que ela tinha levado do estoque da geladeira. Ela tinha ridiculamente espetado um palito de dentes no meio dele. O bolinho estava um pouco esmagado na lateral, como se alguém o tivesse pisado, quando o deixou cair na varanda. Ele então o colocou sobre o criado-mudo.

– Isso eu não vou deixar passar – disse, apontando para o doce. – Você está me devendo um... bolo de aniversário?

– E... Eu estou? – gaguejou um pouco, surpresa com a mudança dele de humor.

– Está – respondeu muito sério.

– Eu achei que você estivesse brav...

– Eu tenho uma ideia – disse ele, interrompendo-a enquanto voltava para a sacada. – Me encontre em dez minutos na borda da floresta perto da garagem.

– O quê? Onde? – mas ele desapareceu nas sombras.

Aquela era uma pergunta idiota, ela sabia onde ficava a garagem apesar de não passar muito por lá. Ficava ao lado do hospital e próxima à entrada do Refúgio.

Olhou ao redor confusa. Não sabia se precisava levar alguma coisa, mas achou que não, pois não era noite de treinamento.

Ela foi em direção à porta do quarto e a abriu, mas então se lembrou de algo. Voltou rapidamente, abriu a geladeira e pegou mais um cupcake de chocolate. Embrulhou-o num guardanapo e o colocou numa pequena bolsinha de alça longa, que usava pendurada na lateral do corpo, e saiu. Desta vez, deixou para lá o palito de dentes.

Não havia seguranças ou guardas no Refúgio àquela hora, pois qualquer sinal de perigo seria alertado pela inteligência artificial.

Ela percorreu o caminho atrás do hospital, era mais discreto assim. Era um caminho de pedras claras, rodeado por árvores espaçadas do jardim dos fundos. Ele dava em uma grande área coberta e iluminada, a garagem, mas ela deveria esperá-lo na borda da floresta. Sendo assim, virou à esquerda, saindo do caminho de pedras, e avançou até o fundo, até a massa de árvores.

Enquanto caminhava, ouviu um ruído, um ronronar de motor. Ela parou e olhou na direção do barulho.

Uma moto se aproximou com os faróis apagados e ela viu Julian nela. Era uma Shadow toda preta. Julian segurava um capacete escuro preso no braço direito.

– Você veio – disse ele.

– Você vai fugir no seu aniversário?

Ele torceu os lábios. Bianca achou, por um instante, que ele não fosse responder e simplesmente sairia dirigindo, mas, em vez disso, tirou o capacete do braço e lhe ofereceu.

– Vai precisar disso.

Bianca o pegou. O capacete era aberto e recoberto de couro, em estilo retrô.

– Para onde vamos? – perguntou, enquanto o colocava.

– Você vai ver. E vista isso daqui também – disse ele, tirando sua jaqueta preta.

Não estava frio naquela noite, pois já era verão, mas ela vestiu a jaqueta sobre a blusa fina que usava.

– E você? Não vai usar capacete?

– Não preciso – respondeu, dando de ombros. – Suba.

Bianca ajeitou a jaqueta sobre seu corpo. Dava para sentir o perfume de Julian nela. Ela sentou com cuidado no banco de couro confortável, pois estava vestindo saia curta e rodada.

– Segure-se, porque eu não vou pegar leve com você – disse, com um sorriso.

– Você nunca pega... – respondeu ela, sorrindo igualmente.

Ele arrancou com o motor, enquanto Bianca tentava segurar com firmeza nas laterais da moto.

– Será que você poderia me dizer para onde estamos indo? – insistiu ela.

– Tenha paciência. Não fica longe.

Julian não foi em direção à entrada do Refúgio, por onde ela chegara seis meses atrás. Ele foi pela borda da floresta e virou em um caminho estreito de terra, rodeado por árvores, cujos galhos se entrelaçavam no meio.

Rodaram alguns minutos em silêncio. Ela observava a estradinha quando, de repente, as árvores desapareceram no lado direito e o caminho tornou-se íngreme e elevado. Bianca instintivamente segurou-se na cintura de Julian, com medo de escorregar para trás.

Ele riu alto e ela deu-lhe um pequeno soco de brincadeira nas costas. Ela desviou o olhar da estrada para ele. Seus cabelos negros eram despenteados pelo vento contra a moto. Ela aproximou seu rosto para observar melhor seu perfil, Julian tinha os olhos bem marcados e escuros, sua pele bronzeada. Ela sabia que a pequena cicatriz na sobrancelha era a única imperfeição. Ele tinha uma beleza natural, diferente da beleza sobrenatural dos Destemidos, que Lucas tinha herdado.

– Bonito, não é? – perguntou ele, e o coração dela disparou. – É uma pena que seus olhos não podem ver o que eu vejo durante a noite.

Ela percebeu que ele falava do lugar por onde passavam e virou o rosto para prestar atenção ao redor.

Pela direita, ela podia ver a massa escura da floresta sob eles, cercada por silhuetas de morros com mais floresta, coberta por uma abóbada cheia de estrelas e uma lua quase cheia ao fundo.

– Sim, é bonito.

Depois de um bom tempo rodando, e quando já estavam bem alto, ele saiu da estradinha com a moto e estacionou ao lado das grandes pedras que davam para o precipício.

Bianca desceu da moto e tirou o capacete, colocando-o sobre o espelho retrovisor. Julian desceu e foi em direção à inclinação. Bianca ficou onde estava.

– Não precisa ter medo. É seguro aqui – disse ele, sentando-se em uma das pedras na borda do precipício.

Bianca aproximou-se e, cuidadosamente, sentou-se ao seu lado. Abaixo delas, havia outras rochas inclinadas, onde conseguia apoiar os pés. Porém, se escorregasse dali, rolaria nas pedras antes de cair morro abaixo.

Os dois se voltaram para a vista em silêncio.

– Me desculpe se a assustei – disse ele, depois de alguns instantes.

Ela o encarou. Ele pedir desculpas era algo raro, muito raro.

– O que está acontecendo? – perguntou ela. – Por que seu pai te atacou daquele jeito?

Ele continuava olhando à frente, não parecendo muito disposto a conversar, entretanto Bianca ainda não tinha desistido.

– Por que você não disse ao seu pai que éramos amigos? Ele estava falando de mim, não estava?

Ele acenou confirmando, antes de explicar.

– Tenho feito tudo o que ele me pediu nos últimos anos. Mas essa é a única satisfação que decidi não entregar a ele – disse ele, e Bianca notou uma estranha expressão em seus olhos.

– Isso não tem muito sentido para mim – disse ela. – Ele também falou algo sobre... Guardiões.

Julian suspirou.

– Não comente sobre isso também. Existem grupos dentro da sociedade Karibaki. São trocadores de pele e parentes que se unem por um objetivo comum. Já ouviu falar dos Invocadores?

Ela negou com a cabeça.

– É um grupo de Uivadores parentes que se reúne, de tempos em tempos, para tentar invocar espíritos dos Farejadores e investigar o mundo espiritual, na tentativa de descobrir o que aconteceu com eles.

– Ricardo comentou que os espíritos dos Farejadores estavam em silêncio. Acho que ele comentou algo sobre parentes Uivadores tentando se comunicar com eles.

Julian voltou a ficar em silêncio alguns instantes, olhando para a floresta abaixo do precipício, antes de voltar a falar.

– Os Guardiões são um grupo de Karibakis e parentes criado pela minha avó Isabel – explicou ele. – Uma Farejadora com o dom do puro.

– Lucas já tinha me contado sobre sua vó. Ele me disse que ela tinha o dom especial da previsão do futuro.

Ele voltou os olhos para ela quando falou, e Bianca se arrependeu de ter dito o nome de Lucas, sentiu-se ficar corada.

– Ele te disse, é? Bem, mas a verdade é que ninguém sabe exatamente se o grupo continua existindo e qual se tornou o objetivo dele depois de sua morte, mas ele ainda existe. Meu pai faz parte e meu irmão fazia... – ele então fez uma pausa, seus olhos se estreitaram como se estivesse concentrado em algo no abismo à frente. – Eu preciso fazer parte também – disse, por fim.

Ela notou que ele falou a última frase em um tom mais baixo, seu olhar ainda perdido.

Nos últimos meses, ela tinha entendido uma coisa importante. Julian não era aquilo que queria aparentar ser. Ela ainda não tinha alcançado o que ele era de verdade, mas sabia o que ele não era. Havia muitas e muitas camadas de uma casca que ao mesmo tempo o protegia e o mascarava.

Ela parou de olhar para seu rosto e se voltou à frente. As mãos dela estavam apoiadas na pedra dura e áspera. Eles estavam distantes apenas alguns centímetros um do outro.

À frente, a silhueta escura da floresta, o céu estrelado, o cheiro de mata. Era lindo, apesar do lugar íngreme e perigoso. Ali as pedras despontavam para um abismo escuro lá embaixo. Ela não sabia onde terminava, se era em árvores, pedras afiadas ou no solo duro. Um Karibaki sobreviveria àquela queda?

– Você é a primeira pessoa que trago aqui – disse ele.

Ela sentiu algo congelar profundamente dentro de si. De alguma forma, ela sabia daquilo. Ela conseguia vê-lo ali sentado sozinho à noite encarando a escuridão a poucos centímetros do nada. De repente, ela não gostou mais tanto do lugar, que lhe pareceu solitário demais, frio demais, perigoso demais...

O que ela disse em seguida foi quase automático, como se algo passasse por eles, sussurrando em seu ouvido.

– Por que você vem aqui?

Ele não respondeu, continuou olhando à frente. Ela virou-se para ele e insistiu.

– Por que você vem aqui sozinho?

Ele deu de ombros como se sua resposta não fosse nada de mais e olhou para ela. Mais uma máscara.

– Para lembrar que eu sempre tenho uma escolha – disse, com um estranho brilho no olhar.

E então ela congelou, mas manteve sua expressão neutra, com esforço. Não queria mostrar que compreendera muito mais do que ele talvez quisesse dizer com aquilo. Ela sentiu vontade de tocar seus cabelos escuros e rebeldes, mas se conteve. Ao invés disso, pegou sua pequena bolsa lateral e abriu com cuidado para não deixar o conteúdo cair. Tirou de lá o cupcake com cobertura de pasta americana.

Ele riu incrédulo e balançou a cabeça.

– Não acredito que você realmente se lembrou de trazer outro.

Ela deu de ombros.

– Você mesmo disse que eu estava te devendo um, depois que pisei naquele outro – respondeu ela, feliz por mudarem de assunto.

– É verdade – disse ele, pegando-o de sua mão. – Mas eu preferia o roxo – brincou enquanto analisava a cobertura cor-de-rosa.

– Feliz aniversário – disse ela. – Já passou da meia-noite, então dê uma mordida e não se esqueça de fazer um pedido.

Ele abriu o papel lateral colado no bolinho e mordeu um pedaço. Em seguida, deu para ela morder também.

– Você acha que Manuela vai querer acertar as contas comigo? – perguntou Bianca, depois de mastigar.

Ele fez uma expressão de incredulidade.

– Duvido, eu a deixei bem mais nervosa depois que você saiu, mas na forma humana você não iria se sair mal com ela, agora que treinamos tanto.

Ela sorriu sem jeito e não disse nada.

– Isso era uma das coisas que eu queria falar com você – continuou ele. – Está na hora de parar de fingir nos treinos.

Ela o encarou levemente surpresa.
– Por quê?
– Porque você já conseguiu um bom tempo para treinar, e o mais importante: Laura está para acordar. Segundo Allan, é questão de dias.
– Sim, mas eu ainda tenho que aprender mais – argumentou.
– Você aprenderá nos treinos.
– Por que essa mudança repentina de ideia? – disse ela.
Ele suspirou.
– Por dois motivos. Primeiro que eu não quero te transformar em uma masoquista, tomando gosto por apanhar tanto nos treinos. Segundo, porque Ester precisa disso.
– Como assim? – perguntou ela.
– Por causa da humilhação de seu filho, a morte dos pais de Duda e a determinação dela em não deixar as alcateias adultas entrarem no Refúgio pela sua segurança, seu poder e influência estão enfraquecendo. Sei, pelas conversas que ouço de meu pai, que não falta muito para ela perder o cargo.
– E por que se preocupa? A humilhação de João foi sua culpa.
– Minha parte foi expô-lo. Ele iria ser descoberto de qualquer jeito e eu precisava fazer aquilo.
Ela balançou a cabeça, mas não queria discutir com ele.
– Então você a prejudica e depois quer ajudá-la? O que você é? Bipolar?
– Pode não parecer, mas gosto dela como líder. Sem falar que a alternativa seria muito ruim.
– E qual seria?
– Meu pai.
Ela ergueu as sobrancelhas, mas deveria ter imaginado isso. Mesmo assim, ainda não se sentia disposta a mostrar que estava pronta para atuar fora do Refúgio. Ela não queria ser obrigada a fazer parte de uma alcateia que mal conhecia.
– Não sei, deixe-me pensar sobre isso – respondeu ela.
Ele balançou a cabeça confirmando.
– Você não é mais a mesma garota que vi entrar assustada no Refúgio há seis meses. Essa noite você enfrentou uma alfa e defendeu um Karibaki. Ela até mesmo tentou te submeter sem sucesso.
– Ela fez mesmo isso? Eu achei ter apenas imaginado.
– Acho que nem todos perceberam, mas eu percebi e sei que Leonardo também percebeu – disse ele.
– Então, não entendo por que não funcionou.
Ele deu-lhe mais um de seus sorrisos tortos.
– Acho que é porque você é mais forte do que imagina – disse, olhando-a nos olhos.

Bianca mordeu os lábios e desviou o olhar. Ela tinha mudado bastante nesses últimos meses ali. Sentia-se diferente, apesar de ainda não terem resolvido o problema dela com a forma Karibaki. As aulas de meditação e os remédios tranquilizaram seu sono. O treinamento com Julian e a musculação nos aparelhos da academia fizeram progresso com relação ao combate corporal e sua resistência física. E isso, claramente, estava trazendo uma autoconfiança que ela nem imaginava possuir.

– Você me ajudou muito – disse ela. – Obrigada.

– Não me agradeça, você está me devendo um Tau – disse ele, com um sorriso.

Ela refletiu por um instante, encarando-o.

– É isso mesmo que você quer? Um Tau?

Ele sorriu sem desviar o olhar do dela e então balançou a cabeça.

– Não, é claro que não. Eu nunca quis e acho que nessa altura você já sabe disso – ele fez uma pausa e depois continuou em tom divertido, desviando o olhar para a floresta. – Afinal, você me deu muito trabalho nos treinamentos e a verdade é que agora eu quero o rastro de pelo menos meia dúzia de Taus.

Ela riu. Era bom ter aquele tipo de conversa com ele.

Durante os treinos, a relação entre eles tinha mudado. Julian aos poucos foi deixando de lado a máscara de ironia e impaciência. E ela foi conseguindo perceber que ele gostava de treiná-la. Muitas vezes, ficavam conversando após as tentativas frustradas dela em ver a troca de pele. Sempre que voltava a si, ele estava ao seu lado, esperando. Em alguns momentos, continuavam sentados na grama por bastante tempo, conversando sobre o Refúgio, sobre Nicole e Rafaela, a alcateia dele e o mundo lá fora. Mas fora da clareira sempre se tratavam como estranhos. E apesar de Julian ter dito a pouco que era porque não queria fazer a vontade de seu pai, ela intuía que tinha algo mais do que isso.

– Não sabia que era seu aniversário, então não comprei nada para você.

– Eu gostei do cupcake – disse ele sorrindo, enquanto tomava de suas mãos o que tinha sobrado e comia.

– Tecnicamente, isso não é um presente. É seu bolo de aniversário – disse ela. – Na verdade, um minibolo. Portanto, decidi agora que te darei dois presentes.

Ele ergueu as sobrancelhas.

– Dois? Esse aniversário está me saindo melhor do que imaginado.

– Você merece por ter me ajudado nesses últimos meses. Um deles te darei amanhã quando eu me sentar à sua mesa – e, antes que ele protestasse, ela continuou. – Você não vai bancar o babaca malvado comigo quando eu me sentar. Daí, bem quando seu pai passar em direção à biblioteca, como ele faz todos os dias, nós vamos conversar sobre como perdemos tempo em não sermos amigos.

A expressão dele se fechou.

– Não é uma boa ideia. Isso traria mais força para a causa dele. Ester se veria ainda mais frágil.

– Mas isso te ajudaria com o que precisa, não te ajudaria? Você não quer ser um desses tais de Guardiões? O que é mais importante para você, afinal? – perguntou ela, já sabendo a resposta. Ela tinha visto um brilho no olhar dele antes. Um misto de exaustão e outra coisa. Por algum motivo, ele queria muito fazer parte desse grupo.

– Você faria isso? – perguntou ele num suspiro.

– Sim.

Ele acenou concordando taciturnamente.

– Tudo bem, mas não quero que meu pai saiba sobre os treinamentos e todo o resto.

Ela assentiu, mas ficou imaginando o que ele quis dizer com "todo o resto".

– Combinado – disse ela, e então, num impulso estranho, ela colocou delicadamente sua mão sobre o ombro dele.

– Gosto de Ester – começou, baixando o tom para ele perceber o quanto falava sério –, mas sua permanência na liderança é a luta dela, não a nossa. Eu quero te ajudar um pouco também. Sei que você, de seu jeito estranho, tem cuidado de mim. Por isso meu segundo presente é uma promessa que você tem que fazer.

– Uma promessa minha é o meu presente?

– Sim – disse ela.

Ele franziu as sobrancelhas.

– E qual seria?

Ela hesitou um instante antes de falar. Sabia que tinha que tomar cuidado ou o efeito poderia ser pior e ele ergueria suas barreiras da ironia contra ela. Ela buscou os olhos dele, prendendo-os nos dela.

– Eu quero que prometa nunca mais vir aqui sozinho. Nunca mais mesmo. Ao invés disso, vai me encontrar para conversarmos ou me trará junto, mas sozinho não mais. Esse é meu segundo presente e você terá que prometer. Eu sei que... – ela fez uma pausa, mas continuou – que tem algo que te faz sofrer e que não conta para ninguém.

Julian baixou o olhar e engoliu em seco. Parecia um pouco surpreso e confuso. Por um momento, ela se arrependeu de ter dito isso, mas então ele assentiu, ainda sem encará-la.

Ela sentiu quando o braço dele passou por trás dela delicadamente e a puxou contra si, abraçando-a. Ela ficou surpresa por um instante, mas em seguida fechou os olhos e encostou a cabeça contra o peito dele.

– Sinto-me cansado às vezes, mas é só – disse ele. – Me desculpe pelos segredos, pelas meias palavras e pelas mentiras. Você é uma Farejadora, é óbvio que é muito mais perceptiva do que eu pensei e inteligente também. Obrigado por ser paciente, não fazer muitas perguntas durante todo esse tempo e por confiar em mim.

Ela agarrou sua blusa e o apertou mais contra si, enquanto os dedos dele percorriam seu cabelo delicadamente. Ficaram assim por um bom tempo.

– Um dia você me dirá o que está acontecendo de verdade? – perguntou ela finalmente, virando-se para olhá-lo nos olhos.

Ele demorou um instante para responder.

– Nem sempre a verdade pode ser descoberta com uma simples palavra, como fazem os Destemidos. Nós, os Karibakis, somos os mocinhos, a maioria de nós é, mas eu acho que, em algum momento, algum tipo de escuridão atinge alguns corações, como aconteceu com o primeiro Pérfido... Esses corações então desistem, deixando-se entregar ao medo. E o medo pode ser nosso pior inimigo. Isso é tudo o que posso te dizer por ora.

Ela tentava entender sobre o que ele estava falando. Quando percebeu, suas mãos já estavam juntas e os dedos entrelaçados. Ele encarava o abismo abaixo deles.

– Eu sempre venho aqui quando não consigo dormir à noite, quando estou confuso ou com medo. Olho para este lugar e me lembro de que tenho uma escolha. Todos nós temos. Eu posso aceitar o medo da vida ou me deixar cair, desistir, pois acho que nem mesmo eu sobreviveria ao dano maciço dessa queda.

Bianca engoliu em seco e apertou ainda mais a mão dele na sua. Seus rostos estavam muito próximos.

– Ou eu posso simplesmente aceitar as coisas como elas se mostram para mim, pois minha pior consequência seria o quê? – continuou ele. – A morte? Mas eu escolhi viver e escolhi bem aqui. O precipício seria meu fim se eu quisesse, mas eu não quero. Então, acho que isso me dá forças.

Agora foi a vez de Julian apertar a mão dela entre as suas. Ele suspirou.

– Decidi que, enquanto o precipício não me quiser e a morte não vier até mim, eu ficarei vivo e enfrentarei tudo o que vier da melhor forma que eu puder.

– Desde quando está fazendo isso? – perguntou ela. – Desde quando está enfrentando as coisas da melhor forma que puder?

– Acho que desde que me conheço por gente. E você também terá que enfrentar as coisas tal como elas se apresentarão para você. Mas eu tenho visto você se esforçar em controlar seu medo e sua dor durante todos esses meses no Refúgio – disse ele. – Continue assim e ainda vai surpreender os seus inimigos.

– Vai continuar me treinando?

– Acho que não precisa mais. Eu percebi isso quando enfrentou Manuela.

Bianca olhou para suas mãos ainda juntas.

– Chegou a hora de parar de se esconder – insistiu ele, procurando os olhos dela de novo.

– Eu... – ela ia dizer algo, mas ele a interrompeu.

– Eu sei que você me disse há pouco que vai pensar, mas a verdade é que você está pronta. Eu também não queria admitir, mas o treino não poderá mais te dar o que precisa. A guerra que nós vivemos é real e precisamos de você, Bianca. Esconder-se também não é o certo.

– Mas ainda não consigo olhar para a forma Karibaki.

– Depois do que vi com Manuela, eu acho que já consegue. Tudo o que você precisa decidir é quando provará isso para si mesma.

Ela suspirou, ele estava tendo muita fé nela.

– Agora está na hora de você aprender sobre o que tememos – disse ele. – Você tem vivido seu pesadelo tempo demais. Agora está na hora de viver os nossos.

Bianca olhou mais uma vez para a massa de floresta e voltou a encostar sua cabeça nele.

– Vamos fazer o seguinte – disse Julian. – Quando achar que está pronta, me avise e vamos enfrentar a troca de pele mais uma vez, ok?

– Ok... – respondeu ela.

Ela desviou o olhar para o rosto dele e sentiu seu coração disparar. Seu cabelo caído levemente sobre a testa, seu olhar baixo e a fisionomia calma o deixava irresistível. Ela notou que ele olhava para a mão dela e a acariciava, tocando levemente na marca de nascimento em forma de meia-lua que ela possuía na palma.

Mas então, Julian se mexeu e começou a se levantar da pedra, ajudando-a a fazer o mesmo. Ela protestou mentalmente, pois não queria afastar-se dele.

– Melhor voltarmos – disse ele.

Ele pelo menos ainda segurava a sua mão e foram assim até a moto, quando soltaram para que ela pudesse colocar o capacete.

– Espere aqui um instante.

Julian se afastou em direção às pedras na borda do penhasco e escalou agilmente, até parar e enfiar seu braço em um vão entre algumas delas.

– O que está fazendo? – Mas ela logo viu que ele puxou de lá um saco plástico protetor contendo um celular dentro.

Ele desembrulhou o celular e começou a ligá-lo.

– Não gosto que Altan saiba sobre todas as minhas ligações e recados. O controle dele não se estende até aqui. Estamos fora do Refúgio.

Julian sentou em uma das pedras e olhou as mensagens. Esperava ter recebido algo de Milena a essa altura, mas já fazia seis meses desde que conversaram no estúdio dela. Ele vasculhou suas chamadas e mensagens, porém não havia nenhuma enviada por ela. Julian enrugou o cenho.

– O que foi? Algo errado? – perguntou Bianca.

– Sim, eu esperava um contato de uma amiga. Ela está tendo alguns problemas e ficou de me atualizar em suas investigações.

– Uma amiga? – perguntou ela, sentindo seu coração apertar.

Julian ergueu os olhos para ela e sorriu.

– Sim, uma velha amiga – disse, desligando o celular e tirando a bateria antes de guardar em seu bolso. Ele tentaria ligar para ela fora do Refúgio, assim que conseguisse algum tempo. Estava preocupado. – Você já estudou sobre os Vaerens?

– Vaerens? Não me lembro. Ela é uma Vaeren?

Mas ele não respondeu. Apenas olhou para o despenhadeiro e ergueu um pouco o queixo, inspirando.

– Sinto cheiro de chuva vindo. Melhor irmos – disse ele, enquanto se levantava das pedras e retornava.

Ela notou que ele não queria mais falar sobre o assunto, porém tinha razão, iria chover logo. O cheiro de umidade na mata aumentou e, atrás dele, o céu estava coberto por nuvens.

– Então vamos, pois não quero me molhar toda.

Ele sorriu largamente.

– O que foi, Bia? Tem medo de um pouquinho de água? – brincou, já ao seu lado. Ela sorriu de volta, mas uma estranha sensação a dominou e foi como se o chão aos seus pés desaparecesse. Viu o sorriso de Julian morrendo e ele saltando em sua direção, antes que ela batesse com a cabeça no chão.

– O que foi, Bia? Tem medo de um pouquinho de água? – disse alguém atrás dela.

Estava na borda de uma piscina. Sentia seus braços engraçados, eles ficavam pendurados de lado, devido à boia presa em cada um deles. Encarou o rosto de um golfinho cor-de-rosa pintado na boia. Ela era um golfinho também e não precisava ter medo. Olhou para baixo, seus pés estavam perto da borda molhada. Tudo o que ela precisava fazer era pular e mostrar que tinha coragem.

– Eu não tenho medo de água, eu sou um golfin... – Sua visão ficou borrada e distorcida quando algo bateu por trás dela e a fez perder o equilíbrio, caindo na água. A boia afundou com ela e com o peso sobre ela. Bianca sentiu-se desesperar com medo de morrer.

– Bianca? Bianca? – era a voz de Julian, trazendo-a para a superfície da realidade. Ela sentia sua cabeça latejar.

– Julian?

– O que foi que aconteceu? Você está bem?

Ela tentou levar sua mão à cabeça, mas sentiu o couro do capacete que tinha acabado de colocar. Ele a ergueu e a tontura pareceu passar.

– Acho que estou bem, não sei o que houve. Só me senti estranha de repente... E acho que sonhei.

– Sonhou?

– Foi – respondeu ela, enquanto ele a ajudava a se manter em pé. – Eu sonhei que era pequena e havia uma piscina em que caí e achei que fosse me afogar. Sei lá, não entendi.

Julian franziu as sobrancelhas, parecia preocupado.

– É melhor voltarmos logo. São essas ausências que precisa aprender a controlar.

– Eu sei.

– Vamos – disse ele, subindo na moto. – Irei devagar, mas segure-se bem em mim.

Bianca subiu na moto e segurou em sua cintura.

– Está tudo bem mesmo?

– Sim, está – respondeu ela. – Eu não vou desmaiar novamente e morrer num acidente estúpido de moto.

– Acho isso ótimo – disse ele. – Não quero me sentir responsável pela morte da última Farejadora.

Julian saiu devagar com a moto e percorreram todo o caminho de volta sem pressa, apesar da iminência da chuva. Ficaram um bom tempo em silêncio.

Ela achou que, de alguma forma, ele parecia estar aproveitando aquele momento tanto quanto ela. Lembrou-se de algo horrível que o pai dele falou no quarto e então o abraçou um pouco mais pela cintura e aproximou-se de seu ouvido.

– Eu sinto muito por seu irmão ter morrido, mas agradeço por estar aqui hoje comigo.

Ela o sentiu enrijecer na moto e temeu ter dito algo muito idiota. Julian tirou uma das mãos do guidão e envolveu a mão dela em sua cintura.

– Nunca mais diga isso, nunca mais diga que sente muito sobre qualquer coisa com relação ao meu irmão. Você não o conheceu.

– Eu sei, desculpe... Como ele morreu?

– Em uma missão – disse secamente, e seu tom demonstrava que não queria mais falar sobre isso.

Bianca lembrou-se de quando Duda e Leonardo descobriram que seus pais tinham morrido em uma missão e se perguntou se ele tinha sentido a mesma dor que os dois irmãos.

– Olha – começou ele –, mesmo depois que você sentar comigo amanhã e meu pai nos ver conversando amigavelmente, não pense que vou ser o cara bonzinho no Refúgio com você.

– Você vai voltar a ser o cara insensível e cruel comigo? – perguntou ela, suavizando com um sorriso, enquanto se aproximavam da borda da floresta atrás da garagem. Ele mantinha os faróis apagados.

– Vou ser muito pior agora – brincou ele.

Ele parou a moto e ela desceu tirando o capacete para entregar a ele.

– Tchau – disse ela, encarando-o demoradamente.

– Tchau – respondeu ele, retribuindo o olhar.

Em seguida, Bianca se afastou e começou a andar em direção ao seu dormitório.

31

No dia seguinte, Bianca tinha planos para correr ao redor da floresta, mas desistiu. Assim que acordou, as lembranças da noite anterior vieram à tona e ela não conseguia parar de pensar em tudo o que tinha acontecido, desde o momento em que enfrentou Manuela até o passeio com Julian. Ficou na cama um bom tempo repassando tudo e também pensando no significado daquele dia para ela.

Ouviu Nicole se levantar ao lado e ir para o banheiro tomar banho para a aula. Assim que a colega saiu já arrumada, ela pegou sua roupa no armário e foi fazer o mesmo.

Naquela manhã, Bianca fez sua visita diária para Laura no hospital e em seguida foi para o Lemniscata.

A primeira aula foi de História Karibaki. Leonardo estava lá e, surpreendentemente, ele sorriu para ela assim que entrou.

Sentiu falta de Gabrielle na aula, ela sempre vinha abraçá-la quando chegava e as duas sentavam-se lado a lado. Ela e suas amigas gêmeas, Mariana e Laís, tinham ido para a casa dos pais de Nicole em Santos. Iriam passar o dia lá e depois partiriam para o Guarujá, onde passariam o Natal e o Ano Novo na casa das gêmeas, com suas famílias reunidas. Nicole decidiu não ir, pois queria ficar no Refúgio fazendo companhia a Bianca.

E por causa da data comemorativa, nos dois dias seguintes, não haveria aulas ou treinamento.

Andréa, a instrutora parente de Uivadores, entrou dando seu "oi" mais alegre e a aula iniciou. O assunto do dia era sobre a ação dos Taus durante as guerras mundiais.

Após o lanche da manhã, ela estava preparada para a aula de treinamento em Combate na arena do último andar do Lemniscata. Soube por Nicole que Julian coordenaria a aula mais uma vez. Yann iria apenas observar, junto com alguns membros do Conselho. Bianca logo imaginou que tinha sido Julian quem os convidara, pois queria que ela mostrasse seu potencial.

Quando viu Walter entrar e se sentar nos degraus de uma arquibancada, criada com *metamold*, ela achou que não precisaria esperar até o almoço. Julian estava próximo a eles. Ao alcance dos sentidos aguçados de seu pai.

Bianca se afastou de Nicole e Ricardo, por um instante, e foi na direção dele. Ele a viu se aproximar e, como prometido, nada falou ou fez para afastá-la.

– Bianca, o que foi? – disse ele em tom neutro.

– Oi – disse ela naturalmente. – Eu só queria agradecer, pois soube que você também irritou Manuela quando saí do Pátio Eterno. Acho que foi por isso que ela não foi atrás de mim. – E então sorriu amistosamente. Julian não respondeu e, por um instante, ela achou que ele mais uma vez iria tratá-la mal e se afastar.

– Hamm... Se quiser, durante o almoço venha se sentar conosco – disse ele, sabendo que seu pai provavelmente estaria ouvindo. – Duda quer te agradecer por defender o irmão dela ontem.

– Tudo bem. Eu me sentarei sim. – E então se afastou sentindo os olhos de Walter sobre ela.

Quando voltou para junto de Nicole e Ricardo, eles a olhavam interrogativamente.

– O que foi? – disse ela. – Só agradeci por ontem ele ter irritado Manuela também. Ela merecia isso e ele me chamou para sentar à mesa com eles.

As sobrancelhas de Nicole se armaram ainda mais, erguendo o piercing que usava.

– Sério?

Ela confirmou com a cabeça e sorriu.

– Ahh, droga – reclamou Ricardo com um muxoxo. – Assim eu não tenho chances contigo nunca, Bia. Além do Lucas, você achou outro garanhão cheio de legado para dar!

Nicole riu e Bianca o empurrou sem muita força.

Com um sinal de Julian, todos começaram a tomar suas posições para o treinamento. Ela percebeu que Lucas tinha acabado de chegar à arena, ele não dirigiu nenhum olhar para ela. Desta vez, todas as alcateias participariam do treino, mas sem troca de pele.

Bianca notou Manuela, mas ela também parecia ignorá-la. Viu Maitê cabisbaixa, próxima à alfa. Bianca a cumprimentou com um sorriso e ela sorriu de volta, acenando levemente.

Julian começou a falar e ela voltou sua atenção a ele.

– Como já sabem, hoje o treinamento acontecerá sem troca de peles. Afinal, mesmo os Karibakis precisam treinar na forma humana, para os casos em que não possam fazer a troca – disse ele. – Tomem posições com duplas mistas. Quero Karibakis e parentes.

Bianca logo viu Manuela se aproximando com um sorriso no rosto, mas rapidamente Ricardo se posicionou na frente da alfa e falou alguma gracinha, provocando-a a aceitá-lo como oponente. Ela queria dizer para ele deixá-la lidar de uma vez com a alfa, mas alguém se posicionou na sua frente. Era Giovanna.

Bianca suspirou, pois, com Lucas ali, Giovanna não perderia a oportunidade de mostrar quem era a melhor. Porém, preferia ela à Manuela nesse momento.

– São parentes contra Karibakis, Giovanna... – disse Rafaela, chamando sua atenção.

Giovanna fez uma careta.

– Se salvou de uma surra hoje – disse Giovanna com uma piscadela, antes de começar a se afastar para procurar outro oponente.

– Deixe-as – disse Julian para Rafaela. – Não há Karibakis para todos os parentes fazerem duplas. Alguns parentes terão que lutar entre si. Igor e Fábio vão lutar também.

Giovanna se aproximou de novo, com um ar triunfante.

– Bem, acho que você não me escapou afinal... – provocou a Destemida.

Bianca olhou para Julian e ele acenou. Entendia exatamente o que ele queria que ela fizesse nesse treino.

Os combates começaram e Giovanna sorriu bastante confiante. Bianca conhecia os métodos dela, eram rápidos, doloridos e cruéis.

Giovanna avançou e Bianca precisava tomar uma decisão, o que ela fez no último segundo. Mesmo prevendo, com facilidade, o que Giovanna faria, Bianca se deixou ser golpeada por um soco de direita, seguido por uma cotovelada no rosto.

Bianca se ajoelhou para se deixar cair, mas, como sempre, Giovanna nunca parava, mesmo quando ela caía, e ainda a acertou com um chute na lateral das costas. Doeu, mas ela podia aguentar mais dor agora. Arfou exageradamente e tratou de fingir bem sua derrota.

– Acabou... – disse Julian irritado, colocando fim na luta entre as duas. O tom dele indicava sua insatisfação. O que ele reforçou com um olhar carrancudo, enquanto ela se levantava cuspindo um pouco de sangue de um corte na boca. Bianca deu uma olhada para o Conselho e percebeu a decepção nos olhos de Ester e a falta de interesse dos outros. Mas ela ainda não se sentia pronta.

– Nada ainda? – disse Julian ao seu lado. Seu tom novamente irritado. – Nenhuma evolução depois de tantas aulas de Combate?

Ela não respondeu.

– Eu não sei mais o que fazer com você, Bianca... Ou será que sei? – disse ele de repente, com um perigoso sorriso de canto.

– Giovanna! – chamou Julian, virando-se para a garota que tinha se afastado para descansar. – Segunda rodada para você.

– Tudo bem – respondeu ela. – Bianca de novo? – perguntou com um sorriso malicioso.

– Não. Um Karibaki desta vez... Leonardo! – gritou Julian para o garoto que ainda lutava com Liam, um parente dos Furtivos.

Liam não era muito bom em Combate, depois de Bianca, ele deveria ser o pior, e isso dava algum equilíbrio para a luta, mesmo assim, Leonardo lutava com dificuldades.

Com a ordem, os dois pararam de lutar e Leonardo voltou-se para Julian.

– Mas nossa luta ainda não acabou.

– Não importa – disse Julian secamente. – Eu quero que você troque de parceiro. Talvez aprenda uma coisinha ou outra com Giovanna.

Leonardo caminhou até Giovanna, mas antes lançou um olhar de pesar para Bianca, que tentou encorajá-lo com um sorriso.

– Só pode estar brincando comigo – grunhiu Duda, terminando a sua luta com um belo soco de direita em sua oponente. – Vamos lá, Leo, você pode acabar com ela!

Leonardo olhou sua irmã com expressão nervosa, antes de se virar para a prometida de Lucas e dar-lhe um fraco sorriso como cumprimento.

– Tira esse sorrisinho da cara. Eu não gosto de você, gorducho, agora vamos começar logo com isso.

O menino fechou o semblante e posicionou-se para lutar. E, como todos já esperavam, o combate não demorou muito para acabar.

Bianca observou. O menino lutava com insegurança e sem iniciativa. Era evidente que era uma presa perfeita para Giovanna.

Ela investia contra Leo com velocidade, acertando-o com várias combinações de socos, mirados exclusivamente no rosto. O menino tentava se defender usando seu treinamento, mas sem muita eficiência. Ele era lento.

O sangue dos hematomas já começava a atrapalhá-lo em sua visão. Seus olhos refletiam medo e desespero. Ele obviamente queria que aquilo tudo acabasse logo. Sem ânimo para continuar, Leonardo baixou ainda mais a guarda. Giovanna aproveitou o momento e, com ambos os braços, entrelaçou o pescoço dele, desferindo um chute em seu joelho enquanto o forçava para baixo. Ela caiu sobre ele, torcendo seu braço com força enquanto esfregava o rosto do Karibaki no chão.

– O que está procurando no chão, Leo? Migalhas? Está com fome? Quanta gordura cabe nesse corpinho, hein? – Leonardo tentou dizer algo, mas ela jogou o rosto dele de novo contra o chão. Giovanna sabia que ele não poderia trocar de pele, então se aproveitava disso. – Você é a desgraça dos Destemidos, sabia?

Com um impulso, Duda saltou contra Giovanna, mas Julian agiu rápido e deu-lhe um encontrão no ar, derrubando-a no chão antes que ela a atingisse. Duda caiu rolando e, com um impulso para frente, já estava de pé. Seu olhar parecia o de uma fera faminta e, antes que ela saltasse novamente, Con chegou e a segurou com força.

– Deixa eu mostrar umas coisinhas para essa desgraçada – gritou Duda.

Mas Bianca não prestou muita atenção nisso, ela sentia-se hipnotizada com o que acontecia com Leo e Giovanna.

Bianca não ficou surpresa com o resultado da luta, pois Giovanna não perdia a oportunidade de se mostrar superior, mesmo que fosse sobre Leonardo, um Destemido como ela. Mas o que a hipnotizava era outra coisa. Era algo que circulava o ar ao redor de Giovanna, algo que a fortalecia cada vez que vencia e humilhava em combate. Bianca não piscava, ela estava quase conseguindo ver o que Giovanna estava tentando esconder...

De repente, palmas solitárias espalharam-se pelo ar da arena. A Destemida soltou o rosto do garoto e se ergueu orgulhosa. Apesar de não se gostarem, Bianca a achava bonita. Com sua roupa de treinamento justa e o cabelo preso em um rabo alto de cavalo, suas expressões delicadas ficavam ainda mais impressionantes e seu olhar feroz.

– Parabéns, Gi! Parabéns! Você é incrível! – o tom de Bianca era irônico enquanto ainda batia palmas provocativamente – Uau! Nem posso acreditar como você é boa! Com certeza é a parente mais habilidosa entre nós! Você será a líder da maior equipe tática um dia.

Giovanna franziu o cenho. Ao redor delas, as lutas pararam completamente e todos observavam o que estava acontecendo, inclusive Julian e os membros do Conselho presentes.

– Eu posso te dar mais algumas aulinhas extras sobre como ser humilhada em combate – provocou Giovanna.

– Eu adoraria... – respondeu Bianca com um falso sorriso.

Duda parou de se debater e Con a soltou para que ela pudesse ajudar seu irmão a levantar. Bianca se posicionou em frente à Giovanna.

– O que foi? – perguntou Giovanna. – Quer levar mais uma surra hoje?

Bianca ignorou seu comentário, não tirava os olhos dela. Parecia fascinada.

– Giovanna, eu quero entender... A quem você está tentando provar alguma coisa? – A expressão de Giovanna mudou levemente com a pergunta.

Bianca olhou para Lucas e depois para ela de volta.

– Cala a boca antes que eu te dê outra surra – ameaçou Giovanna.

– O que está fazendo? – disse Julian, baixinho, próximo a ela.

Ainda com um olhar intenso sobre a garota, Bianca inclinou um pouco a cabeça, pensativa, apertou os olhos e então sorriu.

– Não é para Lucas – confirmou. – Eu achei que fosse, mas não é. É alguém mais importante. Alguém que te rejeitou e você nunca conseguiu superar. Não é verdade?

A cara de surpresa de Giovanna quase cortou o coração de Bianca e então ela conseguiu descobrir... Foi como um brilho nos olhos da garota, ou talvez a menção de olhar na direção em que ele estava. Tudo o que Bianca soube, é que de repente seus olhos foram atraídos como um ímã para Yann, o Furioso membro do Conselho e instrutor do Refúgio. Giovanna notou o olhar de Bianca sobre ele e então imediatamente avançou com seu velho soco de direita.

Bianca piscou e voltou sua atenção total para ela. No momento certo, deu um passo para o lado e a garota errou, quase perdendo o equilíbrio com a surpresa.

– Desta vez, não vou mais brincar com você – disse Bianca.

Giovanna deu uma risada nervosa e começou a caminhar em círculos ao redor dela.

– Ahh... Então, você quer dizer que até agora estava brincando comigo? – disse com desdém. – Você é ridícula.

– E você tem medo de ser fraca – retrucou Bianca.

– Eu não tenho medo de ser fraca – rebateu, ainda a rodeando. – Eu tenho é orgulho de minha força.

– Verdade também. Mas para mim é a mesma coisa – disse Bianca. – Que tal fazer uma aposta então? Já que se importa tanto com seu orgulho e sua força, caso perca hoje, servirá Leonardo por uma semana no refeitório e ainda fará massagens nele, se ele quiser. – Bianca terminou de falar dando uma piscadela para Leo, que naquela hora já tinha se curado completamente e olhava para tudo com surpresa.

Giovanna riu de novo, como se não estivesse acreditando na proposta oferecida.

– O que foi? – perguntou Bianca. – Está com medo de perder?

Ela não riu mais, apenas fechou sua expressão.

– Eu não tenho medo e aceito o desafio, mas se você perder, e irá perder, me servirá por uma semana.

– Feito – disse Bianca. Ela sabia que Giovanna não resistiria em aceitar a aposta.

E então, a prometida de Lucas preparou-se para mais um golpe. Bianca inspirou e deixou o ar ao redor tocar em todos os seus sentidos.

Bianca conhecia bem seu leve erguer de sobrancelha indicando um ataque iminente, e a suave tensão na musculatura, sugerindo a troca de peso para um chute em sua direção. Tudo muito previsível...

Bianca ergueu os braços em defesa e se esquivou, deixando o chute passar em sua lateral. Sua nova posição permitia um golpe fácil e certeiro nas costas de Giovanna. Ela poderia ter acertado sua nuca e a deixado inconsciente, mas aquilo seria muito rápido e muito pouco para a garota que atormentou Leonardo.

Giovanna se apressou em se virar de volta para Bianca, percebendo o quanto tinha ficado vulnerável com a esquiva inesperada.

– Ops... – brincou Bianca.

Giovanna franziu o cenho. Um brilho de raiva passou por seus olhos enquanto avançava. Nesse momento, Bianca viu sua conhecida sequência de socos se aproximando e então fechou a defesa.

Concentrada nos golpes chegando, ela fazia movimentos de defesa e esquiva, sem errar nenhuma vez. Por último, protegeu-se de um chute no ar e, desta vez, não deixou a oportunidade passar. Agarrando a perna da Destemida, girou-a para que ela caísse, mas Giovanna manteve o equilíbrio e afastou-se.

Não seria tão fácil.

Giovanna atacou de novo e mais uma vez Bianca se concentrou na defesa, esperando o momento certo. A sequência de golpes e defesa foi tão rápida que ela mal se lembrava do que estava fazendo, seguia mais seus instintos do que outra coisa, reagindo com rapidez e precisão.

Giovanna diminuiu o ritmo e se afastou, parecia um pouco cansada e seus cabelos estavam desgrenhados.

– O que foi? Sentindo-se cansada, Gigi? Ou apenas fraca? – disse Bianca com um sorriso torto no final.

– Cale a boca! – disse a garota avançando.

Giovanna a golpeou com mais força desta vez. E então, quando seu fôlego estava quase por terminar, Bianca não a deixou se afastar. Aproveitando-se do momento, travou seus braços nos dela e iniciou uma sequência de joelhadas em suas costelas. Em seguida, a soltou, empurrando-a para longe com um forte chute em seu peito.

A garota caiu no chão, suando e respirando sofregamente. Bianca circulava-a devagar. Ela tentava retomar o fôlego e levantar-se.

– Já desistiu? – provocou.

Giovanna forçou-se a se levantar e se afastou de Bianca, tentando ganhar tempo para se recuperar. Ela involuntariamente olhou para Yann sentado, assistindo a elas. Bianca notou isso. Giovanna engoliu em seco e levantou sua defesa, esperando que Bianca fosse até ela agora.

Bianca já a tinha observado lutando contra vários oponentes e conhecia sua sequência de defesa e ataque, assim como seus pontos fracos. Contudo, ela podia sentir que não havia maior ponto fraco a ser explorado ali do que seu orgulho. Giovanna estava preocupada em não ser humilhada. Ela estava muito preocupada com o que Yann iria pensar de sua derrota e por isso Giovanna não teria chances, pois Bianca não se importava com essas coisas. Ela já estava livre desse medo.

Teve uma ideia. Bianca avançou abertamente, como fazia um Furioso, esperando que Giovanna se armasse e contra-atacasse exatamente como ela fazia quando lutava contra eles.

Como esperado, ela defendeu-se do ataque e em seguida a acertou em cheio com um soco no rosto. Bianca aguentou a dor, sentindo o gosto de sangue na boca. Em seguida, se preparou para o próximo golpe. Giovanna mudou seu peso numa fração de segundo. Ela sabia o que isso significava.

Quando a Destemida chutou, Bianca agarrou sua perna num movimento de baixo para cima e, usando a força de ambas, ergueu a perna dela ainda mais. A Destemida perdeu completamente o equilíbrio com seu próprio golpe e caiu de costas no chão soltando alto um gemido.

Aquilo foi humilhação.

Giovanna respirou fundo várias vezes e se levantou.

Ela sabia que apesar da resistência, a garota já estava vencida. Bianca passara meses observando como lutavam, exatamente como Douglas, o Farejador, orientava em seus vídeos, e agora ela entendia por que aquele era o estilo dos Farejadores. Nem durante os treinos com Julian, ela se sentiu como estava se sentindo naquele momento.

Encararam-se cuidadosamente e Giovanna avançou mais uma vez para um golpe com a mão fechada. Bianca aparou com o braço e desferiu um golpe com a outra mão, acertando-a em cheio sob as costelas. Em seguida, golpeou outra vez, e de novo, tirando-lhe o fôlego que ainda lhe restava. Bianca deu um passo para o lado e, sem piedade, chutou-lhe a lateral da perna direita, exatamente como Giovanna fizera com ela na arena uma vez.

Porém, Giovanna, mais acostumada com os combates, não dobrou o corpo, expondo-se a mais ataques. Ela aguentou a dor e se afastou mancando, mas estava esgotada.

– Você me parece um pouco acabada. Já chega para você? – disse Bianca.

Ela não respondeu, parecia se manter em pé com dificuldades. Bianca então avançou com uma sequência de socos, forçando-a a se defender e a recuar com a perna dolorida. A dificuldade em se movimentar abriu diversas brechas a serem exploradas. E ela assim o fez.

Quando Giovanna tentou acertar Bianca com o punho, a Farejadora agarrou seu braço no ar e girou-o para trás, forçando-a ao chão. A garota gritou quando seu rosto atingiu o solo, enquanto seu braço era forçado para trás. Ela estava presa e não tinha mais forças para continuar.

– Comendo as migalhas do chão, Gi? – Bianca também estava já cansada e sem fôlego, mas tinha conseguido o que queria. Forçou um pouco mais o braço dela e Giovanna gritou mais uma vez.

– Desisto! – gritou Giovanna, em meio aos gemidos de dor.

A luta terminou. Bianca a soltou e ela desmoronou. Humilhada, a Destemida fechou os olhos com o rosto colado ao chão. E foi então que Bianca finalmente olhou ao redor. Nicole tinha uma cara de surpresa esculpida e até Julian parecia assombrado, o que a deixou um pouco confusa, pois não era isso o que ele queria? Sem falar que a treinara quase todas as noites e sabia bem do que ela era capaz.

Ester se levantou e começou a vir até ela. Seus passos ecoando na arena.

– Há muito tempo eu não via algo como isso – disse Ester. – Foi extraordinário.

Bianca notou que seus olhos brilhavam. Ester parecia comovida. Até Walter parecia pasmo.

– Garota – chamou Yann –, como aprendeu a lutar assim?

Não deu tempo de responder, pois Ester se aproximou e segurou seus ombros.

– Há anos a técnica dos Farejadores não era usada dentro dessas paredes, mas você... Como? – perguntou Ester, completamente confusa.

Bianca precisava pensar rápido, pois prometera não contar nada sobre Julian.

– Eu tenho um vídeo do Farejador Douglas Bueno, era da biblioteca. Com o vídeo, aprendi alguns movimentos e treinei durante a noite na floresta.

Ester ergueu as sobrancelhas e Bianca torceu para que não usasse seu dom da Verdade sobre ela naquele momento.

– Eu soube que você estava treinando na academia durante algumas noites, mas não sabia que estava se empenhando tanto.

– É... Eu estava tentando melhorar – disse Bianca, sentindo-se aliviada por ela acreditar.

– Mas por que não demonstrou nos treinos? – perguntou Yann.

Bianca hesitou antes de responder.

– Eu não me sentia segura para tentar usar a técnica ainda.

– Você não deveria ter escondido isso – comentou ele, franzindo levemente o cenho. – Eu poderia tê-la orientado.

– Pelo jeito, ela fez um bom trabalho sozinha – disse Ester, ainda com os olhos brilhando sobre ela. – O importante é que finalmente podemos ver a Farejadora em você. Estou orgulhosa.

– Obrigada – disse Bianca, baixando o olhar, levemente sem jeito.

– Descanse – pediu Ester. – E amanhã, depois do desjejum, venha falar com o Conselho.

Em seguida, Ester foi em direção à saída, seguida pelos outros membros.

Nicole e Ricardo se aproximaram, enquanto a maioria se afastava em burburinhos, lançando olhares para ela. Giovanna não estava mais no chão e nem em lugar algum ao redor.

– Você foi incrível – exclamou Ricardo. O olho dele estava roxo e seu lábio inchado e cortado. Ela não deveria estar muito melhor também.

– O que foi tudo isso, Bia? – perguntou Nicole, levemente mal-humorada. – Por que não me contou que estava treinando combate sozinha? Eu a teria ajudado.

– Eu preferi treinar sozinha – mentiu, sentindo-se mal por ter que fazer isso com a amiga. – Não achei que iria conseguir usar a técnica algum dia.

– Conseguir usar? – disse Ricardo, completamente abismado. – Está brincando? Você arrasou! Eu nunca vi alguém lutar de olhos fechados.

– Como assim de olhos fechados? – perguntou ela, confusa.

– Tá brincando? Toda vez que fazia uma sequência de defesa, você fechava os olhos. Não percebeu? – disse Ricardo, imitando uma sequência de defesas no ar.

– Não... eu só achei que me defendia muito rápido.

Nicole balançou a cabeça inconformada.

– Só você mesmo para não perceber isso, Bia – disse, passando os braços pela lateral do corpo para abraçá-la.

– Ai! – gemeu Bianca. Uma de suas costelas doía devido à primeira luta com Giovanna, a que se deixou espancar.

– Foi mal... – desculpou-se Nicole e em seguida a soltou.

– Só sei que minha equipe tática vai ser demais! – comentou Ricardo todo animado.

Nicole torceu os lábios.

– Você quer dizer a minha, certo? Por que eu vou liderá-la.

– Há... há... – disse ele ironicamente.

– Bia – disse uma voz aproximando-se dela.

Bianca virou, era Duda. A garota se aproximou.

– Eu só queria te dizer que te devo algumas, tá? – disse, passando uma das mãos pelo cabelo, parecia sem jeito. – Se eu pudesse, teria quebrado a cara dela, mas você foi perfeita. Essa foi a surra mais linda que já vi na vida. – E de repente ela se aproximou e a abraçou. Bianca tentou não protestar de dor nas costelas. – Obrigada por cuidar do meu irmão – disse baixinho, antes de soltá-la e se afastar sorrindo em direção a Con e Patrick.

Bianca virou-se e sorriu para Nicole e Ricardo. Os outros dois riram e deram tapinhas, cuidadosos, em suas costas, enquanto voltavam a falar entusiasmados sobre a luta. Outros se aproximaram e a parabenizaram também.

Pouco tempo depois, enquanto Bianca pegava suas coisas no armário da arena, ela tomou uma decisão. Tirou o cadigit da mochila e digitou uma mensagem.

“Estou pronta. Hoje à noite. Mesmo lugar”.

32

Bianca e Nicole foram para o dormitório. A amiga não parava de falar sobre a luta com Giovanna. Depois do banho, foram para o refeitório do Pátio Eterno.

Leo passou por elas e Nicole o convidou para sentar-se à mesa. Ficaram conversando animadamente, até que Giovanna tomou coragem e apareceu. Ricardo, que só estava esperando a oportunidade, não a deixou escapar.

– Ei, Gigi, o garoto quer um guaraná! – gritou, apontando para Leonardo.

Muitos riram.

– Aposta é aposta! – disse Duda, da sua mesa. – É melhor cumpri-la ou eu me certificarei que faça isso. – Julian, Patrick e Con riram.

Giovanna respirou fundo, levantou-se e foi até o balcão de bebidas pegar o refrigerante.

– Está aqui – disse ela, batendo a latinha na frente do garoto que a olhava abismado.

– Ele também me disse que queria muito uma massagem nas costas – disse Nicole.

– Eu não o ouvi pedindo nada – rebateu Giovanna.

– Você quer, não quer? – perguntou Nicole para ele.

– Hum... quero sim! – disse Leonardo, sentindo-se mais seguro. Bianca só observava tudo sem falar nada.

Giovanna bufou indignada, mas fez o que pediu. A partir dali, ela teve que engolir o orgulho e aguentar os pedidos e brincadeiras para cumprir com a sua parte da aposta. Leonardo começou a se divertir timidamente. Duda e Patrick riam alto cada vez que ela o servia entre a sessão de massagem. De vez em quando, ela lançava olhares para Bianca. Por fim, Giovanna terminou sua noite cabisbaixa e sentada com seus amigos em uma mesa mais afastada.

Depois de algum tempo, Bianca sentou-se à mesa de Julian e conversaram um pouco sobre a luta do dia. Enquanto estava lá, percebeu que Lucas enviava olhares para ela, provavelmente estranhando sua aproximação com o Furtivo. E, como esperado, Walter passou por eles em direção à biblioteca, e pareceu satisfeito ao vê-la sentada à mesa do filho.

Algum tempo depois, ela se levantou e foi em direção ao dormitório, pois precisava se preparar para seu provável último treino com Julian.

– Bianca! – chamou alguém, enquanto ela passava por entre algumas árvores do jardim da Praça Oliva.

Bianca se virou e viu Giovanna vindo em sua direção, ela estava sem seu ar arrogante.

A garota olhou ao redor antes de falar.

– Quem te contou? – perguntou Giovanna, puxando-a para debaixo de uma das árvores. Seu tom de voz demonstrava preocupação, por isso Bianca permitiu ser levada.

– Quem me contou o quê?

– Não se faça de boba. Você disse aquilo... – ela mordeu os lábios e seus olhos brilhavam, enchendo-se de lágrimas. – Como você soube que Yann me rejeitou?

– Eu... – Bianca ergueu as sobrancelhas. A verdade é que nem ela sabia como explicar. Quando a luta acabou, todos falavam sobre como tinha vencido a melhor parente em combate usando as técnicas dos Farejadores e, por causa disso, Bianca se esquecera do impacto de suas palavras sobre ela. – Eu não sei – respondeu Bianca. – Acho que apenas descobri... Não sei como.

Giovanna fez uma expressão de incredulidade.

– Ouça – começou a explicar Bianca –, você estava sendo cruel com Leo e eu simplesmente joguei verde. Foi muito fácil descobrir, pois alguém que tenta tanto se destacar só pode estar querendo agradar à outra pessoa. Eu não sabia que era o Yann.

– Mas você olhou para ele e ia contar para todo mundo, se eu não a tivesse interrompido e começado a lutar.

– Eu não olhei para ele. Você é que olhou quando eu disse que você queria agradar a alguém, e eu segui seu olhar, foi só isso.

Giovanna balançou a cabeça, incrédula.

– Olha, você vai contar para alguém? O que você quer que eu faça? – perguntou Giovanna, com voz trêmula.

– Não, não vou contar – disse imediatamente, arrependendo-se do que dissera antes, na arena. A garota parecia realmente preocupada e magoada.

– Você deve querer algo de mim – insistiu. – Eu faço qualquer coisa e em troca me dê sua palavra que não contará para ninguém.

– Giovanna, tudo o que eu quero é que pare de ser má com o Leonardo. Não quero mais nada. De qualquer forma, eu não vou contar para ninguém. Eu juro, se isso a fizer sentir-se melhor.

Ela encarou Bianca, provavelmente tentando decidir se ela estava realmente falando a verdade.

– Isso acontece, tá legal... – continuou Bianca, tentando apaziguá-la. – É muito comum garotas se apaixonarem por seus professores. Isso vai passar.

Giovanna deu um passo para trás, horrorizada.

– Eu não me apaixonei por ele. Yann é o meu pai!

Bianca ficou sem saber o que dizer. Giovanna engoliu em seco.

– De onde você tirou isso? – perguntou Giovanna, com expressão inconformada.

– Eu achei que...

Mas ela não terminou a frase. Giovanna balançou a cabeça.

– Eles eram jovens e ele estava de casamento marcado com outra mulher – disse Giovanna. – Minha mãe ficou grávida e ele pediu para ela não contar quem era o pai, pois ele estava tentando resolver as coisas pacificamente entre a família dele e a da noiva. Mas então eu nasci com o legado dos Destemidos, e não dos Furiosos, e ele decidiu que não deixaria sua noiva. Ele fez minha mãe jurar que não contaria quem era o pai para ninguém e minha mãe jurou. Mas acabei descobrindo depois de algum tempo.

– Yann sabe sobre você?

– É claro que sabe – disse ela, fazendo uma careta. – Assim como ele sabe que minha mãe me deixou com meus avós e desapareceu pouco tempo depois para ficar longe de tudo e ter uma vida humana, como ela já ameaçava fazer antes de eu nascer.

Bianca arqueou as sobrancelhas. Então, era por isso que ela a odiava tanto. Ser rejeitada por seu pai e depois abandonada por sua mãe deixaram marcas profundas em Giovanna. A simples ideia de que Lucas pudesse trocá-la por Bianca devia deixá-la quase louca.

– Eu sinto muito – disse Bianca.

– Não estou pedindo sua pena, tá legal? Eu ainda não entendi como descobriu e muito menos como me venceu daquele jeito, mas o que me importa agora é que você não conte a ninguém.

– Eu já falei que não vou contar – disse, olhando-a nos olhos.

Giovanna a encarou.

– Eu espero que mantenha sua promessa – e dizendo isso, olhou ao redor novamente e se afastou.

Bianca a viu se afastar e depois retomou seu caminho. Pelo jeito, o Refúgio possuía muitos problemas entre pais e filhos. Ela chegou ao dormitório e colocou a roupa de treino para se encontrar com Julian. Sentia-se ansiosa.

– Vai treinar hoje também? – perguntou Nicole, quando voltou para o quarto.

– Vou sim.

– Deveria se dar um descanso hoje.

– Amanhã, talvez eu faça isso.

– Quer companhia, então? Estou de folga.

– Não precisa. Aproveite para encontrar-se com a Rafa hoje – disse, já saindo pela porta – Tchau.

– Tchau! – respondeu Nicole, mas Bianca já estava no corredor, indo em direção ao elevador lateral.

Primeiro, ela iniciou uma corrida pela borda da floresta. Era esse o seu disfarce. Em certo ponto, ela se virava abruptamente e se embrenhava pela mata em direção à trilha escondida que a levaria até a clareira, no monte em que Julian a esperava.

Ela correu pela trilha e, quando chegou, estava agitada. Julian geralmente vinha por outro caminho, que ela ignorava, e por isso já a esperava sentado no tronco de árvore caído. Ele tirava o tênis e o colocava de lado.

– Você está bem? – perguntou ele, vendo-a toda esbaforida.

– Sim... acho que só corri rápido demais e estou um pouco sem fôlego.

Ele se levantou.

– Ansiosa em ficar sozinha comigo de novo? – disse, finalizando com um sorriso torto.

Bianca o ignorou enquanto colocava a mochila e o casaco ao lado do tronco caído. Julian se levantou e ficou observando-a.

– O que foi? – perguntou ela, percebendo o olhar insistente.

– Como aprendeu a lutar daquele jeito?

Bianca devolveu a pergunta com uma expressão confusa.

– Como você acha? Quantos treinadores secretos você acha que eu tenho? – disse em tom divertido.

Ele apertou os olhos e abaixou um pouco a cabeça para encará-la melhor.

– Eu nunca te ensinei a lutar de olhos fechados.

Ela mordeu os lábios. Isso era uma coisa que ela também não entendia.

– Eu juro que nem percebi que estava fazendo isso. É estranho.

– Não, não é – disse ele, descruzando os braços e relaxando. – Os estilos de luta são baseados na força de nossos dons. Portanto, não é impossível que você tenha aprendido algo de forma intuitiva. O estranho é ter aprendido tão rápido. Com certeza, Ester irá conversar com você sobre isso e avaliar melhor suas habilidades em combate e as de seu dom.

– Acha que ela vai querer me colocar em alguma equipe tática?

– O segundo semestre terminou. Quando a maioria voltar das festas de final de ano, muitas equipes jovens serão formadas e outros serão convidados a participar de equipes já adultas. Também há aqueles que precisarão treinar por mais tempo, ou até mesmo pedirão para ficar em treinamento, mas tenho certeza de que não te darão esta opção.

– Eu já decidi que quero ficar na equipe em que Nicole estiver e... se você permitir, quero que nossa equipe faça o trabalho de apoio sobre a sua alcateia – disse, tentando não corar. – Eu sei que não vai ser difícil convencer Nicole dessa ideia, afinal vocês são primos.

Julian pareceu surpreso. Ele passou a mão na nuca e desviou o olhar.

– Hamm... – começou ele.

Bianca notou que ele parecia não saber o que dizer.

– O que foi? Você já tem uma equipe tática em mente?

– Não é isso... – respondeu ele.

Ela achou que havia algo que ele estava escondendo dela. Algo importante, pois seu semblante pareceu tenso por um instante, antes de sorrir novamente.

– Fale com Nicole – continuou ele – e depois você me diz o que decidiram.

– Tá... – disse ela, já não mais tão animada com a ideia. Sentiu-se confusa, talvez ele não a quisesse em sua equipe tática. – Eu farei isso.

– Você está pronta?

– Estou.

Ele tirou a blusa e a jogou sobre a mochila. Depois da noite passada, tinha ficado ainda mais difícil tirar os olhos dele. Em segundos, tirou a calça esportiva e ficou apenas com shorts preto de tecido *metamold*. Julian olhou para ela e Bianca desviou o olhar.

– Mantenha seu olhar em mim, ok?

– Ok... – respondeu ela. Essa parte era bem fácil.

Não feche os olhos desta vez – pensou ela, tentando extrair o máximo de força interior que conseguisse. – *Mantenha sua respiração, conforme aprendeu nas aulas de Controle, e não deixe o medo te dominar.*

Ela permaneceu em pé desta vez. Em seguida, fechou os olhos por um instante. Ao abri-los novamente, sentia-se preparada.

– Estou pronta.

Julian respirou fundo. De repente, um espasmo percorreu seu corpo, enquanto apertava os punhos com força. Um rugido saiu do fundo de sua garganta e o coração de Bianca saltou. A troca de pele começou. Seu primeiro instinto era o de correr, mas ela suprimiu isso, apesar de ter dado um passo para trás, afastando-se.

O rosto dele mudava, tornando-se mais anguloso e feroz. Seu corpo já rijo, devido ao condicionamento físico propiciado pelo Refúgio, tornava-se muito mais forte e musculoso. Pelos espessos e escuros surgiam por toda parte. Enquanto isso, algo medonho acontecia com seus pés e pernas, dava para ouvir o som de ossos partindo e se reconstruindo. Ela nunca tinha conseguido ficar consciente até essa fase. Braços e mãos se tornavam mais alongados e, das pontas dos dedos, surgiam garras. Julian rugia e se contorcia.

Ver a troca de pele era, ao mesmo tempo, horrível e belo. Ela deu mais um passo para trás e tropeçou numa raiz, equilibrando-se ao bater as costas na árvore atrás dela. Bianca quase não respirava, seus olhos estavam fixos nele e sentia-se suar frio. Ela lutava contra as sombras que tentavam dominar sua consciência e fazê-la desmaiar para reviver seu pesadelo de infância. Porém, desta vez, sentia-se mais forte e determinada a aguentar até o fim.

Julian estava muito maior. Atrás dele, dava para ver o céu escuro e as estrelas. Sua mandíbula estava mais forte e protuberante, presas surgiam enquanto rosnados saíam do fundo da garganta do Karibaki.

Lutando contra a vontade de cair na escuridão, ela fincou suas unhas na casca da árvore atrás dela. Iria aguentar. Iria aguentar até o fim.

– Eu vou conseguir... – sussurrou.

Julian tornou-se uma formidável besta, com mais de dois metros de altura, com pelos negros e lustrosos. Seu peito mexia-se para frente e para trás enquanto respirava pesadamente, encarando-a. A troca de pele acabara. Ela tinha conseguido!

A criatura estava parada a apenas três passos dela. E, por alguns instantes, nenhum dos dois se mexeu. A garota e a besta observavam-se.

Juntando toda a coragem que ainda possuía, Bianca soltou-se da árvore e deu um passo à frente. Foi aí que notou o quanto suas pernas tremiam. Cambaleou e quase perdeu o equilíbrio. Ele soltou um grunhido. Os Karibakis obviamente não conseguiam falar naquela forma. Então, devagar, ela conseguiu dar mais um passo e depois outro, sem tirar os olhos dele. Finalmente, conseguiu ficar a apenas alguns centímetros da criatura que, por tanto tempo, assombrara seus pesadelos.

Mas Bianca ainda tinha algo a provar para si.

Ela levantou sua mão direita até alcançar a pontinha dos pelos negros e macios da base do pescoço da criatura. Quando seus dedos afundaram nos pelos, pôde sentir o calor de seu corpo e o ritmo de sua respiração. Conseguia sentir os músculos firmes sobre a penugem. Deslizou sobre a superfície vagarosamente, contornando a lateral da mandíbula, e então, sentiu a criatura estremecer.

Bianca não estava mais com medo. Estava fascinada. Não havia o que temer, não de Julian, pelo menos.

A fera se mexeu devagar, aproximando o focinho do rosto dela. Bianca sorriu confiante. Finalmente, sentia-se livre das sombras que a reprimiam. Devagar, ela levou as duas mãos para a lateral do maxilar dele e o puxou sem força. Ele entendeu e se deixou levar por ela. Bianca abaixou a cabeça dele e aproximou o focinho de seu rosto delicado. Os olhos dele refletiam um amarelo brilhante.

– Não tenho medo de você, Julian...

De repente, todo o corpo dele começou a sofrer espasmos musculares intensos. Bianca temeu que algo o estivesse machucando, mas logo entendeu o que estava acontecendo. Ele retornava à sua forma humana.

Ela não se afastou, continuava fascinada com a mudança que acontecia. Seus dedos desceram sobre o peito e pararam sobre a pelugem do tórax, que rapidamente desaparecia, dando lugar apenas à pele lisa, que ainda se contorcia, para desaparecer a musculatura da besta e dar lugar à humana. O tempo todo, o corpo dele parecia queimar em febre. Ela se perguntava como aquilo podia acontecer. Como aquela transformação era possível?

Em segundos, Julian estava de volta. O coração dele batia forte sob a palma de sua mão e o calor de seu corpo continuava intenso. Seus olhos escuros, e agora completamente humanos, fitavam-na intensamente, refletindo neles algo que ela também sentia.

Os braços de Julian envolveram-na e a puxaram contra ele suavemente, enquanto seus lábios procuraram pelos dela.

Bianca fechou seus olhos e deixou-se levar pelas sensações daquele beijo. As mãos dele escorregavam devagar pelas suas costas, enquanto Bianca deslizava os dedos pelos seus cabelos escuros. Havia algo de tão intenso nele que estar em seus braços era incomparável. Qualquer sentimento que ainda pudesse ter por Lucas desapareceu por completo.

Ela mal conseguia pensar.

Entretanto, próximo a eles, o toque da chamada de um cadigit soou insistente. Julian se afastou o suficiente para conseguir falar.

– Deixe para lá, é o meu cadigit. – E então se aproximou para outro beijo, que ela aceitou sem protestar.

Tudo o que ela mais desejava era poder ficar com Julian assim o resto da noite e, quando ele a abraçou mais forte, percebeu que ele também pensava da mesma forma.

Na verdade, era impressionante como seu medo tinha desaparecido nos últimos meses, ela não se sentia mais tão sozinha ao lado dele. Era como se, finalmente, tivesse encontrado aquilo que a ligava àquele lugar. Ela já tinha percebido essa sensação há algum tempo, quando ele baixava suas defesas durante suas conversas tranquilas na clareira, após os treinamentos. Nesses momentos, ela se pegava analisando as perfeições do rosto dele, seus olhos escuros e até mesmo seu sorriso irritante.

"*Não amamos o que queremos, mas o que não escolhemos*". – Ela lembrou-se das palavras que sua mãe escrevera atrás da fotografia delas juntas. E então, pela primeira vez, ela se perguntou se sua mãe não estava se referindo aos sentimentos que teve por seu pai. Poderia ter sido algo assim?

E então outro toque soou em um cadigit. Desta vez, era o dela, e como o toque insistiu, ela se afastou um pouco dele.

– Você quer atender? – perguntou ele.

Ela acenou concordando.

– É estranho... pode ser importante – disse, pensando em Laura.

Ele parecia relutante em soltá-la, mas se afastou. Eles sorriram um para o outro e ambos foram em direção às suas mochilas. Ela tirou de dentro seu cadigit.

A parte inferior da capa mostrava a chamada e a imagem de quem tocava. Era Nicole. Bianca ergueu o cadigit para ficar alinhado com o seu rosto e as árvores atrás dela, em seguida tocou na chamada para atendê-la. Julian estava fora de visão, olhando para seu próprio cadigit.

A imagem de Nicole tomou toda a capa. A garota tinha os olhos inchados.

– Nic? O que houve?

– Bia, onde você está? Preciso de você aqui na Inteligência, não encontro Julian. É minha irmã... Ela desapareceu, Bia! Os Pérfidos estão com ela.

– O quê? – disse Bianca, sem acreditar nisso. Julian também ouviu e a encarou lívido.

– O Refúgio recebeu uma gravação... Estão nos chantageando... – continuou Nicole.

– Estou indo – disse, antes de desligar e virar-se para Julian. A expressão dele ficara sombria enquanto se apressava em vestir suas roupas de treino.

– Vamos – disse ele, já pronto.

Eles correram pela trilha até a borda da floresta e foram direto para a sala de Estratégia.

33

Juntos, atravessaram o Refúgio até os edifícios do Círculo Crescente. Como não tinha treinamento no dia seguinte, havia bastante movimentação pelo jardim da Praça Oliva, mas eles não prestaram atenção, iam o mais rápido que podiam.

O elevador os deixou na sala de Inteligência, onde logo viram Nicole com expressão aflita e Walter de braços cruzados ouvindo Helena falar algo. Eles estavam em pé, ao lado da mesa central circular.

– O que aconteceu? – perguntou Julian para Helena, assim que chegaram.

O pai dele olhou de Julian para ela levemente intrigado. Ela sentiu nojo de Walter. Helena pareceu hesitar em responder ao ver Bianca entrar, mas continuou.

– Marina acabou de avisar que Gabrielle e as gêmeas saíram sem permissão e desapareceram. Enzo as tinha levado ontem para a casa de Santos – explicou Helena. – Há instantes, Marina recebeu uma mensagem contendo uma gravação.

Bianca se aproximou de Nicole e passou o braço ao redor dela.

– O que Bianca está fazendo aqui? – era Ester se aproximando.

– Eu pedi para que viesse – disse Nicole, baixando levemente a cabeça em respeito. – Por favor, deixe-a ficar.

Ester a encarou por um momento, mas assentiu.

– Eu quero a atenção de todos – pediu Helena, e em segundos o lugar silenciou. Todos se voltaram para diretora do setor de inteligência e para a líder do Refúgio ao seu lado.

– Durante as próximas horas, toda a atenção do Refúgio da Serra do Mar será voltada para o objetivo de encontrarmos Gabrielle Ross, Mariana e Laís Andrade. Todas as missões abaixo do alerta máximo ficarão sem nosso apoio tático até que essa situação seja solucionada.

Ao redor, os parentes que trabalhavam no setor de Estratégia acenaram concordando.

– As famílias das meninas estão nos acompanhando e organizando a estratégia de busca em diversas localizações, porém algo novo surgiu alguns minutos atrás. Coloque o vídeo no centro – ordenou Ester para um parente controlando uma das bordas da mesa.

Ele obedeceu e, no grande centro da mesa, o vídeo foi projetado.

– Quero que as equipes analisem cada detalhe deste vídeo e encontrem uma pista sobre onde elas podem estar – ordenou a Furtiva Helena.

A luz da sala foi diminuída e surgiu uma gravação que parecia ter sido feita por uma câmera amadora ou de um celular. O ambiente fracamente iluminado mostrava paredes sujas e gastas por umidade. Uma porta de metal surgiu. Ela foi destrancada e aberta por uma mão negra e feminina. Antes de fechar a porta, a mulher pegou algo apoiado no chão e em seguida começou a descer. Dava para ouvir o som do metal da escada contra as botas.

A luz da câmera iluminou partes de um ambiente amplo, úmido e aparentemente vazio. Nicole apertou a mão de Bianca assim que o choro infantil começou a vir de algum lugar do escuro. Nicole respirou alto, dava para sentir seu desespero no ar.

Por favor, que não seja Gabrielle ali – pensou Bianca. A menininha que a tratava tão carinhosamente não merecia estar naquele lugar assustador.

Dava para ouvir o som de coisas se arrastando para longe. A câmera passou por um grande ralo no chão e depois seguiu no vazio, vagarosamente, até captar algo. Primeiramente, surgiram várias pequenas pernas magricelas, arranhadas e com os joelhos esfolados. Em seguida, a luz subiu até revelar três meninas agarradas umas às outras, tentando se proteger mutuamente.

A menina do centro usava um vestido vermelho e casaco jeans, era Gabrielle. A da direita vestia shorts e uma blusa preta com o desenho de um esqueleto, essa era com certeza Laís, e a da esquerda usava saia branca, agora toda suja, e blusa verde com rendas, Mariana. As três estavam encolhidas contra grossas grades atrás delas.

– Não... – soluçou Nicole quando viu Gabrielle na imagem.

Bianca olhou para Julian, ele mantinha sua postura, mas ela podia ver a tensão sob seu semblante.

– Meninas – a voz feminina ecoou –, digam para suas famílias como vocês estão gostando daqui e de seus novos amigos.

As meninas se abraçaram mais forte, encolhendo-se mais contra as barras. A câmera se afastou e a imagem se abriu. O lugar estava escuro, mas dava para perceber que era uma sala vazia, a não ser por elas, e por uma mesa de metal no centro, contendo uma caixa de papelão em cima. Não havia paredes laterais, e sim grossas barras de metal pesado. Elas estavam mais próximas das barras do lado direito. A câmera focou as grades da lateral esquerda.

– Obrigada por ficar quietinho, meu bebê... – disse a mulher com voz melosa. – Agora venha dar um sorrisinho para a câmera!

A câmera se aproximou das grades. A primeira coisa que surgiu foi um rugido que arrepiou todos os fios de cabelo de Bianca, e então, uma forma monstruosa se jogou contra as barras. Garras imensas, muito maiores do que vira em Julian, brilhavam sob a luz da câmera enquanto a criatura esticava seu braço por entre as grades tentando alcançar as meninas, que agora pareciam ainda mais aterrorizadas.

Ao redor, na sala de estratégia, surgiram murmúrios e exclamações. A palavra Voraz se espalhou.

Então, aquilo era um Voraz? – pensou Bianca.

– Logo, meu querido, logo... – disse a mulher. – Enquanto isso, por que não se diverte com um pequeno aperitivo?

A câmera se aproximou da mesa de metal onde ela apoiou o que carregava na outra mão. Era um tipo de gaiola envolta em papelão. Com uma mão, ela rasgou o papelão em um dos lados e o que havia dentro da pequena jaula pôde ser visto melhor. O animalzinho branco e laranja dentro dela sibilou, mostrando os dentes em posição de defesa. Era Paxá, o gato de Gabrielle.

Ela abriu a jaula e agarrou o gato desesperado, que tentava se soltar com toda a sua força e garras. Ela não parecia sentir seus arranhões e mordidas.

– Não! Paxá! Por favor, não o machuque – gritou Gabrielle. A câmera não a focalizou, mas de repente a câmera balançou como se algo tivesse atingindo a sua operadora.

– Sai daqui, menina! – gritou a mulher e, de repente, fez se ouvir um gemido abafado.

– Gabrielle, não! – gritou uma das gêmeas.

A câmera se voltou para elas e Bianca viu Gabrielle no chão, agora ela tinha um ferimento na boca e sangrava. As meninas estavam sobre ela, ajudando-a a se levantar e a puxando para trás. Quando Gabrielle tentou avançar contra a mulher novamente, as gêmeas a seguraram firme.

– Não, Gabi, não! – gritou Mariana.

– Isso mesmo, segurem-na ou ela acabará nas garras do meu preferido.

– Não – implorou Gabrielle mais uma vez. Seu rostinho estava banhado em lágrimas. – Por favor, não o machuque, ele é só um gatinho...

– Não... – sussurrou Nicole ao lado de Bianca.

Com um forte impulso de braço, a mulher jogou o gato por entre as grades e a câmera seguiu a sombra de seu movimento. O animal miava em desespero, enquanto dava para ouvir Gabrielle gritar nos braços das meninas. A câmera a focou. Ela se contorcia em agonia, parecia estar sentindo muita dor.

De repente, os miados do gato silenciaram ao mesmo tempo que Gabrielle cessava suas contorções, e agora parecia estar inconsciente no chão.

– O que aconteceu com ela? – perguntou Bianca, sentindo seu coração apertar forte.

Nicole tinha as duas mãos sobre a boca, os olhos úmidos e a expressão desolada.

– Ela sentiu a morte de seu animal – disse Julian ao seu lado.

– Ela ficará bem?

Nesse momento, Nicole a olhou, como se aquela pergunta fosse absurda.

– Não – respondeu Nicole. – Gabrielle está sentindo como se tivesse perdido um membro do corpo ou um pedaço da própria alma.

Bianca tinha ouvido falar que a ligação entre um Furtivo e seu animal era algo delicado e poderoso, mas não sabia que eles podiam sentir sua morte e que a dor da perda era tão avassaladora.

O vídeo ainda não tinha acabado. Depois de focar um pouco na menina, a câmera virou-se para a tranca da jaula onde estava o Voraz. A grande jaula parecia ter sido adaptada para uma tranca eletrônica. Bianca quase gritou achando que ela abriria a grade, mas, em vez disso, acionou um dispositivo e um pequeno painel se iluminou.

A mulher pressionou o dispositivo até os números formarem quatro horas e, em seguida, os segundos começaram a passar rapidamente e a hora mudou para três horas, cinquenta e nove minutos, e os segundos diminuindo.

– São dez horas da noite – disse, mostrando seu relógio para a câmera. – Vocês têm quatro horas até me entregarem a Farejadora ou a tranca se abrirá e as menininhas serão devoradas. Ela deve ser deixada sozinha em qualquer área do porto de Santos. Um dos nossos a pegará e a trará para mim. Caso alguém a siga, eu saberei e as crianças morrem.

A mulher virou a câmera e todos podiam vê-la agora, era a moça que a atacara na Barba Azul.

Nicole tinha o semblante tenso, os punhos cerrados ao lado do corpo.

– Se isso for feito, deixaremos as meninas seguras em algum lugar da cidade, se não, bem... vocês receberão outro vídeo, bem mais interessante do que este...

A gravação acabou e Bianca sentiu todos os olhares passarem por ela, enquanto os parentes retomavam suas posições em frente a hologramas e painéis de controle. Era uma troca, ela pelas meninas.

– A troca está fora de questão – determinou Ester.

Nicole baixou a cabeça, fechou os olhos e acenou em concordância.

– Não – disse Bianca, um pouco hesitante devido à situação inesperada. – Não está não. Elas não morrerão por minha causa. As meninas têm apenas dez anos!

Ester não respondeu.

– Como foram capturadas? – perguntou Julian.

– Não sabemos ainda – respondeu Helena. – Acredito que foram atraídas para alguma armadilha. Temos três horas e meia para encontrá-las.

– Mas como isso aconteceu? – perguntou Nicole.

– Ainda não sabemos exatamente. Além de seu pai, estamos deslocando outras equipes táticas para as procurarem na ilha, enquanto as alcateias procuram nas cidades ao redor.

– E quanto a mim? – perguntou Bianca.

Eles se viraram para ela.

– Entregá-la está fora de cogitação, não podemos fazer isso – disse Helena, reforçando a decisão de Ester.

– Mas precisamos encontrar uma forma de salvá-las – disse Walter. – Gabrielle é minha sobrinha – falando assim, ele até que parecia alguém decente.

– Então me usem – pediu Bianca, e ela viu os olhos de Nicole brilharem com a ideia. – Carol sabe que tenho avançado no treinamento de Controle. Sinto que já posso ver a troca de peles sem problemas.

Carol acenou com a cabeça.

– O que ela diz é verdade – disse Carol. – Talvez ela já consiga.

Bianca sabia que já conseguia. Ela conseguiu essa noite, com Julian.

– Eu não concordo – foi logo dizendo Helena.

– O Conselho deve se reunir e discutir essa possibilidade – disse a líder. – Ainda temos tempo. Enquanto isso, vocês duas devem esperar no dormitório. E isso é uma ordem.

– Eu matei um dos Pérfidos na Barba Azul – interrompeu Julian. – Quero ajudar a procurar minha prima. Ela ainda pode estar em Santos, pois se os Pérfidos conseguiram entrar uma vez, podem ter conseguido novamente.

Helena balançou a cabeça em uma negativa.

– Pouco provável – disse a Furtiva. – Os Corvos devem possuir o perfil dela registrado nos sensores das câmeras de vigilância espalhados pela cidade. Não acredito que esteja por lá. E você sabe que não podemos entrar, a menos que queiramos iniciar uma guerra com os caçadores. Estamos tentando negociar a entrada de outras alcateias, mas sabemos o quanto são inflexíveis, ainda mais agora com seu novo líder.

– Que se danem! – disse Julian. – Eu posso ser discreto, sei como fazer isso e Nicole também. Ou comecemos uma guerra, então! Temos que entrar com tudo o que temos. O tempo está acabando.

– O rastro de sangue de Voraz que Julian achou meses atrás só pode ser este da filmagem – comentou Walter.

– Sim, e podemos usar este rastro – reforçou Julian.

– Isso pode ajudar – disse Yann –, as alcateias podem tentar farejá-lo.

– Mas só vai funcionar se passarem por perto do lugar onde estão escondidos – disse Walter. – A Farejadora deveria tentar.

– Mais um motivo para acreditarmos que não estão em Santos – falou Ester –, pois esta é uma área muito habitada. E quanto à Farejadora, já disse que discutiremos isso em Conselho.

E dizendo isso, deu as costas e se afastou em direção às escadas, para a sala do Conselho. Os outros também começaram a segui-la. Por último foi Helena, ela ainda estava concentrada em passar instruções para os parentes da central.

– Deixem-me ajudar – insistiu Bianca para Helena, antes dela se afastar. – Tenho treinado por seis meses. Vocês viram que eu posso lutar. Já sei me defender.

Helena a encarou e colocou a mão em seu ombro.

– Vocês ouviram a ordem da Voz da Lua. Fiquem no dormitório.

Quando Bianca, Nicole e Julian saíram da sala do Conselho, Nicole desatou a chorar. Julian a amparava.

– Eu sinto muito, Nic – disse Bianca, sentindo um aperto no coração. Eles a queriam. De alguma forma, conseguiram capturar as meninas para atraí-la.

– Vamos sair daqui – disse Julian. – Nicole, você precisa ser forte, entendeu? Ou não conseguirá pensar claramente. Lembre-se do seu treinamento.

Nicole respirou fundo.

– Vamos para algum lugar que possamos conversar melhor – disse ele.

Enquanto caminhavam até o elevador de vidro e desciam o edifício, Bianca decidiu que não poderia deixar que Gabrielle e as gêmeas fossem mortas por sua causa.

Ela conseguia imaginar muito bem o terror que estavam sentindo sozinhas na escuridão, ao lado de uma criatura como aquela, vendo seu tempo acabar até que a porta se abrisse. E conseguia porque já estivera em uma situação como aquela antes.

34

MINUTOS ANTES...

A porta de metal se fechou e a escuridão caiu sobre Gabrielle, deitada no chão úmido. Sua cabeça estava apoiada na perna de uma de suas amigas. Ela podia senti-las abraçando-a.

Aos poucos abriu os olhos, seu corpo tremia. Uma sensação horrível de vazio e desesperança a tomou. Gabrielle voltou a chorar. Uma parte de si fora arrancada, dilacerada e morta. E ela tinha sentido cada momento disso. Ainda sentia.

Tudo o que queria era fechar os olhos e não acordar. Paxá era um gatinho indefeso, sempre alegre e carinhoso. Ela havia prometido cuidar dele para sempre, quando o escolhera há dois anos, e agora ele se fora do jeito mais horrível.

O Voraz aos poucos foi diminuindo sua agitação. Ela virou a cabeça para não olhá-lo. Em vez disso, ficou encarando a escuridão atrás das outras barras em que estavam encostadas.

Ela se lembrou da sensação dos pelos macios de Paxá passando sob seus dedos e gemeu.

– Tudo vai ficar bem – sussurrou Laís, acariciando a cabeça dela em seu colo.

– Eles vão nos encontrar a tempo. Você vai ver – confirmou Mariana no mesmo tom. Elas não queriam incitar ainda mais o Voraz.

– Fomos tão burras... – choramingou Laís.

O Voraz se jogou mais uma vez contra as barras. Elas se encolheram, evitando olhar naquela direção.

– Sim, fomos – disse Mariana, ainda em tom baixo. – Mas eu avisei que não era uma boa ideia. Só tínhamos autorização para nos comunicarmos com espectros e não com espíritos. Deveríamos ter contado para algum adulto.

– Santos deveria estar segura por causa dos caçadores – sussurrou Laís tristemente. – Como a gente ia adivinhar que uma Uivadora Desviada estava usando-a? Como ela soube de Camila?

Mas não houve resposta, Laís continuou a acariciar os cabelos de Gabrielle, que estremecia o tempo todo sobre seu colo.

– O que você acha que eles farão? – falou Laís novamente, depois de uma breve pausa.

– Eu não sei – respondeu Mariana, e então as duas ficaram em silêncio.

Gabrielle achou que ela não respondeu porque não queria dizer o que realmente pensava que eles fariam. Ela mesma achava que não iriam trocar a última Farejadora por três meninas que desobedeceram às regras, fugiram de casa, foram tolas por caírem em uma armadilha e deixarem Paxá morrer. Além do mais, Bianca era sua amiga e não desejava que ela fosse entregue nas mãos da Desviada dos Pérfidos.

Ela de repente estremeceu quando uma corrente de ar passou por entre as grades da jaula vazia e passou por elas. Gabrielle observou a escuridão por onde o vento passara. Lá dentro, bem no fundo, um vulto escuro se mexeu. Gabrielle piscou algumas vezes. Sua mente só podia estar brincando com ela.

Contudo, enquanto o cansaço a invadia e começava a tomar conta, a menina captou o reflexo avermelhado de dois pares de olhos terríveis, além das grades, se aproximando devagar, como um gato espreitando sua presa.

Ela saltou do colo de Laís, pondo-se em pé, com os olhos arregalados.

– O que foi? – perguntou Laís, levantando-se assustada, enquanto olhava na direção em que Gabrielle apontava com os olhos esbugalhados.

– Tem algo ali. Acho que é outro – disse Gabrielle, puxando-as para longe das grades, mas elas pararam e olharam assustadas para a outra jaula, onde o Voraz voltava a se agitar, rosnar, babar e bater contra as grades, tentando alcançá-las com suas garras esticadas.

No meio da sala, estava a mesa de metal. Ela era não muito grande, mas Laís entrou debaixo dela e as outras a seguiram, espremendo-se para ficarem bem juntas e longe das grades em ambos os lados.

– Não estou vendo nada – disse Mariana, apertando os olhos.

Gabrielle se inclinou tentando ver melhor na escuridão. Não parecia haver nada realmente. Automaticamente, ela se concentrou, era assim que fazia quando queria usar os sentidos de Paxá e ver por ele, mas o gato não estava mais ali. Ele não estava mais em nenhum lugar. A dor profunda começava a reabrir no peito dela e seus olhos se encheram de lágrimas. Gabrielle fechou os olhos e deixou as lágrimas escorrerem. Ela precisava se concentrar. Também era culpa dela estarem ali. Precisava fazer alguma coisa.

– Eu acho que ele fugiu para o fundo de novo – disse Gabrielle, tentando se fazer ouvir, apesar de toda a barulheira selvagem que o Voraz estava fazendo.

– Tem certeza de que viu algo? – perguntou Laís, segurando-se nas roupas dela, pronta para puxá-la de volta, caso algo aparecesse e tentasse alcançá-las.

– Tenho sim – respondeu. – Não estou vendo mais nada agora, mas estava lá.

– Maravilha! – disse Mariana. – Agora estamos realmente ferradas.

– Alguém o faça parar – choramingou Laís, colocando as duas mãos sobre os ouvidos.

Gabrielle olhou para Laís. A amiga também tinha lágrimas nos olhos e estava bastante assustada, mas ela não tinha a mínima ideia de como fazer aquela coisa parar de urrar e tentar arrebentar as grades.

E então, de repente, viu Mariana sair de debaixo da mesa, virar-se para o Voraz e começar a agitar os dedos no ar a poucos centímetros da garra esticada da criatura.

– Eu não tenho medo de você, criatura estúpida! – gritou Mariana o mais alto que podia. – E tomara que tenha uma indigestão quando nos devorar. – E então, ela gritou e gritou, com toda a força de seus pulmões. Um grito tão agudo que elas colocaram as mãos sobre os ouvidos.

De repente, o Voraz se afastou das grades e desapareceu no fundo escuro de sua jaula. Mariana voltou para debaixo da mesa. As outras a encaravam espantadas.

– O que foi? – perguntou.

– Nada – responderam as duas quase ao mesmo tempo, ainda com os olhos arregalados.

– Não somos garotinhas humanas assustadas – foi logo dizendo Mariana –, já vimos alguns de nossos pais e amigos trocando de pele o tempo todo. Essa coisa é apenas um pouco maior do que estamos acostumadas.

– *Muito* maior – corrigiu Laís, destacando o fato.

Mariana deu de ombros.

– Temos que pensar em uma ideia para sairmos daqui – disse Gabrielle. – Eu acho que senti uma corrente de ar vindo daquela direção – apontou para dentro da jaula, aparentemente vazia, à sua frente.

– Bem onde você disse que viu alguma coisa? – perguntou Laís.

– Isso mesmo. Acho que não tem janelas por aqui, então talvez tenha alguma lá dentro.

– Também senti uma corrente de ar vindo da outra jaula – explicou Mariana. Deve ter uma abertura em cada uma delas.

– E agora? O que vamos fazer? – perguntou Laís.

– Acho que conseguimos passar pela grade se nos espremermos bastante – disse Mariana.

Gabrielle sentiu Laís estremecer com a ideia de entrar em uma daquelas jaulas, mas Mariana estava certa. Dava para passarem pelas grades, elas não eram muito apertadas e as três eram bem magricelas. O problema maior era se ela tinha visto realmente alguma coisa por lá.

Gabrielle olhou para o cronômetro e viu que já havia se passado meia hora. Faltavam três horas e meia. Precisavam fazer algo depressa se quisessem escapar vivas. Sabia que as gêmeas não teriam vindo se ela não tivesse insistido. Ela tinha achado que a informação que o espírito prometera dar era importante para finalizarem a investigação sobre as estranhas mortes em Santos. Portanto, era culpa dela também e não poderia deixar suas melhores amigas morrerem ali.

– Fiquem aqui – disse Gabrielle, saindo de debaixo da mesa para encarar a jaula aparentemente vazia.

– O que está fazendo? – perguntou Laís.

– Eu vou com você – disse Mariana.

– Não. Fique aí com ela, Mari. É melhor que só uma de nós corra o risco. Lembrem-se de nosso treinamento.

– Está muito escuro para você ir sozinha – observou Mariana.

Ela estava certa, estava muito escuro. Uma fraca luz entrava pelas grades da janela no alto da porta de metal acima das escadas. Aquela era toda a luz que tinham e seus olhos já se acostumaram o máximo que podiam. Entretanto, lá dentro da jaula, teria que caminhar quase às cegas. Com esse pensamento, ela estremeceu e percebeu que não conseguiria dar nem um passo mais naquela direção.

Mas então ela se lembrou.

Ansiosa, começou a tatear o bolso interno da jaqueta que usava e foi fácil perceber o volume de suas chaves. Puxou-as de lá e sorriu para a pequena bonequinha japonesa que era seu chaveiro.

Nicole tinha dado a ela antes de saírem de Santos, no último Ciclo da Trégua. Ela disse que tinha ganhado de um amigo da escola. Gabrielle virou os olhos da bonequinha para frente e apertou suas costas. O milagre se fez: luz branca de lanterna. Não era muito forte, mas era melhor do que a escuridão total.

Mariana e Laís respiraram alto com o surgimento da fonte de luz inesperada. Agora ela só teria que manter seu dedo ali, pois se soltasse, a luz apagava.

– Vou verificar a jaula, mas não se preocupem, não vou entrar se vir algo.

– Tome cuidado – disse Mariana.

Gabrielle respirou fundo e deu um passo adiante. Não tinha conseguido fazer nada por Paxá, mas faria algo por suas amigas. Se ele estivesse ali, ainda poderia ajudá-la usando seus sentidos aguçados, mas agora precisava entrar sozinha. Talvez o que vira fosse sua imaginação, pois se houvesse um Voraz lá, já estaria tentando agarrá-la por entre as grades.

Não havia nada. A fraca luz da bonequinha japonesa chaveiro conseguia iluminar boa parte da jaula, mas não muito o fundo. Um cheiro forte de fezes e urina de animal invadiu suas narinas e ela estremeceu. Entretanto, aquilo poderia apenas indicar que a mulher às vezes trocava de jaula e colocava o Voraz ali também. Não havia nada lá dentro, porque se houvesse, já a estaria atacando.

Foi minha imaginação, com certeza foi – pensou ela.

– Não vejo nada – sussurrou Gabrielle para as meninas.

– Que bom! – sussurrou Laís de volta.

– Tome cuidado – sussurrou Mariana.

Gabrielle olhou para as grades e achou que conseguiria passar com algum esforço.

Respirou fundo e virou seu corpo de lado, se encaixando entre duas barras. A perna esquerda e o braço esquerdo passaram primeiro. Estava um pouco apertado, mas ela insistiu. Virou o rosto de lado, empurrou o corpo e passou.

Ela estava dentro da jaula agora e, se houvesse algo ali, não sobreviveria. Virou a luz para todos os lados, mas não tinha nada. No fundo, somente escuridão.

Olhou para fora, entre as grades, e acenou para as gêmeas, que acenaram de volta.

Gabrielle respirou fundo uma, duas, três vezes, tentando iluminar o máximo possível e repetindo para si mesma que não precisava ficar com medo. Controlar o medo do escuro era uma das primeiras coisas que alguém com o sangue da lua aprendia, principalmente um Furtivo. Contudo, uma coisa era estar na arena escurecida, cercada por colegas e instrutores durante o treinamento. Outra coisa era estar dentro de uma jaula com um Voraz por perto.

Mas aqui está vazio – pensou ela. – *Aqui só tem escuridão.*

O mau cheiro ficava mais forte conforme avançava devagar para o fundo. Era cheiro de excrementos, sem dúvida era. E então sentiu novamente. A corrente de vento passou por ela, trazendo ar fresco de algum lugar.

Iluminou ao redor. No seu lado esquerdo, havia uma parede a quatro metros de distância, à direita, a parede era mais longe, e Gabrielle não conseguia vê-la. Ela virou a bonequinha para o fundo negro e continuou a caminhar.

Alguns passos depois, o cheiro tornou-se muito mais forte e ela parou. À esquerda, Gabrielle iluminou uma área imunda de excrementos de animal. Ela estremeceu e deu um passo para trás, pisando em algo que estalou sob seus pés.

Ela baixou sua pequena fonte de luz e notou que eram algumas folhas secas que se despedaçaram sob sua sandália.

– Folhas?

Um vento fresco passou por seu cabelo, balançando-o um pouco. Gabrielle olhou para cima.

Bem acima dela, a três metros do chão em que pisava, iluminou uma abertura. Parecia uma porta de alçapão com uma janela gradeada. Era grande o suficiente para passar um Karibaki ou um Voraz, se aberta. Mas estava fechada e o espaço entre as barras parecia ser mais estreito. Olhou com cuidado e viu duas dobradiças fortes e uma fechadura. Mesmo se conseguissem uma forma de subir até a porta, a única chance que tinham era se estivesse destrancada.

Um ruído do lado direito da jaula a fez congelar. Era como um resfolegar seguido por algo pisando no chão, uma, duas, três e quatro vezes.

Ela engoliu em seco e, devagar, virou a lanterna. À direita, vindo da escuridão no fundo da jaula, a poucos metros de distância, dois olhos avermelhados a observavam. A criatura era um pouco menor do que ela e estava sob suas quatro patas, a cabeça baixa.

Gabrielle não conseguiu evitar o grito preso na garganta e, com o coração dando saltos, disparou em direção à grade da jaula. Infelizmente, a lanterna escorregou por entre seus dedos e caiu, fazendo um grande ruído de chaves. A única luz que possuía se apagou. Ela correu o mais rápido que conseguiu, guiando-se apenas pela fraca iluminação vinda da direção das grades. Da outra jaula, recomeçaram os rugidos selvagens.

– Gabi! – gritaram as gêmeas, e ela pôde vê-las em pé do outro lado, olhando aflitas em sua direção.

A menina alcançou a barra e virou o corpo, esbarrando de qualquer jeito entre os vãos e fazendo toda a força que podia para passar depressa. Suor frio escorria de seu rosto. Laís e Mariana agarraram seus braços, pernas, e a puxaram. Gabrielle gemeu quando finalmente conseguiu passar. Ela cambaleou e correram entre tropeços para ficarem em segurança sob a mesa.

As três ofegavam, ela mais ainda.

– O que aconteceu? – perguntou Mariana alarmada.

– Você está bem? – perguntou Laís.

– Estou... bem... – respondeu enquanto retomava o fôlego, seu coração parecia a ponto de explodir. – Eu o vi...

– Viu o quê? – perguntou Mariana.

– Eu vi o Voraz... – explicou Gabrielle ainda respirando apressada. – Um Voraz bem pequeno... Acho que um filhote.

A duas a encaravam com um olhar esbugalhado. Laís a abraçou trêmula, enquanto Mariana ainda a encarava em estado de choque.

– Co... Como você sobreviveu?

– Eu não sei – foi sua resposta, enquanto também a encarava com os olhos esbugalhados.

35

Nicole estava sentada em sua cama no dormitório. Ela tinha a cabeça entre as mãos, mas não chorava mais.

Julian estava em pé encarando Bianca, enquanto ela não parava de listar todos os motivos que tinham para ir atrás de Gabrielle e as gêmeas.

– Não, você não está pronta – disse ele mais uma vez, balançando a cabeça em uma negativa. – Os Pérfidos querem te deixar vulnerável fora do Refúgio. Todo mundo sabe que as meninas são uma isca para você. E se meu pai apoia que a usem para procurá-las, não pode ser um bom sinal.

Nicole ergueu a cabeça.

– Por que não é um bom sinal? Meu tio só quer que a gente encontre Gabi utilizando todas as vantagens que temos.

Julian virou o rosto e balançou a cabeça mais uma vez, mas não disse nada. Bianca sabia que ele não confiava em seu pai.

– Não me importo e não vou deixar Gabrielle morrer por minha causa. Você mesmo disse que tem uma pista do Voraz, talvez eu possa farejá-lo – insistiu Bianca, aproveitando o momentâneo apoio de Nicole.

Julian voltou a olhar muito sério para a prima e se encararam por um momento. Nicole virou-se para Bianca, ela parecia hesitante.

– Eu não sei, Bianca – disse ela por fim, baixando os olhos. – Por mais que eu queira Gabrielle de volta, Julian tem razão, é muito perigoso...

Bianca balançou a cabeça inconformada.

– Eu não entendo por que não me usam para ajudar! Por que todo este treinamento, então? Para que serve tudo isso se não posso ajudar a salvar sua irmãzinha? Ela é sua prima, Julian... – protestou Bianca, virando-se para ele novamente.

Nicole se levantou da cama e começou a andar nervosa pelo quarto.

– Talvez se formos cuidadosos – começou Nicole, insegura –, possamos investigar e, quando conseguirmos uma pista, avisamos ao Refúgio imediatamente. Bianca só precisa encontrar o rastro.

– Nic, você está disposta a colocar Bianca em risco?

Nicole baixou os olhos úmidos. Bianca imaginava o que se passava pela cabeça da amiga. Ela queria encontrar Gabrielle e sabia que, apesar de Bianca ser a única chance, não poderia pedir para arriscar a sua vida. Mas ela tinha se oferecido primeiro, ela queria ir.

– Quer saber? – disse Bianca em tom decidido. – Não estou pedindo a autorização de vocês. Eu vou ajudar e pronto. Nem que eu saia daqui andando e pegue uma carona na estrada até Santos.

Julian balançou a cabeça.

– Não será tão fácil assim – disse ele. – Aqui estamos seguros contra a vigilância de Altan, mas tenho certeza de que ele avisará o Conselho, assim que você colocar os pés para fora do Refúgio.

– Ele pode me impedir de sair?

– Não – respondeu ele. – Segundo as próprias regras da inteligência artificial, somos todos livres para ir e vir do Refúgio, mas com certeza o Conselho pediu para avisar, se você sair.

Bianca o olhou confusa.

– Mas ele não avisou quando saímos na madrugada do seu aniversário, avisou?

Nicole os encarou erguendo as sobrancelhas.

– Vocês saíram do Refúgio de madrugada e juntos?

– Falamos sobre isso depois – pediu Julian. – Não foram alertados porque...

– Porque você usou meu bloqueador, não foi? – interrompeu Nicole.

– Isso mesmo...

– E funcionou? – perguntou ela, ampliando os olhos com a expectativa.

– Aparentemente sim – respondeu ele.

– Isso é perfeito – disse Nicole. – Se meu bloqueador funcionou com Altan, vai funcionar com a tecnologia mixuruca dos caçadores. Poderemos andar por Santos sem que as leituras biométricas deles encontrem os Karibakis – disse ela para Julian.

– Eu não sei do que estão falando – disse Bianca. – Mas já se passou mais meia hora e temos o quê? Mais três horas para encontrá-las? Quanto tempo levamos para chegar a Santos? Quanto tempo teríamos para procurar as pistas? Duas horas? Uma hora?

Eles a encaravam. Provavelmente, refletiam sobre o que estava dizendo.

– Ouçam – continuou –, o Refúgio não pretende me usar e vocês já sabem disso. Não sou burra. Me ajudem a sair daqui e vamos procurá-las. Depois podemos convocar a alcateia e toda a equipe tática nas cercanias para o lugar onde elas estão sendo mantidas.

Os olhos de Julian baixaram. Ela sabia que ele queria poder ajudar, ele queria poder encontrar uma solução sem colocá-las em perigo, mas não existia esta possibilidade.

Bianca ficou bem na sua frente.

– Gabrielle é sua prima, Julian, e é irmã de Nicole. Se não cuidarmos daqueles que amamos, não seremos nada. Dor e sacrifício, não foi isso que me ensinou? – disse ela. – Gabrielle está agora mesmo no escuro e com medo. Quando eu pisei no Refúgio pela primeira vez, me disseram que aqui estava a minha família. E o que eu aprendi com o sacrifício de minha mãe e de Laura é que não importa o custo. Nós não podemos abrir mão de nossa verdadeira família.

Ele a encarou, mas seus olhos estavam tristes.

– Algumas vezes, esse custo é alto demais e não podemos pagá-lo – disse ele.

– Julian... – disse Nicole. – Ela está certa. Eu sei que é arriscado, mas por favor...

Ele não respondeu por alguns instantes. Parecia refletir sobre a possibilidade. Julian fitou Bianca e ela o fitou de volta. Os olhos dela imploravam.

Ele suspirou e balançou a cabeça concordando.

– Só faremos isso com uma condição.

Nicole acenou.

– Qualquer coisa. – As lágrimas escorrendo por seu rosto.

– Eu sou o alfa, portanto minha alcateia me obedecerá o tempo todo, e isso incluirá vocês duas também. Sem discussões.

– Tudo bem – já foi logo dizendo Nicole. – Seremos sua equipe tática, você é o líder.

Ele olhou para Bianca e ela também acenou concordando. Ela não conseguiu deixar de lembrar que há pouco havia pedido a ele para aceitar que ela e Nicole fossem seus táticos.

– Muito bem. Não temos muito tempo – disse ele. – Chamem Ricardo e vamos tentar montar uma equipe da melhor forma possível. Faça-o entender que, se aceitar, será punido depois, como todos nós. Pois não se enganem, haverá punições, principalmente se falharmos.

– Nós entendemos e falaremos com ele – disse Bianca ansiosa.

Julian lançou um olhar como se ela não entendesse realmente do que ele estava falando, mas isso não importava agora. Três meninas de dez anos precisavam da ajuda deles.

– Não comentem sobre isso fora do dormitório, lembrem-se de Altan. Conseguirei o rastro do Voraz e algum equipamento para vocês.

– Farei uma lista – disse Nicole, correndo pelo quarto para pegar papel e caneta. – É melhor não nos comunicarmos pelo cadigit, Altan poderá perceber algo estranho.

Enquanto isso, ele se aproximou de Bianca e a segurou com cuidado pelo braço.

– Acha que conseguirá farejar? – perguntou baixinho.

– Eu não sei – respondeu ela no mesmo tom. – Mas eu também não sabia se poderia ver a troca de pele aquela noite, apenas sentia que já estava na hora. Eu sinto isso agora também. Acho que conseguirei. Tenho que tentar pelo menos, pelas meninas.

Ele acenou concordando.

– Isso vai ser perigoso. Quero que fique sempre perto de mim, entendeu? – disse, prendendo os olhos dela nos dele.

– Sim, entendi – respondeu enquanto mantinha o olhar.

Nicole se aproximou deles e entregou a lista para Julian.

– Fiquem aqui – disse ele, indo em direção à porta e fazendo um movimento para abri-la. – Vou contatar o resto da alcateia e encontrarei uma forma de despistar qualquer vigia que colocaram sobre vocês. Saiam do quarto em vinte e cinco minutos e me encontrem no lugar em que te peguei de moto, no meu aniversário – disse para Bianca.

– Entendi – disse ela, e, em seguida, ele atravessou a porta do quarto, que se fechou logo depois.

– Como assim naquele lugar em que te peguei de moto? – disse Nicole para ela. – O que está acontecendo entre vocês dois?

– Nada... – foi logo dizendo, e então se lembrou do beijo desta noite. – Quero dizer, não sei... – suspirou. – Essa é uma longa história e agora não temos tempo.

– Quando isso acabar, você vai ter que me contar tudo.

– Eu contarei, prometo.

Nicole pegou seu cadigit sobre a mesa.

– Vou pedir para Ricardo vir até aqui e explicamos tudo para ele. – Nicole digitou algo e, enquanto esperavam Ricardo, vestiram seus trajes *metamold* completos.

Cada parente treinado tinha o seu traje e eles eram programados por DNA para serem utilizados somente pelo seu possuidor. Bianca ganhara o seu há quatro meses e aprendeu em aula como modificar sua aparência de acordo com a vontade de seu pensamento. Nela, o uniforme se parecia agora com blusa cinza escura, botas sobre a calça justa e escura e um casaco fino preto com capuz. Era uma das duas possibilidades de mudança que ela conseguia realizar por enquanto.

Em Nicole, se parecia com um vestido verde-musgo curto, com meias pretas grossas, botas e casaco fino vermelho sangue com capuz.

Ricardo chegou rapidamente e elas explicaram a situação. Ele arregalou os olhos e aceitou de pronto. Ele pegaria seu uniforme e combinaram de se encontrar em alguns minutos no local indicado por Bianca.

– Tem certeza de que Ricardo não contará para ninguém do Conselho? – perguntou Bianca.

– Tenho, pois se eu não puder confiar nele, então não há motivo para sermos uma equipe tática um dia.

Bianca sabia que ela tinha razão. Alcateias ou equipes táticas de parentes, todas seguiam a mesma característica de confiança e lealdade entre seus membros.

Nicole terminou de preparar sua mochila com diversos itens de que precisariam.

– Espero que meus cristais sejam suficientes para os trajes e os batedores – disse Nicole.

– Serão suficientes – disse Bianca, sem querer falar que elas tinham apenas mais umas três horas para achar as meninas e os cristais duravam muito mais do que isso, mesmo quando estavam longe do Cristal Oliva na praça.

Quando se passaram vinte e cinco minutos, saíram do quarto cuidadosamente e foram em direção ao elevador lateral. Não havia sinal de ninguém por ali. Julian tinha prometido cuidar de qualquer vigia sobre elas e esperavam que ele tivesse feito isso mesmo. Assim que desceram pelo elevador, correram pelas sombras da noite no jardim dos fundos, tentando ser discretas.

Quando chegaram ao lugar indicado, já conseguiram ver duas pessoas correndo em direção a elas. Uma era Ricardo e a outra... Rafaela.

– Ah, droga! O que a Rafaela faz aqui? – grunhiu Nicole.

– Desculpe, Nic – foi logo dizendo Ricardo com um sorriso que era um pedido de desculpas. – Se eu não tivesse contado, não chegaria aqui a tempo.

– Desculpa nada – disse Rafaela irritada. – Que história é essa de fugirem para procurar sua irmã sem mim? Por que não me disse o que estava acontecendo? Por que eu tive que arrancar isso do meu irmão?

– Eu não queria te envolver – explicou Nicole.

– Você tá maluca? – disse Rafaela. – Eu jamais te perdoaria se não me deixasse ajudar.

– Mas e quanto a Lucas? – perguntou Nicole.

– Ele não pode saber, ou não vai nos deixar ir – disse Rafaela. – Ele vai ter que entender quando eu voltar, ou me expulsar.

– Tem certeza disso? – perguntou Nicole.

– É claro que eu tenho. Que pergunta idiota é essa?

E então as duas se abraçaram. Ricardo olhou sem jeito para seus pés.

No momento seguinte, ouviram sons de motos se aproximando entre as árvores espaçadas.

Julian vinha na frente e depois Patrick, Con e Duda.

– O que ela faz aqui? – já foi logo dizendo, assim que pararam as motos.

– Ela vai conosco – explicou Nicole. – Lucas não sabe de nada.

Julian as encarou sério por alguns instantes e depois acenou concordando.

– Certo – disse ele a contragosto. – Não temos tempo para discutir. Nós trouxemos o material que pediu – disse, jogando para ela a mochila que carregava nas costas.

– Aqui tem mais – avisou Con.

– Ótimo – disse Ricardo, pegando a mochila de Con. – Com esses equipamentos táticos, diminuiremos nossas chances de morte rápida para morte menos rápida – disse ele com um sorriso torto.

– Se quiser, pode ficar – falou Duda, entregando a ele a outra mochila depois de descer da moto.

– De jeito nenhum – disse ele. – Morrendo ou não, estarei ao lado da minha melhor amiga e cunhada – disse sorrindo para Nicole, que não devolveu o sorriso.

– Peguem os comunicadores e as armas nas mochilas – disse Nicole para Ricardo e Bianca. Em seguida, colocou as coisas de sua mochila dentro dessa outra e a colocou nas costas.

Ricardo entregou a outra mochila para Bianca e ela fez o que Nicole pediu. Devido ao treinamento nos últimos meses, ela sabia como usar o comunicador e guardar a arma de choque em sua roupa *metamold*. Bastava se lembrar onde normalmente ficava o coldre e a roupa absorveria a arma. O coldre estava apenas camuflado por uma leve camada que se parecia com um casaco fino.

Ela ergueu o braço e tocou o tecido *metamold* de seu antebraço para verificar a energia oliva da roupa. Estava cheia, então poderiam usá-la por um bom tempo.

– Duda vai na moto com Con, Rafaela e Nicole vão na moto dela, e Bianca vem comigo.

Bianca obedeceu, pegou a mochila e subiu na garupa dele.

Ricardo olhou para a garupa atrás de Patrick e resmungou alguma coisa enquanto colocava a mochila e subia. Eles entregaram os capacetes pendurados em seus braços e partiram com as motos.

– Julian – disse Bianca atrás dele na garupa. – Você conseguiu? Tem rastro do Voraz?

– Está aqui comigo. Tem certeza de que ainda quer fazer isso?

– Tenho.

– Então estamos prontos – disse Julian, sua voz soou pelos comunicadores enquanto dirigia na dianteira. – Nós vamos pegar uma das saídas secundárias do Refúgio.

– Não precisamos nos preocupar em sermos vistos – disse Nicole no comunicador. – Meu primo e eu temos bloqueadores que criei com *metamold* e DNA Furtivo. O aparelho nos deixa invisível para as leituras biométricas de Altan, então acho que teremos sucesso em entrar despercebidos na ilha. Podemos andar por Santos sem que os caçadores nos encontrem através da leitura de suas câmeras escondidas.

– Talvez não tenham noção ainda do quão perigoso é o que estamos tentando fazer – disse Julian, enquanto tomavam uma estrada de terra. – Não só porque estamos desobedecendo a ordens claras do Refúgio, mas porque estamos lidando com Pérfidos e Desviados. Não sabemos quantos são e que armadilhas prepararam. Não somos uma alcateia experiente como as adultas, mas minha alcateia e eu temos nossas glórias. Entretanto, não temos uma equipe tática completa ou experiente. Portanto, usem o treinamento e lembrem-se de que sou o responsável pela vida de todos aqui. Eu sou o alfa e precisam confiar em mim, pois se alguém sair daqui duvidando disso, já estamos mortos.

– É melhor esses Pérfidos rezarem, porque, quando os encontrarmos, vão se arrepender de terem tocado nas garotinhas! – exclamou Con no comunicador.

Julian olhou em direção à moto de Rafaela.

– Você está se arriscando, tem certeza de que quer continuar? Enquanto estiver conosco, você responde a mim como alfa.

– Eu entendi e aceito isso – respondeu ela no comunicador.

– Muito bem, então – disse ele. – Se sobreviver e for expulsa de sua alcateia, será bem-vinda à nossa.

Rafaela resmungou algo no comunicador.

– Julian, eu ainda não gosto de você. Se eu for expulsa, essa será a última alcateia que desejarei estar.

Duda e Bianca soltaram uma pequena risada no comunicador.

– Conversamos sobre esse detalhe quando estivermos sendo açoitados na Oca – disse Julian.

Desta vez, somente Con riu.

– Nossa primeira prioridade na missão é encontrar Gabrielle e as gêmeas – avisou Julian –, em seguida, avisar a equipe tática adulta de Santos e esperar até eles chegarem. Nossa segunda prioridade é proteger Bianca. Não podemos admitir a morte da última Farejadora. Todos compreenderam?

– Sim – disseram em uníssono, menos Bianca.

– Minhas decisões serão tomadas neste sentido. Estando asseguradas essas duas prioridades, nossas vidas devem ser preservadas e cuidarei para que sejam.

– Eu sei me cuidar. Não quero ser responsável pela morte de ninguém aqui – disse Bianca no comunicador.

Quando Julian respondeu, ele parecia tenso e sua voz saiu autoritária.

– Um Karibaki está disposto a se sacrificar por aquilo que acredita ser o melhor para seu povo e para os humanos. Se você não me obedecer, muitos poderão morrer hoje, desnecessariamente. Entendeu? Saiba que, ao sair do Refúgio, se colocará em risco, e isso significa que outro morrerá em seu lugar. Sem você, sem os Farejadores, nossa guerra estará perdida. Não importa o que diga agora, ninguém hesitará em te proteger. Se não aceitar isso, então é melhor ficar aqui.

Bianca não conseguiu responder imediatamente. Ela não queria mais ninguém se sacrificando por ela, mas sabia que ele não mudaria de ideia.

– Tudo bem – disse por fim. – Eu aceitarei qualquer coisa para ajudar Gabi.

– Vamos até a entrada da ilha e lá paramos para Bianca tentar farejar algo – disse Julian.

Minutos depois, eles chegavam à borda de uma rodovia, mas em vez de entrarem nela, percorriam-na paralelamente. Bianca entendeu que estavam atrás de uma parede *metamold*. Humanos dentro de seus carros veriam algum tipo de ilusão, como uma parede de pedras ou densas árvores.

– Estamos próximos à saída, Nicole – disse Julian.

Bianca olhou para trás e viu a moto em que vinham Rafaela e Nicole. A parente Furtiva usava óculos especiais e luvas pretas, além de mexer os braços, como se estivesse manipulando hologramas.

– Nicole? – disse Julian em tom de urgência.

– Pronto, consegui! – disse ela. – Podemos sair.

Julian jogou a moto para o lado e avançaram para o asfalto, logo atrás, os outros foram surgindo.

– Conseguimos! – exclamou Duda no comunicador.

Houve sons de animação, mas também tensão em suas vozes, por mais que desejassem esconder. O grupo era pequeno, cinco Karibakis e três parentes inexperientes, provavelmente não eram suficientes.

– Segure-se, Bianca – disse Julian, e ela abraçou ainda mais sua cintura, enquanto a moto aumentou a velocidade e eles passaram a voar sobre a estrada. Ela torceu para que fossem excelentes motoristas.

Algum tempo depois, se aproximavam da entrada da cidade de Santos. Julian parou no acostamento e desceram das motos.

Ela tirou o capacete e olhou para Julian.

– Agora é com você, Bianca. Está pronta? – perguntou, estudando-a por um momento.

– Acho que sim.

– Este é o rastro do Voraz – disse ele, tirando do bolso de sua jaqueta de couro um pedaço de tecido dobrado.

Ela pegou o tecido cuidadosamente.

– Bianca – disse ele, enquanto a observava encarar o tecido em suas mãos –, não apenas cheire, mas sinta. Lembre-se de suas aulas de Controle com Carol. Nossos dons não têm apenas ligações com nossos sentidos físicos.

– Vou tentar.

Ela abriu o tecido e aspirou. Havia uma pequena mancha, era sangue seco. Bianca fechou os olhos e tentou encontrar as sensações que distinguiriam aquele rastro na natureza, mas não era fácil. Não conseguia sentir cheiro de nada. Ela logo suspirou frustrada.

Julian colocou as mãos em seus ombros.

– Não esperamos que consiga imediatamente. Sente-se e relaxe. Tente se colocar em transe e vai conseguir.

Bianca tentou sorrir para ele, mas estava nervosa. Ela se afastou um pouco das motos paradas no acostamento e sentou-se de cócoras. Fechou os olhos, forçando sua mente a ignorar o barulho da rodovia. Em seguida, tentou entrar em estado de meditação. O pano estava cuidadosamente entre suas mãos abertas no colo.

Ela precisava encontrar as sensações que distinguiriam o Voraz no meio de tantos cheiros e outras sensações. Mesmo com toda a concentração, aquela ideia lhe parecia impossível.

De repente, um sentimento de culpa se espalhou em seu peito. Onde estava com a cabeça quando disse que poderia ajudar? Ela tinha dado esperanças a seus amigos e agora, além de não encontrarem Gabrielle, todos seriam punidos por sua causa.

– Me desculpem, ainda não consigo – disse ela, abrindo os olhos e procurando Nicole em pé ao seu lado. – Estou tentando. Talvez dentro da cidade seja mais fácil – comentou, pensando na possibilidade de fugir e ir até as docas sozinha e ser trocada pelas meninas.

Nicole acenou e baixou os olhos.

– Ela pode ter razão – apoiou Patrick. – Afinal, Gabrielle foi sequestrada lá dentro.

– Sim, foi – disse Rafaela –, mas estão loucos? É impossível que um Voraz tenha conseguido entrar na cidade dos caçadores.

– Mas o rastro dele pode estar ligado ao rastro de um Pérfido que teve contato com ele – explicou Patrick, e todos se entreolharam.

– Essa é a ideia mais arriscada que temos – disse Julian. – Querem mesmo entrar?

– Mas pode dar certo – comentou Con. – É idiota continuarmos aqui fora, vamos entrar logo.

– Muito bem – disse Julian, concordando –, dentro da cidade, quero que a gente também tente farejar do jeito normal o cheiro de Gabrielle e do Voraz. O rastro serve fisicamente para nossos sentidos. É mais difícil, eu sei, mas temos que fazer isso enquanto Bianca tenta se conectar e encontrar o rastro deles.

Todos concordaram.

– Lá dentro – disse Nicole – devem manter a cabeça baixa quando tirarem os capacetes, só para garantir. Eu vi que vocês trocaram as placas das motos, o que é ótimo, pois evitará reconhecimento nas câmeras de tráfego. Evitem trocar de pele desnecessariamente, não sei se o bloqueador funcionará contra isso e não queremos os Corvos em nosso caminho.

– O que acontece se pegarem a alcateia lá dentro? – perguntou Bianca.

– Haverá um preço alto a pagar pela paz – explicou Rafaela enquanto subiam na moto. – A trégua diz que podem exigir a vida da alcateia. Então, vamos tentar evitar isso.

Eles ligaram as motos e começaram a rodar em direção à cidade.

– Eu não entendo o motivo de vocês e do Refúgio possuírem tanto medo dos caçadores – comentou Bianca, atrás de Julian na moto. Não vejo como humanos comuns poderiam ser mais fortes do que vocês e do que toda esta tecnologia que possuem.

– Somos fortes, mas somos poucos – explicou Patrick no comunicador. – Quando os Karibakis vieram para a América no passado, estavam sendo perseguidos pelos Corvos do velho continente.

– E você já sabe que toda essa estrutura que possuímos no Refúgio só pode ser utilizada lá, por causa do Cristal Oliva – disse Nicole.

– No Refúgio, ninguém seria louco de nos atacar, mas aqui fora é diferente – comentou Rafaela, enquanto finalmente entravam na cidade e Bianca já notava as primeiras edificações. – Sem falar que uma guerra contra os caçadores é inútil. Eles são humanos e é nosso dever proteger os humanos. Entretanto, os horrores dos Pérfidos os jogaram contra todos os Karibakis e somente há pouco tempo, no Brasil, conseguimos uma trégua eficaz. Talvez pudéssemos vencê-los um dia, mas seria perda de tempo e perda de vidas sem necessidade. Muitos acreditam que, se eles querem proteger algumas poucas cidades e lugares no Brasil sem nossa interferência... que assim seja.

– E por que eles querem essas cidades para protegerem? Por que só nesses lugares não deixam os trocadores de pele entrarem? – perguntou Bianca.

– Não sabemos ao certo – foi a vez de Julian falar agora. – Só recentemente, há uns vinte anos, que conseguimos um acordo para os trocadores de pele poderem entrar nas cidades deles.

Bianca ia perguntar mais coisas, porém Duda os interrompeu no comunicador.

– Já estamos dentro da cidade. E agora? Por onde vamos começar?

– Eu pensei que talvez devêssemos começar pelo local onde fizemos a Reunião Noturna – respondeu Nicole.

Bianca aprendeu sobre as Reuniões Noturnas. Eles as usavam para testar as habilidades de um Uivador em falar com espectros de pessoas mortas em situações suspeitas. As crianças eram incentivadas para perderem o medo e desenvolverem sentidos de investigação.

– Por que lá? – perguntou Patrick.

– Porque as três têm estado bastante ocupadas investigando os assassinatos e desaparecimento de animais no centro de Santos – explicou Nicole. – Talvez o desaparecimento delas tenha algo a ver com isso. Meu pai as trouxe para nossa casa em Santos, antes de irem para o Guarujá, onde minha mãe os esperava e elas saíram de casa sem avisar. Para onde mais iriam?

– Então você acha que um espectro de morte tem a ver com o sequestro? – perguntou Ricardo.

– Talvez – disse Nicole.

– Essa é uma possibilidade bem remota – comentou Rafaela.

– De qualquer jeito, é um lugar abandonado e perfeito para Bianca ficar em paz e se concentrar no rastro do Voraz – disse Julian. – Vamos para lá.

Bianca achou a ideia ótima, pois ali estariam próximas do porto.

Fazia meses que Bianca não entrava em uma cidade. Os sons, luzes, carros e pessoas chamavam sua atenção mais do que desejava, e isso a distraía, precisava manter-se concentrada em tentar rastrear.

As motos tomavam as ruas em direção ao centro histórico. A essa hora da noite, os edifícios comerciais e empresariais já deveriam estar fechados. O que significava que seria mais fácil se movimentarem sem chamar a atenção.

Após virarem por algumas largas avenidas com lojas de móveis e escritórios fechados, entraram em uma rua estreita e pararam.

Bianca observou que, tomando toda a pequena rua, de esquina a esquina, estava a escola mencionada por Nicole, com claros sinais de abandono. Na noite em que a encontraram por ali, ela não prestou muita atenção no lugar.

Era uma construção maciça, quadrada e sem cor. As paredes de concreto estavam sujas de poluição. Havia muros ao redor e um portão de ferro levava para um andar abaixo do nível do solo, enquanto escadas laterais de concreto faziam uma espiral ao lado e levavam para o segundo e terceiro andares. Era uma construção estranha para uma escola, mas lá estava a placa indicando que um dia fora exatamente isso.

– Vamos entrar – ordenou Julian, assim que estacionaram na frente.

– Não há mais câmeras ativas nesta rua. Eu as desativei para ficarmos em paz – explicou Nicole.

Julian, Duda, Con e Patrick deram alguns passos e saltaram o muro. Rafaela foi logo atrás e em seguida Ricardo, Nicole e Bianca. Não foi difícil, o treinamento a deixara preparada para isso. Pularam para dentro de um pátio grande e largo, todo de concreto, de onde podiam avistar a rua. A escola ficava acima do nível da calçada, portanto, ao ficarem em pé, podiam ver toda a rua ao redor. O chão estava escuro, sujo e empoeirado, seria uma surpresa se não encontrassem algum drogado perambulando por ali.

– Por aqui – disse Nicole, assim que saltaram.

Pararam no topo de uma escadaria de uns dez degraus até um portão de ferro, trancado com grossas correntes.

– O corpo da menina foi encontrado bem aqui – apontou Nicole para o final da escada lá embaixo.

– Havia marcas de Voraz? – perguntou Con.

– Não.

– E agora? O que faremos? – perguntou Ricardo. – Nosso tempo está acabando.

– Não sei – respondeu Nicole, sinceramente. – Achei que Ricardo pudesse tentar encontrar alguma pista com o espectro – dizendo isso, Ricardo elevou as sobrancelhas.

– Então, agora é com você – disse Julian, virando-se para Ricardo.

Ricardo arregalou os olhos.

– Sério mesmo?

– Sim – disse Nicole. – Por favor, tente controlar seu medo por mim e por Gabi...

Ele suspirou conformado.

– Ai, ai... Isso vai me dar pesadelos – resmungou, enquanto começava a descer os degraus.

– E você, Bia – disse Julian, puxando-a para um canto – tente encontrar um rastro. Qualquer rastro, seja de Voraz, seja de outro trocador de pele.

– Vou tentar.

– Você consegue – disse ele, apertando sua mão com a dele e sorrindo tranquilizadoramente. – Você consegue...

Eles se encararam por alguns instantes antes de Julian se afastar para deixá-la se concentrar. Bianca viu Nicole andando de um lado para o outro, impaciente e preocupada com sua irmã. Ela tentaria, mas se não conseguisse, esperaria até que estivessem distraídos e iria para o porto, que ficava a apenas algumas quadras dali.

A Farejadora sentou-se no chão de concreto, tirou o tecido com a mancha de sangue do bolso e tentou mais uma vez se concentrar.

Enquanto isso, Ricardo parou no último degrau e se sentou, inspirando fundo. Aquele era um lugar isolado, portanto o espectro ainda estaria por ali.

– Eu estou... – então ele parou e limpou a garganta. – Estou falando com aquela que morreu aqui... – disse Ricardo solenemente, sentindo seu coração bater forte.

Nada aconteceu e ele fechou os olhos por alguns instantes. Às vezes demorava, principalmente com ele, já que quase nunca usava seus dons. Após alguns minutos concentrando-se de olhos fechados, sentiu um deslocamento de ar, como se algo tivesse passado à sua frente. Abriu os olhos e lá estava ela.

Uma menininha sentada no chão, no canto mais escuro, junto ao portão de ferro. Ela abraçava seus joelhos e tinha o rosto escondido. Parecia usar um vestidinho e chinelos velhos.

Ele deu um pulo, o que fez com que se sentasse automaticamente num degrau de cima.

– Quem é você? – disse Ricardo, tentando manter a voz firme, e então, lembrando-se do motivo de a ter invocado, continuou a falar. – Eu... eu preciso de informações.

– Eu tentei fugir... – choramingou a menina, ainda de cabeça baixa – eu tentei...

Ele respirou fundo e se acalmou. Precisava fazer isso concentrado.

– Eu sei... Posso imaginar – falou cuidadosamente, lembrando-se de que aquele era apenas o espectro de uma menininha.

– Foi um homem ou mulher que te matou?

– Não – respondeu ela.

– Foi um grande animal?

– Não... não sei... Acho que ele era pequeno. Não me lembro. Eu tentei fugir, mas o portão estava fechado. Então, não consegui.

– Algumas menininhas vieram falar com você nos últimos dias?

A garota não respondeu, em vez disso levantou o rosto e olhou diretamente para ele.

Ricardo sentiu um arrepio, pois seus olhos eram completamente brancos. Eram olhos de um espectro, por isso suas respostas seriam extremamente limitadas, além disso, não havia possibilidade de ter sido utilizada como armadilha. Porém, eles já estavam ali e precisavam ao menos tentar descobrir algo útil, enquanto Bianca tentava encontrar o rastro.

– Eu sou uma menina... – respondeu ela com seu jeito infantil. – Desculpe... Eu estava tentando fugir e vim para cá, mas o portão estava fechado – choramingou. – Não consegui...

– Eu sei e sinto muito. O que mais aconteceu? O que se lembra depois disso?

– Não sei – respondeu ela.

– Certo... Mas e quanto às três garotinhas?

– Eu sou uma garotinha... – disse ela com seus olhos brancos encarando-o profundamente, e ele sentiu mais um arrepio. Ricardo nunca iria se acostumar com aquilo... Esse espectro não tinha muito a dizer, porque, na verdade, não sabia como morrera. Ele suspirou, pensando em alguma pergunta que pudesse ajudar, quando seus olhos foram fisgados por algo atrás do portão gradeado. Um reflexo pálido e dois olhos arregalados encaravam-no.

– Minha mãe! – assustou-se Ricardo, dando um pulo em direção à parede.

Mas o vulto já havia desaparecido para dentro da escuridão da escola. O espectro também desapareceu com sua desconcentração.

– O que houve? – perguntou Julian, lá de cima.

– Eu acho que vi alguma coisa me encarando.

– Minha nossa, Ric! – reclamou Rafaela. – Não me faça passar vergonha.

– Eu não estou com medo – disse ele baixinho, enquanto tentava ver o que havia além da porta pela qual o vulto passou como um raio. – Sou um parente Uivador, como é que vou ter medo? – disse mais para si mesmo.

Dentro da escola, estava muito escuro para seus olhos, mas quando um carro passou lá fora, os faróis altos iluminaram levemente a área além do portão gradeado. Ricardo encontrou o brilho de olhos pequeninos do outro lado do vidro encarando-o.

– Ahhh! – gritou sem conseguir evitar, pulando para longe da porta.

– Ricardo! O que está fazendo pulando aí embaixo? – perguntou Julian.

– Não posso acreditar que ele seja meu irmão – reclamou Rafaela, impaciente, lá de cima.

Nicole olhava tudo taciturnamente.

– Talvez ele seja adotado – começou Duda. – Ricardo deve ser parente de canguru e não de Karibaki.

A piada era engraçada, mas ninguém riu. Todos estavam preocupados com o tempo que corria depressa.

– Nã-não é isso – gaguejou ele lá debaixo. – Tem algo aqui dentro! – disse, apontando para a porta. – E acho que é o espírito da menina. Acho que é a menina que morreu.

Julian fez um sinal para Con.

– Vamos ver o que tem aí dentro, filhote de canguru – disse Con, descendo as escadas com um único salto.

– Um espírito? – disse Nicole também descendo. – As meninas não comentaram nada sobre se comunicarem com um espírito.

– Não importa – disse Rafaela –, se as gêmeas forem sensíveis o suficiente, o espírito pode tê-las encontrado, quando voltaram para a cidade, e as atraído novamente para cá. Essa pode ser a pista que estamos procurando.

A conversa entre eles desconcentrou Bianca e ela se aproximou.

Bianca viu Con forçando as correntes. Dava para perceber seus músculos inchando e inchando, até as veias saltarem, e a corrente, que prendia o portão, finalmente arrebentar. Imediatamente, ele se afastou e respirou pesadamente enquanto interrompia a troca de pele.

– Está aberta – disse Julian para Ricardo.

– Por favor, Ric. Tente descobrir onde está minha irmã – disse Nicole.

Ricardo acenou e em seguida olhou para a escuridão lá dentro. Ele sabia que precisava enfrentar seu medo um dia. Essa parecia ser a hora.

– Nic, poderia me dar um pouco de luz? Prefiro não colocar os óculos de visão noturna, porque atrapalham minha concentração.

– Posso – disse Nicole, tirando a mochila para procurar algo. Era um pequeno dispositivo arredondado. Ela o soltou no ar e ele flutuou na sua frente. Em seguida, colocou um dispositivo no chão e fez um movimento circular com a mão, abrindo uma tela holográfica de controle.

Com um comando, o pequeno batedor entrou iluminando fracamente um grande pátio. Mesas empoeiradas pareciam ser as únicas habitantes, além de uma grande escadaria em concreto à direita.

– Melhor agora – disse Ricardo, antes de entrar. E só por garantia, ele mantinha a mão sobre a arma na cintura.

– Garotinha? – chamou ele. – Não vou te machucar, ok? Apareça para conversarmos um pouquinho.

Lá fora, Bianca e os outros conseguiam vê-lo pela câmera do dispositivo flutuante. Estava escuro e ele olhava para todos os lados à procura dela.

Ricardo estava se esforçando em tentar conseguir uma pista sobre Gabrielle, e quanto a ela? Bianca sentia estar decepcionando a todos. A última Farejadora não conseguia pegar um rastro sequer. Olhou em direção às ruas que dariam ao porto.

– Menininha? Menininha linda, por favor, me ajude... – disse Ricardo. – Tem algumas garotinhas como você em perigo. Olha, não adianta se esconder, eu sei que está aqui porque posso senti-la.

E Ricardo realmente sentiu algo à sua direita, num dos cantos mais escuros do pátio escolar.

– Diminua mais as luzes – pediu ele baixinho para Nicole e ela assim o fez, mudando também a câmera para visão noturna.

Espíritos presos nos lugares de sua morte não gostavam muito de luzes sobre eles e Ricardo já podia ver a leve luminosidade que a menina emitia. Ele não precisaria mais das luzes.

– Oi, meu nome é Ricardo – disse ele, aproximando-se cuidadosamente.

– Ricardo – repetiu ela.

– Qual é o seu nome? Por favor, poderia me dizer? – perguntou, tentando iniciar o diálogo amistosamente.

– Meu nome é Camila. Desculpe-me, eu sinto muito...

– Não sinta, não foi sua culpa ter morrido.

– Eu sei... – disse ela com um olhar cabisbaixo. – Eu sinto muito pelas outras meninas.

36

No pátio externo, eles prestavam atenção através das imagens holográficas pairando no ar. Não podiam ouvir o que o espírito dizia, é claro, apenas ouviam Ricardo.

– Onde está Bianca? – perguntou Rafaela, olhando ao redor.

Todos viraram-se para procurá-la e não a viram.

– Onde ela está? – perguntou Julian em tom de urgência, também se virando para olhar ao redor.

– Vejam – disse Con, apontando para dentro do colégio.

Nicole rapidamente ligou a outra câmera lateral do batedor e mais uma imagem holográfica surgiu, mostrando Bianca caminhando para o meio do pátio interno da escola. Ricardo estava distante dela, no canto mais escuro. A Farejadora sentou no chão e lá ficou.

– O que ela está fazendo? – perguntou Duda.

– Deixe-a – pediu Julian –, acho que está tentando se concentrar para encontrar o rastro. Os dois estão seguros lá dentro.

Nicole mantinha agora duas câmeras, uma em Ricardo e outra em Bianca. Não havia nada que pudessem fazer lá fora a não ser esperar que algum deles saísse dali com alguma pista, pois pouco tempo restava.

– Elas também estão mortas? – perguntou Ricardo, com medo da resposta.

– Não sei – respondeu o espírito, levando um dedinho para a boca. – Elas saíram daqui vivas.

– Você está falando de Gabrielle? – havia ansiedade na voz dele. – Está falando de Gabrielle, Mariana e Laís?

– Falei com duas meninas que eram iguais. Tinha outra menina junto que não conseguia me ver, mas fazia muitas perguntas.

– Elas estiveram aqui hoje?

A menina balançou a cabeça em consentimento e Ricardo respirou aliviado. Finalmente uma pista.

– Me desculpe...

– Por que pede desculpas o tempo todo? O que você fez?

Os olhos brilhantes de Camila se encheram de lágrimas que começaram a escorrer pelo seu rostinho. Ela agachou-se no chão e abraçou seus joelhos.

– Camila, não chore. O que aconteceu da última vez que estiveram aqui? – insistiu, mas a menina não parava de chorar.

– O que está acontecendo, Ricardo? O que ela disse? – perguntou Julian pelo comunicador.

– Elas estiveram realmente aqui, antes de desaparecerem – sussurrou ele para não distrair o espírito. – Mas a menina começou a chorar, preciso acalmá-la.

– Tudo bem, mas seja rápido.

Enquanto isso, Bianca, sentada no chão poeirento do pátio, mantinha os olhos fechados e a concentração longe dos sussurros de Ricardo. Ela havia desligado o comunicador. Precisava encontrar um rastro, qualquer rastro, e já tinha consciência de que, de alguma forma, enquanto dormia, seus instintos de Farejadora se sobrepujavam e ela era guiada adormecida. Precisava encontrar este ponto ainda acordada.

Ricardo tentava consolar a menina com palavras gentis, mas ela continuava a chorar, e foi assim por vários minutos. Quando achou que estava na hora de desistir, ela finalmente ficou quieta.

– Eu prometo que vai ficar tudo bem – disse ele, aproveitando o momento.

– Não, não vai – respondeu ela, fungando. – Eu traí minhas amigas.

– E por que fez isso?

– Porque a mulher me disse que machucariam a minha família se eu não pedisse para Mariana e Laís voltarem aqui. Eles me fizeram mandar recados por pensamento.

– E você fez isso? – perguntou ele, tentando manter sua emoção de lado. Eles estavam quase lá.

– Fiz e aí elas voltaram sozinhas e eu avisei a ele.

– Ele quem?

– Ele, um homem negro bonito, amigo da mulher que me ameaçava o tempo todo.

Ricardo logo imaginou que poderia ser um parente Desviado dos Uivadores. Provavelmente, a própria mulher era uma Desviada e não uma Pérfida de sangue.

– Como fez para avisá-lo?

– Ele disse para pensar nele e chamar seu nome, pois sentiria de longe.

– Entendi, ele era como eu, um Uivador.

– Um o quê?

– Deixa para lá – respondeu ele. – E ele veio e daí o que aconteceu?

– O homem veio com a moça negra e... e... – Suas lágrimas voltaram a escorrer.

– Foi ela quem te matou?

– Não, não foi ela. Eu morri antes e agora me lembro como.

– E como você morreu?

Ela balançou a cabeça como se tentasse afastar um pensamento ruim. Parecia não querer falar sobre aquilo.

– O que aconteceu com as meninas? – perguntou Ricardo, consciente de que não possuía mais muito tempo.

– Elas tentaram fugir, mas era tarde. Eles levaram as minhas amigas embora.

– Sabe para onde foram?

– Não, eu sinto muito...

– Eles tentaram te invocar em algum outro lugar? Outro lugar que não seja este?

– Não, o homem bonito veio com a mulher e falou comigo. Perguntou sobre as meninas quando vieram aqui numa noite, meses atrás.

Ricardo ergueu as sobrancelhas, espantado.

– Eles sabiam que elas tinham vindo aqui antes?

– Sim, sabiam.

– Como? Eles te contaram?

Ela ficou pensativa.

– Elas morrerão esta noite se não puder me ajudar com mais do que isso – disse ele.

– Oh, não... Eu sinto muito, muito mesmo – e as lágrimas começaram a cair novamente.

– Ouça, Camila – disse ele, antes que ela recomeçasse a chorar –, eu preciso que você se concentre e tente se lembrar de mais alguma coisa. Qualquer coisa que te chamou a atenção.

Os olhinhos dela baixaram. Ela soluçava enquanto olhava para seus pezinhos dentro de chinelos simples e surrados.

– Lembro que tinha uma moça ruiva com eles também. E eles perguntaram uma coisa engraçada para ela – disse finalmente.

– O que falaram?

– Achei engraçado ele perguntar para ela se deveriam confiar em um corvo.

Ricardo se levantou de pronto, chocado com o que a menina tinha acabado de dizer. Ele engoliu em seco.

– Tem certeza de que falaram sobre isso?

Ela balançou a cabeça confirmando.

– Achei engraçado porque é estranho alguém perguntar se... – de repente, ela parou de falar e se moveu do lugar. Seus movimentos eram tão rápidos que num instante ela estava a três passos de onde estava antes. Ricardo não viu seu movimento.

– O que foi?

– Tem algo aqui – sussurrou ela.

– São eles? Os Desviados voltaram? – perguntou alarmado.

– Ricardo? O que está acontecendo? – era a voz de Julian, mas Ricardo mal o ouviu.

Lá fora, eles tentaram não interrompê-lo com perguntas, apesar das palavras do Uivador indicarem que estava conseguindo obter informações importantes.

– Eu preciso ir – disse a menina, com olhos esbugalhados, e então ergueu o braço e apontou para algum lugar além dele, bem no meio do pátio da escola. – Tem alguma coisa aqui.

Ricardo olhou para o lugar que ela apontou e incialmente não viu nada. Mas então ele apertou seus olhos e foi aí que notou alguém sentado de cócoras a apenas alguns metros. O dispositivo flutuante iluminava Bianca fracamente. Olhou ao redor dela e não viu nada.

– O que está vendo? – perguntou Ricardo para o espírito, mas Camila já havia desaparecido. Ricardo soltou um palavrão. Ele não deveria ter tirado os olhos dela, pois era assim que espíritos conseguiam fugir dos interrogatórios.

– Consegui alguma coisa, mas não muita – disse Ricardo para seus amigos lá fora, enquanto começava a ir em direção ao portão. Ele olhou novamente para Bianca.

O que ela estava fazendo ali? – pensou, antes de estacar onde estava. Ricardo engoliu em seco e piscou várias vezes, tentando entender se, o que estava vendo neste momento, era real.

Bianca pensava no que Julian havia dito sobre seu dom ser algo instintivo e sobre ela ter nascido com aquilo, porém tê-lo bloqueado durante toda a sua vida.

– *Eu vi um monstro* – disse Bianca para um dos psiquiatras que cuidaram dela após a morte de sua mãe.

– *Não viu não* – explicou enfaticamente o médico. – *Você apenas se sente culpada por não ter podido proteger sua mãe. Então você transformou seu assassino em um monstro. E nós somos todos impotentes contra monstros.*

Nessa época, ela se lembra de que era ainda uma menina assustada e traumatizada. Haviam se passado apenas alguns meses após a tragédia. Os psiquiatras a tentavam convencer de que o que vira não era real e logo em seguida a enchiam de remédios. Drogas que, segundo Allan, ajudaram a desequilibrar seu dom, piorar seus pesadelos e as crises de sonambulismo.

Entretanto, já tinham se passado seis meses desde que seu corpo se desintoxicara e ela fazia exercícios de meditação de Controle. Bianca deveria estar pronta para usar seu dom, mas aparentemente ainda não estava. Ela ainda se sentia impotente. Era como se o monstro em seus sonhos ainda estivesse ali e ela não pudesse fazer nada. Gabrielle dependia dela e era apenas uma menininha, como ela tinha sido um dia.

Não! – pensou. – *Não sou mais uma criança amedrontada. Monstros existem sim, mas o Refúgio me ensinou a lutar contra eles. Não preciso ter mais medo. Não sou mais impotente.*

E então Bianca esvaziou sua mente e deixou-se deitar no solo poeirento. Como nas aulas de Controle, imaginou-se flutuar em um oceano, permitindo que a correnteza a levasse livremente.

Minha força está aqui – pensou. – *Em algum lugar dentro de mim.*

De repente, sentiu uma leve pontada em sua cabeça. A sensação fluiu pelo seu corpo como uma descarga elétrica. Sentia como se seu corpo vibrasse ligeiramente. Bianca tentou segurar essa sensação, ao mesmo tempo que se esforçava para se manter consciente.

A sensação agora era quase palpável. Algo lá fora atraía sua atenção como imã. Foi como se uma porta se abrisse, o calor da luz e o toque do vento a atingissem e, de repente, todos os poros de seu corpo sentiam a presença dos predadores lá fora. E havia cinco deles. Cinco criaturas Karibakis, como fios que a tocavam e vibravam, presenteando-a com sensações além da percepção normal. Era o rastro. Ela estava farejando, finalmente.

Com um esforço mental, deixou de prestar atenção naquela corrente e tentou encontrar outras. Não demorou. Seu corpo se ergueu, ficando em pé. Ela mal percebeu isso.

Então, era isso o que acontecia quando eu dormia? – pensou. – *Entro em contato com este rio de correntes fluídicas e simplesmente me deixo guiar? Era essa a sensação do dom do Farejador?*

– Ricardo – chamou Nicole pelo comunicador –, o que está acontecendo com você? Por que está aí parado?

– Shiii... – pediu baixinho. – Vocês não vão acreditar no que estou vendo... – E então ele desligou o comunicador para não perder a concentração.

Os olhos de Ricardo estavam arregalados. Ele olhava para um incrível redemoinho de luzes brilhantes girando ao redor de Bianca, deitada no chão empoeirado. Nunca tinha ouvido falar daquilo e nem vira nada parecido antes, portanto não tinha a menor ideia do que era.

Ele se sentia hipnotizado com a dança cintilante.

E então, as luzes repentinamente explodiram em milhares de pontos de energia que se espalharam no ar, inicialmente de forma aleatória, mas depois de forma ordenada. As luzes começaram a se reagrupar, algumas tomando forma definida. Figuras etéreas e indistintas de energia rodeando a Farejadora.

Bianca de repente se levantou e olhou ao redor, sem parecer notá-lo ali parado. Ela estava em um tipo de transe. Olhou para a saída, deu alguns passos e parou.

Ele conseguia definir três imagens ao redor dela. Havia outras, mas eram apenas vultos rodeando-os. Ricardo sabia que Bianca não poderia vê-los ou entendê-los, pois essa era uma habilidade dos parentes Uivadores, mas, de alguma forma, ela parecia poder senti-los.

Subitamente, as três formas distintas de energia se afastaram dela e se viraram para ele. Era possível agora distinguir perfeitamente suas faces. Eram duas mulheres e um homem jovens. Eles o encararam tão profundamente que Ricardo sentiu suas pernas tremerem e ele simplesmente caiu no chão de joelhos.

Uma das figuras femininas se aproximou de Ricardo e sorriu. Ela era alta e possuía cabelos ondulados. Seus traços eram apenas poeira brilhante solta no ar, mas ele entendeu quem era e sorriu de volta. A mulher o encarou por alguns segundos e então retornou, ficando atrás das outras duas figuras.

O homem e a mulher, que se aproximavam, passavam uma sensação de grande imponência. Era deles que vinha a força espiritual que ele sentia ao redor. Ricardo olhou diretamente para o rapaz que avançou primeiro e, imediatamente, foi hipnotizado por um profundo céu estrelado, nas órbitas que deveriam ser seus olhos. Ele sentiu todo o seu corpo vibrar.

Você sabe quem eu sou? – perguntou o jovem rapaz de cabelos cacheados. Seus lábios nem sequer se moveram, a pergunta gritou em sua mente.

– S-sim... – respondeu Ricardo. Ele sabia sim, não havia dúvidas em sua mente.

Então, ouça-me cuidadosamente porque tenho uma mensagem...

E Ricardo o ouviu ajoelhado no chão e sem sequer mexer um músculo, sentindo seu corpo pairar como se fosse uma daquelas poeiras vibrantes. As palavras dele entraram em sua mente e lá foram gravadas de forma permanente. Ele jamais as esqueceria. Citaria palavra por palavra sem errar uma só.

Ele se afastou e os olhos de Ricardo se voltaram para a mulher, que se aproximou. Ela era linda e jovem, vestia-se como o rapaz e seu rosto era delicado como um anjo.

Você sabe quem eu sou? – disse ela. Sua voz adorável vibrando dentro dele, deixando marcas ainda mais profundas.

– Não – respondeu Ricardo. Ele realmente não sabia quem ela era, mas sentia que deveria saber. Era quase uma blasfêmia não saber.

A mulher sorriu compreensivamente e, quando falou novamente, suas palavras suaves trespassaram o coração de Ricardo como uma lâmina afiada.

37

— Tá legal. Só eu estou achando isso tudo muito estranho? – perguntou Patrick lá fora, enquanto olhavam para as telas holográficas. – Ric já tá ajoelhado com essa cara de bobo por tanto tempo que está quase babando, e Bianca parece uma estátua lá parada.

– Mas o que está acontecendo lá dentro? – perguntou Nicole aflita. – Nosso tempo está acabando.

– Tem algo estranho... Melhor entrarmos – comentou Duda, passando os dedos no cabelo, nervosa.

– Não entrem ainda – pediu Rafaela. – Eles parecem em transe. E se estiverem obtendo pistas sobre Gabrielle e as meninas? Temos que esperar, e não os atrapalhar.

– Eu sei, mas Nicole tem razão – disse Julian. – Nosso tempo está realmente acabando. Temos que saber agora se eles descobriram ou não alguma coisa.

E como se tivessem ouvido o que eles diziam, Ricardo e Bianca finalmente se mexeram em direção à saída. Nicole deu o comando e trouxe de volta o batedor, que voou sobre as escadas e ficou flutuando logo acima deles.

Bianca foi a primeira a sair e subir as escadas. Tinha uma estranha expressão no rosto. Seus olhos estavam abertos, mas pareciam perdidos, enquanto Ricardo parecia em choque.

– Vocês dois conseguiram alguma coisa? – perguntou Julian, mas ninguém respondeu.

– Eles estão bem? – perguntou Con, enrugando os olhos.

– Ricardo – disse Rafaela. –, o que você tem? Qual é o problema? – Ela estralou os dedos na frente dele para chamar a atenção.

Ricardo piscou uma, duas vezes, e então virou o rosto para a irmã fazendo uma expressão como se tivesse acabado de vê-la.

– Rafa?

– Você está bem? – perguntou ela. – O que aconteceu lá dentro?

– Estou bem... – respondeu ele, voltando sua atenção para Bianca. Rafaela olhou para ela também.

A Farejadora caminhou pelo pátio do colégio abandonado até alcançar a mureta. Ela então ergueu o braço e apontou para algum lugar entre os edifícios baixos daquela parte da cidade.

– Por ali – disse ela para Julian, que a seguia. Ele tentava entender o que havia de estranho nela.

– O que há por ali? – perguntou em tom baixo. – É o rastro das meninas e do Voraz?

– Voraz? – perguntou como se estivesse tentando lembrar sobre o que ele falava.

– Sim, do Voraz que está com Gabrielle e as gêmeas Uivadoras. Você se lembra delas, não lembra? Foram sequestradas.

Bianca acenou lentamente, seu olhar ainda perdido em algum ponto distante.

– Não é o rastro do Voraz que estou te mostrando, Julian Ross.

Julian ergueu uma das sobrancelhas devido ao jeito formal que ela falou seu nome.

– Então o que é? – Ele percebeu que havia algo de muito diferente nela.

– É o rastro de algo muito mais antigo e mais perigoso – explicou Bianca.

Ele franziu o cenho e olhou para trás, todos estavam parados observando-os. Nicole estava aflita, seus olhos imploravam para que se apressassem.

– Entendo, mas, neste momento, nossa prioridade são as meninas. Encontre o rastro do Voraz.

Ela virou-se para ele e olhou diretamente dentro de seus olhos. Julian não conseguiu evitar sentir um arrepio.

– Farei isso, pois você é o alfa e a escolha é sua, mas terá que viver com as consequências, pois ela chegará nele primeiro.

– Ela quem? Do que está falando?

Bianca ainda o encarava firmemente.

– A ruiva. Ela é muito perigosa e agora sabe a verdade que seu pai distorceu.

Julian estremeceu e de repente se lembrou da promessa em ajudar Milena.

Seria a mesma ruiva? – pensou ele. – *A ruiva que Milena estava investigando por se aproximar de Roberto Sales? Quem seria ela, afinal? E o que seu pai tinha a ver com isso?*

Ele ainda carregava o celular desmontado em um dos bolsos da jaqueta. Esperava encontrar um momento para tentar ligar para Milena depois que encontrassem Gabrielle, mas ele sentia que havia algo errado, ela já deveria ter entrado em contato com ele através de mensagens.

Não levou a sério a investigação sobre o líder dos caçadores e a mulher ruiva, em parte, porque estava ocupado com Bianca e agora temia pela amiga Vaeren. Mas como a Farejadora sabia sobre a mulher ruiva? E de que verdade ela estava falando?

E antes que ele pudesse perguntar mais, Bianca inspirou fundo e fechou os olhos, concentrada. Tentava encontrar a corrente de fluidos que ligavam aquele lugar ao Voraz, cujo rastro Julian tinha coletado. Não foi tão difícil. Parecia que alguém que tivera contato com ele tinha passado por ali. Reconheceu um cheiro de fome e sangue.

Ela olhou em direção a um morro que se erguia perto dali, bem no meio do bairro, e então apontou naquela direção.

– Por ali, no alto do morro ao nosso lado.

– Tem certeza de que esse é o rastro do Voraz? – perguntou Julian incrédulo, mas ela não respondeu, encarava o vazio. – Bianca?

Ela piscou algumas vezes e baixou os olhos. Quando o encarou, tinha vida nos olhos novamente.

– Julian? – Bianca cambaleou um pouco confusa.

– Você está bem? – perguntou ele, segurando-a com cuidado.

– Eu... eu estou bem, só me sinto estranha. O que aconteceu? – disse ela.

– Bianca, você ainda consegue sentir o rastro do Voraz? – perguntou ele.

– Sim, eu consigo, mas como vim parar aqui em cima?

Nicole os interrompeu aflita.

– Bia, você tem certeza de que o rastro aponta para o morro? – perguntou Nicole.

– Tenho. Ele cheira a fome e sangue.

– Mas no Monte Serrat? – comentou Patrick incrédulo, enquanto se aproximava também. Estavam todos ouvindo atentos. – Impossível! Como ela conseguiria trazer um Voraz para um morro no meio da cidade de Santos e sem os caçadores saberem?

Mas isso ninguém sabia responder. De onde estavam, dava para ver o monte se erguendo ao lado dos edifícios comerciais. Bianca conhecia pouco sobre o lugar.

– Bem... – começou Ricardo. – Eu acho que tenho uma teoria...

– Isso não importa – interrompeu Nicole. – Se não nos apressarmos, não será possível chegarmos antes do tempo acabar, temos menos de meia hora agora.

Julian ergueu a mão pedindo calma à sua prima.

– Não estamos perdendo tempo, temos que nos preparar ou morreremos na investida. Enquanto organizamos uma estratégia, avise ao Refúgio sobre este lugar e monte sua plataforma de observação aqui. Coloque todos os batedores em funcionamento. – E então, virando-se para Ricardo, continuou. – E quanto a você? Que informações obteve com o espírito? Fale depressa.

– Vocês podem apostar que Bianca tem todas as pistas que precisamos para encontrá-la, mas eu descobri algumas coisas interessantes. A mulher da balada é uma Desviada e provavelmente dos Uivadores, ela obteve ajuda de um parente como ela. Ele convenceu o espírito a chamar as meninas de volta com a promessa de contar como morreu e não havia mais ninguém com os dois na hora, porém o espírito disse ter ouvido algo estranho.

– O quê? Não enrole – pediu Julian.

– Ela falou que ouviu algo sobre se deveriam ou não confiar em um corvo, e logo depois surgiu uma mulher ruiva entre eles.

A expressão de Julian se fechou, mas ele não disse nada. Ele apenas esperava não ser aquela uma armadilha de Pérfidos e Corvos, ou estariam todos perdidos.

– Corvo? – perguntou Duda abismada.

– Com o que estamos lidando, Julian? – perguntou Rafaela.

– Eu não sei – confessou ele. – Mas não acho que os Corvos ajudariam os Pérfidos abertamente. Eles não possuem motivos para isso. Entretanto, vamos manter essa possibilidade em mente.

Sua alcateia se entreolhou. Ele sabia que lutar contra caçadores não estava nos planos, mas ele não achava que esse seria o caso ainda.

– Ela pode ter reforços de parentes e outros Karibakis – explicou ele, voltando a se concentrar na missão. – Portanto, não temos outra escolha a não ser nos separarmos. Nicole, coloque a imagem do Monte Serrat no holograma.

Ela obedeceu e, em segundos, eles tinham uma imagem brilhante flutuando no ar, em três dimensões. O morro no bairro do centro era bastante inclinado e devia ter mais de cem metros de altura. Na área leste, havia diversas casas simples, mas ainda dava para ver muitas áreas verdes ao redor do morro, principalmente na parte oeste.

– Como foi que colocaram um Voraz aí? – perguntou Duda. – E como ele ainda não saiu devorando todo mundo lá em cima?

– No vídeo, ele estava preso em uma jaula – disse Julian enquanto analisava o morro atentamente –, provavelmente em algum subterrâneo, a estrutura do morro permite isso. E provavelmente a mãe dele tem grande controle sobre a criatura.

– Sim – concordou Nicole que acabara de analisar diversas informações que encontrou sobre o local. – O topo do morro é o lugar mais provável. Todas as casas lá em cima foram desapropriadas, o antigo cassino e a capela de Nossa Senhora do Monte Serrat estão fechados para reforma. A área está isolada há quase um ano.

– Antigos cassinos costumavam ter áreas subterrâneas – explicou Patrick.

– Deve ser o lugar certo, mas possivelmente está sendo vigiado – comentou Julian, ainda concentrado em sua análise. – Ricardo e Nicole ficarão aqui, operando os batedores.

– Tudo bem – concordou Ricardo. Seus olhos ainda estavam incrivelmente arregalados.

– Bianca e eu subiremos sob a sombra de meu dom, por esta área verde – continuou Julian apontando para a parte oeste, oposta às casas. – Duda seguirá sozinha pelas escadarias do monte, enquanto os outros darão cobertura indo escondidos por entre as casas. Duda e Patrick não precisam, mas Con e Rafaela devem ficar próximos, utilizando o bloqueador de Nicole. – Julian tirou um pequeno objeto quadrado do bolso e o entregou a Con.

– São mais de quatrocentos degraus – observou Patrick coçando a cabeça. – Teremos que ser rápidos.

– Os vigias não conseguirão ver Bianca e eu surgindo. Nicole passará as informações conforme avançarmos. Ela indicará o caminho que Bianca aponta. Nós temos que ser mais espertos do que eles ou não adiantará nada.

– Eu aposto como devem ser muitos – comentou Duda exasperada.

– Não acredito nisso – disse Julian. – Quando nos atacaram na Barba Azul, eram poucos. Uma alcateia de apenas quatro membros para encontrar a última Farejadora? Além do mais, estão quase todos mortos.

Ricardo assentiu, confirmando a informação.

– Pode ser – disse Rafaela. – Mas ainda não entendo como os caçadores não perceberam um Voraz em sua própria cidade.

– Discutiremos isso depois – disse Julian.

– Já avisei ao Refúgio – disse Nicole, fazendo um movimento no ar, sem tirar os olhos dos hologramas. – Eles estão enviando as equipes táticas, mas estão furiosos conosco. Estou mandando agora mesmo os batedores. A proteção da cidade impede que eu envie as imagens para o Conselho nos acompanhar, então estaremos sozinhos nessa.

– Vou te ajudar – disse Ricardo, aproximando-se dos hologramas.

– Temos que ir – disse Julian e, virando-se para sua alcateia, continuou. – Fiquem vivos até a ajuda chegar. O reforço não vai demorar, entenderam?

Eles acenaram concordando. Julian tirou rapidamente sua jaqueta e a jogou no chão ao lado de Nicole. Os outros começaram a imitá-lo e deixar tudo o que não fosse essencial.

Enquanto isso, Bianca abriu sua mochila e entregou o batedor que estava ali para Ricardo.

– Bia, fique calma o tempo todo – disse o irmão de Rafaela – e lembre-se de nosso treinamento.

– Eu farei isso – respondeu ela, colocando de volta a mochila nas costas.

– Vão na frente – disse Julian para sua alcateia e eles obedeceram saltando o muro e correndo em direção ao monte. Dois dos três batedores voaram à frente do grupo.

Ele olhou para Nicole.

– O nosso batedor não conseguirá nos seguir por causa do meu dom, mas depois o faça nos encontrar com o rastreador nos trajes de Bianca.

Nicole acenou entendendo, enquanto observava as imagens holográficas mostradas pelos dois drones que iam à vanguarda da alcateia. Eles faziam leituras térmicas dos seres vivos que encontravam. Nicole tentava encontrar a presença do Voraz e de emboscadas.

– Vou trocar de pele – disse ele para Bianca. – E você vai em cima das minhas costas.

– Sério? – espantou-se ela.

– Ninguém nos verá enquanto eu andar nas sombras, esse é o meu dom.

Ele a segurou pelo braço enquanto se transformava. Ela estava nervosa por ter que presenciar mais uma vez a troca de pele. Temeu que pudesse ter uma recaída, mas, enquanto ele se transformava, logo notou que as sensações horríveis que tinha antes desapareceram.

E então algo estranho aconteceu.

Foi como que uma leve corrente elétrica viesse dele para ela, através do braço que a segurava. Toda a pele de Julian mudava completamente, adaptando-se à escuridão ambiente, ao mesmo tempo que trocava de pele.

Ela estava fascinada com o poder de camuflagem dos Furtivos em ação. Entretanto, o mais estranho foi perceber que a pele dela também estava mudando e se adaptando. Era como se Julian estivesse lhe passando isso, como ondas que vinham dele para ela e, com elas, vinha um frio e um estranho formigamento por toda parte.

Bianca aprendeu que, nessa forma, as sombras os ocultavam de tudo, até mesmo da leitura de calor, mas não sabia que ele poderia estender isso para ela também. Porém, às vezes os dons variavam.

Julian se agachou e a empurrou para suas costas. Sentindo os pelos macios e a musculatura rija da forma Karibaki, ela prendeu as pernas em suas costelas e segurou com os braços em volta de seu pescoço. Sentindo-a segura em suas costas, ele saltou o muro e começou a correr pelas partes mais escuras das ruas, virou algumas esquinas e em pouco tempo chegaram à base mais arborizada do monte. Ela não via trilha alguma, e então entendeu o que ele faria. Segurou-se firme enquanto davam um grande salto e ele se agarrava ao solo, iniciando a escalada.

Era pavoroso e ao mesmo tempo excitante escalar o Monte Serrat nas costas de Julian, em sua plena forma Karibaki, e ainda completamente camuflada. Ela podia ver as luzes da cidade atrás dela, uma larga avenida, ao fundo, as luzes do porto e seus altos guindastes, o braço de mar e as silhuetas dos montes verdejantes além. Distraída, um galho quase a atingiu. Ela virou-se para frente, precisava ficar atenta, pois sua queda poderia ser fatal.

Ainda sentia o rastro. Estava bem claro para ela. O Voraz estava ali em cima e não muito longe.

Em instantes, chegaram quase ao topo do monte. Ela logo viu uma área inclinada semicircular toda cimentada. Alguns metros acima, havia o edifício quadrado e branco que um dia fora um cassino da década de vinte, no século passado. Estava tudo escuro e silencioso.

Ele parou e ela desceu cuidadosamente para não escorregar morro abaixo. Assim que deixou de tocá-lo, Bianca sentiu um arrepio por toda a pele e voltou ao normal. Agora Nicole poderia rastreá-la pelo uniforme *metamold*. O batedor deveria estar a caminho.

Bianca olhou ao redor e inspirou fundo. Podia ver o rastro quase que fisicamente. Além disso, seu corpo parecia ser atraído como um imã na direção do Voraz. Estavam perto.

– Por ali... – apontou Bianca à direita e começou a andar cuidadosamente na direção de uma área arborizada menos inclinada.

Enquanto isso, os batedores operados por Nicole e Ricardo sobrevoavam o monte e faziam leituras térmicas de tudo o que encontravam, enquanto Duda ia pela escadaria. Dava para ver alguns corpos vermelhos e laranja deitados em suas camas dentro das casas, além de muitas áreas vazias contendo apenas pequenos animais, que não demoravam a ser identificados e ignorados.

Os minutos passavam enquanto tentavam controlar a impaciência e se concentrar. Julian estava certo, se não fossem cautelosos, cairiam em uma armadilha, e isso não ajudaria Gabrielle.

– Espere, volte a imagem – disse Nicole, olhando para a tela em que Ricardo manipulava.

– O que foi?

– Aqui – disse, apontando para uma das casas vazias no alto do morro, próxima à capela e ao cassino.

– Não há nada aqui – disse ele.

– Eu sei, e é por isso mesmo – disse Nicole. – Tinha algo há dois segundos. Essas casas no alto deveriam estar desabitadas, não é verdade?

– Batedor dois, voltar gravação – ordenou ele.

O drone voltou a gravação e viu que Nicole tinha razão. Quando o batedor sobrevoou a casa, identificou uma rápida leitura térmica antes de desaparecer. Parecia uma pessoa, mas desapareceu em algum ponto da casa.

– Ninguém desaparece do nada, deve ter um lugar protegido de leituras – disse Ricardo.

– A casa é pequena – explicou Nicole. – Portanto, devem estar no subterrâneo como Julian disse. Malditos Pérfidos, eles adoram subterrâneos.

– Sim – concordou Ricardo mais animado. – E veja! Leituras térmicas com o batedor um, em lugares estratégicos próximos à área isolada. Esse é o lugar certo.

– Devem estar desesperados, se achavam que não iríamos vê-los antes.

A leitura biométrica de Bianca, proporcionada pelo traje *metamold*, ressurgiu na tela. Ela saíra do campo de influência da camuflagem de Julian e imediatamente Nicole enviou o batedor três até eles. Ela precisava ter uma visão dos dois para ajudá-los.

– Não se mexam – disse Nicole no comunicador de Bianca. Julian com seus sentidos aguçados também era capaz de ouvi-la. – Os batedores fizeram leituras de múltiplos elementos no alto do morro. Há câmeras também e detectores de movimento que estou anulando para vocês. Duda está atraindo os guardas para a escadaria, deixei que as câmeras e os detectores de movimento acusassem a subida dela. Esperem um momento.

Julian e ela esperaram. Aquele era o trabalho de uma equipe tática, Nicole e Ricardo estavam indo bem.

– Tudo limpo – disse Nicole. – As quatro leituras foram atraídas até os outros. O batedor três já está com vocês agora.

Julian fez um ruído com a garganta, provavelmente queria que continuassem. Bianca sentiu o rastro e recomeçou a andar por entre a grama inclinada.

Pararam por um instante. Acima deles, havia uma casa simples na escuridão.

– Não há leituras, mas acreditamos que haja alguém escondido – disse Nicole. – Por favor, sigam depressa. Temos apenas alguns minutos.

Bianca tentou se concentrar e tomou o caminho em direção à casa, mas então parou. Julian farejava o ar com seu focinho, parecia ter captado alguma coisa e se virou em direção à casa também.

– Não – disse ela, postando-se em seu caminho. – Na casa não, acho que é por aqui... – disse, caminhando em uma área arborizada e com muitas plantas. Estavam perto. Ela podia sentir, na verdade já deveriam estar vendo.

Bianca olhou ao redor. Julian estava agitado, resfolegando enquanto cheirava o chão e o remexia com suas garras.

– Há algo no chão – disse Nicole com voz ansiosa –, o batedor fez uma leitura de metal na superfície a cinco metros de vocês à frente.

Faltavam menos de cinco minutos agora – pensou Gabrielle, encarando a jaula do Voraz menor.

Atrás delas, o Voraz adulto voltou a ficar agitado. Ele andava de um lado a outro, as presas reluzindo e seus olhos vermelhos brilhando ameaçadoramente na escuridão de sua jaula.

– O que vamos fazer? – perguntou Laís, apertando sua mão.

– Eles não fizeram a troca. Não tem ninguém vindo nos buscar – disse Mariana, colocando a cabeça entre as mãos.

As três ainda estavam sentadas sob a mesa de metal. Gabrielle encarava seu pequeno molho de chaves no chão, que fora jogado para fora das barras há meia hora.

O Voraz menor tinha carregado pela boca o chaveiro que ela derrubara na corrida para sair da jaula e o soltou próximo às grades, empurrando com seu focinho até elas caírem do outro lado. Apesar de ser sua única fonte de luz, ninguém se mexeu para tentar pegar o chaveiro. Afinal, estava claro que era uma armadilha. Assim que se aproximassem das grades, ele poderia agarrá-las e destroçá-las.

Entretanto, Gabrielle não conseguia tirar os olhos do chaveiro de bonequinha e pensar que havia entrado no fundo da jaula e mesmo assim sobreviveu.

A menina olhou para o cronômetro na fechadura da outra jaula. Agora faltavam três minutos. Três minutos de vida apenas.

Laís choramingou ao seu lado.

– Não seja covarde – disse Mariana para a irmã.

– Não me chame assim! – gritou Laís em lágrimas. O Voraz adulto bateu sua cabeça contra as grades. Ele não tentava mais alcançá-las com suas garras. Parecia entender que não demoraria para tê-las entre suas presas.

– Então pare de chorar – rebateu Mariana.

– Parem de brigar – disse Gabrielle, saindo de debaixo da mesa. – Nosso tempo está acabando – disse, apontando para o cronômetro que indicava quase dois minutos agora.

E de repente ouviram um ruído do outro lado. Carina estava voltando.

– Ela virá aqui para nos ver sendo devoradas e enviará a gravação para nossos pais – sussurrou Gabrielle. As duas a olharam horrorizadas. – Temos que sair daqui antes que ela chegue e nos impeça.

– E para onde vamos? – disse Mariana, levantando os braços e olhando ao redor.

Gabrielle a encarou por um segundo e depois olhou em direção à jaula do filhote Voraz.

– Está louca? – disse Laís, adivinhando seus pensamentos.

– Prestem atenção. Ele não me atacou quando estive lá dentro, tá legal? Talvez seja muito pequeno para querer nos devorar, sei lá – tentou Gabrielle.

– Ele vai nos atacar, assim que a gente chegar perto das grades – disse Laís.

Gabrielle olhou para as chaves caídas ao lado das barras e depois para o tempo acabando.

– Só há uma forma de sabermos.

E então ela engoliu em seco e foi até as barras.

– Não! – disseram as gêmeas Uivadoras, mas Gabrielle já estava quase ao lado das chaves. Ela se abaixou, pegou-as do chão e, não satisfeita, encostou suas costas contra as barras, abrindo os braços.

As gêmeas tinham os olhos arregalados, congeladas de terror.

Gabrielle sentia-se tremer, mas tinha que ao menos tentar. À sua frente, o cronômetro mostrava menos de dois minutos agora.

Ela baixou os braços devagar. Ainda trêmula, firmou o chaveiro nas mãos para acender a lanterna. Não havia nada próximo às grades. Ela virou-se para as gêmeas. Elas não estavam muito animadas para entrar na jaula. Não poderia culpá-las, o plano era desesperador.

Como se tivesse adivinhado o plano delas, o Voraz maior recomeçou sua agitação selvagem, rugindo e tentando alcançá-las com suas garras.

– Estou chegando, meu amor! – disse uma voz atrás da porta de metal do local onde estavam presas. Carina estava se aproximando.

Gabrielle foi a primeira a virar seu corpo e forçá-lo entre as barras para dentro da jaula. Com um gemido, passou com a lanterna e iluminou ao redor, esperando ser atingida por um ataque brutal, mas nada aconteceu. Como ela imaginava, ele deveria ser pequeno demais e talvez estivesse até mesmo mais assustado do que elas.

– Vamos! – sussurrou para as gêmeas que ainda hesitavam em entrar. – O tempo está acabando, esta é a nossa melhor chance de sobrevivência.

As gêmeas se entreolharam, mas quando ouviram a porta começar a abrir, finalmente se decidiram e correram até as grades, forçando seus corpos a passarem pelas barras. Gabrielle ajudava Laís, enquanto Mariana conseguiu passar sozinha.

– O que pensam que estão fazendo? – disse Carina quando viu o corpinho de Laís preso entre as grades. Carina, a Uivadora Desviada, já estava dentro da sala e tinha um celular nas mãos.

Ela realmente queria gravá-las? Isso era nojento – pensou Gabrielle.

A menina puxou o braço de Laís com força e ela finalmente passou, desequilibrando-se e caindo no chão. Gabrielle olhou para o cronômetro. A outra jaula tinha fechadura eletrônica, mas a que estavam não. Ela teria que abrir com a chave.

Faltava menos de um minuto agora.

– Não há saída e não estão sozinhas aí dentro. Vocês estão com meu bebê especial... – disse Carina com um sorriso cruel. – Ataque-as! – gritou para dentro da jaula em que estavam. Mas nada aconteceu e o sorriso de Carina desapareceu. – Vocês estão mortas de qualquer jeito.

– Para o fundo – disse Gabrielle para as gêmeas apavoradas.

Elas ouviram Carina correr de volta para a porta. A Desviada provavelmente foi pegar as chaves daquela jaula. Não tinham muito tempo.

Gabrielle correu até a porta que tinha encontrado no teto e agora só precisavam descobrir como subir.

– Onde está aquela coisa? – perguntou Laís, olhando preocupada ao redor, mas estava bastante escuro.

– Não interessa agora – disse Mariana. – Gabrielle está certa, se ele quisesse nos comer, já teria feito isso. Temos que tentar sair daqui, antes que ela volte e abra essa jaula.

– Segure isso – disse Gabrielle, passando o chaveiro-lanterna para Laís. Ela o pegou, ficando um segundo no escuro, enquanto trocavam de mão. – Mariana, faça escadinha para eu pegar impulso, rápido.

A gêmea de blusa de esqueleto fez o que ela pediu. Inclinou o corpo e, com a mão em concha, tomou posição com um pé atrás do outro. Gabrielle tomou impulso e pisou nas mãos de Mariana, que fez o máximo de força para jogá-la alto o suficiente para agarrar as grades.

Gabrielle conseguiu ficar pendurada, mas não aguentaria muito tempo.

– Socorro! – gritou ela, tentando olhar por entre as grades, mas tudo o que via eram galhos de árvores e a escuridão da noite.

Enquanto isso, já podia ouvir o bipe do cronômetro. O tempo delas tinha acabado. Um estrondo de metal sendo arremessado foi ouvido, deveria ter sido a mesa em que estavam escondidas e, pelos passos sobre o metal das escadas, Carina estava voltando com a chave. O Voraz adulto já estava solto e faminto esperando apenas pela sua refeição.

38

Minutos antes, Duda caminhava sozinha pela larga escadaria de pedra do Monte Serrat. Junto aos largos degraus, havia muitas casas simples, algumas com tijolos expostos.

Ela tentava não parecer nervosa, pois tirando o ataque inesperado na balada há seis meses, ela nunca tinha se envolvido em uma ação direta de combate. Aquela era a sua segunda vez e ela era a isca.

Os ômegas sempre eram a isca.

Mas ela não estava chateada com isso. Na verdade, ser a mais jovem e ter um rostinho feliz e inocente a fazia ser a escolha perfeita, sem falar da adrenalina que estava sentindo. Pensando bem, até que gostava de ser a isca.

Ela passou pelo quarto nicho em uma das curvas da escadaria e, como em todos os outros, havia um grande painel feito de pedra e bronze esculpido, com imagens de Jesus na *Via Crucis*.

Ela não era religiosa, mas sua mãe e sua avó eram. A lembrança de sua mãe apertou seu peito, entretanto aquela não era a hora de se entristecer. Sua mãe havia morrido em missão, como uma heroína dos Filhos da Lua. Não havia nada a lamentar.

Ao lado do nicho, havia um caminho descendo para outro amontoado de casas. Aquela era uma área com muitas pessoas vivendo, portanto era um absurdo haver um Voraz ali. Se ele escapasse de sua jaula, seria um verdadeiro pesadelo para aquelas pessoas.

Ao chegar ao degrau 259, segundo a pequena placa presa ao poste, viu outra placa indicando que ali era a curva da Cida Juca. Duda sorriu e continuou subindo. Quem teria sido ela?

Podia apostar que era ou foi uma moradora antiga do lugar, alguém especial para eles. Provavelmente uma senhorinha, uma humana comum, vivendo sua vida comum, sem sequer imaginar a existência de Karibakis como Duda, que nasciam e eram criados para viverem uma guerra e protegerem pessoas como Cida Juca.

Duda sorriu novamente enquanto caminhava. Não demoraria muito agora. Os guardas que a Uivadora Desviada havia escolhido para este trabalho não eram nada sutis, pois dava para ouvi-los se movimentando ao longe. Deveriam ser quatro. Perfeito, isso será rápido se não forem trocadores de pele.

Ela continuou subindo e acelerou o passo. Após a última curva em S, já conseguia ver que a escadaria continuava mais um pouco e, após mais dois nichos, já era possível ver a parte superior da antiga capela no alto do monte.

Seu coração acelerou. Por ali, as casas iam diminuindo e ela sabia que as moradias ao lado dos últimos degraus já estavam vazias. Olhou para trás por um instante. Viu as luzes de parte da cidade e do porto, mas não percebia ninguém a seguindo, seus companheiros eram muito discretos.

Quando chegou ao último nicho, parou. Um deles finalmente apareceu, descendo os degraus da entrada de uma das casas vazias.

O rapaz cheirava a mar, substâncias químicas e prata, mas ele não parecia ser nada de mais. Tinha cabelo curto, vestia calça militar cáqui, botas e blusa sem mangas. Seu corpo era forte e as veias extremamente saltadas pelo corpo cheio de tatuagens. Ele tinha uma arma pendurada na lateral do corpo e um par de facas na cintura. Ele nem ao menos apontava a arma para ela...

Duda fingiu um arquejo de susto.

– O que faz aqui? – perguntou, cruzando os braços sobre o corpo.

– Oi! – disse ela, disfarçando surpresa e inocência. – Preciso chegar até a capela e rezar em frente a ela para agradecer uma graça concedida. Você poderia me deixar passar? Não vou demorar.

Ele a encarou e em seguida fez um sinal com a mão para que passasse, mas Duda não era boba, com certeza ele já sabia que ela estava mentindo.

Após passar o nicho, a escadaria se abriu para um pequeno pátio cercado por três casinhas e um bar, tudo fechado e escuro. Perfeito para uma emboscada.

– *Aleph, o nome dela é Maria Eduarda Mendes* – disse uma voz feminina muito baixa no comunicador auricular do rapaz. – *É uma Karibaki, mas não é quem queremos.*

E então o homem sorriu para ela e ela sorriu de volta, entendendo. A brincadeira tinha acabado.

Com um movimento extremamente rápido, ele sacou a arma e atirou uma rajada em sua direção. Duda quase não conseguiu escapar ao saltar para cima do telhado de uma das casas. O cheiro que ficou no ar indicava que as balas não eram de prata, mas, mesmo assim, seriam capazes de derrubá-la na forma humana.

Sobre o telhado de amianto, seu corpo começou a tremer e a crescer, um rugido feroz saiu de sua garganta. Enquanto isso, Aleph ainda atirava tentando atingi-la. Outra rajada e ela sentiu um tiro raspar seu ombro.

O novo atirador estava sobre o telhado do bar e só não a acertou em cheio porque Patrick, em forma de besta de pelos escuros, surgiu e o atingiu, fazendo um ferimento profundo nas costas dele. Com um estrondo, o frágil telhado se abriu e os dois caíram dentro do bar.

Os outros dois guardas, sendo um deles uma mulher loira, surgiram de seus esconderijos e apontaram suas armas para ela, mas não deu tempo de atirarem, pois de repente algo pesado se mexeu na mata ao lado do bar. Con se aproximava velozmente e a mulher apontou sua arma naquela direção. Rafaela, de pelos acinzentados, surgiu em um salto, vinda do quintal da outra casa. Ela caiu sobre o último deles.

Legal – pensou. – *Agora só tinha sobrado um.* – O chato que estava tentando atingi-la com a automática.

– Venha, garotinha! – gritou ele, jogando a arma longe e abrindo os braços convidativamente.

Bem, se você insiste tanto em morrer, Aleph – pensou Duda. – *Vou acabar logo com sua espera.* – E então ela saltou.

Duda conseguiu ainda vislumbrar o sorriso de triunfo no rosto dele enquanto ela caía com as garras prontas para o golpe fatal. Mas ele escapou.

Aleph saltou para o lado com uma cambalhota e, ao ficar em pé, tinha duas grandes facas de caça nas mãos. Suas lâminas eram de prata.

Duda fez um barulho com as narinas. Então ele queria dificultar.

O homem com as duas facas avançou contra ela. Ele tentou acertá-la com uma das mãos e depois com a outra, mas ela se esquivou, afastando-se enquanto rosnava com as presas escancaradas.

Após o terceiro golpe, ela mordeu fundo seu braço esquerdo e então puxou com força, na intenção de arrancá-lo. Nesse momento, esperava ouvir gritos de dor aterradores vindos dele, mas tudo o que obteve foi um grunhido.

Devido à força que ela fez com a mandíbula, a faca de prata caiu daquela mão e o corpo dele foi jogado contra um poste de luz. Porém, incrivelmente, seu braço ainda estava bem preso ao corpo. O mais espantoso foi vê-lo se levantar ainda com um sorriso no rosto. Aleph virou a outra faca para ela.

Só pode estar brincando comigo – pensou ela.

Duda sabia que parentes de Furiosos não sentiam dor. Então, ele até poderia ser um parente Desviado, mas a mordida e a força que ela fez deveriam ter arrancado o braço dele com facilidade, ou pelo menos o incapacitado, mas lá estava ele, apenas sangrando um pouco.

Quando Aleph saltou mais uma vez em sua direção, ela ergueu a pata e o golpeou, mas errou. Ele se esquivou passando pela lateral de sua forma Karibaki e saltou sobre as costas dela, fincando, com um movimento rápido, a faca em seu ombro direito. Duda rugiu com a dor.

– Vamos ver agora se você aguenta, monstro! – disse Aleph, afundando ainda mais a faca.

Duda se debateu e ele se soltou, caindo com uma cambalhota sobre um degrau a três metros dela. A faca ainda estava presa em seu ombro.

Droga! – pensou, sentindo a dor profundamente. Aquilo não iria se curar e seu braço direito estava inutilizado pelo resto da luta.

Ao seu lado, ouviu um rugido de Patrick dentro da casa, ele também não parecia estar indo muito bem.

Com um olhar rápido, Duda viu Rafaela sobre outro rapaz forte, vestindo calça cáqui. Ela percebeu quando o rapaz aparou com seu braço nu o golpe de Rafaela em sua forma Karibaki. Aquilo deveria ser impossível. Ainda mais porque seu peito estava sangrando devido ao primeiro ataque certeiro da Uivadora. *Quem eram aquelas pessoas?*

Duda rosnou alto, seu oponente estava pronto para atacá-la novamente, pois de alguma forma recuperara sua outra faca de prata. Ela empertigou-se e rugiu ferozmente, o som animalesco ecoando ao redor.

O sorriso dele vacilou e deu dois passos para trás.

Ela conseguiu um pouco de tempo, a presença de um Destemido tinha o poder de aterrorizar seus oponentes melhor do que qualquer outro. Então respirou fundo, alcançou o cabo da faca e a puxou, arrancando-a de seu ombro. Com um rugido de dor, ela jogou a faca o mais longe possível sobre o telhado de uma das casas.

Aleph parecia ter se recuperado, pois voltou a sorrir e deu dois passos em sua direção.

Enquanto isso, em outra parte do morro, Gabrielle gritou por socorro o mais alto que conseguiu, mas não tinha mais forças para se manter pendurada nas grades. Ia se soltar, quando ouviu os gritos das gêmeas, e fechou os olhos imaginando que já poderiam estar sendo atacadas pelo Voraz. Entretanto, alguma coisa quente e macia tocou em seus pés e de repente ela tinha apoio.

Olhou para baixo e quase gritou quando viu que pisava agora nas costas do pequeno Voraz, erguido sobre duas patas. As gêmeas olhavam aterrorizadas para eles.

– Ele a está ajudando – disse a voz perplexa de Mariana na escuridão sob ela.

Aquele apoio era o que Gabrielle precisava para forçar a porta e tentar abri-la, mas infelizmente não tinha tanta sorte assim. Estava trancada. Gabrielle gritou mais uma vez por ajuda.

Bianca corria até o local indicado por Nicole, quando ouviu o pedido de socorro. Julian resfolegou, ele obviamente também tinha ouvido.

Em segundos, ela encontrou a pesada porta de chumbo no chão, coberta por terra e folhas. Havia duas mãozinhas segurando as grades da pequena abertura tentando empurrá-la, mas as juntas pareciam bem reforçadas e a fechadura soldada.

Gabrielle gritou mais uma vez. O coração de Bianca saltou e ela se jogou contra a porta. Julian estava logo atrás. Ele soltou um pequeno grunhido em reconhecimento. Encontraram as meninas.

– Oh, meu Deus! Gabrielle!

– Bianca! – gritou a menina.

O batedor de Nicole imediatamente se aproximou e jogou luzes fortes por entre as grades. Gabrielle parecia suja e assustada.

– Gabrielle! – gritou Nicole no comunicador. – Ela está viva!

– Bianca! Nos ajude, ela está voltando para abrir a jaula – disse a menina.

Bianca se afastou, pois não tinham tempo para discussão. Podia ouvir os urros de alguma criatura monstruosa se agitando contra o metal ao fundo. Julian agarrou as grades e puxou com toda a força que sua forma Karibaki oferecia, mas a porta não cedeu.

– Deve ter sido construída para conter um Voraz – disse Nicole no comunicador. – Acho que nem Con a abriria.

Julian tentou novamente puxar a grade, mas a soltou, dando um urro de pura frustração.

– Bia, você tem explosivos na mochila – avisou Nicole em tom urgente. – Depressa, os outros não estão se saindo muito bem e não sei o que fazer para ajudá-los.

Ela rapidamente tirou a mochila das costas e a abriu, encontrando o que precisava.

– Afastem-se – disse ela, enquanto colocava um pouco de explosivos em pequenas barras nas juntas e na solda. Ela teve apenas uma aula básica sobre explosivos, mas teria que bastar.

Gabrielle se soltou da grade e desapareceu na escuridão. Julian e ela se afastaram, mas ele deixou seu corpo na frente para protegê-la. O batedor voou para uma distância segura e ela apertou um pequeno dispositivo de detonação, acoplado no braço esquerdo do traje.

A explosão não foi barulhenta, aquele era um material especial, mas a porta era tão resistente que apenas destruiu as juntas e a solda, tirando-a levemente do lugar.

Julian rapidamente voltou e agarrou a porta, puxando-a com força. Ele conseguiu arrastá-la e soltá-la na grama ao lado. Bianca imediatamente se inclinou sobre a abertura e puxou Gabrielle pelos braços. Ela só não conseguia ver o que usava como apoio para ficar tão acima do chão.

Assim que tirou Gabrielle, Julian jogou metade de seu corpo para dentro. Ouviu um rosnado alto dele e de repente trazia em cada um de seus braços as gêmeas. Bianca as ajudou a ficarem em pé, as meninas pareciam muito assustadas.

– A Desviada voltou e está abrindo a jaula! – disse Mariana alarmada.

– Tudo bem, vamos sair daqui agora – disse Bianca, ajudando as meninas a ficarem em pé.

De repente, algo com focinho e presas surgiu na entrada tentando saltar para fora, mas Julian rugiu feroz.

– O Voraz! – gritou Bianca.

– Não o machuque – pediu Gabrielle, tentando empurrar Julian para o lado. – Ele é bonzinho.

Nesse momento, Julian se distraiu o suficiente para a pequena coisa marrom e peluda saltar pela porta. Julian rosnou, mas a criatura correu em direção às árvores. Bianca o achou pequeno demais perto da imagem que tinham visto no vídeo.

– Deixa ele– disse Gabrielle. – Ele não vai nos fazer mal.

O Karibaki olhou para a direção onde a criatura tinha corrido. Provavelmente estava avaliando se voltaria e atacaria as meninas.

– Saiam daí – disse Nicole no comunicador. – Depois cuidaremos disso.

– Vamos – disse Bianca, empurrando as meninas.

Mas antes que conseguissem dar dois passos, ela ouviu um grito horrível misturado com um rugido. A mulher negra, que tentara pegá-la na Barba Azul, saltou pela entrada. Ela surgiu com suas garras e presas afiadas brilhando ameaçadoramente, enquanto seu corpo estava no meio da troca de pele.

– Você! – rosnou ela antes de cair sobre Julian, tentando atingi-lo com suas garras. – Matou meu m... – Não era mais possível entendê-la, pois sua troca de pele se completara e um grande rugido tomou o lugar de suas palavras.

– Julian! – gritou Gabrielle.

O batedor de Nicole iluminava toda a cena.

– O Voraz está vindo atrás – gritou Nicole. – Bianca, salve as meninas!

– Corram! – gritou Bianca, enquanto agarrava o braço de Gabrielle e a puxava. Nicole tinha razão, precisava salvá-las, mas tinha que pensar rápido, pois sabia que, descendo, o solo ficaria íngreme demais e, se escorregassem, chegariam mortas lá embaixo. – Para onde?

Atrás dela, os rugidos indicavam o embate entre Julian e a última sobrevivente da alcateia de Marco.

– Para cima, em direção às casas vazias – respondeu Nicole –, vou tentar levá-las para um lugar seguro.

O drone flutuava à frente, iluminando o caminho na mata. Elas subiram a inclinação e saíram no quintal de uma casa branca toda fechada, não havia sinal de ninguém por ali.

Bianca parou e deu uma última olhada para Julian. Ele e a Uivadora Desviada se enfrentavam entre garras e mordidas ferozes, mas a atenção de Bianca foi tomada pela criatura horrível que começava a surgir da abertura no chão. O coração dela parecia que ia congelar.

Bianca imediatamente se virou e correu.

– Para fora! – gritou Bianca, apontando a cerca de bambu à frente.

As meninas entenderam e, como se esperava de crianças treinadas desde pequenas para aquele tipo de coisa, pularam a cerca com rapidez e perfeição. Gabrielle foi a última das três meninas, mas antes de cair do outro lado, ela olhou para algo vindo atrás de Bianca, e de repente seus olhos refletiram puro medo.

Pelos sons, Bianca já sabia o que estava logo atrás dela. E, quando saltou a cerca de bambus, vislumbrou o horror que as perseguia.

A besta era muito maior do que um Karibaki Furioso. Deveria ter dois metros de altura com o corpo curvado, pois seus braços enormes apoiavam no chão para dar o impulso da corrida.

– Não! – gritou Nicole, ao ver o Voraz alcançando-as. – Elas precisam de ajuda, alguém precisa correr até elas.

– Não tem como – disse Ricardo com os olhos arregalados sobre as telas ao redor. – Eu não sei quem são estes caras lutando com a alcateia, mas tem algo muito errado. Os outros não aguentarão muito tempo.

Nicole olhou de volta para a tela, tentando encontrar algo que pudesse ajudá-las contra o Voraz.

– Bia, use a arma de choque na potência total – gritou Nicole no comunicador, mesmo sabendo que, para o tamanho daquela criatura, provavelmente não seria o suficiente. Eles foram estúpidos em não terem trazido as armas de prata, mas a retirada delas do arsenal teria alertado o Conselho imediatamente.

– Mas que droga é essa? – exclamou Ricardo, encarando os hologramas à sua frente.

Nicole olhou rapidamente para a imagem que o batedor um mostrava de Con.

– Essa não – disse Nicole, colocando as mãos sobre a cabeça. Precisava pensar rápido ou o perderiam também.

Instantes antes, Con perseguia a sua presa.

A mulher loira, de cabelos bem presos e porte atlético, largou a arma e fugiu assim que o viu surgir da mata. Ela corria muito depressa, subindo os últimos degraus do morro, mas não adiantava, pois ele iria pegá-la mais cedo ou mais tarde.

Ela atravessou o pátio lateral da capela em direção ao cassino. Ele a viu saltar a grade protetora de ferro e passar pela antiga porta para dentro do edifício.

Con também saltou e então caiu sobre a porta, estraçalhando madeira e vidro ao passar. Uma parede dentro do cassino conteve o impulso de sua corrida, e então se virou para a direita e depois para a esquerda, em seguida passando pela sala de máquinas do bonde funicular até as escadas, onde ele podia ouvir o som pesado dos passos dela na madeira, subindo.

A escadaria era apertada, mas se ela achava que isso seria capaz de impedir que a alcançasse, estava muito enganada. Os degraus terminaram em um terraço quase todo a céu aberto, com exceção de outro terraço menor acima da porta pela qual saíram, de onde podia ouvir o bip que as grandes antenas instaladas faziam.

Ela correu até o final do terraço e então parou. Con podia ver atrás dela as luzes de uma grande avenida e de parte da cidade, além do porto, do braço de mar, da área de mangue e os morros verdejantes. Ela tinha escolhido um bom lugar para morrer.

Mas então a mulher se virou para ele e ergueu os braços em sinal de rendição.

– Por favor, não me machuque – disse ela. – Eu me rendo.

Ele parou e rosnou alto para ela.

Maravilha! – pensou irritado. Treinara tanto para pegar a mais covarde do grupo inimigo.

Ele começou a se aproximar devagar. Não sentia cheiro de mais ninguém próximo, eles estavam sozinhos. Qual era a opção? Ele deveria trocar de pele e levá-la de volta? E iria levá-la como? Amarrada? Mas ele iria amarrá-la com o quê? Ele bufou de frustração e decidiu que talvez o melhor fosse deixá-la inconsciente com um golpe na cabeça.

Con arreganhou a mandíbula em um sorriso – *Só um tapinha, mulher, não vai doer muito.*

De repente, a expressão dela se voltou para um sorriso.

– Agora – disse ela.

E então, de seis pontos escondidos no terraço acima de suas costas, bestas presas na borda e controladas a distância soltaram seus virotes de uma única vez atingindo-o em cheio nas costas. O efeito paralisante foi imediato.

Con tentou avançar contra ela, mas tropeçou e caiu sobre as próprias patas. Um barulho de mecanismo foi seguido pela sensação de que uma rede caía sobre ele.

– *Excelente trabalho, Bete* – disse uma voz feminina muito baixa, vinda do comunicador da mulher que o levara para a armadilha. – *Temos o que precisamos.*

Ele tentou avançar, quando Bete, a mulher que ele perseguia, aproximou-se. Seu corpo não obedeceu ao comando da mente para atacá-la. E então, ele se surpreendeu quando ela, sozinha, puxou o imenso corpo dele e o ajeitou sobre a rede, prendendo-o completamente.

Em instantes, Con já podia ouvir o som de helicóptero se aproximando.

– *Parabéns a todos! Roberto está satisfeito.* – disse a voz no comunicador de Aleph. – *A nossa pequena demonstração foi um sucesso! Agora, atenção, nosso alvo já está em posição de retirada. Preparem-se para sair de cena.*

Alvo em posição de retirada? – pensou Duda, tentando se concentrar devido à dor que sentia pelo corpo. – *Bianca?*

Aleph era um verdadeiro retalhador. Após recuperar a primeira faca, ele havia conseguido cortá-la em pelo menos mais quatro lugares. Ela cambaleou.

Duda só estava em pé por pura força de vontade e lealdade aos seus companheiros. O problema é que Aleph parecia pior, mas ela não entendia como não tinha caído morto ainda. Ela rasgara parte de seu rosto e duvidava que ele pudesse enxergar por aquele olho novamente um dia. Sua perna estava dilacerada e ele apenas mancava um pouco. Ela poderia jurar que ele estava se curando, mas pensar isso era uma completa insanidade.

Ao ouvir a comunicação, ele se afastou dela, ainda atento caso o atacasse.

– Sorte sua, menina. Você aguentou bem. É uma pena que eu não possa terminar o que comecei. – E então, ele simplesmente se afastou e correu.

Quando Aleph saiu de seu campo de visão, ela pôde finalmente se deixar cair. Primeiro, seus joelhos bateram no chão e depois seu corpo caiu de costas.

O último golpe com a faca de prata perfurara seu pulmão e ela mal podia respirar. Ao seu redor, tudo começou a girar. Alguém gritou ao seu lado. E ela sentia seu corpo trocar de pele sem que ela desejasse. Aquilo não era um bom sinal.

– Patrick! Volte! – gritou alguém.

Em seu campo de visão, entrou Rafaela. Ela estava toda borrada, mas dava para ver seus machucados pelo rosto. Também não tinham pegado leve com a irmã de Ricardo. Rafaela começou a falar com alguém, talvez com o batedor que iluminava acima dela. – ... I.C.A... depressa...

Uma sombra surgiu ao lado de Rafaela e falou alguma coisa.

– Meu D..., ela ... bem? ... onde ... Con?

Con? – pensou Duda, seu coração pareceu fraquejar por um instante. Ele era muito mais forte do que ela. Era impensável imaginar que pudesse estar ferido. – *Mas onde está Con?*

– ... barulho é esse? – perguntou um deles.

– ... helicóptero... – o outro respondeu.

– ... nossos? – perguntou alguém.

No pátio da escola, quando Nicole percebeu que o helicóptero que sobrevoava o alto do monte onde estava Con não era de parentes, só conseguiu pensar em uma coisa, e ela sabia que só teria uma chance, pois, se falhasse, seria catastrófico.

O batedor mostrou a mulher agarrando o gancho preso em uma corda, que o helicóptero jogou, e o prendendo na rede que aprisionara Con. O helicóptero pairava perigosamente próximo às duas grandes torres de antenas no terraço superior.

Nicole não tinha a mínima ideia do motivo de estarem fazendo aquilo. Até então, achava que só estavam interessados na Farejadora. Con era apenas um Furioso grande e forte como todos os de sua linhagem, por que o queriam?

Ela sabia que precisava ajudá-lo, era a única que poderia. Bianca e Julian estavam fazendo o que podiam para salvar Gabrielle. Instantes atrás, Ricardo tinha pegado seu kit de primeiros socorros e correra para tentar chegar a tempo de salvar Duda, cujos sinais vitais estavam diminuindo perigosamente a cada segundo que passava. Ela tinha que salvar Con.

Nicole respirou fundo. Aquilo era muito ruim, muito ruim. Com um movimento firme e preciso das mãos, ela avançou com o batedor um na direção da porta lateral aberta do helicóptero.

Como uma vespa zunindo, o batedor um passou pelo guarda segurando a metralhadora na porta. Com outro movimento certeiro, ela obrigou o batedor a frear em pleno ar, bem em frente ao piloto.

Ela pôde ver o olhar esbugalhado que a câmera captou, antes que ela fechasse o punho com força e o abrisse.

– Bum! – ela falou como comando final, e então a câmera do batedor um se apagou para sempre.

Nicole apertou os lábios com firmeza e se virou para os hologramas do batedor três, esperando que seu aviso, para Bianca usar a arma de choque na potência máxima, tivesse dado certo.

Entretanto, assim que viu as imagens, seu corpo todo estremeceu e ela caiu de joelhos no chão de concreto do colégio escuro e vazio.

Momentos atrás, Bianca havia saltado a cerca de bambus, com a grande besta a apenas alguns metros delas. Elas saíram em uma grande área livre e de grama baixa, bem atrás da capela ao lado do cassino. Nesse instante, ela ouviu Nicole no comunicador e reuniu toda a coragem que possuía para sacar a arma de choque e mirar.

Quando o Voraz saltou a cerca, Bianca imediatamente atirou. Uma pequena chama azul de energia, quase invisível, atingiu o Voraz em cheio. Ele caiu desajeitadamente no chão, mas ela não parou de atirar e o acertou pelo menos mais cinco vezes com carga total.

– Bia! – gritou Gabrielle atrás dela.

Bianca se virou e a viu a uns dez metros dela, encostada na parede branca da capela. As gêmeas estavam fora de vista.

– Continue correndo – disse para a menina, e então Gabrielle olhou além dela e gritou.

Bianca se virou a tempo de ver o Voraz se levantando enquanto chacoalhava a cabeça. Ele rugiu e ela tentou atirar mais uma vez, mas as cargas tinham acabado. Uma baba nojenta escorria de suas imensas presas. Ela soltou a arma e tremia tanto que não conseguia se mexer.

– Bia! Corre! – gritou Gabrielle, enquanto agarrava o braço de Bianca e puxava, forçando-a sair do torpor de puro terror em que caiu.

De repente, uma explosão próxima a elas iluminou de vermelho o céu além do cassino. Até mesmo o Voraz se virou para ver.

Bianca não tinha tempo para pensar no que era aquilo. Viraram-se e correram, mas era inútil. Ela logo o ouviu rosnando atrás delas. O Voraz só precisava dar um salto para cair sobre elas. E foi então que uma sombra escura e peluda surgiu, ficando entre elas e o grande Voraz.

Bianca olhou e notou que era apenas um filhote, nada ameaçador comparado ao outro. Porém, o Voraz menor eriçou os pelos ao longo da coluna, enrugou os lábios e rosnou, mostrando suas pequenas presas para o Voraz adulto.

Os olhos do Voraz adulto brilharam de fúria e, no segundo seguinte, a fera caiu sobre o pequeno.

O filhote tentou se esquivar, mas o outro alcançou suas costelas com as presas de sua boca imensa e o ergueu com facilidade, chacoalhando-o no ar, antes de jogá-lo contra o muro de tijolos ao lado da casa pela qual vieram. Com a força do impacto, parte do muro foi destruída e o filhote invadiu a casa, ganindo em agonia, não se mexendo mais.

– Não! – gritou Gabrielle.

O Voraz adulto rosnava e agitava a cabeça, enlouquecido.

– Gabrielle! – gritou Bianca, puxando-a com força. – Temos que fugir!

Elas correram em direção à lateral direita da igreja. Dava para ver quase toda a cidade dali de cima. A respiração pesada do monstro estava bem atrás delas.

Então, quando Gabrielle tropeçou em alguma coisa e caiu, Bianca sentiu como se pudesse ver o golpe fatal vindo por trás, mas ela tinha que dar uma chance para a menina.

– Levanta! – foi tudo o que conseguiu gritar, enquanto parava e se virava para encarar a criatura.

Bianca lembrou-se de sua mãe e da última vez que a vira, quando era somente um pouco mais nova que Gabrielle. Ágata a colocara no banheiro e fechara a porta. Sua mãe tinha se colocado como última proteção entre Bianca e o monstro.

E nós somos todos impotentes contra monstros – ecoaram as palavras do psiquiatra.

Talvez – pensou Bianca.

Bianca olhou bem nos olhos da fera. Era um monstro sem qualquer brilho de inteligência, havia apenas o desejo de carne e sangue.

Ela não estava com medo, na verdade sentia alívio, pois agora sabia o que estava por trás daquelas noites terríveis de pesadelos. Bianca finalmente era capaz de confrontar o perigo real.

– Não! – gritou Nicole no comunicador. A Furtiva olhou para as imagens do batedor três, no exato momento em que o Voraz a golpeou, acertando Bianca em cheio.

Suas garras afiadas cortaram fundo a lateral de seu corpo. A dor foi fulminante e ela foi jogada a metros de distância, batendo contra a parede lisa e branca da capela, agora manchada com seu sangue.

O estrago tinha sido grande demais, ela podia sentir isso, mas, mesmo assim, lutava para manter a consciência.

– Não! – berrou Gabrielle enquanto corria até ela.

Fuja! – pensou, pois não conseguia falar. – *Eu estou te dando uma chance.*

A menina se ajoelhou e a abraçou, tentando protegê-la. Bianca pensou o quanto Gabrielle era corajosa. Podia sentir o rosto dela úmido de lágrimas.

O Voraz se aproximava calmamente. Ele sabia que nenhuma das duas lhe escaparia mais. Bianca tentou, mas não conseguia se mexer, seu corpo todo era dor e sangue.

– Vá... – murmurou, sentindo o gosto de sangue quente na boca.

Gabrielle não parecia ouvir, apenas tremia e chorava abraçando-a. Bianca queria gritar para ela fugir, mas tudo o que conseguiu foi engasgar. Sentiu as extremidades de seu corpo ficarem frias e dormentes. Sombras se aproximavam no canto de sua visão. Não havia mais nada que pudesse fazer a não ser fechar os olhos.

Eu sinto muito Gabi, eu queria ter podido te salvar.

E então Bianca fechou os olhos.

Um urro trouxe sua consciência alerta novamente. Um Karibaki de pelos negros e musculatura esbelta saltou sobre as costas do Voraz, quando ele já estava quase sobre elas. Era Julian.

Seus olhos escuros encontraram com os dela por uma fração de segundo apenas, o suficiente para ele entender o que estava acontecendo com Bianca. Gabrielle estava banhada com seu sangue. Seu corpo estava destroçado irreparavelmente. Bianca estava morrendo, não havia dúvidas quanto a isso.

Desespero e desesperança foi o que ela viu refletido nos olhos dele.

O Voraz começou a se debater tentando alcançar o Karibaki agarrado em suas costas. Parte dos pelos de Julian estavam arrancados e mostravam horríveis feridas abertas. Sua luta anterior cobrara seu preço.

Nicole disse algo pelo comunicador, mas ela não entendeu. As palavras tornavam-se incompreensíveis para ela. As sombras insistiam em tomar conta de sua visão, mas ela resistia. Queria ver Julian vencendo-o, queria olhar em seus olhos escuros mais uma vez.

A parede de um depósito na beirada da ribanceira rachou quando o Voraz, que era muito maior do que Julian, o jogou na tentativa de desprendê-lo de suas costas. O que deu certo.

Julian caiu no chão com o impacto e, cambaleante, se levantou para se defender dos golpes do Voraz. Entretanto, ele estava esgotado. O Voraz avançou e o mordeu próximo ao pescoço. Sua intenção era atingir a jugular, mas errou e pegou-o no ombro. Julian urrou.

Bianca sabia o que ia acontecer agora. Ela se lembrava de ter estudado no Refúgio sobre isso. A tóxica saliva do Voraz o paralisaria imediatamente. Apesar dos Karibakis poderem se curar e resistir ao veneno, os poucos segundos de paralisação eram geralmente fatais em combate.

Sangue jorrava do ferimento profundo de Julian. Ele não conseguia se libertar. O veneno já havia começado seu efeito e a resistência tornara-se quase apática.

Num último esforço, a face Karibaki de Julian virou-se para ela, com os pelos grudados devido ao sangue. Seus olhos se encontraram. O Voraz o golpeava repetidamente, destroçando-o.

Não... Julian...

Algo cresceu dentro dela, como uma descarga elétrica passando pelo seu corpo. O frio que sentia deu lugar ao ardor da fúria. A dor era insuportável.

Dor... Dor... Dor... Ela abriu a boca para gritar, mas seu corpo incendiava e se contorcia em agonia. Sua consciência chegara ao limite e, por mais que lutasse contra, a escuridão a alcançou.

39

Quando abriu os olhos, não havia mais dor, ou frio, ou calor.

Bianca olhou assustada ao redor. Estava mais uma vez no banheiro da suíte de sua mãe. Sangue passava sob o vão da porta e ela podia ouvir e ver o monstro destruindo a última barreira entre eles com suas garras afiadas.

Quando a porta foi finalmente feita em pedaços, a silhueta dele surgiu. Seus pelos negros cobriam toda a passagem da porta, seus olhos brilhavam um amarelo doentio e ameaçador. Ele parecia ferido. Os tiros de sua mãe e de seu padrasto não o mataram, mas o machucaram bastante. No chão, viu as pernas de sua mãe, ensanguentadas e feridas.

Bianca gritou tudo o que podia.

A criatura soltou um rosnado que mais parecia uma estranha risada e agachou-se para passar pela porta. Ela ia morrer, Bianca sabia que ia morrer.

De repente, ele urrou, inclinando-se para trás em dor. Garras afundaram em suas costas e abriram caminho pelo coração da besta, até o outro lado. Ela gritou novamente.

As garras foram puxadas de volta e a fera caiu sem vida, deixando o atacante atrás dele visível.

Era um trocador de pele também, com os pelos negros como os dele, mas sua estatura e musculatura eram menores. Suas garras ainda estavam erguidas e ele encarava hipnotizado algo escuro entre suas garras ensanguentadas. Era o coração ainda pulsante do monstro. Como se aquilo de repente o tivesse queimado, a criatura menor arremessou o coração para algum canto fora da vista da menina.

Ela ainda gritava assustada, então o Karibaki menor começou a trocar de pele, para voltar a ser apenas um menino trêmulo e magricela de cabelos negros bagunçados e olhar assustado.

Ele entrou no banheiro. A luz da lua que entrava pela janela a ajudou a reconhecê-lo. Era o menino do dia anterior, que a desafiara a mergulhar na piscina. Ela tinha aceitado o desafio dizendo que era um golfinho, como aqueles pintados de rosa nas boias em seus braços, mas antes que pudesse pular e mostrar isso para ele, algo pesado a atingira e caíra sobre ela enquanto afundava na água, mesmo com as boias. O susto a deixara sem ar enquanto se debatia, tentando retornar à superfície.

Ele era o mesmo menino que tinha saltado na água e a tirado da piscina e que, todo molhado, gritara com o irmão mais velho por ter pulado sobre ela e a afundado de propósito para assustá-la.

Era o mesmo menino que horas depois, já de madrugada, a tinha encontrado fora da cama, sob as árvores do imenso quintal da casa dele, perseguindo insetos luminosos com suas mãozinhas. Eram os presentes que daria ao menino antes que ela partisse com sua mãe na manhã seguinte, pois não poderiam ficar para a festa de aniversário dele.

– Feliz aniversário – disse ela, abrindo a mão e mostrando ao menino, que a tinha resgatado da piscina, o pequeno inseto que brilhava como uma fada.

– Ahh, agora eu entendi – disse ele –, você não é um golfinho. Você é um vaga-lume!

Ela apenas sorriu, feliz. Os dois brincaram de pegar e soltar os insetos luminosos durante quase toda a noite. Foram dias raros e felizes entre aqueles que ela passava fugindo com sua mãe.

Bianca não sabia explicar como pôde esquecer desses momentos, mas ela se lembrava agora... Ele era o mesmo menino que tinha crescido e a chamara de vaga-lume ao oferecer ajuda para treiná-la na floresta.

Agora na morte, a memória de sua infância, bloqueada contra a sua vontade, voltava com força, fazendo-a gritar de raiva e desespero.

O menino entrou no banheiro da suíte e se aproximou cuidadosamente.

– Shhsss... Está tudo bem, Bianca, sou eu, Julian... Acalme-se... Você está a salvo agora, entendeu? Está a salvo...

Bianca acenou com a cabeça. Não conseguia falar, mal conseguia se mexer de tanto medo. Havia sangue por toda parte.

– Precisamos sair daqui. Não tenha medo.

O menino Julian agarrou seus braços com delicadeza e a puxou para cima, abraçando-a. Ele não era muito mais velho do que ela, tinha acabado de fazer doze anos, aquele era o dia de seu aniversário. Eles tinham caçado vaga-lumes na noite anterior.

– Vamos passar pelo quarto. Fique com os olhos fechados, eu te carrego para fora. Entendeu?

Ela obedeceu e ele a ergueu com força, carregando-a até o corredor. Apesar de seus olhos fechados, o forte cheiro metálico de sangue invadia suas narinas. Era impossível não sentir e lembrar que sua mãe estava lá, caída em algum lugar.

– Fique aqui – disse ele, colocando-a no chão do corredor e fechando a porta do quarto atrás dele. – Tem alguém vindo.

Bianca agachou-se e encolheu-se contra a parede atrás dele.

– Não tenha medo, acho que é alguém que você conhece.

No corredor, ouviram os passos apressados de alguém correndo pelas escadas e virando em direção a eles. A luz fraca de um abajur aceso iluminou o rosto pálido da jovem Laura, com dezenove anos na época.

– Meu Deus! O que houve aqui? E quem é você? – perguntou ela.

– Eu vim ajudar, mas cheguei tarde. Sinto muito... Você é Laura? – disse Julian.

– Sou – disse ela com voz trêmula. – O que você quis dizer com cheguei tarde?

– Temos que ir embora agora – insistiu ele, puxando Bianca pelo braço em sua direção.

– Não vou sem meu pai e minha madrasta – disse Laura, aproximando-se da porta do quarto.

– Não! – disse ele, barrando a passagem dela. – Não entre aí. Estão mortos. Eles mataram dois, mas um sobreviveu e os matou. Eu cheguei e o matei, mas já era tarde.

– Saia! – disse ela, empurrando o menino para o lado e abrindo a porta mesmo assim.

Julian barrou a visão de Bianca.

– Nós vamos sair daqui e você vai ficar bem – disse ele, puxando-a para olhá-lo nos olhos. Lá dentro, Laura gritava em desespero. Bianca estremeceu.

Ela saiu atordoada do quarto e abraçou Bianca com força.

– Você precisa ficar bem – disse ele para Laura. – Agora você é a única coisa que ela tem.

Laura não respondeu, ainda abraçava Bianca com força.

– Você é um deles? – perguntou Laura entre lágrimas, enquanto soltava Bianca.

– Sou um trocador de pele, mas não sou um Pérfido ou um traidor – disse com voz trêmula. – Eu vim tentar ajudar... Vocês precisam fugir antes da polícia chegar e antes que os outros percebam que eles falharam.

– Como? – perguntou ela. – Meu pai sabia o que fazer, mas eu não.

– Eu acho que posso ajudar. Acho que sei como – disse o garoto.

Laura soltou Bianca e, trêmula, enxugou as lágrimas. Forçando-se para respirar fundo e se acalmar.

– Me dê um instante – pediu Laura para o garoto.

Ela se levantou e se afastou, entrando primeiro no quarto de Bianca e depois no dela. Quando voltou, carregava as mochilas prontas que ficavam sob suas camas para o caso de uma fuga de emergência.

Em seguida, agarrou a mão de Bianca e saíram da casa. Julian e ela foram sentados no banco de trás do carro. Ela se lembrava de ter baixado a cabeça e adormecido no colo dele. Algum tempo depois, quando abriu os olhos, estava no carro sozinha e ainda era noite.

Bianca sentou no banco e olhou pela janela. Julian e Laura conversavam com uma moça lá fora. Ela era mais ou menos da idade de Laura. Seus cabelos e olhos eram muito claros, quase brancos, mas o que mais chamava a atenção eram as tatuagens sob a blusa sem mangas. Rostos apareciam por todo o braço, alcançando a clavícula.

– A menina acordou – indicou a moça tatuada, com um aceno de cabeça. – Decida logo.

– Está bem. Eu aceito o seu acordo – disse Julian. O menino ainda tinha manchas de sangue seco pelos braços.

A garota tatuada sorriu e entregou um embrulho para Laura.

– Misture pequenas quantidades na bebida dela, durante todos os dias de sua vida. Pode haver efeitos colaterais, nunca ouvi falar de alguém fazendo isso por muito tempo.

Laura pegou o embrulho e a garota se afastou. Segundos depois, eles entraram no carro. Julian a abraçou e ela fechou os olhos de novo.

Quando abriu os olhos mais uma vez, a porta de trás do carro era aberta por Laura.

– Bia, eu preciso que converse com esta moça. Seu nome é Paula, ela era amiga de sua mãe e vai nos ajudar. Venha...

Bianca acenou com a cabeça e começou a sair do carro.

– Espero que um dia me perdoe por ter que fazer isso – disse Laura, enquanto Bianca saía. – Eu só quero que tenhamos uma vida normal e segura. Entendeu?

Eles pareciam estar na beira de uma estrada tranquila. Julian estava em pé ao seu lado. Atrás dele, o sol começava a despontar, criando sombras sobre seu rosto.

Um carro estava estacionado atrás do carro deles e uma mulher caminhava apressada em sua direção. Paula era pequena e tinha os cabelos escuros, curtos e lisos. A mulher se aproximou e a olhou penalizada. De repente, ela se abaixou e acariciou os cabelos de Bianca.

– Eu sinto muito pelo o que aconteceu com sua mãe – disse Paula, encarando a menina por alguns instantes.

Bianca estremeceu e a mulher se voltou para Laura.

– Você tem certeza de que quer que eu faça isso? – perguntou Paula.

– Sim. É a única chance que temos – foi a resposta de Laura.

– Muito bem, mas antes que eu quebre o sétimo Acordo, você deve saber que os parentes e Karibakis dos Farejadores possuem o mesmo dom. Portanto, diferentemente das outras linhagens, você só saberá se ela é uma trocadora de pele quando chegar à idade dos treze anos.

– Eu sei. Meu pai... – sua voz falhou. – Meu pai me contou um pouco sobre isso.

A mulher acenou em compreensão.

– Se ela trocar de pele longe de alguém que possa orientá-la, será uma grande catástrofe, mas se ela passar da idade e nada acontecer, permanecerá apenas uma parente e talvez vocês consigam viver como deseja. Só que eu duvido muito. Minhas ações não farão o dom dela desaparecer.

– Nós sabemos – falou Laura –, e por isso encontramos uma forma de bloquear seu dom por tempo indefinido.

– Isso – disse Paula, com expressão de descrença – é impossível, mas não vamos discutir porque eu preciso voltar logo.

E então, Paula olhou para Julian.

– Já se despediram?

O garoto baixou os olhos e nada disse. Bianca apenas os olhava sem entender muito bem. A lembrança dos horrores que passou ainda a deixavam entorpecida.

Julian virou-se para ela e pegou em suas mãos.

– Eu tenho que ir embora e a gente não vai mais se ver – disse ele.

Ela soluçou.

– Não quero que vá.

Julian apertou a mãozinha dela contra a sua. Ele parecia que ia chorar também.

– Você está triste por causa de seu irmão? – perguntou ela.

O semblante dele se fechou e ele engoliu em seco.

– Eu não estou triste por ele, vaga-lume. Estou triste porque você não vai mais se lembrar de mim.

– Não... – disse ela.

Mas ele soltou suas mãos e virou o rosto para não ver as lágrimas da menina caindo. E então, Paula, que era uma parente Destemida, puxou-a cuidadosamente procurando seus olhos, enquanto a menina soluçava.

– Olhe para mim e preste atenção em minhas palavras – disse Paula. – Eu quero que você esqueça tudo o que sabe sobre os Karibakis. Eu quero que se lembre apenas que sua mãe e Carlos morreram durante um assalto, no qual você foi a única sobrevivente. Agora feche os olhos...

E Bianca assim o fez.

Quando os abriu, foi como se tivesse feito isso pela primeira vez. As lembranças retornaram com violência, trazendo consigo uma nova consciência.

A lua brilhava intensamente no céu, entre as estrelas e constelações impossíveis de serem vistas a olho nu por uma pessoa comum. A luz da lua nunca havia deixado a noite tão clara. Os cheiros à sua volta nunca foram tão presentes.

E Bianca nunca mais veria o mundo como antes, pois ela não era mais como antes. Sentia-se renascer.

Virou o rosto e viu o Voraz sobre Julian.

O corpo dela queimava e tremia tanto que parecia estar tendo convulsões. Sua cabeça e membros foram cobertos por pelos curtos e lisos. O restante do corpo era coberto por uma pelagem mais longa e ondulada, em cores castanho-escuro e claro, manchadas com o sangue de sua primeira troca de pele. A dor era impossível de descrever, mas não importava mais, pois tudo o que ela desejava e precisava naquele momento era sentir o sangue da maldita criatura que machucava Julian e quase matara Gabrielle.

Seus olhos se encheram de vermelho sangue e ela rugiu alto. O Voraz parou e a encarou, largando Julian praticamente desfalecido no chão. Seus olhos tinham ainda mais sede de sangue do que antes. Contudo, ela não tinha mais medo porque, a partir daquele momento, saberia exatamente o que fazer, quando seus pesadelos se tornassem reais e os monstros surgissem.

Bianca não se sentia mais impotente.

E então, ela saltou sobre o Voraz.

40

— Alexia está esperando por você – disse a mulher para Con, momentos antes. – Divirta-se sendo o novo brinquedinho do doutor Pontes. Te vejo em Eana...

Doutor o quê? Eana? E quem diabos era Alexia? – pensou ele, enquanto tentava mover alguma parte de seu corpo.

A rede de Con era puxada para cima quando a mulher desapareceu de seu campo de vista para dentro do cassino.

Ele ainda não conseguia se mexer e já estava suspenso a pelo menos dez metros de altura do terraço quando viu o pequeno batedor passando rapidamente para dentro do helicóptero. O guarda, que apontava a metralhadora para Con, pareceu sentir algo passar por ele, mas só teve tempo de virar a cabeça e olhar em direção ao piloto, quando, de repente, ouviu-se uma explosão forte o suficiente para quebrar os vidros frontais, matar o piloto e desestabilizar o helicóptero.

Devido às drogas paralisantes que o atingiram, Con mal sentiu o impacto, quando a rede desabou na grama ao lado do trilho do bonde funicular e o helicóptero atingiu as árvores, explodindo com seus dois ocupantes.

Aquela maldita explosão devia ter chamado a atenção da cidade inteira abaixo deles. Polícia, bombeiros e caçadores estariam a caminho. Ele precisava sair dali o mais rápido possível, mas apenas conseguia mexer a ponta dos dedos. Por que seu corpo estava demorando tanto para repelir o paralisante?

Tentou se concentrar em pelo menos conseguir trocar de pele. Segundos depois, começou a retornar lentamente à aparência humana.

Pelo menos isso – pensou ele, um pouco mais aliviado. Ao seu lado, as chamas consumiam o helicóptero.

Instantes depois, ele ouviu a voz de Patrick se aproximando da rede.

– Mas que porcaria é essa? O que você está fazendo nessa rede? Caramba! Por que você está assim? – perguntou Patrick exasperado, enquanto o retirava da rede. – Temos que sair daqui. – E então começou a arrastá-lo para longe.

Enquanto se afastava, Gabrielle viu a fumaça no ar, além do edifício do cassino. Elas tinham ouvido a explosão momentos atrás. Não sabia o que tinha acontecido, mas esperava que ninguém que ela gostasse tivesse se ferido.

Julian, entre as presas do Voraz, estava meramente consciente. A menina achou que era o fim. Contudo, quando Bianca, à beira da morte, começou a rasgar seu corpo com as próprias unhas e trazer à tona sua verdadeira natureza, ela percebeu que eles iam ter uma pequena chance. Entretanto, ela precisava ficar bem longe.

A primeira troca de pele era extremamente dolorosa para o Karibaki e muito perigosa para aqueles ao seu redor.

Gabrielle correu para a parte de trás da capela. Ela daria a volta e tentaria encontrar as gêmeas. Porém, um ganido chamou sua atenção. Ela sabia o que era e, sem pensar muito, correu em sua direção. Ela não tinha como ajudar Bianca ou Julian naquele momento, mas poderia tentar ajudar o pequeno Voraz.

Ela correu pelo pátio e saltou o muro quebrado, aproximando-se do lugar em que a criaturinha foi arremessada. O pequeno Voraz de pelos marrons estava caído no meio do quintal da casa. Pedras arrebentadas estavam à sua volta e ele se esforçava para ficar de pé.

Gabrielle sabia que seu corpo também se regenerava rápido e ele provavelmente era imune ao veneno paralisante da própria espécie.

Quando a criatura a viu se aproximar, soltou um pequeno lamento.

Instintivamente, Gabrielle se agachou e pousou a mão em seu pelo. Eram mais grossos que os de Paxá, mas eram macios. Ao pensar em seu gato, a dor dentro do peito voltou com força. A criatura pareceu sentir, pois a encarou com os olhos úmidos e, inesperadamente, a lambeu no rosto.

Ela lhe deu um sorriso fraco. A criatura estava muito magra, provavelmente não se alimentava bem. O que, neste caso, talvez fosse um alívio.

– Obrigada por me ajudar – disse ela para o Voraz. – Mas eles vão te matar quando o virem aqui.

Mais uma vez ele choramingou e encostou sua cabeça no corpo dela. Ela acariciou seu pelo e percebeu que ele tremia muito, estava com medo.

– Eu sinto muito, mas são as nossas leis... Mas talvez, se você partir e ser bonzinho lá fora, tenha uma chance. Deve ficar longe dos humanos e não comê-los. Entendeu?

Mais gemido. Ela o abraçou gentilmente tentando fazê-lo parar de tremer. Do fundo do coração, não desejava que ele fosse morto. A mera ideia disso fazia seu estômago se revirar.

Ao passar os dedos através dos pelos de seu pescoço, sentiu algo estranho. Faltavam pelos e havia o que parecia ser uma cicatriz recente de queimadura, alguém o havia marcado.

Quem fez isso com você?

Mas não havia como saber. Com os olhos úmidos, puxou sua cabeça com ambas as mãos e apoiou sua testa na dele, seu nariz encostando na parte superior do focinho do Voraz.

– Eu não queria mais fazer isso – disse hesitante. – Doeu muito quando Paxá se foi, mas você me ajudou e agora preciso te salvar ou nunca mais conseguirei dormir em paz na minha vida. Vou te tirar da cidade e te mostrar o caminho para a floresta. Ela está perto daqui e eu sei que você é diferente do seu irmão feioso. Seja bonzinho, então.

O Voraz resfolegou e ela sentiu algo úmido nas mãos. Lágrimas escorriam dos olhos escuros da criatura. Nunca ouvira falar que eram capazes de chorar, mas também nunca tinha ouvido falar de um que não quisesse comê-la.

A menina respirou fundo e fechou os olhos. Em segundos, pôde sentir o contato mental se abrindo para ela.

Gabrielle não soube por quanto tempo ficou sentada ali, com o olhar perdido, guiando o pequeno Voraz em sua fuga desenfreada. A saída da cidade ficava muito perto do Monte Serrat e ela esperava que, caso alguém o visse, achasse que ele era apenas um cachorro muito grande e muito peludo correndo. Também torcia para que os caçadores não o alcançassem a tempo, mas achava que não, pois agora a criatura entrava na mata.

Ela podia sentir o que ele sentia naquele momento, era assim que funcionava. Ele estava com medo, mas também ansioso para conhecer a floresta que seria sua nova casa. De repente, ela perdeu a conexão. Alguém a chacoalhava com força.

– Gabrielle? O que está fazendo? – era Rafaela. – Estávamos te procurando. As gêmeas já estão seguras, eu as coloquei dentro da capela. Temos que sair daqui imediatamente.

Gabrielle piscou.

– Julian e Bianca estão bem?

– Sim, estão – respondeu Rafaela, mas havia algo estranho no tom de sua voz. – Julian está se curando devagar, o efeito da mordida do Voraz ainda é forte.

– E Bianca?

Rafaela hesitou e fez uma estranha expressão.

– Eu não sei... mas acho que ela ficará bem.

– O que aconteceu? – perguntou preocupada, enquanto se levantava.

– Temos que ir, mas não olhe quando chegarmos lá.

– Por quê? – perguntou a menina.

– Apenas não olhe, é o meu conselho.

Quando voltaram, Gabrielle não lhe obedeceu, é claro, e se arrependeu no instante seguinte.

Primeiro viu Julian esforçando-se para ficar em pé em sua forma humana. Estava horrivelmente ferido e suas roupas comuns não existiam mais. Usava somente o leve traje *metamold.* Con estava deitado no chão, imóvel, e Patrick estava agachado ao lado de Duda, tratando seus muitos ferimentos.

Eles pareciam ter acabado de chegar ali também, pois Ricardo tinha uma expressão de choque, com as mãos na boca e os olhos esbugalhados fixos na massa destroçada de carne, sangue, vísceras e ossos onde existiu uma vez o Voraz.

– Alguém a tire dali – ordenou Julian muito pálido.

E foi então que Gabrielle sentiu seu estômago comprimir ao perceber que, bem no meio daquilo tudo, coberta de sangue escuro e partes da criatura, estava o corpo humano, nu e ferido de Bianca, deitada em posição fetal.

41

Quando piscou os olhos, a claridade a feriu. Um cheiro intenso de plantas e flores invadiu suas narinas quase a sufocando. Bianca virou o rosto para o outro lado, tentando proteger os olhos, mas eles já lacrimavam devido à força da luz.

Ela se sentou calmamente enquanto esfregava os olhos. Observou ao redor e viu que estava novamente no mesmo quarto de hospital em que tinha ficado após desmaiar em seu primeiro dia no Refúgio. A varanda estava aberta e, por isso, o cheiro das plantas no jardim chegava até ela. Mas nunca as sentiu assim tão fortes.

As lembranças da noite no Monte Serrat retornaram à sua mente. Levantou a camisola branca que estava usando e viu que não estava machucada. Imaginou que estaria morta numa hora dessas, mas não havia sequer um rastro de cicatriz em seu corpo.

Na verdade, sentia-se muito bem. Uma onda de energia percorreu seu corpo e ela levantou-se de pronto, indo em direção à porta. Seu coração estava apertado, ela precisava saber o que tinha acontecido com...

– Julian! – disse, assim que a porta do quarto se abriu e ele surgiu na entrada.

Ele vestia calça jeans e camiseta branca. Seus olhos brilharam quando a viu. Um sentimento de euforia fluiu por Bianca e, sem pensar em mais nada, se jogou em seus braços. Ele arfou surpreso, mas em seguida a abraçou de volta, puxando-a para dentro do quarto enquanto a porta se fechava atrás dele.

– Você está vivo... – disse, apoiando a cabeça em seu peito. Ela podia sentir e ouvir o coração dele batendo forte. Seu cheiro a envolvia de forma reconfortante.

– Sim, e graças a você – respondeu ele, abraçando-a suavemente.

Ela o encarou com os olhos bem abertos.

– E quanto a Gabi e os outros? Nicole?

– Estão todos bem – respondeu, tranquilizando-a. – Apenas Duda nos assustou um pouco, mas ela já está completamente recuperada.

Seus rostos estavam próximos e ela sentia-se muito consciente dos braços dele rodeando-a. Tinha tanta coisa para dizer, tanta coisa que se lembrava agora, mas tudo desapareceu de sua mente. Ela aproximou seu rosto um pouco mais, o olhar dele era tão escuro e profundo.

– Precisamos conversar... – disse ele quase em um sussurro, percebendo as intenções dela. Estavam tão próximos que bastava ela se inclinar um pouco mais para seus lábios se tocarem. – Não temos muito tempo – insistiu ele.

– Eu sei... – disse ela e, mesmo contra a vontade, eles se afastaram. Ela voltou para a cama e sentou-se, encostando suas costas na cabeceira. Depois de tudo o que aconteceu, eles precisavam conversar.

Julian sentou-se de frente para ela e pegou em sua mão.

– Consegui convencer Allan a me deixar vê-la primeiro e sem que o Conselho saiba. – Ele então mostrou o bloqueador de Nicole. – Altan está tentando encontrar uma forma de quebrar a influência dessa tecnologia, mas ainda não conseguiu. Estamos sozinhos, ninguém nos ouve.

– Que bom, porque eu tenho tanta coisa para te dizer – disse ela, tentando não cair nos braços dele de novo, pois o calor que ele emanava, a sensação de seu toque sobre a mão dela eram coisas que ela nunca sentira antes. – Eu me sinto... – ela parou no meio da frase, pois não sabia como explicar o que ela realmente estava sentindo.

Ele sorriu.

– São seus sentidos – disse ele. – Eles vão ficar um pouco desregulados até que consiga controlá-los. Tudo parecerá bastante intenso para você no começo, mas isso vai passar.

Ela não achava que queria que passasse.

– Você dormiu por três dias – ele foi logo dizendo.

– O quê?

– Não se preocupe – acalmou-a. – Geralmente, esse é o tempo normal de recuperação após a primeira troca de pele.

Ela abriu a boca, mas depois voltou a fechá-la. As lembranças eram confusas, mas inegáveis. Lembrava-se da dor em seu corpo, de senti-lo queimar e ser feito aos pedaços. Ela lembrava-se de ter saltado sobre o Voraz com uma ferocidade que nunca sentira antes. Ele tinha razão, pois, caso contrário, ela não estaria viva.

– Então realmente aconteceu, não foi um sonho – disse ela, e ele acenou confirmando. – Mas eu não tenho treze anos, tenho dezesseis.

– Eu sei – disse Julian. – Nós também não sabemos como isso pôde acontecer, pois nunca ouvimos falar de um Karibaki trocando de pele tardiamente, mas desconfiamos que, de alguma forma, você bloqueou sua primeira troca quando a idade chegou.

Ela refletiu por um instante, antes de continuar. Depois de quase vê-lo morrer, depois de quase ela mesma morrer, depois de ter sido inundada pelas lembranças que lhe foram tiradas, não tinha como conter a emoção que brilhava em seus olhos.

– Eu me lembro... – começou ela. – Me lembro de tudo o que aconteceu *antes*, naquela noite em que você me salvou...

Depois de um instante, os olhos dele refletiram compreensão.

– Eu... – começou ele, baixando os olhos para as mãos deles que se tocavam ainda.

– Eu sei o que você fez... – interrompeu-o, buscando seu olhar novamente, mas ele continuava sem encará-la. – Você matou seu próprio irmão naquela noite e me salvou.

A expressão de Julian endureceu e ela o sentiu estremecer.

– Nos perdoe por tirar suas lembranças – disse ele, depois de alguns instantes ainda sem olhá-la. Sua voz parecia contida, ele tentava se controlar. – Não sabíamos mais o que fazer para que pudéssemos te manter a salvo. Laura estava sozinha.

– Eu entendo tudo o que fizeram por mim. Entendi tudo no momento em que as lembranças voltaram. Desculpas não são necessárias – disse ela, apertando sua mão com firmeza.

Ele a encarou novamente e seus olhos agora eram como portas abertas. Ela conseguia ver, através deles, a vergonha e o horror que o motivavam.

– Agora eu consigo entender – continuou ela. – Compreendo o motivo de não confiar em seu pai. Lembro-me de minha mãe dizer para Carlos que eles foram traídos por alguém que ela achava poder confiar.

Ele balançou a cabeça confirmando.

– Ela estava falando de seu pai, não estava?

– Eu não sei. É nisso que acredito – disse ele soturnamente. – Ouvi uma conversa entre meu irmão e sua alcateia. Ele dizia que, se tivessem sucesso naquela missão, matariam aquelas que ninguém mais tinha conseguido. Meu irmão mostrou um papel com o endereço e partiu com sua alcateia. – Ele fez uma pausa. Parecia ser difícil retornar àquelas lembranças. – Eu fugi da minha festa de aniversário e segui o rastro deles, pois ainda era um filhote sem alcateia definida e queria vê-los em ação. Cheguei alguns minutos depois e ouvi seus gritos, Bianca, senti seu cheiro... Corri para dentro da casa imediatamente, ainda sem acreditar que Daniel pudesse... – ele parou, sua voz ficou embargada. – Infelizmente, já era tarde para salvar sua mãe. Ágata era bem treinada, mas meu irmão foi o único que não conseguiram matar com as balas de prata.

Bianca engoliu em seco e foi sua vez de desviar o olhar.

– Você foi sozinho e me salvou, além do mais, era só um garoto de doze anos.

– Eu podia ter tentado fazer mais! – havia raiva em sua voz. – Eu deveria ter imaginado o que ele ia fazer, e então ter avisado alguém... No final, apagaram as provas e incendiaram sua casa. Meu pai noticiou que Daniel havia morrido em missão – disse ele por fim, fazendo uma expressão de enojado.

Bianca apertou os lábios encarando-o novamente.

– Mas não entendo por que você nunca o entregou para o Conselho – o desagrado de Bianca era claro em sua voz –, por que se esforça tanto em agradá-lo e em ser uma pessoa diferente da que é?

– Porque eu preciso saber o motivo – respondeu ele, e havia um misto de dor e ódio em suas palavras. – Eu preciso saber por que alguém ajudaria a extinguir uma linhagem inteira e destruiria a honra de sua família. Eu preciso saber... – repetiu ele. – Tenho certeza de que há outros traidores, mas, antes que os capturassem, eles se matariam ou sumiriam. Como os traidores da Noite da Aniquilação fizeram.

Ela mordeu os lábios, a angústia dele era perceptível em suas palavras. Bianca ergueu a mão e tocou em seu rosto, acariciando-o levemente. A expressão dele suavizou um pouco, mas, antes que pudesse dizer algo, ele continuou.

– Eu apenas queria que você ficasse longe disso tudo e sobrevivesse – disse ele.

Os dedos de Bianca desceram até a base de seu pescoço e tocaram cicatrizes grossas e escuras que saíam sob sua camisa junto ao ombro.

– Você ainda está ferido? – perguntou ela, franzindo o cenho, preocupada.

– Isso não é nada – disse ele, pegando sua mão para juntá-la com a outra sobre a cama. Ele manteve a mão dele sobre as dela. – São apenas as marcas das mordidas do Voraz. Eu estou curado.

– Mas um Karibaki se cura completamente, não ficam cicatrizes.

– Não as comuns. Mordida de Vorazes deixam cicatrizes profundas. Veja pelo lado bom... Agora, eu tenho algo a mais para me exibir – brincou ele, tentando parecer mais descontraído, mas Bianca notou que seus olhos não demonstravam isso.

Ela sorriu debilmente.

– Você me reconheceu na Barba Azul, não foi? – perguntou ela, já sabendo da resposta, pois não tinha dúvidas de tê-lo visto na boate antes de Julian aparecer para salvá-la dos Pérfidos. Olhos negros e tristes observando-a, enquanto beijava Lucas.

– Sim, por coincidência, Nicole encontrou seu caderno e me enviou seus desenhos. Fui imediatamente para a boate quando os vi. Eu queria tirá-la de lá e afastá-la de Lucas o mais rápido possível, antes que percebessem quem você era. Na clareira, tentei desviar as atenções, mas ele viu seu legado e não havia mais nada que eu pudesse fazer, a não ser tentar mantê-la segura no Refúgio.

– E me treinar – completou ela.

– E treiná-la o melhor que pudesse antes que a enviassem em uma missão que poderia se tornar algum tipo de armadilha, caso eu esteja certo sobre meu pai.

– Mas achei que o Refúgio fizesse interrogatórios periódicos para se protegerem de traidores. Como nunca o descobriram? Talvez seu pai não soubesse que seu irmão era um traidor.

Ele ergueu os olhos para ela.

– Tem outras formas.

– Outras formas de quê?

Ele não respondeu, apenas a olhava significativamente.

Haveria uma forma de anular o dom dos Destemidos? Era isso o que ele queria dizer? – pensou ela.

– *... encontramos uma forma de bloquear seu dom por tempo indefinido* – disse Laura para Paula em sua lembrança. Pela cara de Paula, ela duvidava de que aquilo fosse verdade, mas e se realmente houvesse uma forma de bloquear os dons? Mas então, por que ela passou mal ao farejar o sangue Karibaki em Lucas e seus amigos?

– *Misture pequenas quantidades na bebida dela, durante todos os dias de sua vida. Pode haver efeitos colaterais, nunca ouvi falar de alguém fazendo isso por muito tempo* – disse a garota de cabelos brancos e tatuagem nos braços.

Talvez aquela garota tatuada tenha dado algo que anulasse seu dom e os efeitos estivessem diminuindo sobre ela. Ela se lembrou de como Laura fazia questão de preparar seu café da manhã. Também havia o estranho pó que ela dizia ser vitaminas e que Bianca sempre tomava misturado no leite, a cada ano em maior quantidade. Então era isso. Ela deve ter desenvolvido alguma resistência à substância durante os anos.

– E quem era aquela garota de cabelos brancos e tatuagem?

Julian franziu levemente as sobrancelhas, mas em seguida respondeu.

– Milena, uma amiga que ajudei um dia e ela me retornou o favor.

– Que favor ela fez para você aquela noite?

Ele olhou para o lado pensativo, parecia hesitante em responder.

– Não falarei sobre isso aqui.

– Por quê? – perguntou ela. – Tem a ver com o bloqueio de meus dons?

– Porque não há punição para o que eu fiz, mas criariam alguma e seria muito pior do que a recebida por João.

Bianca arregalou os olhos e parou de insistir. Por que ele seria punido por tê-la ajudado? Quem era aquela moça? Julian apertou a mão dela, tranquilizando-a.

– Só o que posso dizer agora é que ela me ajudou a dificultar que você fosse encontrada.

Ela balançou a cabeça em compreensão. Aquela conversa ainda não tinha acabado. Num momento melhor, fora do Refúgio, insistiria naquele assunto, pois naquele momento tinha outra coisa em mente.

Lembrar-se de Maitê e João fez seu coração apertar e a garganta secar.

– E agora? O que será... – ela queria dizer "o que será de nós dois?", mas a verdade é que ela nem sabia se existia algo entre eles. Tinham se beijado uma única vez e então tudo havia acontecido muito rápido, e agora estavam ali sentados juntos, de mãos dadas no hospital.

Ele pareceu compreendê-la porque tomou seu rosto com uma das mãos e a acariciou levemente.

– Logo você encontrará uma alcateia. Irão disputar você com sangue e então terá que fazer seu juramento do Acordo. Você não deve quebrar nenhum dos nove Acordos ou ninguém a aceitará. A partir daí, estará presa aos seus votos, assim como eu estou.

– Eu não quero – disse ela, surpreendendo a si mesma com suas palavras. – Eu nem mesmo queria ser uma trocadora de peles.

– Não diga isso. Você salvou a minha vida e a sua. Se não tivesse sido capaz de trocar de pele, ambos estaríamos mortos agora e Gabrielle também.

– Eu sei, mas... – ela engoliu em seco.

– Bia, você estava morrendo – interrompeu ele. Seu tom de voz era doloroso. – Eu vi... Nenhum parente suportaria aquele tipo de ferimento, mas quando começou a trocar de pele, seu corpo pôde se regenerar e você conseguiu sobreviver.

Bianca lembrou-se do horror em vê-lo sendo machucado brutalmente e da sensação de impotência em saber que ela mesma estava morrendo. Ele tinha razão, é claro, mas ela não queria abrir mão do que haviam começado.

Sentiu seus olhos ficarem nublados e úmidos. Ele limpou as lágrimas dela enquanto escorriam. Os olhos dele também estavam úmidos.

– Que sejam lágrimas de felicidade, Bia – disse Julian, esforçando-se em sorrir –, pois tenho uma surpresa para você.... Laura acordou!

EPÍLOGO

Bianca teve alta no mesmo dia em que acordou, porém passou todo o tempo junto de Laura, deixando-a a par de tudo o que havia acontecido nos últimos seis meses.

Sua irmã de coração estava restrita ao hospital. Allan tinha medo de que ela pudesse ver outra troca de pele sem querer e de repente retornar ao coma, pois sua mente estava se recuperando ainda. Porém, Laura parecia completamente bem e, logo mais, Bianca teria uma reunião com o Conselho. Exigiria que sua irmã saísse do Refúgio com sua memória intocada.

Enquanto ficava com Laura, ela aproveitou para se isolar do resto do Refúgio. Ali manteve contato com poucas pessoas, somente as mais próximas. O Conselho apoiou seu recolhimento, pois entendeu que precisava se recuperar mentalmente, e emocionalmente também. Nunca alguém depois dos treze anos tinha trocado de pele. Talvez, por isso, seus amigos estivessem um pouco estranhos com ela.

Nicole, Rafaela e o resto da alcateia de Julian evitavam falar sobre o Voraz e a sua inesperada troca de pele no alto do Monte Serrat. Eles geralmente baixavam o olhar e desconversavam. Ela mesma não se lembrava de muita coisa após atacar a criatura, mas Allan explicou que a falta de lembranças era normal na primeira vez. Entretanto, não conseguia deixar de ignorar a estranha sensação de que seus amigos estavam escondendo algo dela.

Dois dias depois, Bianca saía discretamente do hospital.

Ela vestia shorts jeans desfiado e blusa rosa sem mangas. Seus cabelos ondulados estavam soltos, pois apesar do calor que fazia, gostava de senti-los batendo nas costas. Em pouco tempo, chegou a uma trilha na mata.

Ainda estava tentando se acostumar a controlar os sentidos aguçados. Todas aquelas cores e cheiros passaram a ser diferentes para ela. Bianca podia ver um inseto caminhando entre as cicatrizes da madeira, no alto da árvore, sentir a presença dos animais ao redor e ouvir o barulho do córrego a muitos metros de distância ainda. O cheiro de água corrente ia ficando mais forte a cada passo.

Bianca saiu sem ser notada do hospital, pois tinha um encontro longe dos ouvidos aguçados de Karibakis curiosos. Ele pedira, em um bilhete, para que se encontrassem próximo ao riacho, depois da trilha. E lá estava ela no caminho indicado.

Bianca o viu antes mesmo de sair da trilha, parecia nervoso andando de um lado para o outro, passando a mão no rosto diversas vezes. Ele exalava uma sensação estranha, que achou ser ansiedade, pelo jeito que estava se comportando.

– Oi, Ric. Você queria falar comigo? – disse ela, surgindo da mata.

Ricardo se voltou para ela e sorriu tentando disfarçar seu nervosismo.

– Oi... eu queria sim – disse hesitante, e então deu uma boa olhada nela. – Uau! Você está linda!

Ela ergueu uma sobrancelha e sorriu, achando engraçado o espanto dele.

– Quero dizer, você sempre foi gata, mas agora sei lá... está diferente. Seu jeito, seus olhos estão... mais confiantes.

– Obrigada – disse ela. – Você também não está nada mal, mas por que eu tinha que vir até aqui para você dizer isso? Não poderia ter ido me visitar no hospital, como todos os outros fizeram?

Ele mordeu os lábios e olhou para o chão. Parecia desconfortável

– Me desculpe por eu não a ter visitado. Eu precisava de um tempo para meditar.

– Meditar? – perguntou ela, erguendo as sobrancelhas. Ele nunca tinha levado a sério as aulas de Controle.

Ricardo passou a mão no rosto mais uma vez e depois se sentou numa pedra ao lado do riacho, protegida pela sombra de uma grande árvore. Ele apontou a outra pedra na frente dele.

Ela não queria se sentar. Nos últimos dois dias, sentia-se engaiolada no hospital, mesmo desejando estar com Laura e se isolar dos outros. Ondas de energia passavam por ela e tudo o que queria fazer era correr e gritar, mas como isso pareceria louco demais, ela se continha o tempo todo. Portanto, não queria se sentar, mas sentou-se. Ricardo raramente ficava sério e, se isso o fizesse sentir-se melhor para falar o que tinha para falar, ela sentaria.

– Eu preciso conversar com o Conselho essa noite – disse ele. – Tenho que passar uma mensagem.

– Que mensagem?

Ele fez uma pausa, considerando a melhor forma de explicar aquilo que viu e ouviu na escola abandonada, na noite em que salvaram Gabrielle e criaram uma bela confusão na cidade dos caçadores.

– Além da menina Camila – começou ele. – Eu vi três espíritos na escola abandonada. Na verdade, havia outros, mas eu só consegui distinguir três.

– Três espíritos na escola, além do da menininha?

– Sim – respondeu ele cuidadosamente –, mas esses espíritos estavam lá porque você estava lá.

Ela arqueou as sobrancelhas.

– Como assim?

Ricardo suspirou.

– Um dos três era o espírito de sua mãe – foi ele logo dizendo. Nos últimos dias, enquanto pensava sobre como falaria para ela, decidiu que ser direto era o ideal.

Bianca se levantou surpresa.

– Isso não é engraçado.

– Não estou brincando – disse ele, levantando-se também –, eu juro.

– Vocês me contaram que ninguém nunca falou com qualquer espírito dos Farejadores desde a Noite da Aniquilação. Vocês disseram que muitos tentaram, mas que era impossível!

– Eu sei disso. – Seus olhos eram amplos e sinceros. – Eu não mentiria para você sobre uma coisa dessas. E também não mentirei para o Conselho, eles vão usar o dom em mim, com certeza vão. Ninguém vai acreditar quando eu disser, é claro que não.

Ela sabia que ele não tinha razão para mentir, mas imaginar que ele a viu ao lado dela e que não teve a chance de falar com sua mãe era angustiante.

Bianca voltou a se sentar, forçando-se a ficar mais calma.

– E o que minha mãe te disse?

– Ela não disse nada. – E percebendo a expressão de desapontamento dela, ele explicou melhor. – Ela não falou, mas me olhou e eu senti que ela queria que eu te dissesse que ela a ama, pois não teria outra chance de dizer, mesmo se invocada, eu sinto que ela não virá.

Bianca deixou seu olhar se perder nas águas límpidas do riacho.

– Eu sabia que era sua mãe porque vocês são muito parecidas, ainda mais agora. Quando você chegou, eu quase achei que fosse ela novamente. Ágata parecia muito bem e feliz em estar ao seu lado naquele momento. Na verdade, ela parecia bastante orgulhosa até.

Os olhos de Bianca encheram-se de lágrimas.

– Mas você disse que tinha uma mensagem para o Conselho.

– Eu tenho, mas não é dela. Ela não falou, mas os outros dois falaram.

– Havia mais dois Farejadores?

– A outra mulher não era uma Farejadora e não sei o que ela era – disse ele, fazendo uma careta –, mas o outro eu sei bem – e então ele ergueu as sobrancelhas para dar ênfase –, porque ele era "*O*" Farejador.

– "*O*" Farejador? – repetiu ela, tentando entender sobre quem ele estava falando.

– Isso mesmo...

E então a expressão dela se ampliou em compreensão.

– Você tem certeza de que não andou batendo a cabeça muito forte, Ric? Como você pode ter certeza de que era *ele*?

Ricardo engoliu em seco.

– Bia, eu já olhei para a cara dele centenas de vezes durante as aulas de história Karibaki ou quando passeio na Praça Oliva e vou parar no Círculo do Acordo, onde estão as estátuas originais da primeira alcateia. Era ele com certeza.

Bianca ainda estava incrédula.

– E você se lembra do que ele disse?

– Se eu me lembro? – perguntou, como se aquela pergunta fosse absurda. – Cada palavra ficou gravada na minha cabeça. Tenho sonhado com elas todas as noites desde aquele dia. Eu só estava esperando você acordar para te falar primeiro.

– Sério? Então diga logo!

– Ele disse "a Sombra de Hoark se aproxima".

O coração de Bianca saltou.

Ela já tinha ouvido essa expressão "a Sombra de Hoark", os Karibakis se referem ao dia do armagedon, quando todos os Taus de repente se ativariam automaticamente, trazendo um verdadeiro apocalipse sobre a Terra.

Ela não sabia o que dizer. Ele devia estar ficando louco.

– Na verdade, ele também disse outra coisa – continuou Ricardo, e ela ergueu as sobrancelhas, esperando mais más notícias. – Ele disse: "Bianca não é a única".

Ela abriu os lábios pensando na mensagem.

– Ótimo, não é? – disse ele. – Acho que estava se referindo a outros...

– Farejadores – completou ela num fio de voz. – Sim, essa é uma boa notícia.

E então ele fechou a expressão novamente. O rosto dele ficou tenso.

– O que foi? – disse ela.

– Eu não gostei do que a outra mulher me disse e ela me falou que essa mensagem era só para você.

Bianca ergueu uma das sobrancelhas.

– O que poderia ser pior do que o primeiro Farejador aparecer para você e dizer "Oi, eu sou Galen! A propósito, o fim do mundo está chegando"?

– Talvez algo como "Todas as linhagens odiarão Bianca Bley e desejarão sua morte, pois ninguém entenderá, e eles terão medo".

– O quê? – disse ela verdadeiramente surpresa. – Do que está falando? E quem era essa mulher?

– Eu perguntei tudo isso também e o que ela me respondeu foi: "eu sou o motivo de a odiarem", e daí foram todos embora – disse ele, erguendo os braços, exasperado. – Será que o nome dela é "motivo" e o sobrenome "odiarem"? Por que eu não entendi nada.

Bianca baixou os olhos e ficou pensativa. Se a mensagem fosse realmente verdadeira e não fruto da cabeça de Ricardo, por que a odiariam?

– Bia – começou ele –, eu não sei por que ela disse algo assim, mas o que eu sei é que eu jamais a odiarei.

Ela sorriu de forma relutante e ele aproveitou para segurar uma de suas mãos antes de continuar.

– Afinal, eu jamais poderia odiar a minha futura namorada, esposa e mãe dos meus cinco filhos – e dizendo isso, ele deu seu sorriso mais charmoso, tentando esconder seu nervosismo.

Bianca o estapeou no ombro e ambos riram.

– Você não tem jeito – brincou ela.

Ele riu novamente e ela tentou não dar muita importância para aquela mensagem. Talvez ele tivesse entendido errado, talvez alucinado ou talvez todos realmente fossem odiá-la um dia. De qualquer forma, teria que esperar para saber. Entretanto, em seu íntimo, algo lhe dizia que ela não demoraria muito para descobrir.

E a partir daí tudo mudaria.

Agradecimentos

São tantos para agradecer!

A minha mãe, Célia Rossetti, e a Luiz Danilo Garcia, obrigada pela paciência em ouvir minhas ideias, minhas histórias, minhas hesitações, meus medos e sempre estarem comigo me apoiando incondicionalmente na conquista de mais um sonho. Amo vocês!

Agradeço em particular às minhas leitoras betas: Patrícia e Priscilla Rossetti, Carolina Porto, Maitê Birkett e Maria Eduarda Barbour. A leitura crítica de vocês ajudou a tornar o livro o que ele é hoje.

A Camila Machado e Thais Lopes, por toda a ajuda prestada. A Talita Persi, a incrível artista que deu vida às minhas personagens para as redes sociais.

E, principalmente, aos meus alunos que me acompanharam nessa jornada, passo a passo, apoiando, opinando e ajudando na divulgação. Obrigada pelo carinho, pelo incentivo, e até pelas broncas devido à demora da publicação... E obrigada por fazerem parte de mais uma história criada por mim, desta vez não dentro da sala de aula, mas dentro do mundo dos trocadores de pele. Sem vocês, nada disso teria acontecido, pois foram minhas fontes de inspiração e meu apoio.

Obrigada por acreditarem!

Glossário de Termos

Os **Filhos da Lua** são também conhecidos como Sangues da Lua ou **Karibakis**. Eles são divididos em dois tipos: trocadores de pele e parentes.

Parentes: Possuem o sangue da lua, porém não são capazes de trocar de pele e assumir a forma bestial. Apesar disso, podem ocupar posições como: instrutores, agentes de equipes táticas, espiões e obtentores de recursos na sociedade humana. São vistos como valorosos parceiros, entretanto não são vistos como iguais, ocupando um degrau abaixo na escala da sociedade, principalmente se notarmos que não há qualquer participação deles nos Conselhos ou em suas decisões.

Trocadores de pele: Capazes de trocar a pele humana por uma lupina. Não se transformam em lobos, mas sim em algo muito maior e feroz. Além de ganharem garras e presas afiadas, sua altura aumenta em pelo menos 25% e seu peso e massa corporal em 300%. São poderosos guerreiros e quase sempre se reúnem em alcateias.

Linhagens, Legados e suas Características Naturais

As Linhagens têm origem entre os primeiros Karibakis que surgiram. Elas determinam no DNA a habilidade especial que o sangue da lua poderá usufruir como um trocador de pele ou parente.

Já os Legados são marcas genéticas em suas omoplatas que demonstram a pureza de seu sangue. Nem todos os Karibakis os possuem.

1º Legado
A Linhagem dos Destemidos

Parente: Capaz de retirar ou alterar as memórias de um humano, parente ou Karibaki (apesar de ser mais difícil no caso deste último).
Trocador de pele: Capaz de obrigar alguém a falar a verdade, precisando para isso apenas que a pessoa encare seus olhos e ouça sua voz. O Karibaki deve formular uma pergunta e dizer a palavra *verdade* na frase.

2º Legado
A Linhagem dos Furiosos

Parente: Possui grande resistência à dor, seus corpos são naturalmente maiores e mais resistentes do que os de quaisquer outros humanos ou parentes.
Trocador de pele: Corpo naturalmente maior e mais resistente do que o de qualquer outro trocador de pele. Suas garras e presas são mais afiadas e os ferimentos feitos por elas causam grande dor ao inimigo, atrapalhando-o durante uma luta.

3º Legado
A Linhagem dos Furtivos

Parente: Capaz de escolher um único companheiro animal, e então são capazes de misturar suas consciências e sentidos com ele. Quanto mais próximo o animal é dele, mais fácil é a conexão.
Trocador de pele: Nas sombras, o corpo do Karibaki torna-se mais escuro, adaptando-se ao ambiente como um camaleão. Câmeras e outras tecnologias de vigilância não conseguirão percebê-lo.

4º Legado
A Linhagem dos Uivadores

Parente: Habilidade de ver e se comunicar com espectros ou espíritos.
Trocador de pele: Capaz de sentir a ativação de um Tau nas redondezas. Ele não é capaz de saber sua localização, porém compreende se está próximo ou muito distante. Também pode sentir informações geradas pela ativação, como: tipo de Tau, griats existentes e se a ativação é total ou parcial.

5º Legado
A Linhagem dos Farejadores

Parente: Capaz de sentir a presença de criaturas e artefatos não humanos. Diferentemente do trocador de pele Farejador, pode sentir a presença de parentes Farejadores.
Trocador de pele: Capaz de sentir a presença de criaturas e artefatos não humanos. A potência e a distância dessa percepção são maiores do que as do parente.

Outros termos usados

Acordo, O: Os primeiros Karibakis juraram seguir as nove leis do Acordo perante a Lua. Em troca a Lua doou uma gota de seu sangue e os transformou em seus filhos. Neste momento as cinco linhagens do Acordo renegaram sua origem de Hoark, o Destruidor.

Desviado: Karibaki de uma das cinco linhagens do Acordo que passou para o lado dos Pérfidos.

Griat: Existem muitos tipos diferentes de griats presos aos Taus, porém todos possuem uma fome selvagem por sangue e carne humana.

Pânico: Insanidade que atinge a mente humana algum tempo depois de ter visto a forma bestial dos trocadores de pele.

Tau: Abriga hostes de griats dentro de seu campo de influência. Possui certo poder de sugestão nos seres inteligentes de mente fraca ao seu redor. A vítima da sugestão é tentada a fazer vontade do Tau, o que significa protegê-lo e ativá-lo, quando possível.

Voz da Lua: Líder do Refúgio.

Glossário de Personagens

Ágata Bley – Parente Farejadora. Mãe de Bianca Bley, morreu aos 31 anos durante um ataque em sua casa. Sobreviveu à Noite da Aniquilação quando possuía apenas treze anos.
Allan – Parente Destemido. Cabelos brancos acinzentados, que contrastam com a aparência de um homem ao redor de seus trinta e cinco anos.
Alexia – Trocadora de pele Pérfida. Ela é descrita como uma mulher ruiva e elegante.
Altair Ross – Parente Furtivo. Familiares: Walter e Marina Ross (filhos), Isabel (esposa), Daniel, Julian, Nicole e Gabrielle Ross (netos).
Ana Gomes – Trocadora de pele Furiosa. Membro do Conselho do Refúgio e instrutora nas aulas de Geo-Sobrevivência.
André Pallin – Corvo da Ordem dos Caçadores de Santos. Colega de trabalho de Laura Fernandes na restauração de uma antiga igreja em Santos.
Andréa – Parente Uivadora. Instrutora de História Karibaki.
Andressa – Destemida. Menina mulata, de olhos castanhos e cabelos presos em uma trança, possui apenas dez anos. Familiares: Gustavo (irmão mais novo).
Artur – É descrito como um garoto de mais de 15 anos, cabelos castanhos, pele pálida e paralítico. Marco Baumer o usa para encontrar Bianca.
Bianca Bley/Fernandes – Protagonista principal. Bianca possui 16 anos, sua pele tem um leve tom mediterrâneo, longos cabelos castanhos ondulados e altura um metro e setenta. Familiares: Agatha Bley (mãe), Carlos Fernandes (padrasto), Laura Fernandes (irmã de consideração).
Camila – Espírito. Menina de origem pobre, possuía 10 anos quando foi encontrada morta em uma escola abandonada no centro histórico de Santos.
Carina Freitas – Trocadora de pele Uivadora Desviada. Membro da alcateia de Marco Baumer. É descrita como uma bonita mulher acima dos trinta anos, negra e de cabelos crespos. Seu marido é Regis Tobar, outro trocador de pele Desviado.
Carlos Fernandes – Padrasto de Bianca Bley, pai de Laura Fernandes. Morreu junto com Agatha Bley, sua esposa, durante um ataque à sua casa, há sete anos.
Carol Porto – Trocadora de pele Uivadora. Membro do Conselho e instrutora nas aulas de Controle. Familiares: Jorge Porto (avô)
Daniel Ross – Trocador de pele Furtivo. Falecido. Familiares: Walter e Joana Ross (pais), Julian (irmão), Isabel (avó), Altair (avô), Nicole e Gabrielle Ross (primas).

Denis – Trocador de pele Pérfido. Membro da alcateia de Marco Baumer. É descrito como um rapaz baixo e forte.
Enzo Ross – Parente Furtivo. Seu companheiro animal é Lin, um gavião peneira branco com penas negras nas pontas das asas. Familiares: Marina Ross (esposa), Nicole Ross e Gabrielle Ross (filhas), Walter Ross (cunhado), Julian Ross (sobrinho).
Eric – Parente Uivador. Garotinho oriental, tem 10 anos.
Ester SanMartin – Trocadora de pele Destemida, Voz da Lua (líder) do Conselho do Refúgio. Uma elegante mulher de cabelos compridos e completamente brancos, apesar de não aparentar mais do que quarenta anos de idade. Familiares: João SanMartin (filho).
Fábio – Parente Furioso. Amigo de Giovanna Guedes.
Felipe – Parente. Líder de equipe tática.
Francis – Parente Furtivo. Possui 9 anos e tem como companheiro animal Piu, um passarinho marrom, pequeno e comum.
Gabrielle Ross – Parente Furtiva. Seu companheiro animal é Paxá, um gato malhado. Possui 10 anos. Familiares: Nicole Ross (irmã), Marina Ross (mãe), Enzo Ross (pai), Julian Ross (primo), Walter Ross (tio materno).
Guilherme Campos – Trocador de pele Furioso. Membro da alcateia de Manuela, cujos membros incluem seu irmão gêmeo Gustavo e Maitê.
Gustavo Campos – Trocador de pele Furioso. Membro da alcateia de Manuela, cujos membros incluem seu irmão gêmeo Guilherme e Maitê.
Gustavo – Destemido. Menino mulato, de olhos doces e brilhantes com apenas oito anos de idade. Familiares: Andressa (irmã).
Helena – Karibaki Furtiva. Membro do Conselho e líder do comando de Inteligência e Estratégia do Refúgio.
Isabel Ross – Trocador de pele Farejadora. Possuía o dom original Vidência. Falecida. Familiares: Altair Ross (marido), Walter e Marina Ross (filhos), Julian, Nicole e Gabrielle Ross (netos).
Joana Ross – Parente Furtiva. Suicidou-se quando Julian ainda era um menino. Familiares: Walter Ross (marido), Guilherme e Julian Ross (filhos).
João (Chorão) SanMartin – Trocador de pele Destemido. Jovem de 17 anos. Alfa de alcateia. Familiares: Ester SanMartin (mãe).
Jorge Porto – Trocador de pele Uivador. Membro do Conselho do Refúgio e instrutor nas aulas da Língua Ki. Ele é descrito como um senhor, o mais velho do Refúgio, possuindo pele negra, olhos e cabelos negros. Familiares: Carol Porto (neta).
Julian Ross – Karibaki Furtivo. Possui 18 anos, olhos e cabelos negros. Alfa de alcateia cujos membros incluem Maurício Neves (Con), Maria Eduarda Mendes (Duda) e Patrick Silva. Familiares: Walter Ross (pai), Nicole Ross (prima), Gabrielle Ross (prima), Marina Ross (tia paterna), Enzo Ross.

Kaline – Humana. Dona da loja esotérica "Dama dos mistérios".
Laís – Parente Uivadora. Familiares: Mariana (irmã gêmea).
Laura Fernandes – Possuía 20 anos quando seu pai e sua madrasta, Agatha Bley, foram assassinados. Ela cuidou de Bianca sozinha desde então. No começo da história ela possui 27 anos e trabalha como arquiteta, especialista em restaurações.
Leonardo Mendes – Trocador de pele Destemido. 12 anos. Não possui alcateia. Familiares: Ingrid Mendes (mãe), César Mendes (pai) e Duda Mendes (irmã).
Lucas Mattos – Karibaki Destemido. Alfa da alcateia, que inclui Rafaela Dantes e Vitor Verdeiro. Possui cabelos levemente ondulados, olhos verdes e um belo sorriso. Familiares: Sérgio Mattos (pai), Maria Eduarda Mendes (prima), Leonardo Mendes (primo).
Luiza – Parente Destemida. Auxiliar de Allan no hospital do Refúgio.
Maitê Persi – Trocador de pele Uivadora. 15 anos. Membro da alcateia de Manuela.
Manuela – Karibaki Furiosa. Ela descrita como uma garota loira e alta de 17 anos, de músculos definidos. Alfa de alcateia, cujos membros são Guilherme Campos, Gustavo Campos e Maitê Persi.
Marco Baumer – Trocador de pele Pérfido. Alfa de alcateia, cujos membros incluem Carina, Regis e Denis.
Maria Eduarda Mendes (Duda) – Trocadora de pele Destemida. Uma sorridente garota de 14 anos. Familiares: Lucas Mattos (primo), Sérgio Mattos (tio paterno). Membro da alcateia de Julian, que inclui Patrick e Con.
Maria Luisa (Malu) – Parente Destemida. Jovem de traços orientais e cabelos castanhos.
Mariana – Parente Uivadora. Familiares: Laís (irmã gêmea).
Mário – Humano. Ex-líder do Comando Superior dos Caçadores. Declarado morto, seu sobrinho Roberto Salles tomou seu lugar.
Maurício Neves (Con) – Trocador de pele Furioso. Possui 19 anos, alto, pele morena, ombros largos e musculosos. Usa seus cabelos compridos e soltos. Membro da alcateia de Julian Ross, que inclui Duda Mendes e Patrick Silva.
Milena – Vaeren. Aparenta idade próxima dos 18 anos. Cabelos lisos, cortados e desfiados acima dos ombros, completamente brancos a não ser por suas raízes escuras. Seus braços são totalmente tatuados.
Nicole Ross – Parente Furtiva. Nicole tem 17 anos, seus cabelos castanhos são curtos e lisos, com fios dourados, olhos de um cinza profundo. Familiares: Marina Ross (mãe), Enzo Ross (pai) Gabrielle Ross (irmã), Julian Ross (primo).
Otávio Túnis – Humano. Membro dos Corvos (caçadores) da cidade de Santos.
Patrick Silva – Trocador de pele Furtivo. Garoto negro, 16 anos, rosto redondo e olhos inteligentes. Membro da alcateia de Julian Ross, cujos membros incluem Con e Duda Mendes.

Polyana – Futura Trocadora de pele Furiosa. Participa das aulas de História Karibaki com Bianca.
Rafaela Dantes – Trocadora de pele Uivadora. Rafaela é uma garota de 17 anos, curvilínea de cabelos e olhos negros. Ela é companheira de alcateia de Lucas Mattos. Familiares: Ricardo Dantes (meio-irmão).
Regis Tobar – Trocador de pele Uivador Desviado, membro da alcateia de Marco Baumer. Era o marido da Karibaki Carina Freitas.
Renan – Humano. Primeiro amigo de Bianca Bley em seu primeiro dia de aula ao chegar em Santos. Ele é um garoto magro, de cabelos castanhos e óculos de aro preto.
Ricardo Dantes – Parente Uivador. Garoto de aparência oriental, usa geralmente os cabelos espetados, perfeitamente arrumados em gel. Familiares: Rafaela Dantes (meia-irmã).
Roberto Sales – Líder dos Corvos. Magro, cabelos escuros com fios prateados ao redor. Idade próxima dos cinquenta anos.
Sérgio Mattos – Trocador de pele Destemido. Membro do Conselho do Refúgio. Familiares: Lucas Mattos (filho).
Vitor Verderio – Trocador de pele Furioso. Possui 16 anos, 1,90m, olhos castanhos, cabelos castanhos curtos com um leve topete e bastante musculoso para sua idade. Companheiro de alcateia de Lucas Mattos e Rafaela Dantes.
Walter Ross – Trocador de pele Furtivo, membro do Conselho do Refúgio da Serra do Mar. Familiares: Julian Ross (filho), Marina Ross (irmã), Enzo Ross (cunhado), Nicole e Gabrielle Ross (sobrinhas).
Yann – Trocador de pele Furioso. Instrutor nas aulas de Combate. Membro do Conselho do Refúgio.

ESSA HISTÓRIA CONTINUA EM:

FILHOS DA LUA: O LEGADO SOMBRIO

No Refúgio dos trocadores de pele, Bianca parece ter encontrado seu lar. Entretanto, enquanto este mundo se revela ainda mais ameaçador, Julian e ela precisam encontrar os últimos traidores. E precisarão fazer isso antes que uma ameaça ainda maior se aproxime.

Em Filhos da Lua: o Legado Sombrio, segundo volume da série, Marcella Rossetti apresenta aos leitores um pouco do lado mais obscuro dos trocadores de pele. Além de revelações não apenas capazes de afetar o destino de Bianca, mas o de todo universo Karibaki.

Obra finalista do Prêmio Le Blanc 2021 e Prêmio Odisseia de Literatura Fantástica 2021

FILHOS DA LUA: NOITE DA ANIQUILAÇÃO

Esta é uma pequena graphic novel ambientada no universo Karibaki.

A história aqui narrada se passa vinte e cinco anos antes de "Filhos da Lua: o Legado" e marcou profundamente a sociedade Karibaki, dando início à jornada de Ágata Bley.

Noite da Aniquilação possui diversas referências e conexões às obras literárias que deram origem ao universo de Filhos da Lua, mas pode ser lida de forma independente ou ser uma perfeita introdução ao mundo de garras e presas criado por Marcella Rossetti.

HQ contemplada pelo Prêmio Alcides Mesquita 2020.

ADQUIRA EM AVECEDITORA.COM.BR

AVEC
EDITORA